清末民初文獻叢刊

中國大文學史

（下册）

謝无量 編

朝華出版社
BLOSSOM PRESS

中國大文學史 卷六

第四編　近古文學史

第一章　唐初文學與隋文學之餘波

第一節　唐文學總論

唐書文藝傳序謂唐文章三變蓋以王楊爲一變燕許爲一變韓柳爲一變也羣書備考承其說曰唐之文章無慮三變王楊始霸如麗服靚妝燕歌趙舞雖綺麗盈前而殊乏風骨燕許繼興波瀾頗暢而駢儷猶存韓愈始以古文爲學者倡柳宗元翼之豪健雄肆相與主盟當世下至孫樵杜牧峻峰激流景出象外而資裂邊幅李翺劉禹錫刮垢見奇清勁可愛而體乏渾雄皇甫湜白居易閑澹簡質每見回宮轉角之音隨時間作類之韶夏皆淫哇而不可聽者也

姚鉉唐文粹序曰唐三百年用文治天下陳子昂起於庸蜀始振風雅繇是沈宋嗣興李杜傑出六義四始一變至道洎張燕公以輔相之才專譔述之任雄辭逸氣聳動羣聽蘇許公繼以宏麗丕變習俗而後蕭李以二雅之辭本述作常楊以三盤之體演綵綸郁郁之文於是乎在惟韓吏部超卓羣流獨高遂古以二帝三王爲根本以六經四教爲宗師憑陵轥轢

首唱古文。遏橫流於昏墊。闢正道於夷坦。於是柳子厚、李元賓、李翺、皇甫湜。又從而和之。則我先聖孔子之道。炳然懸諸日月。故論者以退之之文。可繼揚孟。斯得之矣。至於賈常侍至。李補闕翰。元容州結。獨孤常州及。呂衡州溫。梁補闕肅。權文公德輿。劉賓客禹錫。白尚書居易。元江夏稹。皆文之雄傑者歟。世謂貞元元和之間。辭人咳唾。皆成珠玉。豈誣也哉。

然有唐一代。最盛者莫如詩。有初盛中晚之分。大抵高祖武德元年以後百年間。謂之初唐。玄宗開元元年以後五十年間。謂之盛唐。代宗大歷元年以後八十年間。謂之中唐。宣宗大中元年以後至於唐亡。謂之晚唐。嚴羽滄浪詩話曰。論詩如論禪。漢魏晉與盛唐之詩。則第一義也。大歷以還之詩。則小乘禪也。已落第二義矣。晚唐之詩。則聲聞辟支果也。夫既有盛唐晚唐之名。則大歷以還之詩。卽中唐矣。唐詩分盛唐、中唐、晚唐。實始於此。有唐一代。享國既久。詩人又多。分而爲三。未始無見。乃滄浪又有云。盛唐人詩。亦有一二濫觴晚唐者。晚唐人詩。亦有一二可入盛唐者。又曰。大歷之詩。高者尚未失盛唐。下者漸入晚唐矣。然則盛唐中唐晚唐。亦止以大判而論。不能劃然區分。至後世推求愈密。又於盛唐之上。增出初唐名目。則自元楊士宏所選唐音始。其書分始音、正音、遺響。而始音惟王楊盧駱四家。正音則初唐盛唐爲一類。中唐晚唐爲一類。遺響亦備列諸家。而方外及女子附焉。是初盛中晚。分而不分矣。殆亦以其中固有不可分者乎。始音止王楊盧駱四家。其理亦不可解。蓋楊伯謙所謂始音正音遺響者。論詩體不論時代也。至明高棅唐詩品彙。分正始正宗大家名家羽翼接武正變餘響旁流九格。以初唐爲正始。盛唐爲正宗。爲大家爲名家爲羽翼。中唐爲接武。晚唐爲正變。爲餘響。方外異人等詩爲旁流。則踵楊氏之說而衍之。初盛中晚。區以別矣。然品類愈歧。體例愈舛矣。

沈騏詩體明辨序曰。唐以詩名一代。而統分爲四大宗。王魏諸人。首開草昧之風。而陳子昂特以澹古雄健振一代之勢。杜審言劉希夷沈佺期宋之問張說張九齡。亦各全渾厚之氣。於音節疏暢之中。盛唐稍著宏亮。儲光羲王維孟浩然之清逸。王昌齡高適之閑遠。常建岑參李頎之秀拔。李白之卓朗。元結之奧曲。咸殊絕寡倫。而杜甫獨以渾雄高古自成一家。可以爲史。可以爲疏。其言時事最爲悚切。不愧古詩人之義。蓋亦詩之僅有者也。中唐彌矜琢鍊。劉長卿以古樸開宗。韋應物錢起之雋邁。盧倫顧況劉禹錫之揚。及元白唱和之作。韓柳古風之體。張籍賈島孟郊之清刻。李賀之怪險。是其最也。晚唐體愈雕鏤。杜牧高爽欲追老杜。溫李西崑之體。婉麗自喜。皮陸鹿門諸章。往往超勝。若夫詩餘之體。肇於李白。盛於晚唐。然晚唐之詩。不及其詞。亦各有其孅也。

至於初盛中晚之辨。高棅唐詩品彙論之尤詳。其序曰。有唐三百年詩。衆體備矣。故有近體往體長短篇五七言律絕句等製。莫不興於始。成於中。流於變。而陊之於終。至於聲律興象文詞理致。各有品格高下之不同。略而言之。則有初唐盛唐晚唐之殊。詳而分之。貞觀永徽之時。虞魏諸公。稍離舊習。王楊盧駱。因加美麗。劉希夷有閨帷之作。上官儀有婉媚之體。此初唐之始製也。神龍以還。洎開元初。陳子昂古風雅正。李巨山文章宿老。沈宋之新聲。蘇張之大手筆。此初唐之漸盛也。開元天寶間。則有李翰林之飄逸。杜工部之沈鬱。孟襄陽之清雅。王右丞之精緻。儲光羲之眞率。王昌齡之聲俊。高適岑參之悲壯。李頎常建之超凡。此盛唐之盛者也。大歷貞元中。則有韋蘇州之雅澹。劉隨州之閒曠。錢郎之清贍。皇甫之沖秀。秦公緒之山林。李臣一之臺閣。此中唐之再盛也。下暨元和之際。則有柳愚溪之超然復古。韓昌黎之博大奇怪。孟郊賈島之飢寒。此晚唐之變也。降而開成以後。則有杜牧之豪縱。溫飛卿之綺靡。李義山之隱僻。許用晦之偶對。他若劉滄、馬戴、李羣玉、李頻輩。尙能黽勉氣格。埒邁時流。此晚唐變態之極。而遺風餘韻。猶有存者焉。是皆名家擅場。馳騁當世。或稱才子。或推詩豪。或謂五言長城。或爲律詩龜鑑。或號詩人冠冕。或尊海內文宗。靡不有精粗邪正長短高下之不同。觀者苟非窮精闡微。超神入化。玲瓏透徹之悟。則莫能得其門而臻其壼奧也。

至選次唐詩爲集。在唐時已多有之。最著者如芮挺章之國秀集。元結之篋中集。竇常之南薰集。殷璠之河嶽英靈集。高仲武之中興間氣集。李康成之玉臺後集。令狐楚之元和御覽詩。姚合之極玄集。韋莊之又玄集。顧陶之唐詩類選等。宋則王安石之唐百家詩選。趙蕃之唐詩絕句。洪邁之唐人萬首絕句。周弼之三體唐詩等。金則元好問之唐詩鼓吹。明則高棅之唐詩品彙。李攀龍之唐詩選。鍾惺之唐詩歸等。其餘不可勝記。至清康熙間敕編全唐詩。採輯二千二百餘家。視宋計有功之唐詩紀事多至千餘家。（計有功紀事錄千一百五十家）可爲集唐詩之大成矣。

詩文之體。皆至唐而大備。詩體既具上論。文體至韓柳倡復古。而爲後之言古文者所莫能外。其餘如令狐楚之章奏。傳之李義山。自三十六體行。始有四六之名。爲儷文之極靡矣。小詞號爲詩餘。發於李白諸人。盛於唐末。乂詩之變也。

魏晉以來。儒教與道釋二家爭爲雄長。齊梁間漸有調和三教之論。獨至唐而三教並隆。高祖太宗相繼崇尚經術。屢幸國子監。登用名儒。及五經正義成。後世言經學者皆宗之。唐與老耼同姓。太宗特位老子於釋氏之上。高宗遂尊老子爲太上玄元皇帝。太宗遣玄奘如印度。及其還也。譯經論一千三百三十餘卷。於是釋氏諸宗漸備於此土。故儒釋道三教俱盛唐世。乃至景教回教。亦於唐時流入諸夏。則唐之文教可謂極其廣大者矣。

第二節　唐初之風尚與陳隋文人

唐興陳隋遺彥。往往布在朝列。禪代之初。陳叔達與溫大雅。同掌文誥。武德初。隱太子與秦王齊王相傾爭致名臣以自助。於是太子有詹事李綱竇軌。庶子裴矩、鄭善果。友賀德仁。洗馬魏徵中舍人王珪舍人徐師謨率更令歐陽詢。典膳監任璨。直典書坊唐臨隴西公府祭酒韋挺。記室參軍事庾抱。左領大都督府長史唐憲。學士蕭德言、陳子良。秦王有友于志寧記室參軍事房玄齡。虞世南顏思魯。諮議參軍事竇倫、蕭景兵曹杜如晦。鎧曹褚遂良士曹戴冑、閻立德。參軍事薛元敬蔡允恭主簿薛收、李道玄典籤蘇幹文學姚思廉、褚亮。燉煌公府文學顏師古。右元帥府司馬蕭瑀。行軍元帥府長史屈突通司馬竇誕。天策府長史唐儉司馬封倫。軍諮祭酒蘇世長。兵曹參軍事杜淹。倉曹李守素。參軍事顏相時。齊王有記室參軍事榮九思。戶曹武士逸。典籤裴宣儼。文學袁朗及太宗既卽位。諸人多見禮異。所謂十八學士者。當於後論之。其餘大抵振名於前代。騁翰於新朝。此外又有孔紹安。蚤與隋末詩人孫萬壽齊名。謝偃之賦。李百藥之詩。並號謝李。王績爲文中子之弟。與杜之松等標隱逸之文。寒山拾得。高方外之趣。並極一時之選矣。

後渚置酒　　陳叔達

大渚初驚夜。中流沸鼓鼙。寒沙滿曲渚。夕霧上邪谿。岸廣鳧飛急。雲深雁度低。嚴關猶未遂。此夕待晨雞。

秋夜獨坐　　袁朗

危弦斷客心。虛彈落驚禽。新秋百慮淨。獨夜九愁深。枯蓬惟逐吹。墜葉不歸林。如何悲此曲。坐作白頭吟。

侍宴詠石榴　孔紹安

可惜庭中樹。移根逐漢臣。只爲來時晚。花開不及春。

古意　王績

松生北巖下。由來人徑絕。布葉梢雲煙。插根擁巖穴。自言生得地。獨負凌雲潔。何時畏斤斧。幾度經霜雪。風驚西北枝。雹隕東南節。不知歲月久。稍覺枝幹折。藤蘿上下碎。枝榦縱橫裂。行當糜爛盡。坐共灰塵滅。寧關匠石顧。豈爲王孫折。盛衰自有時。聖賢未嘗屑。寄言悠悠者。無爲嗟大耋。

少年行　李百藥

少年飛翠蓋。上路勒金鑣。始酌文君酒。新吹弄玉簫。少年不歡樂。何以盡芳朝。千金笑裏面。一搦掌中腰。挂纓豈憚宿。落珥不勝嬌。寄語少年子。無辭歸路遙。

雜詩　朱子以爲詩人未易到此　寒山

城中娥眉女。珠佩何珊珊。鸚鵡花間弄。琵琶月下彈。長歌三日響。短舞萬人看。未必長如此。芙蓉不耐寒。

第三節　太宗之文翰及十八學士

唐初文學既承陳隋之遺風。先是太宗最好文學。初建秦邸。卽開文學館。召名儒十八人爲學士。既卽位。殿左置弘文館。悉引學士番宿。更休聽朝之閒。則與討論典籍。雜以文詠。幾日昃夜艾。未嘗少怠。詩筆草隸。卓越前古。唐三百年風雅之盛。帝實啟之。

大唐新語。太宗謂侍臣曰。朕戲作艷詩。虞世南便諫曰。聖作雖工。體制非雅。上之所好。下必隨之。此文一行。恐致風靡。而今而後。請不奉詔。太宗曰。卿懇誠若此。朕用嘉之。羣臣皆若世南。天下何憂不理。乃賜絹五十疋。先是梁簡文帝爲太子。好作艷詩。境內化之。浸以成俗。謂之宮體。晚年改作。追之不及。乃令徐陵撰玉臺集。以大其體。永興之諫。頗因故事。蓋太宗雖好文學。仍慕綺麗之風。上之所好。下必有甚。當時惟魏徵述懷。猶有古意。而他篇什罕傳。其餘如李謝之詩賦。長孫無忌之新曲。李義府之堂堂詞。並是宮體之遺。上官以後。遂爲沈宋。其流益靡。雖有馬周之章疏。顏岑之筆札。然猶未能遽進於古也。

雖然。太宗獎厲文雅。並隆玄釋。老子與唐同姓。太宗尊之在佛之上。而玄奘之至西域。亦在此時。且有五經正義之纂集。故三教兼重。實自太宗。又集文士編纂類書。如文館詞林文苑英華之類。爲一時盛製焉。

帝京篇　十首之一　　唐太宗

秦川雄帝宅。函谷壯皇居。綺殿千尋起。離宮百雉餘。連甍遙接漢。飛觀迥凌虛。雲日隱城闕。風煙出綺疏。

十八學士者。杜如晦、房玄齡、于志寧、蘇世長、薛收、褚亮、姚思廉、陸德明、孔穎達、李道玄、李守素、虞世南、蔡允恭、顏相時、許敬宗、薛元敬、蓋文達、蘇勗。其中或以功業顯於當世。或尤以文雅見重。且多爲前代之遺賢。而入唐書儒學傳者。有陸德明、顏相時、孔穎達、蓋文達、四人。入文藝傳者。僅蔡允恭一人而已。諸人率有著述。或傳或不傳。要之文章之美。當推虞世南、褚亮、許敬宗、蔡允恭等。至於姚思廉之史學。陸德明、孔穎達之經術。當於後別論之。

虞世南。越州餘姚人。出繼叔陳中書侍郎寄之後。故字伯施。性沈靜寡欲。與兄世基同受學於吳顧野王。文章婉縟。慕僕射徐陵。陵自以類己。由是有名。太宗嘗稱世南有五絕。一曰德行。二曰忠直。三曰博學。四曰文辭。五曰書翰。然世南篇章。仍沿聲律之體。說部書載世南以犀如意爬癢久之。歎曰。妨吾聲律半工夫。太宗作宮體詩。而使世南和之。雖嘗據以為諫。其體格故有相近也。及卒。太宗為詩一篇。追述往古興亡之道。既而歎曰。鍾子期死。伯牙不復鼓琴。朕此詩將何以示。令起居郎褚遂良詣其靈帳讀訖焚之。其集三十卷。詔褚亮為之序。

褚亮字希明。杭州錢唐人。博覽工屬文。太宗為秦王時。以亮為王府文學。每從征伐。嘗與秘謀。子遂良亦有文采。

許敬宗字延族。杭州新城人。善心子也。隋時官直謁者臺奏通事舍人事。入唐為著作郎。兼修國史。高宗時為右相。卒。

蔡允恭。荊州江陵人。有風采。善綴文。仕隋歷著作佐郎、起居舍人。煬帝屬詞賦。多令諷誦之。入唐為文學館學士。貞觀初除太子洗馬。

中婦織流黃　　虞世南

寒閨織素。錦含怨斂雙蛾。綜新交縷澀。經脆斷絲多。衣香逐舉袖。釧動應鳴梭。還恐裁縫罷。無信達交河。

奉和秋日卽目應制　許敬宗

玉露交珠網。金風度綺錢。昆明秋景淡。岐岫落霞然。辭燕歸寒海。來鴻出遠天。葉動羅帷颺。花映繡裳鮮。規空升闇魄。籠野散輕煙。鵲度林光起。鳧沒水文圓。無機絡秋緯。如管奏寒蟬。乃睠情何極。宸襟豫有旃。

奉和望月應魏王敎　褚亮

層軒登皎月。流照滿中天。色共梁珠遠。光隨趙璧圓。落影臨秋扇。虛輪入夜弦。所欣東館裏。預奉西園篇。

述懷　魏徵

中原初逐鹿。投筆事戎軒。縱橫計不就。慷慨志猶存。杖策謁天子。驅馬出關門。請纓繫南粤。憑軾下東藩。鬱紆陟高岫。出沒望平原。古木鳴寒鳥。空山啼夜猿。旣傷千里目。還驚九折魂。豈不憚艱險。深懷國士恩。季布無二諾。侯嬴重一言。人生感意氣。功名誰復論。

新曲　長孫無忌

阿儂家住朝歌下。早傳名。結伴來游淇水上。舊長情。玉珮金鈿隨步遠。雲羅霧縠逐風輕。轉目機心懸自許。何須更待聽琴聲。

第四節　經術之統一及小學

自漢末鄭康成徧爲諸經作註。兼采今古文。當時服虔何休。各有所說經義。至於漢季備矣。

魏世王肅始與鄭氏立異。而或謂僞古文尚書。卽出於王肅皇甫謐等。晉初淸談方盛。惟杜預治左氏春秋。頗爲學者所尚。自後中原喪亂。經籍道息。國統分爲南北。經術亦遂分途。隋書儒林傳序曰。南北所治。章句好尚。互有不同。江左周易則王輔嗣。尚書則孔安國。左傳則杜元凱。河洛左傳則服子愼。尚書周易則鄭康成。詩則並主於毛公。禮則同遵於鄭氏。大抵南人約簡。得其英華。北學深蕪。窮其枝葉。考其終始。要其會歸。其立身成名。殊方同致矣。隋時南北之學漸合。而立國未久。莫臻厥盛。據北史儒林傳。謂開皇初徵辟儒生。遠近畢至。使相與講論得失於東都之下。納言定其差次。一以聞奏焉。於時舊儒多已凋亡。惟信都劉士元。河間劉光伯。拔萃出類。學通南北。博極今古。後生鑽仰。所製諸經議疏。搢紳咸師宗之。蓋經術自後漢有今古學之分。及鄭康成混而合之。晉以後又有南北學之分。劉焯劉炫混而合之。至於唐初撰五經正義。多采二劉。故經術至唐統一矣。

太宗以儒學多門。章句繁雜。詔國子祭酒孔穎達與諸儒撰定五經義疏。凡一百七十卷。名曰五經正義。穎達旣卒。博士馬嘉運駁其所定義疏之失。有詔更定。未就。永徽二年。詔諸臣復考證之。就加增損。永徽四年。頒孔穎達五經正義於天下。每年明經依此考試。自唐至宋。明經取士。皆遵此本。於是異說漸廢。五經疏者。易主王弼。書孔安國。左氏杜預解。而鄭康成所注之易書。服虔所注之左氏。皆置不講。故說者謂五經疏多取南學。蓋二劉以北人好南學。孔穎達等承之。至是經術定於一尊。南學行而北學微矣。

唐書孔穎達傳曰。穎達與顏師古撰五經義訓凡百餘篇。號義贊。詔改爲正義。則當時修五經疏。穎達實與顏師古同總其事。此外同修者。周易有馬嘉運、趙乾叶。尚書有王德韶、李子雲。毛詩有王德韶、齊威。春秋有谷那律、楊士勛。禮記有朱子奢。李善信、賈公彥、柳士宣、范義頵、張權。標題穎達一人之名者。以年輩在先。名位獨重耳。穎達字仲達。冀州人。隋時博士。入唐已耄年。爲十八學士之一。

顏師古傳曰。師古字籀。其先琅邪人。太宗嘗歎五經去聖遠。傳習寖訛。師古於秘書省考正。多所釐正。既成。悉詔諸儒議。於是各執所習。共非詰師古。師古輒引晉宋舊文。隨方曉答。誼據該明。出其悟表。人人歎服。帝因頒所定書於天下。學者賴之。俄拜秘書少監。專事刊正古篇奇字。世所惑者。討析申熟。必暢本源。又爲太子承乾注班固漢書上之。時人謂杜征南顏秘書爲左丘明班孟堅忠臣。師古爲之推之孫。所著又有匡謬正俗。多考正文義。學者尚之。

當時又有陸德明。亦在十八學士之列。所著經典釋文傳於學者。德明名元朗。以字行。蘇州吳人。受學周弘正。陳時已有名。唐既定五經義疏。然實以九經取士。禮記左傳爲大經。毛詩周禮公羊爲中經。周易尚書儀禮穀梁爲小經。蓋以經文多少言之也。

自漢儒多訓釋羣經。晉宋以後。則諸史雜書。亦有註解。隋唐之際。士尤精研小學。唐書曹憲傳曰。憲揚州江都人。仕隋爲秘書學士。聚徒教授。凡數百人。公卿多從之遊。於小學家尤邃。自漢杜林衞宏以後。古文亡絕。至憲復興。煬帝令與諸儒譔桂苑珠叢百卷。規正文字。又訓註張揖所撰博雅。分爲十卷。學者推其該博。藏於秘書。貞觀中。揚州長史李襲譽薦之。以宏文館學士召。不至。卽家拜朝散大夫。當世榮之。太宗嘗讀書有奇難字。輒遣使者問憲。憲具爲音註。援驗詳確。帝咨尙之。卒年百餘歲。憲始以昭明太子文選授諸生。而同郡魏模。公孫羅。潤州許淹。江夏李善。相繼傳授。於是其學大興。經籍志載憲著爾雅音義二卷。博雅十卷。文字指歸四卷。許淹撰有文選音十卷。公孫羅亦有文選音義。李善著書尤多。

李邕傳曰。父善有雅行。淹貫古今。不能屬辭。故人號書簏。顯慶中。累擢宗賢館直學士。兼沛王侍讀。爲文選注六十卷。敷析淵洽。表上之。賜賚頗渥。善後居汴鄭間講授。諸生四遠至。傳其業。號文選學。又撰漢書辨惑三十卷。邕少知名。始善注文選。釋事而忘意。書成以問邕。邕不敢對。善詰之。邕意欲有所更。善曰。試爲我補益之。邕附事見義。善以其不可奪。故兩書並行。

宋王讜唐語林云。李氏文選有初注成者。有覆注成者。有三注四注者。當初旋被傳寫之誤。其絕筆之本。兼釋音訓。義解甚多。蓋唐初經術統一。訓詁之學盛行。學者多精究古書奇字義訓。李善注文選。主別名一學。其餘以小學著書者。尤不可勝紀矣。

第五節　諸史之纂集

高祖踐阼於大亂之後。經籍亡散。秘書湮缺。令狐德棻始請帝重購求天下遺書。置吏稱錄。不數年圖典略備。又建言近代無正史。梁陳齊文籍猶可據。至周隋事多脫捐。今耳目尚相及。史有所憑。一易世。事皆汩暗。無所掇拾。陛下受禪於隋。隋承周。二祖業多在周。今不論次。各為一王史。則先烈世庸不光明。後無傳焉。帝謂然。於是詔中書令蕭瑀。給事中王敬業。著作郎殷聞禮主魏。中書令封德彝。舍人顏師古主隋。大理卿崔善為。中書舍人孔紹安。太子洗馬蕭德言主梁。太子詹事裴舉。吏部郎中祖孝孫。秘書丞魏徵主齊。秘書監竇璡。給事中歐陽詢。文學姚思廉主陳。侍中陳叔達。太史令庾儉。令狐德棻主周。整振論譔。多歷年不能就。罷之。貞觀三年。復詔撰定。議者以魏有魏收魏澹二家書為已詳。惟五家史當立。德棻更與秘書郎岑文本。殿中侍御史崔仁師次周史。中書舍人李百藥次齊史。著作郎姚思廉次梁陳二史。秘書監魏徵次隋史。左僕射房玄齡總監修撰之。原自德棻發之也。德棻宜州華原人。時又有鄧世隆、顧引、李延壽、李仁寔皆以史學稱。惟延壽所撰南北史見行於世云。岑文本字景仁。鄧州人。沈敏有姿儀。博綜經史。美談論。善屬文。貞觀初。除祕書郎。上籍田三元二頌。辭甚工。擢中書舍人。所草詔誥。或繁湊。卽令書僮六七人隨口並寫。須臾悉成。時中書侍郎顏師古以譴罷。太宗曰。朕自舉一人。乃以授文本。先與令狐德棻撰周史。史論多出文本。鄭亞李德裕集序曰。高祖革隋文物大備。在貞觀中則顏公師古。岑公文本與焉。蓋顏岑並以文誥齊稱當時也。

姚思廉。察之子也。少受漢書於察。盡傳其業。寡嗜欲。惟一於學。未嘗問家人生貲。歷仕陳隋。初察在陳嘗修梁陳二史。未就。死以屬思廉。唐初思廉表父遺言。有詔聽續。

李百藥。字重規。定州安平人。隋內史令德林子。七歲能屬文。父友陸乂等共讀徐陵文。有刈琅邪之稻之語。歎不得事。百藥進曰。春秋鄅子藉稻。杜預謂在琅邪。客大驚。號奇童。百藥名臣子。才行世顯。爲天下推重。詩尤其所長。樵廝皆能諷之。與謝偃賦並稱。李詩謝賦。所撰齊史行於時。

李延壽世居相州。貞觀中累官至御史臺主簿。兼修國史。初延壽父太師。多識前世舊事。嘗以宋齊梁陳齊周隋天下參隔。南方謂北爲索虜。北方指南謂島夷。其史於本國詳。他國略。往往訾美失傳。思所以改正。擬春秋編年。刊究南北事。未成而歿。延壽既數與論譔。所見益廣。乃追終先志。本魏登國元年。盡隋義寧二年。作本紀十二。列傳八十八。謂之北史。本宋永初元年。盡陳禎明三年。作本紀十。列傳七十。謂之南史。凡八代。合二書百八十篇。上之。其書頗有條理。刪落釀辭。過本書遠甚。時人見年少位下。不甚稱其書。遷符璽郎。兼修國史。卒。嘗撰太宗政典。調露中高宗觀之。咨美直筆。賜其家帛五十段。藏副祕閣。仍別錄以賜皇太子云。

按自德棻建議修梁陳周齊隋五史。而晉書亦成於當時史臣之手。故欲觀唐初史筆。則有晉梁陳周齊隋六家之史。及李延壽之南北史。晉書百三十卷。惟陸機王羲之兩傳論皆稱制曰。蓋太宗自撰之辭也。劉知幾謂貞觀中詔前後晉史十八家。未能盡善。勅史官更加纂撰。自是言晉史者。皆棄其舊本。競從新撰。然唐人所撰類書注釋。猶每稱引王隱、虞預、朱鳳、何法盛、謝靈運、臧榮緒、沈約之書。與徐廣、干寶、鄧粲、王韶之、曹嘉之、劉謙之之紀。及孫盛習鑿齒、檀道鸞之著述。要自新撰成而舊本漸廢矣。劉元海與高祖淵同名。史臣至不敢加貶詞。且曰元海人傑。又曰策馬鴻騫。乘機豹變。委曲獻諛。一至於此。

其餘諸史利病。可略而言。姚思廉之梁書陳書。並承其父察之業。李百藥北齊書。亦纘其父德林之緒。江左文雅之邦。故思廉敍述。較爲優贍。其排比次第。猶是漢晉以來相承之史法也。北齊立國本淺。鮮豐功偉烈。足資史材。列傳諸人。或上接魏朝。或下逮周世。徒以取盈卷帙。節目叢脞。未足觀美。令狐德棻專敍周書。同修者有岑文本、崔仁師、陳叔達、唐儉。頗因周隋時柳虬牛宏之書。劉知幾於周書頗多貶辭。謂宇文開國。事由蘇綽。軍書辭令。皆準尚書。太祖勅朝廷諸文。悉準此。而令狐不能別求他述。用廣異聞。惟憑本書。重加潤色。遂使周室一代之史。多非實錄。隋書帝紀五卷。列傳五十卷。皆署唐魏徵等奉勅撰。志三十卷。署長孫無忌等撰據史通則撰紀傳者爲顏師古孔穎達。撰志者爲于志寧、李淳風、韋安仁、李延壽、令狐德棻。按貞觀三年詔修隋史。十五年又詔修梁陳周齊隋五代史志。故隋書十志皆不以隋代爲限。梁陳周齊諸書之無志者。皆可藉此考見。律歷志出於李淳風。五行志或以爲褚遂良作。經籍志以四部分列。垂爲後世定法。漢以後唐以前之著述。賴以存其目者多矣。兵志之作。亦自隋書爲始。唐書以下。殆沿其例歟。

南北史意存簡要。體爲通史。視舊史爲約。而紀傳之外。不別作表志。頗足缺憾。其列傳以姓分衍。卷第無法。南則王謝分支。北則崔盧繫派。故家世族。一例連書。朝代不晰。幾近家傳。施於國史。多所未安。不得援史記世家之例爲比也。

第二章　上官體與四傑

第一節　上官體

上官儀。字游韶。陝州陝人。貞觀初擢進士第。召授弘文館直學士。遷秘書郎。太宗每屬文。遣儀視稿。私宴未嘗不預。高宗卽位。爲秘書少監。進西臺侍郎。同東西臺三品。麟德元年。坐梁王忠事下獄死。儀工詩。其詞綺錯婉媚。人多效之。謂爲上官體。集三十卷。今佚。

安德山池宴集一首

上路抵平津。後堂羅薦陳。綺交開狎賞。麗席展芳辰。密樹風煙積。迴塘荷芰新。雨霽虹橋晚。花落鳳臺春。翠釵低舞席。文杏散歌塵。方惜流觴滿。夕鳥已成闌。

大唐新語高宗承貞觀之後天下無事。上官儀獨爲宰相。嘗凌晨入朝。循洛水堤步月。徐轡詠詩曰。脈脈大川流。驅車歷長洲。鵲飛山月曙。蟬噪野雲秋。音韻淒響。羣公望之如神仙焉|詩苑類格曰。唐上官儀曰。詩有六對。一曰正名對。天地日月是也。二曰同類對。花葉草芽是也。三曰連珠對。蕭蕭赫赫是也。四曰雙聲對。黃槐綠柳是也。五曰疊韻對。徬徨放曠是也。六曰雙擬對。春樹秋池是也。又曰詩有八對。一曰的名對。送酒東南去。迎琴西北來是也。二曰異類對。風織池間樹。蟲穿草上文是也。三曰雙聲對。秋露香佳菊。春風馥麗蘭是也。四曰疊韻對。放蕩千般意。遷延一介心是也。五曰聯綿對。殘河若帶。初月如眉是也。六曰雙擬對。議月眉欺月。論花頰勝花是也。七曰回文對。情新因意得。意得逐情新是也。八曰隔句對。相思復相憶。夜夜淚沾衣。空歎復空泣。朝朝君未歸是也。

上官昭容名婉兒。儀之孫也。天性韶警。善文章。年十四。武后召見。有所制作。若素構。自通天以來。內掌詔命。掞麗可觀。嘗忤旨當誅。后惜其才。止黥而不殺也。然羣臣奏議。及天下事皆與之。中宗卽位。大被信任。進拜昭容。婉兒勸帝侈大書館。增學士員。引大臣名儒充選。數賜宴賦詩。君臣賡和。婉兒嘗代帝及后長樂安寧二主。衆篇並作。而采麗益新。又差第羣臣所賦。賜金爵。故朝廷靡然成風。當時屬詞者。大抵雖浮靡。然所得皆有可觀。婉兒力也。開元初裒次其父詔張說題篇。

自梁陳以還。詩已進於律體。作者競拘聲病。沈約之後。繼以徐庾。唐興則太宗好宮體。上官儀出。益爲綺錯。更立六對之法。逮夫沈宋。又加精切。雖屬辭浮靡。然美麗可觀。婉兒承其祖武。與諸學士爭騖華藻。沈宋應制之作。多經婉兒評定。當時以此相慕。遂爲風俗。故律體之成。上官祖孫之力尤多矣。

第二節　王楊盧駱四傑

王勃、楊炯、盧照隣、駱賓王四人。號初唐四傑。承江左之風流。會六朝之華采。雖亦屬辭綺錯。而視上官體尤波瀾深大。足以代表初唐之體格者也。

王勃字子安。絳州龍門人。六歲善文辭。九歲得顏師古注漢書讀之。作指瑕以擿其失。麟德初。劉祥道巡行關內。勃上書自陳。祥道表於朝。對策高第。年未及冠。授朝散郎。數獻頌闕下。沛王聞其名。召署府修譔。後屢坐罪廢斥。父福時繇雍州司功參軍坐勃故左遷交阯令。勃往省度海溺水。悸而卒。年二十九。初道出鍾陵。九月九日都督大宴滕王閣。宿命其壻作序以夸客。因出紙筆徧請客。莫敢當。至勃。抗然不辭。都督怒起更衣。遣吏伺其文。輒報。一再報。語益奇。乃矍然曰。天才也。請遂成文。極歡罷。勃屬文初不精思。先磨墨數升。則酣飮引被覆面臥。及寤援筆成篇。不易一字。時人謂勃爲腹稿。

楊炯華陰人。幼聰敏博學。善屬文。年十一。舉神童。授校書郎。爲崇文館學士。武后時。左轉梓州司法參軍。秩滿遷婺州盈川令。卒於官。中宗卽位。以舊僚贈著作郎。炯聞時人以四傑稱。乃自言曰。吾愧在盧前。恥居王後。

盧照鄰字昇之。范陽人。十歲從曹憲王義方授蒼雅。調鄧王府典籤。王有書十二車。照鄰總披覽。略能記憶。王愛重。比之相如。調新都尉。染風疾去官。居太白山。以服餌爲事。又客東龍門山。疾甚。足攣。一手又廢。乃去陽翟具茨山下。買園數十畝。疏潁水周舍。復豫爲墓。偃臥其中。後不堪其苦。與親屬訣。自投潁水死。年四十。嘗著五悲文以自明。有集二十卷。又幽憂子三卷。

駱賓王義烏人。七歲能賦詩。初爲道王府屬。歷武功主簿。調長安主簿。善爲五言詩。作帝京篇。當時以爲絕唱。武后時數上疏言事。下除臨海丞。鞅鞅不得志。棄官去。徐敬業亂。署賓王爲府屬。爲敬業傳檄天下。斥武后罪。后讀但嘻笑。至一抔之土未乾。六尺之孤安在。矍然曰。誰爲之。或以賓王對。后曰。宰相安得失此人。敬業敗。賓王亡命。不知所之。中宗時。詔求其文。得數百篇。他日崔融與張說評勃等曰。勃文章宏放。非常人所及。炯照鄰可以企之。說曰。不然。盈川文如縣河。酌之不竭。優於盧而不減王。恥居後。信然。愧在前。謙也。說部書謂駱賓王好以數對。如秦地重關一百二。漢家離宮三十六。時號算博士。楊炯爲文。好以古人姓名連開。如張平子之略談。陸士衡之所記。潘安仁宜其陋矣。仲長統何足知之。號點鬼簿。容齋四筆、王勃等四子之文、皆精切有本原、其用駢儷作序記碑碣、蓋一時體格如此、而後來頗議之。杜詩云、王楊盧駱當時體、輕薄爲文哂未休、爾曹身與名俱滅、不廢江河萬古流。正謂此耳。身名俱滅、以責輕薄子。江河萬古流、指四子也。韓公滕王閣記云、江南多游觀之美、而滕王閣獨爲第一。及得三王所爲序賦記等、壯其文辭。注謂王勃作游閣序、又云中丞命爲記、竊喜載名其上、詞列三王之次、有榮耀焉。則韓之所以推勃、亦爲不淺矣。藝苑卮言曰、盧駱王楊、號稱四傑、詞旨華麗、固緣陳隋之遺、骨氣翩翩、意象老境、超然勝之。五言遂爲律家正始、內子安稍近樂府、楊盧尚宗漢魏、賓王長歌雖極浮靡、亦有微瑕、而綴錦貫珠、滔滔洪遠、故是千秋絕藝。又曰、子安諸賦皆歌行也、爲歌行則佳、爲賦則醜。

仲春郊外　王勃

東園垂柳徑。西堰落花津。物色連三月。風光絕四鄰。鳥飛村覺曙。魚戲水知春。初晴山院裏。何處染囂塵。

早行　楊炯

敞朗東方徹。闌干北斗斜。地氣俄成霧。天雲漸作霞。河流纔辨馬。巖路不容車。阡陌經三歲。閭閻對五家。露文沾細草。風影轉高花。日月從來惜。關山猶自賒。

獄中學騷體　盧照鄰

夫何秋夜之無情兮。皎晶悠悠而太長。闔戶杳其幽邃兮。愁人披此嚴霜。見河漢之西落。聞鴻雁之南翔。山有桂兮桂有芳。心思君兮君不將。憂與憂兮相積。歡與歡兮兩忘。風嫋嫋兮木紛紛。凋綠葉兮吹白雲。寸步千里兮不相聞。思公子兮日將曛。林已暮兮鳥羣飛。重門掩兮人徑稀。萬族皆有所託兮。蹇獨淹留而不歸。

靈隱寺　駱賓王

鷲嶺鬱岧嶢。龍宮鎖寂寥。樓觀滄海日。門對浙江潮。桂子月中落。天香雲外飄。捫蘿登塔遠。刳木取泉遙。霜薄花更發。冰輕葉互凋。夙齡尚遐異。披對滌煩囂。待入天臺路。看余渡石橋。

第三章　武后及景龍時文學

第一節　武后時文學之盛

唐興文雅之盛。尤在則天以來。雖當時則天詩筆。多崔融元萬頃等代作。而內有上官之流。染翰流麗。天下聞風。蘇李沈宋接聲並鶩。文士之多。當推此時。

元萬頃傳曰。天后諷高宗廣召文詞之士入禁中修撰。萬頃與左史范履冰苗神客右史周思茂胡楚賓咸預其選。前後撰列女傳臣軌百寮新誡樂書等凡千餘卷。朝廷疑議。及百司表疏。皆密令萬頃等參決。以分宰相之權。時人謂之北門學士。

武后傳曰。帝晚益病風不支。天下事一付后。后乃更為太平文治事。大集諸儒內禁殿。譔定列女傳臣軌百寮新誡樂書等大抵千餘篇。因令學士密裁可奏議。分宰相權。自此始作塁𠀑埊𡆠囝〇𠺞𢘑𡕀𡔈𠦚。十有二文。太后自名曌。拜薛懷義爲輔國大將軍。封鄭國公。令與羣浮屠作大靈經。言神皇受命事。春官尚書李思文詭言周書武成爲篇。辭有垂拱天下治爲受命之符。后喜。皆班示天下。稍圖革命。

大唐新語曰。則天初革命。大搜遺逸。四方之士。應制者向萬人。則天御雄陽城南門。親自臨試。張說對策爲天下第一。則天以逸古以來。未有科甲。乃屈爲第二等。其警句曰。昔三監翫常。有司既糾之以猛。今四罪咸服。陛下宜濟之以寬。拜太子校書。仍令寫策本於尚書省。頒示朝集及蕃客等。以光大國得賢之美。

按武后嘗召文學士所撰書有玄覽及古今內範各百卷。靑宮記要。少陽政範各三十卷。維城典訓。鳳樓新誡。孝子列女傳各二十卷。（經籍志作列女傳一百卷）內軌要略。樂書要錄各十卷。百寮新誡。兆人本業各五卷。臣範兩卷。垂拱格四卷。幷文集一百二十卷。（垂拱集百卷金輪集十卷）藏於秘閣。又撰紫宸禮要十卷。字海一百卷。述聖記一卷。高宗實錄一百卷。保傅乳母傳一卷。

舊書久視元年。以張易之爲奉宸令。引辭人閻朝隱、薛稷、員半千。並爲奉宸供奉。詔昌宗撰三教珠英於內。乃引文學之士李嶠、閻朝隱、徐彥伯、張說、宋之問、崔湜、富嘉謨等二十六人。分門撰集。成一千三百卷。上之。易之昌宗皆粗能屬文。各應詔和詩。則宋之問閻朝隱爲之代作。後易之敗。朝官房融、崔神慶、崔融、李嶠、宋之問、杜審言、沈佺期、閻朝隱等。皆坐竄逐。凡數十人。

蓋武后在高宗時。已獎進文學。始則以北門學士諸人。纂集羣書。革命以後。又有三教珠英之集。引拔尤衆。一時文士如蘇李沈宋之閎麗。陳子昂盧藏用之古文。富嘉謨吳少微之經術。劉子玄之史學。以及張說之詞筆。徐堅之博洽。並騰譽文囿。上總初唐之麗則。下啟開元之極盛。有唐一代。律詩與古文之體。最越前世。皆發於武后時。可謂異矣。

又武后子章懷太子亦有文采。章懷太子名賢。字明允。高宗第六子也。永徽間封潞王。上元二年。孝敬皇帝薨。其年六月。立爲太子。尋令監國。招集當時學者太子左庶子張大安洗馬劉訥言。洛州司戶格希玄。學士許叔牙成玄一史藏諸周寶寧等。注范曄後漢書。表上之。

樂苑曰。如意娘商調曲。唐則天皇后所作也。其詞曰。

看朱成碧思紛紛。顦顇支離爲憶君。不信比來長下淚。開箱驗取石榴裙。

第二節　珠英學士與沈宋

晁公武郡齋讀書志。珠英學士集五卷。謂唐武后朝。嘗詔武三思等。修三教珠英一千三百卷。預修書者。凡四十七人。崔融經集其所賦詩。各題爵里。以官班爲次。融爲之序。舊唐書稱修三教珠英者二十六人。今珠英學士集已佚。據晁氏所記。乃有四十七人之多。且所謂二十六人者。亦不盡可考。其見於諸傳中。預修珠英者。有李嶠、員半千、崔湜、張說、徐堅、閻朝隱、徐彥伯、宋之問、沈佺期、富嘉謨、劉知幾、劉允濟、李適、王無競、尹元凱、喬備等。十餘人而已。珠英學士薈萃一時文人。而李嶠張昌宗實爲修書使。嶠本與蘇味道齊名。號蘇李。又與崔融杜審言並號文章四友。此外則沈宋最爲傑出。今述諸人尤著者傳略於後。

蘇味道趙州欒城人。九歲能屬辭。與里人李嶠俱以文翰顯。時號蘇李。

李嶠趙州贊皇人。富才思。有所屬詞。人多傳諷。武后時汜水獲瑞石。嶠爲御史。上皇符一篇。爲世譏薄。然其仕前與王勃楊盈川接。中與崔融蘇味道齊名。晚諸人沒而爲文章宿老。一時學者取法焉。後玄宗嘗讀嶠汾陰行。歎曰。李嶠眞才子也。

崔融字安成。齊州全節人。武后幸嵩高。見融銘啟母碣。歎美之。及已封。詔命銘朝覲碑。授著作郎。張易之兄弟頗延文學士。融與李嶠蘇味道麟臺少監王紹宗降節佞附。易之誅。貶袁州刺史。召授國子司業。與修武后實錄。勞封清河縣子。融爲文華婉。當時未有輩者。朝廷大筆。多手敕委之。其洛書寶圖頌尤工。撰武后哀册最高麗。絕筆而死。時謂思苦神竭云。年五十四。

杜審言字必簡。襄州襄陽人。晉征南將軍預遠裔。擢進士。爲隰城尉。恃才高以傲世見疾。蘇味道爲天官侍郎。審言集判。出謂人曰。味道必死。人驚問故。答曰。彼見吾判且羞死。又嘗語人曰。吾文章當得屈宋作衙官。吾筆當得王羲之北面。其矜誕類此。藝苑卮言曰。杜審言華藻整栗。小讓沈宋。而氣度高逸。神情圓暢。自是中興之祖。宜其矜率乃爾。

此外如劉允濟少與王勃齊名。徐彥伯爲文變易求新。以鳳閣爲鵷閣。龍門爲虬戶。金谷爲銑溪。玉山爲瓊嶽。竹馬爲篠驂。月兔爲兔魄。進士效之。謂之澀體。閻朝隱文章善構奇。爲時所稱。然要不及沈宋之閎麗矣。

宋之問字延清。一名少連。汾州人。之問偉儀貌。雄於辯。甫冠。武后召與楊炯分直習藝館。累轉尚方監丞左奉宸內供奉。武后游洛南龍門。詔從臣賦詩。左史東方虬詩先成。后賜錦袍。之問俄頃獻詩。后覽之嗟賞。更奪袍以賜。於時張易之等烝昵寵甚。之問與閻朝隱、沈佺期、劉允濟傾心媚附。易之所賦諸篇。盡之問朝隱所爲。（睿宗時之問坐賜死）魏建安後迄江左。詩律屢變。至沈約庾信。以音韻相婉附。屬對精密。及之問沈佺期又加靡麗。回忌聲病。約句準篇。如錦繡成文。學者宗之。號爲沈宋。語曰。蘇李居前。沈宋比肩。謂蘇武李陵也。佺期字雲卿。相州內黃人。武后時預修三教珠英。轉考功郎中。神龍中拜修文館直學士。開元初始卒。

開元中張說與徐堅論近世文章。說曰。李嶠、崔融、薛稷、宋之問之文。如良金美玉。無施不可。閻朝隱如麗服靚妝。燕歌起舞。觀者忘疲。若類之風雅。則罪人矣。

獨孤及曰。漢魏之間。作者猶質有餘而文不足。以今揆昔。則有朱絃疏越太羹遺味之歎。沈詹事宋考功始裁成六律。彰施五彩。使言之而中倫。歌之而成聲。緣情綺靡之功。至是始備。

雖去雅寖遠。其利有過於古。猶路鼗出於土鼓。篆籀生於鳥跡。

藝苑卮言曰。五言至沈宋。始可稱律。律爲音律法律。天下無嚴於是者。知虛實平仄不得任情而法度明矣。二君正是敵手。排律用韻穩妥。事不旁引。情無牽合。當爲最勝。

送別　李嶠

岐路方爲客。芳尊暫解顏。人隨轉蓬去。春伴落梅還。白雲渡汾水。黃河遶晉關。離心不可問。宿昔鬢成斑。

登襄陽城　杜審言

旅客三秋至。層城四望開。楚山橫地出。漢水接天回。冠蓋非新里。章華卽舊臺。習池風景異。歸路滿塵埃。

上元　蘇味道

火樹銀花合。星橋鐵鎖開。暗塵隨馬去。明月逐人來。游伎皆穠李。行歌盡落梅。金吾不禁夜。玉漏莫相催。

和梁王衆傳張光祿是王子晉後身　崔融

聞有沖天客。披雲下帝畿。三年上賓去。千載忽來歸。昔偶浮丘伯。今同丁令威。中郎才貌是。柱史姓名非。祗召趨龍闕。承恩拜虎闈。丹成金鼎獻。酒至玉杯揮。天仗分旄節。朝容間羽衣。舊壇何處所。新廟坐光輝。漢主存仙要。淮南愛道機。朝朝緱氏鶴。長向洛城飛。

有所思　宋之問

洛陽城東桃李花。飛來飛去落誰家。洛陽女兒好顏色。坐見落花長歎息。今年花落顏色改。明年花開復誰在。已見松柏摧爲薪。更聞桑田變成海。古人無復洛城東。今人還對落花風。年年歲歲花相似。歲歲年年人不同。寄言全盛紅顏子。須憐半死白頭翁。此翁白頭眞可憐。伊昔紅顏美少年。公子王孫芳樹下。淸歌妙舞落花前。光祿池臺交錦繡。將軍樓閣畫神仙。一朝臥病無相識。三春行樂在誰邊。婉轉蛾眉能幾時。須臾鶴髮亂如絲。但看古來歌舞地。唯有黃昏鳥雀飛。

古意呈補闕喬知之　　沈佺期

盧家少婦鬱金堂。海燕雙棲玳瑁梁。九月寒砧催木葉。十年征戍憶遼陽。白狼河北音書斷。丹鳳城南秋夜長。誰謂含愁獨不見。更將明月照流黃。

全唐詩話劉希夷一名庭芝。汝州人。少有文華。好爲宮體詩。詞旨悲苦。不爲時人所重。善彈琵琶。嘗爲白頭翁詠云。今年花落顏色改。明年花開復誰在。既而自悔曰。我此詩讖與石崇白首同所歸何異。乃更作一聯云。年年歲歲花相似。歲歲年年人不同。既而又歎曰。此句復仍似向讖矣。然死生有命。豈復由此。卽兩存之。詩成未周歲。爲奸人所殺。或云宋之問害之。後孫翌撰正聲集。以希夷詩爲集中之最。由是大爲人所稱。或云之問害希夷以洛陽篇爲己作。至今猶載此篇在之問集中。案卽前所錄有所思篇也。或云希夷是之問之甥。劉賓客嘉話錄言之問以土囊壓殺希夷而奪其句。臨漢隱居詩話已辨其妄。希夷詩以公子行代悲白頭翁二篇。尤爲時所誦。當時又有張若虛賦春江花月夜一篇。亦初唐之名製。云

第三節　陳子昂與富吳體

唐初文章。不脫陳隋舊習。射洪陳子昂始奮發自爲。追古作者。韓愈詩曰。國朝盛文章。子昂始高蹈。柳宗元亦謂張說工著述。張九齡善比興。兼備者子昂而已。（楊評事文集後序）馬端臨文獻通考。乃謂子昂惟詩語高妙。其他文則不脫偶儷卑弱之體。韓柳之論不專稱其詩。皆所未喩。今觀其集。惟諸表序猶沿排儷之習。若論事書疏之類。實疎樸近古。韓柳之論未爲非也。

陳子昂。字伯玉。梓州射洪人。武后朝登進士第。官至右拾遺。子昂資性褊躁。然輕財好施。篤朋友。與陸餘慶。王無競。房融。崔泰之。盧藏用。趙元最厚。唐興文章承徐庾餘風。天下祖尙。子昂始變雅正。初爲感遇詩三十八章。王適曰。是必爲海內文宗。乃請交。子昂所論著。當世以爲法。大曆中。東川節度使李叔明爲立旌德碑於梓州。爲學堂。子昂初至京師。不爲人知。有賣胡琴者。價百萬。豪貴傳視。無辨者。子昂突出顧左右。以千緡市之。衆驚問。答曰。余善此樂。皆曰。可得聞乎。曰。明日可集宣陽里。如期偕往。則酒肴畢具。置胡琴於前。食畢。捧琴語曰。蜀人陳子昂有文百軸。馳走京轂。碌碌塵土。不爲人知。此樂賤工之役。豈宜留心。舉而碎之。以其文軸遍贈會者。一日之內。聲華溢都。時武攸宜爲建安王。辟爲書記。武后朝爲靈臺正字。後爲縣令段簡誣繫獄中而卒。

與東方左史虯脩竹篇　幷序

東方公足下。文章道弊五百年矣。漢魏風骨。晉宋莫傳。然而文獻有可徵者。僕嘗暇時觀齊梁間詩。彩麗競繁。而興寄都絕。每以永歎。竊思古人。常恐逶迤頹靡。風雅不作。以耿耿也。一昨於解三處見明公詠孤桐篇。骨氣端翔。音情頓挫。光映朗練。有金石聲。遂用洗心飾視。發揮幽鬱。不圖正始之音。復覩於茲。可使建安作者相視而笑。解君云。張茂先何敬祖。東方生與其比肩。僕亦以為知言也。故感歎推製作。脩竹詩一篇。當有知音以傳示之。

龍種生南岳。孤翠鬱亭亭。峯頂上崇崒。煙雨下微冥。夜聞鼯鼠叫。晝聒泉壑聲。春風正淡蕩。白露已清冷。哀響激金奏。密色滋玉英。歲寒霜雪苦。含彩獨青青。豈不厭凝冽。羞比春木榮。春木有榮歇。此節無凋零。始願與金石。終古保堅貞。不意伶倫子。吹之學鳳鳴。遂偶雲龢瑟。張樂奏天庭。妙曲方千變。簫韶已九成。信蒙雕斲美。常願事僊靈。驅馳翠虯駕。伊鬱紫鸞笙。結交嬴臺女。吟弄昇天行。攜手登白日。遠遊戲赤城。低昂玄鶴舞。斷絕彩雲生。永隨眾仙去。三山遊玉京。

盧藏用唐右拾遺陳子昂文集序曰。昔孔宣父以天縱之才。自衛反魯。乃刪詩定禮。述易道而修春秋。數千百年。文章粲然可觀也。孔子歿二百歲而騷人作。於是怨麗浮侈之法行焉。漢興二百年。賈誼馬遷為之傑。憲章禮樂。有老成之風。長卿子雲之儔。瑰詭萬變。亦奇特之士也。惜其王公大人之言。溺於流雜而不顯。其後班張崔蔡曹劉潘陸。隨波而作。雖大雅不足。其遺風餘烈。尚有典型。宋齊之末。蓋顦顇矣。逶迤陵積。流靡忘返。至於徐庾。天之將喪斯文也。後進之士。若上官儀者。繼踵而生。於是風雅之道。掃地盡矣。易曰。物不可以終否。故受之以泰道喪五百歲而得陳君。君諱子昂字伯玉蜀人也。崛起江漢。虎視函夏。卓立千古。橫制頹波天下翕然質文一變非夫岷峨之精巫廬之靈則何以生此故其諫諍之辭則爲政之先也。昭夷之碣則議論之當也。國殤之文則大雅之怨也。徐君之議則刑禮之中也。至於感激頓挫微顯闡幽。庶幾見變化之朕以接乎天人之際者則感遇之篇存焉。觀其逸足駸駸方將摶扶搖而凌太清獵遺風而薄嵩岱吾見其進未見其止惜乎湮厄當世道不偶時。委骨巴山年志俱夭故其文未極也。嗚呼聰明精粹而淪剝貪叨桀驁以顯榮天乎天乎吾始未知夫天焉。昔嘗與余有忘形之契。四海之內一人而已。良友殁矣。天其喪余今採其遺文可存者。編而次之。凡十卷恨不逢作者。不得列於詩人之什悲夫故粗論文變而爲之序。至於王霸之才。卓犖之行。則存之別傳以繼於終篇云。

又有成都閭丘均與子昂杜審言齊名。子昂所與酬答者有東方虬喬知之等。蕭穎士於文章少許可而獨好子昂及盧藏用富嘉謨之文。尹元凱亦與盧藏用厚善。

按舊唐書文苑傳富嘉謨雍州武功人。舉進士長安中累轉晉陽尉。與新安吳少微友善。同官先是文士譔碑頌皆以徐庾爲宗氣調漸劣。嘉謨與少微屬辭皆以經典爲本時人欽慕之。文體一變稱爲富吳體。嘉謨作雙龍泉頌千蠋谷頌。少微撰崇福寺鐘銘詞最高雅作者推重。嘉謨與少微在晉陽魏郡谷倚爲太原主簿。皆以文辭著名。時人謂之北京三傑。

張說曰。富嘉謨文如孤峯絕岸。壁立萬仞。濃雲鬱興。震雷俱發。誠可畏也。若施於廊廟則駭矣。燕公仍好麗詞。故其言如此。富吳等文章今罕傳。唐初復古之功。當推伯玉無疑矣。

第四節　劉知幾

自魏文典論。唱譏評文史之風。及名理盛興。而月旦之事。每施於篇翰。由晉宋以至齊梁。作者衆矣。而撰其所論。多評於詞賦。而略於載筆。唐初劉子玄。乃專評史家。著史通內外四十九篇。自成一家之作。古所未有也。子玄名知幾。武后時官獲嘉主簿。時吏橫酷。淫及善人。公卿被誅死者踵相及。子玄悼士無良而甘於禍。作思慎賦以刺時。蘇味道李嶠見而歎曰。陸機豪士之流。乎周身之道盡矣。子玄與徐堅元行沖吳競善等。嘗曰海內知我者數子耳。累遷鳳閣舍人。兼修國史。中宗時。遷秘書少監。仍領史事。當時修史。皆宰相監修。意尚不一。子玄因求罷史職。奏記蕭至忠。爲言修史五不可之故。極爲切至。徐堅見其史通。歎曰。爲史氏者宜置此坐右也。又嘗自比揚雄者四。雄好雕蟲小技。老而爲悔。吾幼喜賦詩。而壯不爲。期以述者自名。雄準易作經。當時笑之。吾作史通。俗以爲愚。雄著書見尤於人。作解嘲。吾亦作釋蒙。雄少爲范逡劉歆所器。及聞作經。以爲必覆醬瓿。吾始以文章得譽。晚談史傳。由是減價。其自感慨如此。子玄內貧所有未盡。乃委國史於吳競。別撰劉氏家史及譜考。上推漢爲陸終苗裔。非堯後。彭城叢亭里諸劉。出楚孝王囂曾孫居巢侯般。不承元王。按據明審。議者高其博。今節錄史通自敍。可以觀子玄之志矣。其詞曰。

予幼奉庭訓。早游文學。年在紈綺。便受古文尚書。每苦其辭艱瑣。難爲諷讀。雖屢逢捶撻。而其業不成。嘗聞家君爲諸兄講春秋左氏傳。每廢書而聽。逮講畢。卽爲諸兄說之。因竊歎曰。使書皆如此。吾不復怠矣。先君奇其意。於是始授以左氏。期年而講誦都畢。於時年甫十有二矣。所講雖未能深解。而大義略舉。父兄欲令博觀義疏。精此一經。辭以獲麟以後。未見其事。乞且觀餘部。以廣異聞。次又讀史漢三國志。旣欲知古今沿革。曆數相承。於是觸類而觀。不假師訓。自漢中興以降。迄乎皇家實錄。年十有七。而窺覽略周。其所讀書。多因假賃。雖部帙殘缺。篇第有遺。至於敍事之紀綱。立言之梗概。亦粗知之矣。但於時將求仕進。兼習揣摩。至於專心諸史。我則未暇。洎年登弱冠。射策登朝。於是思有餘閒。獲遂本願。旅游京洛。頗積歲年。公私借書。恣情披閱。至如一代之史。分爲數家。其間雜記小書。又競爲異說。莫不鑽研穿鑿。盡其利害。加以自小觀書。喜談名理。其所悟者。皆得之襟腑。非由染習。故始在總角。讀班謝兩漢。便怪前書不應有古今人表。後書宜爲更始立紀。當時聞者。共責以爲童子何知。而敢輕議前哲。於是赧然自失。無辭以對。其後見張衡范曄集。果以二史爲非。其有暗合於古人者。蓋不可勝紀。始知流俗之士。難與之言。凡有異同。蓄諸方寸。及年以過立。言悟日多。常恨時無同好。可與言者。維東海徐堅。晚與之遇。相得甚歡。雖古者伯牙之識鍾期。管仲之知鮑叔。不是過也。復有永城朱敬則。沛國劉允濟。義興薛謙光。河南元行沖。陳留吳兢。壽春裴懷古。亦以言議見許。道術相知。所有榷揚。將盡懷抱。每云德不孤。必有鄰。四海之內。知我者不過數子而已矣。昔仲尼以睿聖明哲。天縱多能。覩史籍之繁文。懼覽者之不一。刪詩爲三百篇。約史記以修春秋。贊易道以黜八索。述職方以除九邱。討論墳典。斷自唐虞。以迄於周。其文不刊。爲後王法。自茲厥後。史籍逾多。苟非命世大才。孰能刊正其失。嗟予小子。敢當此任。其於史傳也。嘗欲自班馬已降。訖於姚李令狐顏孔諸書。莫不因其舊義。普加釐革。但以無夫子之名。而輒行夫子之事。將恐致驚末俗。取咎時人。徒有其勞。而莫之見賞。所以每握管歎息。遲回者久之。非欲之而不能。實能之而不敢也。既朝廷有知意者。遂以載筆見推。由是三爲史臣。再入東觀。每惟皇家受命。多歷年所。史官所編。粗惟紀錄。至於紀傳及志。則皆未有其書。長安中。會奉詔預修唐史。及今上卽位。又勅撰則天大聖皇后實錄。凡所著述。嘗欲行其舊議。而當時同作諸士。及監修貴臣。每與其鑿枘相違。齟齬難入。故其所載削。皆與俗浮沈。雖自謂依違苟從。然猶大爲史官所嫉。嗟乎。雖任當其職。而吾道不行。見用於時。而美志不遂。鬱怏孤憤。無以寄懷。必寢而不言。嘿而無述。又恐沒世之後。誰知予者。故退而私撰史通。以見其志。(下略)

第五節　景龍文學

武后時登進文士。中宗卽位。政無所革。諸人猶備侍從。故神龍景龍間之文學。尙承武后時風氣。加以上官昭儀亦在宮中。甚蒙寵遇。君臣相共媟飲。紀之可以見世變。云大唐新語。神龍之際。京城正月望日。盛飾燈影之會。金吾弛禁。特許夜行。貴游戚屬。及下俚工賈。無不夜游。馬車駢闐。人不得顧。王主之家。馬上作樂以相誇競。文士皆賦詩一章。以紀其事。作者數百人。惟中書侍郎蘇味道。吏部員外郭利貞。殿中侍御史崔液三人爲絕唱。

景龍二年。始於修文館置大學士四員。學士八員。直學士十二員。象四時八節十二月。於是李嶠宗楚客趙彥昭韋嗣爲大學士。李適劉憲崔湜鄭愔盧藏用李乂岑羲劉子玄爲學士。薛稷馬懷素宋之問武平一杜審言沈佺期閻朝隱爲直學士。又召徐堅韋元旦徐彥伯劉允濟等滿員。其後被選者不一。凡天子饗會游豫。唯宰相及學士得從。春幸梨園。並渭水祓除。則賜細柳圈辟癘。夏宴蒲萄園。賜朱櫻。秋登慈恩浮圖。獻菊花酒稱壽。冬幸新豐。歷白鹿觀。上驪山。賜浴湯池。給香粉蘭澤。從行給翔麟馬。品官黃衣各一。帝有所感。卽賦詩。學士皆屬和。當時人所歆慕。然皆狎猥佻佞。忘君臣禮法。惟以文華取幸。

全唐詩話中宗九月九日幸臨渭亭登高作云。九月正乘秋。三杯興已周。泛桂迎罇滿。吹花向酒浮。長房萸早熟。彭澤菊初收。何藉龍沙上。方得恣淹留。時景龍三年也。序云。陶潛盈把。既浮九醞之歡。畢卓持螯。須盡一生之興。人題四韻。同賦五言。其最後成。罰之引滿。

又曰。十月帝誕辰。內殿宴聯句。潤色鴻業寄賢才。帝云 叨居右弼愧鹽梅。李嶠 運籌帷幄荷時來。宗楚客 職掌圖籍濫蓬萊。劉憲 兩司謬忝謝鍾裴。崔湜 禮樂銓管效塵埃。鄭愔 陳師振旅清九垓。趙彥昭 忻承顧問侍天杯。李適 銜恩獻壽柏梁臺。蘇頲 黃縑青簡奉康哉。盧藏用 宗伯秩禮天地開。薛稷 帝歌難續仰昭回。宋之問 微臣捧日變寒灰遠愧班左媿游陪。上官婕妤 帝謂侍臣曰。今天下無事。朝野多歡。欲與卿等詞人時賦詩宴樂。可識朕意。不須惜醉。大學士李嶠宗楚客等跪奏曰。臣等多幸。同遇昌期。謬以不才。策名文館。思勵駑朽。庶裨河嶽。既陪天歡。不敢不醉。此後每游別殿幸離宮駐蹕芳苑。鳴笳仙禁。或戚里宸筵。王門邸席。無不畢從。

中宗正月晦日幸昆明池賦詩。羣臣應制百餘篇。帳殿前結綵樓。命昭容選一篇為新翻御製曲。從臣悉集其下。須臾紙落如飛。各認其名而懷之。既退。惟沈宋二詩不下。移時一紙飛墜。競取而觀。乃沈詩也。及聞其評曰。二詩工力悉敵。沈詩落句云。微臣雕朽質。羞覩豫章才。蓋詞氣已竭。宋詩云。不愁明月盡。自有夜珠來。猶陡健舉。沈乃伏不敢復爭。

又曰。景龍中。中宗引近臣宴集。令各戲伎為樂。張錫為談容娘舞。宗晉卿舞渾脫。張洽舞黃麞。杜元琰誦婆羅門呪。李行言唱駕車西河。盧藏用效道士上章。國子司業郭山惲請誦古詩兩篇。誦鹿鳴蟋蟀未畢。李嶠以詩有好樂無荒之語止之。行言隴西人。兼文學幹事。函谷關詩為時人所許。中宗時為給事中。能唱步靈歌。帝七月七日御兩儀殿會宴。帝命為之行言於御前長跪作三洞道士書詞歌曲。貌偉聲暢。上頗歎美。

丹鉛總錄曰。唐自貞觀至景龍。詩人之作。盡是應制。命題既同。體製復一。其綺繪有餘。而微乏韻度。獨蘇頲東望望春春可憐一篇。迥出羣英。按頲詩是景龍中作也。

奉和春日幸望春宮應制　　蘇頲

東望望春春可憐。更逢晴日柳含煙。宮中下見南山盡。城上平臨北斗懸。細草偏承回輦處。輕花微落奉觴前。宸游對此歡無極。鳥哢聲聲入管絃。

第四章　開元天寶之文學

第一節　開元天寶文學總論

開元天寶之間。謂之盛唐。不獨詩歌度越一世。其他文學。亦各振迅奮發。今當以次論之。而先述其略於此。

(一)燕許大手筆與李邕碑誌　唐興。習爲浮麗。開元之初。燕許角立。始有渾茂之製。風氣一變。同時李邕亦善爲碑誌。邕爲善之子。舊唐書文苑傳稱邕早擅才名。尤長碑頌。中朝衣冠及天下寺觀。多賚持金帛。往求其文。前後所製。凡數百首。受納饋遺。亦至鉅萬。時議以爲自古鬻文。未有如邕者。杜甫八哀詩所稱碑版照四裔者也。

(二)盛唐詩　漁洋詩話曰。盛唐諸公五言之妙。多本阮籍、郭璞、陶潛、謝靈運、謝朓、江淹、何遜。邊塞之作。則出鮑照吳均也。唐人於六朝。率攬其菁華。汰其蕪蔓。可爲學古者之法。蓋自陳子昂追建安之風。開元之際。則張曲江繼之。李太白又繼之。沈宋集律體之成。而王孟高岑益爲華贍。子美兼擅古律。是盛唐之宗矣。

(三)古文　陳伯玉已倡古文。其流未盛。開元天寶之際。蕭穎士李華出。爲文一本經典。始革陳隋以來俳綺之習。當時又有元結獨孤及諸人。皆韓柳之先導也。

(四)綸誥表章　燕許本長載筆。而許公又與李乂同稱蘇李。其後蘇晉與賈曾同號蘇買。皆在開元以來。至是綸誥表章。別爲一體。常楊繼踵。而令狐刀筆。遂有傳學。蓋肇自開天之際歟。

(五)縱橫家　縱橫家言。漢以後希復治之者。開元間趙蕤獨出長短經。孫光憲北夢瑣言載蕤梓州鹽亭人。博學韜鈐。長於經世。夫婦俱有隱操。不應辟召。唐書藝文志。亦載蕤字太賓。梓州人。開元中召之不赴。與光憲所紀略同。惟書名作長短要術。爲少異。蓋一書而二名也。是書皆談王霸經權之要。成於開元四年。自序稱凡六十三篇。合爲十卷。今僅存九卷。淸四庫提要稱其文格頗近荀悅申鑒。劉劭人物志。有魏晉之遺。

(六)詞曲　玄宗雅好聲樂。梨園始盛。李白創菩薩蠻、淸平樂、諸調。爲詞家之祖。

(七)滑稽派　唐國史補。初詼諧自賀知章。輕薄自祖詠。顊語自賀蘭廣。鄭涉。近代詠字有蕭昕。寓言有李紓。隱語有張著。機警有李舟、張彧。歇後有姚峴叔。訛語影帶有李直方獨孤申叔。題目人有曹著。則滑稽之風。亦盛自開元以來也。

第二節　燕許

開元初燕許齊稱。文章閎贍。而不蹈浮靡之習。同時惟張九齡與之差肩。盛唐之始盛。此三人而已。

蘇頲。字廷碩。瓌之子也。武后時。拜中書舍人。時同中書門下三品。父子同坐禁莬。玄宗初平內難。書詔填委。頲在太極後閣。口所占授。功狀百緒。輕重無所差。書史白曰。丐公徐之。不然手腕脫矣。李嶠曰。舍人思若涌泉。吾所不及。其後與李乂對掌書命。帝曰。前世李嶠蘇味道文擅當時。號蘇李。今朕得頲及乂。何愧前人哉。俄襲封許國公。自景龍後。張說亦以文章顯。稱望與頲略等。故時號燕許大手筆。帝愛其文。曰。卿所爲詔令。別錄副本。署臣某撰。朕當留中。後遂爲故事。其後李德裕著論曰。近世詔誥。惟頲敍事外自爲文章云。

張說字道濟。洛陽人。永昌中。武后策賢良方正。詔糊名考較。說所對第一。玄宗時遷中書令。封燕國公。說敦氣節。立然諾。喜推藉後進。於君臣朋友大義甚篤。帝在東宮。所與祕謀密計甚衆。後卒爲宗臣。朝廷大述作多出其手。帝好文辭。有所爲必使視草。善用人之長。多引天下知名士。以佐佑王化。粉澤典章。成一王法。天子尊尙經術。開館置學士。修太宗之政。皆說倡之。爲文屬思精壯。長於碑誌。世所不逮。旣謫岳州。而詩益悽惋。人謂得江山助云。說嘗與徐堅評並世文章。以爲韓休之文。如太羹玄酒。有典則。薄滋味。許景先如豐肌膩理。雖穠華可愛。而乏風骨。張九齡如輕縑素練。實濟時用。而窘邊幅。王翰如瓊樓玉斝。雖爛然可珍。而多玷缺。堅謂爲篤論。然諸人文章。今傳於世者。惟九齡可與燕許相埒。且尤工於詩。有古意焉。

張九齡。字子壽。韶州曲江人。七歲知屬文。擢進士。官中書舍人。出爲洪州都督。後以張說薦爲集賢院學士。俄拜中書侍郎同平章事。明皇嘗謂侍臣曰。張九齡文章自有唐名公皆弗如也。朕終身師之不得其一二。此人眞文場之元帥也。

皇甫湜諭業曰。燕公之文如櫰木枏枝。締構大厦。上棟下宇。孕育氣象。可以變陰陽而閱寒暑。坐天子而朝羣后。許公之文如應鐘鼖鼓。笙簧鐘磬。崇牙樹羽。考以宮縣。可以奉明神享宗廟。曲江之文。則同時已有燕公之評。其後柳子厚楊評事文集後序。謂燕文貞以著述之餘。攻比興而莫能盛。張曲江以比興之隙。窮著述而不克備。蓋以陳拾遺獨能兼之。淸王士禛謂唐五古詩凡數變。自陳拾遺奪魏晉之風骨。變梁陳之俳優。而張曲江實爲之繼云。

故刑部尙書中山李公詩法記　蘇頲

唐開元四年太歲景辰二月戊申朔二十六日癸酉。銀靑光祿大夫刑部尙書昭文館學士中山公薨於京師宣陽里私第。享年六十。先五日扈駕自新豐湯井還。其日奉制持節復賽于湯所。以降雨故也。還歷二日自說齋祭滌濯之事。願言賦詩。至其夕賓友皆散。因作扈從詩十韻。遲明命以示頲。詩成而寢。奄忽生災。此卽夫子獲麟之卒章也。旣殮。公子壻右金吾倉曹博陵崔望之。自其家取以見遺。嗚呼。翰墨未燥。形神已離。舉朝驚嗟之聲。不崇朝而達於遠矣。公文特稱於世。每謂知音則寡。同氣相求。逮觀此詞。何異於理正心而爲咏。豈交臂而相失。曾未數刻。恨不迴車擊節而如舊也。撫膺一慟。不覺涕之漣洏。痛矣。中山長無見日。雖子期不聽。存者可以絕弦。而相如有作。歿者竟傳遺草。故銘如右。記其事云。

孔補闕集序　　張說

唐會稽孔季翊字季和。識眞之士也。弱冠制舉。授校書郎。轉國子主簿。年三十一。卒於左補闕。祖紹安。中書舍人。考楨。絳州刺史。季和清規素業。有奕代之訓。依仁遊藝。其聖者之後。永昌之始。接跡書坊。有廣漢陳子昂。鉅鹿魏知古。高陽許望。信都杜澄。昌樂谷倚。廣陵馬懷素。東萊王無競。河南元希聲。臨淄李伯魚。譙國桓彥範。僉謂季和神清韻遠。析理探微。衛叔寶之比也。嗚呼人斯云亡。世閱多故。十稔之外。零落將盡。而後來者皆首華金步。鳴玉負璽。丹地揮毫。紫宸何嘗不拜職之日。歎在劉王喬臨壇之時。恨無謝益壽者矣。頃見許州之子。風裁可觀。潘子之門。有尼夏侯之學。傳建集作者五卷。以示予。稱從弟四人皆良器。愴相如之遺草。幸公業之不亡。因敍曩意。存之編首云爾。

感遇　　張九齡

蘭葉春葳蕤。桂華秋皎潔。欣欣此生意。自爾爲佳節。誰知林棲者。聞風坐相悅。草木有本心。何求美人折。

幽林歸獨臥。滯慮洗孤清。持此謝高鳥。因之傳遠情。日夕懷空意。人誰感至精。飛沈理自隔。何所慰吾誠。

魚遊樂深池。鳥棲欲高枝。嗟爾蜉蝣羽。薨薨亦何爲。有生豈不化。所感奚若斯。神理日微滅。吾心安得知。浩歎楊朱子。徒然泣路歧。

第三節　李杜

明皇世文學大盛。燕許以下。論者推李翰林杜工部爲詩人之尤。蓋李杜並時齊名。後或有所優劣。非篤論也。

按唐書文藝傳。李白。字太白。興聖皇帝九世孫。其先隋末以罪徙西域。神龍初遁還。客巴西。白之生。母夢長庚星。因以命之。十歲通詩書。既長。隱岷山。州舉有道不應。蘇頲爲益州長史。見白異之。曰。是子天才奇特。少益以學。可比相如。然喜縱橫術。擊劍爲任俠。輕財重施。更客任城。與孔巢父、韓準、裴政、張叔明、陶沔。居徂徠山。日沈飲。號竹溪六逸。天寶初。南入會稽。與吳筠善。筠被召。故白亦至長安。往見賀知章。知章見其文。歎曰。子謫仙人也。言於玄宗。召見金鑾殿。論當世事。奏頌一篇。帝賜食。親爲調羹。有詔供奉翰林。白猶與飲徒醉於市。帝坐沈香亭子。意有所感。欲得白爲樂章。召入。而白已醉。左右以水頮面。稍解。援筆成文。婉麗精切。無留思。帝愛其才。數宴見。白嘗侍帝醉。使高力士脫鞾。力士素貴。恥之。擿其詩以激楊貴妃。帝欲官白。妃輒沮止。白自知不爲親近所容。益驁放不自修。與知章、李適之、汝陽王璡、崔宗之、蘇晉、張旭、焦遂。爲酒中八仙人。懇求還山。帝賜金放還。白浮遊四方。嘗乘舟與崔宗之自采石至金陵。著宮錦袍坐舟中。旁若無人。安祿山反。轉側宿松匡廬間。永王璘辟爲府僚佐。璘起兵。逃還彭澤。璘敗。當誅。初白游并州。見郭子儀。奇之。子儀嘗犯法。白爲救免。至是子儀請解官以贖。有詔長流夜郎。會赦還。潯陽坐事下獄。釋囚後依當塗令李陽冰。遂卒於當塗。

唐孟啟本事詩。李太白初自蜀至京師。舍於逆旅。賀監知章聞其名。首訪之。既奇其姿。復請所爲文。出蜀道難以示之。讀未竟。稱歎者數四。號爲謫仙。解金龜換酒。與傾盡醉。期不間日。

由是稱譽光赫。賀又見其烏棲曲。歎賞苦吟曰。此可以泣鬼神矣。故杜子美贈詩及焉。曲曰。姑蘇臺上烏棲時。吳王宮裏醉西施。吳歌楚舞歡未畢。西山欲銜半邊日。金壺丁丁漏水多。起看秋月墮江波。東方漸高奈樂何。或言是烏夜啼二篇。未知孰是。故兩錄之。烏夜啼曰。黃雲城邊烏欲棲。歸飛啞啞枝上啼。機中織錦秦川女。碧紗如煙隔窗語。停梭向人問故夫。欲說遼西淚如雨。白才逸氣高。與陳拾遺齊名。先後合德。其論詩云。梁陳以來。豔薄斯極。沈休文又尚以聲律。將復古道。非我而誰與。故陳李二集律詩殊少。嘗言興寄深微。五言不如四言。七言又其靡也。況使束於聲調俳優哉。故戲杜曰。飯顆山頭逢杜甫。頭戴笠子日卓午。借問別來太瘦生。總爲從前作詩苦。蓋譏其拘束也。

杜甫字子美。本襄陽人。後徙河南鞏縣。審言之孫也。少時李邕奇其才。先往見之。初應進士不第。天寶末。獻三大禮賦。玄宗奇之。會安祿山亂。肅宗時官至右拾遺。後依嚴武於劍南。最久。武卒。往來梓夔間。大歷中出瞿塘。下江陵。泝沅湘以登衡山。因客游耒陽。卒。唐書曰。甫曠放不自檢。好論天下大事。高而不切。少與李白齊名。時號李杜。嘗從白及高適過汴州。酒酣登吹臺。慷慨懷古。人莫測也。

舊唐書曰。天寶末詩人。甫與李白齊名。而白自負文格放達。譏甫齷齪。而有飯顆山之嘲誚。元和中詞人元稹論李杜之優劣曰。予讀詩至杜子美。而知小大之有所總萃焉。始堯舜之時。君臣以賡歌相和。是後詩人繼作。歷夏殷周千餘年。仲尼緝拾選揀。取其干預教化之尤者三百。餘無所聞。騷人作而怨憤之態繁。然猶去風雅日近。尚相比擬。秦漢以還。採詩之官既廢。天下妖淫民謳歌頌諷賦曲度嬉戲之辭。亦隨時間作。至漢武賦柏梁而七言之體興。蘇子卿李少卿之徒。尤工爲五言。雖句讀文律各異。雅鄭之音亦雜。而辭意簡遠。指事言情。自非有爲而爲。則文不妄作。建安之後。天下之士遭罹兵戰。曹氏父子鞍馬間爲文。往往橫槊賦詩。故其遒壯抑揚寃哀悲離之作。尤極於古。晉世風概稍存。宋齊之間。教失根本。士以簡謾歙習舒徐相尚。文章以風容色澤放逸精清爲高。蓋吟寫性靈留連光景之文也。意義格力無取焉。陵遲至於梁陳。淫艷刻飾佻巧小碎之詞劇。又宋齊之所不取也。唐興。學官大振。歷世能者之文互出。而又沈宋之流。研練精切。穩順聲勢。謂之爲律詩。由是之後。文體之變極焉。然而莫不好古者遺近。務華者去實。效齊梁則不逮於魏晉。工樂府則力屈於五言。律切則骨格不存。閑暇則纖濃莫備。至於子美。蓋所謂上薄風騷。下該沈宋。言奪蘇李。氣吞曹劉。掩顏謝之孤高。雜徐庾之流麗。盡得古今之體勢。而兼人人之所獨專矣。使仲尼考鍛其旨要。尚不知貴其多乎哉。苟以爲能所不能。無可無不可。則詩人以來。未有如子美者。是時山東人李白。亦以文奇取稱。時人謂之李杜。予觀其壯浪縱恣。擺去拘束。模寫物象。及樂府歌詩。誠亦差肩於子美矣。至若鋪陳終始。排比聲韻。大或千言。次猶數百。詞氣豪邁而風調清深。屬對律切。而脫棄凡近。則李尙不能歷其藩翰。況堂奧乎。予嘗欲條析其文體。別相附與來者爲之準。特病懶未就。爾自後屬文者以稹論爲是。

稹之論既出。韓愈爲詩曰。李杜文章在。光燄萬丈長。不知羣兒愚。那用故謗傷。蚍蜉撼大樹。可笑不自量。或云所以譏稹也。王世貞藝苑卮言曰。李杜光燄千古。人人知之。滄浪並極推尊。而不能致辨。元微之獨重子美。宋人以爲談柄。近時楊用修爲李左袒。輕俊之士。往往傳耳。要其所得。俱影響之間。五言古選體及七言歌行。太白以氣爲主。以自然爲宗。以俊逸高暢爲貴。子美以意爲主。以獨造爲宗。以奇拔沈雄爲貴。其歌行之妙。詠之使人飄揚欲僊者。太白也。使人慷慨激烈歔欷欲絕者。子美也。選體太白多露語率語。子美多穉語累語。置之陶謝間。便覺傖父面目。乃欲使之奪曹氏父子位耶。五言律七言歌行。子美神矣。七言律聖矣。五七言絕。太白神矣。七言歌行聖矣。五言次之。太白之七言律。子美之七言絕。皆變體。間爲之可耳。不足多法也。

古風　　李白

大雅久不作。吾衰竟誰陳。王風委蔓草。戰國多荊榛。龍虎相啖食。兵戈逮狂秦。正聲何微茫。哀怨起騷人。揚馬激頹波。開流蕩無垠。廢興雖萬變。憲章亦已淪。自從建安來。綺麗不足珍。聖代復元古。垂衣貴清眞。羣才屬休明。乘運共躍鱗。文質相炳煥。衆星羅秋旻。我志在刪述。垂輝映千春。希聖如有立。絕筆於獲麟。

戲爲六絕句　　杜甫

庾信文章老更成。凌雲健筆意縱橫。今人嗤點流傳賦。不覺前賢畏後生。

王楊盧駱當時體。輕薄爲文哂未休。爾曹身與名俱滅。不廢江河萬古流。

縱使盧王操翰墨。劣於漢魏近風騷。龍文虎脊皆君馭。歷塊過都見爾曹。

才力應難誇數公。凡今誰是出羣雄。或看翡翠蘭苕上。未掣鯨魚碧海中。

不薄今人愛古人。清詞麗句必爲鄰。竊攀屈宋宜方駕。恐與齊梁作後塵。

未及前賢更勿疑。遞相祖述復先誰。別裁僞體親風雅。轉益多師是汝師。

解悶十二首　錄五首　　杜甫

沈范早知何水部。曹劉不待薛郎中。獨當省署開文苑。兼泛滄浪學釣翁。

李陵蘇武是吾師。孟子論文更不疑。一飯未曾留俗客。數篇今見古人詩。

復憶襄陽孟浩然。清詩句句盡堪傳。卽今耆舊無新語。漫釣槎頭縮頸(一作項)鯿。

陶冶性靈在底物。新詩改罷自長吟。孰知二謝將能事。頗學陰何苦用心。

不見高人王右丞。藍田丘壑漫寒藤。最傳秀句寰區滿。未絕風流相國能。

李杜名篇尤多。今僅錄其論詩者數首。杜與李交誼至摯。杜集中多憶李之作。杜旣與高適岑參諸人唱和。又亟稱孟浩然。王摩詰。解悶所云薛郎中。薛據也。孟子。孟雲卿也。皆並世所心許之人云。

第四節　王孟高岑與當時之詩人

開元天寶間詩人。李杜之外。當推王孟高岑。孟襄陽句法章法。雖僅止於五言四十字。然沖淡溫雅。時有超然之致。自成一家言。摩詰之才。秀麗疎朗。往往意興發端。神情傅合。由工入微。不犯痕跡。所以爲佳。七言律尤臻妙境。高岑不相上下。岑遒勁少讓達夫。而婉縟過之。選體岑差健。歌行亦奇瑰。高一起一伏。尤爲正宗。王漁洋論盛唐詩。以李杜爲二聖。王維爲一賢。二聖一賢者。蓋比於聖仙佛。李白慕神仙。杜甫好儒。而王維信佛也。於並世詩人。又有王昌齡號詩天子。崔顥黃鶴樓詩。嚴滄浪以爲七律之冠。王灣之江南意。當時以爲詩人以來。未有此作。他如儲光羲、李頎、常建、王之渙、賈至、綦毋潛等。皆一時之傑。殷璠河嶽英靈集錄二十四人。多爲盛唐諸公。元結篋中集。又推沈千運、孟雲卿七人。其詩雅健。別爲一體。此外又有賀知章、包融、張旭、劉眘虛。號吳中四傑。而李嘉祐、皇甫曾兄弟。並及開天之盛。後以列之大歷才子中。開元天寶之間。抑何詩人之多乎。

王維字摩詰。河東人。與弟縉並有名。孟浩然。襄陽人。早隱鹿門山。游京師。賦詩爲張九齡、王維所稱。終於處士。高適字達夫。滄洲人。年五十乃學爲詩。而仕宦爲最達。岑參爲文本之孫。嘗爲蜀嘉州刺史。後終於蜀。詩意清拔孤秀。時人比之吳均、何遜。今略錄諸人遺事如下。

按唐國史補。王維好釋氏。故字摩詰。立性高致。得宋之問輞川別業。山水勝絕。今清源寺是也。維有詩名。然好取人文章佳句。行到水窮處。坐看雲起時。英華集中詩也。漠漠水田飛白鷺。陰陰夏木囀黃鸝。李嘉祐詩也。全唐詩話。集異記載王維未冠。文章得名。妙能琵琶。春之一日。岐王引至公主第。使爲伶人進主前。維進新曲。號鬱輪袍。並出所作。主大奇之。祿山之亂。李龜年奔放江潭。曾於湘中採訪使筵上唱云。紅豆生南國。秋來發幾枝。贈君多採擷。此物最相思。又秋風明月苦相思。蕩子從戎十載餘。征人去日慇懃囑。歸鴈來時數附書。此皆王維所製。而梨園唱焉。

孟浩然初入京師。王維私邀入內署。俄而玄宗至。浩然匿牀下。維以實對。帝喜曰。朕聞其人而未見也。詔浩然出。帝問其詩。再拜自誦所爲。至不才明主棄之句。帝曰。卿不求仕。而朕未嘗棄卿。奈何誣朕。因放還。皮日休孟亭記云。明皇世。章句之風。大得建安體。論者推李翰林杜工部爲尤。介其間能不愧者。惟吾鄉之孟先生也。先生之作。遇景入詠。不鉤奇抉異。令齷齪束人口者。涵涵然有干霄之興。若公輸氏當巧而不巧者也。北齊美蕭懿芙蓉露下落。楊柳月中疏。先生則有微雲淡河漢。疏雨滴梧桐。美王融日霽沙嶼明。風動甘泉濁。先生則有氣蒸雲夢澤。波撼岳陽城。謝脁之詩句精者。有露溼寒塘草。月映清淮流。先生則有荷風送香氣。竹露滴清聲。此與古人爭勝於毫釐間也。

集異記。開元中。詩人王昌齡、高適、王之渙齊名。時風塵未偶。而游處略同。一日天寒微雪。三詩人共詣旗亭貰酒小飲。忽有梨園伶官十數人登樓會讌。三詩人因避席隈映擁爐火以觀焉。俄有妙妓四輩。尋續而至。奢華艷曳。都冶頗極。旋則奏樂。皆當時之名部也。昌齡等私相約曰。我輩各擅詩名。每不自定其甲乙。今者可以密觀諸伶所謳。若詩入歌詞之多者。則爲優矣。俄而一伶拊節而唱。乃曰。寒雨連江夜入吳。平明送客楚山孤。洛陽親友如相問。一片冰心在玉壺。昌齡引手畫壁曰。一絕句。又一伶謳之曰。開篋淚霑臆。見君前日書。夜臺何寂寞。猶是子雲居。適則引手畫壁曰。一絕句。尋又一伶謳曰。奉帚平明金殿開。強將團扇共徘徊。玉顏不及寒鴉色。猶帶昭陽日影來。昌齡則又引手畫壁曰。二絕句。之渙自以詩名已久。因謂諸人曰。此輩皆潦倒樂官。所唱皆巴人下俚之詞耳。豈陽春白雪之曲。俗物敢近哉。因指諸妓中之最佳者曰。待此子所唱。如非我詩。吾卽終身不敢與子爭衡矣。脫是吾詩。子等當須列拜牀下。奉吾爲師。因歡笑而俟之。須臾次至雙鬟發聲。則曰。黃河遠上白雲間。一片孤城萬仞山。羌笛何須怨楊柳。春風不度玉門關。之渙卽揶歈二子曰。田舍奴。我豈妄哉。因大諧笑。諸伶不喻其故。皆起詣曰。不知諸郎君何此歡噱。昌齡等因話其事。諸伶競拜曰。俗眼不識神仙。乞降清重。俯就筵席。三子從之。飲醉累日。

杜確岑嘉州集序曰。自古文體變易多矣。梁簡文帝及庾肩吾之屬。始爲輕浮綺靡之詞。名曰宮體。自後沿襲。務於妖艷。謂之摛錦布繡焉。其有敦尚風格。頗存規正者。不復爲當時所重。諷諫比興。由是廢缺。物極則變。理之常也。聖唐受命。斵雕爲樸。開元之際。王綱復舉。淺薄之風。茲焉漸革。其時作者凡十數輩。頗能以雅參麗。以古雜今。彬彬然。燦燦然。近建安之遺範矣。南陽岑公聲稱老著。

顧況儲光羲集序曰。聖人賢人。皆鍾運而生。述聖賢之意。亦鍾運盛衰矣。開元十四年。嚴黃門知考功。以魯國儲公進士高第。與崔國輔員外。綦毋潛著作同時。其明年。擢第常建少府。王龍標昌齡。此數人皆當時之秀。而侍御聲價。隱隱轔轔。諸子。

殷璠河嶽英靈集。去取至爲精核。所錄僅二十四人。以常建爲冠。載詩僅二百三十四首。建居十五首。其序稱劉楨死於文學。左思終於記室。鮑照卒於參軍。常建亦淪於一尉。深用悲惋。又稱其松際露微月。清光猶爲君。山光悅鳥性。潭影空人心。諸句。而尤推弔王將軍墓一篇。以爲善敘悲怨。勝於潘岳。

彥周詩話曰。岑參詩亦自成一家。蓋嘗從封常清軍。其記西域異事甚多。如優鉢羅花歌。熱海行。古今傳記所不載也。

懷麓堂詩話。唐詩李杜之外。孟浩然王摩詰足稱大家。王詩豐縟而不華靡。孟卻專心古澹。而悠遠深厚。自無寒儉枯瘠之病。由此言之。則孟爲尤勝。儲光羲有孟之古。而深遠不及。岑參有王之縟而又以華靡掩之。

藝苑卮言曰。盛唐七言律。老杜外王維、李頎、岑參耳。李有風調而不甚麗。岑才甚麗而情不足。王差備美。

輞川積雨　王維

積雨空林煙火遲。蒸藜炊黍餉東菑。漠漠水田飛白鷺。陰陰夏木囀黃鸝。山中習靜觀朝槿。松下清齋折露葵。野老與人爭席罷。海鷗何事更相疑。

黃鶴樓　崔顥

昔人已乘黃鶴去。此地空餘黃鶴樓。黃鶴一去不復返。白雲千載空悠悠。晴川歷歷漢陽樹。芳草萋萋鸚鵡洲。日暮鄉關何處是。煙波江上使人愁。

江南意　王灣

客路青山外。行舟綠水前。潮平兩岸闊。風正一帆懸。海日生殘夜。江春入舊年。鄉書何處達。歸雁洛陽邊。

送渾將軍出塞　高適

將軍族貴兵且强。漢家已是渾邪王。子孫相承在朝野。至今部曲燕支下。控弦盡用陰山兒。臨陣常騎大宛馬。銀鞍玉勒繡蝥弧。每逐嫖姚破骨都。李廣從來先將士。衞青未肯學孫吳。傳有沙場千萬騎。昨日邊庭羽書至。城頭畫軍三四聲。匣裏寶刀晝夜鳴。意氣能甘萬里去。辛勤判作(一作動)一年行。黃雲白草無前後。朝望旌旆夕刁斗。塞下應多俠少年。關西不見春楊柳。從軍借問所從誰。擊劍酣歌當此時。遠別無輕繞朝策。平戎早寄仲宣詩。

白雪歌送判官歸京　岑參

北風捲地白草折。胡天八月卽飛雪。忽然一夜春風來。千樹萬樹梨花開。散入珠簾溼羅幕。狐裘不暖錦衾薄。將軍角弓不得控。都護鐵衣冷難著。瀚海闌干百丈冰。愁雲慘淡萬里凝。中軍置酒飲歸客。胡琴琵琶與羌笛。紛紛暮雪下轅門。風掣紅旗凍不翻。輪臺東門送君去。去時雪滿天山路。山迴路轉不見君。雪上空留馬行處。

緩歌行　李頎

小來託身攀貴遊。傾財破產無所憂。暮擬經過石渠署。朝將出入銅龍樓。結交杜陵輕薄子。謂言可生復可死。一沈一浮會有時。棄我翻然如脫屣。男兒立身須自強。十年閉戶潁水陽。業就功成見明主。擊鐘鼎食坐華堂。二八蛾眉梳墮馬。美酒清歌曲房下。文昌宮中賜錦衣。長安陌上退朝歸。五陵賓從莫敢視。三省官寮揖者稀。早知今日讀書是。悔作從前任俠非。

雜詩二首　儲光羲

秋風(一作氣)肅天地。太行高崔嵬。猿狖清夜吟。其聲一何哀。寂寞掩圭蓽。夢寐遊蓬萊。琪樹遠亭亭。玉堂雲中開。洪崖吹簫管。素(一作玉)女飄颻來。雨師既先後。道路無纖埃。鄙哉楚襄王。獨好雲陽臺。

渾胚(一作混沌)本無象。末路多是非。達士志寥廓。所在能忘機。耕鑿時未至。還山聊採薇。虎豹對我蹲。鸑鷟傍我飛。仙人空中來。謂我勿復歸。格澤爲君駕。雲霓爲君衣。西遊崑崙墟。可與世人違。

第五節　蕭李諸人之古文

唐初爲古文者。推陳子昂及燕許。繼作猶雜駢儷之詞。至於蕭李。而後古文之規模始具。實導韓柳之先路者也。

蕭穎士字茂挺。四歲屬文。十歲補太學生。觀書一覽卽誦。通百家譜系書籀學。開元二十三年舉進士。對策第一。天寶初補祕書正字。於時裴耀卿、席豫、張均、宋遙、韋述皆先進。器其材與均禮。由是名播天下。會免官。客濮陽。於是尹徵、王恆、盧異、盧士式、賈邕、趙匡、閻士和、柳并等。皆執弟子禮。以次授業。號蕭夫子。官至揚州功曹參軍。客死汝南。年五十二。門人共謚曰文元先生。穎士居平以推引後進爲己任。如李陽、李幼卿、皇甫冉、陸渭等數十人。由獎目皆爲名士。天下推知人。稱蕭功曹。嘗兄事元德秀。而友殷寅、顏眞卿、柳芳、陸據、李華、邵軫、趙驊。時人語曰。殷顏柳陸李蕭邵趙。以能全其交也。所與游者孔至、賈至、源行恭、張有略、族弟季遐、劉穎、韓拯、陳晉、孫益、韋建、韋收。獨華與齊名。世號蕭李。所許可當世者。陳子昂、富嘉謨、盧藏用之文辭。董南事、孔述睿之博學而已。子存字伯誠。亦能文辭。與韓會、沈既濟、梁肅、徐岱等善。顏眞卿在湖州。與存及陸鴻漸等討摭古今韻字所原。作書數百篇。韓愈少爲存所知。自袁州還。過存廬山故居。而諸子前死。惟二女在。因賦詩曰。中郞有女能傳業。伯道無兒可主家。今日匡山過舊隱。空將哀淚對煙霞。留百縑以拯之。

李華。字遐叔。趙州贊皇人。天寶中嘗爲監察御史。晚去官。客隱山陽。勒子弟力農。安於窮槁。慕浮圖法。不甚著書。惟天下士大夫家傳墓版文及州縣碑頌。時時齎金帛往請。乃彊爲應。大曆初卒。初華作含元殿賦成。以示蕭穎士。穎士曰。景福之上。靈光之下。華文辭綿麗。少宏傑氣。穎士健爽自肆。時謂不及穎士。而華自疑過之。因作弔古戰場文。極思研榷。已成。汚爲故書。雜置梵書之庋。它日與穎士讀之。稱工。華問今誰可及。穎士曰。君加精思。便能至矣。華愕然而服。華愛奬士類。名隨以重。若獨孤及、韓雲卿、韓會、李紓、柳識、崔祐甫、皇甫冉、謝良弼、朱巨川。後至執政顯官。華當安祿山反時。嘗爲所得。署僞官。以致仕不進。及爲元德秀、權皋銘。四皓贊。稱道深婉。讀者憐其志。宗子翰及從子觀。皆有名。

賈至。字幼鄰。曾之子也。擢明經第。從玄宗幸蜀。知制誥。帝傳位。至當撰册。既進稿。帝曰。昔先天誥命。乃父爲之辭。今茲命册。又爾爲之。兩朝盛典。出卿家父子。可謂繼美。至文章。在蕭李之亞。尤工於詩云。

柳渾。母兄識。字方明。知名士也。工文章。與蕭穎士、元德秀、劉迅相上下。而識練理創端。往往詣極。雖趣尚非博。然當時作者。伏其簡拔。渾亦善屬文。然沈思不逮於識云。

李舟。獨孤常州集序曰。天后朝。廣漢陳子昂獨泝頹波。以趣清源。自茲作者稍稍而出。先大夫嘗因講文。謂小子曰。吾友蘭陵蕭茂挺。趙郡李遐叔。長樂賈幼鄰。洎所知河南獨孤至之。

皆憲章六藝。能探古人述作之旨。賈爲玄宗巡蜀分命之詔。歷歷如西漢時文。若使三賢繼司王言。或載史筆。則典謨訓誥誓命之書。可彷彿於將來矣。

穎士號蕭夫子。門人最多。自前所述者之外。劉太眞亦有文采。當時爲文。稍知雅正者。無不與穎士諸人游。及獨孤及出李華之門。亦喜鑒拔後進。梁肅、高參、崔元翰、陳京、唐次齊皆師事之。韓柳嗣起。蓋沐其餘風者也。

唐揚州功曹蕭穎士文集序　李華

開元天寶間詞人以德行著於時者。曰河南元君德秀。字紫芝。其行事趙郡李華爲墓碣已書之矣。以文學著於時者。曰蘭陵蕭君穎士。字茂挺。梁國鄱陽忠烈王之後。曾祖某官。大父某官。考諱某。莒縣丞。咸有德不至尊位。君七歲能誦數經。背碑覆局。十歲以文章知名。十五譽滿天下。十九進士擢第。歷金壇尉。桂(一作揚)州參軍。祕書正字。河南參軍。辭官避地江左。永王修書請君。君遁逃不與相見。淮南連帥表君爲揚州功曹參軍。相國諸道租庸使第五琦請君爲介。君以先世寄殯嵩條。因之遷祔。終事至汝南而沒。春秋若干。嗚呼。天下儒林爲之憔悴。君爲金壇尉也。會官不成。爲揚州參軍也。丁家艱去官。爲正字也。親故請君著書未終篇。御史府以君爲慢官。離局奏謫。罷職。爲河南參軍也。僚屬多嫉君才名。上司以吏事責君。君拂衣渡江。遇天下多故。其高節深識。皎皎如此。君謂六經之後。有屈原宋玉。文甚雄壯。而不能經。厥後有賈誼。文詞詳正。近於理體。枚乘司馬相如。亦瓌麗才士。然而不近風雅。揚雄用意頗深。班彪識理。張衡宏曠。曹植豐贍。王粲超逸。嵇康標舉。此外皆金相玉質。所尚或殊。不能備舉。左思詩賦有雅頌遺風。干寶著論。近乎王化根源。此外皆闃絕無聞焉。近日陳拾遺子昂文體最正。以此而言。見君之述作矣。君以文章制度爲己任。時人咸以此許之。不幸沒於旅次。有文十卷行於世。其篇目雖存。章句遺逸。古所謂有其義而無其辭者也。後之爲文者取以爲法焉。今海內至廣。人民至衆。求君之比。不可復得。難乎哉。君有子一人曰存。爲蘇州常熟縣主簿。雅有家風。知名於世。以華平生最深。見託爲序。力疾直書云爾。

虙子賤碑頌　幷序

賈至

清靜致理。中庸之德至。高明柔克。簡易之體大。釋微旨而徵遺論。何先生道蔚其葳蕤者也。先生宣慈在躬。精義入神。德順乎天。性根於仁。般其如雷。曖然如春。始受業於仲尼。終委質於魯君。爾乃周道凌遲。王風哀思。夷狄竊於位號。干戈亂於原野。則我魯國無齊晉之強。定哀非桓文之主。三卿有僭虐之政。先生處此亂邦。從容理邑。平心氣而全耳目。晏然躋富壽之域焉。自非知微知彰。變化無窮。孰能臻此。觀夫爲政之大體。元之要。恤孤哀喪。擧事問弔。訓之以悌。加之以孝。借五更而悟君。賢三老而稟敎。然後燕居以佚其體。張樂以和其人。夜漁不戒而信。欺吏不威而息。是以宣尼惜君之理小。子期問君之政暇。何其遠哉。向使移於有國之君。則陶唐之理也。施於有政之臣。則二南之化也。昔舜左禹而右皋陶。不下席而天下理。周公殺膳在御。不解懸而四夷伏。小大則異。其揆則同。天寶初。至始以校書郎尉于單父。想先生行事。徵其頌聲。而古碑殘缺。苔篆磨滅。使立志之士。何以揖其遺風焉。嗚呼其道存而其事往。其人亡而其政息。哀哉。遂作頌曰。

鳴琴湯湯。虙子之堂。清靜無爲。邑人以康。澆風化淳。霸俗致王。誰謂陽鱎。革而爲魴。皤皤黃髮。或師或友。芃芃麥苗。

不稂不莠。齊師已卻。魯俗斯阜。諫或剖心。伊人引肘。穆穆伊人。希聖之才。堯舜既往。孰爲來哉。從時卷舒。與道徘徊。游泳孔門。取容定哀。泱泱千古。顯顯令德。聲隨悠牧。惠與順息。人亡政弊。道播神默。寂寥夜川。惆悵舊國。荒祠尚掃。苔篆將磷。尋風盻韶。想見其人。年代邈殊。精誠闇親。再表貞石。頌聲惟新。

第六節　元結與篋中集

與蕭李並世而詩文並與時異者。又有元結。後世亦稱其古文以爲先於韓愈者也。結字次山。河南人。少不羈。年十七乃折節向學。擢天寶十二載進士第。國子司業蘇源明薦之。先是源明善杜甫鄭虔。而尤稱結及梁肅。至是結上時議三篇。後官至道州刺史。進容管經略使卒。結所著有元子十卷。李商隱爲作序。文編十卷。李紓爲作序。又猗玗子一卷。並見唐志。皆不傳。今所傳次山集十卷。蓋後人摭拾散佚而編之。非其舊本。結文章戛戛自異。變排偶綺靡之習。杜甫嘗和其春陵行。稱其可爲天地萬物吐氣。晁公武謂其文如古鐘磬不諧俗耳。高似孫謂其文章奇古不蹈襲。蓋唐文自韓愈以前。毅然自爲者自結始。皇甫湜題其浯溪中興頌曰。次山有文章可惋。只在碎然長於指敍。約結有餘態。心語適相應。出句多分外。於諸作者間。拔戟成一隊。其品題亦頗近實也。

元結選篋中集。以沈千運爲冠。千運吳興人。家於汝北。爲詩力矯時習。一歸雅正。王季友、于逖、孟雲卿、張彪、趙徵明、元季川。皆其同調也。篋中集編於乾元三年。而千運諸人多已先卒。

蓋其詩並作於開元天寶之間矣。杜甫詩嘗稱豐城客子王季友。又曰。孟子論文更不疑。指孟雲卿。又有贈張十二山人彪。李白亦有詩贈于逖。蓋篋中集諸人。多與李杜往還。其詩格尤卓然不同。杜甫於李白。猶有重與細論文之句。而獨推服雲卿。故開元天寶間篋中集詩。別爲一體。不爲風氣所囿。惜所傳詩不甚多耳。

篋中集序　元結

元結作篋中集。或問曰。公所集之詩。何以訂之。對曰。風雅不興。幾及千歲。溺於時者。世無人哉。嗚呼。有名位不顯。年壽不將。獨無知音。不見稱頌。死而已矣。誰云無之。近世作者。更相沿襲。拘限聲病。喜尚形似。且以流易爲辭。不知喪於雅正。然哉。彼則指詠時物。會諧絲竹。與歌兒舞女生汙惑之聲於私室可矣。若令方直之士大雅君子。聽而誦之。則未見其可矣。吳興沈千運。獨挺於流俗之中。強攘於已溺之後。窮老不惑。五十餘年。凡所爲文。皆與時異。故朋友後生。稍見師效。能似類者。有五六人。於戲。自沈公及二三子。皆以正直而無祿位。皆以忠信而久貧賤。皆以仁讓而至喪亡。異於是者。顯榮當世。誰爲辯士。吾欲問之。天下兵興。於今六歲。人皆務武。斯焉誰嗣。已長逝者。遺文散失。方阻絕者。不見近作。盡篋中所有。總編次之。命曰篋中集。且欲傳之親故。冀其不亡於今。凡七人。詩二十四首。時乾元三年也。

感懷弟妹　沈千運

今日春氣暖。東風杏花拆。筋力久不如。卻羨澗中石。神仙杳難準。中壽稀滿百。近世多夭傷。喜見鬢髮白。杖藜竹樹間。宛宛舊行迹。豈知林園主。卻是林園客。兄弟可存半。空爲亡者惜。冥冥無再期。哀哀望松柏。骨肉能幾人。年大自疎隔。性情誰免此。與我不相易。惟念得爾輩。時看慰朝夕。平生茲已矣。此外盡非適。

贈史修文　沈千運

故人阻千里。會面非別期。握手於此地。當歡反成悲。念離宛猶昨。俄已經數期。疇昔皆少年。別來鬢如絲。不道舊姓名。相逢知是誰。曩游盡騫翥。與君仍布衣。豈曰無其才。命理應有時。別路漸欲少。不覺生涕洟。

中國大文學史卷六終

中國大文學史 卷七

第四編　近古文學史

第五章　大歷文學

第一節　韋應物與劉長卿

大歷以下或謂之中唐。然杜甫詩在大歷間所作最多。大歷諸賢。故多及與盛唐詩人唱和。固難於其間分別盛衰也。要至十才子之名出而後詩體漸變。其稍早者。當推韋應物劉長卿。最爲大家。故別出一節於大歷十才子之前。可以覽焉。

韋應物。京兆長安人。少以三衞郎事明皇。晚更折節讀書。永泰中授京兆功曹。遷洛陽丞。大歷十四年。自鄂令制除櫟陽令。以疾辭不就。建中三年拜比部員外郎。出爲滁州刺史。久之調江州。追赴闕。改左司郎中。復出爲蘇州刺史。應物性高潔。所在焚香掃地而坐。唯顧況劉長卿。丘丹。秦系。皎然之儔。得厠賓客。與之酬倡。其詩閑澹簡遠。人比之陶潛。稱陶韋。云劉太眞與韋蘇州書云。顧著作來。已足下郡齋燕集。想亦云何情致暢茂趨逸之如此。宋齊間沈謝吳何始精於理意。緣情體物。稱詩人旨。後之傳者甚矣。其源推足下制其橫流。師摯之始。關雎之亂。於足下之文見之矣。則知蘇州詩爲當時所貴如此。

全唐詩話。李肇國史補云。開元後位卑而名著。李北海邕。王江寧昌齡。李館陶鄭廣文虔。元魯山德秀。蕭功曹穎士。張長史旭。獨孤常州及。崔比部元翰。梁補闕肅。韋蘇州。其一也。應物仕宦本末。似止於蘇。按白傳答禹錫云。敢有文章替左司。謂應物也。官稱亦止此。

宋葛立方韻語陽秋。韋應物語平平處甚多。至於五字句。則超然出於畦徑之外。如游溪詩。野水煙鶴唳。楚天雲雨空。南齋詩。春水不生煙。荒岡筠翳石。咏聲詩。萬物自生聽。太空常寂寥。如此等句。豈下於兵衛森畫戟。燕寢凝清香哉。故白樂天云。韋蘇州五言高雅閒淡。自成一家之體。東坡亦云。樂天長短三千首。却遜韋郎五字詩。

歲寒堂詩話曰。韋蘇州詩韻高而氣清。王右丞詩格老而味長。雖稱五言之宗匠。然互有得失。不無優劣。以體韻觀之。右丞詩格老而味遠。不逮蘇州。至於詞不迫切而味甚長。雖韋蘇州亦不可及也。

劉長卿字文房。官至隨州刺史。寶應閒。皇甫湜云。詩未有劉長卿一句。已呼宋玉爲老兵矣。語未有駱賓王一字。已罵宋玉爲罪人矣。其名重如此。

全唐詩話。高仲武云。劉長卿員外有吏幹。而犯上兩變遷。論皆自取之。詩體雖不新奇。甚能鍊飾。十首已上。語意稍同。於落句尤甚。此其短也。然春風吳草綠。古木剡山深。明日滄州路。歸雲不可尋。又沙鷗驚小吏。明月上高枝。又細雨濕衣看不見。閒花落地聽無聲。截長補短。

蓋玉徽之類歟。又得罪風霜苦。全生天地仁。傷而不怨。亦足以發揮風雅矣。

雲溪友議。劉長卿郎中因人謂前有沈宋王杜後有錢郎劉李乃曰李嘉祐郎士元。焉得與予齊稱耶。每題詩不言其姓。但言長卿而已。

顧況字逋翁。蘇州人。性詼諧。雖王公貴人與之交者。必戲侮之。其贈柳宜城辭句。率多戲劇。文體皆此類也。皇甫湜序其集序曰。偏於逸歌長句。駿發踔厲。往往若穿天心。出月脅。意外驚人語。非常人所能爲。甚快意也。

釋皎然名晝。姓謝氏。長城人。靈運十世孫。居杼山。文章儁麗。顏眞卿韋應物並重之。與之酬倡。貞元中。敕寫其文入秘閣。因話錄。吳興僧晝字皎然。工律詩。嘗謁韋蘇州。恐詩體不合。乃於舟中抒思。作古體十數篇爲贄。韋公全不稱賞。晝極失望。明日寫其舊製獻之。韋公吟諷。大加歎咏。因語晝云。師幾失聲名。何不但以所工見投。而猥希老夫之意。人各有所得。非卒能致。晝大伏其鑒別之精。

李嘉祐字從一。趙州人。大歷中爲兗州刺史。與劉長卿冷朝陽嚴維諸人友善。爲詩體麗婉有齊梁風。高仲武云。李嘉祐振藻天朝。大收芳譽。中興高流也。與錢郎別爲一體。往往涉於齊梁。綺美婉麗。蓋吳均何遜之敵也。至於野渡花爭發。春塘水亂流。朝露晴作雨。濕氣晚生寒。文華之冠冕也。又禪心起忍辱。梵語問多羅。設使許詢更生。孫綽復出。窮思極筆。未到此境。

秦系字公緒。會稽人。天寶末避亂剡溪。建中初客泉州南安。張建封聞系之不可致。請就加校書郎。與劉長卿善。以詩相贈答。權德輿曰。長卿自以為五言長城。系用偏師攻之。雖老益壯。其後東度秣陵。年八十餘卒。南安人思之。為立于亭。號其山為高士峯云。

韋劉所善者。顧況。皎然。嚴維。秦系。李嘉祐之流。在大歷才子外。別出一體。錢郎劉李齊稱。長卿若有不屑然。李故與劉善。且其詩亦劉之亞。非郎所能匹也。故以錢郎入下節。而獨附從一於此。

擬古　韋應物

辭君遠行邁。飲此長恨端。已謂道里遠。如何中險艱。流水赴大壑。孤雲還暮山。無情尚有歸。行子何獨難。驅車背鄉園。朔風卷行迹。嚴冬霜斷肌。日入不遑息。憂歡容髮變。寒暑人事易。中心君詎知。冰玉徒貞白。

黃鳥何關關。幽蘭亦靡靡。此時深閨婦。日照紗窗裏。娟娟雙青娥。微微啟玉齒。自惜桃李年。誤身游俠子。無事久離別。不知今生死。

酒星非所酌。月桂不為食。虛薄空有名。為君長歎息。蘭薰雖可懷。芳香與時息。豈如凌霜葉。歲暮蘊顏色。折柔將有贈。延意千里客。草木知賤微。所貴寒不易。

悲歌　顧況

邊城路。今人犂田昔人墓。岸上沙。昔日江水今人家。今人昔人共長歎。四氣相催節迴換。明明皎皎入華池。白雲離離渡霄漢。我欲升天天隔霄。我欲渡水水無橋。我欲上山山路險。我欲汲井井泉遙。越人翠被今何夕。獨立沙邊江草碧。紫燕西飛欲寄書。白雲何處逢來客。

酬張夏　劉長卿

幾歲依窮海。頻年惜故陰。劍寒空有氣。松老欲無心。翫雲勞相訪。看山正獨吟。孤舟且莫去。前路水雲深。

酬秦系　同上

鶴書猶未至。那出白雲來。舊路經年別。寒潮每日迴。家空歸海燕。人老發江梅。最憶門前柳。閒居手自栽。

山中贈張正則評事　秦系

終年常避喧。師事五千言。流水閑過院。春風與閉門。山茶邀上客。桂實落前軒。莫强教余起。微官不足論。

第二節　大歷十才子

唐書文藝傳。盧綸與吉中孚、韓翃、錢起、司空曙、苗發、崔峒、耿湋、夏侯審、李端、皆能詩齊名。號大歷十才子。王士禎分甘餘話曰。唐大歷十才子。傳聞不一。江鄰幾所志乃盧綸、錢起、郎士元、司空曙、李益、李端、李嘉祐、皇甫曾、耿湋、苗發、吉中孚共十一人。或又云有夏侯審。按發審詩名不甚著。未可與諸子頡頏。且皇甫兄弟齊名。不應有曾而無冉。又韓翃同時盛名。而亦不之及。皆不可解。按唐書有韓翃而無李益李嘉祐皇甫曾、郎士元。宋初去唐未遠。而傳聞不同如此。據嚴滄浪詩話。則冷朝陽亦在十才子中。蓋諸人並是大歷之英。於韋劉以外。又別爲一派者矣。

盧綸字允言。河中蒲人。大歷初數舉進士不第。元載取其文以進。補閿鄉尉。累遷監察御史。輒稱疾去。建中初爲昭應令。卒。憲宗詔中書舍人張仲素訪集遺文。文宗尤愛其詩。問宰相綸文章幾何。亦有子否。李德裕對綸四子簡能簡辭弘正簡求。皆擢進士第。在臺閣。帝遣中人悉索家笥。得詩五百篇以聞。容齋隨筆。李益盧綸皆唐大歷十才子之傑。綸於益爲內兄

李益字君虞。姑臧人。大歷四年進士。長於歌詩。貞元末與宗人李賀齊名。每一篇成。樂工爭以賂求取之。被聲歌供奉天子。至征人早行等篇。天下皆施之圖繪。王世貞曰。絕句李益爲勝。韓翃次之。

韓翃字君平。南陽人。侯希逸表佐淄青幕府。府罷。十年不出。李勉在宣武復辟之。俄以駕部郎中知制誥。時有兩韓翃。其一爲刺史。宰相請孰與。德宗曰。與詩人韓翃。終中書舍人。

錢起。吳興人。天寶中舉進士。與郎士元齊名。時語曰。前有沈宋。後有錢郎。終考功郎中。

郎士元。字君冑。中山人。天寶十五載進士。高仲武云。郎士元員外。河嶽英奇。人倫秀異。自家型國。遂擁大名。右丞已後。與錢起爭長。自丞相以下出使出牧。二公無詩祖餞。時論鄙之。兩公詞體大約欲同。就中郎稍更閒雅。近於康樂。如荒城背流水。還雁入寒林。又去鳥不知倦。遠帆生暮愁。又蕭條夜靜邊風吹。獨倚營門望秋月。可齊衡古人。掩映時輩。又暮蟬不可聽。

落葉豈堪聞。古人謂謝朓工於發端。比之於今。有慚沮矣。

皇甫曾。字孝常。丹陽人。冉母弟也。天寶十二載登進士第。詩名與兄相上下。時比張氏景陽孟陽云。冉字茂政。大歷初官至右補闕。然冉名尤盛。高仲武稱冉佳句。如果熟任霜封。籬疎從水渡。又裛露收新稼。迎寒著舊廬。又燕知社日辭巢去。菊爲重陽冒雨開。可以雄視潘張平揖沈謝。又巫山詩終篇皆麗。自晉宋齊梁周隋以來。採掇者無數。而補闕獨獲驪珠。使前賢失步。後輩却立。

李端。字正己。趙郡人。大歷五年進士。時郭尚父少子曖。尚代宗女昇平公主。賢明有才。思尤喜詩人。而端等十人多在曖之門下。每宴集賦詩。公主坐視簾中。詩之美者賞百縑。曖因拜官。會十子曰。詩先成者賞。時端先獻。警句云。薰香荀令偏憐小。傅粉何郎不解愁。主卽以百縑賞之。錢起曰。李校書誠有才。此篇宿構也。願賦一韻。正之。請以起姓爲韻。端卽襞箋而獻曰。方塘似鏡草芊芊。初月如鉤未上絃。新開金埒教調馬。舊賜銅山許鑄錢。曖曰。此愈工也。起等始服。子虞仲。亦工詩。

此外吉中孚。鄱陽人。官戶部侍郎。司空曙。字文初。廣平人。從韋皋於劍南。終虞部郎中。苗發。晉卿子。終都官員外郎。崔峒。終右補闕。耿湋。右拾遺。夏侯審。侍御史。並見唐書。嚴滄浪詩話。冷朝陽在大歷十子中爲最下。餘如戴叔倫。戎昱。張繼。王建。皆有詩名。亦在大歷間。建尤工樂府。

趙執信談龍錄曰。聲病興而詩有町畦。然古今體之分。成於沈宋。開元天寶間。或未之尊也。大歷以還。其途判然。不復相入。由宋迄元。相承無改。勝國士大夫浸多不知者。不知者多。則知者貴矣。今則悍然不信。其不信也。由不明於分之之時。又見齊梁體與古今體相亂。而不知其別爲一格也。常熟錢木庵良擇推本馮氏。著唐音審體一書。原委頗具。可觀采。頃見阮翁雜著呼律詩爲格詩。是猶歐陽公以八分爲隸也。

省試湘靈鼓瑟　錢起

善鼓雲和瑟。常聞帝子靈。馮夷空自舞。楚客不堪聽。苦調淒金石。清音入杳冥。蒼梧來怨慕。白芷動芳馨。流水傳瀟浦。悲風過洞庭。曲終人不見。江上數峯青。

江南曲　李益

長樂花枝雨點消。江城日暮好相邀。春樓不閉葳蕤鎖。綠水回通宛轉橋。

寒食　韓翃

春城無處不飛花。寒食東風御柳斜。日暮漢宮傳蠟燭。輕煙散入五侯家。

楓橋夜泊　張繼

月落烏啼霜滿天。江楓漁火對愁眠。姑蘇城外寒山寺。夜半鐘聲到客船。

長安春望　盧綸

東風吹雨過青山。却望千門草色閑。家在夢中何日到。春生江上幾人還。川原繚繞浮雲外。宮闕參差落照間。誰念爲儒逢世難。獨將衰鬢客秦關。

第六章　韓柳古文派

第一節　韓柳古文之淵源

漢魏以下。爲文競尙縟綺。至於齊梁之間。而浮靡成風矣。惟北朝稍重氣質。蘇綽之徒。志欲復古。而力不逮。唐興。陳伯玉始以經典之體格爲文。同時有盧藏用富嘉謨之流和之。然其勢未盛。自是以後。文士猶沿六朝之習。經開元天寶。詩格浸浸變矣。於是蕭穎士李華賈至等。始奮起崇尙古文。元結獨孤及梁肅諸人。相與爲之左右。及乎韓柳繼起。而後古文之體大行。爲後世所宗。晁公武讀書志引唐實錄。謂韓愈學獨孤及之文。此必有所據矣。

北夢瑣言。葆光子曰。唐代韓愈柳宗元。洎李翺李觀皇甫湜數君子之文。凌轢荀孟。糠粃顏謝。其所宗仰者。惟梁補闕一人而已。乃諸人之龜鑑。而梁之聲采寂寂。豈陽春白雪之流乎。是知俗塵喧喧者。宜鑑其濫吹也。

舊唐書韓愈傳曰。大歷貞元之間。文字多尙古學。效揚雄董仲舒之述作。而獨孤及梁肅最稱淵奧。儒林推重。愈從其徒游。銳意鑽仰。欲自振於一代。洎舉進士。投文於公卿間。故相鄭餘慶頗爲之延譽。由是知名於時。

獨孤及。字至之。河南人。梁肅。字敬之。一字寬中。陸澤人。獨孤及嘗受知於李華。而梁肅又師事及。韓愈少時嘗爲蕭穎士子存所知。又從獨孤及梁肅之門人游。李華宗子翰亦能爲古文。愈每稱之。李觀亦華族子。與愈同舉進士。相友善。故韓愈文章實遠承蕭李之緒。不可誣云。

獨孤及梁肅。在當時並有重名。今錄李舟崔恭所作二家集序於後。

獨孤常州集序　李舟

傳曰。物生而後有象。象而後有滋。滋而後有數。數成而文見矣。始自天地。終於草木。不能無文也。而況於人乎。且夫日月星辰。天之文也。邱陵川瀆。地之文也。羽毛彪炳。鳥獸之文也。華葉彩錯。草木之文也。天無文。四時不行矣。地無文。九州不別矣。鳥獸草木之無文。則混然而無名。而人不能用之矣。人無文。則禮無以辨其數。樂無以成其章。有國者無以行其刑政。立言者無以存其勸誡。文之時用大矣哉。在人賢者得其大者。禮樂刑政勸誡是也。不肖者得其細者。或附會小說以立異端。或雕斲成言以裨對句。或志近物而玩童心。或順庸氣似諧俚耳。其甚者則矯誣盛德。汚衊風敎。爲蠱爲蠹。爲妖爲孽。噫。文之弊有至是者。可無痛乎。天后朝廣漢陳子昂獨泝頽波。以趣清源。自茲作者。稍稍而出。先大夫嘗因講文謂小子曰。吾友蘭陵蕭茂挺。趙郡李遐叔。長樂賈幼幾。洎所知河南獨孤至之。皆憲章六藝。能探古人述作之旨。賈爲元宗巡蜀分命之詔。歷歷如西漢時文。若使三賢繼司王言。或載史筆。則典謨訓誥誓命之書。可彷彿於將來矣。嗚呼三公皆不處此地。而運蹇多故。惟獨孤至常州刺史。享年亦促。豈天之未欲振斯文耶。小子所不能知也已矣。常州諱及。有遺文三百篇。安定梁肅編爲上下帙。分二十卷。作爲後序。常州愛士而肅最爲所重。討論居多。故其爲文之意。肅能言之。比葬博陵崔貽孫。又爲神道碑。悉載行事。而痛其不登論道之位。崔公剛而好直。其詞不黨。君子謂之知言。昔班孟堅美漢得人之盛。曰文章則司馬遷相如。又曰劉向王褒以文章顯。是則四君子者。有漢之文雄歟。然而遷無鄉曲之譽。虧大雅明哲保身之美。相如薄於貞操。有滌器受金之累。向無威儀遺文以繆而身幾不免。褒多爲歌頌。當時議者以爲淫靡不急。其他無聞焉。大較詞人多陷輕躁。否則悽狹迂僻。於事放弛。其能蹈履中道。可爲物主者寡矣。孰與常州發論措詞。皆王霸大略。孝悌之至。達於神明。善與人交。久而敬之。當官正色。不畏强禦。加之以仁惠愛物。吏民敬畏。而文又如是乎。其餘則二君既言之矣。今亶錄崔氏之作。綴於篇末云爾。

唐右補闕梁肅文集序

崔恭

敍曰。皇甫士安志好閒放。不榮軒冕。導情適志。作高士傳。贊記遺韻。風猷尚在。而公早從釋氏。義理生知。結意爲文。志在於此。言談語笑。常所切劘。心在一乘。故敍釋氏最爲精博。與皇甫士安之所素尚。亦相放焉。則今天台大師元浩之門弟子也。摳衣捧席。與余同焉。故能知其景行。收其製作。編成二十軸。以爲儒林之綱紀云。若夫明是非。探得失。乃作西伯稱王議。宗道德。美功成。作磻溪銘。四皓贊。釣臺碑。圮橋碑。絜當世。激清風。作先賢贊。獨孤常州集序。觀講論語序。美藝文。善章句。作李補闕集序。隱士李君遺文序。備敎化。彰諷詠。作中書侍郎贈太子太傅李公集序。開國公包君集序。總名實。樹遺風。作常州獨孤公遺愛頌。太常卿常山郡開國公崔公神道碑。惡戎醜。思康濟。作兵箴。敍宗系。思祖德。作述初賦。病流濫。悅故居。作過舊園賦。明大道。宗有德。作受命寶賦。其餘言志導情。記會敍別。總存諸集錄。歸根復命。一以貫之。作心印銘。住一乘。明法體。作三如來畫贊。知法要。識權實。作天台山禪林寺碑。達教源。周境智。作荆溪大師碑。大教之所由。佛日之未忘。蓋盡於此矣。若以神道設教。化源旁濟。作泗州開元寺僧伽和尚塔銘。言僧事。齊律儀。作過海和尚碑銘。幽公碑銘。釋氏制作。無以抗敵。大法將滅。人鮮知之。唱和之者。或寡矣。故公之文章。粹美深遠。無人能到。此事可以俟於知音。不可與薄俗者同世而論也。余之仰止。未盡其善。蓋釋氏之鼓吹歟。諸佛之影響歟。余所不者道其窮歟。常懷不言之歎。杳冥之恨。爾後之人。識達希夷。意通響象。知我之言之不怍耳。若以敍人倫。正褒貶。則人皆知之。非獨情至而稱其製作也。大約公之習尚。敦古風。閱傳記。硜硜然以此導引於人。以爲其常。米鹽細碎。未嘗挂口。故鮮通人事。亦賢者之一病也。夫子所謂君子多乎哉。不多也。故無適時之用。任使之勤。余故以皇甫士安比之。若管夷吾諸葛亮。留心濟世。自謂棟梁。則非公之所尙也。所謂善古而不善今。知賢而不知俗。故論贊碑頌。能言賢者之事。不能言小人之稱。享年若干。以某年月日終於長安某里。朝廷尙德。故以公爲太子侍讀。國尙實錄。故以公爲史館修撰。發語令敷王猷。故以公爲翰林學士。三職齊署。則公之處朝廷。不爲不達矣。年過四十。士林歸崇。比夫顏子黃叔度。不爲不壽矣。其碌碌者老於郎署。白首人世。又何補哉。於達者不可以夭壽之歎。而病於促數焉。公遺孤歿後而生。今已成立。則友朋之知臧孫之後存於此也。

韓愈早年尤與李觀相善。其集中贈詩。推許甚至。觀卒年僅二十九。愈爲墓志。此後愈獨與柳宗元齊名。陸希聲李觀文集序曰。貞元中天子以文化天下。天下翕然興於文。文之尤高者李元賓觀韓退之愈。始元賓舉進士。其文稱居退之之右。及元賓死。退之之文日益高。今之言文章。元賓反出退之之下。論者以元賓早世。其文未極。退之窮老不休。故能卒擅其名。予以爲不然。要之所得不同。不可以相上下者。文以理爲本。而辭質在所尚。元賓尚於辭。故辭勝其理。退之尚於質。故理勝其辭。退之雖窮老不休。終不能爲元賓之辭。假使元賓後退之之死。亦不能及退之之質。此所以不相見也。夫文興於唐虞。而隆於周漢。自明帝後。文體寖弱。以至於魏晉宋齊梁隋。嫣然華媚。無復筋骨。唐興。猶襲隋故態。至天后朝。陳伯玉始復古制。當世高之。雖博雅典實。猶未能全去諸靡。至退之。乃大革流弊。落落有老成之風。而元賓則不古不今。卓然自作一體。激揚發越。若絲竹中有金石聲。每篇得意處。如健馬在御。蹀蹀不能止。其所長如此。得不謂之雄文哉。先是李翱亦稱觀文章不遠於揚子雲云。

與韓愈同舉進士者。又有歐陽詹。詹字行周。亦早卒。愈爲之哀詞。極爲推許。李貽孫歐陽行周集序曰。韓侍郎愈李校書觀。洎君並數百歲傑出。此外與柳子厚善者。劉禹錫呂溫。亦爲文有古制。大抵諸人皆承蕭李之緒。雖其平日講貫之詳。不可悉聞。而淵源猶可考見云。

第二節　韓愈柳宗元

唐書韓愈字退之。鄧州南陽人。七世祖茂。有功於後魏。封安定王。父仲卿。爲武昌令。有美政。

既去。縣人刻石頌德。終秘書郎。愈生三歲而孤。隨伯兄會貶官嶺表。會卒。嫂鄭鞠之。愈自知讀書。日記數千百言。比長。盡能通六經百家學。擢進士第。後官至吏部侍郎。每言文章自漢司馬相如太史公劉向揚雄後。作者不世出。故愈深探本元。卓然樹立。成一家言。其原道原性師說等數十篇。皆奧衍閎深。與孟軻揚雄相表裏。而佐佑六經云。至它文造端置辭。要爲不襲蹈前人者。然惟愈爲之。沛然若有餘。至其徒李翺李漢皇甫湜從而效之。遽不及遠甚。從愈遊者。若孟郊張籍。亦皆自名於時。

容齋隨筆曰。劉夢得李習之皇甫持正李漢。皆稱誦韓公之文。各極其勢。劉之語云。高山無窮。太華削成。人文無窮。夫子挺生。鸞鳳一鳴。蜩螗革音。手持文柄。高視寰海。權衡低昂。瞻我所在。三十餘年。聲名塞天。習之云。建武以還。文卑質喪。氣萎體敗。剽剝不讓。撥去其華。得其本根。包劉越嬴。並武同殷。六經之風。絕而復新。學者有歸。大變於文。又云。公每以爲自揚雄之後。作者不出。其所爲文。未嘗效前人之言。而固與之並。後進之士。有志於古文者。莫不視以爲法。皇甫云。先生之作。無圓無方。主是歸工。抉經之心。執聖之權。尙友作者。跂邪觝異。以扶孔子。存皇之極。茹古涵今。有無端涯。鯨鏗春麗。驚耀天下。栗密窈眇。章安句適。精能之至。鬼入神出。姬氏以來。一人而已。又云。屬文意語天出。業孔子孟軻。而侈其文。焯焯烈烈。爲唐之章。又云。如長江秋注。千里一道。然施於灌激。或爽於用。此論似不爲知公者。漢之語云。詭然而蛟龍翔。蔚然而虎鳳躍。鏘然而韶鈞鳴。日光玉潔。周性孔思。千態萬貌。卒澤於道德仁義。炳如也。是四人者。所以推高韓公。可謂盡矣。及東坡之碑一出。而後衆說盡廢。其略云。匹夫而爲百世師。一言而爲天下法。是皆有以參天地之化。關盛衰之運。自東漢以來。道喪文弊。歷唐貞觀開元而不能救。獨公談笑而麾之。天下靡然從公。復歸於正。文起八代之衰。道濟天下之溺。豈非參天地而獨存者乎。騎龍白雲之詩。蹈厲發越。直到雅頌。所謂若捕龍蛇搏虎豹者。大哉言乎。

丹鉛總錄。唐人余知古與歐陽生論文云。韓退之作原道。則崔豹答牛亨書。作諱辨。則張詔論舊名。作毛穎則袁淑大蘭王九錫。作送窮文則揚子雲逐貧賦。

冷齋夜話曰。沈存中呂惠卿吉甫王存正仲李常公擇治平中在館中夜談詩。存中曰。退之詩押韻之文耳。雖健美富贍。然終不是詩。吉甫曰。詩正當如是。吾謂詩人亦未有如退之者。正仲是存中。公擇是吉甫。於是四人者相交久不決。公擇正色謂正仲曰。君子羣而不黨。公獨黨存中。正仲怒曰。我所見如此。偶因存中便謂之黨。則君非黨吉甫乎。一坐大笑。予嘗熟味退之詩。眞出自然。其用事深密。高出老杜上。如符讀書城南詩。少長聚嬉戲。不殊同隊魚。又腦脂蓋眼臥壯士。大招挂壁何由彎。皆自然也。襄陽魏泰曰。韓退之詩曰。剝苔弔斑林。角黍餌沉冢。竹非黑點之斑也。楚竹初生蘚封之。土人斫之。浸水中洗去蘚。故蘚痕成紫暈耳。

歲寒堂詩話。蘇黃門子由有云。唐人詩當推韓杜。韓詩豪。杜詩雄。則杜詩之雄。可以兼韓之豪也。此論得之。

石鼓歌

韓　愈

張生手持石鼓文。勸我試作石鼓歌。少陵無人謫仙死。才薄將奈石鼓何。周綱陵遲四海沸。宣王憤起揮天戈。大開明堂受朝賀。諸侯劍佩鳴相磨。蒐於岐陽騁雄俊。萬里禽獸皆遮羅。鐫功勒成告萬世。鑿石作鼓隳嵯峨。從臣才藝咸第一。揀選撰刻留山阿。雨淋日炙野火燎。鬼物守護煩撝訶。公從何處得紙本。毫髮盡備無差訛。辭嚴義密讀難曉。字體不類隸與蝌。年深豈免有缺畫。快劍斫斷生蛟鼉。鸞翔鳳翥衆仙下。珊瑚碧樹交枝柯。金繩鐵索鎖紐壯。古鼎躍水龍騰梭。陋儒編詩不收入。二雅褊迫無委蛇。孔子西行不到秦。掎摭星宿遺羲娥。嗟予好古生苦晚。對此涕淚雙滂沱。憶昔初蒙博士徵。其年始改稱元和。故人從軍在右輔。爲我量度掘臼科。濯冠沐浴告祭酒。如此之寶存豈多。氈包席裹可立致。十鼓祇載數駱駝。薦諸太廟比郜鼎。光價豈止百倍過。聖恩若許留太學。諸生講解得切磋。觀經鴻都尚塡咽。坐見舉國來奔波。剜苔剔蘚露節角。安置妥帖平不頗。大廈深簷與蓋覆。經歷久遠期無他。中朝大官老於事。詎肯感激徒媕婀。牧童敲火牛礪角。誰復著手爲摩挲。日銷月鑠就埋沒。六年西顧空吟哦。羲之俗書趁姿媚。數紙尚可博白鵝。繼周八代爭戰罷。無人收拾理則那。方今太平日無事。柄任儒術崇丘軻。安能以此上論列。願借辯口如懸河。石鼓之歌止於此。嗚呼吾意其蹉跎。

邵博聞見後錄。退之石鼓詩。體子美八分歌也。

柳宗元。字子厚。其先河東人。後徙於吳。宗元少精敏絕倫。爲文章卓偉精緻。一時輩行推仰。第進士博學宏辭科。授校書郎。調藍田尉。貞元十九年。爲監察御史。裏行善王叔文韋執誼二人者奇其才。及得政。引內禁近。與計事。擢禮部員外郎。欲大進用。俄而叔文敗。貶邵州刺史。不半道貶永州司馬。既竄斥地又荒癘。因自放山澤間。其堙厄感鬱。一寓諸文。倣離騷數十篇。讀者咸悲惻。雅善蕭俛。詒書言情。後移柳州刺史。其爲文思益深。嘗著書一篇。號貞符。宗元少時嗜進。謂功業可就。既坐廢。遂不振。然其才實高。名蓋一時。韓愈評其文曰。雄深雅健。似司馬子長。崔蔡不足多也。既沒。柳人懷之。託言降於州之堂。人有慢者輒死。廟於羅池。愈因碑以實之云。

王鏊震澤長語。吾讀柳子厚集。尤愛山水諸記。而在永州爲多。子厚之文。至永益工。其得山水之助耶。及讀元次山集。記道州諸山水。亦曲極其妙。子厚豐縟精絕。次山簡淡高古。二子之文。吾未知所先後也。然近世言古文者。尤推子厚諸記。次山蓋非其匹云。

宋人多以子厚之詩。工於退之。惟歲寒堂詩話云。柳柳州詩。字字如珠玉。精則精矣。然不若退之變態百出也。使退之收斂而爲子厚則易。使子厚開拓而爲退之則難矣。意味可學。而才氣則不可及也。

唐大理評事楊君文集後序

贊曰。文之用辭令褒貶導揚諷諭而已。雖其言鄙野。足以備於用。然而闕其文彩。固不足以竦動時聽。夸示後學。立言而朽。君子不由也。故作者抱其根源。而必由是假道焉。作於聖。故曰經。述於才。故曰文。文有二道。辭令褒貶。本乎著述者也。導揚諷諭。本乎比興者也。著述者流。蓋出於書之謨訓。易之象繫。春秋之筆削。其要在於高壯廣厚。詞正而理備。謂宜藏於簡冊也。比興者流。蓋出乎虞夏之詠歌。殷周之雅頌。其要在於麗則清越。言暢意美。謂宜流於謠誦也。茲二者考其旨義。乖離不合。故秉筆之士。恆偏勝獨得。而罕有兼者。故有能而專美。命之曰藝成。雖古文雅之盛世。不能並肩而生。唐興已來。稱是選而不作者。梓潼陳拾遺。其後燕文貞以著述之餘。攻比興而莫能極。張曲江以比興之隙。窮著述而不克備。其餘各探一隅。相與背馳於道者。其去彌遠。文之難兼。斯亦甚矣。若楊君者。少以篇什著聲於時。其炳耀尤異之辭。諷誦於文人。滿盈於江湖。達於京師。晚節徧悟文體。尤邃序述。學富識遠。才涌未已。其雄傑老成之風。與時增加。既獲是不數年而夭。其季年所作尤善。其爲鄂州新城頌。諸葛武侯傳論。餞送梓潼陳衆甫。汝南周愿。河東裴泰。武都何義府。泰山羊士諤。隴西李練。凡六序。廬山禪居記。辭李常侍啓。遠遊賦。七夕賦。皆人文之選已。用是陪陳君之後。其可謂具體者歟。嗚呼。公既悟文而疾。既即功而廢。廢不逾年。夭病及之。卒不得窮其工。竟其才。遺文未克流於世。休聲未克充於時。凡我從事於文者。所宜追惜而悼慕也。某以通家修好。幼獲省謁。故得奉公元兄命。論次篇目。遂述其制作之所詣。以繫於後。

韓柳之爲文。皆規三代西漢。下此不道也。故退之進學解曰。上規姚姒。渾渾無涯。周誥殷盤。佶曲聱牙。春秋謹嚴。左氏浮誇。易奇而法。詩正而葩。下逮莊騷。太史所錄。子雲相如。同工異曲。先生之於文。可謂閎其中而肆其外矣。蓋自揚馬以下。未嘗稱焉。子厚與韋中立論師道書曰。本之書以求其質。本之詩以求其直。本之禮以求其宜。本之春秋以求其斷。本之易以求其動。又曰。參之穀梁氏以厲其氣。參之孟荀以暢其支。參之老莊以肆其端。參之國語以博其趣。參之離騷以致其幽。參之太史以著其潔。蓋二公自述其取材之源如此。

韓柳二家之文。各有其至者。未易優劣。且平生互相推許。惟韓崇儒教。力排佛老。而柳子厚嗜浮圖之言。以爲與易論語合。此其不同者耳。

第三節　韓門諸子

韓退之抗顏爲師。頗有從游者。而柳子厚遠謫。惟稱與吳武陵論文。此外無聞焉。故退之之門獨盛。唐書稱李翺、李漢、皇甫湜、爲愈之徒。而孟郊張籍亦從愈游。又賈島劉義。皆韓門弟子。其人或不必盡受業。然爲文之法。多承韓公緒論。此外又有沈亞之。學於退之。樊宗師爲文最奇澀。亦與退之雅善。且誌其墓。故知韓柳倡古文。風氣一變。當時慕而效之。各有所得者甚衆。茲略論次李翺數家如後。

李翺。字習之。韓愈姪壻也。元和初爲國子博士。史館修撰。後官至山南東道節度使。其學皆出於愈。集中載答皇甫湜書。自稱高愍女楊烈婦傳。不在班固蔡邕下。其自許稍過。然觀與梁載言書論文甚詳。至寄從弟正辭書。謂人號文章爲一藝者。乃時所好之文。其能到古人者。則仁義之詞惡得以一藝名之。故才與學雖皆遜愈。不能鎔鑄百氏。皆如己出。而立言具有根柢。大抵溫厚和平。俯仰中度。不似李觀劉蛻諸人有矜心作意之態。蘇舜欽謂其詞不逮韓。而理過於柳。誠爲篤論。鄭獬謂其尙質而少工。則貶之太甚矣。

宋世尙理學。頗有極推翺之文者。蒙齋筆談曰。李翺之學識實過韓退之。蓋其所知者各異。退之之主張吾道。千載一人。而余爲是言。固不韙矣。然余自不以爲疑。曷不取原道讀之。醇粹而不雜。明果而不二。世皆以比孟子。然究其所終。則得儒者之說而苟知學孔子者。皆能爲是言。翺之復性書三篇。於秦漢以下諸儒。略無所襲。獨超然知顏子之用心。……今世言三代周公孔子之道。詳者莫如禮記。禮記之傳駁而眞得孔子之言者。惟中庸與大學。退之出於大學而未至。……翺之學出中庸而不膠其言。……唐人記翺之退之姪壻。似不肯相下。雖退之之强毅。亦不敢屈以從己。弟子之者。惟籍湜等爾。近歲無能知翺之者。惟老蘇嘗及之。然止與其文辭。子瞻兄弟不復言。甚矣。學之難也。

皇甫湜。字持正。睦州新安人。擢進士第。爲陸渾尉。仕至工部郞中。裴度留守東都。嘗辟爲判官。度修福先寺。將立碑。求文於白居易。湜怒曰。近捨湜而遠取居易。請從此辭。度謝之。湜卽請斗酒。飲酣。援筆立就。度贈以車馬繒綵甚厚。湜大怒曰。自吾爲顧況集序。未嘗許人。今碑字三千。字三縑。何遇我薄耶。度笑曰。不羈之才也。從而酬之。

沈亞之。字下賢。學於韓退之。與皇甫湜以文往來。元和七年以書不中第。李賀有詩送之。又杜牧李商隱集。均有擬沈下賢詩。則亞之固以詩名世。其文則務爲險崛。在孫樵劉蛻之間。觀其答學文僧請益書。謂陶器速售而易敗。煆金難售而經久。送韓靜略序。亟述退之之言。蓋亦戛然自異者也。

孫樵與王霖秀才書曰。樵嘗得爲文眞訣於來無擇。來無擇得之於皇甫持正。皇甫持正得之於韓吏部退之。按來無擇名擇。寶歷間應賢良科。唐志有秣陵子集一卷。

其餘孟郊張籍盧仝劉叉之倫。當於下章論之。

答獨孤舍人書　　李翶

足下書中。有無見怨懟以至疏索之說。蓋是戲言。然亦似未相悉也。薦賢進能。自是足下公事。如不爲之。亦自是足下所闕。在僕何苦乃至怨懟。僕嘗怪董生大賢。而著仕不遇賦。惜其自待不厚。凡人之蓄道德才智於身以待時用。蓋將以代天理物。非爲衣服飲食之鮮肥而爲也。董生道德備具。武帝不用爲相。故漢德不如三代。而生人受其顚頹。於董生何苦而爲仕不遇之詞乎。僕意間自待甚厚。此身窮達。豈關僕之貴賤耶。雖終身如此。固無恨也。況年猶未甚老哉。去年足下有相引薦意。當時恐有所累。猶奉止不爲。何遽不相悉。所以不數附書者。一二年來往還多得官在京師。既不能周徧。又且無事。性頗慵懶。便一切晝斷。祇作報書。又以爲苟相知。固不在書之疏數。如不相知。尙何求而數書。或惟往還中有貧賤更不如僕者。卽數數附書耳。近頻得人書。皆責疏簡。故具之於此。見相怪者。當爲辭焉。

諭業

皇甫湜

逍遙遊曰。適百里者宿舂糧。適千里者必聚糧。此言務遠則積彌厚。成安君曰。千里饋糧。士有飢色。樵蘇後爨。師不宿飽。此言持不實則危。一則寓論。一則武經。相發明其義符也。故彊於內者外必勝。殖不固者發不堅。功不什倍。不可以果志。力不兼兩。不可以角敵。號猿貫蝨。徹札飲羽。必非一歲之決拾。仰馬出魚。理心順氣。必非容易之搏拊。淺闒庸種。無嘉苗。穮絢疏織。無良帛。夫欲利其獲。不若優其爲獲之方。若欲顯其能。不若營其爲顯之道。求諸人不若求諸己。馳其華不若馳其實。彼則趦趄於卿士之門。我則婆娑於聖賢之域。彼則巾車於名利之肆。我則冠屨於文史之囿。道寖而後進。業成而後索。以其勞於彼。曷若勤於此。以其背於路。曷若齎於家。求售者聲門而衒賈。致賤者深匱而俟價。求聘者自容於靚妝。取賄者嫌扃於密影。鮪可薦也。不慮綸罟之不逢。橘可貢也。不慮包匭之不入。務出人之名。安得不厲出人之器。戰橫行之陣。安得不振橫行之略。書不千軸。不可以語化。文不百代。不可以語變。體無常軌。言無常宗。物無常用。景無常取。在殫其理。覈其微。賦物而窮其致。歌詠者極性情之本。載述者遵良直之旨。觸類而長。不失其要。此大略也。夫比文之流。其來尚矣。自六經子史。至於近代之作。無不詳備。當朝之作。則燕公悉以評之。自燕公已降。試爲子論之。燕公之文。如榱木枏枝。締構大廈。上棟下宇。孕育氣象。可以變陰陽而闔寒暑。坐天子而朝羣后。許公之文。如應鐘鼖鼓。笙簧錞磬。崇牙樹羽。考以宮縣。可以奉神明。享宗廟。李北海之文。如赤羽玄甲。延亙平野。如雲如風。有貙有虎。闐然鼓之。吁可畏也。賈常侍之文。如高冠華簪。曳裾鳴玉。立於廊廟。非法不言。可以望爲羽儀。資以道義。李員外之文。則如金鑾玉鑿。雕龍采鳳。外雖丹青可掬。內亦體骨不饑。獨孤尚書之文。如危峰絕壁。穿倚霄漢。長松怪石。傾倒谿壑。然而略無和暢。雅德者避之。楊崖州之文。如長橋新構。鐵騎夜渡。雄震威厲。動心駭目。然而鼓作多容。君子所慎。權文公之文。如朱門大第。而氣勢宏敞。廊廡廩廄。戶牖悉周。然而不能有新規勝槪。合八竦觀。韓吏部之文。如長江秋注。千里一道。衝飈激浪。瀚流不滯。然而施諸灌溉。或爽於用。李襄陽之文。如燕市夜鴻。華亭曉鶴。嘹唳亦足驚聽。然而才力偕鮮。悠然高遠。故友沈諫議之文。則如隼擊鷹揚。滅沒空碧。崇蘭繁榮。曜英揚蕤。雖迅舉秀擢。而能沛艾絕景。其他握珠璣。奮組繡者。不可一二而紀矣。若數公者。或傳符於帝宰。或受命於神工。或鳳翥詞林。或虎踞文苑。或抗轡荀孟。或擴袂班揚。皆一時之豪彥。筆硯之麟鳳。今皆游泳其波瀾。偃息其林藪。銓其一揖之舊也。而驟以論業之言。勖子之志。誠未當也。遂絕意隨計。解裝退修。循力行。待取之儒規。達先難後獲之通理。將爲勇退。眞勇進也。斯可尚矣。子既信余之不欺。余亦貴子之不忽。因源流遵業而列諭焉。

第七章　元和長慶間之詩體

第一節　元白與劉白

李肇國史補曰。元和以後。文則學奇澀於樊宗師。學放曠於張籍。詩則學矯激於孟郊。學淺切於白居易。學淫靡於元稹。俱名爲元和體也。

因話錄。韓文公與孟東野友善。韓公文至高。孟長於五言。時號孟詩韓筆。元和中。後進師匠韓公文體大變。又柳柳州宗元。李尚書翱。皇甫郎中湜。馮詹事定。祭酒楊公。余座主李公。皆以高文爲諸生所宗。而韓柳皇甫李公。皆以引接後學爲務。楊公尤深於奬善。遇得一句。終日在口。人以爲癖。終不易初心。長慶以來。李封州甘爲文至精。奬拔公心。亦類數公。甘出於李相國武都公門下。時以爲得人。惜其命運湮厄。不得在掄鑒之地。又元和以來。詞翰兼奇者。有柳柳州宗元。劉尙書禹錫。及楊公。劉楊二人詞翰之外。別精篇什。又張司業善歌行。李賀能爲新樂府。當時言歌篇者。宗此二人。李相國程。王僕射起。白少傅居易兄弟。張舍人仲素。爲場中詞賦之最。言程式者。宗此五人。

據已上所論。元和體者實兼詩文而言。至元微之自敍其詩。則稱元和體出於元白。是專指詩言之矣。

唐書曰。元稹字微之。河南人。尤長於詩。與白居易名相埒。天下傳諷。號元和體。往往播樂府。穆宗在東宮。妃嬪近習皆誦之。宮中呼元才子。稹之謫江陵。善監軍崔潭峻。長慶初。潭峻方親幸。以稹歌詞數十百首奏御。帝大悅。問稹今安在。曰爲南宮散郎。卽擢祠部郎中知制誥。變詔書體。務純厚明切。盛傳一時。然其進非公議。爲士類訾薄。稹內不平。因誠風俗詔歷詆羣有司。以逞其憾。宰相令狐楚。一代文宗。雅知稹之辭學。謂稹曰。嘗覽足下製作。所恨不多。遲之久矣。請出其所有。以豁予懷。稹因獻其文。自敍曰。稹初不好文。徒以仕無他歧。强由科試。及有罪譴棄之後。自以爲廢滯潦倒。不復爲文字。有聞於人矣。曾不知好事者抉擿芻蕪。

塵瀆尊重。竊承相公特於廊廟間道稹詩句。昨又面奉敎約。令獻舊文。戰汗悚踊，慚靦無地。稹自御史府謫官於今十餘年矣。閑誕無事。遂專力於詩章。日益月滋。有詩句千餘首。其間感物寓意。可備矇瞽之風者有之。辭直氣粗。罪尤是懼。固不敢陳露於人。唯杯酒光景間。屢爲小碎篇章。以自吟暢。然以爲律體卑痺。格力不揚。苟無恣態。則陷流俗。常欲得思深語近。韻律調新。屬對無差。而風情宛然。而病未能也。江湖間多新進小生。不知天下文有宗主。妄相放效。而又從而失之。遂至於支離褊淺之辭。皆目爲元和詩體。稹與同門生白居易友善。居易雅能詩。就中愛驅駕文字。窮極聲韻。或爲千言。或五百言律詩。以相投寄。小生自審不能過之。往往戲排舊韻。別創新辭。名爲次韻相酬。蓋欲以難相排。自爾江湖間爲詩者。復相放效。力或不足。則至於顚倒語言。重複首尾。韻同意等。不異前篇。亦目爲元和詩體。而司文者考變雅之由。往往歸咎於稹。嘗以爲雕蟲小事。不足以自明。始聞相公記憶。累句已來。實慮糞土之牆。庇之以大廈。使不復破壞。永爲版築者之誤。輒寫古體詩歌一百首。百韻至兩韻律詩一百首。爲五卷。奉啟跪陳。或希構廈之餘。一賜觀覽。知小生於章句中欒櫨榱桷之材。盡曾量度。則十餘年之邅迴。不爲無用矣。楚深稱賞。以爲今代之鮑謝也。稹官至武昌軍節度使。有元氏長慶集百卷。

白居易字樂天。其先太原人。元和初爲翰林學士。遷左拾遺。累官蘇州刺史。河南尹。會昌初以刑部尙書致仕。居易敏悟絕人。工文章。未冠謁顧況。況吳人。恃才少所推可。見其文自失曰。吾謂斯文遂絕。今復得子矣。居易於文章精切。然最工詩。初頗以規諷得失。及其多。更下偶俗好。至數千篇。當時士人爭傳。雞林行賈售其國相。率篇易一金。其僞者相輒能辯之。初與元稹酬詠。故號元白。稹卒。又與劉禹錫齊名。號劉白。其始生七月能展書。姆指之無兩字。雖試百數不差。九歲暗識聲律。其篤於才章。蓋天禀然。墨客揮犀曰。白樂天每作詩。令一老嫗解之。問曰解否。曰解則錄之。不解則又復易之。故唐末之詩近於鄙俚也。容齋隨筆曰。元微之白樂天在唐元和長慶間齊名。其賦詠天寶時事。連昌宮詞長恨歌皆膾炙人口。使讀之者情性蕩搖。如身生其時。親見其事。殆未易以優劣論也。然長恨歌不過述明皇追愴貴妃始末。無他激揚。不若連昌詞有監戒規諷之意。如云姚崇宋璟作相公。勸諫上皇言語切。長官清平太守好。揀選皆言由相公。開元之末姚宋死。朝廷漸漸由妃子。祿山宮裏養作兒。虢國門前鬧如市。弄權宰相不記名。依稀憶得楊與李。廟謨顚倒四海搖。五十年來作瘡痏。其末章及官軍討淮西。乞廟謀休用兵之語。蓋元和十一二年所作。殊得風人之旨。非長恨比云。

詩苑類格曰。白樂天諷諭之詩長於激。閑適之詩長於遺。感傷之詩長於切。律詩百言以上長於贍。五字七字百言以下長於情。

連昌宮辭　　元稹

連昌宮中滿宮竹。歲久無人森似束。又有牆頭千葉桃。風動落花紅蔌蔌。宮邊老人爲余泣。少年進食因曾入。上皇正在望仙樓。太眞同凭欄干立。樓上樓前盡珠翠。炫轉熒煌照天地。歸來如夢復如癡。何暇備言宮裏事。初過寒食一百六。店舍無煙宮樹綠。夜半月高弦索鳴。賀老琵琶定場屋。力士傳呼覓念奴。念奴潛伴諸郎宿。須臾覓得又連催。特敕街中許燃燭。春嬌滿眼垂紅綃。掠削雲鬟旋妝束。飛上九天歌一聲。二十五郎吹管逐。逡巡大徧梁州徹。色色龜茲轟錄續。李謩壓笛傍宮牆。偷得新翻數般曲。平明大駕發行宮。萬人鼓舞途路中。百官隊仗避岐薛。楊氏諸姨車鬭風。明年十月東都破。御路猶存祿山過。驅令供頓不敢藏。萬姓無聲淚潛墮。兩京定後六七年。卻尋家舍行宮前。莊園燒盡有枯井。行宮門閉樹宛然。爾後相傳六皇帝。不到離宮門久閉。往來年少說長安。玄武樓成花萼廢。去年敕使因斫竹。偶值門開暫相逐。荆榛櫛比塞池塘。狐兔驕癡緣樹木。舞榭欹傾基尚在。文窗窈窕紗猶綠。塵埋粉壁舊花鈿。烏啄風箏碎珠玉。上皇偏愛臨砌花。依然御榻臨階斜。蛇出燕巢盤鬭栱。菌生香案正當衙。寢殿相連端正樓。太眞梳洗樓上頭。晨光未出簾影黑。至今反挂珊瑚鉤。指向傍人因慟哭。卻出宮門淚相續。自從此後還閉門。夜夜狐狸上門屋。我聞此語心骨悲。太平誰致亂者誰。翁言野父何分別。耳聞眼見爲君說。姚崇宋璟作相公。勸諫上皇言語切。燮理陰陽禾黍豐。調和中外無兵戎。長官清平太守好。揀選皆言由相公。開元之末姚宋死。朝廷漸漸由妃子。祿山宮裏養作兒。虢國門前鬧如市。弄權宰相不記名。依稀憶得楊與李。廟謨顚倒四海搖。五十年來作瘡痏。今皇神聖丞相明。詔書纔下吳蜀平。官軍又取淮西賊。此賊亦除天下寧。年年耕種宮前道。今年不遣子孫耕。

老翁此意深望幸。努力廟謨休用兵。

琵琶行　白居易

潯陽江頭夜送客。楓葉荻花秋瑟瑟。主人下馬客在船。舉酒欲飲無管絃。醉不成歡慘將別。別時茫茫江浸月。忽聞水上琵琶聲。主人忘歸客不發。尋聲暗問彈者誰。琵琶聲停欲語遲。移船相近邀相見。添酒回燈重開宴。千呼萬喚始出來。猶抱琵琶半遮面。轉軸撥絃三兩聲。未成曲調先有情。絃絃掩抑聲聲思。似訴平生不得志。低眉信手續續彈。說盡心中無限事。輕攏慢撚抹復挑。初爲霓裳後六么。大絃嘈嘈如急雨。小絃切切如私語。嘈嘈切切錯雜彈。大珠小珠落玉盤。間關鶯語花底滑。幽咽泉流水下灘。水泉冷澀絃凝絕。凝絕不通聲暫歇。別有幽愁暗恨生。此時無聲勝有聲。銀瓶乍破水漿迸。鐵騎突出刀鎗鳴。曲終收撥當心畫。四絃一聲如裂帛。東船西舫悄無言。唯見江心秋月白。沈吟放撥插絃中。整頓衣裳起斂容。自言本是京城女。家在蝦蟇陵下住。十三學得琵琶成。名屬教坊第一部。曲罷曾教善才服。妝成每被秋娘妒。五陵年少爭纏頭。一曲紅綃不知數。鈿頭銀篦擊節碎。血色羅裙翻酒汚。今年歡笑復明年。秋月春風等閑度。弟走從軍阿姨死。暮去朝來顏色故。門前冷落鞍馬稀。老大嫁作商人婦。商人重利輕別離。前月浮梁買茶去。去來江口守空船。遶船月明江水寒。夜深忽夢少年事。夢啼妝淚紅闌干。我聞琵琶已歎息。又聞此語重唧唧。同是天涯淪落人。相逢何必曾相識。我從去年辭帝京。謫居臥病潯陽城。潯陽地僻無音樂。終歲不聞絲竹聲。住近湓江地低濕。黃蘆苦竹繞宅生。其間旦暮聞何物。杜鵑啼血猿哀鳴。春江花朝秋月夜。往往取酒還獨傾。豈無山歌與村笛。嘔啞嘲哳難爲聽。今夜聞君琵琶語。如聽仙樂耳暫明。莫辭更坐彈一曲。爲君翻作琵琶行。感我此言良久立。却坐促絃絃轉急。淒淒不似向前聲。滿座重聞皆掩泣。就中泣下誰最多。江州司馬青衫濕。

劉禹錫字夢得。彭城人。貞元九年進士。又登宏詞科。禹錫精於古文。善五言詩。今體文章復多才麗。貞元末王叔文用事。尤荷知獎。叔文敗。禹錫貶連州刺史。未至斥朗州司馬。州接夜郎諸夷。風俗陋甚。家喜巫鬼。每祠歌竹枝。鼓吹裴回。其聲傖儜。禹錫謂屈原居沅湘間作九歌。使楚人以迎送神。乃倚其聲作竹枝辭十餘篇。於是武陵夷俚悉歌之。按舊唐書本傳。禹錫晚年與少傅白居易友善。詩筆文章。時無在其右者。常與禹錫唱和往來。因集其詩而序之曰。彭城劉夢得詩豪者也。其鋒森然。少敢當者。予不量力。往往犯之。夫合應者聲同。交爭者力敵。一往一復。欲罷不能。由是每制一篇。先於視草。視竟作興作則文章一二年來日尋筆硯。同和贈答。不覺滋多。太和三年春已前。紙墨所存者。凡一百三十八首。其餘乘興仗醉。率然口號者。不在此數。因命小姪龜編勒成兩軸。仍寫二本。一付龜兒。一授夢得小男崙郎。各令收藏。附兩家文集。予頃與元微之唱和頗多。或在人口。嘗戲微之云。僕與足下二十年來為文友詩敵。幸也。亦不幸也。吟詠情性。播揚名聲。其適遺形。其樂忘老。幸也。然江南士女語才子者。多云元白。以子之故。使僕不得獨步於吳越間。此亦不幸也。今垂老復遇夢得。夢得非重不幸耶。夢得文之神妙。莫先於詩。若妙與神。則吾豈敢如夢得雲裏高山頭白早。海中仙果子生遲。沉舟側畔千帆過。病樹前頭萬木春之句之類。眞謂神妙矣。在在處處應有靈物護持。豈止兩家子弟祕藏而已。其爲名流許與如此。夢得嘗爲西塞懷古金陵五題等詩。江南文士稱爲佳作。雖名位不達。公卿大寮多與之交。

楊柳枝詞　　劉禹錫

煬帝行宮汴水濱。數枝楊柳不勝春。晚來風起花如雪。飛入宮牆不見人。
城外春風吹酒旗。行人揮袂日西時。長安陌上無窮樹。唯有垂楊管別離。

第二節　李賀劉棗强

唐書文藝傳。李賀字長吉。系出鄭王後。七歲能辭章。韓愈皇甫湜始聞未信。過其家。使賀賦詩。援筆輒就。如素構。自目曰高軒過。二人大驚。自是有名。爲人纖瘦。通眉長指爪。能疾書。每旦日出騎弱馬。從小奚奴。背古錦囊。遇所得。書投囊中。未始先立題然後爲詩。如它人牽合程課者。及暮歸。足成之。非大醉弔喪日。率如此。過亦不甚省。母使婢探囊中。見所書多。卽怒曰。是兒要嘔出心乃已耳。以父名晉肅。不肯舉進士。愈爲作諱辨。然卒亦不就舉。辭尚奇詭。所得皆驚邁。絕去翰墨畦逕。當時無能效者。樂府數十篇。雲韶諸工皆合之絃管。爲協律郎。卒年二十七。與游者權璩、楊敬之、王恭元。每譔著時爲所取去。賀亦早世。故其詩歌世傳者鮮焉。

杜牧論賀詩曰。元和中。韓吏部亦頗道其歌詩。雲煙綿聯。不足爲其態也。水之迢迢。不足爲其清也。春之盎盎。不足爲其和也。秋之明潔。不足爲其格也。風檣陣馬。不足爲其勇也。瓦棺篆鼎。不足爲其古也。時花美女。不足爲其色也。荒國陊殿。梗莽丘隴。不足爲其恨怨悲愁也。鯨呿鰲擲。牛鬼蛇神。不足爲其虛荒誕幻也。蓋騷之苗裔。理雖不及。辭或過之。騷有感怨刺懟。言及君臣理亂。時有以激發人意。乃賀所爲。得無有是。賀能探尋前事。所以深歎恨今古未嘗經道者。如金銅仙人辭漢歌。補梁庾肩吾宮體謠。求取情狀。離絕遠去筆墨畦逕間。亦殊不能知之。賀生二十七年死矣。世皆曰使賀且未死。少加以理。奴僕命騷可也。

高軒過　　李賀

華裾織翠青如葱。金環壓轡搖玲瓏。馬蹄隱耳聲隆隆。入門下馬氣如虹。云是東京才子。文章鉅公。二十八宿羅心胸。元精耿耿貫當中。殿前作賦聲摩空。筆補造化天無功。龐眉書客感秋蓬。誰知死草生華風。我今垂翅附冥鴻。他日不羞蚍作龍。

當時爲歌詩樂府。名亞於賀者。有劉言史。按全唐詩話。皮日休劉棗強碑文云。歌詩之風。蕩來久矣。大抵喪於南朝。壞於陳叔寶。然今業是者。苟不能求古於建安。卽江左矣。苟不能求麗於江左。卽南朝矣。或過爲艷傷麗病者。卽南朝之罪人也。吾唐來有是業者。言出天地外。思出鬼神表。讀之則神馳八極。測之則心懷四溟。磊磊落落。眞非世間語也。自李太白百歲。有是業者。雕金篆玉。牢奇籠怪。百鍛爲字。千鍊成句。雖不追躅太白。亦後來之佳作也。其與李賀同時有劉棗强焉。先生姓劉氏。名言史。不詳其鄉里。有所歌詩千首。其美麗恢贍。自賀外世莫得比。王武俊之節制鎭冀也。先生造之。武俊雄健。頗好詞藝。一見先生。遂加異敬。將置之賓位。先生辭免。武俊善騎射。載先生以二乘。逞其藝於野。武俊先騎。驚雙鴨起於蒲稗間。武俊控弦不再發。雙鴨連斃於地。武俊歡甚。命先生曰。某之伎如是。先生之詞如是。可謂文武之會矣。何不一言以讚耶。先生由是馬上草射鴨歌以示武俊。議者以爲禰正平鸚鵡賦之類也。武俊益重先生。由是奏請官先生。詔授棗强令。先生辭疾不就。世重之曰劉棗强。亦如范萊蕪之類焉。

孟郊哭劉言史曰。詩人業孤峭。餓死良已多。相悲與相哭。累累其奈何。精異劉言史。詩腸傾珠河。取次抱置之。飛遠東溟波。可惜大國謠。飄爲四夷歌。常於泉中會。顏色兩切磋。今日果成死。葬襄之洛河。洛岸遠相弔。灑淚雙滂沱。

第三節　孟郊賈島

因話錄謂韓文公與孟東野友善。韓公文至高。孟長於五言。時號孟詩韓筆。及東野卒。而韓公文極稱賈島。以爲可繼東野之後。蓋二人苦澀之趣。有相同也。

孟郊字東野。湖州武康人。少隱嵩山。性介少諧合。韓愈一見。與爲忘形交。年五十始得進士第。調溧陽尉。縣有投金瀨平陵城。林薄蒙翳。下有積水。郊間往坐水旁。裴回賦詩。而曹務多駿。令白府以假尉代之分其半奉。其卒也。張籍諡曰貞曜先生。

按全唐詩話。李翺薦孟郊於張建封云。茲有平昌孟郊正士也。伏聞執事舊知之。郊爲五言詩。自前漢李都尉蘇屬國。及建安諸子。南朝二謝。郊能兼其體而有之。李觀薦郊於梁肅補闕書曰。郊之五言詩其高處在古無上。其平處下顧兩謝。韓送郊詩曰。作詩三百首。杳默咸池音。彼三子皆知言也。豈欺天下之人哉。

嚴滄浪曰。孟郊之詩憔悴枯槁。其氣局促不伸。退之許之如此。何耶。詩道本甚大。孟郊自爲之艱澀耳。

歲寒堂詩話曰。孟郊詩。楚山爭蔽虧。日月無全輝。萬株古柳根。拏此磷磷溪。大行橫偃脊。百里芳崔嵬。等句皆造語工新。無一點俗韻。然其他篇章似此處絕少也。李觀評其詩云。高處在古無上。平處下觀二謝。許之亦太甚矣。東坡謂初如食小魚。所得不償勞。又如食蟚蟹。竟日嚼空螯。貶之亦太甚矣。

歸田詩話。遺山論詩云。東野悲鳴死不休。高天厚地一詩囚。江山萬古潮陽筆。合臥元龍百尺樓。推尊退之而鄙薄東野至矣。東坡亦有未足當韓豪之句。又云我厭孟郊詩。復作孟郊語。蓋不爲所取也。

灞上輕薄行　　孟郊

長安無緩步。況值天景莫。相逢灞滻間。親戚不相顧。自歎方拙身。忽隨輕薄倫。常恐失所避。化爲車轍塵。此中生白髮。疾走亦未歇。

賈島字浪仙。范陽人。初爲浮屠。名无本。來東都時。洛陽令禁僧午後不得出。島爲詩自傷。愈憐之。因敎其爲文。遂去浮屠。舉進士。雖逢値公卿貴人。皆不之覺也。累舉不中第。文宗時。貶長江主戶卒。

全唐詩話。島詩有警句。韓退之喜之。其渡桑乾詩曰。客舍并州三十霜。歸心日夜憶咸陽。無端更渡桑乾水。却望并州是故鄉。又赴長江道中詩曰。策杖馳山驛。逢人問梓州。長江何日到。行客替生愁。晉公度初立第於街西興化里。鑿池種竹起臺榭。島方下第。或以爲執政惡之。故不在選。怨憤題詩曰。破却千家作一池。不栽桃李種薔薇。薔薇花落秋風起。荊棘滿庭君始知。皆惡其不遜。島爲僧時。洛陽令不許僧午後出寺。島有詩云。不如牛與羊。猶得日暮歸。韓愈惜其才。俾反俗應舉。貽其詩云。孟郊死葬北邙山。日月星辰頓覺閒。天恐文章中斷絕。再生賈島在人間。由是振名。蘇絳爲墓志。稱所著文篇。不以新句綺靡爲意。淡然躡陶謝之蹤。片雲獨鶴。高步塵表。長沙裁賦。事略同焉。

野客叢談。唐遺史載賈島初赴舉在京。一日驢上得句云。鳥宿池邊樹。僧敲月下門。思易敲爲推。引手作推敲之勢。韓退之爲京兆尹。車騎方出。島不覺行至第三節。左右推至尹前。島具道所得詩句。退之遂並轡歸。爲布衣交。

題李凝幽居　　賈島

閑居少鄰竝。草徑入荒園。鳥宿池邊樹。僧敲月下門。過橋分野色。移石動雲根。暫去還來此。幽期不負言。

臨漢隱居詩話。賈島云。獨行潭底影。數息樹邊身。其自注云。二句三年得。一吟雙淚流。知音如不賞。歸臥故山秋。不知此二句有何難道。至於三年始成。而一吟淚下也。

唐書曰。賈島劉乂皆韓門弟子。又盧仝居東都。韓愈愛其詩。禮重之。仝自號玉川子。嘗爲月蝕詩以譏切元和逆黨。愈稱其工。和之。劉乂有冰柱詩。亦有名。又與仝詩格皆奇恣。與時不類云。

第四節　張籍姚合

元和長慶之間。能於元白諸人之外。別樹一體。而得名最久。尤爲當時詩人所宗者。莫如張文昌。文昌早擅樂府。與王建齊名。晚乃傳律格詩。及門者甚衆。晚唐諸家多效其體。時姚武功亦爲時流所尙。蓋律體由大歷以來。至於張姚。而全開晚唐之風格矣。故比而論之。

按唐書本傳。張籍者字文昌。和州烏江人。第進士。爲太常寺太祝。久次遷祕書郎。韓愈薦爲國子博士。歷水部員外郎。主客郎中。當時有名士皆與游。而愈賢重之。籍性狷直。嘗責愈喜博簺。及爲駁雜之說。論議好勝人。其排釋老不能著書若孟軻揚雄以垂世者。籍爲詩長於樂府。多警句仕終國子司業。按雲仙雜記。張籍取杜甫詩一帙。焚取灰燼。副以膏蜜頻飲之曰。令吾肝腸。從此改易。

全唐詩話。白樂天讀張籍詩集曰。張公何爲者。業文三十春。尤工樂府詞。舉代少其倫。姚合讀籍詩云。妙絕江南曲。淒涼怨女詩。古風無敵手。新語是人知

彥周詩話。張籍王建樂府皆傑出。所不能追逐李杜者。氣不勝耳。歲寒堂詩話。張司業詩與元白一律。專以道得人心中事爲工。但白才多而意切。張思深而語精。元體輕而詞躁爾。律詩雖有意味而少文。遠不逮李義山劉夢得杜牧之。然籍之樂府。諸人未必能也

雲溪友議。朱慶餘校書。既遇水部郎中張籍知音。遍索慶餘製篇什數通。吟改後只留二十六章。水部置於懷抱而推贊之。清列以張公重名。無不繕錄諷詠。遂登科第。朱君尙爲謙退作閨意一篇以獻張公。公明其進退。尋亦和焉。詩曰。洞房昨夜停紅燭。待曉堂前拜舅姑。粧罷低聲問夫壻。畫眉深淺入時無。張籍郎中酬曰。越女新粧出鏡心。自知明豔更沈吟。齊紈未足人間貴。一曲菱歌抵萬金。朱公才學。因張公一詩。名流於海內矣。

全唐詩話。始水部張籍爲律格詩。惟朱慶餘親受其旨。既而任蕃、陳標、章孝標、司空圖。咸及門爲寶歷開成之際。子遷尤爲水部所知。聲價特甚。故其詩格與之相類。按項斯字子遷。江東人。始未爲聞人。因以卷謁楊敬之。楊苦愛之。贈詩云。幾度見詩詩盡好。及觀標格過於詩。

平生不解藏人善。到處逢人說項斯。未幾。斯達長安。明年擢上第。

姚合。陝州硤石人。宰相崇曾孫。元和進士。初授武功主簿。開成末終秘書監。與馬戴、費冠卿、殷堯藩、張籍游。李頻師之。合詩名重於時。人稱姚武功云。

清四庫全書提要曰。姚合詩家皆謂之姚武功。其詩派亦稱武功體。以其早作武功縣詩三十首。爲世傳誦。故相習而不能改也。合選極玄集。去取至爲精審。自稱所錄爲詩家射雕手。論者以爲不誣。其自作則刻意苦吟。冥搜物象。務求古人體貌所未到。張爲作主客圖。以李益爲清奇雅正主。以合爲入室。然合詩格與益不相類。不知爲何以云然。其集在北宋不甚顯。至南宋永嘉四靈始奉以爲宗。其末流寫景於瑣屑。寄情於偏僻。遂爲論者所排。然由摹倣者滯於一家。趨而愈下。要不必追咎作始。遽懲羹而吹虀也。

按合爲詩刻意苦吟。工於點綴景物。而刻畫太甚。或至流於纖仄。觀所選極玄集。錄王維至戴叔倫二十一人之詩一百首。亦可見其微意所寄。或卽奉此律格也。

全唐詩話。僧清塞。東洛人。姓周氏。少從浮圖法。遇姚合而返。乃易名賀。初與賈長江無可齊名。賀哭百嵓師云。林逕西風急。松枝構杪餘。凍鬚亡夜剃。遺偈疾時書。地燥焚身後。堂空臥影初。此時頻下淚。曾省到吾廬。時島亦有詩云。苔覆石牀新。師曾過幾春。寫留行道影。焚却坐禪身。塔院關松雪。經房鎖隙塵。自嫌雙淚下。不是解空人。

李頻。字德新。睦州壽昌人。尤長於詩。時姚合名爲詩。士多歸重。頻走千里。丐其品。合大奬挹。以女妻之。頻官至建州刺史。又與方干友善。

少年行　　張籍

少年從獵出長楊。禁中新拜羽林郎。獨對輦前射雙虎。君王手賜黃金璫。日日鬬雞都市裏。贏得寶刀重刻字。百里報仇夜出城。平明還在倡樓醉。遥聞虜到平陵下。不待詔書行上馬。斬得名王獻桂宮。封侯起第一日中。不爲六郡良家子。百戰始取邊城功。

武功縣中作　　姚合

縣去帝城遠。爲官與隱齊。馬隨山鹿放。雞雜野禽棲。遶舍惟藤架。侵堦是藥畦。更師嵇叔夜。不擬作書題。

方拙天然性。爲官世事疎。惟尋向山路。不寄入城書。因病多收藥。緣飡學釣魚。養身成好事。此外更空虛。

寄石橋僧　　項斯

逢師入山日。道在石橋邊。別後何人見。秋來幾處禪。溪中雲隔寺。夜半雪添泉。生有天台約。知無再出緣。

長安秋思　　陳標

吳女秋機織曙霜。冰蠶吐線月盈箱。金刀玉指裁縫促。水殿花樓絃管長。舞袖慢移凝瑞雪。歌塵微動避雕梁。惟愁陌上芳菲度。狼籍風池荷葉黃。

湘口送友人　　李頻

中流欲暮見湘煙。葦岸無窮接楚天。去雁遠衝雲夢雪。離人獨上洞庭船。風波盡日依山轉。星漢通宵向水連。零落梅花過殘臘。故園歸去又新年。

第八章　晚唐文學

第一節　杜牧

明高棅唐詩品彙序曰。開成以後。則有杜牧之之豪縱。溫飛卿之綺靡。李義山之隱僻。許用晦之偶對。他若劉滄馬戴李羣玉李頻等。尙能黽勉氣格。埓邁時流。此晚唐變態之極。而遺風餘韻。猶有存者焉。蓋晚唐詩人杜牧之獨睥睨元白溫李。尤傑出自爲一體。江湖諸人。大抵師法張籍、賈島、姚合。而喻坦之、許棠、張喬、鄭谷、張蠙等。又號十哲。張祜趙嘏爲牧之所推。朱慶餘、章孝標、陳標、任蕃、司空圖、項斯。學於張籍。李頻、方干、周賀。效姚合。李洞、喻鳧、唐求。效賈島。至如李羣玉、許渾、馬戴、劉滄、皮日休、陸龜蒙、韓偓、唐彥謙之流。則溫李之羽翼也。若夫三羅及李山甫杜荀鶴輩。句調鄙惡。最爲卑格。殆緣樂天之淺俗。與牧之之粗豪。不善學之弊。遂至於此。今當以次序其大略。而述牧之爲首。

杜牧字牧之。京兆萬年人。太和二年。擢進士第。官至中書舍人。唐書附其事蹟於杜佑傳內。稱其剛直有奇節。不爲齪齪小謹。敢論列大事。指陳病利尤切。至少與李甘李中敏宋祁善。其通古今善處成敗。甘等不及也。牧亦以疏直。時無右援者。從兄悰更歷將相。而牧困躓不自振。頗怏怏不平。卒年五十。初牧夢人告曰。爾應名畢。復夢書皎皎白駒字。或曰過隙也。俄而炊甑裂。牧曰不祥也。乃自爲墓誌。悉取所爲文章焚之。牧於詩情致豪邁。人號爲小杜。以別杜甫云。

范攄雲溪友議曰。先是李林宗杜牧言元白詩外舛雜而爲清苦者見嗤。因茲有恨。牧又著論。言近有元白者。喜爲淫言媟語。鼓扇浮囂。吾恨方在下位。未能以法治之。後村詩話因謂牧風情不淺。如杜秋娘張好好諸詩。（案杜秋詩非豔體克莊此語殊誤）青樓薄倖之句。街吏平安之報。未知去元白幾何。此之以燕伐燕。其說良是。新唐書亦引以論居易。然考牧無此論。惟平盧軍節度巡官李戡墓誌述戡之言曰。嘗痛自元和以來。有元白詩者。纖豔不逞。非莊士雅人。多爲其破壞。流於民間。疏於屏壁。子父女母。交口敎授。淫言媟語。冬寒夏熱。入人肌骨。不可除去。吾位不得用法以治之。欲使後代知有發憤者。因集國朝以來類於古詩得若干首。編爲三卷。目爲唐詩。爲序以導其志云云。然則此論乃戡之說。非牧之說。或牧嘗有是語。及爲戡誌墓。乃借以發之。故攄以爲牧之言歟。平心而論。牧詩冶蕩甚於元白。其風骨則實出元白上。其古文縱橫奧衍。多切經世之務。罪言一篇。宋祁作新唐書藩鎭論。實全錄之。費袞梁谿漫志。載歐陽修使子棐讀新唐書列傳。臥而聽之。至藩鎭傳敍。歎曰。若皆如此傳。筆力亦不可及。識曲聽眞。殆非偶爾。卽以散體而論。亦遠勝元白。觀其集中有讀韓杜集詩。又冬至日寄小姪阿宜詩曰。經書刮根本。史書閱興亡。高摘屈宋豔。濃薰班馬香。李杜泛浩浩。韓柳摩蒼蒼。近者四君子。與古爭強梁。則牧於文章。具有本末。宜其睥睨長慶體矣。

趙嘏。字承祐。山陽人。會昌三年登進士第。大中間仕至渭南尉。卒。嘏爲詩贍美。多興味。杜牧嘗愛其長笛一聲人倚樓之句。吟歎不已。人因目爲趙倚樓。牧又雅與張祜善。先是祜與徐凝並在錢唐。謁白樂天相遇。賦詩。白獨以凝爲優。雲溪友議曰。杜舍人之守秋浦。與張生爲詩酒之交。酷吟祜宮詞。亦知錢唐之歲。自有是非之論。懷不平之色。爲詩二首以高之曰。誰人得似張公子。千首詩輕萬戶侯。又曰。如何故國三千里。虛唱歌詞滿六宮。張君詩曰。故國三千里。深宮二十年。一聲何滿子。雙淚落君前。此歌宮娥諷念。思鄉而起長門之思也。祜復游甘露寺。觀盧肇先輩題處。曰。不謂三吳有此人也。祜曰日月光先到。山川勢盡來。盧曰地從京口斷。山到海門迴。因而歎伏。願交於此士矣。按張祜。字承吉。清河人。

全唐詩話。祜長慶中深爲令狐楚所知。楚鎭天平。自草薦表。令以詩三百篇隨伏表進。祜至京。屬元稹在內庭。上問之。稹曰。祜雕蟲小巧。壯夫不爲。或奬激之。恐變陛下風教。上頷之。由是失意東歸。有孟浩然身更不疑之句。故國三千里。深宮二十年。一聲何滿子。雙淚落君前。自倚能歌曲。先皇掌上憐。新聲何處唱。腸斷李延年。二章祜所作宮詞也。傳入宮禁。

全唐詩話曰。崔涯者。吳楚之狂生也。與張祜齊名。每題一詩於娼肆。無不誦之於衢路。譽之則車馬繼來毀之。則杯盤失措。祜涯久在維揚。天下晏清。篇詞縱逸。貴達欽憚。呼吸風生。頗暢此時之意也。

江南春　杜牧

千里鶯啼綠映紅。水村山郭酒旗風。南朝四百八十寺。多少樓臺煙雨中。

泊秦淮　仝上

煙籠寒水月籠沙。夜泊秦淮近酒家。商女不知亡國恨。隔江猶唱後庭花。

長安晚秋　趙嘏

雲物淒涼拂曙流。漢家宮闕動高秋。殘星幾點雁橫塞。長笛一聲人倚樓。紫豔半開籬菊靜。紅衣落盡渚蓮愁。鱸魚正美不歸去。空戴南冠學楚囚。

贈內人　張祜

禁門宮樹月痕過。媚眼唯看宿燕窠。斜拔玉釵燈影畔。剔開紅焰救飛蛾。

第二節　温李

晚唐温李。詩律藻麗。別爲一體。温庭筠。本名岐。字飛卿。太原人。按唐書温大雅傳。彥博裔孫庭筠。少敏悟。工爲辭章。與李商隱皆有名。號温李。然薄於行。無檢幅。又多作側辭豔曲。與貴胄裴誠令狐滈等蒲飲狎昵。數舉進士不中第。思神速。多爲人作文。大中末。試有司。廉視尤譴。庭筠不樂。上書千餘言。然私占授者已八人。執政鄙其爲人。授方山尉。全唐詩話云。宣皇愛唱菩薩蠻詞。丞相令狐綯假其修撰。密進之。戒令無泄。而遽言於人。由是疎之。溫亦有言云。中書堂內坐將軍。譏相國無學也。

李商隱字義山。懷州河內人。開成二年進士。釋褐祕書省校書郎。調宏農尉。會昌二年。又以書判拔萃。王茂元鎭河陽。辟爲掌書記。歷佐幕府。終於東川節度判官檢校工部郎中。事蹟具唐書文藝傳。溫李雖齊名。詞皆縟麗。然庭筠多綺羅脂粉之詞。而商隱感時傷事。尙頗得風人之旨。故蔡寬夫詩話。載王安石之語。以爲唐人能學老杜而得其藩籬者。惟商隱一人。自宋楊億劉子儀等沿其流波。作西崑唱酬集。詩家遂有西崑體。致伶官有撏撦之譏。劉攽載之中山詩話。以爲口實。元祐諸人。起而矯之。終宋之世。作詩者不以爲宗。胡仔漁隱叢話。至摘其馬嵬詩渾河中詩。詆爲淺近。後江西一派。漸流於生硬麤鄙。詩家又返而講溫李。自釋道源以後。註其詩者凡數家。大抵刻意推求。務爲深解。以爲一字一句。皆屬寓言。而無題諸篇。穿鑿尤甚。清四庫提要。謂義山集無題之中。有確有寄託者。來是空言去絕踪之類是也。有戲爲豔體者。近知名阿侯之類是也。有實屬狎邪者。昨夜星辰昨夜風之類是也。有失去本題者。萬里風波一葉舟之類是也。有與無題相連。誤合爲一者。幽人不倦賞之類是也。其摘首二字爲題。如碧城錦瑟諸篇。亦同此例。一槩以美人香草解之。殊乖本旨義山之後。韓偓亦好爲縟綺之詞。有香籢集。蓋偓少時常與義山相接。義山集曰。韓冬郎卽席爲詩相送。一座盡驚。他日余方追吟連宵侍坐裴回久之句。有老成之風。卽指偓也。其贈句甚相推許。偓字致光。一云字致堯。或謂香籢集和凝所作。託名於偓。然其中艷曲。間有吳子華諸人和作。蓋和凝自別有一香籢集。今所傳有無竄入和凝之作。則不可知耳。吳子華名融。有唐英歌詩。其詩音節諧雅。亦致光之亞。

宋初楊劉效義山詩。當時謂之西崑體。然楊大年嘗稱唐彥謙詩曰。鹿門先生唐彥謙爲詩慕玉溪。得其清峭感愴。蓋其體也。然警絕之句亦多有。

石林詩話。楊大年劉子儀皆喜唐彥謙詩。以其用事精巧。對偶親切。黃魯直詩體雖不類。然亦不以楊劉爲過。按彥謙字茂業。幷州人。舊唐書文苑傳。彥謙博學多藝。文詞壯麗。至於書畫音樂博飮之技。無不出於輩流。尤能七言詩。少時師溫庭筠。故文格類之。然則楊大年謂彥謙詩慕玉溪者。溫李體格本相近也。後山詩話又謂唐人不學杜詩。惟唐彥謙而已。義山詩實是學杜。彥謙既師溫李。則有時似杜。固無足異也。展轉相效。以至楊劉。皆爲一派。

皮日休松陵集序曰。有進士陸龜蒙字魯望者。以其業見造。凡數編。其才之變。眞天地之氣也。近代稱溫飛卿李義山爲之最。以陸生參之。烏知其孰爲先後也。則當時所推與溫李相參者。又有陸魯望皮陸詩體相近。要是並承義山之緒矣。

皮日休。字襲美。襄陽人。咸通中射策不中第。退歸。次其文名文藪。作憂賦。河橋霍山桃花賦。九諷。十原。其餘論議。皆上剔遠非。下補近失。非空言也。又請命有司選士去莊列書。專以孟子爲主。崔僕守蘇。辟爲判官。與陸龜蒙爲友。著鹿門隱書十篇。有松陵唱和集。

北夢瑣言。唐吳郡陸龜蒙字魯望。舊名族也。家於蘇台。龜蒙幼精六籍。弱冠攻文。與顏蕘、皮日休、羅隱、吳融爲益友。性高潔。家貧思養親之祿。與張博爲吳興廬江二郡倅。著吳興實錄四十卷。松陵集十卷。笠澤叢書三卷。方干詩名著於吳中。陸未詳之。一旦頓作詩五十首。裝爲方干新製。時輩吟賞景仰。陸謂曰。此乃下官效方干之所作也。方詩在模範中。爾奇意精識者亦然之。薛許州能以詩道爲己任。還劉得仁卷有詩云。百首如一首。卷初如卷終。譏劉不能變態。乃陸之比也。

皮陸唱和詩中有吳體。他集未見其體。殆卽七律中之拗體。而遠開西江一派者也。

織錦詞　　溫庭筠

丁東細漏侵瓊瑟。影轉高梧月初出。簇簌金梭萬縷紅。鴛鴦艷錦初成匹。錦中百結皆同心。蘂亂雲盤相間深。此意欲傳傳不得。玫瑰作柱朱弦琴。爲君裁破合歡被。星斗迢迢共千里。象尺熏爐未覺秋。碧池已有新蓮子。

利州南渡　　仝上

澹然空水對斜暉。曲島蒼茫接翠微。波上馬嘶看櫂去。柳邊人歇待船歸。數叢沙草羣鷗散。萬頃江田一鷺飛。誰解乘舟尋范蠡。五湖煙水獨忘機。

河內詩二首之一　李商隱

鼉鼓沈沈虯水咽。秦絲不上蠻絃絕。常娥衣薄不禁寒。蟾蜍夜豔秋河月。碧城冷落空濛煙。簾輕幙重金鉤欄。靈香不下兩皇子。孤星直上相風竿。八桂林邊九芝草。短襟小鬟相逢道。入門暗數一千春。願去閏年留月小。梔子交加香蓼繁。停辛佇苦留待君。（右一曲樓上）

重過聖女祠　仝上

白石巖扉碧蘚滋。上清淪謫得歸遲。一春夢雨常飄瓦。盡日靈風不滿旗。萼綠華來無定所。杜蘭香去未移時。玉郎會此通仙籍。憶向天街問紫芝。

無題　韓偓

小檻移燈灺。空房鎖隙塵。額披風盡日。簾押月侵晨。香瓣更衣後。釵梁攏鬢新。吉音聞詭計。醉語近天眞。妝好方長歎。歡餘却淺顰。繡屏金作屋。絲幰玉爲輪。致意通縣竹。精誠記錦鱗。歌凝眉際恨。酒發臉邊春。溪紵殊傾越。樓簫豈羨秦。柳虛禳沴氣。梅實引芳津。樂府降清唱。宮廚減食珍。防閑襟並斂。忍妬淚休勻。宿飲愁縈夢。春寒瘦著人。手持雙荳蔻。的的爲東鄰。

七夕　唐彥謙

露白風淸夜向晨。小星垂佩月埋輪。絳河浪淺休相隔。滄海波深尙作塵。天外鳳凰何寂寞。世間烏鵲漫辛勤。倚闌殿北斜樓上。多少通宵不寐人。

病後春思　　皮日休

𨖼錢鏵暗麝氛氳。荆思多才詠鄂君。孔雀鈿寒窺沼見。石榴紅重墮堦聞。牢愁有度應如月。春夢無心祇似雲。應笑病來慙滿願。花牋好作斷腸文。

獨夜有懷因作吳體寄襲美　　陸龜蒙

人吟側景抱凍竹。鶴夢缺月沈枯梧。清澗無波鹿無魄。白雲有根虬有鬚。雲虬澗鹿眞逸調。刀名錐利作良圖。不然快作燕市飲。笑撫肉㭊眠酒壚。

第三節　三十六體及唐末四六

自張說蘇頲並稱燕許。而楊炎常袞同掌絲綸。皆流譽當時。縉紳嚮慕。於是制誥奏章。蔚成別體。作者競標新巧。以副筆札之能。元和以來。此風彌甚。又程試律賦。聲調日趣卑下。故由唐末至於五季。爲文多尙四六。自三十六體倡之矣。

舊唐書李商隱傳。初商隱能爲古文。不喜偶對。從事令狐楚幕。楚能章奏。遂以其道授商隱。自是始爲今體章奏。博學强記。下筆不能自休。尤善爲誄奠之辭。與太原溫庭筠。南郡段成式齊名。時號三十六體。按商隱庭筠成式三人。並行十六。是以有三十六體之名。成式字柯古。文昌之子。尤有逸才。而商隱章奏。又受之令狐楚云。

令狐楚。字慤士。德棻之裔。官至山南西道節度使。於牋奏制令尤善。每一篇成。人爭傳誦。舊書曰。先是李說嚴綬鄭儋相繼鎭太原。高其行義。皆辟爲從事。自掌書記。楚才思俊麗。德宗好文。每太原奏至。能辨其楚所爲。頗稱之。

全唐詩話。庭筠才思豔麗。工於小賦。每入試。押官韻作賦。凡八叉手而八韻成。時號温八叉。多爲鄰鋪假手。日救數人。而士行玷缺。縉紳薄之。李義山謂曰。近得一聯句云。遠比趙公三十六年宰輔。未得偶句。温曰。何不云近同郭令二十四考中書。宣宗嘗賦詩。上句有金步搖。未能對。遣求進士對之。庭筠乃以玉條脫續也。宣宗賞焉。又藥名有白頭翁。温以蒼耳子爲對。他皆類此。

令狐楚

爲桂州王珙中丞賀赦表

臣某言。伏奉十一月十日制書。南郊大禮畢。大赦天下者。湛恩霈鴻。大號渙汗。際天接地。孰不慶幸。臣某中賀。臣聞禘嘗之禮。所以仁祖禰也。郊社之儀。所以尊天地也。五帝之前。蕢桴土鼓。致其敬。敬有餘矣。而禮不足。三王已降。金疊玉斝。備其禮。禮有餘矣。而敬不聞。秦之增封也。覬望神仙。漢之郊丘也。禳除災害。雖無文而咸秩。終有廢而莫舉。猶可以編在方冊。垂其鴻名。豈若國家參文質於六經之中。陛下酌損益於百代之後。順昊天之成命。得黎人之懽心。九穀有年。四方無事。然後因吉土。迎長日。咸池屢舞。太簇登歌。萬靈識周旋之位。百神集饗獻之節。雲散而柴燔高達。風清而蕭薌遠聞。信大報之無私。亦玄鑒之不昧。臣當時集軍將官吏僧道百姓等。丁寧宣示。訖。惟天之意。莫遺於微細。如日之輝。不隔於幽遠。頑嚚知感。鬼神懷柔。何者。刑莫大於成獄。陛下捨之。罪無輕重。恩莫深於延賞。陛下推之。澤及存歿。行道求志。敢於直言者。既許以親覽。觸綸罣網。屏在遠方者。又移之近郊。減來歲之新租。昭其儉也。棄比年之逋債。弘諸仁也。念勳臣而樹勳者益勸。尊有德而不德者知慚。賜羸老有粟帛之優。禮神祇無牲幣之愛。此所謂幽室盡曉。枯條徧春。雷雨作而蟄蟲昭蘇。風雲行而籠鳥飛舞。率土臣妾。不勝大慶。況臣蒙被恩澤。獲齒生類。會守遠郡。阻窺盛禮。徘徊天外。目與心斷。無任抃躍之至。謹遣突將王清朝等奉表陳賀以聞。

樊南甲集序　李商隱

樊南生十六。能著才論聖論。以古文出諸公間。後聯爲鄆相國華太守所憐。居門下時。勅定奏記。始通今體。後又兩爲祕省房中官。恣展古集。往往咽噱於任范徐庾之間。有請作文。或時得好對切事。聲勢物景。衷上浮壯。能感動人。十年京師寒且餓。人或目曰韓文杜詩。彭陽章檄。樊南窮凍。人或知之。仲弟聖僕。特善古文。居會昌中進士爲第一二。嘗表以今體規我。而未爲能休。大中元年。被奏入嶺當表記。所爲亦多。冬如南郡。舟中忽復括其所藏。火燹墨污。半有墜落。因削筆衡山。洗硯湘江。以類相等色。得四百三十三件。作二十卷。喚曰樊南四六。四六之名。六博格五。四數六甲之取也。未足矜。十月十二日夜月明序。

送窮文　段成式

予大中八年作留窮辭。詞人謂予辭反之勝也。至十三年。客漢上。復作送窮祝。是年正之晦。童稚戲爲送窮船。判筒而槽。比箄而閭。細枲纆幅。楮飾木偶。家督被酒。請禳窮。將酹地歌舞。予謂窮曰。予送非嘰餱。歷感循陰索隙。胥葦淪餅。直瓹涎瀝者。非寒哭蔟燐。敗衣網身。惡覷髑髏。開冷嘯凄辛者。非嚇覡喉。巫欺癡嬈。衰燼截豨。泉擾猏狐貍者。噎有才歎升窄。朘腸嘁喀。幾童其筆。燥心汗滴。以是而歿者。去些。有開卷數幅。窒心妨目。聾經攻史。方寸日蹙。以是而歿者。去些。有議古酌今。左淩右侵。麓捱酒涔。短淺不禁。以是而歿者。去些。

唐末善爲律賦者甚衆。雖時有警句。而體卑下。不足悉論。洪邁容齋四筆曰。晚唐士人作律賦。多以古事爲題。寓悲傷之旨。如吳融徐寅諸人是也。黃滔字文江。亦以此擅名。有明皇回駕經馬嵬坡隔句云。日慘風悲。到玉顏之死處。花愁露泣。認朱臉之啼痕。褒雲萬疊。斷腸新出於啼猿。秦樹千層。比翼不如於飛鳥。羽衞參差。擁翠華而不發。天顏愴恨。覺紅袖以難留。神仙表態。忽零落以無歸。雨露成波。已沾濡而不及。六馬歸秦。却經過於此地。九泉隔越。幾悽惻於平生。景陽井云。理昧納隍。處窮泉而詎得。誠乖馭朽。攀素綆以胡顏。青銅有恨也。從零落於秋風。碧浪無情。寧解流傳於夜壑。荒涼四面。花朝而不見朱顏。滴瀝千尋。雨夜而空啼碧溜。莫可追尋。玉樹之歌聲邈矣。最堪惆悵。金瓶之咽處依然。館娃宮云。花顏縹緲。欺樹裏之春風。銀焰熒煌。却城頭之曉色。恨留山鳥。啼百草之春紅。愁寄壟雲。鎖四天之暮碧。遺堵塵空。幾踐羣游之鹿。滄洲月在。寧銷怒觸之濤。陳皇后因賦復寵云。已爲無雨之期。空懸夢寐。終自淩雲之製。能致烟霄。秋色云。空三楚之暮天。樓中歷歷。滿六朝之故地。草際悠悠。白日上昇云。較美古今。列子之乘風固劣。論功晝夜。姮娥之奔月非優。凡此數十聯。皆研確有情致。若夫格律之卑。則自當時體如此耳。

第四節　司空圖與方干

元和以後。始尙律格之詩。張籍賈島姚合。並爲巨子。爲時流所宗。其後則司空圖、方干。亦以律格爲詩。司空圖本學於張籍。方干則受詩律於徐凝。又雅爲姚合所重。合所稱李頻。亦與干同里友善。圖及干俱推賈島。蓋張籍賈島姚合三人。其詩雖各有不同。至言律格則相近。故圖及干之詩。彙源於此三人。而遠開宋人詩體者也。宋江西派雖云出自黃庭堅。黃實爲蘇門六君子之一。蘇黃平日論詩。本自相近。觀其所爲。大抵亦承律格詩之緒。東坡甚稱司空圖詩。又嘗手寫方干七律。時自省覽。可見微意所寄矣。陸龜蒙詩效玉溪。故不滿於律格一派。有所訶詆。司空圖許劉得仁。而薛許州譏爲千篇一律。均爲所尙各異之證。宋自西崑體廢。則律格之體行。而爲蘇黃江西一派。其淵源政復可考耳。

司空圖。字表聖。河中虞鄉人。咸通末進士。歷禮部郎中。信宗行在。用爲知制誥中書舍人。後歸隱中條山。著詩品二十四則。當世傳之。其與王駕評詩書曰。國初主上好文雅。風流特甚。沈宋始興之後。傑出於江寧。宏肆於李杜。極矣。右丞蘇州。趣味澄夐。若清沇之貫達。大歷十數公。抑又其次焉。力勍而氣孱。乃都市豪作耳。劉公夢得、楊巨源。亦各有勝會。閬仙、無可、劉得仁等。時得佳致。亦足滌煩。厥後所聞。逾褊淺矣。

容齋隨筆曰。東坡稱司空表聖詩文高雅。有承平之遺風。蓋嘗自列其詩之有得於文字之表者。二十四韻。恨當時不識其妙。又云表聖論其詩以爲得味外味。如綠樹連村暗。黃花入麥稀。此句最善。又棋聲花院閉。幡影石壇高。吾嘗獨入白鶴觀。松陰滿地。不見一人。惟聞棋聲。然後知此句之工。但恨其寒儉有僧態。予讀表聖一鳴集。有與李生論詩一書。乃正坡公所言者。

與李生論詩書　司空圖

文之難。而詩之難尤難。古今之喻多矣。而愚以爲辨於味而后可以言詩也。江嶺之南。凡足資於適口者。若醯非不酸也。止於酸而已。若鹺非不鹹也。止於鹹而已。中華之人所以充飢而遽輟者。知其鹹酸之外。醇美者有所乏耳。彼江嶺之人。習之而不辨也。宜哉。詩貫六義。則諷諭抑揚。渟蓄淵雅。皆在其間矣。然直致所得。以格自奇。前輩諸集。亦不專工於此。矧其下者耶。王右丞韋蘇州。澄澹精緻。格在其中。豈妨於遒舉哉。賈閬仙誠有警句。然視其全篇。意思殊餒。大抵務於寒澀。方可置才。亦爲體之不備也。矧其下者哉。噫。近而不浮。遠而不盡。然后可以言韻外之致耳。愚幼嘗自負。既久而愈覺缺然。然得於早春。則有草嫩侵沙長。冰輕著雨消。又人家寒食月。花影午時天。又雨微吟足思。花落夢無憀。得於山中。則有坡暖冬生筍。松涼夏健人。又川明虹照雨。樹密鳥衝人。得於江南。則有戍鼓和潮暗。船燈照島幽。又曲塘春盡雨。方響夜深船。又夜短猿悲減。風和鵲喜靈。得於塞上。則有馬色經寒慘。鵰聲帶晚飢。得於喪亂。則有驊騮思故第。鸚鵡失佳人。又鯨鯢人海涸。魑魅棘林幽。得於道宮。則有棊聲花院閉。幡影石壇高。得於夏景則有地涼清鶴夢。林靜肅僧儀。得於佛寺則有松日明金像。苔龕響木魚。又解吟僧亦俗。愛舞鶴終卑。得於郊原則有遠坡春旱滲。猶有水禽飛。得於府樂則有晚妝留拜月。春睡更生香。得於寂寥則有孤螢出荒池。落葉穿破屋。得於愜適則有客來當意愜。花發遇歌成。雖庶幾不濱於淺涸。亦未廢作者之譏訶也。七言云。逃難人多分隙地。放生鹿大出寒林。又得劍乍如添健僕。亡書久似憶良朋。又孤嶼池痕春漲滿。小欄花韻午晴初。又五更惆悵迴孤枕。猶自殘燈照落花。又殷勤元旦日。欹午又明年。皆不拘於一槩也。蓋絕句之作本於詣極。此外千變萬狀。不知所以神而自神也。豈容易哉。足下之詩時輩固有難色。儻復以全美爲上。即知味外之旨矣。勉旃某再拜。

方干。字雄飛。桐廬人。詩人章八元之外孫也。咸通中屢舉進士不第。初居縣之鸕鷀源。徐凝一見器之。授以詩律。干始舉進士。謁錢唐太守姚合。合視其貌陋甚卑之。坐定覽卷。乃駭目變容。館之數日。登山臨水。無不與焉。咸通中一舉不得志。遂遯會稽。漁於鑑湖。太守王龜以其亢直宜在諫署。欲薦之不果。干自咸通得名。迄文德。江之南無有及者。歿後十餘年。宰臣張文蔚奏名儒不第者五人。請賜一官以慰其魂。干其一也。干貌寢陋。又脣闕而喜陵侮。嘗謁廉帥誤三拜。人號方三拜。晚遇醫補其脣。又號補脣先生。其詩多警句。高秀異常。廉帥方薦於朝。而干則死矣。門人私謚曰玄英先生。

清四庫提要曰。何光遠鑑戒錄稱干爲詩鍊句。字字無失。詠繫風雅。體絕物理。蓋其氣格清迥。意度閒遠。於晚唐纖靡俚俗之中。獨能自振。故盛爲一時所推。然其七言淺弱。較遜五言。

郝氏林亭而外。佳句無多。則又風會之有以限之也。

表聖所稱劉得仁者。貴主之子。長慶中。卽以詩名。自開成至大中三朝。昆弟皆歷貴仕。而得仁出入舉場三十年。卒無成。惟以詩有名於時。薛許州所識爲百首如一首。卷初爲卷終者也。

表聖與李生書。頗自負其七絕。然晚唐詩人。同工絕句。固不僅表聖。王世懋藝圃擷餘曰。晚唐詩萎薾無足言。獨七言絕句膾炙人口。其妙至欲勝盛唐。愚謂絕句覺妙。正是晚唐未妙處。其勝盛唐。乃其所以不及盛唐也。絕句之源。出於樂府。貴有風人之致。其聲可歌。其趣在有意無意之間。使人莫可捉著。盛唐惟青蓮龍標二家詣極。李更自然。故居王上。晚唐快心露骨。便非本色。議論高處。逗宋詩之徑。聲調卑處。開大石之門。

當時李頻詩格。亦出於姚合。與方干友善。詩名相亞。頻睦州壽昌人。已見前。又釋齊己與司空圖相契。有白蓮集。多五言律詩。四庫提要以齊己五言律詩。雖頗沿武功一派。而風格獨遒。如劍客聽琴。祝融峯諸篇。猶有大歷以還遺意。蓋唐之詩僧。皎然以後。推齊己貫休。貫休轟豪。當時以歌行得名。然其律詩不及齊己之體格整飭云。

題邵公禪院　劉得仁

無事門多掩。陰階竹掃苔。勁風吹雪聚。渴鳥啄冰開。樹向寒山得。人從瀑布來。終期天目老。擎錫逐雲回。

旅次洋州寓居郝氏林亭　方干

舉目縱然非我有。思量似在故山時。鶴盤遠勢投孤嶼。蟬曳殘聲過別枝。涼月照窗欹枕倦。澄泉遶石泛觴遲。青雲未得平行去。夢到江南身旅羈。

登祝融峯　齊己

猨鳥共不到。我來身欲浮。四邊空碧落。絕頂正清秋。宇宙知何極。華夷見細流。壇西獨立久。白日轉神州。

第五節　唐風集與三羅

唐末江湖之士。皆挾詩以干謁貴游。漸成風氣。全唐詩話曰。自貞元後。唐文甚振。以文學科第爲一時之榮。及其弊也。士子豪氣罵吻。游諸侯門。諸侯望而畏之。如劉魯風姚嵓傑柳棠胡曾之徒。其文皆不足取。余故載之者。以見當時諸侯爭取譽於文士。此蓋外重內輕之芽蘖。如李益者。一時文宗。猶曰感恩知有地。不上望京樓。其後如李山甫輩。以一名一第之失。至挾方鎮。劫宰輔。則又有甚焉者矣。一篇一韻。初若虛文。而治亂之萌係焉。余以是知其不可忽也。然當時爲詩者。或尚綺麗。或尚格律。又有一派專主粗豪。以李山甫之徒爲最下。故唐末詩體粗豪又雜俚語。而負一時重名者。莫如杜荀鶴羅隱。此蓋沿於樂天。牧之流弊。而別爲一體者也。

江南通志。杜荀鶴字彥之。石埭人。甫七歲。資穎豪邁。志存經史。比長。擇居香林之勝。與顧雲諸賢爲友。景福二年進士及第。詩律自成一家。世號晚唐格。按計有功唐詩紀事。稱荀鶴牧之微子也。牧之會昌末自齊安移守秋浦。時年四十四。所謂使君四十四。兩佩左銅魚者也。時妾有姙。出嫁長林鄉正杜筠而生荀鶴。擢第年四十六矣。後嘗獻梁太祖詩三十章。得其厚遇。洎受禪。拜翰林學士。五日而卒。荀鶴自序其詩爲唐風集。顧雲作序。以爲可以左攬工部袖。右拍翰林肩。吞賈喻八九於胸中。曾不芥蒂。按賈指賈島。喻指喻鳧。亦見其與律格一派詩人所尙不同矣。

荀鶴詩最有名者。爲風暖鳥聲碎。日高花影重一聯。而歐陽修六一詩話。以爲周朴詩。吳聿觀林詩話。亦稱見唐人小說作朴詩。則荀鶴特竊以壓卷耳。朴赤城人。與方干李頻善。時人稱其詩月鍛季煉。前詩見唐風集之首。實與餘詩不類。故疑當爲朴作也。

羅隱字昭諫。餘杭人。與羅鄴羅虬並號江東三羅。而隱名尤重。隱池之梅根浦爲唐相鄭畋李蔚所知。畋女覽隱詩。諷誦不已。畋疑有慕才意。隱貌寢陋。女一日簾窺之。自此絕不咏其詩。光啟中。錢鏐辟爲節度判官副使。梁祖以諫議召。不行。開平中。魏博羅紹威推爲叔父。表授給事中。年八十餘卒。

遯齋閒覽。唐人詩句中用俗語者。惟杜荀鶴羅隱爲多。杜荀鶴詩如曰只恐爲僧僧不了。爲僧得了盡輸僧。曰乍可百年無稱意。難教一日不吟詩。曰啼得血流無用處。不如緘口過殘春。曰舉世盡從愁裏老。誰人肯向死前閑。曰世間多少能言客。誰是無愁行睡人。曰逢人不說人間事。便是人間無事人。曰莫道無金空有壽。有金無壽欲何如。羅隱詩如曰西施若解亡人國。越國亡來又是誰。曰今宵有酒今宵醉。明日愁來明日愁。曰能消造化幾多力。不受陽和一點塵。曰只知事逐眼前去。不覺老從頭上來。曰時來天地皆同力。運去英雄不自由。曰採得百花成蜜後。不知辛苦爲誰甜。曰明年更有新條在。繞亂春風卒未休。今人多引此語。往往不知誰作。

楊愼丹鉛總錄曰。晚唐江東三羅。羅隱、羅虬、羅鄴也。皆有集行世。當以鄴爲首。如閨怨云。夢斷南牕啼曉烏。新霜昨夜下庭梧。不知簾外如珪月。還照邊庭到曉無。南行云。臘晴江暖鸊鷉飛。梅雪香沾越女衣。魚市酒村相識徧。短船歌月醉方歸。此二詩隱與虬皆不及也。

隱與鄴並餘杭人。虬則台州人。爲李孝恭從事。籍中有善歌者杜紅兒。虬令之歌。贈以綵。孝恭以紅兒爲副戎所盼。不令受。虬怒。手刃紅兒。既而追其寃。作比紅兒詩百首。世稱楊大年不知比紅兒詩。卽指此也。其末章曰。花落塵中玉墮泥。香魂應上窈娘堤。欲知此恨無窮處。長倩城烏夜夜啼。

三羅並以詩名。而隱兼善古文。唐末爲古文者。有長沙劉蛻。字復愚。年輩稍早於隱。著文泉子。文體慕揚雄。甚奇澀。而隱文平易。所著讒書兩同書等。世頗傳之。其英雄之言曰。

物之所以有韜晦者。防乎盜也。故人亦然。夫盜亦人也。冠屨焉。衣服焉。其所以異者。退讓之心。貞廉之節。不恆其性耳。視玉帛而取者。則曰牽於寒餓。視家國而取者。則曰救彼塗炭。牽於寒餓者無得而言矣。救彼塗炭者。則宜以百姓心爲心。而西劉則曰居宜如是。楚籍則曰可取而代。噫。彼必無退讓之心。貞廉之節。蓋以視其靡曼驕崇。然後生其謀耳。爲英雄者猶若是。況常人乎。是以峻宇逸游。不爲人之所窺者鮮矣。

晚唐詩人。自諸人之外。又有曹唐之遊仙詩。胡曾之咏史詩。陳陶之歌行。均有名於時。然體格均卑下。無足取者。曹唐字堯賓。桂州人。初爲道士。後舉進士不第。咸通中。累府使從事。所著遊仙詩百首見傳。按北夢瑣言。唐進士曹唐遊仙詩。才情縹緲。岳陽李遠員外每吟其詩。而思其人。一日曹往謁之。李倒屣而迎。曹生人質充偉。李戲之曰。昔者未睹標儀。將謂可乘鸞鶴。此際拜見。安知壯水牛亦恐不勝其載。李遠亦能詩。當時傳其長日惟消一局棋之句。郡閣雅言曰。李遠體物緣情。皆謂臻妙。嘗有贈箏妓伍卿詩云。輕輕沒後更無箏。玉腕紅紗到伍卿。坐客滿筵都不語。一行哀雁十三聲。咏鴛鴦云。鴛鴦離別傷人意。似鴛鴦。試取鴛鴦看。多應斷寸腸。胡曾邵陽人。咸通中舉進士不第。按全唐詩話。王衍五年。宴飲無度。衍自唱韓琮柳枝詞曰。梁苑隋堤事已空。萬條猶舞舊春風。何如思想千年事。惟見楊花入漢宮。內侍宋光溥咏曾詩曰。吳王恃霸棄雄才。貪向姑蘇醉綠醅。不覺錢塘江上月。一宵西送越兵來。衍怒。罷宴。曾有咏史詩百篇行於世。

北夢瑣言。大中年洪州處士陳陶。有逸才。歌詩中似負神仙之術。或睎王霸之說。其詩句云。江湖水淺深。不足掉鯨尾。又云飲冰狠子瘦。思日鷓鴣寒。又云中原不是無麟鳳。自是皇家結網疏。蓋亦是粗豪一派也。至如李山甫李咸用之流。紛紛不足悉數矣。

第九章　五代詞曲之盛

五代時於文學之績最偉者。莫如印刷術始盛一事。先是蜀中早有雕板。自馮道請刻五經。而後天下競以傳刻古書爲事。故印刷術雖非起於五代。時要至五代時刻書者乃漸衆矣。

此外詞曲之體。尤爲五代時所尚。花間一集。實詞家總集之祖。後世倚聲者咸宗焉。

五代詩文皆不競。當時唐末詩人。如羅隱杜荀鶴等多有存者。後如王仁裕鄭雲叟諸人。雖頗以詩名。而粗滑至無足觀。惟後蜀花蘂夫人之宮詞。可嗣王建之後。然故當最以小詞爲勝矣。文體尤浮淺猥俗。譚峭史虛白之流。(峭有化書虛白有釣磯立談之類)稍稍欲自拔於風氣。又宣城蒯鼇亦在南唐時。史稱其爲文力矯唐末纖麗之弊。而所作不概見。此外徐楚金亦質勝於鼎臣。惜其早世。蜀牛希濟文章論。尚是有志古文者。其辭曰。

聖人之德也有其位。乃以治化爲文。唐虞之際是也。聖人之德也無其位。乃以述作爲文。周孔之教是也。纂堯舜之運。以宮室車輅鐘鼓玉帛之爲文。山龍華蟲粉米藻火之爲章。亦已鄙矣。師周孔之道。忘仁義教化之本。樂霸王權變之術。困於編簡章句之內。何足大哉。況乎澆季之世。淫靡之文。恣其荒巧之說。失於中正之道。兩漢以前史氏之學猶。在齊梁。以降。國風雅頌之道委地。今國朝文士之作。有詩賦策論箴判贊頌碑銘書序文檄表記。此十有六者。文章之區別也。制作不同。師模各異。然忘於教化之道。以妖豔爲勝。夫子之文章。不可得而見矣。古人之道。殆以中絕。賴韓吏部獨正之於千載之中。使聖人之旨復新。今古之體分而爲四。崇仁義而敦教化者。經體之制也。假彼問對。立意自出者。子體之制也。屬詞比事。存於褒貶者。史體之制也。又有釋訓字義。幽遠文意。觀之者久而方達。乃訓誥雅頌之遺風。即皇甫持正樊宗師爲之。謂之難文。今有司程式之下。詩賦判章而已。唯聲病忌諱爲切。比事之中。過於諧謔。學古文者。深以爲慚。晦其道者。揚袂而行。又屈宋之罪人也。且文者。身之飾也。物之華也。宇宙之內。微一物無文。無文乃頑也。何足以觀。且天以日月星辰爲文。地以江河淮濟爲文。時以風雲草木爲文。衆庶以冠冕服章爲文。君子以可教於人謂之文。垂是非於千載。殁而不朽者。唯君子之文而已。且時俗所省者。唯詩賦兩途。即有身不就學。口不知書。而能吟咏之列。是知浮豔之文。焉能臻於理道。今朝廷思堯舜治化之文。莫若退屈宋徐庾之學。以通經之儒。居燮理之任。以揚孟爲侍從之臣。使仁義治亂之道。日習於耳目。所謂觀乎人文。可以化成天下也。

藝苑卮言。詞者樂府之變也。昔人謂李太白菩薩蠻憶秦娥。楊用修又傳其清平樂二首。以爲調祖。不知隋煬帝已有望江南詞。蓋六朝諸君臣頌酒賡色。務裁豔語。默啟詞端。實爲濫觴之始。

憶秦娥　　李白

簫聲咽。秦娥夢斷秦樓月。秦樓月。年年柳色。霸陵傷別。　樂游原上清秋節。咸陽古道音塵絕。音塵絕。西風殘照。漢家陵闕。

菩薩蠻　　　　　　　　　　同上

平林漠漠煙如織。寒山一帶傷心碧。暝色入高樓。有人樓上愁。　玉階空佇立。宿鳥歸飛急。何處是歸程。長亭更短亭。

近時吳衡照蓮子居詞話曰。唐詞菩薩蠻憶秦娥二闋。花菴以後。咸以爲出自太白。然太白集本不載。至楊齊賢蕭士贇註始附益之。胡應麟筆叢疑其僞托。未爲無見。謂詳其意調。絕類溫方城。殊不然。如暝色入高樓。有人樓上愁。西風殘照。漢家陵闕等語。神理高絕。卻非金荃手筆所能。

唐自玄宗以後。聲樂彌盛。始則由詩變調。不盡長短句也。如漁父詞楊柳枝浪淘沙諸調。唐人仍載入詩集。而花間集亦錄之。自太白以下。溫庭筠塡詞最工。庭筠自有金荃詞。亦見於花間集。今略錄數首如下。

菩薩蠻　　　　　　　　　　溫庭筠

小山重疊金明滅。鬢雲欲度香顋雪。嬾起畫蛾眉。弄妝梳洗遲。　照花前後鏡。花面交相映。新帖繡羅襦。雙雙金鷓鴣。

水精簾裏頗黎枕。暖香惹夢鴛鴦錦。江上柳如煙。雁飛殘月天。　藕絲秋色淺。人勝參差剪。雙鬢隔香紅。玉釵頭上風。

清張惠言謂温方城菩薩蠻。亦是感士不遇之意。然則小詞非僅緣情綺麗之作。故往往有所寄託也。花間集者。後蜀趙崇祚編。崇祚字宏基。事孟昶爲衛尉少卿。錄自温庭筠以下十八人。凡五百首。今逸二首 然其餘多蜀士。歐陽炯序作於孟昶之廣政三年。卽晉天福五年也。

五代時詞。以蜀與南唐爲最盛。蜀有韋莊、牛嶠、毛文錫、牛希濟、薛昭蘊、顧敻、魏承班、毛熙震、李珣、歐陽炯、孫光憲等。晉漢之際。和凝亦好小詞。南唐諸主多善爲詞。而後主尤工。當時馮延己作。尤警麗可觀也。蜀詞賴花間集以傳。南唐諸詞。往往見於尊前集。宋張炎樂府指迷曰。粵自隋唐以來。聲詩間爲長短句。至唐人則有尊前花間集。然尊前集不著編者名氏。陳振孫書錄解題。但推花間爲倚聲塡詞之祖。故學者或疑尊前爲晚出也。

北夢瑣言。晉相和凝。少年時好爲曲子詞。布於汴洛。洎入相。專託人收拾焚毀不暇。然相國厚重有德。終爲豔詞玷之。契丹入夷門。號爲曲子相公。

馬令南唐書。馮延己傳云。延己字正中。廣陵人。著樂章百餘闋。其鶴沖天詞云。曉月墜。宿雲披。銀燭錦屏幃。建章鐘動玉繩低。宮漏出花遲。又歸國謠詞云。江水碧。江上何人吹玉笛。扁舟遠送瀟湘客。蘆花千里霜月白。傷行色。明朝便是關山隔。見稱於世。元宗樂府辭云。小樓吹徹玉笙寒。延己有風乍起。吹皺一池春水之句。皆爲警策。元宗嘗戲延己曰。吹皺一池春水。干卿何事。延已曰。未如陛下小樓吹徹玉笙寒。元宗悅。古今詞話李後主煜菩薩蠻詞云。銅簧韻脆鏘寒竹。新聲慢奏移纖玉。眼色暗相勾。嬌波橫欲流。雨雲深繡戶。來便諧衷素。宴罷又成空。夢迷春睡中。又花明月暗飛輕霧。今宵好向郎邊去。剗襪下香堦。手提金縷鞵。畫堂南畔見。一晌偎人顫。奴爲出來難。教君恣意憐。按兩詞爲繼立周后作也。周后卽昭惠后之妹。昭惠感疾。周后嘗留禁中。故有來便諧衷素教君恣意憐之語。聲傳外庭。至再立后成禮而已。韓熙載等皆爲詩諷焉。按南唐後主爲詞至淫豔。入宋封隴西公。亡國以後。乃有哀婉之作矣。

女冠子　　韋莊

四月十七。正是去年今日。別君時。忍淚佯低面。含羞半斂眉。　不知魂已斷。空有夢相隨。除却天邊月。沒人知。

更漏子　　毛文錫

春夜闌。春恨切。花外子規啼月。人不見。夢難憑。紅紗一點燈。　偏怨別。是芳節。門外丁香千結。宵霧散。曉霞暉。梁間雙燕飛。

采桑子　　和凝

蝤蠐領上訶梨子。繡帶雙垂。椒戶開時。競學樗蒲賭荔支。　叢頭鞋子紅編細。裙窣金絲。無事嚬眉。春思翻教阿母疑。

山花子　　南唐嗣主李璟

菡萏香銷翠葉殘。西風愁起綠波間。還與韶光共顦顇。不堪看。　細雨夢回雞塞遠。小樓吹徹玉笙寒。多少淚珠何限恨。倚闌干。

浪淘沙　　南唐後主煜

簾外雨潺潺。春意闌珊。羅衾不耐五更寒。夢裏不知身是客。一晌貪歡。　獨自暮凭闌。無限江山。別時容易見時難。流水落花春去也。天上人間。

謁金門　　馮延己

風乍起。吹皺一池春水。閑引鴛鴦芳徑裏。手挼紅杏蘂。　鬬鴨闌干獨倚。碧玉搔頭斜墜。終日望君君不至。舉頭聞鵲喜。

中國大文學史卷七終

第四編　近古文學史

第十章　宋文學之大勢及五代文學之餘波

第一節　宋文學總論

唐文學之特質僅在詩歌。宋文學之特質。則在經學文章之發達。經術至宋一變。學者益究心純理。故文體往往平正可觀。太祖少時學於辛文悅。晚年最好讀書。嘗曰宰相須用讀書人。蓋以此爲施政之本。太宗眞宗能繼其志。自來儒臣顯榮。未有越於宋代者也。趙普稱以論語半部佐太祖定天下。以半部佐太宗致太平。李沆爲相。亦曰如論語中節用而愛人使民以時兩句。尙不能行。聖人之言。終身誦之可也。及王安石以文學相神宗。司馬光以德行相哲宗。自是取士必以經義。學者所誦。一主儒家之言。徽宗雖務荒淫。而善詞章。欽宗庸弱。猶除元祐黨籍。追贈范仲淹等官爵。尙賢好藝之習。其漸漬者久矣。南渡以後。朱熹、張栻、呂祖謙、陸九淵。並以講學爲一時矜式。亡國之際。有謝枋得、文天祥、陸秀夫諸人。凜凜執節。江湖遺民。秉義不屈者尤衆。當時印刷術已大行。民間易得蓄書。著作之士。亦易以所作傳於後世。於是雜文學並興。體製日盛。頗異前代。請言其略。

（一）文體

宋之文章。約有三變。西崑一派刀筆之文。此就五代文體而少加整切者也。柳穆歐蘇之古文。此遠宗經子。而近希韓柳。以騁其議論極其體勢者也。程朱一派性理之文。則沖容平易。以發揮道義溫厚爾雅爲則。而不矜才藻馳騁者也。當於以後更爲詳說。四六於制詔奏啟用之。亦別爲一體。

（二）詩體

宋人雖多自謂效法唐人。而體格實漸與唐不類。後世於唐宋詩之優劣。頗有抑揚。懷麓堂詩話曰。唐人不言詩法。詩法多出宋。而宋人於詩無所得。所謂法者。不過一字一句對偶雕琢之工。而天眞興致。則未可與道。其高者失之捕風捉影。而卑者至於黏皮帶骨。至於江西詩派極矣。然南濠詩話又曰。昔人謂詩盛於唐。壞於宋。近亦有謂元詩過宋詩者。陋哉見也。劉後村云。宋詩豈惟不愧於唐。蓋過之矣。予觀歐梅蘇黃二陳至石湖放翁諸公。其詩視唐未可便謂之過。然眞無愧色者也。元詩稱大家。必曰虞楊范揭。以四子而視宋。特泰山之卷石耳。方正學詩云。前宋文章配兩周。盛時詩律亦無儔。今人未識崑崙派。卻笑黃河是濁流。又云天曆諸公製作新。力排舊習祖唐人。粗豪未脫風沙氣。難詆熙豐作後塵。非具正法眼藏者。焉能道此。

詩話亦自宋始盛。最著者如歐陽修之六一詩話。陳師道之後山詩話。胡仔之苕溪漁隱叢話。楊萬里之誠齋詩話。嚴羽之滄浪詩話等。此外不可勝舉矣。

（三） 詞曲

五代以來。詞體已盛。然至南宋益清新穩切。備極工巧。戲文亦始南宋。又詞曲之變體也。

（四） 俗語文體

宋初已有平話。其後講學者又傳語錄。其體多用俗語。別爲一種文字。而章回體小說。即起於此時矣。

（五） 史學

宋代史部。頗多巨製。而袁樞首創紀事本末之體。蓋史通敍述史例。首列六家。統歸二體。即紀傳體與編年體是也。司馬光資治通鑑。滙編年體之大觀。然或一事而隔越數卷。首尾難稽。樞乃因司馬之作。自出新意。區別門目。以類排纂。每事各詳起訖。自爲標題。每篇各編年月。自爲首尾。成通鑑紀事本末四十二卷。學者便之。樞字機仲。建安人。宋史有傳。以後宋明諸史。有陳邦瞻谷應泰等。踵樞例爲書。而條理遜之。唐時杜佑作通典。鄭樵又作通志。其意殆將擬通史也。清章學誠文史通義。最推樵書。餘如李燾之通鑑長編。李心傳之建炎以來繫年要錄。皆史家閎著也。

（六）　考證之學

宋以來譏評文史之風大行。於是博洽之士。能證舊聞之正誤。考古書之得失。次爲雜說。頗有多家。如洪邁之容齋隨筆。王應麟之困學紀聞。尤爲學者所推。其餘筆記諸書有關考訂者最夥。蓋宋世此風方盛矣。

第二節　五代文學之餘波

五代文體衰陋。及風氣將變。而宋室受命。故宋興文學。多承五代餘烈。當時小學則有林罕、句中正、郭忠恕之流。文士則有徐鉉、扈蒙、張昭、竇儼、陶穀、宋白等。今惟徐鉉騎省集尙傳。然諸人在當時皆負重名。或掌制誥。或典試科。其勢被士流者甚鉅。先是鉉與弟鍇並治說文解字。鍇早卒於南唐。別有說文通釋。鉉入宋又受詔與句中正校定說文。今承用其本。鉉文采要是諸人之冠。嘗爲故主李煜墓志。立言有體。當世稱之。

吳王李煜墓誌銘　徐鉉

盛德百世。善繼者所以主其祀。聖人無外。善守者不能固其存。蓋運歷之所推。亦古今之一貫。其有享蕃錫之寵。保克終之美。殊恩飾壤。懿範流光。傳之金石。斯不誣矣。王諱煜。字重光。隴西人也。昔庭堅贊九德。伯陽恢至道。皇天眷祐。錫祚於唐。祖文宗武。世有顯德。載祀三百。龜玉淪胥。宗子維城。蕃衍萬國。江淮之地。獨奉長安。故我顯祖用膺推戴。焜耀之烈。載光舊吳。二世承基。克廣其業。皇宋將啟。玄貺冥符。有周開先。太祖歷試。威德所及。寰宇將同。故我舊邦。祇畏天命。貶大號以稟朔。獻地圖而請吏。故得義動元后。風行域中。恩禮有加。綏懷不世。曾用天王之禮。自越常鈞。鄰存紀侯之國。曾何足貴。王以世嫡嗣服。以古道馭民。欽若彝倫。率循先志。奉蒸嘗。恭色養。必以孝。賓大臣。事耆老。必以禮。居處服御。必以節。言動施舍。必以仁。至於荷全濟之恩。謹藩國之度。勤修九貢。府無虛月。祇奉百役。知無不爲。十五年間。天眷彌渥。然而果於自信。怠於周防。西鄰起釁。南箕構禍。投杼致慈親之惑。乞火無里婦之辭。始營因壘之師。終後塗山之會。太祖至仁之舉。大賚爲懷。錄勤王之前效。恢焚謗之廣度。位以上將。爵爲通侯。待遇如初。寵錫斯厚。今上宣猷大麓。敷惠萬方。每侍論思。常存開釋。及飛天在運。麗澤推恩。擢進上公之封。仍加掌武之秩。侍從親禮。勉諭優容。方將度越等彝。登崇名數。嗚呼。閱川無捨。景命不融。太平興國三年秋七月八日。遘疾薨於京師里第。享年四十有二。皇上撫几興悼。投瓜軫悲。痛生之不逮。俾歿而加飾。特詔輟朝三日。贈太師。追封吳王。命中使涖葬。凡喪祭所須。皆從官給。卽其年冬十月日葬於河南府某縣某鄉某里。禮也。夫人鄭國夫人周氏。勳舊之族。是生邦媛。肅雍之美。流詠國風。才實女師。言成閫則。子左千牛衛大將軍某。襟神俊茂。識度淹通。孝悌自表於天資。才略靡由於師訓。日出之學。未易可量。惟王天骨秀穎。神氣清粹。言動有則。容止可觀。精究六經。旁綜百氏。常以爲周孔之道。不可暫離。經國化民。發號施令。造次於是。始終不渝。酷好文辭。多所述作。一游一豫。必頌宣尼。載笑載言。不忘經義。洞曉音律。精別雅鄭。窮先王制作之意。審風俗淳薄之原。爲文論之。以續樂記。所著文集三十卷。雜說百篇。味其文。知其道矣。至於弧矢之善。筆札之工。天縱多能。必造精絕。本以惻隱之性。仍好竺乾之教。草木不殺。禽魚咸遂。賞人之善。常若不及。掩人之過。唯恐其聞。以至法不勝姦。威不克愛。以厭兵之俗。當用武之世。孔明罕應變之略。

不成近功。偃王躬仁義之行。終於亡國。道有所在。復何媿歟。嗚呼哀哉。二室南峙。三川東注。瞻上陽之宮闕。望北邙之雲樹。旁寂寂兮迴野。下冥冥兮長暮。寄不朽於金石。庶有傳於竹素。其銘曰。

天騭九德。錫我唐祚。緜緜瓜瓞。茫茫商土。裔孫有慶。舊物重覩。開國承家。疆吳跨楚。喪亂孔棘。我恤疇依。聖人既作。我知所歸。終日靡倦。先天不違。惟藩惟輔。永言固之。道或汙隆。時有險易。蠅止於棘。虎遊於市。明明大君。寬仁以濟。嘉爾前哲。釋茲後至。亦觀亦見。乃侯乃公。沐浴玄澤。徊翔景風。如松之茂。如山之崇。奈何不淑。運極化窮。舊國疏封。新阡啟室。人慕之謀。卜云其吉。龍章驥德。蘭言玉質。邈爾何往。此焉終畢。儼青蓋兮排排。驅素虬兮遲遲。卽隧路兮徒返。望君門兮永辭。庶九原之可作。與緱嶺兮相期。垂斯文於億載。將樂石兮無虧。

第三節　宋初古文

宋初爲古文者柳開最早。開字仲塗。大名人。開寶六年進士。歷典州郡。終於如京使。事蹟具宋史文苑傳。開少慕韓愈柳宗元爲文。因名肩愈。字紹元。既又改名改字。自以爲能開聖道之塗也。集中東郊野夫補亡先生二傳自述甚詳。當時梁周翰、高錫、范杲並好古文。與開聲名相埒。而開作尤卓然名家。有河東集十五卷。其門人張景所編也。自後歐陽修爲古文。獨推穆伯長蘇子美。而略不及開。洪邁嘗以爲異。容齋隨筆曰。予讀張景集中柳開行狀云。公少誦經籍。天水趙生老儒也。持韓愈文僅百篇授公曰。質而不麗。意若難曉。子詳之何如。公一覽不能捨。歎曰。唐有斯文哉。因爲文章直以韓爲宗尚。時韓之道獨行於公。遂名肩愈。字紹元。韓之道大行於今。自公始也。又云公生於晉末。長於宋初。扶百年之大敎。續韓孟而助周孔。兵部侍郞王祐得公書曰。子之文出於今世。眞古之文章也。兵部尙書楊昭儉曰。子之文章世無如者。已二百年矣。開以開寶六年登進士第。景作行狀時咸平三年。開序韓文云。予讀先生之文。自年十七至於今凡七年。然則在國初開已得昌黎集而作古文。去穆伯長時數十年矣。蘇歐陽更出其後。而歐陽略不及之。乃以爲天下未有道韓文者。何也。范文正公作尹師魯集序云。五代文體薄弱。皇朝柳仲塗起而麾之。洎楊大年專事藻飾。謂古道不適於用。廢而弗學者久之。師魯與穆伯長力爲古文。歐陽永叔從而振之。由是天下之文一變而古。其論最爲至當。

石介作怪說以詆楊大年。而有過魏東郊詩。爲開而作。推崇甚至。蓋開慕韓柳爲文。又極稱揚雄。似有志聖賢之言者。固宜介之許之也。惟蔡條鐵圍山叢談記開在陝右爲刺史。喜生膾人肝。爲鄭文寶所按。賴徐鉉救之得免。則其酷暴乃至此。惟條每好顚倒是非。其言或不足深信耳。

柳如京文集序　　張景

一氣爲萬物母。至於陰陽開闔。噓吸消長。爲晝夜。爲寒暑。爲變化。爲死生。皆一氣之動也。庸不知斡之而致其動者果何物哉。不知其何物。所以爲神也。人之道不遠是焉。至道無用。用之者有其動也。故爲德。爲敎。爲慈愛。爲威嚴。爲賞罰。為法度。為立功。為立言。亦不知用之而應其動者。又何物也。夫至道潛於至誠。至誠蘊於至明。離潛發蘊。而不知所至者。非神乎哉。堯舜之揖讓。湯武之征伐。周公之制禮樂。孔子之作經典。孟軻之拒楊墨。韓愈之排釋老。大小雖殊。皆出於不測。而垂於無窮也。先生生於晉末。長於宋初。拯五代之橫流。扶百世之大教。續韓孟而助周孔。非生孰能哉。先生之道。非常儒可道也。先生之文。非常儒可文也。離其言於往跡。會其旨於前經。破昏蕩疑。拒邪歸正。學者宗信以仰以賴。先生之用。可測乎。藏其用於神矣。然其生不得大位。不克著之於事業。而盡在於文章。文章蓋空言也。先生豈徒為空言哉。足以觀其志矣。今緝其遺文九十五篇。為十五卷。命之曰河東先生集。先生名氏官爵暨行事。備之行狀。而繫於集後。

柳仲塗後、為古文者、則有孫丁、並稱、孫何字漢公。蔡州汝陽人。丁謂字謂之。長洲人。二人少相友善、在貢籍中有聲、嘗同袖文謁王禹偁、禹偁大驚、重之以為自唐韓愈柳宗元後、三百年始有此作、為位至通顯、後又與楊大年酬唱、列名西崑酬倡集中、禹偁為文、亦異流俗、知長洲時。羅處約知吳縣、相與為詩歌贈答、時人誦之、何弟僅及宗人甫、皆能治古文云、

碑解　　孫何

進士鮑源。以文見借。有碑二十首。與之語。頗熟東漢李唐之故事。惜其安於所習。猶有未變乎俗尙者。作碑解以貺之。碑非文章之名也。蓋後假以載其銘耳。銘之不能盡者。復前之以序。而編錄者通謂之文。斯失矣。陸機曰。碑披文而相質。則本末無據焉。銘之所始。蓋始於論撰祖考。稱述器用。因其鐫刻。而垂乎鑒誡也。銘之於嘉量者曰量銘。斯

可也。謂其文爲量不可也。銘之於景鐘者。曰鐘銘斯可矣。謂其文爲鐘不可也。銘之於廟鼎者。曰鼎銘斯可矣。謂其文爲鼎不可也。古者盤盂几杖皆有銘。就而稱之曰盤銘盂銘几銘杖銘。則庶幾乎正若指其文曰盤曰盂曰几曰杖。則三尺童子皆將笑之。今人之爲碑亦由是矣。天下皆踵乎失。故衆不知其非也。蔡邕有黃鉞銘。不謂其文爲黃鉞也。崔瑗有座右銘。不謂其文爲座右也。檀弓曰。公室視豐碑。三家視桓楹。釋者曰。豐碑斲大木爲之。桓楹者形如大楹耳。四植謂之桓。喪大記曰。君葬四綍二碑。大夫葬二綍二碑。又曰。凡封用綍去碑。釋者曰。碑桓楹也。樹之於壙之前後。以紼繞之間之轆轤。輓棺而下之。用綍去碑者。縱下之時也。祭義曰。祭之日君牽牲。旣入廟門。麗于碑。釋者曰。麗繫也。謂牽牲入廟繫著中庭碑也。或曰以紉貫碑中也。聘禮曰。賓自碑內聽命。又曰東面北上碑南。釋者曰。宮必有碑。所以識日景引陰陽也。考是四說。則古之所謂碑者。乃葬祭饗聘之際。所植一大木耳。而其字從石者。將取其堅且久乎。然未聞勒銘於上者也。今喪葬令其螭首龜趺泊丈尺品秩之制。又易之以石者。後儒所增耳。堯舜夏商周之盛。六經所載。皆無刻石之事。管子稱無懷氏封泰山刻石紀功者。出自寓言。不足傳信。又世稱周宣王蒐於岐陽。命從臣刻石。今謂之石鼓。或曰獵碣。洎延陵墓表。俚俗目爲夫子十字碑者。其事皆不經見。吾無取焉。司馬遷著始皇本紀。著其登嶧山上會稽甚詳。止言刻石頌德。或曰立石紀頌。亦無勒碑之說。今或謂之嶧山碑者。乃野人之言耳。漢班固有泗水亭長碑文。蔡邕有郭有道陳太丘碑文。其文皆有序冠篇。末則亂之以銘。未嘗斥碑之材而爲文章之名也。彼士衡未知何從而得之。由魏而下。迄乎李唐。立碑者不可勝數。大抵皆約班蔡而爲者也。雖失聖人述作之意。然猶髣髴乎古。迨李翺爲高愍女碑。羅隱爲三叔碑。梅先生碑。則所謂序與銘皆混而不分。集列其目。

亦不復曰文。考其實。又未嘗勒之於石。是直以繞綈麗牲之具而名其文。戾孰甚焉。復古之士。不當如此貽誤千載。職機之由。今之人爲文揄揚前哲。謂之贊可也。警策官守。謂之箴可也。鍼砭史闕。謂之論可也。辯析政事。謂之議可也。碟獻宗廟。謂之頌可也。陶冶情性。謂之歌詩可也。何必區區於不朽之題。而專以碑爲也。設若依違時尚。不欲全咈乎譏誚者。則如班蔡之作。存序與銘。通謂之文。亦其次也。夫子曰。必也正名乎。又曰。名不正則言不順。君子之於名。不可斯須而不正也。況歷代之誤。終身之惑。可不革乎。何始寓家於潁。以涉道猶淺。嘗適野見荀陳古碑數四。皆穴其上。若貫索之爲者。走而問故起居郎張公觀。公曰。此無足異也。葢漢實去聖未遠。猶有古豐碑之象耳。後之碑則不然矣。五載前接柳先生仲塗。仲塗又具道前事。適與何合。且大噓昔人之好爲碑者。久欲發揮其說。以貽同志。自念資望至淺。未必能見信於人。又近世多以是作相高。而夸爲大言。苟從而明之。則謗將叢起。故蓄之而不發。以生力古嗜學。偶泥於衆好。其兄又於何爲進士同年。故爲生一二而辯之。噫。古今之疑文章之失。尙有大於此者甚衆。吾徒樂因循而憚改作。多謂其事之故然。生第勉而思之。則所得不獨在於碑矣。

第四節　九僧與西崑體

宋初如徐鉉。詩猶有唐音。當時九僧亦有名。今惟傳惠崇句圖百韻。多警麗可誦。殆西崑之先導也。歐陽修六一詩話曰。國朝浮屠以詩名於世者九人。故時有集號九僧詩。今不復傳矣。余少時聞人多稱其一曰惠崇。餘八人者忘其名字也。余亦略記其詩。有云。馬放降來地。鵰盤戰後雲。又云。春生桂嶺外。人在海門西。其佳句多類此。其集已亡。今人多不知有所謂九僧者矣。是可歎也。按九僧者。劍南希晝。金華保暹。南越文兆。天台行肇。汝州簡長。青城惟鳳。江東宇昭。峩眉懷古。并淮南惠崇是也。歐公蓋偶忘其名耳。

九僧以後。遂有楊大年輩之西崑體。田況儒林公議云。楊億在兩禁。變文章之體。劉筠錢惟演輩從而效之。以新詩更相屬和。億後編敍之。題曰西崑酬唱集。今是集尙傳。卽億編也。凡億及劉筠、錢惟演、李宗諤、陳越、李維、劉隲、刁衎、任隨、張詠、錢惟濟、丁謂、舒雅、晁迥、崔遵度、薛暎、劉秉十七人之詩。而億序乃稱屬而和者十有五人。豈以錢劉爲主。而億與李宗諤以下爲十五人歟。詩皆近體。上卷凡一百二十三首。下卷凡一百二十五首。而億序稱二百有五十首。不知何時佚二首也。

據田況之說。則西崑體實倡於楊億。而錢劉諸人和之。謂曰西崑者。億序以爲取玉山策府之名也。億字大年。建州浦城人。宋史稱其所著有括蒼武夷穎陰韓城退居汝陽蓬山冠鼇等集內外制刀筆共一百九十四卷。按歸田錄。楊大年每欲作文。則與門人賓客飲博投壺奕碁。語笑諠譁。而不妨構思。以小方紙細書揮翰如飛。文不加點。每盈一幅。則命門人傳錄。門人疲於應命。頃刻之際。成數千言。眞一代之文豪也。又能改齋漫錄。楊文公億有重名。嘗因草制。爲執政者多少塗竄。楊甚不平。因取藁本上塗抹處。以濃墨傳之。就加爲鞵。題其旁曰世業楊家鞵底。人或問其意。曰此語是它別人脚迹。當時傳以爲鞵。爾後舍人草制被點抹者則相謔曰。又遭[illegible]底。

淸四庫全書提要曰。西崑酬唱詩。宗法唐李商隱。詞取姸華。而不乏興象。效之者漸失本眞。惟工組織。於是有優伶撏撦之戲。石介至作怪說以剌之。而祥符中遂下詔禁文體浮豔。然介之說。蘇軾嘗辨之。眞宗之詔。緣於宣曲一詩。有取酒臨邛之句。陸游渭南集有西崑詩跋言其始末甚詳。初不緣文體發也。其後歐梅繼作。坡谷迭起。而楊劉之派。遂不絕如綫。要其取材博贍。練詞精整。非學有根柢。亦不能鎔鑄變化。自名一家。固亦未可輕詆。後村詩話云。西崑酬唱集對偶字面雖工。而佳句可錄者殊少。宜爲歐公之所厭。又一條云。君僅以詩寄歐公。公答云。先朝劉楊風采。聳動天下。至今使人傾想。豈公特惡其碑版奏疏。其詩之精工穩切者。自不可廢歟。二說自相矛盾。平心而論。要以後說爲公矣。

按歐陽永叔嘗爲錢惟演推官。相處甚久。故歐公詩雖別出一體。於西崑一派。固亦有所取也。六一詩話曰。楊大年與錢劉數公唱和。自西崑集出。時人爭效之。詩體一變。而先生老輩患其多用故事。至於語僻難曉。殊不知自是學者之弊。如子儀新蟬云。風來玉宇烏先轉。露下金莖鶴未知。雖用故事。何害爲佳句也。又如峭帆橫渡官橋柳。疊鼓驚飛海岸鷗。其不用故事。又豈不佳乎。蓋其雄文博學。筆力有餘。故無施而不可。蓋歐公所厭。是學西崑而不善者耳。

古今詩話曰。楊大年錢文僖晏元獻劉子儀爲詩皆宗李義山。號西崑體。後進效之。多竊取義山詩句。嘗內宴優人有爲義山者。衣服敗裂。告人曰。吾爲諸館職撏撦至此。聞者大噱。然大年詠漢武詩云。力通青海求龍種。死諱文成食馬肝。待詔先生齒編貝。忍令乞米向長安。義山不能過也。

淚　　楊億

寒風易水已成悲。亡國何人見黍離。枉是荊王疑美璞。更令楊子怨多岐。邊笳暮應三撾鼓。楚舞春臨百子池。未抵索居愁翠被。圓荷淸曉露淋漓。

同　　錢惟演

家在河陽路入秦。樓頭相望只酸辛。江南滿目新亭宴。旗鼓傷心故國春。仙掌倚天頻滴露。方諸待月自涵津。荊王未辨連城價。腸斷南州抱璧人。

同　　劉筠

含酸茹歎幾傷神。嗚咽交流忽滿巾。建業江山非故國。灞陵風雨又殘春。虞歌決別知亡楚。燕酒初酣待報秦。欲訴青天饒積恨。月娥孀獨更愁人。

楊劉之重於當時者。不僅在詩。其制奏刀筆之屬。亦爲後進所效。雖沿駢儷之詞。在宋四六中尙是偶有淸警之句者。錄子儀一首以見其體

回穎州曾學士啟　劉筠

伏念褊局至庸孱軀多病暗於機用動涉背馳恥介寵以趨風甘受嗤而擯迹向者起於將廢擢是無聞猥玷綸曹仍參靈職帝言郁穆殊無演暢之工王度清夷深積優游之幸自惟竊吹固極常涯矧乃金馬蘭臺名儒舊德榮滯者過半零落者實繁孰謂觚生更希殊進誠以衰門積釁諸寡食貧嚴助豈厭於直廬郗愔願補於遠郡乘穰守之方閔苟堯聰之俯從聚庇本宗才羅歲籥豈期優詔處移近藩獲依仁者之鄰實出非常之契適將敘欵俄辱誨函披贈錦之英詞徒知誘進示巽牀之謙旨殊匪爲儀欣悚交懷銘藏奚克

元方回羅壽可詩序曰宋剗五代舊習詩有白體、崑體、晚唐體其晚唐一體九僧最迫眞寇萊公林和靖魏仲先父子潘逍遙趙清獻之祖凡數家深涵茂育氣勢極盛云云蓋於九僧西崑以外又稱寇準、林逋、魏野、潘閬、趙湘諸人今觀其詩果尚有唐之遺韻又如胡宿之七律陳堯佐之絕句釋重顯之五言亦饒有風格錢惟演從弟易字希白歌詩效李白蘇易簡稱於太宗卽自布衣召置翰林此數家皆在歐梅變體之前詩法唐人時有清響者也

第十一章　慶歷以後之古文復興

第一節　慶歷前後之風尚與西崑派之反動

自楊億劉筠尙聲偶之辭天下學者靡然從之則柳范之古文絀焉而爲詩者亦競慕西崑體當時惟王禹偁詩頗與西崑異好之者未盛也陳從易字簡夫歐陽永叔稱其詩宗杜甫

要至蘇子美兄弟及梅堯臣出而後詩體一變子美兄弟又與穆伯長尹師魯諸人爲古文而文體一變歐公於詩極推梅堯臣古文則淵源於子美師魯諸家故慶歷以來楊劉之勢始息矣先是徂徠石介作怪說以訶楊劉文體西崑派之反動實始於此其下篇曰

或曰天下不謂之怪子謂之怪今有子不謂怪而天下謂之怪請爲子而言之可乎曰奚其爲怪也曰昔楊翰林欲以文章爲宗於天下憂天下未盡信己之道於是盲天下人目聾天下人耳使天下人目盲不見有周公孔子孟軻揚雄文中子吏部之道使天下人耳聾不聞有周公孔子孟軻揚雄文中子吏部之道俟周公孔子孟軻揚雄文中子吏部之道滅乃發其盲開其聾使天下唯見己之道唯聞己之道莫知其佗今天下有楊億之道四十年矣今人欲反盲天下人目聾天下人耳使天下人目盲不見有楊億之道使天下人耳聾不聞有楊億之道俟楊億道滅乃發其盲開其聾使目唯見周公孔子孟軻揚雄文中子吏部之道耳唯聞周公孔子孟軻揚雄文中子吏部之道周公孔子孟軻揚雄文中子吏部之道堯舜禹湯文武之道也三才九疇五常之道也反厥常則爲怪矣夫書則有堯舜典皋陶益稷謨禹貢箕子之洪範詩則有大小雅周頌商頌春秋則有聖人之經易則有文王之繇周公之爻夫子之十翼今楊億窮研極態綴風月弄花草淫巧侈麗浮華纂組刓鎪聖人之經破碎聖人之言離析聖人之意蠹傷聖人之道使天下不爲書之典謨禹貢洪範詩之雅頌春秋之經易之繇爻十翼而爲楊億之窮研極態綴風月弄花草淫巧侈麗浮華纂組其爲怪大矣是人欲去其怪而就於無怪今天下反謂之怪而怪之嗚呼

觀介之說可見西崑派勢力之大矣介字守道兗州奉符人天聖八年進士及第初授嘉州

判官。後以直集賢院出通判濮州。宋史有傳。初介嘗躬耕徂徠山下。人以徂徠先生稱之。深惡五季以後文格卑靡。故嘗極推柳開之功。而復作怪說以排楊億。其文章宗旨可以想見。王士禎池北偶談稱其文倔強勁質。有唐人風。較勝柳穆二家。而終未脫草昧之氣云。

當時祖無擇李覯亦爲古文。在風氣初變之時。其體格與尹洙諸人相上下。無擇龍學文集。覯有盱江集見存。而歐陽公所推者。尤在子美兄弟與師魯而已。蓋柳范以後。韓愈柳宗元之文。猶未甚爲士人所好。及穆尹數子爲之表章。而後學者非韓柳不道矣。實以歐陽永叔之功爲最大。然數子爲古文。又在永叔前也。永叔書韓文後云。予少家漢東。有大姓李氏者。其子堯輔頗好學。予游其家。見其敝筐貯故書在壁間。發而視之。得唐昌黎先生文集六卷。脫落顚倒無次序。因乞以歸讀之。是時天下未有道韓文者。予亦方舉進士。以禮部詩賦爲事。後官於洛陽。而尹師魯之徒皆在。遂相與作爲古文。因出所藏昌黎集而補綴之。其後天下學者亦漸趨於古。韓文遂行於世。又作蘇子美集序云。子美齒少於予。而予學古文反在其後。天聖之間。學者務以言語聲偶摘裂。以相誇尚。子美獨與其兄才翁及穆參軍伯長作爲古歌詩雜文。時人頗共非笑之。而子美不顧也。其後學者稍趨於古。獨子美爲於舉世不爲之時。可謂特立之士也。柳子厚集有穆修所作後序云。予少嗜觀韓柳二家之文。柳不全見於世。韓則雖目其全。至所缺墜亡字失句。獨於集家爲甚。凡用力二紀。文始幾定。時天聖九年也。觀此則知古文復興。實此數人之力矣。

答喬適書

穆修

近辱書并示文十篇。終始讀之。其命意甚高。自及淮西來。嘗見人言足下少年樂喜文。固耳聞而心存之。但未敢輕取人說。遂果知足下能然。蓋古道息絕不行於時已久。今世士子。習尚淺近。非章句聲偶之辭。不置耳目。浮軌濫轍。相跡而奔。靡有異塗焉。其間獨取以古文語者。則與語怪者同也。衆又排詬之。罪毀之。不目以爲迂。則指以爲惑。謂之背時遠名。闊於富貴。先進則莫有譽之者。同儕則莫有附之者。其人苟失自知之明。守之不以固。持之不以堅。則莫不懼而疑。悔而思。忽焉且復去此而卽彼矣。噫。仁義中正之士。豈獨多出於古而鮮出於今哉。亦由時風衆勢驅遷溺染之。使不得從乎道也。觀足下十篇之文。則信有志乎古矣。其書之問。則曰將學於今。則成淺陋。將學於古。則懼不得取名於世。學宜何旨。引韓先生師說之說。以求解惑爲請。足下當少秀之年。懷進取之機。又學古於仁義。不勝之時。與之者寡。非之者衆。不得無惑於中焉。是以枉書見問。某不才而棄於時者也。何足爲人質其是非可否。徒以退拙無所用心。因得從事於不急之學。知舊者不識其愚且戇。或謂之爲好古焉。故足下以是厚相期待者。蓋感其聲而求其類乎。可不少復其意耶。試爲足下言之。夫學乎古者。所以爲道。學乎今者。所以爲名。道者仁義之謂也。名者爵祿之謂也。然則行道者有以兼乎名。守名者無以兼乎道。何者。行夫道者。雖固有窮達云耳。然而達於上也。則爲賢公卿。窮於下也。則爲令君子。其在上則禮成乎君。而治加乎人。其在下則順悅乎親。而勤修乎身。窮也達也。皆本於善稱焉。守夫名者。亦固有窮達云耳。而皆反乎是也。達於上也何賢公卿乎。窮於下也何令君子乎。其在上則無所成乎君而加乎人其在下則無所悅乎親而修乎身。窮也達也皆離於善稱焉。故曰行道者有以兼乎名。守名者無以兼乎道。有其道而無其名。則窮不失為君子。有其名而無其道。則達不失為小人。與其為名達之小人。孰若為道窮之君子。矧窮達又各繫其時遇。豈古人道有負於人耶。足下有志乎道而未忘名。樂聞於古而喜求於今。二者之心。苟交存而無擇。將懼純明之性寖微。浮躁之氣驟勝矣。足下心明乎仁義。又學識其歸嚮。在固守而弗離。堅持而弗奪。力行而弗止。則必立乎名之大者矣。學之正偽有分。則文之指用自得。何惑焉。不宣。

哀穆先生文並序

蘇舜欽

嗚呼穆伯長以明道元年夏客死於淮西道中。友人蘇叔才子美作詩悼之。遣人馳弔之。痛夫道不光。予又次其一二行以鑑於世。為文哀之。先生字伯長。名修。幼嗜書。不事章句。必求道之本原。皆記士徒無意處。熟習評論之。性剛介。喜於背俗。不肯下與庸人小合。願交者多固拒之。議事堅明。上下今古皆可錄。然好詆卿弼。斥言時病。譏細。後生畏聞之。又獨為古文。其語深峭宏大。羞為禮部格詩賦。咸平中舉進士。得出身。調泰州司法參軍。收守稱其才。貳郡者惡之。又嘗以言忤貳郡者。守病告。貳者私黠吏。使誣告先生賂。具獄聚左證。後召先生使衆參考之。由是貶池州。中道竄詣闕下。叩登聞鼓稱冤。會貳郡者死。復受譴於朝。後累恩得為蔡州參軍。先生自廢來。讀書益勤。為文章益根柢於道。然恥以文干有位。以故困甚。張文節守亳。亳之士豪者作佛廟。文節使以騎召先生作記。記成。竟不寘士名。士以白金五斤遺之。曰。枉先生之文。願以此為壽。又使周旋者曰。亡所以遺者。乞載名於石。圖不朽耳。既而亟召士讓之。投金庭下。遂俶裝去。郡士謝之。終不受。嘗語之曰。寧區區餬口為旅人。不為匪人辱吾文也。天聖末。丞相有欲置爲學官者。恥詣謁之。竟不得。嘗客京師南河邸中。往往醉。暮歸。遏地如不省持者。夜半邸人猶聞其吟誦喟歎聲。因隙窺之。則張燈危坐。苦嚬執卷。亦出曙用。是貸其貲。母喪。徒跣自負櫬成葬。日誦孝經喪記。未嘗觀佛書飯浮屠氏也。識者哀憐之。或厚遺。則必爲盜取去。不然且病。或妻子卒。後得柳子厚文。刻貨之。售者甚少。踰年積得百緡。一子輒死。將還淮西。遇病氣結塞胸中不下。遂卒。噫吁天之厭文久矣。先生意以黜廢窮苦終其身。顧其道宜不容於今世。然由賦數奇隻。常罹兵賊惡少輩所辱困。其節行至死不變。有孤孺且幼。遺文散墜不收。伯長之道竟已矣乎。初先生死。梁堅自解以書走上黨。遺予欲訪其文。俾予集序之。去年赴擧京師。歷問人。終不復得一篇。惟有任中正尙書家廟碑。靜勝亭記。徐生墓志。蔡州塔記。皆平昔所爲。又不足成卷。今舅氏守蔡。近以書使存其家。且求所著文字。未至。聞作文哀之。道不勝於命。命不會於時。吁嗟先生竟胡爲。

蘇舜欽字子美。其兄舜元字才翁。梓州人。今惟子美學士集十六卷。尙存。尹洙有河南集二十七卷。至於西崑詩體。子美與梅聖俞爲詩已自矯之。聖俞得名尤甚。然歐陽公於二家皆所推服。未下優劣也。六一詩話曰。聖俞子美齊名於一時。而二家詩體特異。子美筆力豪儁。以超邁橫絕爲奇。聖俞覃思精微。以深遠閑淡爲意。各極其長。雖善論者不能優劣也。余嘗於水谷夜行詩略道其一二云。子美氣尤雄。萬竅號一噫。有時肆顚狂。醉墨灑滂霈。譬如千里馬。已發不可殺。盈前盡珠璣。一一難揀汰。梅翁事淸切。石齒漱寒籟。作詩三十年。視我猶後輩。文辭愈精新。心意雖老大。有如妖韶女。老自有餘態。近詩尤古硬。咀嚼苦難嘬。又如食橄欖。其味久愈在。蘇豪以氣轢。舉世徒驚駭。梅窮獨我知。古貨今難賣。語雖非工。謂粗得其髣髴。然不能優劣之也。

梅堯臣。字聖俞。宣城人。官屯田都官員外郎。宋史有傳。清四庫書提要曰。宋初詩文。尚沿唐末五代之習。柳開穆修欲變文體。王禹偁欲變詩體。皆力有未逮。歐陽修崛起。爲雄力復古格。於時曾鞏、蘇洵、蘇軾、蘇轍、陳師道、黃庭堅、等皆尚未顯。其佐修以變文體者。尹洙。佐修以變詩體者。則堯臣也。曾敏行獨醒雜志載王曙知河南日。堯臣爲縣主簿。袖所爲詩文呈覽。曙謂其詩有晉宋遺風。自杜子美沒後二百餘年。不見此作。然堯臣詩旨趣古淡。知之者希。陳善捫蝨新話記蘇舜欽稱平生作詩。不幸被人比梅堯臣。又記晏殊賞其寒魚猶著底。白鷺已飛前二句。堯臣以爲非我之極致者。則其孤僻寡和可知。惟歐陽修深賞之。邵博聞見後錄。乃載傳聞之說。謂修忌堯臣出己上。每商榷其詩。多故刪其最佳者。殊爲誣謾。無論修萬不至此。卽堯臣亦非不辨白黑者。豈得失不自知耶。陸游渭南集有梅宛陵別集序曰。蘇翰林多不可古人。惟次韻和淵明及先生二家詩而已。案蘇軾和陶詩有傳本。和梅詩則未聞。然游非妄語者。必原有而今佚之。是堯臣之詩。蘇軾亦心折之矣。

聞見後錄。東坡與陳傳道書云。知傳道日課一詩。甚善。此技雖高才非甚習不能工。蓋梅聖俞法也。又韓少師云。梅聖俞學詩曰。欲極賦象之工。作挑燈杖子詩尚數十首。李邯鄲諸孫亨仲云。吾家有梅聖俞詩善本。世所傳多爲歐陽公去其尤者。忌能名之或壓也。予謂歐陽公在諫路頗詆邯鄲公。亨仲之言恐不實。然曾仲成云。歐陽公有韓孟於文詞兩雄力相當孟窮苦纍纍。韓富浩穰穰。郊死不爲島。聖俞發其藏等句。聖俞謂蘇子美曰。永叔自要作韓退之。强差我作孟郊。雖戲語亦似不平也。

泛溪　　梅堯臣

中流清且平。捨楫任舟行。漸近鷺猶立。已遙村覺橫。何妨綠樽滿。不畏晚風生。屈賈江潭上。愁多未適情。

發勺陵　　同

秋雨密無跡。濛濛在一川。孤村望漸遠。去鳥飛已先。向晚雲漏日。微光人倚船。安知偶自適。落岸逢沙泉。

當時石曼卿名延年。歌詩豪邁。亦爲永叔諸人所稱。其平陽作代意一首寄師魯云

十年一夢花空委。依舊山河損桃李。雁聲北去燕西飛。高樓日日春風裏。眉北石洲山對起。汾河不斷天南流。天色無情淡如水。

石曼卿詩。朱子亦嘗稱之。要自慶歷以後。詩文體始大變矣。蓋宋三百年文章之盛。莫如仁宗。宗以後七十年間。方太祖創業。首尚文學。獎厲名節之士。太宗眞宗。制度文物漸備。及仁宗親政。人才輩出。羣賢互相推引。至慶歷之際。歐陽修、余靖、蔡襄在諫院。杜衍、韓琦、范仲淹在樞府。直言讜論。時進於朝。天下仰望風采。石介至作慶曆聖德詩。其後文彥博、富弼、王安石、

司馬光相繼爲相文學之士接踵朝列而歐陽修尤爲一時文章宗匠三蘇曾鞏之流皆出其門當於下以次論之

第二節　歐陽修

宋初古文作者數家至歐陽永叔出始卓然爲一代宗匠永叔自述所學謂其爲古文實淵源於蘇子美尹師魯邵伯溫聞見前錄曰錢惟演留守西都因府第雙桂樓西城建臨園驛命永叔師魯作記永叔文先成凡千餘言師魯曰某只用五百字可紀及成永叔服其簡古永叔自此始爲古文永叔作蘇子美集序又謂子美學古文在先而子美實與穆伯長遊故永叔之古文淵源於蘇尹二家也

按宋史本傳歐陽修廬陵人四歲而孤母鄭守節自誓親誨之學家貧至以荻畫地學書幼敏悟過人讀書輒成誦及冠嶷然有聲宋興且百年而文章體裁猶仍五季餘習鎪刻駢偶淟涊弗振士因陋守舊論卑氣弱蘇舜元舜欽柳開穆修輩咸有意作而張之而力不足修遊隨得唐韓愈遺藁於廢書簏中讀而心慕焉苦心探賾至忘寢食必欲並轡絕馳而追與之並舉進士試南宮第一擢甲科調西京推官始從尹洙游爲古文議論當世事迭相師友與梅堯臣游爲歌詩相倡和遂以文章名冠天下卒謚文忠晚自號六一居士朱子嘗稱歐公文敷腴溫潤一唱三嘆而最喜其豐樂亭記陳同甫好讀歐陽文擇其精者爲歐陽文粹

是專選歐文之始也。

朱子語類又曰。歐公文亦好是修改到妙處。頃有人買得醉翁亭記稿。初說滁州四面有山。凡數十字末後改定只曰環滁皆山也五字而已。

醉翁亭記

環滁皆山也。其西南諸峯。林壑尤美。望之蔚然而深秀者。瑯琊也。山行六七里。漸聞水聲潺潺。而瀉出於兩峯之間者。釀泉也。峯回路轉。有亭翼然臨於泉上者。醉翁亭也。作亭者誰。山之僧曰智仙也。名之者誰。太守自謂也。太守與客來飲於此。飲少輒醉。而年又最高。故自號曰醉翁也。醉翁之意不在酒。在乎山水之間也。山水之樂。得之心而寓之酒也。若夫日出而林霏開。雲歸而巖穴暝。晦冥變化者。山間之朝暮也。野芳發而幽香。佳木秀而繁陰。風霜高潔。水落而石出者。山間之四時也。朝而往。暮而歸。四時之景不同。而樂亦無窮也。至於負者歌於塗。行者休於樹。前者呼。後者應。傴僂提攜。往來不絕者。滁人游也。臨溪而漁。溪深而魚肥。釀泉為酒。泉香而酒冽。山肴野蔌。雜然而前陳者。太守宴也。宴酣之樂。非絲非竹。射者中。弈者勝。觥籌交錯。坐起而諠譁者。衆賓懽也。蒼顏白髮。頹乎其間者。太守醉也。已而夕陽在山。人影散亂。太守歸而賓客從也。樹林陰翳。鳴聲上下。遊人去而禽鳥樂也。然而禽鳥知山林之樂。而不知人之樂。人知從太守游而樂。而不知太守之樂其樂也。醉能同其樂。醒能述以文者。太守也。太守謂誰。廬陵歐陽修也。

吳氏林下偶談曰。和平之言難工。感慨之詞易好。近世文人能兼之者。惟歐公。如吉州學記之類。和平而工者也。如豐樂亭記之類。感慨而好者也。然豐樂亭記。意雖感慨。辭猶和平。至於蘇子美集序之類。則純乎感慨矣。乃若憤悶不平。如王逢原悲傷無聊。如邢居實則感慨而失之者也。

又曰。歐公凡遇後進投卷可采者。悉錄之爲一冊。名曰文林。公爲一世文宗。於後進片言隻字。乃珍重如此。令人可以鑒矣。

永叔與宋子京同修唐書。又自撰五代史。五代史尤爲文士所稱。然其詩體豪放。似太白。王荆公選四家詩。以太白少陵退之及永叔並列。其推之至矣。石林詩話曰。歐公詩好矯崑體。專以氣格爲主。故其詩多平易疎暢。律詩意所到處。雖語有不倫。亦不復問。而學之者往往遂失於快直。傾囷倒廩。無復餘地。然公詩好處。豈專在此。如崇徽公主手痕詩。玉顏自昔爲身累。肉食何人與國謀。此是兩段大議論。抑揚曲折。發見於七字之中。婉靡雄勝。字字不失相對。雖崑體之工者。亦未易比。言所會處。如是乃爲至到。

永叔之詩。其最自喜者。爲廬山高及明妃曲二篇。嘗曰。廬山高。今人莫能爲。惟李太白能之。明妃曲後篇。太白不能爲。唯杜子美能之。至其前篇。則子美亦不能爲。唯吾能之也。蓋自許如此。

明妃曲

漢宮有佳人。天子初未識。一朝隨漢使。遠嫁單于國。絕色天下無。一失難再得。雖能殺畫工。於事竟何益。耳目所及尙如此。萬里安能制夷狄。漢計已成拙。女色難自誇。明妃去時淚。灑向枝上花。狂風日暮起。飄泊落誰家。紅顏勝人多薄命。莫怨春風當自嗟。

與歐公並世相先後爲古文者。如范仲淹。宋祁。劉敞。司馬光。朱子謂范文正公好處。歐不能及。宋子京亦師韓文。林下偶談曰。劉原父文醇雅。與歐公同時。爲歐公名盛所掩。而歐曾蘇王亦不甚稱其文。劉嘗歎百年後當有知我者。至東萊編文鑑。多取原父文。幾與歐曾蘇王並。而水心亦亟稱之。於是方論定。王介甫謂司馬光文似西漢。其修資治通鑑。史家之鴻製也。諸人皆與歐公相善。而文章得力各不同。宋子京作唐書。彫琢劖削。務爲艱澀。然亦服歐公。嘗寫其隴岡阡表二句云。求其生而不得。則死者與我皆無恨也。其筆記中自述爲文用力之要曰。

余少爲學。本無師友。家苦貧。無書。習作詩賦。未始在志立名於當世也。願計粟米養親。紹家閥耳。年二十四。而以文投故宰相夏公。公奇之。以爲必取甲科。吾亦不知果是歟。天聖甲子。從鄉貢試禮部。故龍圖學士劉公。歎所試辭賦。大稱之。朝以爲諸生冠。吾始重自淬礪力於學。模寫有名士文章。諸儒頗稱以爲是。年過五十。被詔作唐書。精思十餘年。盡見前世諸著。乃悟文章之難也。雖悟於心。又求之古人。始得其崖略。因取視五十以前所爲文。赧然汗下。知未嘗得作者藩籬。而所效皆糟粕芻狗矣。夫文章必自名一家。然後可以傳不朽。若體規畫圓。準方作矩。終爲人之臣僕。古人譏屋下作屋。信然。陸機曰。謝朝花於已披。啟夕秀於未振。韓愈曰。惟陳言之務去。此乃爲文之要。五經皆不同體。孔子沒後。百家奮興。類不相沿。是前人皆得此旨。嗚呼吾亦悟之晚矣。雖然。若天假吾年。猶冀老而成云。

第三節　曾鞏王安石

曾鞏王安石早相友善。鞏出於歐公之門。而安石亦爲歐公推挽。當時方盛爲古文。鞏登嘉祐二年進士。安石登慶曆二年進士。然二人性行不甚相同。鞏學術醇正。以孝友聞。安石有才略。該通政事文學。強忮執拗。自用太甚。故鞏爲文章。典雅有餘。精彩不足。安石之文則純潔雄偉。精悍之氣。溢於紙表。後人或以鞏之文非韓柳歐蘇之倫。其所以入八家之選者。豈非以其學術醇正耶。安石之文。優於蘇歐。頡頏韓柳。而列之八家。或以爲嗛。豈非以其資性執拗。爲後之學者所惡耶。朱子尤好鞏文。呂祖謙古文關鍵。遂獨取韓柳歐蘇曾七家。而不取安石。亦各從所好也。

宋史。鞏字子固。建昌南豐人。生而警敏。讀書數百言。脫口輒誦。年十二。試作六論。援筆而成。辭甚偉。甫冠。名聞四方。歐陽修見其文。奇之。又曰。鞏爲文章。上下馳騁。愈出而愈工。本原六經。斟酌於司馬遷韓愈。一時工作文詞者。鮮能過也。少與王安石遊。安石聲譽未振。鞏導之於歐陽修。及安石得志。遂與之異。神宗嘗問安石何如人。對曰。安石文學行義。不減揚雄。以吝故不及。帝曰。安石輕富貴。何吝也。曰。臣所謂吝者。謂其勇於有爲。吝於改過耳。

按聞見錄曰。曾子固初爲太平州司戶。守張伯玉。前輩人也。歐陽公王荆公諸名士。共稱子固文章。伯玉殊不顧。間語子固。吾方作六經閣。其爲之記。子固凡謄槀六七。終不當伯玉之意。則謂子固曰。吾自爲之。其書於紙曰。六經閣者。諸子百家皆在焉。不書。尊經也。云云。子固始大畏服。益自勵於學矣。却掃編曰。神宗患本朝國史之繁。嘗欲重修五朝正史。通爲一書。命曾子固專領其事。且詔自擇屬官。曾以彭城陳師道應詔。朝廷以布衣難之。未幾。撰太祖皇帝總敍一篇以進。請繫之太祖本紀篇末。以爲國史書首。其說以爲太祖大度豁如。知人善任使。與漢高祖同。而漢祖所不及者。其事有十。因具論之。累二千餘言。神宗覽之不悅。曰。爲史但當實錄。以示後世。亦何必區區與先代帝王較優劣乎。且一篇之贊。已如許之多。成書將復幾何。於是書竟不果成。

朱子語類曰。南豐文字確實。又曰。南豐文却通質。他初亦只是學爲文。却因爲文。漸見些子道理。故文字依傍道理做。不爲空言。只是關鍵緊要處也。說得寬緩不分明。緣他見處不徹。本無根本工夫。所以如此。但比之東坡則較質而近理。又曰。南豐擬制內有數篇雖雜之三代誥命中亦無愧。又曰。南豐作宜黃筠州二學記。好說得古人教學意出。

戰國策目錄序　　曾鞏

劉向所定戰國策三十三篇。崇文總目稱十一篇者闕。臣訪之士大夫家。始盡得其書。正其誤謬。而疑其不可考者。

然後戰國策三十三篇復完。敍曰。向敍此書。言周之先。明教化。修法度。所以大治。及其後謀詐用而仁義之路塞。所以大亂。其說既美矣。卒以謂此書戰國之謀士。度時君之所能行。不得不然。則可謂惑於流俗而不篤於自信者也。夫孔孟之時。去周之初已數百歲。其舊法已亡。舊俗已熄久矣。二子乃獨明先王之道。以謂不可改者。豈將彊天下之主。以後世之所不可爲哉。亦將因其所遇之時。所遭之變。而爲當世之法。使不失乎先王之意而已。二帝三王之治。其變固殊。其法固異。而其爲國家天下之意。本末先後。未嘗不同也。二子之道。如是而已。蓋法者所以適變也。不必盡同。道者所以立本也。不可不一。此理之不易者也。故二子者守此。豈好爲異論哉。能勿苟而已矣。可謂不惑乎流俗。而篤於自信者也。戰國之游士則不然。不知道之可信。而樂於說之易合。其設心注意。偷爲一切之計而已。故論詐之便而諱其敗。言戰之善而蔽其患。其相率而爲之者。莫不有利焉。而不勝其害也。有得焉。而不勝其失也。卒至蘇秦商鞅孫臏吳起李斯之徒。以亡其身。而諸侯及秦用之者。亦滅其國。其爲世之大禍明矣。而俗猶莫之寤也。惟先王之道。因時適變。爲法不同。而考之無疵。用之無敝。故古之聖賢未有以此而易彼也。或曰。邪說之害正也。宜放而絕之。則此書之不泯。其可乎。對曰。君子之禁邪說也。固將明其說於天下。使當世之人皆知其說之不可從。然後以禁。則齊。使後世之人皆知其說之不可爲。然後以戒。則明。豈必滅其籍哉。放而絕之。莫善於是。是以孟子之書有爲神農之言者。有爲墨子之言者。皆著而非之。至於此書之作。則上繼春秋。下至楚漢之起。二百四五十年之間。載其行事。固不得而廢也。此書有高誘注者二十一篇。或曰三十二篇。崇文總目存者八篇。今存者十篇云。

安石字介甫。撫州臨川人。父益都官員外郎。安石少好讀書。一過目終身不忘。其屬文動筆如飛。初若不經意。既成。見者皆服其精妙。友生曾鞏。攜以示歐陽修。爲之延譽。其釋經義。不取先儒傳註。務出新意。訓釋詩書周禮。既成。頒之學官。天下號曰新義。晚居金陵。又作字說。多穿鑿傅會。其流入於佛老。一時學者。莫敢不傳習。主司純用以取士。士莫得自名一說。於是先儒傳註。一切廢不用。黜春秋之書。不使列於學官。至戲目爲斷爛朝報。焉說部記王荊公喜說字。客曰。霸字何以從西。荊公以西在方域主殺伐。累言數百不休。或曰。霸從雨不從西也。荊公隨曰。如時雨化之耳。其無定論類此。方三經義之頒於學官也。未數年。安石又自列其非是者。奏請易去。今惟周官新義見存。餘書不傳。然經義之弊。自安石啟之也。

楊升庵最稱介甫書刺客傳後。今觀其文。大似司馬子長。介甫善擬古如此。

書刺客傳後　王安石

曹沫將而亡人之城。又劫天下盟主。管仲因勿倍以市信一時可也。予獨怪智伯國士豫讓。豈顧不用其策耶。讓誠國士也。曾不能逆策三晉。救智伯之亡。一死區區。尚足校哉。其亦不欺其意者也。聶政售於嚴仲子。荊軻豢於燕太子丹。此兩人者。汙隱困約之時。自貴其身。不妄願知。亦曰有待焉。彼挾道德以待世者。何如哉。

介甫極推韓退之之爲文。然又譏其可憐無補費精神。今錄論文書一首。以見其志之所存。

上人書曰。

嘗謂文者。禮敎治政云爾。其書諸策而傳之人。大體歸然而已。而曰言之不文。行之不遠云者。徒謂辭之不可以已也。非聖人作文之本意也。自孔子之死久。韓子作。望聖人於百千年中。卓然也。獨子厚名與韓並。子厚非韓比也。然其文卒配韓以傳。亦豪傑可畏者也。韓子嘗語人以文矣。曰云云。子厚亦曰云云。疑二子者徒語人以其辭耳。作文之本意。不如是其已也。孟子曰。君子欲其自得之也。自得之則居之安。居之安則資之深。資之深則取諸左右逢其原。孟子之云爾。非直施於文而已。然亦可託以爲作文之本意。且所謂文者。務爲有補於世而已矣。所謂辭者。猶器之有刻鏤繪畫也。誠使巧且華。不必適用。誠使適用。亦不必巧且華。要之以適用爲本。以刻鏤繪畫爲之容而已。不適用。非所以爲器也。不爲之容。其亦若是乎。否也。然容亦未可已也。勿先之其可也。某學文數挾此說以自治。始欲書之策而傳之人。其試於事者。則有待矣。其爲是非邪。未能自定也。執事正人也。不阿其所好者。書雜文十篇獻左右。願賜之教。使之是非有定焉。

世稱曾子固不長韻語。然其詩亦多醇厚可誦。介甫本有詩名。而絕句尤工。集中集句詩亦甚自然。

虞美人草　曾鞏

鴻門玉斗紛如雪。十萬降兵夜流血。咸陽宮殿三月紅。霸業已隨煙燼滅。剛強必死仁義王。陰陵失道非天亡。英雄本學萬人敵。何用屑屑悲紅妝。三軍散盡旌旗倒。玉帳佳人坐中老。香魂夜逐劍光飛。青血化爲原上草。芳心寂寞寄寒枝。舊曲聞來似斂眉。哀怨徘徊愁不語。恰如初聽楚歌時。滔滔逝水流今古。漢楚興亡兩丘土。當年遺事久成空。慷慨尊前爲誰舞。

明妃曲　　王安石

明妃出嫁與胡兒。氈車百兩皆胡姬。含情欲語獨無處。傳與琵琶心自知。黃金捍撥春風手。彈看飛鴻勸胡酒。漢宮侍女暗垂淚。沙上行人卻回首。漢恩自淺胡自深。人生樂在相知心。可憐青冢已蕪沒。尚有哀絃留至今。

詩人玉屑。黃山谷曰。荆公暮年作小詩。雅麗精絕。脫去流俗。每諷味之。便覺沆瀣生牙頰間。苕溪漁隱曰。荆公小詩。如南浦隨花去。回舟路已迷。暗香無覓處。日落畫橋西。染雲爲柳葉。翦水作梨花。不是春風巧。何緣見歲華。簷日陰陰轉。牀風細細吹。翛然殘午夢。何許一黃鸝。蒲葉清淺水。杏花和暖風。地偏緣底綠。人老爲誰紅。愛此江邊好。留連至日斜。眠分黃犢草。坐占白鷗沙。日淨山如洗。風暄草欲薰。梅殘數點雪。麥漲一川雲。觀此數詩。眞可使人一唱而三歎也。

石林詩話曰。王荆公晚年詩律尤精嚴。造語用字。間不容髮。然意與言會。言隨意遣。渾然天成。殆不見有牽率排比處。如含風鴨綠鱗鱗起。弄日鵝黃裊裊垂。讀之初不覺有對偶。至細數落花因坐久。緩尋芳草得歸遲。但見舒閑容與之態耳。而字字細考之。若經檃括權衡者。其用意亦深刻矣。

懷麓堂詩話曰。王介甫點景處。自謂得意。然不脫宋人氣習。其詠史絕句。極有筆力。當別用一具眼觀之。若商鞅詩。乃發洩不平。語於理不覺有礙耳。其詩云今人未可非商鞅商鞅能令政必行宋史選舉志曰。神宗篤意經學。深憫貢舉之弊。且以西北人材。多不在選。遂議更法。王安石謂古之取士。俱本於學。與建學校以復古。其明經諸科。欲行廢罷。取明經人數增進士額。他日問王安石。對曰。今人材乏少。且其學術不一。異論紛然。不能一道德。故也。一道德則修學校。欲修學校。則貢舉法不可不變。若謂此科嘗多得人。自緣仕進別無他路。其間不容無賢。若謂科法已善。則未也。今以少壯時正當講求天下正理。乃閉門學作詩賦。及其入官。世事皆所不習。此科法敗壞人才。致不如古。既而中書門下又言。古之取士。皆本學校。道德一於上。習俗成於下。其人才皆足以有爲於世。今欲追復古制。則患於無漸。宜先除去聲病偶對之文。使學者得專意經術。以俟朝廷興建學校。然後講求三代所以教育選舉之法。施於天下。則庶幾可以復古矣。於是改法。罷詩賦帖經墨義。士各占治易詩書周禮禮記一經。兼論語孟子。每試四場。初大經。次兼經大義凡十道。經論一首。次策三道。禮部試卽增二道。中書撰大義式頒行。試義者須通經有文采。乃爲中格。不但如明經墨義粗解章句而已。蓋選舉制之變。其初意未嘗不善。其後乃漸敝。至明清沿其法而陳腐相因。不堪言矣。今附錄當時經義一首如下。

惟幾惟康其弼直　　張庭堅

所貴乎聖人者。非以其力足以除天下既至之患。而以其慮之之深遠。察正始憂患之所不及。非以其有智與勇足以大有爲於世。而以其安靜休息。有所不爲。非以其無一過失。使天下莫得而議之。以其有過而必改。故於事也無忽。於民也不擾。於羣臣也不憚。其危言正論。以拂於己。夫是以慮無遺策。舉世無過事。而天下治安之勢得以永保而弗替。此幾康弼直禹之所以爲舜戒也。蓋惟幾也則能察微正始。不忽乎事。惟康也則能安靜休息。不擾乎民。惟輔弼之臣直。則能不以無過之爲美。而以改過之而爲善。凡忠讜之論。矯拂之辭。皆所以樂從而願聽焉。雖然是三者在艱難創業之時。則固未始以爲難。海宇適平。基緒方立。俄焉怠忽而不之察。則禍患將不旋踵而至。所以操心常危。慮患常深。而事每不失其幾者。勢使然也。民雖出於塗炭。而恐懼之未忘。世雖偃於征誅。而瘡痍之未瘳。俄然擾動而不之恤。則下不勝其困怨。亂將復作。所以設法務約。斂政務寬。而使民不失其康者。亦勢使然也。夫欲事之適於幾。民之適於康。則天下之深謀至計。惟恐一日而不得聞。朝廷之上。輔弼之臣。莫不蹇蹇其直。亦其勢不得不然也。天下既大治矣。則智慮怠而昏。心意侈而廣。智慮昏則玩晏安而忽憂勤。心意廣則喜功名而煩興作。夫宴安之是玩。則不可責以難也。功名之是喜。則不可語以過也。於是諂諛者親而諫諍者疏。幾康弼直之戒。於是時最不可忘。彼舜也繼堯極治之後。天下可謂無事矣。雖然無事者有事之所從起。而聖人之所深畏者也。觀舜之君臣相與賡歌規戒。而其言及於敕天命康庶事。則禹之所言者。舜固不待告而知矣。而禹猶戒之何也。使天下後世。咸曰以舜之聖而猶不免於此。則庶乎其能知戒矣。

王氏新學既行。士多揣摩風氣。奉字說新義爲主。蘇子瞻譏當世勦說雷同。如黃茅白葦。彌望皆然。然又時流於穿鑿。却掃編方王氏之學盛時。士夫夫讀書求義理。率務新奇。然用意太過。往往反失於鑿。有稱老杜禹廟詩最工者。或問之。對曰。空庭垂橘柚。謂厥包橘柚錫貢也。古屋畫龍蛇。謂驅龍蛇而放之菹也。此皆著禹之功也。得不謂之工乎。

第四節　三蘇

三蘇雖經歐陽公之識拔。然文章豪放。與歐陽體製不同。而子瞻尤爲絕倫。蜀地僻遠。在宋之初。文雅未盛。洵獨敎其二子軾轍成名。文章學術。自爲一家。亦豪傑之士也。洵字明允。眉山人。年二十七。始發憤爲學。歲餘往應試不第。歸盡焚舊所作文。閉戶讀書。遂通六經百家之說。既而與二子軾轍至京師。謁翰林學士歐陽修。上權書衡論二十二篇。歐公以爲賈誼劉向不能過也。一時士大夫爭相傳誦。三蘇由是有名。後或稱洵爲老蘇。軾爲大蘇。轍爲小蘇云。

宋史曰。軾字子瞻。生十年。父洵游學四方。母程氏親授以書。聞古今成敗。輒能語其要。比冠。博通經史。屬文日數千言。好賈誼陸贄書。既而讀莊子。歎曰。吾昔有見。口未能言。今見是書。得吾心矣。嘉祐二年。試禮部。方時文磔裂詭異之弊勝。主司歐陽修思有以救之。得軾刑賞忠厚論。驚喜。欲擢冠多士。猶疑其客曾鞏所爲。但寘第二。復以春秋對義居第一。殿試中乙科。後以書見修。修語梅聖兪曰。吾當避此人出一頭地。聞者始譁不厭。久乃信服。按捫蝨新話。東坡省試論刑賞。梅聖兪一見。以爲其文似孟子。置在高等。坡後往謝。梅問論中堯皐陶事出何書。坡徐應曰。想當然耳。至今傳以爲戲。

宋史又曰。軾與弟轍師父洵爲文。既而得之於天。嘗自謂作文如行雲流水。初無定質。但常行於所當行。止於所不可不止。雖嬉笑怒罵之辭。皆可書而誦之。其體渾涵光芒。雄視百代。有文章以來。蓋亦鮮矣。洵晚讀易。作易傳未究。命軾述其志。軾成易傳。復作論語說。後居海南作書傳。又有東坡集四十卷。後集二十卷。奏議十五卷。內制十卷。外制三卷。和陶詩四卷。一時文人如黃庭堅、晁補之、秦觀、張耒、陳師道。舉世未之識。軾待之如朋儔。未嘗以師資自予也。按春渚紀聞。東坡事實。先生嘗謂劉景文與先子曰。某平生無快意事。惟作文章。意之所到。則筆力曲折。無不盡意。自謂世間樂事。無踰此者。

轍字子由。性沉靜簡潔。爲文汪洋淡泊。似其爲人。不願人知之。而秀傑之氣。終不可掩。其高處殆與兄軾相迫。著有詩傳、春秋傳、古史、老子解、欒城文集。

三蘇初至京師。縉紳大夫。無不傾倒。獨王介甫見其文曰。此戰國之文耳。明允亦惡介甫多不近人情。爲作辨姦論。後張方平作洵墓志。載焉。其辭曰。

> 事有必至。理有固然。惟天下之靜者。爲能見微而知著。月暈而風。礎潤而雨。人人知之。人事之推移。理勢之相因。其疎闊而難知。變化而不可測者。孰與天地陰陽之事。而賢者有不知其故。何哉。好惡亂其中。而利害奪其外也。昔羊叔子見王衍曰。誤天下之蒼生者。必此人也。郭汾陽見盧杞曰。此人得志。吾子孫無遺類矣。自今而言之。其理固

有可見者然以吾觀之王衍之爲人也容貌語言固有以欺世而盜名者然不忮不求與物浮沈使晉無惠帝雖衍千百何從而亂天下乎盧杞之姦固足以敗國然不學無文容貌不足以動人言語不足以眩世非德宗之鄙亦何從而用之由此言之二公之料二子容有之非必然也今有人口誦孔老之書身履夷齊之行收召好名之士不得志之人相與造作語言私立名字以爲顏淵孟軻復出而陰賊險很與人異趣是王衍盧杞合爲一人也豈可勝言哉夫面垢不忘洗衣垢不忘澣此人之至情也今也不然衣臣虜之衣食犬彘之食囚首喪面而談詩書此豈情也哉凡事之不近人情者鮮不爲大姦慝豎刁易牙開方是也以蓋世之名而濟其未形之惡雖有願治之主好賢之相猶將舉而用之其爲天下之患必然無疑者非二子之比也孫子曰善用兵者無赫赫之功使斯人而不用也則吾言爲過而斯人有不遇之歎孰知其禍之至於此哉不然天下被其禍而吾將獲知言之名悲夫

三蘇之中子瞻詩尤高近世趙翼謂以文爲詩自昌黎始至東坡益大放厥詞別開生面成一代之大觀沈德潛亦謂蘇詩於韓文公後又開闢一境界二老堂詩話蘇文忠公詩初若豪邁天成其實關鍵甚密再來杭州壽星院寒碧軒詩句句切題而未嘗拘其云清風肅肅搖窗扉窗裏修竹一尺圍紛紛蒼雪落夏簟冉冉綠霧霑人衣寒碧如在其中第五句日高山蟬抱葉響頗似無意而杜詩云抱葉寒蟬靜幷葉言之寒亦在中矣人靜翠羽穿林飛固不待言末句却說破道人絕粒對寒碧爲問鶴骨何緣肥其妙如此

藝苑卮言曰讀子瞻文見才矣然似不讀書者讀子瞻詩見學矣然似絕無才者

小蘇才氣雖不及父兄。然亦時有大言壯語。餘文頗法度整齊。有秀傑之氣。乃其所自得者。朱子語類。或問蘇子由之文比東坡稍近理否。曰亦有甚道理。但其說利害處。東坡文字較明白。子由文字不甚分曉。要之學術只一般。

子由詩遠非東坡之比。欒城遺言。公言東坡律詩最忌屬對偏枯。不容一句不善者。古詩用韻必須偶數。張十二病後詩一卷。頗得陶元亮體。然予觀古人為文各自用其才耳。若用心專模倣一人。捨己徇人。未必貴也。

赤壁賦

蘇軾

壬戌之秋。七月既望。蘇子與客泛舟遊於赤壁之下。淸風徐來。水波不興。舉酒屬客。誦明月之詩。歌窈窕之章。少焉月出於東山之上。徘徊於斗牛之間。白露橫江。水光接天。縱一葦之所如。凌萬頃之茫然。浩浩乎如憑虛御風而不知其所止。飄飄乎如遺世獨立。羽化而登仙。於是飲酒樂甚。扣舷而歌之。歌曰。桂棹兮蘭槳。擊空明兮泝流光。渺渺兮予懷。望美人兮天一方。客有吹洞簫者。倚歌而和之。其聲嗚嗚然。如怨如慕。如泣如訴。餘音嫋嫋。不絕如縷。舞幽壑之潛蛟。泣孤舟之嫠婦。蘇子愀然。正襟危坐而問客曰。何為其然也。客曰。月明星稀。烏鵲南飛。此非曹孟德之詩乎。西望夏口。東望武昌。山川相繆。鬱乎蒼蒼。此非曹孟德之困於周郎者乎。方其破荊州。下江陵。順流而東也。舳艫千里。旌旗蔽空。釃酒臨江。橫槊賦詩。固一世之雄也。而今安在哉。況吾與子。漁樵於江渚之上。侶魚蝦而友麋鹿。駕一葉之扁舟。舉匏樽以相屬。寄蜉蝣於天地。渺滄海之一粟。哀吾生之須臾。羨長江之無窮。挾飛仙以遨遊。抱明月而長終。知不可乎驟得。託遺響於悲風。蘇子曰。客亦知夫水與月乎。逝者如斯。而未嘗往也。盈虛者如彼。而卒莫消長也。蓋將自其變者而觀之。則天地曾不能以一瞬。自其不變者而觀之。則物與我皆無盡也。而又何羨乎。且夫天地之間。物各有主。苟非吾之所有。雖一毫而莫取。惟江上之清風。與山間之明月。耳得之爲聲。目遇之成色。取之無禁。用之不竭。是造物者之無盡藏也。而吾與子之所共適。客喜而笑。洗盞更酌。肴核既盡。杯盤狼籍。相與枕藉乎舟中。不知東方之既白。

月夜與客飲杏花下　蘇軾

杏花飛簾散餘春。明月入戶尋幽人。褰衣步月踏花影。炯如流水涵青蘋。花間置酒清香發。爭挽長條落香雪。山城薄酒不堪飲。勸君且吸杯中月。洞簫聲斷月明中。惟憂月落酒杯空。明朝卷地春風惡。但見綠葉棲殘紅。

東坡尤喜延納文士。故當時黃庭堅、秦觀、張耒、晁補之稱蘇門四學士。益以陳師道、李廌稱蘇門六君子。黃庭堅年最長。少東坡九歲。秦觀少庭堅三歲。張耒少觀三歲。陳師道晁補之皆少耒一歲。諸子年齡才調。皆相伯仲。今以黃陳入下章江西詩派中。而述諸人於此。

秦觀字少游。高郵人。有淮海集四十卷。後集六卷。長短句三卷。初觀與兩弟覿覯皆知名。而宋史本傳稱觀文麗而思深。苕溪漁隱叢話載蘇軾薦觀於王安石。安石答書。述葉致遠之言。以爲清新婉麗。有似鮑謝。敖陶孫詩評則謂其詩如時女步春。終傷婉弱。元好問論詩絕句。因有女郎詩之譏。今觀其集少年所作。神鋒太儁。或有之。概以爲靡曼之音。則詆之太甚。

呂本中童蒙訓曰。少游雨砌墮危芳風欞納飛絮之類。李公擇以爲謝家兄弟不能過也。過嶺以後詩高古嚴重自成一家與舊作不同斯公論矣然觀所作要以長短句爲工當於後詞人中論之。

晁補之字无咎。鉅野人。有雞肋集七十卷。初東坡通判杭州。補之年甫十七。隨父端友宰杭州之新城。軾見所作錢塘七述。大爲稱賞。由是知名。張耒稱補之自少爲文。卽能追步屈宋班揚。下逮韓愈柳宗元之作。促駕力鞭。務與之齊而後已。苕溪漁隱叢話謂雞肋集古樂府是其所長。辭格俊逸可喜。今觀其文。大抵好馳騁議論。有蘇氏父子之體者也。

李廌字方叔。濟南人。文獻通考。載其有濟南集二十卷。今僅傳永樂大典輯本八卷而已。其文章才氣橫溢。東坡稱其筆墨瀾翻。有飛砂走石之勢。李之儀稱其如大川東注。晝夜不息。不至於海不止。蓋其兀奡奔放之概。置之秦張之間。信其亞也。

張耒字文潛。楚州淮陰人。幼穎異。十三歲能爲文。十七時作函關賦。已傳人口。游學於陳。學官蘇轍愛之。因得從軾游。軾亦深知之。稱其文汪洋冲澹。有一倡三歎之聲。今傳其宛邱集七十六卷。耒儀觀甚偉。有雄才。筆力絕健。於騷詞尤長。及二蘇及黃庭堅晁補之輩相繼死。耒獨存。士人就學者衆。分日載酒殽飲食之。誨人作文以理爲主。嘗著論云。

自六經以下。至於諸子百氏騷人辯士論述。大抵皆將以爲寓理之具也。故學文之端。急於明理。如知文而不務理。

求文之工。世未嘗有也。夫決水於江河淮海也。順道而行。滔滔汩汩。日夜不止。衝砥柱。絕呂梁。放於江河而納之海。其舒爲淪漣。鼓爲波濤。激之爲風飆。怒之爲雷霆。蛟龍魚鼈。噴薄出沒。是水之奇變也。水之初豈若是哉。順道而決之。因其所遇而變生焉。溝瀆東決而西竭。下滿而上虛。日夜激之。欲見其奇。彼其所至者。蛙蚓之玩耳。江河淮海之水。理達之文也。不求奇而奇至矣。激溝瀆而求水之奇。此無見於理。而欲以言語句讀爲奇。反覆咀嚼。卒亦無有文之陋也。

第十二章　黃庭堅及江西詩派

江西詩派之說。發於呂本中。其作江西詩社宗派圖。明陳師道以下二十五人。詩法相傳。而皆出自黃庭堅。蓋宋之詩體。歐梅始變西崑之習。及蘇軾出。以曠世奇才。包韓白之雄豪。總張姚之格律。又以逸氣高情。驅駕萬象。故是宋詩人之魁也。蘇門有六君子。世惟以庭堅之詩與軾相配。稱曰蘇黃。今觀黃詩氣味風格。多淵源子瞻。殆不可掩。後人或以蘇長於文。黃長於詩。大非知言也。王若虛曰。山谷於詩。每與東坡相抗。門人親黨。遂有言文首東坡。論詩右山谷之語。今之學者。亦多以爲然。漫賦四詩。爲商略之云。

絕足猶來不可追。汗流餘子費奔馳。誰言直待南遷後。始是江西不幸時。

信手拈來世已驚。三江滾滾筆頭傾。莫將險語誇勍敵。公自無心與物爭。

戲論誰知出至公。蝤蛑信美恐生風。奪胎換骨何多樣。都在先生一笑中。

文章自得方爲貴衣鉢相傳豈是眞已覺祖師低一著紛紛嗣法更何人。

右詩抑山谷太甚蘇黃要自未易優劣雖才氣各有短長體格究未相遠詩至唐已盡其妙。蘇黃不得不獨出奇變漁洋詩話曰胡應麟病蘇黃古詩不爲十九首建安體是欲繼天馬之足作轅下駒也蘇黃惟在不屑屑擬古故自成一派而江西餘風遂多爲後世言詩者所宗也。

黃庭堅字魯直洪州分寧人。舉進士調葉縣尉熙寧初舉四京學官第文爲優教授北京國子監留守文彥博才之留再任蘇軾嘗見其詩文以爲超軼絕塵獨立萬物之表世久無此作由是聲名始震庭堅學問文章天成性得陳師道謂其詩得法杜甫學甫而不爲者善行草書楷法亦自成一家軾爲侍從時舉堅自代其詞有瓌偉之文妙絕當世孝友之行追配古人之語其重之也如此初游灊皖山谷寺石牛洞樂其林泉之勝因自號山谷道人後又自號涪翁。

山谷在蘇門六君子中詩最長而文稍弱要能自立門戶不同流俗者今錄其寄洪甥駒父一首見論文之意其詞曰

所寄釋權一篇詞筆縱橫極見日新之效更須治經深其淵源乃可到古人耳青瑣祭文語意甚工但用字時有未安處自作語最難老杜作詩退之作文無一字無來處蓋後人讀書少故謂韓杜自作此語耳古之能爲文章者眞

能陶冶萬物。雖取古人之陳言入於翰墨。如靈丹一粒。點鐵成金也。文章最爲儒者末事。然既學之。又不可不知其曲折。幸熟思之。至於推之使高如太山之崇。嶠如垂天之雲。作之雄壯如滄江八月之濤。海運吞舟之魚。又不可守繩墨令儉陋也。

冷齋夜話曰。造語之工。至於荊公東坡山谷。盡古今之變。荊公曰。江月轉空爲白晝。嶺雲分暝與黃昏。又曰。一水護田將綠遶。兩山排闥送青來。東坡海棠詩曰。只恐夜深花睡去。高燒銀燭照紅妝。又曰我携此石歸。袖中有東海。山谷曰。此皆謂之句中眼。學者不知此妙語韻終不勝。

以團茶洮州綠石硯贈无咎文潛　　黃庭堅

晁子知囊可以括四海。張子筆端可以回萬牛。自我得二士。意氣傾九州。道山延閣委竹帛。清都太微望冕旒。貝宮胎寒弄明月。天網下罩一日收。此地要須無不有。紫皇訪問富春秋。晁无咎贈君越侯所貢蒼玉璧。可烹玉塵試春色。澆君胸中過秦論。斟酌古今來活國。張文潛贈君洮州綠石含風漪。能淬筆鋒利如錐。請書元祐開皇極。第入思齋訪落詩。

唐末張爲作主客圖。列一人爲主。而分列餘人爲入室等類。實宗派圖之先聲。蓋覘鍾嶸之溯源分品。又有進焉者也。要至江西詩派圖出。敍一派系統相承。尤爲詳悉。苕溪漁隱叢話曰。呂居仁近時以詩得名。自言傳衣江西。嘗作宗派圖。自豫章以降。列陳師道、潘大臨、謝逸、洪芻、饒節、僧祖可、徐俯、洪朋、林敏修、洪炎、汪革、李錞、韓駒、李彭、晁沖之、江端本、楊符、謝薖、夏倪、林敏功、潘大觀、何覬、王直方、僧善權、高荷、合二十五人以爲法嗣。謂其源流皆出豫章也。其派圖序數百言。大略云。唐自李杜之出。焜燿一世。後之言詩者。皆莫能及。至韓柳孟郊張籍諸人。激昂奮厲。終不能與前作者竝。元和以後至國朝。歌詩之作。或傳者多依效舊文。未盡所趣。惟豫章始大出而力振之。抑揚反覆。盡兼衆體。而後學者同作並和。雖體制或異。要皆所傳者一。予故錄其名字。以遺來者。余竊謂豫章自出機杼。別成一家。清新奇巧。是其所長。若言抑揚反覆。盡兼衆體。則非也。元和至今。騷翁墨客。代不乏人。觀其英詞傑句。眞能發明古人不到處。卓然成立者甚衆。若言多依效舊文。未盡所趣。又非也。所列二十五人。其間知名之士。有詩句傳於世。爲時所稱道者。止數人而已。其餘無聞焉。亦濫登其列。居仁此圖之作。選擇弗精。議論不公。余是以辨之。（按陵陽室中語。呂居仁自謂宗派圖乃少時戲作。又云其書本作一卷連書諸人姓字。後豐城邑官刻石。遂如禪門宗派。分爲數等。當時初不爾也）

宗派圖中。惟陳師道本與山谷同在蘇門六君子之列。師道字履常。一字無已。彭城人。少而好學苦志。年十六。蚤以文謁曾鞏。一見奇之。許其以文著時。人未之知也。留受業。熙寧中。王氏經學盛行。師道心非其說。遂絕意進取。鞏典五朝史事。得自擇其屬。朝廷以白衣難之。師道高介有節。安貧樂道。於諸經尤邃詩禮。爲文精深雅奧。喜作詩。自云學黃庭堅。至其高處或謂過之。然小不中意。輒焚去。今存者財十一。世徒喜其詩文。至若奧學至行。或莫之聞也。嘗銘黃樓。曾子固謂如秦石。有後山集二十四卷。

妾薄命　陳師道

主家十二樓。一身當三千。古來妾薄命。事主不盡年。起舞爲主壽。相送南陽阡。忍著主衣裳。爲人作春妍。有聲當徹天。有淚當徹泉。死者恐無知。妾身長自憐。

歸田詩話曰。陳後山少爲曾南豐所知。東坡愛其才。欲牢籠於門下。不屈。有向來一瓣香。敬爲曾南豐之句。又妾薄命云。主家十二樓。一身當三千。忍著主衣裳。爲人作春妍。亦爲南豐也。然送東坡則云。一代不數人。百年能幾見。風帆目力盡。江空歲年晚。推重向慕甚至。特不肯背南豐爾。志節可尚也。一生清苦。妻子寄食外家。寄外舅郭大夫云。嫁女不離家。生男已當戶。得家信云。深知報消息。不敢問何如。況味可知也。詩格極高。呂本中選江西宗派。以嗣山谷。非一時諸人所及。又曰。閉門覓句陳無已。對客揮毫秦少游。山谷詩喻二人才思遲速之異也。後山詩如壞牆得雨蝸成字。古屋無人燕作家。寥落之狀可想。淮海詩如翡翠側身窺綠酒。蜻蜓偸眼避紅妝。豔冶之情可見。二人他作亦多類此。後山宿齋宮。驟寒。或送綿半臂。卻之不服。竟感疾而終。淮海謫藤州。以玉盂汲水。笑視而卒。二人於臨終屯泰不同又如此。

呂本中字居仁。其作江西宗派圖。以己爲殿。著有東萊詩集。敖陶孫詩評。稱其詩如散聖安禪。自能奇逸。頗爲近似。苕溪胡仔漁隱叢話稱其樹移午影重簾靜。門閉春風十日閒。往事高低半枕夢。故人南北數行書。殘雨入簾收薄暑。破窗留月鏤微明。諸句。殊不盡其所長。朱子語錄乃稱本中論詩欲字字響。而暮年詩多啞。

發翠微寺　　呂本中

古殿突兀風有聲。粥魚欲打雞三鳴。披衣起坐問行李。僕人屢報天陰晴。昨日路長頻雨阻。今日東風得無苦。杉松連山寒欲動。橘柚隔籬香半吐。卻憶京城無事時。人家打酒夜深歸。醉裏不知妻子罵。醒後肯顧兒啼飢。如今流落長江上。所至盜賊猶旌旗。已憐異縣風俗僻。況復中原消息稀。

詩派圖出。其中韓駒稍有異論。駒字子蒼。蜀仙井監人。政和中召試。賜進士出身。累除中書舍人。權直學士院。南渡初。知江州。宋史有駒學原出蘇氏。故呂本中作江西宗派圖。列駒其中。駒頗不樂。然駒詩磨淬翦截。亦頗涉豫章之格。不果如陳師道之瓣香南豐。不忘所自耳。非必其宗旨之迥別也。江西詩派諸人。自黃陳呂諸家。惟駒之陵陽集。與洪龜父集(朋字)及謝薖之竹友集。謝逸之溪堂集。猶有傳輯本耳。

送王祕閣二首　　韓駒

烏衣諸王吾早聞。晚塗獨識和州孫。風流踏拖欲垂盡。文采陸離今尚存。奉祠乃是衰翁事。如君胡爲亦爲此。僕夫在門君疾驅。往獻天子平邊書。
右軍池頭鷄鵡呼。康樂臺下移檉疏。碧山學士此築室。白髮散人來卜居。身隨沙鷗臥煙雨。十年無書上公府。枉作
西班老從臣。看君才華不能舉。

宋末方回撰瀛奎律髓。亦主江西派。倡爲一祖三宗之說。一祖者杜甫。三宗者黃庭堅、陳師道、陳與義也。與義字去非。號簡齋。洛陽人。有簡齋集十六卷。與義之生。視元祐諸人稍晚。故呂居仁宗派圖中不列其名。靖康以後。北宋詩人凋零殆盡。惟與義爲文章宿老。巋然獨存。其詩源出豫章。而風格遒上。思力沈摯。能自闢一徑。故方回以之並於山谷後山。同稱三宗也。宋人詩話。稱簡齋之詩。晚而工。如木落太湖白梅開南紀。明慷慨賦詩還自恨。徘徊舒嘯却生哀。山林有約吾嘗去。天地無情子亦飢。樓頭客子杪秋後。日落君山元氣中。世亂不妨松偃蹇。村空更覺水潺湲。皆佳。又有晚晴獨步。及題董宗禹園先志亭等古詩。亦皆佳。

江南春　　陳與義

雨後江上綠。客悲隨眼新。桃花十里影。搖蕩一江春。朝風逆船波浪惡。暮風送船無處泊。江南雖好不如歸。老薺遶牆人得肥。

第十三章　道學派與功利派之文體

第一節　周張程朱之道學派文體

宋史於儒林之外。別立道學傳。錄周元公以下。蓋道學至宋始盛。其影響於文學尤甚大也。自唐以來言古文者。雖漸去華就樸。爲文必衷經術。然僅有時因文見道而已。蓋以文爲主。以道爲客。往往雜以詼諧靡曼之辭。文體未能一出於正。及道學派出。然後極力以求道體之所在。而不屑屑於文。以爲徒琱琢其辭。亦末乎云爾。或者以文體至是始敝。其流爲語錄講章。益不足以云文也。惟周張程朱諸人爲之。其說理精粹。又有從容閑暇之象。又豈文士之所能逮哉。如太極圖說、通書、正蒙、西銘、四箴之類。二程所爲墓志。頗有能美盛德之形容者。其文固自工矣。邵堯夫擊壤集。最爲詩體之變。後世乃有推爲詩人以來所無者。蓋擇義既精。出言雖雜雅俗。亦非所計。朱子慕南豐爲文。詩尤有古音。道學派文體。至朱子而純也。今略列諸家論文之說如下。

周子通書

文所以載道也。輪轅飾而弗庸。徒飾也。況虛車乎。文辭。藝也。道德。實也。篤其實而藝者書之。美則愛。愛則傳焉。賢者得以學而至之。是爲教。故曰言之不文。行之不遠。然不賢者。雖父兄臨之。師保勉之。不學也。强之不從也。不知務道德而第以文辭爲能者。藝焉而已。噫。弊也久矣。

朱子釋此章曰。或疑有德者必有言。有不待藝而後其文可傳矣。周子此章。似猶別以文辭爲一事而用力焉。何也。曰人之才德偏有長短。其或意中了了。而言不足以發之。則亦不能傳於遠矣。故孔子曰。辭達而已矣。程子亦言西銘吾得其意。但無子厚筆力不能作耳。正謂此也。然言或可少而德不可無。有德而有言者常多。有德而不能言者常少。學者先務亦勉於德而已矣。

二程全書

程子曰。聖賢之言。不得已也。蓋有是言則是理明。無是言則天下之理有闕焉。如彼耒耜陶冶之器。一不制。則生人之道有不足矣。聖賢之言。雖欲已得乎。然其包涵盡天下之理。亦甚約矣。後之人始執卷則以文章爲先。平生所爲。動多於聖人。然有之無所補。無之靡所闕。乃無用之贅言也。不止贅而已。既不得其要。則離眞失正。反害於道必矣。問作文害道否。曰害也。凡爲文不專意則不工。若專意則志局於此。又安能與天地同其大也。書曰。翫物喪志。爲文亦翫物也。呂與叔有詩云。學如元凱方成癖。文似相如始類俳。獨立孔門無一事。只輸顏氏得心齋。此詩甚好。古之學者惟務養情性。其他則不學。今爲文者專務章句。悅人耳目。既務悅人。非俳優而何。曰古者學爲文否。曰人見六經。便以爲聖人亦作文。不知聖人亦攄發胸中所蘊。自成文耳。所謂有德者必有言也。曰游夏稱文學何也。曰游夏亦何嘗秉筆學爲詞章。且如觀乎天文以察時變。觀乎人文以化成天下。此豈詞章之文也。

朱子語類

朱子曰。有治世之文。有衰世之文。有亂世之文。六經治世之文也。如國語委靡繁絮。眞衰世之文耳。是時語言議論如此。宜乎周之不能振起也。至於亂世之文。則戰國是也。然有英偉氣。非衰世國語之文之比也。楚漢間文字眞是奇偉豈易及也。

問韓文李漢序頭一句甚好。曰公道好。某看來有病。曰文者貫道之器。且如六經是文。其中所說皆是這道理。如何有病。曰不然。這文皆是從道中流出。豈有文反能貫道之理。文是文。道是道。文只如喫飯時下飯耳。若以文貫道。却是把本爲末。以末爲本。可乎。其後作文者皆是如此。因說蘇文害正道。甚於老佛。且如易所謂利者義之和。却解爲利無義則不和。故必以利濟義。然後合於人情。若如此。非惟失聖言之本旨。又且陷溺其心。

貫穿百氏及經史。乃所以辨驗是非。明此義理。豈特欲使文詞不陋而已。義理既明。又能力行不倦。則其存諸中者。必也光明四達。何施不可。發而爲言。以宣其心志當自發越不凡。可愛可傳矣。今執筆以習研鑽華采之文。務悅人者。外而已。可恥也已。

歐公文章及三蘇文好處。只是平易說道理。初不曾使差異底字。換却那尋常底字。

文章到歐曾蘇道理。到二程方是暢。荊公文暗。

劉子澄言本朝只有四篇文字好。太極圖。西銘。易傳序。春秋傳序。因傷時文之弊。謂張才叔書義好。自靖人自獻於先王義。胡明仲醉後每誦之。又謂劉棠舜不窮其民論好。歐公甚喜之。其後姚孝寧易義亦好。

歐陽子云。三代而上治出於一。而禮樂達於天下。三代而下治出於二。而禮樂爲虛名。此古今不易之至論也。然彼知政事禮樂之不可不出於一。而未知道德文章之尤不可使出於二也。夫古之聖賢。其文可謂盛矣。然初豈有意學爲如是之文哉。有是實於中。則必有是文於外。如天有是氣。則必有日月星辰之光曜。地有是形。則必有山川草木之行列。聖賢之心。既有是精明純粹之實。以旁薄充塞乎其內。則其著見於外者。亦必自然條理分明光輝發越而不可掩蓋不必託於言語著於簡冊。而後謂之文。但是一身接於萬事。凡其語默動靜。人所可得而見者無所適而非文也。姑舉其最而言。則易之卦畫詩之歌詠。書之記言。春秋之述事。與夫禮之威儀樂之節奏。皆已列爲六經。而垂萬世。其文之盛。後世固莫能及。然其所以盛而不可及者。豈無所自來。而世亦莫之識也。故夫子言之曰。文王既沒。文不在茲乎。蓋雖已決知不得辭其責矣。然猶若逡巡顧望而不能無所疑也。至於推其所以興衰。則又以爲是皆出於天命之所爲。而非人力之所及。此其體之甚重。夫豈世俗所謂文者所能當哉。孟軻氏沒。聖學失傳。天下之士。背本趨末。不求知道養德以充其內。而汲汲乎徒以文章爲事業。然在戰國之時。若申商孫吳之術。蘇張范蔡之辨。列禦寇莊周荀況之言。屈平之賦。以至秦漢之間。韓非李斯陸生賈傅董相史遷劉向班固。下至嚴安徐樂之流。猶皆先有其實。而後託之於言。唯其無本而不能一出於道。是以君子猶或羞之。及至宋玉相如王褒揚雄之徒。則一以浮華爲尚。而無實之可言矣。雄之太元法言。蓋亦長楊羽獵之流。而粗變其音節。初非實爲明道講學而作也。東京以降。迄於隋唐。數百年間。愈下愈衰。則其去道益遠。而無實之文。亦無足論。韓愈氏出。始覺其陋。慨然號於一世。欲去陳言以追詩書六藝之作。而其敝精神糜歲月。又有甚於前世諸人之所爲者。然猶幸其略知不根無實之不足恃。因是頗泝其源而適有會焉。於是原道諸篇始作。而其言曰。根之茂者其實遂。膏之沃者其光煜。仁義之人。其言藹如也。其徒和之。亦曰。未有不深於道而能文者。則亦庶幾其賢矣。然今讀其書。則其出於諂諛戲豫放浪而無實者。自不爲少。若夫所原之道。則亦徒能言其大體。而未見其有探討服行之效。使其言之爲文者。皆必由是以出也。故其議論古人則又直以屈原孟軻馬遷相如揚雄爲一等。而猶不及於賈董。其論當世之弊。則但以辭不己出而遂有神徂聖伏之歎。至於其徒之論。亦但以剽掠潛竊爲文之病。大振頽風。教人自爲。爲韓之功。則其師生之間。傳授之際。蓋未免裂道與文以爲兩物。而於其輕重緩急本末賓主之分。又未免於倒懸而逆置之也。自是以來。又復衰歇。數十百年而後歐陽子出。其文之妙。蓋已不愧於韓氏。而其曰治出於一云者。則自荀揚以下。皆不能及。而韓亦未有聞焉。是則疑若幾於道矣。然考其終身之言。與其行事之實。則恐其亦未免於韓氏之病也。抑又嘗以其徒之說考之。則誦其言者既曰吾老將休。付子斯文矣。而又必曰。我所謂文必與道俱。其推尊之也。既曰今之韓愈矣。而又必引夫文不在茲者以張其說。由前之說。則道之與文。吾不知其果爲一耶爲二耶。由後之說。則文王孔子之文。吾又不知其與歐韓之文果若是其班乎否也。嗚呼。學之不講久矣。習俗之謬。其可勝言也哉。吾讀唐書而有感。因書其說以訂之。因言文士之失曰。今曉得義理底人。少間被物欲激搏。猶自一强一弱。一勝一負。如文章之士。下梢頭都靠不得。且如歐陽公初間做本論。其說已自大段拙了。然猶是一片好文章。有頭尾。他不過欲封建井田與冠昏喪祭蒐田燕饗之禮。使民朝夕從事於此。少間無工夫被佛氏引去。自然可變。其計可謂拙矣。然猶是正當議論也。到得晚年。自做六一居士傳。宜其所得如何。却只說有書一千卷。集古錄一千卷。琴一張。酒一壺。棋一局。與一老人爲六。更不成說話。分明是自納敗闕。如東坡一生讀盡天下書。說無限道理。到得晚年過海。做昌化峻靈王廟碑。引唐肅宗時一尼恍惚升天。見上帝以寶玉十三枚賜之。云中國有大災。以此鎮之。今此山如此。意其必有寶。更不成議論。似喪心人說話。其他人無知。如此說尚不妨。你平日自視爲如何。說盡道理。却說出這般話。是可怪否。觀於海者難於水。遊於聖人之門者難爲言。分明是如此了。便看他門這般文字不入。

凡人做文字不可太長。照管不到。寧可說不盡。歐蘇文皆說不曾盡。東坡雖是宏闊瀾翻成大片滾將去。他裏面自有法。今人不見得他裏面藏得法。但只管學他一滾做將去。

前輩云文字自有穩當的字。只是始者思之不精。又曰文字自有一個天生成腔子。古人文字自貼這天生成腔子。

今世士大夫好作文字。論古今利害比並爲說。曰不必如此。只要明義理。義理明則利害自明。古今天下只是此理。

所以今人做事多暗與古人合者。只爲理一故也。

人做文字不著。只是說不著。說不到。說自家意思不盡。

文章須正大。須敎天下後世見之明白無疑。

看前人文字。未得其意。便容易立說。殊害事。蓋既不得正理。又枉費心力。不若虛心靜看。卽涵養究索之功。一舉而兩得之也。

道學之傳。始自二程。受學周元公。同時邵康節張橫渠亦言理學。自至彌盛。楊時、謝良佐、游酢、呂大臨號程門四先生。而龜山名最高。朱晦庵、張南軒皆從其遊。於是又有朱陸之異同。朱陸以後。道學分爲二派。益大行於世矣。

癸辛雜識。南渡以來。太學文體之變。乾淳之文師淳厚。時謂之乾淳體。至端平江萬里習易自成一家。文體幾於中復。淳祐甲辰徐霖以書學魁南省。全尙性理。時競趨之。卽可以釣致科第功名。自此非四書東西銘太極圖通書語錄。不復道矣。至咸淳之末。江東謹思熊瑞諸人。倡爲變體。奇詭浮艷。精神煥發。多用莊列之語。時人謂之換字文章。對策中有光景不露大雅不澆等語。以至於亡。可謂文妖矣。周密所記。可見道學與當時科舉之影響。然以用莊列語等爲文妖。亦重道學派文體者也。

朱子文體醇雅。並深於古詩。詩人玉屑曰。晦庵謂古今之世凡有三變。蓋自書傳所記虞夏以來及漢魏自爲一等。自晉宋間顏謝以後下及唐初自爲一等。自沈宋以後定著律詩下及今日又爲一等。然自唐初以前。其爲詩者固有高下。而法猶未變。至律詩出而後詩之與法始皆大變。以至今日。益巧益密。而無古人之風矣。故嘗妄欲抄取經史諸書所載韻語下及文選漢魏古詞。以盡乎郭景純陶淵明之所作。自爲一編。而附於三百篇楚詞之後。以爲詩之根本準則。又於其下二等之中。擇其近於古者。各爲一編。以爲之羽翼輿衞。其不合者。則悉去之。不使其接於吾耳目而入於吾之胸次。要使方寸之中。無一字世俗言語意思。則其詩不期於高遠而自高遠矣。

懷麓堂詩話曰。晦翁深於古詩。其效漢魏至字字句句。平側高下。亦相依倣。命意託興。則得之三百篇者爲多。觀所著詩傳。簡當精密。殆無遺憾。是可見已。感興之作。蓋以經史事理播之吟詠。豈可以後世詩家者流例論哉。

卜居　朱熹

卜居屏山下。俯仰三十秋。終然村墟迥。未惬心期幽。近聞西山西。深谷開平疇。茆茨十數家。清川可行舟。風俗頗淳樸。曠土非難求。誓捐三徑資。往遂一壑謀。伐木南山巔。結廬北山頭。耕田東溪岸。濯足西水流。朋來卽共懽。客去成孤遊。靜有山水樂。而無身世憂。著書俟來哲。補過希前修。茲焉畢暮景。何必營菟裘。

第二節　永嘉永康之功利派文學

自周行己傳程子之學。永嘉遂自爲一派。陳傅良及葉適。尤其巨擘。然其學在考古今成敗。諳練掌故。以濟世變。不專談心性。故與道學派不同。呂祖謙講學於婺。則永康陳亮頗與講論。亮以後論雜王霸。亦不盡本祖謙。於是永嘉永康之言。若與道學派相較。可謂之當時之功利派。惟其文采雅有可觀。不可不論也。

陳傅良字君舉。瑞安人。嘗受學於薛季宣。又與張栻呂祖謙友善。季宣之學。出於程子之門人袁溉。好言古代制度。如封建井田之類。傅良益綜貫歷史。自秦漢以下。治法利病。靡不研究。有止齋文集。其文多切實用。而密栗堅峭。無南渡末流宂沓腐濫之氣。雖才氣微不逮水心。亦其亞也。水心云。君舉初學歐不成。後乃學張文潛。而文潛亦未易到。

葉適字正則。永嘉人。其學術本原略近止齋。而文章雄贍。才氣奔逸。在南渡卓然爲一大宗。其碑版之作。簡質厚重。尤可追配作者。故永嘉諸子之文。當以適爲冠。有水心集二十九卷。

適嘗自言。爲文之道。譬如人家觴客。雖或金銀器照座。然不免出於假借。惟自家羅列者。卽僅藝缶瓦杯。然都是自家物色。其命意如此。故能脫化町畦。獨運杼軸。亦韓愈所謂文必己出者也。

司馬溫公祠堂記　葉適

公河內人。生於光州。因以爲名。紹熙三年。太守王侯聞詩。改祠公郡東堂。光邊遠極陋。民之智識。不足於耕殖。而何暇知公之仁。雖然。公自元祐以來。由京師達四方。家繪其像。飲食皆祝。非必師友士大夫能敬公而已。公之鄉已不得見。因其嘗生也。表厲尊顯。以明尙賢治民之本。首此。侯之志歟。自王迹泯而聖賢之德業不著。士負所有而就功名。以爲凡用世操術。必將有異於人而後可。故或詭譎其身而出處。亂封大其欲而廉隅失。樸拙稱任重。跌宕爲豪英。寡學多養。謂之有力。先從後畔。自許知權。其謬於情性倫理。固亦多悔而猶强忮堅忍。以冀其成者。蓋道德喪而流俗驅靡之然矣。公子弟時力學。進士起家。州佐從辟。官使承事。猶常人耳。充實積久。而廉夫畏其潔。高士則其操。儒先宗其學。去就爲法。故步趨中繩墨。用捨進退。關乎民心。爲宋元臣。至於深衣幅巾。退然山澤之間。誠意至義。不敢加一豪於嬰兒。下走而同其吉凶憂樂之變。豈必殊特自許。謂當離類絕倫。與人異趣者哉。若夫比並伊呂。配擬經訓。使人主降屈體貌。自以聖人復出。及其造事改法。衆所不向。天下大擾。而公以身爭之。稍還其舊。以便民。小人比而怨公。遂納善士於朋黨。而指公爲魁傑。追斥崖上。刻名堅石。播之外朝。士皆煨燼滅迹。同族廢錮。當是時。天象錯戾。碑首撲裂。其後女眞入中國。海內橫流。余讀實錄。至靖康元年二月壬寅。詔贈公太師。未嘗不感憤淚落也。蓋是非邪正。久鬱不伸。至使夷狄猾禍以明之而後止。然則公獨夫之力。豈能動天。而天人之際。何其可畏若是哉。余是以因侯之作。併論次以明聖賢之德業。不在彼而在此也。

水心兼長於詩。其後流爲四靈一派。然其體格自近晚唐。而不規規於江西派者也。吳氏林下偶談稱水心詩。或譬之太過。今姑記一則曰。水心詩蚤已精嚴。晚尤高遠。古調好爲七言八句。語不多而味甚長。其間與少陵爭衡者非一。而義理尤過之。難以全篇概舉。姑舉其近體成聯者。花傳春色枝枝到。雨遞秋聲點點分。此分量不同。周匝無際也。江當闊處水新漲。春到極頭花倍添。此地位已到。功力倍進也。萬卉有情風暖後。一筇無伴月明邊。此惠和夷清氣象也。包容花竹春留巷。謝遣荷蒲雪滿涯。此陽舒陰慘規模也。隔垣孤響度。別井暗泉通。此感通處無限斷也。舉世聲中動。浮生胥帶來。此眞實處非安排也。峙巖橋畔船辭柁。冷水觀邊花發枝。此往而復來也。有兒有女後應好。同穴同衾今奈何。此哀而不傷也。此日深探應徹底。他時直上自摩空。此高下本一體。特有等級也。著蔡養前識。簫韶舜後音。此古今同一機。初無起止也。所謂關於義理者如此。雖少陵未必能追攀。至於因上岧嶢覽吳越。遂從開闢數羲皇。此等境界。此等襟度。想像無窮極。則惟子美能之。他如驛梅吹凍蕊。柁雨送春聲。綠圍齊長柳。紅襂半含桃。聽雞催謁駕。立馬待紬書。野影晨迷樹。天文夜照城。曬書天象切。浴硯海光翻。地深湘渚涙。天遠桂陽城。置杜集中。何以別。乃若遺臘冰千筋。勾春柳一

絲燐迷王弼宅蒿長孟郊墳帆色掛曉月艣音穿夕煙門邀百客醉囊諱一金存難招古渡外空老夕陽瀯又特其細者

陳亮字同父永康人本與朱子友善然才氣雄毅有志事功持論乃與朱子相左有龍川文集三十卷清四庫提要曰今觀集中所載大抵議論之文爲多其才辨縱橫不可控勒似天下無足當其意者使其得志未必不如趙括馬謖狂躁僨轅但就其文而論則所謂開拓萬古之心胸推倒一時之豪傑者殆非盡妄與朱子各行其志而始終愛重其人知當時必有取也先是呂東萊祖謙居於婺以講學唱諸儒四方翕然歸之同父與同郡負才頡頏亦游其門以兄事之嘗於丈席間時發警論東萊不以爲然既而東萊死同父以文祭之曰

嗚呼孔氏之家法儒者世守之得其粗而遺其精則流而爲度數刑名聖人之妙用英豪竊聞之徇其流而忘其源則變而爲權譎縱橫故孝悌忠信常不足以趨天下之變而材術辯智常不足以定天下之經在人道無一事之可少而人心有萬變之難明雖高明之洞見猶小智之自營雖篤厚而守正猶孤壘之易傾蓋欲整兩漢而下庶幾及見三代之英豈曰自我成之在兄方夜半之劇論嘆古來之未嘗講觀象之妙理得應時之成能謂人物之間出非天意之徒生兄獨疑其未通我引數而力爭豈其於無事之時而已懷厭世之情俄遂嬰於末疾喜未替於儀型何所遭之太慘曾不假於餘齡將博學多識使人無自立之地而本末具舉雖天亦有所未平耶兄嘗誦子皮之言曰虎帥之聽孰敢違子人之云亡舉者莫勝假使有聖人之宏才又將待幾年而後成孰知夫一觴之慟徒以拂千古

之膺。伯牙之琴。已分其不可復鼓。而洞山之燈。忍使其遂無所承。眇方來之難。恃倘旣往之有靈。

桯史謂朱晦翁見同父祭文。大不契意。遺婺人書曰。諸君子聚頭磕額。理會何事。乃至有此等怪論。同父聞之不樂。它日上書孝宗。其略曰。今世之儒士。自謂得正心誠意之學者。皆風痺不知痛癢之人也。舉一世安於君父之大讎。而方且揚眉拱手以談性命。不知何者謂之性命乎。陛下接之而不任以事也。臣以是服陛下之仁。意蓋以微風晦翁。而使之聞之。晦翁亦不訝也。

按道學派與永嘉諸人文體。仍承當時古文一派之緒。惟所造各有不同耳。朱子文似曾子固。止齋同父。並好厥文。自呂東萊已好爲辯博淩厲之詞。及水心縱論政治。皆有蘇氏父子之餘風者也。

第十四章　南渡後之詩體

第一節　陸范楊尤四大家

南渡後詩人。陸游、尤袤、范成大、楊萬里。號四大家。而游得名尤盛。四人之詩。皆得法於曾幾。幾爲詩效黃庭堅。故四家之詩。亦江西派之變也。幾字吉甫。贛縣人。高宗時官浙西提刑。以忤秦檜去位。僑居上饒茶山寺。因自號茶山居士。陸游爲作墓誌云。公治經學道之餘。發於文章。而詩尤工。以杜甫黃庭堅爲宗。魏慶之詩人玉屑則云。茶山之學。出於韓子蒼。其說小異。然韓駒雖蘇氏之徒。而名列江西詩派中。其格法實近於黃。殊塗同歸。實亦一而已矣。尤袤楊萬里范成大陸游。皆師事茶山。傳其詩法。游益加研練。面目略殊。遂爲南渡之大宗。詩人玉屑載趙庚夫題茶山集曰。淸於月白初三夜。淡似湯烹第一泉。咄咄逼人門弟子。劍南已見一燈傳。其句律淵源。固灼然可考也。

陸游字務觀。山陰人。佃之孫也。佃之學出於王安石。有陶山集。方回稱其詩格與胡宿相似。蓋尤長七言近體。游詩亦惟七言律最佳。豈亦源自家學耶。所著有劍南詩稿。渭南文集。南唐書等。淸四庫提要曰。游詩法傳自曾幾。而所作呂居仁集序。又稱源出居仁。二人皆江西派也。然游詩淸新刻露。而出以圓潤。實能自闢一宗。不襲黃陳之舊格。劉克莊號爲工詩。而後村詩話載游詩。僅摘其對偶之工。已爲皮相。後人選其詩者。又略其感激豪宕沈鬱深婉之作。惟取其流連光景可以剽竊移掇者。轉相販鬻。放翁詩派。遂爲論者口實。夫游之才情繁富。觸手成吟。利鈍互陳。誠所不免。故朱彝尊曝書亭集有是集跋。摘其自相蹈襲者至一百四十餘聯。是陳因窠臼。游且不能自免。何況後來。然其託興深微。遺詞雅雋者。全集之內。指不勝屈。安可以選者之誤。併集矢於作者哉。

尤袤楊萬里范成大。雖與游齊名。稱四大家。而袤梁溪集久佚。今所傳詩。惟尤侗所輯一卷。篇什寥寥。未足定其優劣。楊萬里誠齋詩集。頗以麤豪爲主。殊非游匹。惟范成大石湖詩集。

可推爲游之亞。淸四庫提要曰。今以楊陸二集與石湖相較。其才調之健。不及萬里。而亦無萬里之麤豪。氣象之闊。不及游。而亦無游之窠臼。初年吟詠。實沿溯中唐以下。觀第三卷夜宴曲下註曰。以下二首效李賀。樂神曲下註曰。以下四首效王建。已明明言之。其他如西江有單鵠行。河豚嘆。則雜長慶之體。嘲里人新婚詩。春晚三首。隆師四圖諸作。則全爲晚唐五代之音。其門徑皆可覆案。自官新安掾以後。骨力乃以漸而遒。蓋追溯蘇黃遺法。而約以婉峭。自爲一家。伯仲於楊陸之閒。固亦宜也。

漁翁　陸游

江頭漁家結茅廬。靑山當門畫不如。江煙淡淡雨疏疏。老翁破浪行打魚。恨渠生來不讀書。江山如此一句無。我亦衰遲慚筆力。共對江山三歎息。

晚泊松滋渡口　同上

小灘拍拍鸕鶿飛。深竹蕭蕭杜宇悲。看鏡不堪衰病後。繫船最好夕陽時。生涯落魄惟耽酒。客路蒼茫自詠詩。莫問長安在何許。亂山孤店是松滋。

巫山高幷序　范成大

余舊嘗用韓无咎韻、題陳秀陵巫山圖、考宋玉賦意、辨高唐之事甚詳、今過陽臺之下、復賦樂府一首、世傳瑤姬爲西王母女、嘗佐禹治水、廟中石刻在焉、濕雲不收煙雨霏。峽船作灘梢廟磯。杜鵑無聲猿叫斷。惟有飢鴉迎客飛。西眞功高佐禹跡。斧鑿鱗皴倚天壁。上有瑤簪十二尖。下有黃湍三百尺。蔓花蚪木風煙昏。薜佩翠帷香火寒。靈游飄忽定何許。時有行人開廟門。楚客詞章元是諷。紛紛餘子空嘲弄。玉色頳顏不可干。人間錯說高唐夢。

和陸務觀見和歸館之韻　楊萬里

君詩如精金。入手知價重。鑄作鼎及鼒。所向一一中。我如駑並驥。夷塗不應共。難追紫蛇電。徒掣青絲鞚。析膠偶投漆。異楊可同夢。不知清廟茅。可望明堂棟。平生憐坡老。高眼薄蕭統。渠若有猗那。心肯師晉宋。破琴聊再行。新笛正三弄。因君發狂言。湖山春已動。

第二節　四靈詩派及嚴滄浪

南渡以來。詩人多沿江西派之緒。其矯然自異者。則有四靈之效晚唐。嚴滄浪之宗盛唐。四靈並永嘉人。徐照字靈輝、徐璣字靈淵、翁卷字靈舒、趙師秀字靈秀。世謂永嘉四靈。皆葉適之門人也。照本字道暉。璣字致中。師秀字紫芝。後均改稱靈。四人詩格相類。工爲唐律。專以賈島姚合劉得仁爲法。其徒翕然效之。有八俊之目。照又自號山民。早卒。葉適爲作墓誌。稱其詩數百。琢思尤奇。橫絕欻起。冰懸雪跨。使讀者變掉慘慄。肯首吟歎不能自已。然無異語皆人所知也。人不能道耳。所以推奬之者甚至。蓋水心爲詩。已異江西。宜爲四靈淵源所出也。獨吳子良林下偶談。以水心非宗尚晚唐者。引道暉墓志末云。尚以年不及乎開元元和之盛。而君既死。蓋雖不沒其所長。而亦終不滿也。又云。水心後爲王木叔序。謂木叔不喜唐詩。聞者皆以爲疑。夫爭妍鬬巧。極外物之意態。唐人所長也。及要其終。不足以定其志之所守。唐人所短也。木叔之評。其可忽諸。又跋劉潛夫詩卷。謂謝顯道稱不如流連光景之詩。此論既行。而詩因以廢矣。潛夫能以謝公所薄者自鑒。而進於古人不已。參雅頌。軼風騷可也。何必四靈哉。此跋既出。爲唐律者頗怨。而後人不知。反以爲水心崇尚晚唐者誤也。水心稱當時詩人可以獨步者。李季章趙蹈中耳。近時學者歆豔四靈。剽竊模倣。愈陋愈下。可嘆也哉。

貴耳集曰。趙紫天。葉水心四靈之友也。名師秀。字紫芝。作晚唐詩。野水多於地。春山半是雲。白石巖云。起來閑把青衣袖。裏得闌干一片雲。又云。有約不來過夜半。閑敲棋子落燈花。移居云。筍從壞砌甎中出。山在鄰家樹上青。呈二友云。禽翻竹葉霜初下。人立梅花月正高。又云。一片葉初落。數聯詩已清。再移居云。地僻傳聞新事少。路遙牽率故人多。

又曰。翁卷字靈舒。四靈也。有曉對詩。梅花出地落。井氣隔簾生。瀑布云。千年流不盡。六月地長寒。春日云。一階春草碧。幾片落花輕。遊寺云。分石同僧坐。看松見鶴來。吾廬云。移花連舊土。買石帶新苔。

清四庫全書徐照芳蘭軒集提要曰。四靈之詩。雖鏤心鉥腎。刻意雕琢。而取徑太狹。終不免破碎尖酸之病。照在諸家中。尤爲清瘦、如其寄翁靈舒詩中。樓高望見船、句方回以爲眼前事道著便新、又冬日書事詩中梅遲思閏月楓遠誤春花。方回亦以爲思字誤字當是推敲不一。乃得之、是皆集中所稱佳句、要其清雋者在此。其卑靡者亦卽在此、風會升降之際固有不能自知者矣、

李東陽懷麓堂詩話曰、唐人不言詩法、詩法多出宋。而宋人於詩無所得。所謂法者、不過一字一句對偶琢雕之工、而天眞興致則未可與道、其高者失之捕風捉影、而卑者坐於黏皮帶骨、至於江西詩派極矣。惟嚴滄浪所論。超離塵俗、眞若有所自得、反覆譬說未嘗有失顧其所自爲作、徒得唐人體面、而亦少超拔警策之處、予嘗謂識得十分、只做得八九分、其一二分乃拘於才力、其滄浪之謂乎、按南渡以來、江西詩派盛行、其矯之者如四靈之徒、又落晚唐破碎尖巧之習、自嚴羽出。乃力主盛唐。其著滄浪詩話、首詩辨、次詩體、次詩法、次詩評。次詩證、敍述頗有條貫、大旨以盛唐之詩、主於妙悟、故用禪理說詩、自滄浪始、明胡元瑞比之達摩西來、獨闢禪宗、而近世王漁洋言神韻、亦大抵本諸滄浪矣、惟馮班作嚴氏糾謬。至詆爲讕語、則由於好尙之各有不同歟

古懊惱歌　　嚴　羽

五兩轉須臾。相望奈何許。寄語黃帽郎。船頭慢搖櫓。君子如白日。願得垂末光。妾身如螢火。安能久照郎。郎去無見

期。妾死那瞑目。郎歸認妾墳。應有相思木。船在下江口。逆風不得上。結束作男兒。與郎牽百丈。朝亦出門啼。暮亦出門啼。蛛網挂風裏。遙想無定時。懊惱復懊惱。懊惱無奈何。請郎且少住。聽妾懊惱歌。

今摘錄滄浪論詩之言如下。

夫學詩者以識爲主。入門須正。立志須高。以漢魏盛唐爲師。不作開元天寶以下人物。若自生退屈。卽有下劣詩魔。入其肺腑之間。由立志之不高也。行有未至。可加工力。路頭一差。愈騖愈遠。由入門之不正也。故曰學其上。僅得其中。學其中。斯爲下矣。又曰見過於師。僅堪傳授。見與師齊。減師半德也。工夫須從上做下。不可從下做上。先須熟讀楚詞。朝夕諷詠。以爲之本。及讀古詩十九首。樂府四篇。李陵蘇武漢魏五言。皆須熟讀。卽以李杜二集枕籍觀之。如今人之治經。然後博取盛唐名家。醞釀胸中。久之自然悟入。雖學之不至。亦不失正路。此乃從頂顫上做來。謂之向上一路。謂之直截根源。謂之頓門。謂之單刀直入也。

詩之法有五。曰體制。曰格力。曰氣象。曰興趣。曰音節。

詩之品有九。曰高。曰古。曰深。曰遠。曰長。曰雄渾。曰飄逸。曰悲壯。曰淒婉。其用工有三。曰起結。曰句法。曰字眼。其大概有二。曰優遊不迫。曰沈著痛快。詩之極致有一。曰入神。詩而入神。至矣盡矣。蔑以加矣。惟李杜得之。他人得之蓋寡也。

禪家者流。乘有小大。宗有南北。道有邪正。具正法眼。看是謂第一義。若聲聞辟支果。皆非正也。論詩如論禪。漢魏晉等作。與盛唐之詩。則第一義也。大歷以還之詩。則已落第二義矣。晚唐之詩。則聲聞辟支果也。學漢魏晉與盛唐詩者。臨濟下也。學大歷以還者。曹洞下也。大抵禪道惟在妙悟。詩道亦在妙悟。且孟襄陽學力下韓退之遠甚。而其詩獨出退之上者。一味妙悟故也。惟悟乃爲當行。乃爲本色。然悟有淺深。有分限之悟。有透徹之悟。有但得一知半解之悟。漢魏尙矣。不假悟也。謝靈運至盛唐諸公。透徹之悟也。他雖有悟者。皆非第一義也。吾評之非僭也。辨之非妄也。天下有可廢之人。無可廢之言。詩道如是也。若以爲不然。則是見詩之不廣。參詩之不熟耳。試取漢魏之詩而熟參之。次取晉宋之詩而熟參之。次取南北朝之詩而熟參之。次取沈宋王楊盧駱陳拾遺之詩而熟參之。次取開元天寶諸家之詩而熟參之。次獨取李杜二公之詩而熟參之。又取大歷十才子之詩而熟參之。又取元和之詩而熟參之。又取晚唐諸家之詩而熟參之。又取本朝蘇黃以下諸公之詩而熟參之。其眞是非亦有不能隱者。倘猶於此而無見焉。則是爲外道蒙蔽其眞識。不可救藥。終不悟也。

夫詩有別材。非關書也。詩有別趣。非關理也。而古人未嘗不讀書。不窮理。所謂不涉理路。不落言筌者。上也。詩者吟詠情性也。盛唐詩人惟在興趣。羚羊掛角。無跡可求。故其妙處瑩徹玲瓏。不可湊泊。如空中之音。相中之色。水中之月。鏡中之象。言有盡而意無窮。近代諸公作奇特解會。以文字爲詩。以議論爲詩。以才學爲詩。以是爲詩。夫豈不工。終非古人之詩也。蓋於一唱三歎之音有所歉焉。且其作多務使事。不問興致。用字必有來歷。押韻必有出處。讀之終篇。不知著到何在。其末流甚者。叫噪怒張。殊乖忠厚之風。殆以駡詈爲詩。詩而至此。可謂一厄也。可謂不幸也。然則近代之詩無取乎。曰有之。吾取其合於古人者而已。國初之詩尙沿襲唐人。王黃州學白樂天。楊文公劉中山學李商隱。盛文肅學韋蘇州。歐陽公學韓退之古詩。梅聖兪學唐人平澹處。至東坡山谷。始自出己法以爲詩。唐人之風變矣。山谷用工尤深刻。其後法席盛行。海內稱爲江西宗派。近世趙紫芝翁靈舒輩。獨喜賈島姚合之語。稍稍復就清苦之風。江湖詩人多效其體。一時自謂之唐宗。不知止入聲聞辟支之果。豈盛唐諸公大乘正法眼者哉。嗟乎正法眼之無傳久矣。唐詩之說未唱。唐詩之道有時而明也。今其唱其體曰唐詩矣。則學者謂唐詩誠止於是耳。玆詩道之重不幸耶。故予不自量度。輙定詩之宗旨。且借禪以爲喻。推原漢魏以來。而截然謂當以盛唐爲法。雖獲罪於世之君子不辭也。

第三節　宋遺民詩體

南渡以來。詩人猶承江西餘韻。放翁石湖。格調平正。最爲大家。朱晦庵始欲一變時習。模倣古作。而水心四靈效晚唐體。滄浪又持妙悟之論。以盛唐爲宗。皆力有未宏。其流不廣。於是江湖詩人多纖瑣蟲獱之習。文文山留意杜詩。指南前後集中。每有可觀之作。遺民以謝翺方鳳貝一時大名。惟翺作刻意擬古。所傳晞髮集雖存詩不多。自是一時之俊。餘如鄭所南鄧牧心諸人。流入詭怪。而林景熙王逢等集。風格未遒。然當亡國之際。亦不乏激昂慷慨之音。至月泉吟社之集。已在元時。其詩清新尖刻。別爲一家。（王士禎語）於時鼎革初定。宋之遺老。散處東南。月泉吟社計收卷三千七百三十五。作者二千七百餘人。頗極一時之盛。先是元至元二十四年。宋義烏令浦陽吳渭字清翁。號潛齋。約諸鄉遺老。爲月泉吟社。預於小春月望命題。至正月望日收卷。月終結局。諸鄉吟社用好紙楷書明州里姓號。如期來浦江交卷。俟評校畢三月三日揭曉。賞隨詩册分送。因用范石湖故事。以春日田園雜興爲題。延謝翶皋羽方鳳景山吳思齊子善相與甲乙評騭。以羅公福爲第一。羅公福卽連文鳳之託名。文鳳三山人。有百正集。諸遺民皆及元世猶存。所以論次於此者。以此固宋詩之所以終也。

烏棲曲擬張司業　謝翶

吳宮草深四五月。破楚門開烏啼歇。美人軍裝多在船。歸來把弓墮弓弦。越羅如粟越王獻。宮中養蠶不作線。轆轤出屋井水淺。梔樹花萎子如繭。烏棲烏啼宮燭秋。越女入宮吳女愁。

酬謝皋父見寄南劍人名翶　林景熙

入山采芝薇。豺虎據我丘。入海尋蓬萊。鯨鯢掀我舟。山海兩有礙。獨立凝遠愁。美人渺天西。瑤音寄青羽。自言招客星。寒川釣煙雨。風雅一手提。學子屨滿戶。行行古臺上。仰天哭所思。餘哀散林木。此意誰能知。夜夢繞句越。落日冬青枝。

寄友　鄧牧

我在越。君在吳。馳書百里邀我遊西湖。我還吳。君適越。遙隔三江共明月。明月可望。佳人參差。笑言何時。寫我相思。知君去。掃嚴陵墓。祇把清尊酬黃土。浮雲茫茫江水深。感慨空勞弔今古。孤山山下約陳實。聯騎須來踏春色。西湖千樹花正繁。莫待東風吹雪積。有酒如澠。有肉如林。鼓趙瑟。彈秦箏。與君沈醉不用醒。人生行樂耳。何必千秋萬歲名。

第十五章　宋四六

自唐令狐傳表章之法。而樊南遂有四六之集。宋之作者。尤別爲一體。故有宋四六之稱。容齋三筆曰。四六駢儷。於文章家爲至淺。然上自朝廷命令詔册。下而縉紳之間牋書祝疏。無所不用。則屬辭比事。固宜警策精切。使人讀之激昂。諷咏不厭。乃爲得體。謝伋四六談塵云。四六施於制誥表奏文檄。本以便宣讀。多以四字六字爲句。宣和多用全文長句爲對。前人無此格。又云。四六之工。在於翦裁。若全句對全句。何以見工。可見宋人甚重此事也。

宋初四六。頗沿五季之風。而楊劉刀筆。稍出清裁。王禹偁所爲。亦多宏贍。青箱雜記。王禹偁老精四六。有同時與之在翰林而大拜者。王以啟賀之曰。三神山上。曾陪鶴駕之游。六學士中。獨有漁翁之歎。白樂天嘗有詩云。元和六學士五相一漁翁故也。

宋英宗時。司馬光以不能四六辭翰林學士。光綜史傳爲通鑑。其學殖淹博。文詞最爲典雅。豈不能爲四六者。蓋因宋承五季之後。時猶崇尚排偶。競趨浮華。故光以不能四六爲辭。所以矯當世之失。而欲返之於淳樸。其用意良深矣。固非如後世鄙陋無文之人。高談性命。而蔑視詞章。以自文其不學者。所得而藉口也。

吳子良林下偶談曰。本朝四六以歐公爲第一。蘇王次之。然歐公本工時文。早年所爲四六見別集。皆排比而綺靡。自爲古文後。方一洗去。遂與初作迥然不同。他日見二蘇四六。亦謂其不減古文。蓋四六與古文同一關鍵也。然二蘇四六尙議論。有氣燄。而荆公則以辭趣典雅爲主。能兼之者歐公。耳水心於歐公四六暗誦如流。而所作亦甚似之。顧其簡淡朴素。無一毫嫵媚之態。行於自然。無用事用句之癖。尤世俗所難識也。水心與篔窗論四六。篔窗云。歐做得五六分。蘇四五分。王三分。水心笑曰。歐更與饒一兩分可也。水心見篔窗四六數篇。如代謝希孟上錢相之類。深歎賞之。蓋理趣深而光燄長。以文人之華藻。立儒者之典型。合歐蘇王爲一家者也。

南渡以來四六。尤以汪藻、洪邁、周必大、綦崇禮、孫覿爲工。張邦基墨莊漫錄曰。孫覿仲益尙書四六。清新用事切當。宣和中。與家兄子章同爲兵部郎。未幾子章出知無爲軍。仲益繼遷言官。亦出知和州。時淮南漕以無爲歲額上供米後時。委知州取勘。無爲當職官吏。仲益得檄。漫不省也。置而不問。亦不移文。已而米亦辦。子章德仲益以啟謝之。仲益答之有云。苞茅不及。敢加問楚之師。輔車相依。自作全虞之計。人頗稱賞。以爲精切也。

馬迹上梁文　　孫覿

四郊烽火。誕彌蛇豕之墟。一島風煙。宛在黿鼉之窟。鳴樸出鮫人之館。浮杯開梵帝之宮。偶避地於兵間。遂問津於耕者。鴻慶居士。數奇半世。多難百罹。救過吹齏。憚心喘月。平生許國。臥陳登百尺之樓。晚歲營巢。住揚雄一區之宅。命龜三卜。避盜五遷。獨行鷗鷺之羣。共集雞豚之社。半山啣日。落帆影於坐中。萬壑留風。過樵聲於枕上。蓬茅不翦。

畚鍤自隨。遙聞白板之扉。綏扣烏犍之角。兒童拍手。競欲挽鬚。婦女應門。那聞鞭釜。泥田父瓦盆之飲。荷園官菜把之恩。悵昨夢之已非。休吾生於既老。木居士安能爲福。亦又何求。土偶人自得所歸。於是焉息。共此百家之聚。大同一笑之懽。

丹鉛總錄宋人四六如才非一鶚。難居累百之先。智異衆狙。遂起朝三之怒。水利云。刻石立作三犀牛。重見離堆之利。復陂誰云。兩黃鵠詎煩鴻却之謠。四六中古文也。

俞樾春在堂筆錄曰。駢體之文。謂之四六。則以四字六字相間成文。正格。困學紀聞所錄諸聯。如周南仲草追貶秦檜制云。兵於五材。誰能去之。首弛邊疆之禁。臣無二心。天之制也。忍忘君父之讎。貪用成句而不顧其冗長。自是宋人習氣。又載王爚辭督府辟書云。昔温太眞絕衿違母。以奉廣武之檄。心雖忠而人議其失性。徐元直指心戀母。以辭豫州之命。情雖奪而人子其順天。以議論行之。更宋派之陋者。此派一行。而明人王世貞所作四六。竟有以十餘句爲一聯者。其亦未顧四六之名而思其義乎。

第十六章　宋之詞曲小說

第一節　詞體之變遷

詞體自五季已盛。宋初則柳耆卿所作。尤旖旎近情。張端義貴耳集曰。項平齋言詩當學杜詩。詞當學柳詞。杜詩柳詞。皆無表德。只是實說。然則當時推之至矣。有樂章集一卷。永初名三變。崇安人。景祐元年進士。官至屯田員外郞。故世號柳屯田。葉夢得避暑錄話曰。柳永爲舉子時。多游狹斜。善爲歌詞。教坊樂工。每得新腔。必求永爲詞。始行於世。余仕丹徒。嘗見一西夏歸朝官云。凡有井水飲處。卽能歌柳詞。亦言其傳之廣也。又後山詩話曰。柳三變游東都南北二巷。作新樂府。骫骳從俗。天下詠之。遂傳禁中。仁宗頗好其詞。每使侍從歌之再三。三變聞之。作宮詞號醉蓬萊。因內官達後宮。且求其助。仁宗聞而覺之。自是不復歌其詞矣。會改京官。乃以無行黜之。後改名永。仕至屯田員外郞。按畫墁錄。柳三變旣以調忤仁廟。吏部不放改官。三變不能堪。詣政府。晏公曰。賢俊作曲子麼。三變曰。祗如相公亦作曲子。公曰。殊雖作曲子。不曾道綵線慵拈伴伊坐。柳遂退。蓋柳亦善他文。爲其詞所掩耳。

雨霖鈴　　柳　永

寒蟬淒切。對長亭晚。驟雨初歇。都門帳飲無緒。方留戀處。蘭舟催發。執手相看淚眼。竟無語凝咽。去去千里煙波。暮靄沈沈楚天闊。　多情自古傷離別。更那堪冷落清秋節。今宵酒醒何處。楊柳岸曉風殘月。此去經年。應是良辰好景虛設。便縱有千種風情。更與何人說。

耆卿同時晏殊父子。亦作小詞。殊字同叔。諡元獻。其詩文本近西崑體諸人。故詞亦婉麗。劉攽中山詩話稱其不減馮延已。有珠玉詞一卷。張子野爲之序。子野亦善詞。號張三影。殊子幾道。有小山詞。歐陽永叔亦爲詞。近晏氏父子。然皆非樂章之匹也。

清四庫全書東坡詞提要曰。詞自晚唐五代以來。以清切婉麗為宗。至柳永而一變。如詩家之有白居易。至軾而又一變。如詩家之有韓愈。遂開南宋辛棄疾等一派。尋源溯流。不能不謂之別格。然謂之不工則不可。故至今日。尚與花間一派並行而不能偏廢。曾敏行獨醒雜志。載軾守徐州日作燕子樓樂章。其稾初具。邏卒已聞張建封廟中有鬼歌之。其事荒誕不足信。然足見軾之詞曲輿隸亦相傳誦。故造作是說也。蓋至東坡而詞體又一變矣。

念奴嬌　　蘇軾

大江東去。浪淘盡千古風流人物。故壘西邊。人道是三國周郎赤壁。亂石穿空。驚濤拍岸。捲起千堆雪。江山如畫。一時多少豪傑。　遙想公瑾當年。小喬初嫁了。雄姿英發。羽扇綸巾。談笑間檣櫓灰飛煙滅。故國神游。多情應笑我早生華髮。人生如夢。一尊還酹江月。

晁補之曰。今代詞手。惟秦七黃九。他人不能及也。（陳振孫書錄所引）然黃九究非秦七之比。耆卿以後。東坡要是別體。故秦七合推當行。吹劍錄。東坡在玉堂日。有幕士善歌。因問我詞何如柳七。對曰。柳郎中詞只合十七八女郎。執紅牙板。歌楊柳岸曉風殘月。學士詞須關西大漢。銅琵琶。鐵綽板。唱大江東去。東坡為之絕倒。坡仙集外紀。東坡問陳無已。我詞何如少游。無已曰。學士小詞似詩。少游詩似小詞。蓋少游詩格不及蘇黃。而詞則情韻兼勝在蘇黃之上。葉夢得避暑錄話曰。秦少游亦善為樂府。語工而入律。知樂者謂之作家歌。蔡絛鐵圍山叢談。

亦記少游女壻范温常預貴人家會。貴人有侍兒喜歌秦少游長短句。坐間略不顧温。酒酣懽洽。始問此郎何人。温遽起叉手對曰。某乃山抹微雲女壻也。聞者絕倒。則少游詞爲當時所重可知矣。

滿庭芳　　秦觀

山抹微雲。天黏衰草。畫角聲斷譙門。暫停征棹。聊共飲離尊。多少蓬萊舊事。空回首煙靄紛紛。斜陽外。寒鴉數點。流水遶孤村。　消魂。當此際。香囊暗解。羅帶輕分。謾贏得青樓薄倖名存。此去何時見也。襟袖上空惹啼痕。傷情處。高城望斷。燈火已黃昏。

然北宋詞人雖各有名章雋句。自柳耆卿外。餘人多不諳音律。故李易安詞論。歷詆諸家。蓋詞藻意致雖工。而不能切比聲調。此僅如長短句之詩。亦無貴乎詞家矣。至徽宗朝周邦彥素好音樂。能自度曲。嘗頌大晟樂府。比切聲調十二律。各有篇目。有清眞集。(今傳者曰片玉詞)詞韻清蔚。冠絕一時。所製諸調。不獨音之平仄宜遵。卽仄字中上去入三音。亦不容相混。所謂分刌節度。深契微芒。又多用唐人詩句。隱括入調。渾然天成。長篇尤富豔精工。善於鋪敘。陳郁藏一話腴謂其以樂府獨步。貴人學士市儈妓女。皆知其詞爲可愛。非溢美也。邦彥字美成。錢塘人。仕至徽猷閣待制。出知順昌府。徙處州卒。

少年游　　周邦彥

幷刀如水。吳鹽勝雪。纖指破新橙。錦幄初溫。獸香不斷。相對坐調笙。　低聲問。向誰行宿。城上已三更。馬滑霜濃。不如歸去。直是少人行。

李格非女淸照自號易安居士。亦以倚聲有名。今傳漱玉詞。僅數十闋。而音調淸新。環記李易安以重陽醉花陰詞寄其夫趙明誠。明誠歎絕。苦思求勝之。廢寢食者三日。得五十闋。雜易安詞於中。以示友人陸德夫。陸玩之再三。謂只三句絕佳。莫道不消魂。簾捲西風。人比黃花瘦。正易安作也。

南渡以後之詞。辛稼軒劉改之。好爲豪壯語。師法東坡。惟白石夢窗。仍以警麗爲主。而音律精妙。大抵出自淸眞。故南宋詞惟此二派。然後一派尤盛。要是正宗矣。

辛棄疾字幼安。歷城人。官至浙東安撫使。有稼軒詞。劉後邨云。公所作大聲鏜鞳。小聲鏗鍧。橫絕六合。掃空萬古。其穠麗緜密者。亦不在小晏秦郎之下。淸四庫全書稼軒詞提要曰。其詞慷慨縱橫。有不可一世之概。於倚聲家爲變調。而異軍特起。能於翦紅刻翠之外。屹然別立一宗。迄今不廢。觀其才氣俊邁。雖似乎奮筆而成。然岳珂桯史記棄疾自誦賀新涼永遇樂二詞。使座客指摘其失。珂謂賀新涼詞首尾二腔語句相似。永遇樂詞用事太多。棄疾乃自改其語。日數十易。累月猶未竟。其刻意如此。云云。則未始不由苦思得矣。

藝苑卮言曰。詞至辛稼軒而變。其源實自蘇長公。至劉改之諸公極矣。南宋如曾觀張掄輩應制之作。志在鋪張。故多雄麗。稼軒輩撫時之作。意存感慨。故饒明爽。然而穠情致語。幾於盡矣。按劉改之名過。太和人。有龍洲詞。本稼軒客。故詞多壯語。

賀新郎 別茂嘉十二弟　辛棄疾

綠樹聽啼鴂。更那堪杜鵑聲住。鷓鴣聲切。啼到春歸無啼處。苦恨芳菲都歇。算未抵人間離別。馬上琵琶關塞黑。更長門翠輦辭金闕。看燕燕。送歸妾。　將軍百戰聲名裂。向河梁回頭萬里。故人長絕。易水蕭蕭西風冷。滿座衣冠似雪。正壯士悲歌未徹。啼鳥還知如許恨。料不啼清淚長啼血。誰伴我。醉明月。

清眞漱玉。妙尙聲音。詞格已進。然選辭未盡精粹。至鄱陽姜夔。句琢字鍊。始歸於雅。而吳文英、史達祖、高觀國為之羽翼。故張炎謂數家格調不凡。句法挺異。俱能特立清新之意。刪削靡曼之詞。故詞體至是又一進矣。夔字堯章。鄱陽人。蕭東夫愛其詞。妻以兄子。因寓居吳興之武康。與白石洞天為鄰。自號白石道人。又號石帚。慶元中嘗上書乞正太常雅樂。得免解訖不第。有白石詩一卷。詞五卷。夔詩格高秀。為楊萬里等所推。詞亦精深華妙。尤善自度新腔。故音節文采。並冠絕一時。其詩所謂自製新詞韻最嬌。小紅低唱我吹簫者。風致尙可想見。黃叔暘云。白石詞極精妙。不減清眞。其高處有美成所不能及。張炎云。詞要清空。不要質實。姜白石如野雲孤飛。去留無蹤。其推之至矣。

吳文英字君特。夢窗其自號也。慶元人。所著詞有夢窗甲乙丙丁四稾。嘗與姜夔辛棄疾游倡和。其詞卓然爲南宋一大宗。沈泰嘉樂府指迷。稱其深得淸眞之妙。但用事下語太晦處。人不易知。張炎樂府指迷。亦稱其如七寶樓臺。炫人眼目。拆碎下來。不成片段。所短所長。評品皆爲平允。蓋其天分不及周邦彥。而硏鍊之功則過之。詞家之有文英。亦如詩家之有李商隱也。

史達祖字邦卿。號梅溪。汴人。有梅溪詞一卷。姜堯章云。奇秀淸逸。有李長吉之韻。蓋能融情景於一家。會句意於兩得。張功甫云。史生之作。情詞俱到。織綃泉底。去塵眼中。有瓌奇警邁。淸新閒婉之長。而無訑蕩汙淫之失。端可分鑣淸眞。平睨方回。方回謂賀鑄也。

高觀國字賓王。有竹屋癡語一卷。陳造云。竹屋梅溪詞。要是不經人道語。其妙處少游美成不及也。宋末詞人最著者。則有張炎叔夏之山中白雲詞。王沂孫聖與之碧山樂府。周密公謹之草窗詞。並一時之選也。

暗香　姜夔

舊時月色。算幾番照我。梅邊吹笛。喚起玉人。不管淸寒與攀摘。何遜而今漸老。都忘却春風詞筆。但怪得竹外疏花。香冷入瑤席。　江國正寂寂。歎寄與路遙。夜雪初積。翠樽易竭。紅萼無言耿相憶。長記曾攜手處。千樹壓西湖寒碧。又片片吹盡也。幾時見得。

聲聲慢　閏重九飲郭園　吳文英

檣。變金碧。婀娜蓬萊。游雲不蘸芳洲。露柳霜蓮。十分點綴殘秋。新彎畫眉未穩。似含羞低度牆頭。愁送遠。駐西臺車馬。共惜臨流。知道池亭多宴。掩庭花長是。驚落秦謳。膩粉闌干。猶聞凭袖香留。輸他翠漣拍甃。瞰新妝時浸明眸。簾半捲。帶黃花人在小樓。

雙雙燕　史達祖

過春社了。度簾幙中間。去年塵冷。差池欲住。試入舊巢相並。還相雕梁藻井。又軟語商量不定。飄然快拂花梢。翠尾分開紅影。芳徑芹泥雨潤。愛貼地爭飛。競誇輕俊。紅樓歸晚。看足柳昏花暝。應自棲香正穩。便忘了天涯芳信。愁損玉人。日日畫欄獨凭。

齊天樂　高觀國

碧雲缺處無多雨。愁與去帆俱遠。倒葦沙閒。枯蘭溆冷。寥落寒江秋晚。樓陰縱覽。正魂怯清吟。病多依黯。怕挹西風。袖羅香自去年減。風流江左久客。舊遊得意處。珠簾曾捲。載酒春情。吹簫夜約。猶憶玉嬌香怨。塵棲故苑。歎壁月空檐。夢雲飛觀。送絕征鴻。楚峯烟數點。

壺中天　養拙夜飲客有彈箜篌者即事以賦　張炎

瘦筇訪隱。正繁陰閑鎖。一壺幽綠。喬木蒼寒圖畫古。窈窕人行韋曲。鶴響天高。水流花淨。笑語通華屋。虛堂松靜。夜深涼氣吹燭。樂事楊柳樓心。瑤臺月下。有生香堪掬。誰理商聲簾戶悄。簫颯懸璫鳴玉。一笑難逢。四愁休賦。任我雲邊宿。倚闌歌罷。露螢飛下秋竹。

第二節　平話及戲曲之淵源

宋時多以俗語爲書者。其論學記事者有語錄。雜史瑣聞有平話。而戲曲亦淵源於是時。可略而言也。

永樂大典有平話一門。所收至夥。皆優人以前代軼事敷衍而口說之。見四庫全書提要雜史類附注。按七修類稾云。小說起宋仁宗時。國家閒暇。日欲進一奇怪之事以娛之。故小說得勝頭廻之後。卽云話說趙宋某年云云。此卽平話也。惜永樂大典所收。不可得見矣。據此則宋世以平話爲書者必多。今惟傳宣和遺事。黃蕘圃刊入士禮居叢書中。爲章回體小說存於世之最古者。又宋劉斧所著靑瑣高議。每條亦以七字標目。如張乖崖明斷分財。回處士磨鏡題詩之類。皆與平話體例相近也。

語錄亦爲俗體文字之一種。然其始固不僅問學言理之語。乃用此名。宋倪思有重明節館伴語錄一卷。蓋紹熙二年七月金遣完顏兗路伯達來賀重明節。思爲伴館。紀一時問答之語而成是書。故曰重明節館伴語錄。按馬永卿嬾眞子載蘇老泉與二子同讀富鄭公使北語錄事。則知語錄之名。北宋已有之。蓋當時士大夫以奉使伴使爲兩國邦交大事。故有所語。必備錄之。以上於朝廷。是以有語錄之名。嗣後遂相沿爲記錄之一體。儒家因之而有語錄。宋藝文志所載程頤語錄二卷。劉安世語錄二卷。謝良佐語錄一卷。張九成語錄十四卷。

尹惇語錄四卷。朱熹語錄四十三卷之類是也。釋家亦因之。宋藝文志所載僧慧忠語錄一卷。龐蘊語錄一卷。僧神清語錄一卷。僧重顯語錄八卷。僧宗杲語錄五卷。淨慧禪師語錄一卷。松源和尙語錄二卷之類是也。宋藝文志又有朱宋卿徐神翁語錄一卷。則道家亦襲其名矣。學者不知。識宋儒誤襲釋家之名。是未詳考也。蓋當時平民文學已漸形發達。故宜多有類於平話語錄之書也。

六朝以來。卽有戲曲之體。要至宋時始大備。或見其盛於金元之間。遂疑其出自異域。而與前此之文學無關者。此大不然也。嘗考其變遷之跡。皆在有宋一代。不過因金元人音樂上之嗜好。而日益發達耳。今詳證之於後。

戲曲者。所以歌舞演故事。古樂府中如焦仲卿妻詩木蘭辭長恨歌等。雖詠故事。而不被之歌舞。柘枝菩薩蠻之詠。雖合歌舞。而不演故事。皆未可謂之戲曲。唯漢之角抵於魚龍百戲外。兼搬演古人物。張衡西京賦曰。東海黃公赤刀粵祝。冀厭白虎。卒不能救。又曰。總會仙倡。戲豹舞羆。白虎鼓瑟。蒼龍吹篪。女娥坐而長歌。聲清暢以逶蛇。洪崖立而指麾。被羽毛之襳纚。度曲未終。雲起雪飛。則所搬演之人物。且自歌舞。然所演者。實仙怪之事。不得云故事也。演故事者。始於唐之大面撥頭踏搖娘等戲。代面（大面卽代面）出於北齊。北齊蘭陵王長恭。才武而面美。常著假面以對敵。嘗擊周師金墉城下。勇冠三軍。齊人壯之。爲此舞以效其指麾擊刺之容。謂之蘭陵王入陣曲。撥頭出西域胡人爲猛獸所噬。其子求獸殺之。爲此舞以象之也。踏搖娘生於隋末。隋末河內有人貌惡而嗜酒。常自號郎中。醉歸必毆其妻。其妻美色善歌。爲怨苦之辭。河朔演其曲而被之絃管。因寫其夫之容。妻悲訴每搖頓其身。故號踏搖娘。右見（舊唐書音樂志樂府雜錄及教坊記所載略同）及昭宗光化中。孫德昭之徒刃劉季述。始作樊噲排闥劇。（宋陳暘樂書第一百八十六卷）唐時戲劇可考者僅此。至宋初撥演較爲任意。宋孔道輔奉使契丹。契丹宴使者優人以文宣王爲戲。道輔艴然徑出。（宋史孔道輔傳）又祥符天禧中。楊大年錢文僖晏元獻劉子儀以文章立朝。爲詩皆宗李義山。後進多竊義山語句。嘗內宴優人有爲義山者。衣服敗裂。告人曰。吾爲諸館職撏撦至此。聞者歡笑。（劉攽中山詩話）至南宋時洪邁夷堅志葉紹翁四朝聞見錄所載優伶調謔之事。尙與此相類。雖撥演古人物。然果有歌詞與故事否。及歌詞與故事是否相應。今不可詳考。卽不必盡同於金元間所謂戲曲。亦其淵源所自出矣。

雜劇之名。亦起於宋。宋制每春秋聖節三大宴。小兒隊女弟子隊各進雜劇隊舞及雜劇之制。具見宋史樂志及宋孟元老東京夢華錄。宋志謂舞隊之制。其名各十。小兒隊凡七十二人。女弟子隊凡一百五十人。每春秋聖節三大宴。其第一皇帝升座。宰相進酒。庭中吹觱篥。以衆樂和之。賜羣臣酒。皆就坐。宰相飮作傾盃。百官飮作三臺。第二皇帝再舉酒。羣臣立於席後。樂以歌起。第三皇帝舉酒如第二之制。以次進食。第四百戲皆作。第五皇帝舉酒如第二之制。第六樂工致辭。繼以詩一章。謂之口號。皆述德美及中外蹈詠之情。第七合奏大曲。第八皇帝舉酒殿上獨彈琵琶。第九小兒隊舞亦致辭以述德美。第十雜劇罷皇帝起更衣。第十一皇帝再坐舉酒殿上獨吹笙。第十二蹴踘。第十三皇帝舉酒殿上獨彈箏。第十四女弟子隊舞亦致辭如小兒隊。第十五雜劇。第十六皇帝舉酒如第二之制。第十七奏鼓吹曲。或用法曲。或用龜茲。第十八皇帝舉酒如第二之制。第十九用角觝宴畢。而隊舞制度。東京夢華錄所載尤詳。初參軍色作語勾小兒隊舞。小兒各選年十二三者二百餘人。列四行。每行隊頭一名。四人簇擁並小隱士帽著緋綠紫青生色花衫。上領四契義襴束帶。各執花枝排定。先有四人裹卷脚帕頭紫衫者擎一綵殿子。內金貼字牌。擂鼓而進。謂之隊名牌上有一聯。謂如九韶翔綵鳳八佾舞青鸞之句。樂部舉樂。小兒隊舞步進前直叩殿陛。參軍色作語問小兒班首近前進口號。雜劇人皆打和。畢樂作羣舞合唱。且舞且唱又唱破子。畢小兒班首入進致語。句雜劇入場。一場兩段。內殿雜戲爲有使人在座。不敢深作諕諧。惟用羣隊裝其似像市語。謂之拽串。雜戲畢。參軍色作語放小兒隊。又羣舞應天長曲子出場。女弟子隊舞雜劇與小兒略同。唯節次稍多。此徽宗聖節典禮也。若宴遼使。其典禮與三大宴同。惟無後場雜劇及女弟子舞隊。遼宴宋使則酒一行觱篥起歌。酒二行歌。酒三行歌手伎入。酒四行琵琶獨彈。餅茶致語。食入雜劇進。（遼史樂志）由此觀之。則宋之搬演。李義山遼之搬演文宣王。既在宴時。其爲雜劇。無可疑也。雜劇亦有歌詞。宋史樂志。謂眞宗不喜鄭聲。而或爲雜劇辭。未嘗宣布於外。是也。其詞如何。今不可考。唯三大宴之致辭。則由文臣爲之。故宋人集中多樂語一種。又謂之致語。又謂之念語。民間宴會之伎樂。亦當倣此而稍簡略。故樂語一種。凡婚嫁宴享落成時均用之。更有於勾隊放隊外。兼作舞詞者。秦觀、晁无咎、毛滂、鄭僅等之調笑轉踏是也。茲錄鄭僅之調笑轉踏如左。

調笑轉踏

良辰易失。信四者之難幷。佳客相逢。實一時之盛事。用陳妙曲。上佐清歡。女伴相將。調笑入隊。（此與樂語之勾隊相當少游作）

（此下尚有口號一首）

秦樓有女字羅敷。二十未滿十五餘。金鐶約腕攜籠去。攀枝折葉城南隅。使君春思如飛絮。五馬徘徊芳草路。東風吹鬢不可侵。日晚蠶飢欲歸去。

歸去。攜籠女。南陌柔桑三月暮。使君春思如飛絮。五馬徘徊頻駐。蠶飢日晚空留顧。笑指秦樓歸去。

石城女子名莫愁。家住石城西渡頭。拾翠每尋芳草路。採蓮暗過白蘋洲。五陵豪客青樓上。醉倒金壺待清唱。風高天闊白浪飛。急催艇子搖雙槳。

雙槳。小舟蕩。喚取莫愁迎疊浪。五陵豪客青樓上。不道風高江廣。千金難買傾城樣。那聽繞梁清唱。

繡戶珠簾翠幕張。主人置酒宴華堂。相如年少多才調。消得文君暗斷腸。斷腸初認琴心挑。么絃暗寫相思調。從來萬事不關心。此度傷心何草草。

草草最年少。繡戶銀屏人窈窕。瑤琴暗寫相思調。一曲關心多少。臨邛客舍成都道。苦恨相同不早。

潑潑流水武陵谿。洞裏春長日月遲。紅英滿地無人掃。此度劉郎去後迷。行行漸入清流淺。香風引到神僊館。瓊漿一飲覺身輕。玉砌雲房瑞烟暖。

烟暖武陵晚。洞裏春長花爛漫。紅英滿地溪流淺。漸聽雲中雞犬。劉郎迷路香風遠。誤到蓬萊仙館。（此下尚有九詩九曲分詠各事以句調相同故略之）

放隊

新詞宛轉遞相傳。振袖傾鬟風露前。月落烏啼雲雨散。游人陌上拾花鈿。

凡樂語但勾放舞隊而不爲之製詞。而轉踏不獨定所搬演之人物。併作舞詞。唯闋數之多少則無一定。如上鄭僅之調笑。多至十三闋。秦毛二家各八闋。而晁无咎作則僅七闋耳。（秦晁鄭三家調笑均見樂府雅詞。毛作見宋六十一家詞東堂詞中）其但作勾隊遣隊辭而不爲作歌詞者亦有之。如洪适之句降黃龍舞及句南呂薄媚舞是也。（見盤洲文集卷七十八）然諸家調笑雖合多曲而成。然一曲分詠一事。非就一人一事之首尾而詠之也。惟石曼卿作拂霓裳轉踏。述開元天寶遺事。（見王灼碧雞漫志卷三）是爲合數闋詠一事之始。今其辭不傳。傳者惟趙德麟（令畤）之商調蝶戀花。述會眞記事。

每闋幷置原文於曲前。又以一闋起一闋結之。視後世戲曲之格律。幾於具體而微。德鄰於子瞻守潁州時爲其屬官。至紹興初尙存。其詞作於何時。雖不可考。要在元祐之後。靖康之前。原詞具載侯鯖錄中。毛西河詞話以爲戲曲之祖。然猶用通行詞調。而宋人所歌。除詞調外。尙有所謂大曲者。王灼碧雞漫志曰。凡大曲有散序、靸、排遍、攧、正攧、入破、虛催、實催、袞遍、歇指、殺袞。始成一曲。謂之大遍。而涼州排遍。予曾見一本。有二十四段。後世就大曲製詞者。類從簡省。而管弦家又不肯從首至尾吹彈。甚者學不能盡。云云。此種大曲。自唐已有之。如郭茂倩樂府詩集所載水調歌、涼州、伊州等。疊數多寡不等。皆借名人之詩以入曲是也。宋吳自牧夢粱錄載。謂汴京教坊大使孟角毬。曾做雜劇本子。葛守誠撰四十大曲。殆卽此類。今以大曲與眞戲曲相比較。則舞大曲時之動作。皆有定制。未必與所演之人物所要之動作相適合。其詞亦係旁觀者之言。而非所演之人物之言。故其去眞戲曲尙遠也。至由敘事體而變爲代言體。由應節之舞蹈。而變爲自由之動作。北宋雜劇已進步至此否。今闕無考。以後楊誠齋之歸去來兮辭引。（誠齋集卷九十七）其爲大曲。抑自度腔。均不可知。然已純用代言體。先是東坡哨遍。亦隱括歸去來辭。用代言體。然以數曲代一人之言。實自誠齋始。又元人散套之先聲也。

宋時雜劇之名。見周密武林舊事者。有二百八十餘本。陶宗儀曰。稗官廢而傳奇作。傳奇作而戲曲。繼金季元初樂府、猶宋詞之流、傳奇猶宋戲曲之變、世傳謂之雜劇、則其淵源相承。皆自宋代、固不可誣矣。

宋世所傳諸雜劇之名、其撰者何人。與其曲文若何、罕可考者。今略舉證一二。劉一清錢塘遺事云、湖山歌舞、沈酣百年、賈似道少時佻㒓尤甚、自入相後、猶微服閒或飲於伎家、至戊辰己巳間、王煥戲文盛行於都下。始自太學有黃可道者爲之、一倉官諸妾見之、至於羣奔、遂以言去、周德清中原音韻云、沈約之韻、乃閩浙之音、而製中原之韻者、南宋都杭、吳興與切鄰、故其戲文如樂昌分鏡等類、唱念呼吸、皆如約韻、葉子奇草木子云、俳優戲文始於王魁。永嘉人作之、識者曰、若見永嘉人作相、宋當亡、及宋將亡、乃永嘉陳宜中作相、其後元朝南戲盛行、及當亂、北院本特盛、南戲遂絕、據以上數條、則王煥一本、爲太學生黃可道作、獨有撰名、而周德清嘗論樂昌分鏡用韻之法、又知王魁戲文、爲永嘉人所撰而已。

中國大文學史卷八終

中國大文學史 卷九

第四編 近古文學史

第十七章 遼金文學

遼初稱契丹。金稱女眞。俱起塞北。遂以兵力蹂躪中夏。宋興未久。先已苦遼。接以金人之患。至棄中原。偏安南都。終以不振。遼亡於金。金亡於元。遼享國二百餘年。在宋創業之前四十餘年。金享國百二十餘年。滅於宋未亡之前四十餘年。

遼自景宗以下三世。九十餘年。號稱極盛。而其文獻。了無可徵。遼史文學傳所載。不過蕭韓家奴王鼎等數人而已。今所傳惟僧行均之龍龕手鑑。王鼎之焚椒錄等。寥寥數書。沈存中以遼時禁其國文書。流入中土。故流布者絕罕。靡得而述也。

金既滅遼伐宋。襲其遺制。在世宗章宗二朝。文物最盛。先是太祖得遼人韓昉而言始文。太宗入宋汴州。取經籍圖書。宋宇文虛中、張斛、蔡松年、高士談輩。後先歸之。而文字熠興。然猶借才異代也。至蔡珪傳其父松年家學。遂開金代文章正宗。洎大定明昌之間。趙秉文、楊雲翼主文盟。時則有若梁襄、陳規、許古之勁直。黨懷英、王庭筠之文采。王若虛、王渥之博洽。雷淵、李純甫之豪俊。爲金文之極盛。及其亡也。則有元好問以宏衍博大之才。足以上繼唐宋。

而下開元。明與李俊民、麻革、之徒。爲之後勁。迹其文章。雄渾挺拔。或軼南宋諸家。乃好問編中州集。詩同時有馮清甫亦輯金文至百餘卷。惜竟不傳。其專集之幸存者。惟王寂之拙軒集、趙秉文之滏水集。王若虛之滹南遺老集。李俊民之莊靖集。與元好問之遺山集五家而已。

元好問閑閑公墓志。頗敘宋遼金文學相承之變。閑閑公卽趙秉文。好問實出其門。今秉文滏水集尚存。好問所爲志曰。唐文三變。至五季衰陋極矣。由五季而爲遼宋。由遼宋而爲國朝。文之廢興可考也。宋有古文。有詞賦。有明經。柳穆歐蘇諸人。斬伐俗學。力百而功倍。起天聖迄元祐。而後唐文振。然似是而非。空虛而無用者。又復見於宣政之季矣。遼則以科舉爲儒學之極致。假貸剽竊。牽合補綴。視五季又下衰。唐文奄奄如敗北之氣。沒世不復。亦無以議爲也。國初因遼宋之舊。以詞賦經義取士。預此選者。選曹以爲貴科。榮路所在。人爭走之。傳注則金陵之餘波。聲律則劉鄭之末光。固已占高爵而釣厚祿。至於經爲通儒。文爲名家、良未暇也。及翰林蔡公正甫。出於大丞相之世業。接見宇文濟陽。吳深州之風流。唐宋文派。乃得正傳。然後諸儒得而和之。蓋自宋以後百年。遼以來三百年。若黨承旨世傑。王內翰子端。周三司德卿。楊禮部之美。王延州從之。李右司之純。雷御史希顏。不可不謂之豪傑之士。若夫不溺於時俗。不汩於利祿。慨然以道德仁義性命禍福之學自任。沈潛乎六經。從容乎百家。幼而壯。壯而老。怡然渙然之死而後已。惟我閑閑公一人。又曰。公究觀佛老之說而皆極其旨歸。嘗著論以爲害於世者其教耳。又其徒樂從公游。公亦嘗爲之作文章若碑誌詩頌甚多。晚年錄生平詩文。凡涉於二家者不在也。大概公之文出於義理之學。故長於辨析。極所欲言而止。不以繩墨自拘。七言長詩。筆勢縱放不拘一律。律詩壯麗。小詩精絕。多以近體爲之。至五言則沈鬱頓挫如阮嗣宗。眞淳古樸似陶淵明。他文或不近也。好問於秉文雖推崇甚至。然金之文章。終以好問爲一代大宗。以秉文於己有相知之雅。故極稱之耳。

元好問字裕之。太原秀容人。興定五年進士。官至行尙書省左司員外郎。金亡不仕。裕之七歲能詩。見知於趙閑閑。易代之後。謂國亡史作。以金源著述自任。構亭曰野史亭。記錄至百餘萬言。今所傳止中州集。其詩文足以冠金元兩代。有遺山文集。

西樓曲　　元好問

游絲落絮春漫漫。西樓曉晴花作團。樓中少婦弄瑤瑟。一曲未終坐長歎。去年與郎西入關。春風浩蕩隨金鞍。今年疋馬妾東還。零落芙蓉秋水寒。幷刀不剪東流水。湘竹年年露痕紫。海枯石爛兩鴛鴦。只合雙飛便雙死。重城車馬紅塵起。乾鵲無端爲誰喜。鏡中獨語人不知。欲插花枝淚如洗。

橫波亭爲青口帥賦　　元好問

孤亭突兀插飛流。氣壓元龍百尺樓。萬里風濤接瀛海。千年豪傑壯山丘。疎星淡月魚龍夜。老木清霜鴻雁秋。倚劍長歌一杯酒。浮雲西北是神州。

金一代之詩。僅以見於中州集者較多。清撰全金詩。其增於中州集才十一而已。劉祁歸潛志。亦頗掇拾文獻。而所采未備。藝苑卮言曰。元裕之好問有中州集。皆金人詩也。如宇文太學虛中。蔡丞相松年。蔡太常珪。黨承旨懷英。周常山昂。趙尚書秉文。王內翰庭筠。其大旨不出蘇黃之外。要之直於宋而傷淺。質於元而少情。

元房祺編河汾諸老詩集。皆金之遺老。凡麻革、張宇、陳賡、陳颺、房皞、段克己、段成己、曹之謙八人之詩。人各一卷。八人並從元好問游者也。今所存詩止一百七十七首。已非完本。然金詩自好問之中州集。及劉祁歸潛志所載以外。惟見於此。(杜本谷音亦偶有金遺老詩)諸老以金源遺逸。抗節林泉。均有淵明義熙之志。文章亦頗有超然拔俗之趣。

金章宗雅好音樂。故北曲已盛於此時。陶宗儀輟耕錄。多記宋金院本之名。至數百種。今惟傳西廂記傳奇。是董解元作。解元名里無考。毛西河詞話。謂解元爲章宗學士。不知何據。太和正音譜。謂其仕元初。製北曲。則殆失考也。西廂記是北曲傳於今之最古者。故爲詳考諸書評論如下。

明胡應麟少室山房筆叢。西廂記雖出唐人鶯鶯傳。實本金董解元。董曲今尚行世。精工巧麗。備極才情。而字字本色。言言古意。當是古今傳奇鼻祖。金人一代文獻盡此矣。然其曲乃優人絃索彈唱者。非扮演雜劇也。

施國祁禮耕堂叢說曰。舊見傳是樓書目。有古本西廂記。爲董解元作。既閱輟耕錄。知其爲金章宗時人。今讀此本。爲海陽黃嘉惠刻。定爲董西廂。分上下二卷。無齣名關目。行間全載宮調引子尾聲。率塡樂府方言。不采類書故實。曲多白少。不注工尺。是流傳讀本。與院妓劉麗華口授者不同。黃引云。解元史失其名。時論其品如朱汗碧蹏。神采駿逸。此又涵虛子評目所未及。又云。竹索浮橋。檀口香腮。爲關氏襲句。據文中尙有顚不剌的。鶻淋淥。老等語。亦似采當日方言也。

焦循易餘籥錄曰。王實甫西廂記全藍本於董解元。談者未見董書。遂極口稱道實甫耳。如長亭送別一折。董解元云。莫道男兒心如鐵。君不見滿川紅葉。盡是離人眼中血。實甫則云。曉來誰染霜林醉。總是離人淚。淚與霜林。不及血字之貫矣。又董云。且休上馬。苦無多淚與君垂。此際情緒你爭知。王云。閣淚汪汪不敢垂。恐怕人知。董云。馬兒登程。坐車兒歸舍。馬兒往西行。坐車兒往東拽。兩口兒一步兒離得遠如一步也。王云。車兒投東。馬兒向西。兩處徘徊。落日山橫翠。董云。我郎休怪强牽衣。問你西行幾日歸。著路裏小心呵。且須在意。省可裏晚眠早起。冷茶飯莫吃。好將息。我專倚門兒專望你。王云。到京師。服水土。趲程途。節飲食。順時自保携身體。荒村雨露眠宜早。野店風霜起要遲。鞍馬秋風裏。最難調護。須要扶持。董云。驢鞭半裊。吟肩雙聳。休問離愁輕重。向个馬兒上馳也馳不動。王云。四圍山色中。一鞭殘照裏。人間煩惱塡胸臆。量這大小車兒如何載得起。董云。帝里酒釅花濃。萬般景媚。休取次共別人便學連理。少飲酒。省遊戲。記取奴言語。必登高第。妾守空閨。把門兒緊閉。不拈絲管。罷了梳洗。你咱是必把音書頻寄。王云。你休憂文齊福不齊。我只怕停妻再娶妻。一春魚雁無消息。我這裏青鸞有信頻宜寄。你切莫金榜無名誓不歸。君須記。若見異鄉花草。休再似此處棲遲。董云。一箇止不定長吁。一箇頓不開眉黛。兩邊的心緒。一樣的情懷。王云。他在那壁。我在這壁。一遞一聲長吁氣。兩相參玩。王之遜董遠矣。若董之寫景語有云。聽塞鴻啞啞的飛過暮雲重。有云。回首孤城。依約青山擁。有云。柳堤兒上。把瘦馬兒連忙解。有云。一徑入天涯。荒涼古岸。衰草帶霜滑。有云。驢腰的柳樹上。有魚槎一竿風旆。茅檐上挂。澹煙消灑。橫鎖著兩三家。有云。淅零零地雨打芭蕉。急煎煎的促織兒聲相接。有云。燈兒一點。甫能吹滅。雨兒歇。閃出昏慘慘的半窗月。有云。披衣獨步在月明中。凝睛看天色。有云。野水連天天竟白。有云。東風兩岸綠楊搖。馬頭西接著長安道。正是黃河津要。寸金竹索纜著浮橋。前人比王實甫爲詞曲中思王太白。實甫何敢當。當用以擬董解元。王實甫止有四卷。至草橋店夢鶯鶯而止。其後一卷。乃關漢卿所續。詳見王弇州曲藻。及都穆南濠詩話。關所續亦依董。惟董以張珙用法聽之謀。擒鶯奔於杜太守。關所續則杜來普救寺也。

第十八章　元文學及戲曲小說之大盛

第一節　元之詩文

元之詩文虞集最爲大家。蓋南宋之末。道學一派。侈談心性。江湖一派。矯語山林。不乏庸沓猥瑣之音。古法蕩然耗矣。元興作者蔚起。大德延祐以還。尤爲極盛。要以集爲大宗。先是承宋賢之學。以性理爲宗者。有許衡、劉因、吳澄、金履祥等。而戴表元受業王應麟。亦爲古文袁桷嘗從學焉。桷最與集善。姚燧出許衡之門。馬祖常元明善神道碑。稱燧與明善文章最爲一代之宗。此外又有歐陽玄、吳萊、黃溍、柳貫。而蘇天爵、陳旅則集之門人也。元代爲古文與集相先後者。具於此矣。妮古錄曰。元文稱虞集、楊載、范梈、揭傒斯、馬祖常、歐陽玄、黃溍、柳貫、元好問、袁桷、姚燧、蓋元好問至元初尚存。而楊載、范梈、揭傒斯之詩。與集並稱四大家。視四家稍後者。有薩天錫、張雨及楊維楨出。尤工樂府。又爲明初詩人之宗焉。

虞集字伯生。宋丞相允文五世孫也。曾祖剛簡。爲利州路提刑。有治績。嘗與臨卭魏了翁。成都范仲黼李心傳輩講學蜀東門外。得程朱氏微旨。祖珏知連州。亦以文學知名。父汲黃岡尉。宋亡。僑居臨川崇仁。與吳澄爲友。澄稱其文淸而醕。晚稍起家教授於諸生中。得孛朮魯翀、歐陽玄而稱許之。汲娶國子祭酒楊文仲女。文仲世以春秋名家。而族弟參知政事棟。明於性理之學。楊氏在室卽盡通其說。故集與弟槃皆受業家庭。出則以契家子從吳澄游。授受具有源委。集仕至翰林直學士兼國子祭酒。晚居崇仁。有道園學古錄五十卷。又自號邵庵。故世稱邵庵先生。

輟耕錄曰。虞伯生先生集。楊仲弘先生載。同在京。日楊先生每言伯生不能作詩。虞先生載酒請問作詩之法。楊先生酒既酣。盡爲傾倒。虞先生遂超悟其理。繼有詩送袁伯長先生桷扈駕上都。以所作詩介他人質諸楊先生。先生曰。此詩非虞伯生不能也。或曰先生嘗謂伯生不能作詩。何以有此。曰伯生學問高。余曾授以作詩法。餘莫能及。又以諂趙魏公孟頫詩中有山連閣道晨留輦野散周廬夜屬櫜之句。公曰美則美矣。若改山爲天野爲星則尤美。虞先生深服之。故國朝之詩。稱虞趙楊范揭焉。范卽德機先生椁。揭卽曼碩先生傒斯也。嘗有問於虞先生曰。仲弘詩如何。先生曰。仲弘詩如百戰健兒。德機詩如何。曰德機詩如唐臨晉帖。曼碩詩如何。曰曼碩詩如美女簪花。先生詩如何。笑曰。虞集乃漢廷老吏。蓋先生未免自負。公論以爲然。

伯生又與黃文獻溍。柳道傳貫。揭曼碩傒斯齊名。號儒林四傑。見元史柳貫傳。而黃柳與吳立夫萊並受業宋遺民方鳳。溍大服立夫詩文。宋景濂故游黃柳之門。而得力於立夫尤多。遂開明代古文之宗。溯其淵源。遠有端緒矣。

李東陽懷麓堂詩話曰。宋詩深却去唐遠。元詩淺去唐却近。顧元不可爲法。所謂取法乎中。僅得其下耳。極元之選。惟劉靜修虞伯生二人。皆能名家。莫可軒輊。世恆爲劉左袒。雖陸靜逸鼎儀亦然。予獨謂高牙大纛。堂堂正正。攻堅而折銳。則劉有一日之長。若藏鋒斂鍔。出奇制勝。如珠之走盤。馬之行空。始若不見其妙。而探之愈深。引之愈長。則於虞有取焉。然此非爲道學名節論。乃爲詩論也。此又以劉靜修之詩與伯生並稱。蓋靜修雖理學之儒。而詩調清深。太平清話。亦謂靜修先生詩勝文是也。

伯生作傅若金詩序。稱進士薩天錫最長於情。流麗清婉。天錫名都拉。有雁門集。其詩與虞楊范揭不侗。又有道士張伯雨。早及與伯生諸人往還。晚又從倪雲林楊鐵崖贈答。有句曲外史詩集。

吳萊有淵潁集。王士禎論詩絕句曰。鐵崖樂府氣淋漓。淵潁歌行格儘奇。耳食紛紛說開寶。幾人眼見宋元詩。蓋舉立夫以配鐵崖。及後選七言古詩。乃惟錄立夫。而不及鐵崖。蓋立夫詩覃思精煉。漁洋晚來尤重之也。

楊維楨雖入明尚存。而在元世已負重名。其鐵崖樂府。根柢於青蓮昌谷。從橫排奡。自闢町畦。其高者或突過古人。然下者亦多墮入魔趣。故文采照映一時。而彈射者亦復四起。清四庫提要稱其擬白頭吟一篇。買妾千黃金。許身不許心。使君自有婦。夜夜白頭吟之類。有三百篇風人之旨。自是元季大家矣。

紀舊游　趙孟頫

二月江南鶯亂飛。雜花開樹柳依依。落紅無數迷歌扇。嫩綠多情妬舞衣。金鴨焚香川上暝。畫船撾鼓月中歸。如今寂寞東風裏。把酒無言對夕暉。

溪上　同上

溪上東風吹柳花。溪頭春水淨無沙。白鷗自信無機事。玄鳥猶知有歲華。錦纜牙檣非昨夢。鳳笙龍管是誰家。令人苦憶東陵子。擬向田園學種瓜。

望易京　劉因

亂山西下鬱岧嶤。還我燕南避世謠。天作高秋何索寞。雲生故壘自飄蕭。誰教神器歸羣盜。只見金人泣本朝。莫怪風雷有餘怒。田疇英烈未全消。

自贊畫像　虞集

邈乎千載之下。而謂古今一時也。眇乎五尺之軀。而謂天地一體也。廓乎不自知其所知也。欲乎未能至其所至也。俛乎若憂。非有傷乎其內也。泊乎若休。無所待乎其外也。服今人之服。食今人之食。同乎今之人。聊以順吾際也。讀古人之書。頌古人之詩。思夫古之人。不知老之至也。

送朱生南歸　同上

喜子南歸盱水上。經過爲我問臨川。幾家橘柚霜垂屋。何處蒹葭月滿船。應有交游憐遠道。試從父老說豐年。寒機早晚成春服。一一平安報日邊。

送袁待制扈從上京　同上

日色蒼涼映赭袍。時巡無乃聖躬勞。天連閣道晨留輦。星散周廬夜屬櫜。白馬錦韉來窈窕。紫駝銀甕出蒲萄。從官車騎多如雨。獨有揚雄賦最高。

宗陽宮玩月　楊載

老君臺上涼如水。坐看冰輪轉二更。大地山河微有影。九天風露寂無聲。蛟龍並起承金榜。鸞鳳雙飛載玉笙。不信弱流三萬里。此身今夕到蓬瀛。

夏五月武昌舟中觸目　揭傒斯

兩髯背立鳴雙櫓。短蓑開合滄江雨。青山如龍入雲去。白髮何人並沙語。船頭放歌船尾和。篷上雨鳴篷下坐。推篷不省是何鄉。但見雙雙白鷗過。

節婦王氏　范梈

妾年二三四。始識月團團。十二學女工。刺繡如鴛鸞。十九嫁夫家。事姑施衿鞶。夫壻良家兒。世籍爲王官。雖聯朱紫貴。不習綺與紈。過庭執詩禮。開口若驚湍。風儀在一時。爭作玉人看。天地忽降毒。摧折青琅玕。回首四十春。景光若流丸。貞心守松柏。芳性軼芝蘭。落月簾帷曙。西風機杼寒。沈思往昔事。淚下紅闌干。豪客至茅屋。舉家竄林巒。入房衛病姑。身犯白刃攢。相向義憐。釋覩死色無難。親知爲歎息。保祉爲辛酸。欲與上州府。爲妾旌門閭。妾實無所願。所願在所安。婦人往從人。阿母涕汍瀾。送行遺之語。敬順無違歡。匹偶固有時。寧知憂患端。辛苦蹈物變。豈羨身獨完。殷勤謝舊故。聞者摧肺肝。

送暢純甫序　姚燧

歐陽子爲宋一代文宗。一時所交海內豪俊之士。計不千百而止。及謝希深尹師魯二人者死。序集古錄。遂有無謝尹知音之恨。嗚呼。豈文章也。作者難而知之者尤難歟。余嘗思古之人。唯其言之可以行後爲恃。以待他日子雲者出。將不病夫舉一世之人不余知也。今乃若是。亦以有知者爲快。而失之爲悲歟。余冠首時。未嘗學文。視輩流所作。惟見其不如古人者。雖不敢輕非諸口。而亦未嘗輕是於心也。過而自思人之能者。余操慮持論且然。余不能之。何以免人無嫉賢之譏乎。年二十四。始取韓文讀之。走筆試爲持以示人。譬如童子之鬭草。彼能是。余亦能是。彼有是。余亦有是。特爲士林禦侮之一技焉耳。或謂有作者風。私心益不喜。以爲彼忠厚者不欲遽相斥笑。姑爲是諛言以愚之。不然。殆鼓舞之希進其成也。自是豪恥益作。既示之人。且就正於先師。先師亦賞其辭而戒之曰。弓矢爲物。以待盜也。使盜得之。亦將待人。文章固發聞士子之利器。然先有能一世之名。將何以應人之見役者哉。非其人而與之。與非其人而拒之。鈞罪也。非周身斯世之道也。余用是廢作。有亦不以示人。純甫自言得余隻字一言不棄而錄之。又言世無知公者。豈惟知之讀而能句句而得其意者。猶寡。嗚呼。世固有厭空桑之瑟而思聞鼓缶者乎。然文章以道輕重。道以文章輕重。世復有班孟堅者出。表古今人物。九品之中。必以一等置歐陽子。則爲去聖賢也有級而不遠。其文雖無謝尹之知。不害於行後。猶以失之爲悲。下下之外。豈別有等置余爲哉。則爲去聖賢也無級而絕遠。其文如風花之逐水。霜葉之委土。朝夕腐耳。豈有一言之幾乎古。可聞之將來乎。純甫獨信之。自余不可不謂之知己。足爲百年之快。恐純甫由此而取四海不知言之非也。然純甫實善文。其不輕以出者。將以今爲未集積而至於他日。以騷雅末流。典謨一代乎。將恃夫蒞民。既爲循吏。持憲既爲才御史。富民又將爲良大農。道行一時。無暇於爲言乎。豈以世莫己知有之而退藏於密也。由積而爲書。他日與道行一時。無暇於爲言。則可由莫己知而不出。若余也雖不善文而善知文。則純甫獨失人矣。今以農副行田隴右。於其別也。敍以問之。至元丁亥七夕姚燧書。

相逢行　薩都剌

一年相逢在京口。笑解吳鉤換新酒。城南桃杏花正開。白面靑衫鞭馬走。一年相逢白下門。短衣窄袖呼郎君。朝馳燕趙暮吳楚。逸氣自覺淩靑雲。一年相逢在闕下。東家蹇驢日相假。有如臣甫去朝天。泥滑沙隄不敢打。都門一別今五年。今年相逢滄海邊。千山木葉下如雨。雁聲墮地秋連天。將軍毳袍腰羽箭。擁馬旌旗照溪面。小官不識將軍誰。臥病孤舟強相見。豈知此地逢故人。摩挲老眼開層雲。舊游歷歷似隔世。夜雨豈不思同羣。郎君別後瘦如許。無乃從前作詩苦。溪頭月落山館深。剪燭猶疑夢中語。人生聚散亦有時。且與將軍游武夷。弓刀挂在洞前樹。洞裏仙童來覓詩。稽首武夷君。借我幔峯頂。分我紫霞漿。與子連夜飲。左手招子喬。右手招飛瓊。舉觴星月下。聽吹雙鳳笙。我酌一杯酒。持勸天上月。勸爾長照人。相逢莫向闕山照離別。鳳笙換曲曲未終。天風木杪吹晨鐘。拂衣罷宴下山去。又隔雲山千萬重。

風雨渡揚子江　　吳萊

大江西來自巴蜀。直下萬里澆吳楚。我從揚子指蒜山。舊讀水經今始覩。平生壯志此最奇。一葉扁舟傲煙雨。怒風鼓浪屹於城。滄海輸潮闊水府。淒迷灩澦恍如見。漭滉扶桑杳何所。須臾草樹皆動搖。稍稍黿鼉欲掀舞。黑雲鯨浪颯沓。掉明月貝宮終色侮。吟倚金山有暮鐘。望窮采石無朝艣。誰歟敲齒咒能神。或有傴身言莫吐。向來天塹如有限。日夜軍書費傳羽。三楚畸民類魚鱉。兩淮大將猶熊虎。錦帆十里徒映空。鐵鎖千尋竟燃炬。桑麻夾岸收戰塵。蘆葦成林出漁戶。寧知造物總兒戲。且攬長川入尊俎。悲哉險阻惟白波。往矣英雄幾黃土。獨思萬載疏鑿功。吾欲持觴酹神禹。

鴻門會　　楊維楨

天迷關地迷戶。東龍白日西龍雨。撞鐘飲酒愁海翻。碧火吹巢雙猰貐。照天萬古無二烏。殘星破月開天餘。座中有客天子氣。左股七十二明珠。軍聲十萬振屋瓦。拔劍當人面如赭。將軍下馬力拔山。氣卷黃河酒中瀉。劍光上天寒彗殘。明朝畫地分河山。將軍呼龍將客走。不破青天撞玉斗。

第二節　元之詞曲雜劇

世傳元人以曲取士。此於元史無徵。明沈德符顧曲雜言云。元人未滅南宋時。以此定士子優劣。每出一題。任人塡曲。如宋宣和畫學。出唐詩一句。能得畫外趣者登高第。故宋畫元曲。千古無匹。

王元美藝苑巵言曰。三百篇亡而後有騷賦。騷賦難入樂而後有古樂府。古樂府不入俗而後以唐絕句爲樂府。絕句少宛轉而後有詞。詞不快北耳而後有北曲。北曲不諧南耳而後有南曲。

又曰。曲者詞之變。自金元入中國。所用胡樂。嘈雜淒緊緩急之間。詞不能按。乃更爲新聲以媚之。而諸君如貫酸齋、馬東籬、王實甫、關漢卿、張可久、喬夢符、鄭德輝、宮大用、白仁甫輩。咸富有才情。兼喜聲律。以故遂擅一代之長。所謂宋詞元曲。殆不虛也。但大江以北。漸染胡語。時時採入。而沈約四聲。遂闕其一。東南之士。未盡顧曲之周郎。逢掖之間。又稀辨撾之王應。稍稍復變新體。號爲南曲。高拭則成。遂掩前後。大抵北主勁切雄麗。南主清峭柔遠。雖本才情。務諧俚俗。譬之同一師承。而頓漸分教。俱爲國臣。而文武異科。

元時作曲多北人。北方止有平上去三聲。而無入聲。以北聲作曲。故曰北曲。高安周德淸乃別製中原音韻。以明南北之殊音也。其序曰。自關鄭白馬一新製作。韻共守自然之音。字能通天下之語。字暢俊。韻促音調。觀其所述。曰忠曰孝。有補於世。其難則有六字三韻。忽聽一聲猛驚是也。諸公已矣。後學莫及。何也。蓋其不悟聲分平仄。字別陰陽。夫聲分平仄者。謂無入聲。以入聲派入平上去三聲也。作平者最爲緊切。施之句中。不可不謹。派入三聲者。廣其韻耳。有才者本韻自足矣。字別陰陽者。陰陽字平聲有之。上去俱無。上去各止一聲云云。其爲作北曲者所遵用。亦韻學之別宗也。

太和正音譜有涵虛子詞品評有元一代作曲諸家甚詳。而以馬致遠爲首。今具錄之。馬東籬如朝陽鳴鳳。張小山如瑤天笙鶴。白仁甫如鵬摶九霄。李壽卿如洞天春曉。喬夢符如神鰲鼓浪。費唐臣如三峽波濤。宮大用如西風鵰鶚。王實甫如花間美人。張鳴善如彩鳳刷羽。關漢卿如瓊筵醉客。鄭德輝如九天珠玉。白無咎如太華孤峯。以上十二人爲首等。貫酸齋如天馬脫羈。鄧玉賓如幽谷芳蘭。滕玉霄如碧漢閒雲。鮮于去矜如奎壁騰輝。商政叔如朝霞散彩。范子安如竹裏鳴泉。徐甜齋如桂林秋月。楊淡齋如碧海珊瑚。李致遠如玉匣昆吾。鄭廷玉如佩玉鳴鸞。劉廷信如摩雲老鶻。吳西逸如空谷流泉。秦竹村如孤雲野鶴。馬九皋如松陰鳴鶴。石子章如蓬萊瑤草。蓋西村如清風爽籟。朱廷玉如百草爭芳。庾吉甫如奇峯散綺。楊立齋如風煙花柳。楊西菴如花柳芳妍。胡紫山如秋潭孤月。張雲莊如玉樹臨風。元遺山如窮崖孤松。高文秀如金瓶牡丹。阿魯威如鶴唳青霄。呂止菴如晴霞結綺。荆幹臣如珠簾鸚鵡。薩天錫如天風環珮。薛昂夫如雪窗翠竹。顧均澤如雪中喬木。周德清如玉笛橫秋。不忽麻如閒雲出岫。杜善夫如鳳池春色。鍾繼先如騰空寶氣。王仲文如劍氣騰空。李文蔚如雪壓蒼松。楊顯之如瑤臺夜月。顧仲清如鵰鶚沖霄。趙文寶如藍田美玉。趙明遠如太華晴雲。李子中如清廟朱絃。李進取如壯士舞劍。吳昌齡如庭草交翠。武漢臣如遠山疊翠。

李直夫如梅邊月影。馬昂夫如秋蘭獨茂。梁進之如花裏啼鶯。紀君祥如雪裏梅花。于伯淵如翠柳黃鸝。王廷秀如月印寒潭。姚守中如秋月揚輝。金志甫如西山爽氣。沈和甫如翠屏孔雀。睢景臣如鳳管秋聲。周仲彬如平原孤隼。吳仁卿如山間明月。秦簡夫如峭壁孤松。石君寶如羅浮梅雪。趙公輔如空山清嘯。孫仲章如秋風鐵笛。岳伯川如雲林樵響。趙子祥如馬嘶芳草。李好古如孤松掛月。陳存甫如湘江雪竹。鮑吉甫如老蛟泣珠。戴善甫如荷花映水。張時起如鴈陣驚寒。趙天錫如秋水芙蓉。尙仲賢如山花獻笑。王伯成如紅鴛戲波。以上七十人次之。又有董解元、盧疎齋、鮮于伯機、馮海粟、趙子昂、班彥功、王元鼎、董君瑞、查德卿、姚牧菴、高拭、史敬先、施君美、汪澤民輩。凡百五人。不著題評。抑又其次也。虞道園、張伯雨、楊鐵崖輩。俱不得與。可謂嚴矣。

鍾繼先錄鬼簿曰。馬致遠。字東籬。大都人。江浙行省務官。其事蹟無考。所作雜劇惟臧懋循元曲選所錄漢宮秋、薦福碑、任風子、青衫淚、岳陽樓、陳摶高臥、踏雪尋梅等七本見傳。太和正音譜又曰。其詞典雅清麗。可與靈光景福相頡頏。有振鬣長鳴萬馬皆瘖之意。又若神鳳飛鳴于九霄。豈可與凡鳥共語哉。宜列羣英之上。

東籬子雜劇之外。兼擅散套小令。而百歲光陰一套。尤爲一時所稱。藝苑卮言曰。馬致遠百歲光陰。放逸宏麗。而不離本色。押韻尤妙。元人稱爲第一。眞不虛也。沈德符顧曲雜言曰。元人如喬夢符鄭德輝輩。俱以四折雜劇擅名。其餘技則工小令爲多。若散套雖諸人皆有之。惟馬東籬百歲光陰張小山長天落彩霞爲一時絕唱。其餘俱不及也。小山名可久。慶元人。兼能爲詩。有小令二卷見存。今錄東籬百歲光陰散套於下。

雙調 秋思

（夜行船）百歲光陰如夢蝶。重回首往事堪嗟。昨日春來。今朝花謝。急罰盞夜闌燈滅。（喬木查）秦宮漢闕。都做了衰草牛羊野。不恁漁樵無話說。縱荒墳橫斷碑。不辨龍蛇。（慶宣和）投至狐蹤與兔穴。多少豪傑。鼎足三分半腰折。魏耶晉耶。（落梅風）天教富。莫太奢。無多時好天良夜。看錢奴硬將心似鐵。空辜負錦堂風月。（風入松）眼前紅日又西斜。疾似下坡車。曉來清鏡添白雪。上床和鞋履相別。莫笑鳩巢計拙。葫蘆提一恁妝呆。（離亭宴歇煞尾）蛩吟一覺纔寧貼。鷄鳴萬事無休歇。爭名利何年是徹。密匝匝蟻排兵。亂紛紛蜂釀蜜。鬧穰穰蠅爭血。裴公綠野堂。陶令白蓮社。愛秋來那些。和露摘黃花。帶霜烹紫蟹。煑酒燒紅葉。人生有限杯。幾個登高節。囑付俺頑童記者。便北海探吾來。道東籬醉了也。

自馬致遠外。元代劇曲名家最著者。有王實甫、鄭德輝、白仁甫、喬夢符、關漢卿、諸人。所作皆北曲也。往往見於臧晉叔元曲選中。其目存而曲不傳者甚衆。今世惟重王實甫之西廂記。沈德符顧曲雜言曰。西廂到底不過描寫情感。予觀北劇。儘有高出其上者。世人未曾遍觀。逐隊吠聲。咤爲絕唱。眞井蛙之見耳。則自明世已獨重西廂記矣。按實父。大都人。元曲選並錄其麗春堂雜劇。然遠非西廂之匹。麗春堂譜金完顏某事。而劇末云早先聲把煙塵掃蕩。從今後四方八荒。萬邦齊仰賀。當今皇上以頌禱金皇作結。則此劇之作。尚在金世。實甫亦由金入元者矣。太和正音譜既謂實甫之詞。如花間美人。又曰鋪敍委婉。深得騷人之趣。極有佳句。如玉環之出浴華池。綠珠之採蓮洛浦。藝苑卮言。西廂久傳爲關漢卿撰。邇來乃有以爲王實甫者。謂至郵亭而止。又云至碧雲天黃花地而止。此後乃漢卿所補也。初以爲好事者傳之妄。及閱太和正音譜。王實甫十三本。以西廂爲首。漢卿六十一本。不載西廂。則亦可據。第漢卿所補商調集賢賓及掛金索。裙染榴花。睡損胭脂皺。紐結丁香。掩過芙蓉扣。線脫珍珠。淚濕香羅袖。楊柳眉顰。人比黃花瘦。俊語亦不減前。

明時何元朗精曉音律。尤好劇曲。極稱鄭德輝搊梅香倩女離魂。王粲登樓。諸劇。（今見元曲選）以爲出西廂之上。王元美不以爲然。沈德符顧曲雜言。亦評元人雜劇曰。雜劇如王粲登樓。韓信胯下。關大王單刀會。趙太祖風雲會之屬。不特命詞之高秀。而意象悲壯。自足籠蓋一時。至若搊梅香。倩女離魂。牆頭馬上。等曲。非不輕俊。然不出房幃窠臼。以西廂例之可也。他如千里送荊娘。元夜鬧東京之屬。則近粗莽。華光顯聖。目連入冥。大聖收魔之屬。則太妖誕。以至三星下界。天官賜福。種種喜慶傳奇。皆係供奉御前。呼嵩獻壽。但宜敎坊及鐘鼓司肄習之。并勛戚貴璫輩贅賞之耳。

元人雜劇。至明時盛行者。大半見於臧晉叔元曲選。藝苑巵言亦記當時所行諸劇曰。今世所演習者。北西廂記出王實甫。馬丹陽度任風子出馬致遠。范張鷄黍出宮大用。拜月亭單刀會出關漢卿。兩世姻緣出喬夢符。謊范睢出高文秀。㑳梅香王粲登樓倩女離魂出鄭德輝。風雪酷寒亭出楊顯之。伍員吹簫、莊子歎骷髏、出李壽卿。東坡夢辰鈎月出吳昌齡。陳琳抱妝盒王允連環記敬德不伏老黃鶴樓千里獨行。不著姓氏。皆元人詞也。

喬夢符名吉。太原人。雜劇之外。兼作散曲。有惺惺道人樂府。白仁甫名朴。眞定人。能詩文。別有天籟集。沈德符所稱牆頭馬上。卽仁甫作也。藝苑巵言曰。喬夢符吉博學多能。以樂府稱。嘗云作樂府亦有法。曰鳳頭猪肚豹尾六字是也。大概起要美麗。中要浩蕩。結要響亮。尤貴在首尾貫穿。意思清新。苟能若是。斯可以言樂府矣。此所謂樂府。乃今樂府如折桂令水仙子之類。元時名家。論作曲之法者不多。今略著一條於此。

北曲雜劇。率僅四折。顧曲雜言曰。北有西廂。南有拜月。雜劇變爲戲文。以至琵琶。遂演爲四十餘折。幾十倍雜劇。拜月亭係元施君美撰。（關漢卿別有拜月亭是北曲）何元朗以爲勝琵琶記。然琵琶得名較盛。高則誠所作。爲南曲之宗焉。則誠名拭。（一作則成）或曰名明。朱彝尊靜志居詩話曰。高明字則誠。瑞安人。元至正進士。有柔克齋集。顧仲瑛輯元耆舊詩爲玉山雅集。中錄高則誠作。稱其長才碩學。爲時名流。可知則誠不專以詞曲擅美也。世傳琵琶記爲薄倖王四而作。此殆不然。陸務觀詩云。斜陽古柳趙家莊。負鼓盲翁正作場。死後是非誰管得。滿村聽說蔡中郞。是南渡日已演作小說矣。聞則誠塡詞夜案燒雙燭。塡至吃糠齣句云糠和米本一處飛。雙燭花交爲一。洵異事也。蔣仲舒堯山堂外紀謂撰琵琶記者乃高拭。其字則成。別是一人。按涵虛子曲譜有高拭而無高明。蔣氏或有所據。俟再考。按明黃溥言甬中今古錄曰。元末永嘉高明字則誠。登至正四年進士。歷任慶元路推官。文行之名重於時。見方谷珍來據慶元。避世於鄞之櫟社。以詞曲自娛。編琵琶記。其曲調拔萃前人。入國朝。遣使徵辟。辭以心恙不就。使復命。上曰。朕聞其名。欲用之。原來無福。旣卒。有以其記進。上覽畢曰。五經四書如五穀。家家不可缺。高明琵琶記如珍羞百味。富貴家其可缺耶。其見推許如此。今流傳華夷。不負所學云。

藝苑卮言曰。則誠所以冠絕諸劇者。不惟琢句之工。使事之美而已。其體貼人情。委曲必盡。描寫物態。彷彿如生。問答之際。了不見扭造。所以佳耳。至於腔調微有未諧。譬見鍾王墨跡不得其合處。當精思以求詣。不當執末以議本也。

又元紀君祥。大都人。有趙氏孤兒冤報冤一劇。元曲選本法國文豪福祿特爾 Voltair嘗轉譯之。以爲中國之悲劇。然君祥在當時作曲。固非馬鄭諸英之比。其他劇今亦不傳。以元曲見於外譯之最早者。惟君祥之劇而已。故附著於此。福祿特爾譯此篇。僅敍演其事。似欲據以作曲而未成也。

明人稱元士大夫以樂府鳴者。奇巧莫如關漢卿、庚吉甫、楊淡齋、盧疎齋。豪爽則有如馮海粟、滕玉霄。蘊藉則有如貫酸齋、馬昂父。姜南瓠里子筆談。曰近時人歌唱。或被之管絃。皆淫詞豔曲。所謂使人聞之喪其所守者。嘗觀元人樂府有四時行樂。小梁州詞四闋。不過摹寫杭州西湖四時景象。比之其他詞曲。猶爲彼善於此。乃酸齋貫雲石之作也。其詞曰

春風花草滿園香。馬繫在垂楊。桃紅柳綠映池塘。堪遊賞。沙暖睡鴛鴦。宜晴宜雨宜陰涼。比西施淡抹濃粧。玉女彈。佳人唱。湖山堂上。直吃得醉何妨。

畫船撑入柳陰涼。聽一派笙簧。採蓮人和採蓮腔。聲嘹亮。驚起宿鴛鴦。佳人才子遊船上。笑吟吟滿飲瓊漿。歸棹晚。湖光漾。一鉤新月。十里芰荷香。

芙蓉映水菊花黃。滿目秋光。枯荷葉底鷺鷥藏。金風蕩。飄動桂枝香。雷峯塔上登高望。見錢塘一派長江。湖水清。江潮長。天邊斜月。新雁兩三行。

彤雲密布鎖高峯。凜冽寒風。瓊花片片洒長空。梅梢凍。雪壓路難通。六橋頃刻如銀洞。粉粧成九里寒松。酒滿斟。笙歌送。玉船銀棹。人在水晶宮。

第三節　元之小說

自宋仁宗時。卽有平話。其後宣和遺事。遂具章回小說之體。當時以俗語著爲傳奇演義之

屬者宜自多有。民間亦競好之。及夫元代。而施耐菴羅貫中出。善摹寫人情。刻畫事物。至今猶幾戶置其書。可謂盛矣。夫傳奇演義。卽詩歌紀傳之變。其體通俗。故能敍述纖屑猥瑣之事。無所不盡。又因各有所激而爲荒唐哀艷奇恣不可究詰之詞。雖或虛造。故實近於游戲。頗雜淫靡。然察其志所寄託。亦有發憤之意。且時以勸戒。不無可取。不能概指爲淺俗而廢之也。竊嘗論之。方政治之弊。舉世是非賞罰。不得其正。人民憔悴困苦而不自聊。於是爲小說者。乃因民心。述游俠大盜報讐行義之事。以爲可以快意。此一類也。學術之弊。極於經義程試。束縛士人之思想。出於一途。文章議論。陳陳相襲。如黃茅白葦。爲人所厭。於是爲小說者。爲述神鬼不經六合以外之事。以振發其耳目。此又一類也。婚姻之弊。多怨偶之禍。於是爲小說者。乃述男女慕悅婚姻遇合之事。此又一類也。大抵文學之興。無不因於其時之弊而有所諷刺。小說之所爲作。亦緣於此。況至於元之濁世。其事之可以諷刺者。豈不衆哉。既往往寓之於劇曲。而復旁溢爲章回體諸小說。水滸傳三國志演義西游記等。爲最著矣。王圻續通考。以琵琶傳水滸傳刊經籍志中。水滸傳者。東都施耐菴撰。亦有云羅貫中作者。耐菴事蹟。無可考。見貫華堂所藏古本水滸傳。前有施耐菴自敍一篇。或云後人依託也。今錄之如下。

人生三十而未娶。不應更娶。四十而未仕。不應更仕。五十不應在家。六十不應出遊。何以言之。用違其時。事易盡也。

朝日初出。蒼蒼涼涼。操頭面。裹巾幘。進盤飧。嚼楊木。諸事甫畢。起問可中。中已久矣。中前如此。中後可知。一日如此。三萬六千日何有。以此思憂。竟何所得樂矣。每怪人言某日於今若干歲。夫若干者。積而有之之謂。今其歲積在何許。可取而數之否。可見已往之吾。悉已變滅。不寧如是。吾書至此句。此句以前。已疾變滅。是以可痛也。快意之事莫如友。快友之快者莫若談。其誰曰不然。然亦何曾多得。有時風寒。有時泥雨。有時臥病。有時不値。如是等時。眞住牢獄矣。舍下薄田不多。多種秫米。身不能飲。備吾友來需飲也。舍下門臨大河。嘉樹有蔭。爲吾友行立蹲坐處也。舍下執炊爨理盤盂者。僅老婢四人。其餘凡畜童子大小十有餘人。便於馳走迎送傳接簡帖也。舍下童婢稍閒。便課其縛帚織蓆。縛帚所以掃地。織蓆供吾友坐也。吾友畢來。當得十有六人。然而畢來之日爲少。非甚風雨。而盡不來之日亦少。大率日以六七人來爲常矣。吾友來亦不便飲酒。欲飲則飲。欲止則止。各隨其心。不以酒爲樂。以談爲樂也。吾友談不及朝廷。非但安分。亦以路遙傳聞爲多。傳聞之言無實。無實卽唐喪唾津矣。亦不及人過失者。天下之人。本無過失。不應吾誣諟之也。所發之言。不求驚人。人亦不驚。未嘗不欲人解。而人卒不能解者。事在性情之際。世人多忙。未曾嘗聞也。吾友既皆恬淡闊達之士。其所發明。四方可遇。然而每日言畢卽休。無人記錄。有時亦思集成一書。用贈後人。而至今闕如者。名心既盡。其心多懶。一。微言求樂。著書心苦。二。身死之後。無能讀人。三。今年所作。明年必悔。四也。是水滸傳七十一卷。則吾友散後。燈下戲墨。爲多風雨。甚無人來之時。半之。然而經營於心。久而成習。不必伸紙執筆。然後發揮。蓋薄暮籬落之下。五更臥被之中。垂首撚帶。睇目觀物之際。皆有所遇矣。或若問言既已未嘗集爲一書。云何獨有此傳。則豈非此傳成之無名。不成無損。一。心閒試弄。舒卷自娛。二。無賢無愚。無不能讀。三。文章得失。小不足悔。四也。嗚呼哀哉。吾生有涯。吾烏乎知後人之讀吾書者謂何。但去今日以示吾友。吾友讀之而樂。

斯亦足耳。且未知吾之後生讀之謂何。亦未知吾之後生得讀此書乎。吾又安所用其眷念哉。東都施耐菴敘。

周亮工書影云。故老傳聞。水滸一百回。各以妖異語引其首。嘉定時郭武定重刻其書。削其致語。獨存本傳。金壇王氏小品中亦云。此書每回前各有楔子。亦俱不傳。故今所傳水滸。是郭武定本。非當時之舊矣。

鈕琇觚賸曰。水滸傳三十六天罡。本於龔聖與之三十六贊。其贊首呼保義宋江。終撲天鵰李應。水滸名號。悉與相符。惟易尺八腿劉唐爲赤髮鬼。易鐵天王鼂蓋爲托塔天王。則與龔贊稍異耳。

羅貫中。名本。廬陵人。或曰武林人也。相傳貫中師施耐菴。所作最多。尤好敘述史事。不盡爲鑿空之詞。獨出於正。今惟三國志演義盛行。所記事雖不見正史。往往據諸傳記爲之。又有漢晉隋唐以來演義。頗記羅氏故事。揚其祖烈。又有平妖傳。亦貫中作。王緘山以爲水滸之亞。然自三國志演義以外。貫中諸書。悉爲後人改削竄亂。失其舊矣。貫中又能爲雜劇。有宋太祖風雲會一劇。沈德符稱之。世又傳貫中之後三世爲啞。未知其審。近日磴德林Candlin氏之中國小說論。以貫中文體明白顯易。擬之英倫文家馬考來。Macanlay 又以其結構類於希臘詩人荷馬 Homer 之伊利亞。Iliad惟一爲詩體。一爲文體耳。

西游記相傳爲邱長春作。然長春別有西游記。是紀行之作。在道藏中。非平話體也。惟其書大抵亦出自元世。爲神怪小說之宗。歐美論者以其事視希臘神話。及格黍Gcothe之伏師特 Faust 劇。尤奇硜德林小說論。則以其能合斯賓舍Spenser之神后曲FairyQueen 與彭陽Bungun之天路歷程 Piligrim'sprogress 爲一手云。彈詞爲小說之一體。亦始自元楊維楨之四游記。（仙游夢游俠游冥游）明臧晉叔有刻本。以後益廣。其體雖詞調多猥下。實合詩歌與紀傳爲一。或云彈詞起於楊慎之念一史彈詞。非也。（按廿一史彈詞似非愼作依托也）

第十九章　明初文學

第一節　明初古文

明太祖起自畎畝。開國之初。頗獎厲文雅。徵用遺賢。及海內既定。屢興大獄。劉基宋濂。夙荷帷幄之殊遇。至是並被疑忌。詩人高啓之倫。輒用細故坐伏斧質。其刻薄寡恩。亦已甚矣。逮夫燕王簒立。尤陰鷙好殺。殲戮異己。文士尤嬰其禍。以至孝孺族誅。解縉瘐死。皆一時之顯學也。又自開國來便用經義取士。成化以後。八股文體方盛。承學之士。惟伺主司之好尙。以干尺寸之祿。而文章滋敝焉。其間雖不無豪傑之士。能以造述自見。終不足比於前代。今當以次論述之。

明初文學。承元季之遺風。而劉基宋濂。最爲文章魁傑。然或謂基文不逮濂之醇正。先是基於太祖前論當世文章。亦以濂爲第一。而自擬第二。故明初古文宜推宋濂爲最矣。濂字景濂。金華人。元末文章。以吳萊柳貫黃溍爲一朝之後勁。濂初從萊學。既又學於貫與溍。其授受具有源流。又早從聞人夢吉講貫五經。其學問亦具有根柢。初入龍門山著書十餘年。明興。與劉基同徵。見太祖。基雄邁有奇氣。濂以儒者自任。故基嘗參軍事。濂但以文學侍左右備顧問而已。既而以疾告歸。洪武二年。復召爲元史總裁官。除翰林學士知制誥。兼修國史。後由國子司業爲禮部主事。啟沃獻替。一以禮法。勳業爵位雖不及基。而一代禮樂憲章。多濂所裁定。後以長孫愼一事獲罪。太祖欲處之於死。幸皇后皇太子力救。乃貶茂州。至夔州卒。其文有潛溪集及潛溪後集。元季已行世。洪武以後之作。劉基選定爲文粹十卷。門人方孝孺又選續文粹十卷。劉基字伯温。洪武初爲御史中丞。封誠意伯。所作有覆瓿集寫情集。犂眉公集等。明史濂本傳稱其爲文醇深演迤。與古作者並。在朝廷郊社宗廟山川百神之典。朝會燕饗律曆衣冠之制。四裔貢賦賞勞之儀。旁及元勳鉅卿碑記刻石之詞。咸以委濂。爲開國文臣之首。士大夫造門乞文者。後先相踵。外國貢使亦知其名。高麗安南日本至出兼金購其文集。劉基傳中又稱基所爲文章。氣昌而奇。與濂本爲一代之宗。清四庫濂集提要曰。濂文雍容渾穆。如天閑良驥。魚魚雅雅。自中節度。基文神鋒四出。如千金駿足。飛騰飄瞀。蘄潤汪坡雖皆極天下之選。而以德以力。則略有間矣。方孝孺受業於濂。努力繼之。然較其品格亦終如蘇之與歐。蓋基講經世之略。所學不及濂之醇。方孝孺自命太高。意氣太盛。所養不及濂之粹也。

蓋元末文章頗極纖穠縟麗之弊。楊維楨詩文尤好奇譎之詞。不軌於正義。而詩尤甚。明初風氣將變。王彝至作文妖一篇以詆維楨。蓋兼指其文。其略曰

天下所謂妖者。狐而已矣。俄而為女婦。而世之男子惑焉。則見其黛綠朱白柔曼傾衍之容。無乎不至。雖然以為人也則非人。以為婦女也則非婦女。而有室家之道焉。此狐之所以妖也。文者道之所在。曷為而妖哉。浙之西言文者必曰楊先生。予觀其文。以淫詞譎語。裂仁義。反名實。濁亂先聖之道。顧乃柔曼傾衍。黛綠朱白。奄然以自媚。宜乎世之為男子者惑之也。予故曰會稽楊維楨之文。狐也。文妖也。噫。狐之妖至於殺人之身。而文之妖往往後生小子羣趨而競習焉。其足為斯文禍。非淺小也。文而可妖哉。妖固非文也。世蓋有男子而弗惑者。何憂焉。

與濂同受學於黃溍者。有義烏王禕。字子充。嘗與濂同修元史。一日太祖語濂曰。浙東人才。惟卿與王禕。才思之雄。禕不如卿。學問之博。卿不及禕。其負當世之重名可知。所著有華川前集華川後集。今合編為一本。其文醇樸宏肆。有宋人軌範。濂為之序。稱其文凡三變。初年所作。幅程廣而運化宏。壯年出遊之後。氣象益以沈雄。暨四十以後。乃渾然天成。條理不爽。可謂知禕之深矣。鄭瑗井觀瑣言稱其文精密而氣弱。非篤論也。

與濂禕同時者。又有徐一夔、蘇伯衡、胡翰。文體雖相近。而不及濂禕。惟方孝孺字希直。從學於濂。其文章濂門人無出其右者。初太祖召見孝孺。喜其舉止端整。顧太子曰。彼莊士也。我當遺斯人輔汝。遂諭還鄉。建文卽位。徵爲翰林學士。又進侍講。燕王舉兵南下。僧道衍囑之曰。至京師必勿殺方孝孺。殺孝孺。天下讀書種子絕矣。然孝孺卒以守節不屈被僇。年四十六。有遜志齋集。其文雄健豪壯。然得力於濂者居多云。

答章秀才論詩書

宋濂

濂白秀才足下。承書知學詩弗倦。且疑歷代詩人皆不相師。旁引曲證。亹亹數百言。自以爲確乎弗拔之論。濂竊以爲世之善論詩者。其有出於足下乎。雖然。不敢從也。濂非能詩者。自漢魏以至乎今。諸家之什。不可謂不攻習也。薦紳先生之前。亦不可謂不磨切也。揆於足下之論。容或有未盡者。請以所聞質之可乎。三百篇勿論。已姑以漢言之。蘇子卿李少卿。非作者之首乎。觀二子之所著。紆曲凄惋。實宗國風與楚人之辭。二子既沒。繼者絕少。下逮建安。黃初曹子建父子起而振之。劉公幹王仲宣力從而輔翼之。正始之間。嵇阮又疊作。詩道於是乎大盛。然皆師少卿而馳騁於風雅者也。自時厥後。正音衰微。至太康復中興。陸士衡兄弟則倣子建。潘安仁張茂先張景陽則學仲宣。左太冲張季鷹則法公幹。獨陶元亮天分之高。其先雖出於太冲景陽。究其所自得。直超建安而上之。高情遠韻。殆猶太羹充鉶。不假鹽醯。而至味自存者也。元嘉以還。三謝顏鮑爲之首。三謝亦本子建。而雜參於郭景純。延之則祖士衡。明遠則效景陽。而氣骨淵然。駸駸有西漢風。餘或傷於刻鏤。而乏雄渾之氣。較之太康則有間矣。永明而下。抑又甚焉。沈休文拘於聲韻。王元長局於褊迫。江文通過於摹擬。陰子堅涉於淺易。何仲言流於瑣碎。至於徐孝穆庾子山。一以婉麗爲宗。詩之變極矣。然而諸人雖或遠式子建越石。近宗靈運元暉。方之元嘉。則又有不逮者焉。唐初承陳隋之弊。多尊徐庾。遂致頹靡不振。張子壽、蘇廷碩、張道濟相繼而興。各以風雅爲師。而盧昇之王子安務欲凌跨三謝。劉希夷、王昌齡、沈雲卿、宋少連。亦欲蹴駕江薛。固無不可者。奈何溺於久習。終不能改其舊。甚至以律法相高。益有四聲八病之嫌矣。唯陳伯玉痛懲其弊。專師漢魏。而友景純淵明。可謂挺然不羣之士。復古之功。於是爲大。開元天寶中。杜子美復繼出。上薄風雅。下該沈宋。才奪蘇李。氣吞曹劉。掩顏謝之孤高。雜徐庾之流麗。眞所謂集大成者。而諸作皆廢矣。並時而作有李太白。宗風騷及建安七子。其格極高。其變化若神龍之不可羈。有王摩詰。依倣淵明。雖運詞清雅。而萎弱少風骨。有韋應物。祖襲靈運。能壹寄穠鮮於簡淡之中。淵明以來。蓋一人而已。他如岑參高達夫劉長卿孟浩然元次山之屬。咸以興寄相高。取法建安。至於大曆之際。錢郎遠師沈宋。而苗崔盧耿吉李諸家。亦皆本伯玉而宗黃初。詩道於是爲最盛。韓柳起於元和之間。韓初效建安。晚自成家。勢若掀雷抉電。撐抉於天地之垠。柳斟酌陶謝之中。而措辭窈眇清妍。應物而下。亦一人而已。元白近於輕俗。王張過於浮麗。要皆同師於古樂府。賈浪仙獨變入僻。以矯豔於元白。劉夢得步驟少陵。而氣韻不足。杜牧之沈涵靈運。而句意尚奇。孟東野陰祖沈謝。而流於蹇澀。盧仝則又自出新意。而涉於怪詭。至於李長吉溫飛卿李商隱段成式。專誇靡曼。雖人人各有所師。而詩之變又極矣。比之大曆尚有所不逮。況厠之開元哉。過此以往。若朱慶餘、項子遷、李文山、鄭守愚、杜彥之、吳子華輩。則又駁乎不足議也。宋初襲晚唐五季之弊。天聖以來。晏同叔錢希聖劉子儀楊大年數人。亦思有以革之。第皆師於義山。全乖古雅之風。迨王元之以邁世之豪。俯就繩尺。以樂天爲法。歐陽永叔痛矯西崑。以退之爲宗。蘇子美梅聖俞介乎其間。梅之覃思精微。學孟東野。蘇之筆力橫絕。宗杜子美。亦頗號爲詩道中興。至若王禹玉之踵徽之盛。公量之祖應物。石延年之效牧之。王介甫之原三謝。雖不絕似。皆嘗得其髣髴者。元祐之間。蘇黃挺出。雖曰共師李杜。而競以己意相高。而諸作又廢矣。自此之後。詩人迭起。或波瀾富而句律疏。或煆煉精而情性遠。大抵不出於二家。觀於蘇門四學士及江西宗派諸詩。蓋可見矣。陳去非雖晚出。乃能因崔德符而歸宿於少陵。有不爲流俗之所移易。馴至隆興乾道之時。尤延之之清婉。楊廷秀之深刻。范至能之宏麗。陸務觀之敷腴。亦皆有可觀者。然終不離天聖元祐之故步。去盛唐爲益遠。下至蕭趙二氏。氣局荒頹。而音節促迫。則其變又極矣。由此觀之。詩之格力崇卑。固若隨世而變遷。然謂其皆不相師。可乎。第所謂相師者。或有異焉。其上焉者。師其意。辭固不似。而氣象無不同。其下焉者。師其辭。辭則似矣。求其精神之所寓。固未嘗近也。然唯深於比興者。乃能察知之耳。雖然。爲詩當自名家。然後可傳於不朽。若體規畫圓。準方作矩。終爲人之臣僕。尙烏得謂之詩哉。是何者。詩乃吟咏情性之具。而所謂風雅頌者。皆出於吾之一心。特因事感觸而成。非智力之所能增損也。古之人其初雖有所沿襲。末復自成一家言。又豈規規然必於相師者哉。嗚呼。此未易爲初學道也。近來學者類多自高。操觚未能成章。輒闊視前古爲無物。且揚言曰。曹劉李杜蘇黃諸作。雖佳。不必師。吾卽師。師吾心耳。故其所作往往猖狂無倫。以揚沙走石爲豪。而不復知有純和沖粹之意。可勝歎哉。可勝歎哉。濂非能詩者。因足下之言。姑略誦所聞如此。唯足下裁擇焉。不宣。濂白。

時齋先生俞公墓表　　王禕

元既有江南。以豪侈奉。直變禮文之俗。未數十年。薰漬狃狎。胥化成風。而宋之遺俗銷滅盡矣。爲士者怒馬短衣効其語言容飾以自附於上。冀速獲仕進。否則訕笑以爲鄙怯。非確然自信者鮮不爲之變。是時金華俞先生獨率其家以禮。深衣高冠。談說古道。客造門。肅威儀。俯首拱而趨。以迓至門。左右立。三揖至階。揖如初。乃升。及位。又揖者三。每揖皆有辭。相稱慰慶賛。周旋俯仰。辭氣甚恭。鄉人小子去家久。不知宋俗皆然。或竊指先生爲異。或尤以爲迂緩。先生不顧也。年七十有二。卒於元至治四年正月十七日。先生既亡。而宋之遺俗無有知者矣。先生諱金。字求器。別號時齋。其先杭人。吳越錢氏時。有仕其國爲戶部尙書兼營田使者曰公帛。嘗道婺。義爲愛其地。遂遷邑之鳳林鄉。戶部生德詮。德詮生諴。又徙金華之孝順鎭。諴生海。海生善轉。善智各有子四人。皆爲儒。惟善智子言昌宋大觀三年上舍釋褐進士。知永豐蕭山二縣。而善轉子奉。復家溪南之琴山。奉生某。縣主簿允中。允中生性。性生忞。忞益生壽。壽生義。先生父也。母金氏。先生少好學。善自程督。鉤發窺索。水涵木滋。月長歲化。壯而有名。一試不合有司。卽退修於家。於經史尤潛心搜訂。較辯疑昧。多所附益。學者師尊之。受業者繼於門。先生年愈加。志愈篤。爲學晚而彌成。人望其致於用。而宋亡矣。故先生之名不大顯於世。惟發之文章以自見。久亦散佚不傳。世由是無從知先生。知而言之者。鄉人而已。然先生所存。鄉人未必知之。知其詳者。惟子暨孫。至曾孫則已疏矣。使更越數世。復有知者乎。篤於自信者。固不卹乎人之知否。然德如先生而弗傳。則天下之爲善者寡矣。禕是以論列之。以見不苟合乎一時者。乃所以合乎後世也。先生娶王氏。生四子。曰祿祺祐祉。乃棄諸子而卒。諸子以卒之歲十二月甲子葬於就日鄉義和里之阡。今去先生卒時。四十有六年。而先生之孫有欽有奇有識有覾有慶有用有元。多爲老成人。曾孫五人。

亦已長云。

第二節　明初之詩

明初開國文士宋濂劉基並能爲詩。而濂不及基之豪縱。要以高啓情詞並茂。足推一時之冠。於是吳中有四傑之稱。北郭有十友之目。王世貞藝苑卮言曰。勝國之季。業詩者道園以典麗爲貴。廉夫以奇崛見推。迨於明興。虞氏多助。大約立赤幟者二家而已。才情之美。無過季迪。聲氣之雄。次及伯溫。當是時孟載景文子高輩實爲之羽翼。而談者尙以元習短之。謂辭纖於宋。所乏老蒼。格不及唐。僅窺季晚。然是二三君子。工力深重。風調諧美。不得中行。猶稱殆庶。翩翩乎一時之選也。蓋廉夫詩文。王常宗詆爲文妖。其徒瞿佑、劉士亨、馬浩瀾輩效之。又不及遠甚。故當以季迪諸家爲明初詩人之宗矣。

高啟字季迪。長洲人。元末避張士誠之亂。遁居松江之青邱。自號青邱子。洪武初召修元史。授翰林院國史編修。後坐撰魏觀上梁文被誅。年僅三十九。所著有吹臺集鳳臺集婁江吟稿姑蘇雜詠。啟自定爲缶鳴集。景泰初徐庸合編爲大全集。凡詩千七百餘首。又有鳧藻集古文五卷。王子充曰。季迪之詩。雋而清麗。如秋空飛隼。盤旋百折。招之不肯下。又如碧水芙蕖。不假雕飾。翛然塵外。謝徽曰。季迪之詩。緣情隨事。因物賦形。橫從百出。開合變化。李東陽曰。國初稱高楊張徐。高才力聲調。過三人遠甚。百餘年來。亦未見有卓然過之者。清四庫大全集提要曰。啟天才高逸。實據明一代詩人之上。其於詩擬漢魏似漢魏。擬六朝似六朝。擬唐似唐。擬宋似宋。凡古人之所長無不兼之。振元末纖穠縟麗之習而返之於古。啟實爲有力。然行世太早。殞折太速。未能鎔鑄變化自爲一家。故備有古人之格。而反不能名啟爲何格。此則天實限之。非啟過也。特其摹仿古調之中。自有精神意象存乎其間。譬之褚臨禊帖。究非硬黃雙鉤者比。故終不與北地信陽太倉歷下同爲後人詬病焉。

啟在當時與楊基、張羽、徐賁。並稱四傑。又因與王行、徐賁、高遜志、唐肅、宋克、余堯臣、張羽、呂敏、陳則。同居北郭。號北郭十友。然諸子皆非啟之匹也。基字孟載。嘉州人。家於吳。有眉庵集。少時以鐵笛歌爲楊維楨所稱。其詩頗染元習。李東陽謂其春草詩最傳。徐泰詩談。謂其天機雲錦。自然美麗。獨時出纖巧。不及高啟之沖雅。王世貞藝苑卮言。又謂其情至之語。風雅掃地。朱彝尊靜志居詩話。獨推重其五言古體。然近體之佳者。亦自清俊流逸。雖不能方駕青邱。要非餘人所及。張羽字來儀。本潯陽人。徐賁字幼文。本蜀人。皆居吳。羽有靜居集。賁有北郭集。其詩又高楊之亞云。

眉公筆記。吳之詩自唐皮陸唱和爲一盛。再盛於元季。自王元兪、鄭元祐、張天雨、龔子敬、陳子平、宋子虛、錢翼之、陳敬初、顧仲瑛輩。各出所長。以追匹古者。繼而張仲簡、杜彥正、王止仲、楊孟載、高季迪、宋仲溫、徐幼文、陳惟寅、丁遜學、王汝器、釋道衍輩。附和而起。故數詩之能必指先屈於吳也。維時張來儀自江右來。與高楊徐相友善。名爲大家。比唐之四傑。故老言不唯文才之似。而其終亦不相遠。眉庵盈川。令終如一。高太史存心無疵而斃。則同乎賓王。北郭雖溺海。僅全要領。而非首丘。張來儀竄嶺表。尋召還。以對內政不協。恐禍及己。遽投龍江以沒。又與照鄰無異。

程孟陽曰。靜居五言古詩。學杜學韋。各有神理。非苟然者。樂府歌行。材力馳騁。音節諧暢。不襲宋元格調。眉庵樂府。尙多套數語。不若靜居才力深渾。有自得處。七言律詩。淸圓渾脫。不事雕繢。全是唐音。頡頏高楊。未知前後。或謂楊不如高。又謂張徐不及高楊。皆耳食之論也。

遺興　　劉基

江上潮來風捲沙。城頭畢逋烏尾訛。燕泥半濕昨夜雨。蛛網忽黏何處花。孤坐日月自閑暇。出門岐路空交加。漫將白髮對芳草。目送去鴻天一涯。

西臺慟哭詩　　高啟

峨峨子陵臺。其下大江奔。何人此登高。慟哭白日昏。哀哉宋遺臣。舊客丞相門。丞相旣死節。有身恥空存。北望萬里天。再拜奠酒尊。陰雲暮飛來。恍如載忠魂。所哭豈窮途。中抱千古冤。上悲宗周隕。下念國士恩。淒涼當世事。感慨平生言。空山誰知哀。惟有猴與猿。豈不畏衆驚。聲發不忍吞。人言天有耳。此哭寧不聞。願因長風還。吹此血淚痕。往隱燕山隅。一灑宿草根。田橫去已遠。茲道不復論。作歌悼往事。庶使薄俗敦。

梅花　同上

瓊姿只合在瑤臺。誰向江南處處栽。雪滿山中高士臥。月明林下美人來。寒依疏影蕭蕭竹。春掩殘香漠漠苔。自去何郎無好詠。東風愁寂幾回開。

新柳　楊基

濃如煙草淡如金。濯濯姿容裊裊陰。漸軟已無顰頓色。未長先有別離心。風來東面知春淺。月到梢頭覺夜深。惆悵吳宮千萬樹。亂鴉疎雨正沉沉。

春草　同上

嫩綠柔香遠更濃。春來無處不茸茸。六朝舊恨斜陽裏。南浦新愁細雨中。近水欲迷歌扇綠。隔花偏襯舞裙紅。平川十里人歸晚。無數牛羊一笛風。

川上暮歸　張羽

此地頻經畫舫過。暮歸原不畏風波。煙中漁網懸楊柳。浦口船燈照芰荷。歸鳥去邊行客少。夕陽盡處亂山多。此時詩思渾無賴。聽得前溪子夜歌。

秀野軒　徐賁

何處問幽尋。軒居湖上林。竹陰看坐釣。苔迹想行吟。嶂日斜明牖。渚風涼到琴。相過有隣叟。應只話閑心。

明初詩人。共推季迪爲冠。而何大復獨以袁海叟爲冠。李空同謂爲知言。凱字景文。華亭人。

洪武中由舉人薦授監察御史。旋以病免。有在野集。凱工詩有盛名。自號海叟。背戴烏巾。倒騎黑牛。游行九峯間。好事者至繪爲圖。初在楊維楨座。客出所賦白燕詩。凱微笑別作一篇以獻。維楨大驚。徧示座客。人遂呼袁白燕云。

白燕　袁凱

故國飄零事已非。舊時王謝見應稀。月明漢水初無影。雪滿梁園尚未歸。柳絮池塘香入夢。梨花庭院冷侵衣。趙家姊妹多相忌。莫向昭陽殿裏飛。

李空同曰。海叟師法子美。集中詩白燕最下。最傳。諸高者顧不傳。何大復曰。我朝諸名家集。多不稱鄙意。獨海叟較長。海叟歌行法杜。古作不盡是。要其取法必自漢魏以來。程孟陽曰。海叟詩氣骨高妙。天然去雕飾。天容道貌。即之泠然。古意二十首。高古激越。雄視一代。七言古詩筆力豪宕。拗不如意。七言律詩。自宋元來學杜。未有如叟之自然者。野逸元濬。疎蕩散兀。往往得老杜興會。惟漁洋詩話。以海叟遠非青邱之匹云。

陸深金臺紀聞曰。國初高啟季迪侍郎。與袁海叟皆以詩名。而雲間與姑蘇近。殊不聞其還往唱酬。若不相識然。何也。元敬嘗道季迪有贈景文詩曰。清新還似我。雄健不如他。今其集不載。是詩元敬得之史鑑明古。史得之朱應祥岐鳳。岐鳳吾松人。以詩自豪於一時。爲序在野集者。其事雖無考。然兩言者蓋實錄云。

李東陽懷麓堂詩話曰。林子羽鳴盛集專學唐。袁凱在野集專學杜。蓋能極力摹擬。不但字面句法。併其題目亦效之。開卷驟視。宛若舊本。然細味之。求其流出肺腑。卓爾自立者。指不能一再屈也。蓋自高袁之外。詩以唐人爲宗者。又有林子羽。子羽名鴻。福淸人。洪武初以人才荐授將樂縣訓導。歷禮部精膳司員外郎。性脫落不善仕。年未四十自免歸。閩中善詩者稱十才子。鴻爲之冠。十才子者。閩鄭定。侯官王褒、唐泰。長樂高棅、王恭、陳亮。永福王偁及鴻弟子周元、黃元。時人目爲二元者也。鴻之論詩。大指謂漢魏骨氣雖雄。而菁華不足。晉祖元虛。宋尚條暢。齊梁以下。但務春華。少秋實。惟唐作者可謂大成。然貞觀尙習故陋。神龍漸變常調。開元天寶間。聲律大備。學者當以是爲楷式。閩人言詩者。率本於鴻。明初詩人。又有會稽錢宰。元末已稱宿儒。洪武中以國子博士致仕。爲詩刻意古調。擬漢魏以下諸作。有臨安集。（今傳永樂大典粹本）又金華童冀。嘗與宋濂、張羽、姚廣孝、諸人唱和。詩調淸剛。有尙絅齋集。以及孫蕡之西庵集。虞堪之希澹園詩。皆不爲元末風氣所囿。而時有古音者也。

效陶彭澤　　童冀

少無簪組念。雅志在邱岑。結廬古澗阿。棲迹嘉樹林。南軒納朝陽。北牖延夕陰。蹕門無深轍。入室有鳴琴。良朋以時至。淸坐談古今。秫田秋向熟。濁醪行可斟。頭筐擷園蔬。持竿釣淸潯。歡飲聊共適。過滿非所欽。

擬行行重行行　　錢宰

出門萬里別。行行遠防邊。相望各天末。北斗日夜躔。四運秋復春。不見君子還。燕車北其轍。越馬南其轅。目遠心愈近。悵望徒懸懸。黃雲暗關塞。路險不見天。式微夫如何。日月忽已遷。願言崇明德。無爲終棄捐。

九日登絓月蘭若憶鄭二宣　林鴻

微霜初下越王城。衰病逢秋也自輕。九日登臨多縱醉。百年感慨獨鍾情。斷蟬野寺黃花晚。遠樹江天白雁晴。卻憶浮邱炎海上。嬾題詩句寄同聲。

第二十章　臺閣體

成祖起靖難之師。文儒如方孝孺之倫。並被殺戮。惟修永樂大典。爲古今類書之最宏富者。先是解縉上封事曰。陛下好觀韻府雜書。抄輯蕪穢。略無文彩。若喜其便於檢閱。願集一二儒英。隨事類別。勒成一經云云。其後遂修永樂大典。縉實爲總裁。官用分韻編類之法。書成累二萬巨冊。僅寫二部而已。淸世頗就其中抄輯古籍遺文。墜簡賴以有傳。其功甚不細也。惜今大典已散佚。不存十一矣。

永樂以後。至成化之末。八十餘年。海內無事。詩文亦趨於雍容平易。有承平之風。中間楊士奇、楊榮、楊溥。並以文雅見任。逮事成祖仁宗宣宗英宗四朝。歷執國柄。號曰三楊。其詩文稱臺閣體。而士奇尤優矣。

楊士奇名寓。太和人。以字行。建文之初。以史才召入翰林。永樂初入內閣典機務。累進華蓋殿大學士。盡瘁王事。四十餘年。正統九年。壽八十卒。三楊並稱。而士奇文章特優。制誥碑版。多出其手。仁宗雅好歐陽修文。士奇文亦平正紆餘。得其髣髴。有東里全集九十七卷。別集四卷。鄭瑗井觀瑣言。稱其文典則。無浮泛之病。雜錄敍事。極平穩不費力。後來館閣著作。沿爲流派。遂爲七子之口實。然李夢陽詩云。宣德文體多渾淪。偉哉東里廊廟珍。亦不盡沒其所長。蓋其文雖乏新裁。而不失前輩典型。遂主持數十年之風氣。非偶然也。

楊榮字勉仁。建文二年進士。受知成祖。入文淵閣。爲大學士。歷事仁宗宣宗。至正統五年卒。年七十。詩文雖不及士奇。而在溥之右。有文敏集。溥字弘濟。與榮同舉進士。爲翰林編修。後擢翰林學士。宣宗英宗之世。與士奇及榮共典機要。正統十一年卒。年七十五。當時以三人居第。稱士奇爲西楊。榮爲東楊。溥爲南楊。三楊聲望相匹。皆富貴老壽。惟文采則榮溥不及士奇云。

同蔡尙遠尤文度朱仲禮楊仲舉蔡用嚴游東山　　楊士奇

步出城東門。逍遙望雲巘。累月懷佳游。茲晨遂登踐。梵宇繞層阿。飛樓凌絕峴。方塘涵湛碧。喬林茂敷衍。繁翳幽莫通。丰茸紛不剪。攀磴窮高躋。緣徑屢回轉。是時微雨收。輕霞澹舒卷。遙睇素橫川。俯覗綠盈畎。陟降體自便。顧眄心已緬。況接曠士言。復偕釋子辯。析空理弗昧。達喧抱愈展。何因此間棲。永杢浮靈遣。

三楊之文。雖無深湛幽渺之思。縱橫馳驟之才。足以震耀一世。而逶迤有度。醇實無疵。臺閣之文所由與山林枯槁者異也。柄國既久。晚進者遞相摹擬。餘波所衍。漸流爲膚廓冗長。千篇一律。物窮則變。於是何李崛起。倡爲復古之論。而士奇榮等遂爲藝林之口實。平心而論。凡文章之力足以轉移一世者。其始也必能自成一家。其久也亦無不生弊。微獨東里一派。即前後七子。亦孰不皆然。不可以前人之盛。併回護後來之衰。亦不可以後來之衰。併掩沒前人之盛也。當時又別有正統十才子。景泰十才子。然大抵沿臺閣體之餘習。故不復深論焉。

第二十一章　弘正文學

第一節　何李

弘治正德之際。內外多事。西北邊境。屢患寇擾。權閹竊柄。國政日就陵替。盜賊滿野。天子壅蔽。惟以嬉游爲務。而此時文學獨有復古之象。李夢陽、何景明、邊貢、徐禎卿等相唱和。文必秦漢。詩必盛唐。以上力矯永樂以後之臺閣體。風氣至是一變。先是海內稱李夢陽、何景明、邊貢爲三才子。後益以徐禎卿。稱弘正四傑。就中李夢陽何景明最爲傑出。李以雄健勝。何以秀逸勝。實開嘉靖四十子之體格焉。

明初詩人。或染元習。或沿宋體。何李既出。乃一矯以唐音。然亦李東陽一麾之力。居多。東陽字賓之。號西涯。茶陵人。天順八年。年十八登進士第。歷官太子少師吏部尚書華蓋殿大學士。正德十一年卒。年七十。初武宗之立。東陽與劉健謝遷俱受顧命。一時號爲賢相。惟與劉瑾並立朝。爲後人所訾。然好獎成後進。推挽才彥。學士大夫出其門者。卒粲然有所成就。天下翕然宗之。稱曰西涯先生。李夢陽雖後來頗詆東陽。固亦嘗執贄其門。故復古之功。誠推何李。何李又實借譽於東陽也。是以穆敬甫曰。東陽倡始之功。甚似唐之燕許。王元美亦云。東陽之於李何。猶陳涉之啟漢高也。其詩尤雅馴清徹。格律嚴整。得唐人之風致。有懷麓堂集百卷。

花將軍歌　李東陽

花將軍。身長八尺勇絕倫。從龍渡江江水渾。提劍躍馬走平陸。敵兵不能逼。主將不敢嗔。殺人如麻滿川谷。徧體無一刀鎗痕。太平城中三千人。楚賊十萬勢欲吞。將軍怒呼縛盡絕。罵賊如狗狗不猜。檣頭萬箭集如蝟。將軍願死不願生。作他人臣。郜夫人。赴水死。有妻不辱將軍門。將軍侍婢身姓孫。收屍葬母抱兒走。爲賊俘虜隨風塵。寄兒漁家屬漁姥。死生已分歸蒼旻。賊平身歸竊兒去。夜宿陶穴如生墳。亂兵爭舟不得渡。墮水不死如有神。浮槎爲舟蓮爲食。空中老父能知津。孫來抱兒達行在。哭聲上徹天能聞。帝呼花雲兒。風骨如花雲。手摩膝置泣復歎。雲汝不死猶兒存。兒年十五官萬戶。九原再拜君王恩。忠臣節婦古稀有。嬰杵尙是男兒身。英靈在世竟不朽。下可爲河嶽。上可爲星辰。君不見金華文章石室史。嗟我欲賦豈有筆力回千鈞。

李夢陽。字天賜。更字獻吉。慶陽人。徙扶溝。弘治癸丑進士。授戶部主事。轉員外郎。應詔陳言。

彈壽寧侯張鶴齡。繫錦衣獄。旋釋之。進郎中。代尚書韓文草奏劾劉瑾。坐姦黨致仕。有空同子集。夢陽才思雄鷙。與何景明等。以復古自命。皆卑視一世。而夢陽尤甚。吳人黃省曾越人周祚。千里致書。願爲弟子。迨嘉靖朝。李攀龍王世貞出。復奉以爲宗。天下推李何王李爲四大家。無不爭效其體。華州王維楨以爲七言律自杜甫以後。善用頓挫倒插之法。惟夢陽一人。而後有識夢陽詩文者。則謂其摹擬剽竊。得史遷少陵之似。而失其眞云。何景明字仲默。信陽人。八歲解詩古文。弘治十一年舉於鄉。年方十五。旋第進士。授中書舍人。與李夢陽輩倡詩古文。夢陽最雄駿。景明稍後出。相與頡頏。官至陝西提學副使。卒年三十九。景明志操耿介。尚節義。鄙榮利。與夢陽並有國士風。兩人爲詩文初相得甚歡。名成之後。互相詆諆。夢陽主摹仿。景明則主擬造。各樹堅壘不相下。兩人交游亦遂分左右袒。說者謂景明之才本遜夢陽。而其詩秀逸穩稱。視夢陽粗浮剽竊。反爲過之。然天下語詩文必並稱何李。其持論謂詩溺於陶。謝力振之。古詩之法亡於謝。文靡於隋。韓力振之。古文之法亡於韓。

淸四庫空同集提要曰。夢陽倡言復古。使天下毋讀唐以後書。持論甚高。足以竦當代之耳目。故學者翕然從之。文體一變。厥後摹擬剽賊。日就窠臼。論者追原本始。歸獄夢陽。其受詬厲亦最深。考明自洪武以來。運當開國。多昌明博大之音。成化以後。安享太平。多臺閣雍容之作。愈久愈弊。陳陳相因。遂至嘽緩冗沓。千篇一律。夢陽振起痿痺。使天下復知有古書。不可謂之無功。而盛氣矜心。矯枉過直。因樹屋書影。載其黃河水繞漢宮牆一詩。以落句有郭汾陽字。涉用唐事。恐貽口實。遂刪除其稿不入集中。其堅立門戶至於如此。同時若何景明薛蕙皆夢陽倡和之人。景明論詩諸書。旣斷斷往復。蕙亦有俊逸終憐何大復。粗豪不解李空同句。則氣類之中。已有異議。不待後來之排擊矣。平心而論。其詩才力富健。實足以籠罩一時。而古體必漢魏。近體必盛唐。句擬字摹。食古不化。亦往往有之。所謂武庫之兵。利鈍雜陳者也。其文則故作聱牙。以艱深文其淺易。明人與其詩並重。未免忧於盛名。又大復集提要曰。夢陽景明二人。天分各殊。取徑稍異。故集中與夢陽論詩諸書。反復詰難。斷斷然兩不相下。平心而論。摹擬蹊徑。二人之所短略同。至夢陽雄邁之氣。與景明諧雅之音。亦各有所長。正不妨離之雙美。不必更分左右袒也。景明於七言古體。深崇四傑轉韻之格。見所作明月篇序中。王士禎論詩絕句有曰。接跡風人明月篇。何郎妙悟本從天。王楊盧駱當時體。莫逐刀圭誤後賢。乃頗不以景明爲然。其實七言肇自漢氏。率乏長篇。魏文帝燕歌行以後。始自爲音節。鮑照行路難。始別成變調。繼而作者。實不多逢。至永明以還。蟬聯換韻。宛轉抑揚。規模始就。故初唐以至長慶。多從其格。卽杜甫諸歌行。魚龍百變。不可端倪。而洗兵馬、高都護驄馬行等篇。亦不廢此一體。士禎所論。以防浮豔塗飾之弊則可。必以景明之論足誤後人。則不免於懲羹而吹齏矣。

送李帥之雲中　　李夢陽

黃風北來雲氣惡。雲州健兒夜吹角。將軍按劍坐待曙。紇干山搖月半落。槽頭馬鳴士飯飽。昔無完衣今繡襖。沙場緩轡行射雕。秋草滿地單于逃。

九日南陵送橙菊　　同上

朱門美菊采先芳。玉圓新橙摘早霜。傳送滿盤眞鬪色。分看隨手各矜香。深憐便合移尊酹。甖貯應須得蟹嘗。獨醉秋堂臥風物。一年晴雨任重陽。

鰣魚　　何景明

五月鰣魚已至燕。荔枝盧橘未能先。賜鮮遍及中璫第。薦熟應開寢廟筵。白日風塵馳驛騎。炎天冰雪護江船。銀鱗細骨堪憐汝。玉筯金盤敢望傳。

弘正間文學。爲李東陽之羽翼者。有楊一清。爲李何之羽翼者。有邊貢徐禎卿。號弘正四傑。然當時李何與禎卿、貢、朱應登、顧璘、陳沂、鄭善夫、康海、王九思等。號十才子。又李何、禎卿、貢、海、九思、王廷相號七才子。禎卿又先與文徵明、唐寅、祝允明有吳中四子之目。繼與陸深齊名。吳中四子詩本慕白居易劉禹錫。禎卿從李何游。乃變而向漢魏盛唐。朱彝尊靜志居詩話。論成宏間詩體曰。成宏間詩道傍落。雜而多端。臺閣諸公。白草黃茅。紛蕪靡蔓。其可披沙而揀金者。李文正楊文襄也。理學諸公。擊壤打油。筋斗樣子。其可識曲而聽眞者。陳白沙也。

北地一呼。豪傑四應。信陽角之。迪功犄之。律以高廷禮詩品。浚川華泉東橋等爲之羽翼。夢澤西原等爲之接武。正變則有少谷太初。傍流則有子畏霞蔚雲蒸。忽焉丕變。嗚呼甚哉。

重贈吳國賓　　邊貢

漢江明月照歸人。萬里秋風一葉身。休把客衣輕浣濯。此中猶有帝京塵。

寄華玉　　徐禎卿

去歲君爲薊門客。燕山雪晴秦雲白。馬上相逢脫紫貂。朝回沽酒城南陌。燕山此日雪紛紛。祇見秦雲不見君。胡天白雁南飛盡。千里相思那得聞。

擬宮怨　　顧璘

不見彤墀日月旃。庭隅草木掩清輝。金輿到處無新故。玉貌從來有是非。莫雨樓臺雙燕入。春寒池館百花稀。監宮一去無人語。獨自含顰詠綠衣。

閑居秋日　　祝允明

逃暑因能甕閉關。不須多把古賢攀。并拋杯勺方爲懶。少事篇章未礙閑。風墮一庭鄰寺葉。雲開半面隔城山。浮生只說潛居易。隱比求名事更艱。

月夜登閶門西虹橋　　文徵明

白霧漫空去渺然。西虹橋上月初圓。帶城燈火千家市。極目帆檣萬里船。人語不分塵似海。夜寒初重水生煙。平生無限登臨興都落風欄露楯前。

楊愼少時。亦曾與何大復諸人游接。故升庵集詩文。亦不屬唐以後體格。惟盛年遠謫。不在聲氣之中耳。愼著述之富。有明一代罕見。其比淸四庫提要稱愼詩含吐六朝。於明代獨立門戶。文雖不及其詩。然猶存古法。賢於何李諸家。窒塞艱澀。不可句讀者。蓋多見古書。薰蒸沈浸。吐屬自無鄙語。譬諸世祿之家。天然無寒儉之氣矣。

詠柳　楊愼

垂楊垂柳管芳年。飛絮飛花媚遠天。金距鬬雞寒食後。玉蛾翻雪煖風前。別離江上還河上。拋擲橋邊與路邊。游子魂銷青塞月。美人腸斷翠樓煙。

第二節　王守仁

弘正間王守仁以文章之彥。蔚爲儒宗。先是明初以來言理學者。有薛瑄、胡居仁、丘濬、陳獻章諸家。皆承伊洛之緒論。未有創解新說也。自守仁出。始稱朱陸以後之碩學焉。

守仁字伯安。餘姚人。弘治十二年進士。爲刑部主事。忤劉瑾。謫龍場驛丞。及劉瑾誅。歷官至太僕寺少卿。鴻臚寺卿。兵部尙書等。封新建伯。嘉靖八年。卒於安南。年五十八。諡文成。先是守仁嘗築書屋於陽明洞講學。故世稱曰陽明先生。

陽明之學。宗陸象山。以致良知爲主。所論或與朱子異趣。故薛瑄之徒。尊朱子。其學爲河東。

陽明一派爲姚江派。陽明嘗自謂初溺於任俠。次溺於騎射。次溺於詞章。次溺於神仙。次溺於佛氏。終乃致力聖賢之學。究格物致知之旨。然其文章特稚健有光采。上承宋濂方孝孺之緒。而開王愼中、唐順之、歸有光之先聲。其詩格尤典正不矜奇巧。初與李何諸人倡和。後大有所悟。斷然棄去。社中人皆深惜之。嘗曰學如韓柳。不過文人。辭如李杜。不過詩人。惟志心性之學。以顏閔爲期者。乃人間第一等德業也。然彼詩文亦自成一家。足爲一代之大宗矣。

瘞旅文　王守仁

維正德四年。秋月三日。有吏目云自京來者。不知其名氏。攜一子一僕。將之任。過龍場。投宿土苗家。予從籬落間望見之。陰雨昏黑。欲就問訊北來事。不果。明早遣人覘之。已行矣。薄午有人自蜈蚣坡來。云一老人死坡下。傍兩人哭之哀。予曰此必吏目死矣。傷哉。薄暮復有人來云坡下死者二人。傍一人坐哭。詢其狀。則其子又死矣。明日復有人來云見坡下積尸三焉。則其僕又死矣。嗚呼傷哉。念其暴骨無主。將二童子持畚鍤往瘞之。二童子有難色。然予曰噫。吾與爾猶彼也。二童閔然涕下。請往。就其傍山麓爲三坎埋之。又以隻雞飯三盂。嗟吁涕洟而告之曰。嗚呼傷哉。繄何人。繄何人。吾龍場驛丞餘姚王守仁也。吾與爾皆中土之產。吾不知爾郡邑。爾烏爲乎來爲茲山之鬼乎。古者重去其鄉。游官不踰千里。吾以竄逐而來此。宜也。爾亦何辜乎。聞爾官吏目耳。俸不能五斗。爾率妻子躬耕可有也。烏爲乎以五斗而易爾七尺之軀。又不足而益以爾子與僕乎。嗚呼傷哉。爾誠戀茲五斗而來。則宜欣然就道。烏爲乎吾昨望見爾容蹙然。蓋不勝其憂者。夫衝冒霜露。扳援崖壁。行萬峯之頂。飢渴勞頓。筋骨疲憊。而又瘴癘侵其外。憂鬱攻其中。其能以無死乎。吾固知爾之必死。然不謂若是其速。又不謂爾子爾僕。亦遽然奄忽也。皆爾自取。謂之何哉。吾念爾三骨之無依而來瘞爾。乃使吾有無窮之愴也。嗚呼傷哉。縱不爾瘞。幽崖之狐成羣。陰壑之虺如車輪。亦必能葬爾於腹。不致久暴露爾。爾既已無知。然吾何能爲心乎。自吾去父母鄉國而來此二年矣。歷瘴毒而苟能自全。以吾未嘗一日之戚戚也。今悲傷若此。是吾爲爾者重。而自爲者輕也。吾不宜復爲爾悲矣。吾爲爾歌。爾聽之。歌曰。連峯際天兮飛鳥不通。游子懷鄉兮莫知西東。莫知西東兮惟天則同。異域殊方兮環海之中。達觀隨寓兮莫必予宮。魂兮魂兮。無悲以恫。又歌以慰之曰。與爾皆鄉土之離兮。蠻之人言語不相知兮。性命不可期。吾苟死於茲兮。率爾子僕來從予兮。吾與爾遨以嬉兮。驂紫彪而乘文螭兮。登望故鄉而噓唏兮。吾苟獲生歸兮。爾子爾僕尚爾隨兮。無以無侶悲兮。道旁之塚累累兮。多中土之流離兮。相與呼嘯而徘徊兮。飧風飲露無爾飢兮。朝友麋鹿。暮猿與棲兮。爾安爾居兮。無爲厲於茲墟兮。

第二十二章　嘉靖萬歷文學

第一節　嘉靖八才子及歸有光之古文

嘉靖初王愼中等倡爲古文。以矯李何之弊。有八才子之號。先是北地信陽聲華藉甚。教天下無讀唐以後書。然其學得於詩者較深。得於文者頗淺。故其詩能自成家。而古文則鉤章棘句。剽襲秦漢之面貌。遂成僞體。史稱愼中爲文。初亦高談秦漢。謂東京以下無可取。已而悟歐曾作文之法。乃盡焚舊作。一意師仿。尤得力於曾鞏。唐順之初不服其說。久乃變而從之。壯年廢棄。益肆力於文。演迤詳贍。卓然成家。與順之齊名。天下稱之曰王唐。又與陳東、李開先、熊過、任瀚、趙時春、呂高稱八才子。而王唐名最高矣。愼中字道思。晉江人。嘉靖五年進士。歷官戶部主事、禮部員外郎、山東提學僉事、江西參議、河南參政。後罷官屛居二十年。嘉靖三十八年卒。年五十一。有遵巖集。順之字應德。毗陵人。嘉靖八年進士。歷兵部吏部。入翰林。後罷官。入陽羨山中讀書十餘年。復召用。以嘉靖三十九年卒。年五十四。有荊川集。自八才子之以古文倡也。李何集幾遏不行。李攀龍王世貞後起力排之。卒不能掩。攀龍愼中提學山東時所賞拔者也。其後宗何李。遂與愼中異趣云。

八才子自王唐外。其文不甚顯。茅坤歸有光稍晚出。治古文有聲。而名不在八才子之列。坤字順甫。善古文。最心折唐順之。順之喜唐宋諸大家文。所著文編。唐宋人自韓柳歐三蘇曾王八家外。無所取。故坤選八大家文鈔。其書盛行。海內鄉里小生。無不知茅鹿門者。鹿門坤之別號也。順之有答茅鹿門知縣論文書曰。

熟觀鹿門之文。及鹿門與人論文之書。門庭路徑。與鄙意殊有契合。雖中間小小異同。異日當自融釋。不待喋喋也。至如鹿門所疑於我。本是欲工文字之人。而不語人以求工文字者。此則有說。鹿門所見於我者。殆故吾也。而未嘗見夫槁形灰心之吾乎。吾豈欺鹿門者哉。其不語人以求工文字者。非謂一切抹摋。以文字絕不足爲也。蓋謂學者、先務。有源委本末之別耳。文莫猶人。躬行未得。此一段公案姑不敢論。只就文章家論之。雖有繩墨布置奇正轉摺自有專門師法。至於中間一段精神命脈骨髓。則非洗滌心源。獨立物表。具今古隻眼者。不足以與此。今有兩人。其一人心地超然。所謂具千古隻眼人也。即使未嘗操紙筆呻吟學爲文章。但直據胸臆。信手寫出。如寫家書。雖或疎鹵。然絕無煙火酸餡習氣。便是宇宙間一樣絕好文章。其一人猶然塵中人也。雖其顓顓學爲文章。其於所謂繩墨布置。則盡是矣。然翻來覆去。不過是這幾句婆子舌頭語。索其所謂眞精神與千古不可磨滅之見。絕無有也。則文雖工而不免爲下格。此文章本色也。即如以詩爲喻。陶彭澤未嘗較聲律雕句文。但信手寫出。便是宇宙間第一樣好詩。何則。其本色高也。自有詩以來。其較聲病雕句文用心最苦而立說最嚴者。無如沈約。苦卻一生精力。使人讀其詩祇見其細縛齷齪。滿卷累牘。竟不曾道出一兩句好話。何則。本色卑也。本色卑。文不能工也。而況非其本色者哉。且夫兩漢而下之文之不如古者。豈其所謂繩墨轉折之精之不盡如哉。秦漢以前。儒家者有儒家本色。至如老莊家有老莊本色。縱橫家有縱橫家本色。名家墨家陰陽家皆有本色。雖其爲術也駁。而莫不皆有一段千古不可磨滅之見。是以老家必不肯勦儒家之說。縱橫必不肯借墨家之談。各自其本色而鳴之爲言。其所言者其本色也。是以精光注焉。而其言遂不泯於世。唐宋而下。文人莫不語性命談治道。滿紙炫然。一切自託於儒家。然非其涵養畜聚之素。非眞有一段千古不可磨滅之見。而影響勦說。蓋頭竊尾。如貧人借富人之衣。莊農作大賈之飾。極力裝做。醜態盡露。是以精光枵焉。而其言遂不久湮廢。然則秦漢而上。雖其老墨名法雜家之說。而猶傳。今諸子之書是也。唐宋而下。雖其一切語性命談治道之說。而亦絕不傳。歐陽永叔所見唐四庫書目。百不存一焉者是也。後之文

人。欲以立言爲不朽計者。可以知所用心矣。然則吾之不語人以求工文字者。乃其語人以求工文字者也。鹿門其可以信我矣。（下略）

歸有光。字熙甫。崑山人。少師事同邑魏校。應嘉靖十九年進士不第。退居安亭江上。講學著文二十餘年。學者稱曰震川先生。嘉靖四十四年。始成進士。年六十矣。授長興知縣。甚有治績。隆慶五年卒。年六十六。有光爲古文。雖視王唐稍晚。而趣尙略同。尤好太史公書。得其神理。時王世貞承二李之後。主盟文壇。有光力排詆之。其項思堯文集序曰。

永嘉項思堯與余遇京師。出所爲詩文若干卷。使予序之。思堯懷奇未試。而志於古之文。其爲詩可傳誦也。蓋今世之所謂文者難言矣。未始爲古人之學。而苟得一二妄庸人爲之巨子。爭附和之。以詆排前人。韓文公云。李杜文章在。光燄萬丈長。不知羣兒愚。那用故謗傷。蚍蜉撼大樹。可笑不自量。文章至於宋元諸名家。其力足以追數千載之上而與之頡頏。而世直以蚍蜉撼之。可悲也。毋乃一二妄庸人爲之巨子以倡導之與。思堯之文。固無俟於余言。顧今之爲思堯者少。而知思堯者尤少。余謂文章天地之元氣。得之者。其氣直與天地同流。雖彼之權。足以榮辱毀譽於人。而不能以與於吾文章之事。而爲文章者。亦不能自制其榮辱毀譽之機於己。兩者背戾而不一也久矣。故人知之過於吾所自知者。不能自得也。己知之過於人之所知。其爲自得也。方且追古人於數千載之上矣。吾與思堯言自得之道如此。思堯果以爲然。其造於古也必遠矣。

錢謙益題歸熙甫集曰。熙甫生與王弇州同時。弇州世家膴仕。主盟文壇。海內望走如玉帛職貢之會。惟恐後時。而熙甫老與場屋。與一二門弟子。端拜雒誦。自相倡歎於荒江虛市之間。嘗爲人敍其文曰。今之所謂文者。未始爲古人之學。苟得一二妄庸人爲之巨子以詆排前人。弇州笑曰。妄誠有之。庸則未敢聞命。熙甫曰。唯庸故妄。未有妄而不庸者也。弇州晚年頗自悔其少作。亟稱熙甫之文。嘗讚其畫像曰。風行水上。渙爲文章。風定波息。與水相忘。千載有公。繼韓歐陽。予豈異趨。久而自傷。其推服之如此。而又曰。熙甫誌墓文絕佳。惜銘詞不古。推公之意。其必以聱牙詘曲不識字句者爲古耶。不獨其護前。仍在。亦其學問種子。埋藏八識田中。所見一差。終其身而不能改也。如熙甫之李羅村行狀。趙汝淵墓誌。雖韓歐復生。何以過此。以熙甫追配唐宋八大家。其於介甫子由。殆有過之無不及也。士生於斯世。尚能知宋元大家之文。可以與兩漢同流。不爲俗學所澌滅。熙甫之功。豈不偉哉。傳聞熙甫上公車。賃騾車以行。熙甫儼然中坐。後生弟子。執書夾侍。嘉定徐宗伯年最少。從問李空同文云何。因取集中于肅愍廟碑以進。熙甫讀畢。揮之曰。文理那得通。偶拈一帙。得曾子固書魏鄭公傳後。挾册朗誦。至五十餘過。聽者皆欠伸欲臥。熙甫沉吟諷詠。猶有餘味。宗伯每歎先輩好學深思。不可幾及。如此。今之君子。有能好熙甫之文。如熙甫之於子固者乎。后山一瓣香。吾不憂其無所託矣。

按牧齋爲文。與熙甫不類。而推之至於如此。清世桐城派作者。尤尊熙甫。殆有逾於王唐焉。

第二節　李王七子之詩體

與王唐對跱而復倡李何一派。言文必秦漢。詩必盛唐者。又有李攀龍、王世貞、謝榛、宗臣、梁有譽、徐中行、吳國倫七子。明代文章自前後七子而大變。前七子以李夢陽爲冠。何景明附翼之。後七子以攀龍爲冠。王世貞應和之。後攀龍先逝。而世貞名位日昌。聲氣日廣。著述日富。壇坫遂躋攀龍上。然尊北地。排長沙。續前七子之焰者。攀龍實首倡也。殷士儋作攀龍墓誌。稱文自西漢以來。詩自天寶以下。若爲其毫素汚者。輒不忍爲。故所作一字一句。摹擬古人。驟然讀之。斑駁陸離。如見秦漢間人。高華偉麗。如見開元天寶間人也。至萬歷間。公安袁宏道兄弟。始以贋古詆之。天啓中。臨川艾南英。排之尤力。今觀其集。古樂府割剝字句。誠不免剽竊之譏。諸體詩亦亮節較多。微情差少。雜文更有意詰屈其詞。塗飾其字。誠不免如諸家所譏。然攀龍資地本高。記誦亦博。其才力富健。凌轢一時。實有不可磨滅者。擷其英華。固亦豪傑之士也。

李攀龍。字于鱗。歷城人。嘉靖甲辰進士。除刑部主事。歷郎中。出知順德府。升陝西提學副使。稱病歸。鄉里構白雪樓。居之。東眺華不注。西挹鮑山。日夕讀書吟咏樓中。十年。賓客造門。皆謝不見。已而擢河南按察使。奔母喪。哀毀過甚。遂得疾。隆慶四年卒。年五十七。有滄溟集。

王世貞。字元美。太倉人。自號鳳洲。亦稱弇州山人。嘉靖二十六年進士。由刑部主事。遷員外郎郎中。嘗疏辯楊繼盛之冤。爲嚴嵩所忌。出爲青州兵備副使。嵩誅。歷任太僕寺卿、兵部右侍郎。刑部尚書。萬歷十八年卒。年六十五。有弇州山人四部稿百七十四卷。續稿二百七卷。世貞始與攀龍狎主文柄。攀龍歿。獨操其柄二十年。才最高地望最顯。聲華意氣。籠蓋海內。舉天下士大夫。以及山人詞客衲子羽流。莫不奔走門下。片言褒賞。聲價驟起。自古文士享隆名主風雅。領袖人倫。未有若世貞之盛者也。其持論文必西漢。詩必盛唐。大歷以後書勿讀。而藻飾太甚。晚年攻者漸起。世貞顧漸造平淡。病亟時。劉鳳往視。見其手蘇子瞻集。諷翫不置也。其所與遊者。大抵見其集中。前五子篇則攀龍、中行、有譽、國倫、臣也。後五子篇則南昌余曰德、蒲圻魏裳、歙汪道昆、銅梁張佳胤、新蔡張九一也。廣五子篇。則崑山俞允文、濬盧柟、濮州李先芳、孝豐吳維岳、順德歐大任也。續五子篇。則陽曲王道行、東明石星、從化黎民表、南昌朱多煃、常熟趙用賢也。末五子篇。則京山李維楨、鄞屠隆、南樂魏允中、蘭溪胡應麟也。而用賢復與焉。又作八哀篇。紀同郡中老輩陸治、彭年、文嘉、陳鎏、陸師道、黃姬水、顧聖之、錢穀。作四十詠。紀遠近交遊。皇甫汸、莫如忠、許邦才、周天球、沈明臣、王祖嫡、劉鳳、張鳳翼、朱多熿、顧孟林、殷都、穆文熙、劉黃裳、張獻翼、王穉登、王叔承、周弘禴、沈思孝、魏允貞、喻均、鄒迪光、余翔、張元凱、張鳴鳳、邢侗、鄒觀光、曹昌先、徐益孫、瞿汝稷、顧紹芳、朱器封、王廷綬、徐桂、王伯稠、王衡、汪道貫、華善繼、張九一、梅鼎祚、吳稼澄之屬。然其所去取。頗以好惡爲高下。曰德字德甫。佳胤字肖甫。九一字助甫。世貞詩所謂吾黨有三甫也。

謝榛字茂秦。臨清人。有四溟山人集。嘉靖間挾詩卷游長安。脫黎陽盧柟於獄。諸公皆多其行誼。爭與交驩。是時于鱗元美結社燕市。茂秦以布衣執牛耳。結社之始。尙論有唐諸家。茫無適從。茂秦主選十四家詩熟讀之以會神氣。申詠之以求聲調。玩味之以裒精華。自是稱詩選格多取定於茂秦。于鱗贈詩曰。謝榛吾黨彥。咄嗟名士籍。遂令清廟音。乃在褐衣客。於時子與、公實、子相、元美。撰五子詩。咸首茂秦而次以于鱗。既而布衣高論。不爲同社所安。于鱗乃遺書絕交。而曰豈其使一眇君子肆於二三之上。必不然矣。迹其隙末。乃因明卿入社。茂秦喩以糞土。由是布惡於衆。元美別定五子。遽削其名。其後世貞有後五子、廣五子、續五子、末五子之詠。更廣爲四十子。而茂秦終不得與焉。故四溟賦雜感詩有奈何君子交中道兩棄置之句。亦可憫矣。于鱗有言。眇君子雖耄而繩墨猶存。則亦未嘗深絕之。特明時重貲格。於章服中雜以韋布。終以爲嫌爾。然七子論詩之旨。實自茂秦發之也。

朱彝尊以七子中元美才氣十倍于鱗。然元美推服于鱗甚至。茂秦今體工力深厚。句響字穩。亦在諸人之上。此外梁有譽字公實。順德人。有蘭汀存稿。宗臣字子相。興化人。有方城集。徐中行字子與。長興人。有青蘿館集。吳國倫字明卿。興國州人。有甔甀洞正續集。明卿文釆最劣。宜茂秦深薄之。然最老壽。元美卽世之後。猶與汪伯玉李本寧狎主齊盟。亦見一時之

風氣也

古意　李攀龍

秋風西北起。吹我游子裳。浮雲從何來。安知非故鄉。蕭蕭胡馬鳴。翩翩下枯桑。暮色入中原。飛蓬轉戰場、往路不可懷。行役自悲傷。

懷子相　同上

薊門秋杪送仙槎。此日開尊感歲華。臥病山中生桂樹。懷人江上落梅花。春來鴻雁書千里。夜色樓臺雪萬家。南粵東吳還獨往。應憐薄宦滯天涯。

袁江流鈐山岡　王世貞

湯湯袁江流。巖巖鈐山岡。鈐山自言高。袁江自言長。不知何星宿。獨火或貪狼。降生小家子。爲災復爲祥。瘦若鸛雀立。步則鶴昂藏。朱蛇戢其冠。光彩爛縱橫。孔雀雖有毒。不能掩文章。十五齒邑校。二十薦鄉書。三十拜太史。屹屹事編摩。五十天官卿。藻鏡在留都。六十登亞輔。少保秩三孤。七十進師臣。獨秉密勿謨。八十加殊禮。內殿敕肩輿。任子左司空。孽孫執金吾。諸兒勝拜跪。一一賜銀緋。甲第連青雲。冠蓋羅道塗。儤直不復下。中禁起周廬。涼堂及便房。事事皆相宜。文絲識隱囊。細錦爲牀帷。尙方鑄精鏐。胡盤杯茈䙰。雕盤盛玉膳。黃票封大禧。五尺鳳頭尖。時時遺問遺。黃絨團蟒紗。織作自留司。匹匹壓紗銀。百兩頗有餘。煎作百和香。染爲混元衣。溫涼四時藥。手自劑刀圭。日月報薄蝕。朝賀當暑祁。但臥不必出。稱敕撰直詞。御史噤莫聲。緹騎勿何誰。相公有密啟。爲復未開封。九重不斯須。婕妤貼

當胸。密詔下相公。但稱嚴少師。或字呼惟中。縣官與相公。兩心共一心。相公別有心。縣官不可尋。相公與司空。兩心
同一心。司空別有心。相公不得尋。昔逐諳城。翟黃冠歸田里。後詒貴溪。夏朝衣向東市。戈矛生謦咳。虀粉成睚眦。朝
疏論相公。鑑榜夕以至。寧忤縣官生。不忤相公死。相公猶自可。司空立殺爾。凌晨直門開。九卿前白事。不復問詔書
但取相公旨。相公前報言。但當語兒子。兒子大智慧。能識天下體。九卿不能答。次且出門去。不敢歸其曹。共過城西
邸。司空令傳語。偶醉未可起。去者歸其曹。留者當未至。九卿面如土。九卿足如枳。爲復且忍飢。以次前白事。司空有
得色。相公直廬喜。司空稍囁嚅。相公直廬恚。不復問相公。但取司空旨。縣官有密詔。急取相公對。相公不相對。急復
呼兒子。兒子大智慧。能識天下體。一疏天怒迴。再疏天顏喜。九邊十二鎭。諸王三十國。中外美達觀。大小員數百。各
各黃金鑄。一一千金直。南海明月珠。于闐夜光玉。猫精鴉鶻石。酒黃祖母綠。紅紫青靺鞨。大者如拳蕨。薔薇古剌水。
伽南及阿速。瑞腦眞龍涎。十里爲芬馥。古法書名畫。何止千百軸。玉躞標金題。煌煌照箱簏。妖姬圍鶻隊。隊隊皆殊
色。銀牀金絲帳。玉枕象牙席。杏衫平頭奴。絲縢雙蹴踘。酒闌呼不見。潛入他房宿。生埋寯子都。爛煑秦宮肉。生者百
叢花。殁者一叢棘。近郎龍床底。遠至陰山後。凡我民膏脂。無非相公有。義兒數百人。監司迨卿寺。以至大節鎭。侯家
并戚里。逶迤洙泗步。燦燦西京手。老者相公兒。少者司空子。謂當操鈞柄。天地俱長久。御史上彈章。天眼忽一開。詔
捕少司空。究覈諸贓罪。三木囊豬衣。炎方禦魑魅。金吾一孫戍。餘者許歸侍。意猶念相公。續廩存晚計。舳艫三十艘。
滿載金珠行。相公船頭坐。誰敢問譏征。嘯傲鄢塢間。足誇富家翁。司空不之戍。還復稱司空。廣徵諸山材。起第象紫
宮。募卒爲家衞。日夜聲洶洶。從奴踏邑門。子弟郡國雄。不論有反狀。訛言所流騰。宗社萬不憂。黔首或震驚。御史再

發之。天威不爲恆、御史乘飛鼠、捕司空至京。司空辭相公。再拜泣且絮。今當長相別。兒不負阿父。相公心自言。阿父寧負汝。不識一丁字。束髮辟三府。月請尙書奉。冠服亞汝父。汝父身不保。安能相救取。重纍監刑客。少入別諸姬。歸者吾而配。不歸而鬼妻。諸姬心自言。司空何太癡。歸者吾而配。不歸人人妻。還撫諸兒郎。阿爺生別離。金銀空饒積。高與鈐山齊。不得鑄爺身。及身身始知。兒郎心自言。阿爺何太癡。有金兒當使。無金兒自支。監刑兩指揮。各攜鐵銀鐺。程程覷溲寢。步步相扶將。有酒強爲歌。無酒夜彷徨。秋官爰書上。頃刻飛騎傳。一依叛臣法。瓩死大道邊。有尸不得收。縱施羣烏鳶。家貲巨千萬。少府司農錢。上實入尙方。中實發助邊。不得稱相公。沒入優老田。片瓦不蓋頭。一絲不著肩。諸孫呼巖更。夕受亭長鞭。僮奴半充戍。餘者他州縣。夜半一啓門。諸姬鳥獸竄。里中輕薄子。媒妁在兩腕。相公逼飢寒。時一仰天歎。我死不負國。奈何生兒叛。傍人爲大笑。嗤汝一何愚。汝云不負國。國負汝老奴。誰令汝生兒。誰令汝縱臾。誰納庶僚賄。誰朘諸邊儲。誰僇直諫臣。誰爲開佞諛。誰仆國梁柱。誰剪國爪牙。土木求神仙。誰獨稱先驅。六十登亞輔。少保秩三孤。七十進師臣。獨秉廊廟謨。八十加殊禮。內殿敕肩輿。任子左司空。孽孫執金吾。諸兒勝拜跪。一一賜銀緋。甲第連青雲。冠蓋羅道塗。以此稱無負。不如一妻豬。食君圈中料。爲君充庖廚。以此稱無負。不如一羖䍽。食君田中草。爲君禦霜雪。以此稱無負。不如韝中鶻。雖飽則掣去。毛羽前啣決。以此稱無負。不如鼠在廁。雖有小損傷。所共多汚穢。相公寂無言。次且復傍徨。頹老不能赤。淚老不盈眶。生當長掩面。何以見穹蒼。死當長掩面。何以見高皇。殮用六尺席。殯用七尺棺。黃腸安在哉。珠襦久還官。狐兔未稱尊。一邱不得安。爲子能負父。爲臣能負君。遺臭汚金石。所得皆浮雲。

暮秋卽事　謝榛

十見黃花發孤樽。思不勝。關河秋後雁。風雨夜深燈。留滯愁王粲。交游憶李膺。相隨年少子。走馬獵韓陵。

秋日懷弟　同上

生涯憐汝自樵蘇。時序驚心倘道塗。別後幾年兒女大。望中千里弟兄孤。秋天落木愁多少。夜雨殘燈夢有無。遙想故園揮涕淚。況聞寒雁下江湖。

瓜步眺望　梁有譽

殘紅慘澹已黃昏。江上烟波獨愴魂。京口樹濃藏雨氣。海門風急長潮痕。西來暮色連三楚。北望浮雲隔九閽。正值旂亭須買醉。憂時懷土不堪論。

登雲門諸山　宗臣

山頭月白雲英英。千峯倒插千江明。手把芙蓉步石壁。蒼翠亂射猿鳥驚。誰其雲外吹紫笙。欲來不來空復情。天風吹我佩蕭瑟。恍疑身在崑崙行。

感舊　徐中行

自別燕臺白日徂。華陽碣石總荒蕪。獨留一片西山月。猶照當年舊酒壚。

第三節　公安體與竟陵體

嘉靖七子之派。徐文長欲以李長吉體變之不能也。湯義仍欲以尤蕭范陸體變之亦不能也。王百穀、王承父、屠長卿、雖迭有違言。然寡不敵衆。自袁宗道兄弟出。而後公安體代行。先是宗道在館中。與同館南充黃輝力排王李之說。於唐好白樂天。於宋好蘇軾。名其齋曰白蘇。至其弟宏道中道。益矯以清新輕俊。學者多舍王李而從之。目爲公安體。然戲謔嘲笑。間雜俚語。空疏者便之。其後王李風漸熄。而鍾譚之說大熾。鍾譚鍾惺譚友夏也。中道憂之。將昌言排擊。然時方競趨。不能止矣。

袁宗道字伯修。公安人。弟宏道字無學。中道字小修。然三人之中。宏道得名最盛。

宏道年十六。爲諸生。卽結社城南。爲之長。間爲詩歌古文。有聲里中。舉萬歷二十年進士。歸家下帷讀書。詩文主妙悟。選吳縣知縣。聽斷敏決。公庭鮮事。與士大夫談說詩文。以風雅自命。改京府學官。國子博士。遷禮部郞。調吏部。移病卒於家。有錦帆、解脫、瀟碧堂、缾花齋、華嵩遊草、破研齋、廣陵、桃源、故篋、等集。

朱彝尊靜志居詩話曰。傳有言。琴瑟旣敝。必取而更張之。詩文亦然。不容不變也。隆萬間王李之遺派充塞。公安昆弟起而非之。以爲唐自有古詩。不必選體。中晚皆有詩。不必初盛。歐蘇陳黃各有詩。不必唐人。唐詩色澤鮮妍。如旦晚脫筆硯者。今詩纔脫筆硯。已是陳言。豈非流自性靈。與出自剽擬。所從來異乎。一時聞者渙然神悟。若良藥之解散。而沉痾之去體也。乃不善學者。取其集中俳諧調笑之語。如西湖云。一日湖上行。一日湖上坐。一日湖上住。一日湖上臥偶見白髮云無端見白髮。欲哭反成笑。自喜笑中意。一笑又一跳。嚴陵釣臺云。人言漢梅福。君之妻父也。此本滑稽之談。類入於狂言不自以爲詩者乃錫山華聞修選明詩。從而擊賞歎絕。是何異棄蘇合之香。取結蜣之轉邪。

横塘渡　袁宏道

横塘渡。郎西來。妾東去。感郎千金顧。妾家住紅橋。朱門十字路。認取辛夷花。莫過楊柳樹。

妾薄命　同上

落花去故條。尚有根可依。婦人失夫心。含情欲告誰。燈光不到明。寵極心還變。只此雙蛾眉。供得幾回盼。看多自成故。未必眞衰老。辟彼既闕花。不若初生草。

歸來　同上

歸來兄弟對門居。石浦河邊小結廬。可比維摩方丈地。不妨楊子一牀書。蔬園有處皆添甲。花雨無多亦溜渠。野服科頭常聚首。阮家禮法向來疏。

鍾惺。字伯敬。竟陵人。萬歷庚戌進士。除行人。升工部主事。改南京禮部主事。進郎中。遷福建提學僉事。有隱秀軒集。評閱古詩史記東坡文等書。譚元春字友夏。竟陵人。天啟丁卯舉人。試第一。有嶽歸堂集。自袁宏道兄弟矯王李詩之弊。倡以淸眞。惺復矯其弊。變而爲幽深孤峭。與同里譚元春評選唐人之詩爲唐詩歸。又評隋以前詩爲古詩歸。鍾譚之名滿天下。謂之竟陵體。然兩人學不甚富。其識解多僻。大爲通人所譏。元春字友夏。名輩後於惺。以詩歸故與齊名。至天啓七年始舉鄉試第一。惺已前卒矣。或曰詩歸本非鍾譚二子評選。乃竟陵諸生某假託爲之。鍾初見之怒。將言於學使除其名。既而家傳戶習。遂不復言。鍾譚並起。伯敬歷仕途湖海之聲氣猶未廣。藉友夏應和。竟陵體乃盛行。

舟晚　　鍾惺

舟棲頻易處。水宿偶依岑。嶼暝江逾遠。天寒谷自深。隔墟煙似曉。近峽氣先陰。初月難離霧。疎燈稍著林。漁樵昏後語。山水靜中音。莫數歸鴉翼。徒驚倦客心。

得蜀中故人書　　譚元春

蜀川兵定人靜。老友天寒信來。莫怪草堂深閉。小橋邊有門開。

靜志居詩話曰。禮云國家將亡必有妖孽。非必日蝕星變龍漦雞禍也。惟詩有然。萬歷中公安矯歷下婁東之弊。倡淺率之調。以爲浮響。造不根之句。以爲奇突。用助語之辭。以爲流轉。著一字務求之幽晦。構一題必期於不通。詩歸出而一時紙貴。閩人蔡復一等。既降心以相從。吳人張澤華淑等。復聞聲而遙應。無不奉一言爲準的。入二豎於膏肓。取名一時。流毒天下。詩亡而國亦隨之矣。

第二十三章　明之戲曲小說

戲曲小說。元代已盛。明世反若不逮。然作者衆多。時有佳製。固不得無述也。元季作曲諸家。多及明初。尚存流風餘韻。扇被當時。而寧王權及周憲王有燉。以貴族之尊。先後偶導。故士人嚮慕矣。甯獻王權。太祖第十六子。洪武二十四年就封大甯。永樂元年改封南昌。晚慕冲舉。自號臞仙。涵虛子。丹邱先生。均其別號也。有太和正音譜。瓊林雅韻等書。所作傳奇。惟荊釵記見傳。（六十種曲本）王元美曰。荊釵近俗而時動人。是也。

周憲王。係周定王長子。洪熙元年。襲封。景泰三年薨。列朝詩集曰。憲王遭世隆平。奉藩多暇。留心翰墨。尤精馬貫之學。製誠齋樂府傳奇若干種。音律諧美。流傳內府。至今中原絃索多用之。李夢陽汴中元宵絕句云。中山孺子倚新裝。趙女燕姬總擅場。齊唱憲王新樂府。金梁橋外月如霜。王詩有誠齋錄。新錄。諸集。其竹枝歌云。春風滿山花正開。春衫女兒紅杏腮。儂家藁砧過江去。爲問阿郎來不來。巴山後面竹雞啼。巴山前頭沙鳥棲。巴水巴山郎到處。聞郎又過石門溪。復有鷓鴣天詠繡毬云。花簇香鈎淺浣塵。輕風微露石榴裙。金蓮自是慳三寸。難載盈盈一段春。仙已去。事猶存。陽臺何處更爲雲。相思攜手游春日。尚帶年時草露痕。明沈德符顧曲雜言曰。我朝塡詞高手。如陳大聲沈靑門之屬。俱南北散套。不作傳奇。惟周憲王所作雜劇最夥。其刻本名誠齋樂府。至今行世。雖警拔稍遜古人。而調入絃索。穩叶流麗。猶有金元風範。

又曰。沈靑門陳大聲輩。南詞宗匠。皆治化間人。又曰。今人但知陳大聲南調之工耳。其北一枝花天空碧水澄全套。與馬致遠百歲光陰。皆咏秋景。直堪伯仲。又題情新水令碧桃花外一聲鐘全套。亦綿麗不減元人。本朝詞手。似無勝之者。陳名鐸。號秋碧。大聲其字也。金陵人。官指揮使。今皆不知其爲何代何方人矣。大聲又南北宮詞紀。王元美獨以其散套多蹈襲。才情亦淺。然當時故有重名。其佳處亦自不可掩也。

前七子中。如王敬夫九思。亦號渼陂康對山海。亦能作曲。與沈靑門陳大聲同時。兼作雜劇。惟所作皆北曲耳。南曲始自施君美高則誠。不用中原韻。至所謂崑曲。則出於崑山魏良輔也。顧曲雜言曰。康對山王渼陂二太史。俱以北擅場。並不染指於南。渼陂初學塡詞。先延名師閉門學唱三年。而後出手。其專精不泛及如此。章邱李中麓太常。亦以塡詞名。與康王俱石友。而不嫺度曲。卽如所作寶劍記。生硬不諧。且不知南曲之有入聲。自以中原音韻叶之。以致吳儂見誚。同時惟臨朐馮海樓差爲當行。亦以不作南詞耳。南詞自陳沈諸公外。如樓閣重重因他消瘦風兒踈剌剌等套。尙是化治遺音。此外吳中詞人如唐伯虎祝枝山。後爲梁伯龍張伯起輩。縱有才情。俱非本色矣。

藝苑巵言曰。劉瑾以擴充政務爲名。諸翰林悉出補部屬。鄠杜王敬夫。其鄉人也。獨爲吏部郎。不數月長文選。會瑾敗。謫同知壽州。敬夫有儁才。長於詞曲。而傲睨多脫踈。人或讒之李文正。謂敬夫嘗譏其詩御史追論敬夫。褫其官。敬夫編杜少陵游春傳奇劇罵李。李聞之益大恚。雖館閣諸公。亦謂敬夫輕薄。遂不復用敬夫與康德涵俱以詞曲名一時秀麗雄爽。康大不如也。評者以敬夫聲價不在關漢卿馬東籬下。

楊用修。愼亦偶作曲有蘭亭記太和記洞天元記等今未見。惟陶情樂府見傳。藝苑巵言曰。楊狀元。愼才情蓋世。所著有洞天元記。陶情樂府。膾炙人口。而頗不爲當家所許。蓋楊本蜀人。故多川調。不甚諧南北本腔也。摘句如費長房縮不就相思地。女媧氏補不完離恨天。別淚銅壺共滴。愁腸蘭焰同煎。和愁和悶。經歲經年。又傲霜雪鏡中紫髯。任光陰眼前赤電。仗平安頭上青天。皆佳語也。

顧曲雜言曰。塡詞出才人餘技。本遊戲筆墨間耳。然亦有寓意譏訕者。如王渼陂之杜甫游春則指李西涯。及湯石齋賈南塢三相。康對山之中山狼則指李崆峒。李中麓之寶劍記則指分宜父子。近日王辰玉之哭倒長安街則指建言諸公是也。又聞湯義仍之紫簫亦指當時秉國首揆。纔成其半。卽爲人所議。因改爲紫釵。而屠長卿之彩毫記則竟以李靑蓮自命。第未知果愜物情否耳。

藝苑巵言曰。北人自王康後。推山東李伯華。伯華以百闋傍妝臺爲德涵所賞。今其辭尙存。不足道也。伯華名開先。嘉靖初與王愼中諸人稱八才子。北雜劇已爲金元大手擅勝場。今人不復能措手。曾見汪太函四作。爲宋玉高唐夢。唐明皇七夕長生殿。范少伯西子五湖。陳思王遇洛神。都非當行。惟徐文長渭四聲猿盛行。然以詞家三尺律之。猶河漢也。梁伯龍有紅線紅綃二雜劇。頗稱諧穩。今被俗優合爲一大本南曲。遂成惡趣。近年獨王辰玉太史衡所作眞傀儡、沒奈何、諸劇。大得金元本色。可稱一時獨步。然此劇但四折。用四人各唱一折。或一人共唱四折。故作者得逞其長。歌者亦盡其技。王初作鬱輪袍。乃多至七折。其眞傀儡諸劇。又只以一大折了之。似尙隔一塵。頃黃貞甫汝亨以進賢令內召。還貽湯義仍新作牡丹亭記。眞是一種奇文。未知與王實甫施君美如何。恐斷非近日諸賢所辨也。湯詞係南曲。因論北詞附及之。

藝苑巵言曰。吾吳中以南曲名者。祝京兆希哲。唐解元伯虎。鄭山人若庸。希哲能爲大套。富才情而多駁雜。伯虎小詞翩翩有致。鄭所作玉玦記最佳。他未稱是。明珠記卽無雙傳。陸天池采所成者。乃兄浚明給事助之。亦未盡善。張伯起紅拂記。潔而俊。失在輕弱。梁伯龍吳越春秋。滿而妥。間流冗長。陸教諭之裘。散詞有一二可觀。吾常記其結語。遮不住愁人綠草一夜滿關山。又本是個英雄漢。差排做窮秀才。語亦雋爽。其他未稱是。又曰。張伯起紅拂記一佳句云。愛他風雪耐他寒。不知爲朱希眞詞也。其起句云。檢盡曆頭冬又殘。愛他風雪耐他寒。拖條竹杖家家酒。上個籃輿處處山。亦自瀟灑。

顧曲雜言曰。張伯起少年作紅拂記。演習之者徧國中。後以丙戌上太夫人壽。作祝髮記。則母已八旬。而身亦耳順矣。其繼之者則有竊符、灌園、扊扅、虎符。共刻函爲陽春六集。盛傳於世。同時沈寧菴璟吏部自號詞隱生。亦酷愛塡詞。至作三十餘種。其盛行者惟義俠、桃符、紅蕖之屬。沈工韻譜。每製曲必遵中原音韻太和正音諸書。欲與金元名家爭長。張則以意用韻。便俗唱而已。又曰。同時崑山梁伯龍辰魚。亦稱詞家。有盛名。所作浣紗記。至傳海外。然止此不復續筆。其大套小令則有江東白苧之刻。尙有傳之者。浣紗初出時。梁遊靑浦。屠緯眞爲令。以上客禮之。卽命優人演其新劇爲壽。每遇佳句輒浮大白酬之。按屠緯眞亦作傳奇。其曇花記爲西寧侯宋世恩夫人事作也。又有彩豪記。

顧曲雜言嘗綜論明代南曲曰。南曲則四節連環綉襦之屬。出於化治間。稍爲時所稱。其後則嘉靖間陸天池名采者。吳中陸貞山黃門之弟也。所撰有王仙客明珠記韓壽偸香記陳同甫椒觴記。程德遠分鞋記諸劇。今惟明珠盛行。又鄭山人若庸玉玦記。使事穩帖。用韻亦諧。內遊西湖一套。尤爲時所膾炙。所乏者生動之色耳。近年則梁伯龍張伯起俱吳人。所作盛行於世。若以中原音韻律之。俱門外漢也。惟沈寧菴吏部後起。獨恪守詞家三尺。如庚清眞文桓歡寒山先天諸韻。最易互用者。斤斤力持不少假借。可稱度曲申韓。然詞之堪入選者殊尠。梅禹金玉合記。最爲時所尙。然賓白盡用駢語。餖飣太繁。其曲半使故事及成語。正如設色骷髏。粉揑化生。欲博人寵愛難矣。湯義仍牡丹亭夢一出。家傳戶誦。幾令西廂減價。奈不諳曲譜。用韻多任意處。乃才情自足不朽也。

按明代作曲諸家。自湯義仍出。遂掩前後。義仍名顯祖。臨川人。萬歷癸未進士。除南太常博士。遷南禮部主事。謫徐聞典史。量移知遂昌縣。有玉茗堂集。朱彝尊靜志居詩話曰。義仍塡詞妙絕一時。語雖斬新。源實出於關馬鄭白。其牡丹亭曲本。尤極情摯。人或勸之講學。笑答曰。諸公所講者性。僕所言者情也。世或相傳云刺曇陽子而作。然太倉相君實先令家樂演之。且云吾老年人頗爲此曲惆悵。假令人言可信。相君雖盛德有容。必不反演之於家也。當日婁江女子俞二孃酷嗜其詞。斷腸而死。故義仍作詩哀之云。畫燭搖金閣。眞珠泣繡窗。如何傷此曲。偏只在婁江。又七夕答友詩云。玉茗堂開春翠屏。新詞傳唱牡丹亭。傷心拍遍無人會。自搯檀痕教小伶。其後又續成紫簫殘本。身後爲仲子開遠焚棄。義仍所作。自牡丹亭外。又有紫簫記、紫釵記、南柯記、邯鄲記等傳奇。明末則阮大鋮之燕子箋、春燈謎盛行。其塡詞不及義仍遠甚。

明史藝文志錄小說至一百二十七部。三千三百七卷。然皆瑣談雜記。而平話體未列也。宋元以來。已行章回體小說。施羅嗣作。其流益廣。西遊或以爲元人手筆。或以出自明初。大抵平話之作。明一代最盛。然率不著撰人。及作者之時。故莫能詳也。如郭武定勛名之英烈傳。鍾伯敬之開闢演義。雖述史事而辭未結構無足觀。又有列國志述春秋戰國之事。頗爲翔實。殆明人作。其體是擬三國志演義者。藉爾士 Giles 文學史所稱。又有玉嬌梨一種。以其敍述不務繁冗。頗爲西士所重。然吾國固罕論及之者。此外要不可勝記。彈詞亦頗行於明代。多敍事爲記傳。惟萬古愁曲。是明末歸莊子慕作。寓發憤之意。或名曰擊筑餘音。以爲熊開元於明亡後作也。

中國大文學史卷九終

中國大文學史 卷十

第五編 近世文學史

第一章 清初遺臣文學

第一節 侯魏之古文

明季公安竟陵體盛行。而文體日就瑣碎。及風氣將變。而國祚旋移。故清初文學。實賴明遺臣爲之藻飾。如侯方域魏禧之於文。錢謙益吳偉業之於詩。顧炎武黃宗羲之博綜衆學。皆有明三百年文學之後勁。又同時振新朝文學之先聲者也。亦如元好問之於元。楊維楨之於明。其關係於後來風氣者極大。今先述侯魏之古文。以次及其餘焉。

侯方域。字朝宗。商邱人。明末與桐城方以智。密之。如皋冒襄。辟疆。宜興陳貞慧。定生。並號四公子。父恂。明戶部尙書。明亡。朝宗奉父歸鄉里。嘗一應舉。順治十一年。卒年三十七。朝宗初放意聲伎。已而悔之。發憤爲詩古文。倡韓歐學於舉世不爲之日。嘗游吳下。將刻集。集中文未脫稿者。一夕補綴立就。有壯悔堂文集。其文才氣奔放。而爲志傳。能寫生。得遷固神理。密之國變後以僧服終。定生辟疆俱卒於家。

魏禧。字冰叔。號勺庭。寧都人。與兄際瑞。字善伯。弟禮。字和公。並以古文號寧都三魏。而冰叔文尤高人稱曰魏叔子。明亡後。移家翠微峯。士友多往依之。彭士望躬庵林時益確齋亦至。皆與冰叔立談定交。挈妻子來家翠微。世所稱易堂諸子者也。冰叔既隱居益肆力古文辭。喜讀史。尤好左氏傳及蘇洵。其爲文主識議。凌厲雄傑。年四十乃出游。涉江逾淮。至吳越往往交其奇士。康熙初以博學鴻詞徵。稱疾篤乃免。康熙十九年。卒於儀徵。年五十七。有文集日錄左傳經世等書。易堂九子。自三魏及躬庵確齋外。曰李騰蛟咸齋。邱維屏邦士。彭任中叔。曾燦青藜。敦友誼如骨肉。高僧無可嘗至山中。歎曰。易堂眞氣。天下無兩矣。無可即方以智也。

明遺民中爲古文者。又有南昌王猷定于一。新建陳宏緒士業。徐世溥巨源。皆在明季力矯當時文體瑣碎之弊。而于一四照堂集尤著云。

與任王谷論文書　　侯方域

僕少年溺於聲伎。未嘗刻意讀書。以此文章淺薄。不能發明古人之旨。然其大略亦頗聞之矣。大約秦以前之文主骨。漢以後之文主氣。秦以前之文若六經。非可以文論也。其他如老韓諸子左傳戰國策國語皆斂氣於骨者也。漢以後之文若史若漢若八家。最擅其勝。皆運骨於氣者也。斂氣於骨者。如泰華三峯。直與天接。層嵐危磴。非仙靈變化。未易攀陟。尋步計里。必蹶其趾。姑舉明文如李夢陽者。亦所謂蹶其趾者也。運骨於氣者。如縱舟長江大海間。其中煙嶼星島。往往可自成一都會。即颶風忽起。波濤萬狀。東泊西注。未知所底。苟能操柁覘星。立意不亂。亦自可免漂溺之失。此韓歐諸子所以獨嵯峨於中流也。六朝選體之文。最不可恃。士雖多而將囂。或進或止。不按部伍。譬用兵者調遣旗幟聲援。但須知此中尙有小小行陣。遙相照應。未必全無益。至於摧鋒陷敵。必更有牙隊健兒。銜枚而前。若徒恃此。鮮有不敗。今之爲文。解此者罕矣。高者欲含八家。跨史漢而趨先秦。則是不筏而問津。無羽翼而思飛舉。豈不怪哉。頃見足下所爲杜周張湯諸論。奇確圓暢。若有餘力。僕目中所僅見。殫思著述。必當成名。然亦少有說。覺引天道報施。湯周處稍涉覼縷。行文之旨。全在裁制。無論細大。皆可驅遣。當其閒漫纖碎處。反宜動色而陳。鑿鑿娓娓。使讀者見其關係。尋繹不倦。至大議論。人人能解者。不過數語發揮。便須控馭。歸於含蓄。若當快意時。聽其縱橫。必一瀉無復餘地矣。譬如渴虹飲水。霜隼搏空。瞥然一見。瞬息滅沒。神力變化。轉更夭矯。足下以爲何如。僕十五歲時學爲文。金沙蔣黃門鳴玉方爲孝廉。有盛名。每見必稱佳。僕竊自喜。又得同學吳君伯裔日來逼索。盡日且酎和數首。以此得不廢。然皆從嬉游之餘。縱筆出之。以博稱譽。間有合作。亦如春花爛漫。柔脆飄揚。轉目便蕭索可憐。近得賈君開宗。徐君作肅。共相礎磨。乃覺文章有分寸。進益實精於論。徐老於法。二君嘗言。此係何等事。君不慘澹經營。便輕率命筆。僕佩其言不敢忘。足下當行文快意時。每一回思之。必嘗此言之不謬也。

第二節　錢吳之詩

清初詩人。當以錢謙益吳偉業爲最。二人皆明遺臣。而嘗仕清。然其詩在啟禎之際。實可稱爲大家。卽清詩人中。亦未能或之先也。謙益字受之。號牧齋。明末爲禮部尙書。清順治帝定江南。謙益出降。仕爲禮部侍郎。兼秘書院學士。修明史。爲副總裁。已而以疾歸江南十餘年。

其詩出入李杜韓白蘇陸元虞之間。才力富健。學問鴻博。所著有初學有學二集。乾隆朝詔燬其集。以勵臣節。故沈德潛淸詩別裁至不錄其一首。然其詩沈鬱而兼藻麗。高情逸致。或以爲在梅村之右。固不可以人廢言也。

陸宣公墓道行　錢謙益

延英重門晝不開。白麻黃閣飛塵埃。中條山人叫閽哭。金吾老將聲如雷。蘇州宰相忠州死。天道寧論乃如此。千年遺櫬歸不歸。兩地孤墳竟誰是。人言槀葬在忠州。又云徵還返故邱。圖經聚訟故老鬨。爭以朽骨如天球。齊女門前六里路。蕎麥茫茫少封樹。下馬猶尋董相墳。飛凫誰辨孫王墓。靑草黃茅萬死鄉。蠅頭細字寫巾箱。起草尙傳哀痛詔。閉門自驗活人方。永貞求舊空黃土。元祐靑緗照千古。人生忠佞看到頭。至竟延齡在何許。君不見華山山下草如薰。石闕豐碑野火焚。樵夫踞坐行人唾。傳是崖州丁相墳。

獄中雜詩　同上

良友冥冥恨夜臺。寡妻稚子尺書來。平生何限彈冠意。死後空餘挂劍哀。千載汗靑終有日。十年血碧未成灰。白頭老淚西窗下。寂寞封題一雁回。

吳偉業字駿公。號梅村。明崇禎四年進士。嘗爲東宮侍讀。明亡退居鄉里。時侯方域遺書與論出處。勸其必全臣節。勿仕新朝。後爲當事者所迫。出爲秘書侍講。遷國子祭酒。旋丁母憂歸。康熙十年卒。年六十三。遺言斂以僧服。墓前樹一圓石。題曰詩人吳梅村之墓足矣。梅村嘗以枉節自恨。有述懷詩曰。我本淮王舊雞犬。不隨仙去落人間。又懷古兼弔侯朝宗曰。死生總負侯嬴諾。欲滴椒漿淚滿樽。其志可見矣。

清四庫梅村集提要曰。其少作大抵才華豔發。吐納風流。有藻思綺合。清麗芊眠之致。及乎遭逢喪亂。閱歷興亡。激楚蒼涼。風骨彌爲遒上。暮年蕭瑟。論者以庾信方之。其中歌行一體尤所擅長。格律本乎四傑。而情韻爲深。敍述類乎香山。而風華爲勝。韻協宮商。感均頑豔。一時尤稱絕調。按梅村長歌如永和宮詞之類。尤爲一時所傳云。

鴛湖曲　　吳偉業

鴛鴦湖畔草黏天。二月春深好放船。柳葉亂飄千尺雨。桃花斜帶一溪煙。煙雨迷離不知處。舊隄却認門前樹。樹上流鶯三兩聲。十年此地扁舟住。主人愛客錦筵開。水閣風吹笑語來。畫鼓隊催桃葉伎。玉簫聲出柘枝臺。輕靴窄袖嬌妝束。脆管繁絃競追逐。雲鬟子弟按霓裳。雪面參軍舞鸜鵒。酒盡移船曲榭西。滿湖燈火醉人歸。朝來別奏新翻曲。更出紅妝向柳堤。歡樂朝朝兼暮暮。七貴三公何足數。十幅蒲帆幾尺風。吹君直上長安路。長安富貴玉驄驕。侍女薰香護早朝。分付南湖舊花柳。好留煙月伴歸橈。那知轉眼浮生夢。蕭蕭日影悲風動。中散彈琴竟未終。山公啟事成何用。東市朝衣一旦休。北邙坏土亦難留。白楊尙作他人樹。紅粉知非舊日樓。烽火名園竄狐兔。畫閣偷窺老兵怒。寧使當時沒縣官。不堪朝市都非故。我來倚棹向湖邊。煙雨臺空倍悄然。芳草乍疑歌扇綠。落英錯認舞衣鮮。人生苦樂皆陳迹。年去年來堪痛惜。聞笛休嗟石季倫。銜杯且效陶彭澤。君不見白浪掀天一葉危。收竿還怕轉船遲。世人無限風波苦。輸與江湖釣叟知。

錢吳以外。又有龔鼎孳。亦崇禎間進士。入仕清朝。與錢吳並稱江左三家。而所作不逮錢吳遠甚。其他遺老之詩。多未脫公安竟陵之餘習。惟王彥泓次回馮班定遠之善言風懷。杜濬于皇之五言近體。申涵光鳧盟吳嘉紀野人之五言古體。皆能卓然名家。又如孫枝蔚豹人。顧景星黃公。陳恭尹元孝。屈大均翁山。及費密此度父子。亦其彰彰較著者也。

第三節　黃宗羲顧炎武

明末劉宗周念臺。講學蕺山。承姚江之緒。出其門者甚衆。而最著者爲太倉陸世儀道威。桐鄉張履祥考夫。餘姚黃宗羲太沖。其後道威考夫皆治程朱之學。惟太沖篤守師傳。與關中李顒中孚。容城孫奇逢鍾元。號海內三大儒。三人之學。大抵出入白沙陽明之間者也。太沖尤綜貫經史百家。旁推交通。以自成其學。同時非蕺山弟子。而爲程朱學者。有崑山顧炎武寧人。濟陽張爾岐稷若。衡陽王夫之而農。寧人稷若而農。亦不規規宋學門戶。每溯漢儒注疏。以明經術之原。而寧人學尤博大。所言期致於實用。故後世又獨以寧人與太沖並稱顧黃。以二家之學。其根柢之厚。包括之廣。非並世諸家所能及。太沖闢圖書之謬。知古文尚書之僞。寧人審古韻之微。補左傳杜注之遺。實開清一代漢學之先。至太沖之明夷待訪錄。寧人之日知錄。推論古今治法。多鑿然可行。蓋講學而不墮於空疏。考古而不流於破碎。在遺民中未能或之先也。且其文采亦至可觀。特略述二人行事著述於此。

太沖又號梨洲。父尊素天啓中爲御史。以劾魏忠賢下獄死。時太沖年十九。袖鐵椎上京訟冤。忠賢已伏誅。因具疏請誅餘黨。手錐牢子葉咨顏仲文斃之。二人卽斃尊素於獄者也。思宗閔其孝。不罪。歸鄉後。益肆力學問。從父遺命受業於劉念臺。弟宗炎字晦木。宗會字澤望。太沖親教之。皆成儒者。清兵南下。糾合里中子弟數百人。號世忠營。軍潰後亡命。後思母歸里。遠近多往請業者。康熙間屢徵不起。康熙三十四年卒。年八十六。嘗謂明人講學。襲語錄之糟粕。不以六經爲根柢。教學者必先窮經。而求事實於諸史。又謂讀書不多。無以證斯理之變化。多而不求諸心。則爲俗學。其學雖出於姚江。而實會濂洛之道統。橫渠之禮教。康節之象數。東萊之文獻。艮齋止齋之經術。水心之文章。其曲暢旁通者多矣。顧炎武見其明夷留書而歎曰。三代之治可復也。所著書甚多。文集曰南雷文定文約。學者稱南雷先生。

寧人本名絳。明亡後改名炎武。字寧人。學者稱爲亭林先生。顧氏世爲望族。寧人生父曰同應。從父同吉早卒。聘王氏未婚守節。以寧人爲之後。少讀書一目十行。性耿介不與世交。獨與里中歸莊善。同游復社。相傳有歸奇顧怪之目。母王養炎武襁褓中。撫育守節。事姑孝。嘗斷指療姑疾。崇禎九年。有司爲請旌於朝。乙酉夏。母王年六十矣。避兵常熟。謂寧人曰。我雖婦人。受國恩矣。卒不食死。遺言後人勿事二姓。寧人自是流寓四方。嘗卜居華陰。康熙中。大臣屢薦欲起之。至以死辭。康熙二十年卒。年六十九。寧人之居華陰也。諸生請講學。謝之曰。近日二曲以講學故得名。遂招逼迫。幾凶死。名之爲累甚矣。況東林覆轍有進於此者乎。少讀宋史劉忠肅傳曰。士當以器識爲先。一命爲文人。無足觀矣。卽終身謝絕應酬文字。李二曲求爲其母傳。至再三。終謝之。嘗曰。文不關於經術政理之大。不足爲也。韓公起八代衰。若但作原道諫佛骨表平淮西碑張中丞傳後序諸篇。而一切諛墓之文不作。豈不誠山斗乎。今猶未也。寧人於書無所不窺。尤留心經世學。錄史傳圖經公移邸抄下至說部之有關民生利病者。參以躬所聞見。曰天下郡國利病書。別一編曰肇域志。最精韻學。能據遺經以正六朝唐人之失。據唐人以正宋人之失。有音學五書。李光地以爲自漢晉以來所未有。晚益篤志六經。謂經學卽理學也。自有舍經學言理學者。乃墮於禪學而不自知。其日知錄三十卷。尤終身精詣之書。凡經史粹言皆具焉。汪鈍翁嘗言經學修明者。吾得顧子亭林李子天生。內行醇備者。吾得魏子環極梁子曰緝。先生廣之曰。學究天人。確乎不拔。吾不如王寅旭。讀書爲己。探賾洞微。吾不如楊雪臣。獨精三禮。卓然經師。吾不如張稷若。蕭然物外。自得天機。吾不如傅靑主。堅苦力學。無師而成。吾不如李中孚。險阻備嘗。與時屈伸。吾不如路安卿。博聞强記。羣書之府。吾不如吳任臣。文章爾雅。宅心和厚。吾不如朱錫鬯。好學不倦。篤於朋友。吾不如王山史。精心六書。信而好古。吾不如張力臣。當時言經世之學者。又有顏元習齋唐甄鑄萬。胡承諾石莊。費密此度。劉獻廷繼莊。鑄萬之潛書。石莊之繹志。此度之弘道書。其文采亦可觀。至言考證之學者。又有毛奇齡、閻若璩、萬斯大、萬斯同、奇齡等大抵顯譽於康熙朝。當於後論之。

與友人論學書

顧炎武

比往來南北。頗承友朋推一日之長。問道於盲。竊歎夫百餘年以來之爲學者。往往言心言性。而茫乎不得其解也。命與仁。夫子之所罕言也。性與天道。子貢之所未得聞也。性命之理。著之易傳。未嘗數以語人。其答問士也。則曰行己有恥。其爲學則曰好古敏求。其與門弟子言。舉堯舜相傳所謂危微精一之說。一切不道。而但曰允執其中。四海困窮。天祿永終。嗚呼。聖人之所以爲學者。何其平易而可循也。故曰下學而上達。顏子之幾乎聖也。猶曰博我以文。其告哀公也。明善之功。先之以博學。自曾子而下。篤實無若子夏。而其言仁也。則曰博學而篤志。切問而近思。今之君子則不然。聚賓客門人之學者數十百人。譬諸草木。區以別矣。而一皆與之言心言性。舍多學而識。以求一貫之方。置四海之困窮不言。而終日講危微精一之說。是必其道之高於夫子。而其門弟子之賢於子貢。祧東魯而直接二帝之心傳者也。我弗敢知也。孟子一書。言心言性。亦諄諄矣。乃至萬章公孫丑陳代陳臻周霄彭更之所問。與孟子之所答者。常在乎出處去就辭受取與之間。以伊尹之元聖。堯舜其君其民之盛德大功。而其本乃在乎千駟一介之不視不取。伯夷伊尹之不同於孔子也。而其同者。則以行一不義。殺一不辜。而得天下不爲。是故性也命也天也。夫子之所罕言。而今之君子之所恆言也。出處去就辭受取與之辨。孔子孟子之所恆言。而今之君子之所罕言也。謂忠與淸之未至於仁。而不知不忠與淸而可以言仁者。未之有也。謂不忮不求之不足以盡道。而不知終身於忮且求而可以言道者。未之有也。我弗敢知也。愚所謂聖人之道者如之何。曰博學於文。曰行己有恥。自一身以至於天下國家。皆學之事也。自子臣弟友以至出入往來辭受取與之間。皆有恥之事也。恥之於人大矣。不恥惡衣惡食。而恥匹夫匹婦之不被其澤。故曰萬物皆備於我矣。反身而誠。嗚呼。士而不先言恥。則爲無本之人。非好古而多聞。則爲空虛之學。以無本之人。而講空虛之學。吾見其日從事於聖人。而去之彌遠也。雖然。非愚之所敢言也。且以區區之見。私諸同志。而求起予。

第二章　康熙文學

第一節　王士禎與詩

康熙六十一年間。文學最盛。是時屢耀兵塞外。平臺灣。定西藏。國內晏然。乃集儒臣編纂羣書。自全唐詩、佩文韻府、字典、淵鑑類函、以及天文、歷算、律呂、刑政、儒、釋之書。多所考定。而當世之顯學。經學考證則閻若璩、毛奇齡。理學則湯斌、陸隴其、李光地。古文則汪琬、姜宸英、邵長蘅、方苞。詩詞則宋琬、施閏章、陳維崧、彭孫遹、尤侗、王士禎、朱彝尊、趙執信、查愼行。而小說戲曲之最流行於世者。如紅樓夢、桃花扇、長生殿等。皆紛紛並時而俱出。要以王士禎之詩。與方苞之文。在當時能卓然自成一家。尤爲後人所宗矣。今分別述之。

錢吳以後之詩人。則推宋琬施閏章二人。雄視南北。有南施北宋之目。琬字玉叔。號荔裳。山東萊陽人。順治四年進士。閏章字尚白。號愚山。安徽宣城人。順治六年進士。荔裳有安雅堂集。愚山有學餘堂集。沈歸愚謂宋詩以雄渾磊落勝。施詩以溫柔敦厚勝。惟朱彝尊學最綜博。爲詩兼擅衆體。頡頏施宋之間。彝尊字錫鬯。號竹垞。秀水人。有曝書亭集。其餘陳其年、尤展成、彭羨門、或長儷詞。或工樂府。不專以詩名。至於阮亭爲詩。獨主神韻。遂以度越諸子焉。

從軍行送王玉門之大梁　　宋琬

有客有客鬚而紫。左挾秦弓右吳矢。自言家本關中豪。黃金散盡來江汜。年來倦上仲宣樓。裹糧且訪侯嬴里。腰間七首徐夫人。河畔荒邱魏公子。懸知弔古有深愁。慷慨登車不可止。自從盜決黃河奔。大梁未有千家村。烽火但增新戰壘。塵沙非復古夷門。短衣聊向將軍幕。長劍終酬國士恩。落日驅車臨廣武。春風試馬出轘轅。丈夫佩印乃恆事。安能鬱鬱老丘樊。王郎顧我深歎息。一見歡喜如舊識。此行不但爲封侯。人生貴在抒胸臆。江上楊花白雪飛。梁園芳草青袍色。盾鼻猶堪試彩毫。鶯聲聊爲停珠勒。醉後狂歌氣如雲。軍中敎戰容如墨。春風拂地車斑斑。起看明月攬刀環。平臺賓客久零落。至今汴水空潺湲。憐予偃蹇風塵際。年來磬折凋朱顏。已知苦被雕蟲誤。强弩欲挽不可關。待爾他年分虎竹。相從射獵終南山。

過湖北山家　　施閏章

路回臨石岸。樹老出墻根。野水合諸澗。桃花成一村。呼雞過籬柵。行酒盡兒孫。老矣吾將隱。前峯恰對門。

雁門關　　朱彝尊

白登雁門道。騁望勾注巔。山岡鬱參錯。石棧紛鉤連。度嶺風漸生。入關寒凜然。層冰如玉龍。萬丈懸蜿蜒。飛光一相射。我馬忽不前。抗迹懷古人。千載多豪賢。郅都守長城。烽火靜居延。劉琨發廣莫。吟嘯扶風篇。時來英雄奮。事去陵谷遷。古人不可期。勞歌爲誰宣。嗷嗷中澤鴻。聆我慷慨言。

清初詩人。皆厭明代王李之膚廓。鍾譚之纖仄。而王士禛獨標神韻。籠蓋百家。其聲望足以奔走天下。雖身後詆諆者不少。然論者謂士禛之在清。如宋之有東坡。元之有道園。明之有青邱。屹然爲一代大宗。未有能易之者也。士禛字貽上。號阮亭。別自號漁洋山人。山東新城人。順治十五年進士。官至刑部尙書。康熙五十八年卒。年七十八。士禛早歲爲錢謙益所知。而詩格與之不同。嘗與朱彝尊齊名。少游歷下。集諸名士於明湖。賦秋柳詩。和者數百人。在京師與汪苕文、程周量、劉公㦷、梁曰緝、葉子吉、彭羨門、李聖一、董文驥等。以詩相倡和。在揚州與林茂之、杜于皇、孫豹人、方爾止等。修禊紅橋。又與陳其年、邵潛夫等。修禊如皐冒氏之水繪園。每公暇。輒召賓客泛舟載酒平山堂。吳梅村云。貽上在廣陵。晝了公事。夜接詞人。蓋實錄也。迄官禮部。復與李湘北、陳午亭、宋牧仲、及汪、程、劉、梁等。爲文社。時宋荔裳、施愚山、曹顧庵、沈繹堂、皆在京師。相與唱酬無虛日。又嘗奉使南海西嶽。徧游秦晉洛蜀閩越江楚閒。所至訪其賢豪。考其風土。遇佳山水。必登臨。融懌薈萃。一發之於詩。故其詩能盡古今之奇變。蔚然爲一代風氣所歸。有帶經堂集。其詩又特稱精華錄。所選古詩及唐賢三昧集。具見其詩眼所在。如三昧集不取李杜一首。而錄王維獨多。可以知其微旨矣。

曉雨復登燕子磯絕頂　　王士禛

岷濤萬里望中收。振策危磯最上頭。吳楚青蒼分極浦。江山平遠入新秋。永嘉南渡人皆盡。建業西風水自流。灑酒重悲天塹險。浴凫飛燕滿汀洲。

再過露筋祠　　同上

翠羽明璫尚儼然。湖雲祠樹碧於煙。行人繫纜月初墮。門外野風開白蓮。

漁洋以外山東詩人自宋荔裳已述於前。餘如田山薑雯曹實庵貞吉顏修來光敏等。皆其著者。漁洋有感舊集。錄並世詩人略備。不復詳舉。方漁洋得名甚盛。而趙執信作談龍錄詆為清秀李于鱗(按此係引吳喬之說)蓋雖主神韻。而實不免於模擬也。執信字伸符。號秋谷。山東益都人。康熙十八年進士。通籍時方開鴻詞科。能詩者萃集輦下。漁洋久以詩古文雄長壇坫。鴻生俊才。多出其門。秋谷本娶漁洋甥女。初亦深相引重。已乃自樹一幟。嘗謂古詩自漢魏六朝至初唐。諸大家各成韻調。談藝者多忽不講。與古法戾。乃為聲韻譜以發其秘。及著談龍錄。持論異於漁洋。而漁洋心折其才。不以為亢也。獨善德州馮廷櫆。而師承馮定遠班。曰吾生平師友。皆在馮氏矣。如吳天章朱錫鬯輩皆折輩行與之交。後以國恤置酒高會被劾。歸田年未三十。自是徜徉林壑逾五十年。乾隆九年始卒。年八十三。有飴山堂詩文集。

太白酒樓歌

趙執信

高樓勢與泰岱平。樓頭夜夜輝長庚。仙人猶似戀陳迹。長揖北斗東南傾。當年賀監早相識。長安論詩青眼明。金龜換酒定何許。酒家恨不得其名。任城地好富水木。憑高縱飲神崢嶸。當時我若接杯斝。豈復于公爲後生。今年隔水望丹艧。棟雨簷雲紛縱橫。君不見少陵詩臺留魯郡。秋草蕪沒飛流螢。又不見曹公陵墓碣礙北。殘松積蘚荒碑亭。雪泥鴻爪半澌滅。雄名卒自馳風霆。文章故是身外物。敢與麴糵相爭衡。文章殉人酒殉己。此論雖創堪服膺。舒州杓力士鐺。公昔與之同死生。我亦欲與尋前盟。重來大醉搥黃鶴。吾言不食星辰聽。

漁洋之詩。以神韻縹緲爲宗。秋谷之詩。以思路巉刻爲宗。然漁洋之弊。易流於膚廓。秋谷之弊。易流於纖仄。二家雖各有短長。而漁洋終是大家矣。介於其間者。又有查初白。初白本字悔餘。名慎行。浙江海寧人。少受詩法於錢田間。又從黃梨洲游。康熙癸未進士。尋授編修。聖祖幸南海子捕魚。命羣臣賦詩。初白詩云。笠簷蓑袂平生夢。臣本煙波一釣徒。聖祖稱善。詔宣煙波釣徒查翰林。蓋同時有查聲山學士。故以詩別之也。有敬業堂集五十卷。梨洲嘗比其詩於陸放翁。漁洋則謂奇創之才。初白遜游綿至之思。游遜初白云。

汴梁雜詩

查慎行

梁宋遺墟指汴京。紛紛代禪事何輕。也知光義難爲弟。不及朱三尙有兄。將帥權傾皆易姓。英雄時至適成名。千秋疑案陳橋驛一著黃袍遂罷兵。

第二節 方苞與古文

清初爲古文者。自侯魏以外。有汪琬姜宸英邵長蘅。皆顯譽於康熙朝。及方苞出。而桐城派遂爲一代正宗矣。

琬字苕文。號鈍翁。晚居堯峯。因以自號。長洲人。順治十二年進士。康熙己未。召試博學鴻詞。授翰林院編修。初琬自裒其文爲鈍翁類稾六十二卷。續稾五十六卷。晚年又手自删汰定爲堯峯文鈔。古文一派。自明代膚濫於七子。纖佻於三袁。至啟禎而極敝。淸初風氣還醇。一時學者。始復講唐宋以來之矩矱。至魏禧侯方域。外稱琬爲最工。宋犖嘗合刻其文以行世。淸四庫提要。以禧才雜縱橫。未歸於純粹。方域體兼華藻。稍涉於浮夸。惟琬學術旣深。軌轍復正。其言大抵原本六經。與二家迥別。其氣體浩瀚。疏通暢達。頗近南宋諸家。蹊逕亦略不同。廬陵南豐。固未易言。要之接跡唐歸。無愧色也。當時澤州陳廷敬。亦爲古文。苕文甚重之。廷敬官至大學士。有午亭文編。

宸英字西溟。一字湛園。浙江慈谿人。少工詩古文。聖祖聞其名。嘗謂侍臣曰。聞江南有三布衣。尚未仕耶。三布衣者。秀水朱彝尊。無錫嚴繩孫。及宸英也。然宸英至年七十始登第。未幾下獄死。時康熙三十八年也。年七十二。有湛園集。魏禧嘗論侯汪及西溟之文曰。朝宗肆而不醇。堯峯醇而不肆。惟西溟在醇肆之間。識者以爲知言。

長蘅字子湘。江蘇武進人。少稱奇童。十歲爲諸生。試必高等。應行省試。輒不售。乃棄舉子業。潛心經史。爲詩古文辭。久之入京師。友人强之入太學。試吏部。宋德宜得其文。驚曰。今之震川也。拔第一。例授州同不就。後客宋牧仲所最久。牧仲謂韋布之士。以文章名海內者三人。侯朝宗魏叔子邵子湘也。朝宗文雄悍超軼。當者辟易。如項王瞋目一呼。樓煩目不能視。手不能發。蓋氣勝也。而或疑其本領猶薄。是非往往失實。叔子文不名一體。奧衍精卓。切事理。而或者鹵莽於經學。又其行文急於見法。子湘之文。必依於道。醇而肆。簡潔而雄深。大較英爽飆發不如朝宗。而根柢勝之。明切善議論不如叔子。而春容勝之。則鼎足而傳於後。無疑然叔子雅不以詩名。朝宗詩力追北地。而蹊徑未化。子湘之詩。卓然名家。是又二子所瞿然退舍也。有青門集。漁洋亦謂其文爲唐荆川以後一人云。

自侯魏汪姜諸人。矯明末之風。振唐歸之緒。士多好古文者。及方苞出。其學獨有傳於後。於是所謂桐城派古文者。終清之世不絕。苞字靈皋。桐城人。移居江寧。學者稱望溪先生。少下筆爲古文。卽工。與兄舟百川同邑戴名世田有共相切礫。及田有以南山集下獄死。而望溪名日高。先是望溪遊京師。鄞萬斯同奇之。告之曰。勿讀無益之書。勿爲無益之文。苞終身誦之。以爲名言。遂一心窮經。通志堂九經。徐氏所雕。閱之三過。爲文益峻潔。姜宸英編修見所作歎曰。後來之秀也。江陰楊名時。河間魏廷珍。以講學相知契。甚推敬之。臨川李紱。每議論不合。斷斷爭之。退而未嘗不交相許也。望溪生於康熙七年。舉康熙四十五年進士。六十一年。充武英殿總裁。至乾隆十四年。年八十二始卒。其古文雜著。生平不自收拾。稾多散失。告歸後。門弟子始爲裒集成編。曰望溪集。並刊其說經之書。所爲文以法度爲主。嘗謂周秦以前。文之義法無一不備。唐宋以後。步趨繩尺。而猶不能無過差。是以所作上規史漢。下倣韓歐。不肯少軼於規矩之外。故大體雅潔。所論古人矩度。與爲文之道。頗能沈潛反覆而得其用意之所以然。望溪初至京師。見時輩言古文。多稱錢牧齋。嘗私語汪武曹何屺瞻曰。牧齋文穢惡藏于骨髓。一如其人。有或效之。終不可滌濯。武曹輩初訝之。既乃服其非過言。望溪極推同邑劉大櫆。海峯有韓歐之才。姚鼐受學海峯。當時有天下文章盡在桐城之語。後人稱桐城派實自望溪始也。

方靈皋稿序　戴名世

始余居鄉年少。冥心獨往。好爲妙遠不測之文。一時無知者。而鄉人頗用是姍笑。居久之。方君靈皋與其兄百川起金陵。與余遙相應和。蓋靈皋兄弟亦余鄉人而家於金陵者也。始靈皋少時。才思橫逸。其奇傑卓犖之氣。發揚蹈厲。縱橫馳驟。莫可涯涘。已而自謂弗善也。於是收斂其才氣。濬發其心思。一以闡發義理爲主。而旁及於人情物態。雕刻鑪錘。窮極幽渺。一時作者未之或及也。蓋靈皋自與余往復討論。面相質正者。且十年。每一篇成。輒舉以示余。余爲之點定評論其稍有不愜於余心。靈皋卽自毀其稿。而靈皋尤愛慕余文。時時循環諷誦。嘗舉余之所謂妙遠不測者。彷彿想像其意境而靈皋之孤行側出者。固自成其爲靈皋一家之文也。靈皋於易春秋訓詁。不依傍前人。輒時有獨得。而余平居好言史法。以故余移居金陵。與靈皋互相師資。荒江墟市寂寞相簿而余多幽憂之疾。頹然自放。論古人成敗得失。往往悲涕不能自已。蓋用是無意於科舉。而唾棄制義尤甚。乃靈皋歎時俗之波靡。傷文章之㜸薾頹思有所維挽救正於其間。今歲之秋。當路諸君子。毅然廓清風氣。凡屬著才知名之士多見收採。而靈皋遂破解江南靈皋名故在四方。四方見靈皋之得售。而知風氣之將轉也。於是莫不購求其文。而靈皋屬余爲序而行之於世。嗚呼。自余與靈皋兄弟相率刻意爲文。而侘傺失志。莫甚於余。回首少時以至今日。已多歷年所。所爲冥心獨往者。至今猶或貽姍笑。今幸靈皋以其文行於世。而所謂維挽救正之者。靈皋果與有責焉。而百川之文亦漸以流布於四方。則四方之士所爲賴以鼓舞振起者。獨在方氏弟兄間。而余亦且持是以間執鄉人之口也。於是乎書。

第三章　乾嘉文學

第一節　漢學及考證學之盛

明末才俊之士。痛矯時文之陋薄。今愛古棄虛崇實。漢學之基實啟於此。顧炎武、黃宗羲、王夫之、諸人皆負絕人之姿。博極羣書。考訂經史。風氣幡然一變。閻若璩毛奇齡等。接踵繼起。校覈益精。愈推愈密。江藩漢學師承記。以閻若璩爲冠。而顧黃僅附載於後。謂其猶雜宋學也。要至乾嘉之際。惠戴諸人既出。乃純乎標漢學之幟耳。

閻若璩。字百詩。本太原人。徙居淮安。少讀書穎悟。一時名士。如李太虛、方爾止、王于一、杜于皇輩。皆折輩行與交。年二十餘。卽疑尙書僞古文二十五篇之譌。沈潛三十餘年。乃盡得其癥結所在。作尙書古文疏證。平生於顧炎武、黃宗羲最所敬畏。然如宗羲之明夷待訪錄。炎武之日知錄。若璩皆爲指摘其謬。世宗在潛邸。手書延至京師。握手賜坐。呼先生而不名。索觀所著書。每進一篇。未嘗不稱善。康熙四十三年卒。年六十九。當時毛奇齡亦好以辨駁詆經。每歷詆古人。議論鋒起。然好爲立異。若璩疑古文尙書。奇齡則爲作寃詞以爲非僞。至他所考訂。多爲後之言漢學者所據依。又著古今通韻。以詘顧炎武、李因篤之說。且精於樂律。文詞富贍。明亡後。嘗變姓名避仇。一日在淮上中秋夜乘醉賦明河篇六百餘言。及旦傳寫殆遍。施愚山還自京師。見之驚曰。此必吾友毛生者也。後漫游四方。作續哀江南賦萬餘言。他詩文皆典麗敏捷。又善樂府劇曲。爲時所誦。康熙十七年。應博學鴻詞。授檢討。纂修明史。康熙五十二年卒。年六十九。奇齡蕭山人。字大可。又名甡。著書數百卷。學者稱西河先生。

閻潛邱、毛西河外。如胡渭、顧祖禹、張爾岐、馬驌。其爲學俱以考訂爲主。亦漢學之先導也。要自惠氏祖孫。而漢學始有統緒可理。惠周惕。字元龍。吳縣人。子士奇。字天牧。自號半農。士奇子棟。字定宇。號松崖。惠氏世治經術。以漢學爲歸。而松崖承家學。益爲精博。所著有周易述。易漢學。九經古義等。松崖所友善者。沈彤、沈大成。受業弟子最知名者。有余古農、江艮庭、同時如王光祿鳴盛。錢少詹大昕。戴編修震。王侍郞昶。皆嘗執經問難。以師禮事之。錢少詹爲松崖作傳論曰。宋元以來。說經之書盈屋充棟。高者蔑棄古訓。自誇心得。下者勦襲人言以爲己有。儒林之名。徒爲空疎藏拙之地。獨惠氏世守古學。而先生所得尤深。擬之漢儒。當在何邵公服子愼之間。馬融趙岐輩不能及也。

戴震字愼修。一字東原。休寧人。少時塾師授以大學章句。問其師曰。此何以知爲孔子之言而曾子述之。又何以知爲曾子之意而門人記之。師曰。朱文公說也。問文公何時人。曰宋人。孔子曾子何時人。曰周人。周宋相去幾何時。曰幾二千年矣。曰然則文公何以知其然。師不能對。自後讀書。每字必求其義。得許氏說文解字。大好之。遂盡通十三經注疏。嘗曰。某自十七歲時有志聞道。謂非求之六經孔孟不得。非從事於字義制度名物。無由以通其語言也。及年二十時。以所學就正歙江先生永。嘗稱永學自漢經師康成後。罕其儔匹。齊召南見所作考工記圖。屈原賦注。恨不識其人。旋入京師。時紀編修昀。王編修鳴盛。錢編修大昕。王中書昶。朱編修筠。以學問名一時。見東原皆大歎服。遂館於紀氏。南歸見惠定宇先生於揚州。其學益進。乾隆三十八年。開四庫館。紀昀裘曰修交薦之於朝。以舉人召充纂修官。乙未會試不第。詔一體與殿試。授庶吉士。四十二年卒。年五十五。門人列其著述爲戴氏遺書。東原同時學者。郡人鄭牧、方矩、程瑤田、汪龍。而瑤田名較著。弟子親授業者。高郵王念孫字懷祖。

著廣雅疏證念孫子引之。能世其學。著經義述聞等書。又段大令玉裁。字若膺。一字懋堂。金壇人。官四川巫山知縣。深於小學。有說文解字注詩經小學錄漢學師承記。又謂盧學士文弨紀相國昀。邵學士晉涵。任侍御大椿。洪舍人榜。汪孝廉元亮。於東原皆同志之友。而問學焉。孔檢討廣森則姻婭而執弟子之禮者也。懋堂之壻曰龔麗正。號闇齋。仁和人。外孫自珍字璱人。並能傳其學。故清之治漢學者。以惠戴之傳爲最廣。江都汪中容甫治經宗漢學。謂清諸儒崛起。接二千餘年墜緒。若顧亭林、閻百詩、梅定九、胡朏明、惠定宇、戴東原、皆足繼往開來。經學自亭林始開其端。河洛圖書至胡氏而紬。中西推步至梅氏而精。力闢古文者閻氏也。專治漢易者惠氏也。及東原出而集大成焉。擬爲作六儒頌。阮元儒林傳。亟推張惠言之於孟虞易說。孔廣森之於公羊春秋。爲專家絕學。蓋臯文實承惠氏之書。而顨軒本受戴氏之學。其淵源固有所自也。嘉道以來。陽湖莊氏公羊之學。傳於劉逢祿龔自珍宋翔鳳。又今古學之辨漸明。陳喬樅父子之於書。陳立之於公羊。皆卓然爲世所稱。其餘名家。指不勝屈。要自惠戴啟之矣。

第二節　乾嘉詩體

乾嘉時之詩人。有袁枚、沈德潛、蔣士銓、趙翼、黃景仁、張問陶等。是時王貽上之神韻說。已漸不厭於衆。於是沈德潛倡爲格調說。袁枚倡性靈說。枚又與蔣士銓、趙翼稱乾隆三大家。三家自爲未及古人。然亦當時之選。不可以無述也。

袁枚字子才。號簡齋。錢塘人。生於康熙五十五年。乾隆四年進士。出爲縣令江南。年四十遽告歸。闢一園於江寧城西。名曰隨園。因以自號。嘉慶二年卒。年八十二。其詩文甚富。兼長四六。而詩體有時流於諧謔。不無輕佻之弊。趙翼詩亦間有此病。翼字雲松。號甌北。江蘇陽湖人。乾隆二十六年進士。以翰林出爲縣令。年六十罷歸。徧歷浙東山水。日與知友賦詩自娛。嘉慶十九年卒。年八十八。甌北彙好考證之學。有廿二史劄記。陔餘叢考等書。其詩才氣縱橫。莊諧並作。方欲刻集時。或評其詩曰。雖不能及杜子美。已過楊誠齋矣。甌北傲然曰。吾自爲趙詩耳。安知唐宋。蔣士銓字心餘。一字苕生。號清容。江西鉛山人。乾隆二十二年進士。在翰林八年。奉母歸鄉。未幾復起爲御史。乾隆四十九年卒。年六十一。苕生詩時爲悽愴激楚。異於袁趙二家。洪亮吉嘗論三人之詩曰。袁簡齋如通天神狐。醉後露尾。趙雲松如東方正諫。時帶諧謔。蔣心餘如劍俠入道。尚餘殺機。

杜牧墓　袁枚

蘅郎白馬遠從軍。前日樊川弔紫雲。客裏鶯花逢杜曲。唐朝春恨屬司勳。高談潞澤兵三萬。論定揚州月二分。手折芙蓉來酹酒。有人風骨類夫君。

題蔣心餘歸舟安穩圖二首　趙翼

桃花貼浪柳垂堤。一葉扁舟老幼齊。難得全家總高致。介之推母伯鸞妻。

采石磯頭片月高。一千年後少詩豪。知君醉酒江天夕。尙有平生宮錦袍。

題文信國遺像　　蔣士銓

遺世獨立公之容。大節不奪公之忠。天已厭宋猶生公。一代正氣持其終。小人紛紛作丞輔。公不見用且歌舞。朝廷相公國已亡。六尺之孤是何主。出入萬死身提戈。天意不屬尙奈何。十載幽囚就柴市。毅魄旦欲收山河。節義文章皆可考。狀元宰相如公少。山中誰救六陵移。地下眞慚一身了。亂亡無補心可憐。天以臣節煩公肩。不然狗彘草間活。借口順運謀身全。俎豆忠貞遂公志。嶺上梅花公再世。鄉人誰復繼前賢。一拜須眉一流涕。

三大家以外。學問尤博洽而兼有詩人之名者。則仁和杭世駿大宗。號堇浦。錢塘厲鶚太鴻。號樊榭。堇浦每言吾經學不如吳東壁。史學不如全謝山。詩學不如厲樊榭。而齊次風特嗜堇浦詩。嘗集蘇詩及堇浦詩爲一卷。題曰蘇杭集句。樊榭尤精深峭潔。截斷衆流。於新城長水外。自樹一幟。在大江南北。主盟壇坫凡數十年。兼工詩餘。擅南宋諸家之勝。堇浦樊榭詩雖工。力較深。而三大家尤爲當時江湖詩人所重云。

簡齋弘獎氣類。一時詩人。多荷引譽。閨閣女流。亦多執贄。有隨園女弟子詩。章學誠作婦學。深識無行文人。炫燿後生。猖披士女。爲人心風俗之病。蓋以諷簡齋也。學誠字實齋。會稽人。所著文史通義。頗論文章體例。可嗣子玄史通之後。當時詩格與袁趙相近者。又有張問陶船山。遂寧人。而黃景仁仲則兩當軒詩。才氣豪放。惜其早世。自此以後。則推舒位鐵雲陳文述雲伯。工詩可名一家。其餘作者雖衆。不可悉數矣。

第三節　桐城派及陽湖派之古文

康熙末。方望溪爲古文。有重名于京師。見劉海峯文。大奇之。語人曰。如苞何足言。同里劉生。乃韓歐才爾。自是天下皆聞劉海峯。海峯名大櫆。字耕南。桐城人。屢試不第。晚官黟縣教諭。後歸樅陽。不復出。卒年八十三。其古文喜學莊子。尤力追昌黎。姚姬傳實從其游。於是言古文者稱方劉姚。歷城周書昌曰。天下文章。盡在桐城矣。此桐城派之名所由起。猶前世所稱江西詩派者也。

姚姬傳名鼐。一字夢穀。世父範。學者稱薑塢先生。與同里劉海峯善。於是姬傳受古文法于海峯。中乾隆二十八年進士。選庶吉士。歷山東湖南副考官。四庫館開。爲纂修官。後歸里。主梅花鍾山紫陽敬敷諸講席。凡四十年。嘉慶二十年九月卒于鍾山。年八十有五。有惜抱軒集。自望溪方氏爲文章。上接震川。推文家正軌。劉海峯繼之。姬傳親問法于海峯。然自以所得爲文。不盡用海峯法也。論者謂望溪之文質。恆以理勝。海峯以才勝。學或不及。惟姬傳理與文兼至。歙吳殿麟名定。亦海峯高弟。姬傳在揚州。與殿麟居最久。有所作。輒示殿麟。所不可。卽竄易數四。必得當乃已。殿麟有紫石泉山房集。新城魯絜非。以文名江右。始受學建寧朱梅崖。梅崖于當世之文少許可。獨心折姬傳。絜非乃渡江造訪。使諸甥陳用光等問業焉。梅崖名仕琇。乾隆辛未進士。選庶吉士。改知縣。尋改教授以歸。先是閩中古文推藍鹿洲鼎元。至梅崖益精卓成家。其論文謂始當力抗周秦兩漢與荀屈揚馬諸子。搏必伏而噬其腦。然後導而匯之韓柳歐陽王曾。若首受而尾逆也。及晚而反覆遵巖震川諸家。心愈降而客氣盡。于是奇辭奧旨不合道者鮮矣。有梅崖居士集。絜非名九皋原名仕驥。有山木居士集。用光字碩士。有太乙舟文集。

復魯絜非書　　姚鼐

桐城姚鼐頓首。絜非先生足下。相知恨少。晚遇先生。接其人知為君子矣。讀其文非君子不能也。往與程魚門周書昌嘗論古今才士。惟為古文者最少。苟為之必傑士也。況為之專且善如先生乎。辱書引義謙而見推過當。非所敢任。鼐自幼迄衰。獲侍賢人長者為師友。剽取見聞。加臆度為說。非眞知文能為文也。奚辱命之哉。蓋虛懷樂取者君子之心。而誦所得以正於君子。亦鄙陋之志也。鼐聞天地之道。陰陽剛柔而已。文者天地之精英。而陰陽剛柔之發也。惟聖人之言。統二氣之會而弗偏。然而易詩書論語所載。亦間有可以剛柔分矣。值其時其人告語之體各有宜也。自諸子而降。其為文無弗有偏者。其得於陽與剛之美者。則其文如霆。如電。如長風之出谷。如崇山峻崖。如決大川。如奔騏驥。其光也。如杲日。如火。如金鏐鐵。其於人也。如憑高視遠。如君而朝萬衆。如鼓萬勇士而戰之。其得於陰與柔之美者。則其文如升初日。如清風。如雲。如霞。如煙。如幽林曲澗。如淪。如漾。如珠玉之輝。如鴻鵠之鳴而入寥廓。

其於人也。漻乎其如歎。邈乎其如有思。暖乎其如喜。愀乎其如悲。觀其文。諷其音。則爲文者之性情形狀。舉以殊焉。且夫陰陽剛柔。其本二端。造物者糅。而氣有多寡進絀。則品次億萬。以至於不可窮。萬物生焉。故曰一陰一陽之爲道。夫文之多變。亦若是已。糅而偏勝可也。偏勝之極。一有一絕無。與夫剛不足爲剛。柔不足爲柔者。皆不可以言文。今夫野人孺子。聞樂以爲聲歌絃管之會爾。苟善樂者聞之。則五音十二律。必有一當。接於耳而分矣。夫論文者豈異於是乎。宋朝歐陽曾公之文。其才皆偏於柔之美者也。歐公能取異己者之長而時濟之。曾公能避所短而不犯。觀先生之文。殆近於二公焉。抑人之學文。其功力所能至者。陳理義必明當。布置取舍繁簡廉肉不失法。吐辭雅馴不蕪而已。古今至此者。蓋不數數得。然尚非文之至。文之至者。通乎神明。人力不及施也。先生以爲然乎。惠寄之文。刻本固當見與。鈔本謹封還。然鈔本不能勝刻者。諸體中書疏贈序爲上。記事之文次之。論辨又次之。鼐亦竊識數語於其間。未必當也。梅崖集果有過人處。恨不識其人。郎君令甥皆美才。未易量。聽所好恣爲之。勿拘其途可也。於所寄文輒妄評說。勿罪勿罪。秋暑惟體中安否。千萬自愛。七月朔日。

姬傳高弟。又有劉孟塗、管異之、梅伯言、方東樹、姚石甫。而同時惲子居張皋文。亦爲古文。後人或別之曰陽湖派。然其學亦出自海峯。故桐城派與陽湖派。淵源非有二也。陸祁孫七家文鈔序曰。

嘗論賢人君子。其才分各有所優絀。而或挾一端以自引重。則荒江老屋之間。有薄卿相而不爲者矣。夫文之爲道。非所云一端者耶。然而廬陵眉山南豐新安而後。歷金元明之久。僅得震川荊川遵巖三家。欲求一人而四之。雖劉王兩文成。或且退然未敢自信。況其他哉。我朝自望溪方氏別裁諸僞體。一傳爲劉海峯。再傳爲姚惜抱。桐城一大縣耳。而有三君子接踵輝映其間。可謂盛矣。然世之沈溺於僞體者。固未嘗一日而息。朱梅厓所處僻遠。彭秋士年少。心孤。口衆。徒能自守而已。有志之士所爲慨息也。吾常自荊川之歿。此道中絕。後有作者。復趨於歧途。以要一時之譽。乾隆間錢伯坰魯思親受業於海峯之門。時時誦其師說於其友惲子居張皋文二子。二子者始盡棄其考據駢儷之學。專志以治古文。蓋皋文研精經傳。其學從源而及流。子居泛濫百家之言。其學由博而反約。二子之致力不同。而其文之澂然而清。秩然而有序。則由望溪而上求之震川荊川遵巖。又上而求之廬陵眉山南豐新安。如一轍也。夫君子之於學也。期與一世共明之。而非以爲名也。非以爲名。則自爲之與他人爲之無以異也。以二子之才與識。而治古文。實自魯思發之。君子以爲魯思之於文也。賢於其自爲也。嗟乎。魯思惜抱以老壽終。而子居皋文齒猶未也。乃皆不幸溘逝。遺書雖盛行於世。學者猶未能傾心宗仰。每與薛玉堂畫水言之。相顧浩歎。畫水因出其向所點定二子之文。又吳德旋仲倫所選梅厓秋士文各十餘篇。益以桐城三集。以命繼輅。俾擇其尤雅者。都爲一篇。目曰七家文鈔。聊以便兩家子弟誦習云爾。非文之止於七家。與七家之文之盡於是編也。異時有志之士。效法而興起者日益衆。皇朝之文。將如班固所稱炳焉與三代同風。則雖以此書爲乘章之先。吾知七君子者。必欣然樂之。不以爲忤也。

觀此則海峯實桐城陽湖二派之宗。陽湖諸子。先多好爲駢體。故其詞藻俊贍。然行文之波瀾法度。固不能異於桐城也。子居名敬。一號簡堂。舉乾隆四十八年鄉試。充官學教習。居京師與同州張臯文友善。商榷經義。治古文。後授富陽知縣。歷官至南昌府吳城同知。臯文名惠言。經學湛深。著述甚富。官至編修。嘉慶七年卒。年四十二。有茗柯文集。子居聞臯文歿。慨然曰。古文自元明以來。漸失其傳。吾向不多作者。以有臯文在也。今臯文死。吾當併力爲之。論者謂子居之文。得力於韓非李斯。與蘇明允相上下。近法家言。敍事似班孟堅陳承祚。嘉慶二十二年卒。年六十一。有大雲山房文集。此外世所稱爲陽湖派者。有陸繼輅、董士錫、李兆洛、等。皆有集行於世。

第四節　駢文及詞體

有清一代文學。雖不逮於古。而駢文及小詞之體。獨盛於前世。乾嘉之際。作者尤衆。自宋以來。作四六者。皆以古文氣勢行之。畧無情藻之美。清初諸人。始漸效六朝初唐。詞自南宋以後。元季明初。降爲曲調。多率意之作。正嘉之間。雖競好擬古。而詞格終乏雅音。清之詞家。始字琢句鍊。有美成白石之遺。小令佳者。或足比肩五代。故清之駢體小詞。均元明所不及。且作家之著者。不啻數十百家。至於乾嘉而極盛矣。亦一時風尚使然也。

清初駢文家。當推毛西河陳其年。西河不以駢文名。而所作頗合六朝矩矱。其年駢體。本與江都吳綺園次錢塘章藻功豈績。並有聲譽。然園次才弱。豈績欲以新巧勝。二家又遁爲別調。譬諸明代之詩。其年導源庾信。才力富健。如李崆峒之學杜。園次追步李義山。如何大復之近中唐。豈績純用宋格。則公安竟陵之流亞也。其年嘗曰。吾胸中尙有駢文千篇。特未暇寫出耳。汪堯峯曰。唐以前不敢知。自開寶後七百年無此等作矣。堯峯少許可。其言如此。故清初駢文。宜以其年爲冠。當時尤西堂侗。熟於騷選。亦間作儷詞。雜爲諧謔游戲之文。有傷大雅。非其年之匹也。至乾隆初。山陰胡天游稚威。工四六文。得唐燕許之遺。稚威兼善詩古文。有石笥山房集。袁簡齋尤心折之。曰吾於稚威則師之矣。簡齋所作。亦才筆縱放。間以議論。此外惟昭文邵齊燾荀慈。陽湖洪亮吉稚存。江都汪中容甫最勝。邵文淸簡。洪文疏縱。汪文娟潔。然或又以汪洪並稱。汪不逮洪之奇。洪不逮汪之秀。綜淸代駢體。或無出汪洪之右者也。與荀慈同爲駢儷之文者。又有王太岳芥子。武進劉星煒圃三。錢塘吳錫麒穀人。南城曾燠賓谷。全椒吳鼒山尊。其體製皆在初唐四傑之間。餘如孔顨軒、董方立。亦有佳篇。曾賓谷所錄駢體正宗。則於當時諸人略已具矣。

自序　　汪中

昔劉孝標自序平生。以爲比迹敬通。三同四異。後世誦其言而悲之。嘗綜平原之遺軌。喩我生之靡樂。異同之故。猶可言焉。夫亮節慷慨。率性而行。博極羣書。文藻秀出。斯惟天至。非由人力。雖情符曩哲。未足多矜。余玄髮未艾。野性難馴。麋鹿同游。不嫌擯斥。商瞿生子。一經可遺。凡此四科。無勞舉例。孝標嬰年失怙。藐是流離。託足桑門。棲尋劉寶。余幼罹窮罰。多能鄙事。賃舂牧豕。一飽無時。此一同也。孝標悍妻在室。家道轗軻。余受詐興公。勃谿累歲。里煩言于乞火。家搆鮮于蒸梨。蹀躞東西。終成溝水。此二同也。孝標自少至長。戚戚無歡。余久歷艱屯。生人道盡。春朝秋夕。登山臨水。極目傷心。非悲則恨。此三同也。孝標夙嬰羸疾。慮損天年。余藥裹關心。負薪永曠。鯀魚嗟其不瞑。桐枝惟餘半生。鬼伯在門。四序非我。此四同也。孝標生自將家。期功以上。參朝列者。十有餘人。兄典方州。餘光在壁。余衰宗零替。顧景無儔。白屋藜羹。饘而不祭。此一異也。孝標倦游梁楚。兩事英王。作賦章華之宮。置酒睢陽之苑。白璧黃金。尊爲上客。雖車耳未生。而長裾屢曳。余簪筆傭書。倡優同畜。百里之長。再命之士。苞苴禮絕。問訊不通。此二異也。孝標高蹈東陽。端居遺世。鴻冥蟬蛻。物外天全。余卑栖塵俗。降志辱身。乞食餓鴟之餘。寄命東陵之上。生重義輕。望實交隕。此三異也。孝標身淪道顯。藉甚當時。高齋學士之選。安成類苑之編。國門可懸。都人爭寫。余著書五車。數窮覆瓿。長卿恨不同時。子雲見知後世。昔聞其語。今無其事。此四異也。孝標履道貞吉。不干世議。余天讒司命。赤口燒城。笑齒啼顏。盡成罪狀。跬步才蹈。荆棘已生。此五異也。嗟乎。敬通窮矣。孝標比之。則加酷焉。余于孝標。抑又不逮。是知九淵之下。尚有天衢。秋荼之甘。或云如薺。我辰安在。實命不同。勞者自歌。非求傾聽。目瞑意勧。聊復書之。

與孫季逑書

洪亮吉

季逑足下。僕遠閱千里。不覩一士。日惟陳書。瘨仰宇宙。夜或秉燭。驅役魂夢。昨已冬始。寒尤逼人。狂風一來。吹卷出戶。稍遲未覓。已過牆外。南鄰朽桑。蟲厚逾寸。敗葉既盡。時來嚙人。車聲過巷。牀几皆動。士既不實。條陷窟穴。離離黃蒿。乃長屋角。閒塵積畝。反不生草。地幸稍遠。掩戶避客。偶出酬接。皆至失歡。一再以思。未識何故。計念足下。顧戀墳墓。思遂南歸。寄跡丙舍。而田不滿頃。松才盈寸。溝水未活。谿橋不成。以此數事。尙遲年載。當復移家近冢。就姊謀居。

對鵲營巢。徙魚築宅。林花悅魂。水鳥養性。招邀耆童。呵叱鄰狗。一廛之外。更築生壙。門皆東開。易見日月。穴必西向。暱就父母。松陰一樹。承以梅株。魚田半頃。圍此蟹斷。更望足下能來同之。當於屋旁。爲構數室。贍身之具。取給園蔬。歸魂之棺。仰此林木。時直霜露。言羅雞豚。祀親之餘。謀以醉客。如此數歲。即復奄忽。良可不恨。嗟乎。積瘁之士。寡至四十者。況開篋而視。已有傳書。入隧以觀。全具骨肉。後世知我。不詳何人。及身而思。惟有足下。自非親暱。誰能深言。勉謀餐饔。幸蓄光彩。

曾賓谷所選之佳者。尚有孫淵如、彭甘亭、劉芙初、吳巢松、樂蓮裳諸人。甘亭選學最深。亦頗爲選所累。撏撦太多。眞氣不出。要是駢文正宗。芙初巢松諸人。婉約峭蒨。致足賞心。而文氣已薄。如郭頻伽輩。故爲拗體。筆意似雅。邊幅甚窘。此外如王仲瞿。雖有奇氣。乃野狐禪。姚復莊欲開生面。亦頗犯此弊。晚近作者尤衆。抑又下也。

清初如吳梅村、毛大可、朱竹垞、陳其年、王貽上、彭羨門之倫。均善倚聲。而納蘭容若之飲水詞、側帽詞。獨爲一時之冠。蓋其情致旖旎。不徒模擬古人。亦所自得者多也。小令尤善。此外如顧貞觀、曹貞吉。抑亦其亞。要之此事清初最盛。善言風懷。不失古意。乾嘉以來。作者雖衆。往往文勝而意淺。厲太鴻、黃仲則、張皋文、郭頻伽諸家。略稱較工。時有雋句。或通篇不能全稱。近來競追白石夢窗。然貌合神離。又但如李于鱗之擬古矣。詞家總集。如譚獻篋中詞錄。清代諸家甚備。選擇亦精。

天仙子　閨情　　成德

夢裏蘼蕪青一剪。玉郎經歲音書遠。暗鐘明月不歸來。梁上燕。輕羅扇。好風又落桃花片。

酒泉子　無題　　同上

謝卻茶蘼。一片月明如水。篆香消。猶未睡。早鴉啼。　嫩寒無賴羅衣薄。休傍闌干角。最愁人。燈欲落。雁還飛。

踏莎美人　六橋　　顧貞觀

濕翠羣山。柔絲幾樹。當年傾國曾來處。前溪溪畔是誰招。覓箇藕花叢裏暫停橈。

煙靄橫空。露花如雨。催歸却訝舟人語。西南風緊上輕潮。待得月明同倚水仙橋。

疏影　蛛網　　曹貞吉

柔絲幾縷。學柔腸亂結。鴛牙低處。雨溼還明。一任風吹。時有暗塵凝聚。多情慣惱閒蜂蝶。更惹徧落英飛絮。憶那回拂面牽衣。也解暫留人住。　一一疎籬都罥。看晚紅屋角。又添如許。記得前宵。鈿盒齊開。輸與癡騃兒女。怪他不礙愁城路。只隔斷夢魂來去。把花枝欲拭還休。獨自凭闌情緒。

暗香　紅豆　　朱彝尊

凝珠吹黍。似早梅乍萼。新桐初乳。莫是珊瑚。零落敲殘石家樹。記得南中舊事。金齒屐小鬟蠻女。向兩岸樹底盈盈。擡素手。摘新雨。　延佇碧雲暮。休逗入茜裙。欲尋無處。唱歌歸去。先向綠窗飼鸚鵡。惆悵檀郎路遠。待寄與相思猶阻。燭影下。開玉合。背人暗數。

蝶戀花　閨思　王士禎

涼夜沈沈花漏凍。敧枕無眠。漸聽荒雞動。此際閒愁郎不共。月移窗罅春寒重。　憶共錦衾無半縫。郎似桐花。妾似桐花鳳。往事迢迢徒入夢。銀箏斷續連珠弄。

醜奴兒慢　黃景仁

日日登樓一換一番春色。者似捲如流春日。誰道遲遲。一片野風吹草草。背白煙飛。頹牆左側。小桃放了。沒箇人知。　嫣然一笑。分明記得三五年時。是何人挑將竹淚。黏上空枝。請試低頭。影兒憔悴浸春池。此間深處。是伊歸路。莫惹相思。

第四章　清代之戲曲小說

清初文人。亦偶爲劇曲。如王船山、吳梅村、毛西河等。皆間有所作。尤悔菴亦有名。世俗所流行。則無過李笠翁之十種曲。孔云亭之桃花扇也。

漁洋詩話曰。吳郡尤悔菴工樂府。流傳禁中。世祖屢稱其才。既而世廟升遐。尤一爲永平推官。以細故罷去。歸吳中。時時以樂府寓其感慨。所作桃花源、黑白衞二傳奇。尤爲人膾炙。予嘗寄詩曰。南苑西風御水流。殿前無復按梁州。淒涼法曲人間遍。誰付當年菊部頭。猿臂丁年出塞行。灞陵醉尉莫相輕。旗亭被酒何人識。射虎將軍右北平。尤爲泣下。康熙己未。尤以召試入翰林。爲檢討。又曰。梅邨先生之通天臺、尤悔菴之黑白衞、李白登科。激昂慷慨。可使風雲變色。自是天地間一種至文。不敢以小道目之。

李笠翁名漁。蘭溪人。寓居錢塘。亦明之遺臣。十種曲者。風箏誤、愼鸞交、奈何天、憐香伴、比目魚、意中緣、玉搔頭、蜃中樓、巧團圓、凰求鳳十種。皆喜劇也。雖詞釆未稱。亦頗滑稽動俗。笠翁又有十二樓及鏡花緣等小說。亦頗極詼謿之趣。

隨園詩話曰。李笠翁詞曲尖巧。人多輕之。然其詩有足采者。如送周參戎之蒲陽云。儒將從來重。君其髯絕倫。三遷無喜色。百戰有完身。灰裏求遺史。刀邊活故人。仙華名勝地。細柳正堪屯。婺寧菴云。誰引招提路。隨雲上小峯。飯依香積煮。衣倩衲僧縫。鼓吹千林鳥。波濤萬壑松。楞嚴聽未闋。歸計且從容。尤展成贈云。十郎才調本無雙。雙燕雙鶯話小牕。送客留髡休滅燭。要看花影照銀缸。

袁于令之西樓記傳奇。當時亦有名。宋犖筠廊偶筆。袁籜菴以西樓傳奇得盛名。與人談及。輒有喜色。一日出飲。歸月下。肩輿過一大姓門。其家方燕賓。演霸王夜宴。輿人曰。如此良夜。何不唱繡戶傳嬌語。乃演千金記。籜菴狂喜。幾墮輿。

桃花扇傳奇。出於康熙三十九年。云亭山人孔尙任作。尙任字季重。號東塘。有桃花扇及小忽雷二傳奇。而桃花扇最行。又嘗著闕里志。桃花扇或以爲可嗣玉茗。共四十四齣。雖敍麗情。而尤致意於興亡之恨。此外則推洪昉思之長生殿。最爲傑作矣。

長生殿傳奇。共五十齣。錢塘洪昇昉思作。方傳奇初成扮演。置酒高會。名流咸集。時尚在國
恤。翰林院編修趙執信亦至。忌執信者以聞。遂與昉思俱斥。五十餘年。以歿文獻徵存錄曰
昉思上舍生。遭家難。流寓困窮。備極坎壈。康熙甲申。自苕霅還。落水死。有稗村集。王士禎所
定也。有公子行云。春明門外酒樓高。稱體新裁蜀錦袍。花裏一聲歌子夜。當筵脫與鄭櫻桃。
朱彝尊有酬洪詩云。金臺酒坐擘紅箋。雲散星離又十年。海內詩家洪玉父。禁中樂府柳屯
田。梧桐夜雨詞悽絕。薏苡明珠謗偶然。白髮相逢豈容易。津頭且纜下河船。趙執信曰。昉思
故名族。遭患難。攜家居長安中。殊有學識。其詩引繩切墨。不順時趨。雖及阮翁之門。而意見
多不合。朝貴亦輕之。鮮與往還。見予詩。乃大驚。求爲友。久之。爲長生殿傳奇。非時演於查樓。
觀者如雲。而言者獨劾予。予至考功。一身任之。褫還田里。坐客皆得免。昉思亦被逐。歸予遊
吳越間。兩見之。情好如故。後聞其飲郭外客舟中。醉後失足墜水。溺而死矣。

乾隆丁酉。巡鹽御史伊齡阿奉旨於揚州設局。修改曲劇。凡四年事竣。總校黃文暘。李經。分
校凌廷堪。程枚。陳治。荆汝爲。修改既成。黃文暘著有曲海二十卷。文暘字時若。號平山。江都
人。曲海總目見揚州畫舫錄中。其序云。乾隆辛丑間。奉旨修改古今詞曲。予受鹽使者聘。得
與修改之列。兼總校蘇州織造進呈詞曲。因得盡閱古今雜劇傳奇。閱一年事竣。追憶其盛。
擬將古今作者。各撮其關目大概。勒成一書。既成。爲總目一卷。以記其人之姓氏。然作是事

者多自隱其名。而妄者又多僞託名流以欺世。且其時代先後。尤難考核。卽此總目之成。已非易事矣。按其目凡金元以來至於清世諸作曲者。並見著錄。後更兵燹。雖目猶存而原曲大半亡佚矣。

乾隆間作曲者。惟蔣苕生之九種曲最流行。苕生嘗擕所撰曲本。强袁簡齋觀之。袁曰、先生只算小病一場。寵賜披覽。簡齋爲覽數闋。賞其中二句云。任汝忒聰明。猜不出天情性。新畬笑曰。先生畢竟是詩人。非曲客也。商寶意聞雷詩。造物豈憑翻覆手。窺天難用揣摩心。此我十一個字之藍本也。語載隨園詩話。按二句係空谷香曲。爲蔣曲九種之一。其曲云。人間一點名。簿上三分命。百歲匆匆。打合窮愁病。勞勞過一生。自擔承。把苦樂閒忙取次經綻。教身子隨時挣。想起心兒異樣疼。何堪聽霜鐘月柝一聲聲。儘由他恁地聰明。也猜不透天情性。

此外如桂未谷之後四聲猿。舒鐵雲之缾笙館修簫譜。亦饒有古致。陳文述頤道堂集。舒鐵雲傳。鐵雲能吹笛鼓琴。度曲不失分刌。所作樂府院本。脫稿老伶皆可按簡而歌。不煩點竄。其餘作者間有。而名製實罕也。

宋元以來。平話已盛。率用章回體。至明之末葉。李卓吾之流。又於平話綴以評論。至清初金聖歎出。特創評論新體。乃以西廂水滸與莊騷齊稱。其言曰。天下才子書有六。一莊子。二離騷。三史記。四杜詩。五水滸傳。六西廂記。皆一一爲之評論。爲文洸洋巧恣。雅俗雜糅。亦振奇之士也。聖歎本姓張名采。明亡後改姓金名喟。字聖歎。後以事死獄中。嘗以水滸勝史記。又勝他小說也。

清代章回小說。無不推紅樓夢爲第一。俞樾小浮梅閒話曰。紅樓夢一書。膾炙人口。世傳爲明珠之子而作。明珠子名成德。字容若。通志堂經解每一種有納蘭成德容若序。卽其人也。乾隆五十一年二月二十九日上諭。成德於康熙十一年壬子科中舉人。十二年癸丑科進士。十六歲。則其中舉人止十五歲。於書中所述頗合也。此書末卷自具著作者姓名曰曹雪芹。袁子才詩話云。曹楝亭康熙中爲江寧織造。其子雪芹撰紅樓夢一書。備極風月繁華之盛。則曹雪芹固有可考矣。又船山詩草有贈高蘭墅同年一首云。艷情人自說紅樓。注云。傳奇紅樓夢八十回以後。俱蘭墅所補。然則此書非出一手。按鄉會試增五言八韻詩始乾隆朝。而書中敘科場事已有詩。則其爲高君所補可證矣。按紅樓夢之作。其寄意所在頗多異說。藉耳士 Giles 中國文學史則稱其敘述男女四百四十八人。一一生動。各具本末。殊爲難能。以擬之英倫小說家斐爾定 Fielding（生於千七百七年卒於七百五十四年）云。

此外章回小說之流行於世者甚衆。茲姑就其習見而作者姓名可考者。略舉於左。

鈕琇觚賸續云。吳興董說字若雨。余幼時曾見其西游補一書。俱言孫悟空夢游事。鑿天驅山。出入老莊。而未來世界歷日先晦後朔。尤奇。按若雨亦明遺民之一也。

柚堂續筆談曰。張博山先生嘉興人。與查聲山宮詹傑壻也。幼聰敏。十四五時私譔小說未畢。父師見之。加以夏楚。其父執某爲之解紛曰。此子有異才。但書未畢。其心不死。我爲足成之。卽平山冷燕也。

劉廷璣在園雜志云。吳人呂文兆熊。性情孤冷。舉止怪僻。所衍女仙外史百回。亦荒誕。而平生學問心事。皆寄託於此。

葉名澧橋西雜記云。坊間所刊儒林外史五十卷。全椒吳敬梓所著也。字敏軒。一字文木。乾隆間人。嘗以博學鴻詞薦不赴。襲父祖業甚富。素不習治生。性復豪上。不數年而產盡。醉中輒誦樊川人生直合揚州死之句。後竟如所言。程魚門吏部爲作傳。按儒林外史所述諸人。皆以諷當時名士。爲近日譏刺派小說之宗。

其餘小說世多有之。不能一一論列。惟近所行蟫史云是王仲瞿作。而七俠五義傳相傳經俞蔭甫改定者。其敍述處皆有可觀。

第五章　道咸以後之文學及八股文之廢

嘉慶以後。學者多高語周漢秦魏。薄清淡簡樸之文。如仁和龔自珍璱人。邵陽魏源默深。其爲文皆出入諸子。往往有奇氣。而上元梅曾亮伯言。獨紹姚姬傳之學。以敎門人湘鄉曾滌生起而和之。則桐城一派復盛。至於道咸之際。士之爲古文者何其衆也。雖當洪楊倡革命之軍。海內雲擾。而講藝著文之風不絕。豈非導揚而振厲之者有其人耶。滌生歐陽生文集序。述乾隆以降桐城派授受淵源甚詳。具錄如下。

乾隆之末。桐城姚姬傳先生鼐。善爲古文辭。慕效其鄉先輩方望溪侍郎之所爲。而受法於劉君大櫆。及其世父編修君範。三子既通儒碩望。姚先生治其術益精。歷城周永年書昌爲之語曰。天下之文章。其在桐城乎。由是學者多歸嚮桐城。號桐城派。猶前世所稱江西詩派者也。姚先生晚而主鍾山書院講席。門下著籍者。上元有管同異之。梅曾亮伯言。桐城有方東樹植之。姚瑩石甫。四人者稱爲高第弟子。各以所得傳授徒友。往往不絕。在桐城者有戴鈞衡存莊。事植之久。尤精力過絕人。自以爲守其邑先正之法。禮之後進。義無所讓也。其不列弟子籍。同時服膺。有新城魯仕驥絜非。宜興吳德旋仲倫。絜非之甥爲陳用光碩士。碩士既師其舅。又親受業姚先生之門。鄉人化之。多好文章。碩士之羣從有陳學受藝叔。陳溥廣敷。而南豐又有吳嘉賓子序。皆承絜非之風。私淑於姚先生。由是江西建昌有桐城之學。仲倫與永福呂璜月滄交友。月滄之鄉人有臨桂朱琦伯韓。龍啓瑞翰臣。馬平王拯定甫。皆步趨吳氏呂氏。而益求廣其術於梅伯言。由是桐城宗派。流衍於廣西矣。昔者國藩嘗怪姚先生典試湖南。而吾鄉出其門者。未聞相從以學文爲事。既而得巴陵吳敏樹南屏。稱述其術。篤好而不厭。而武陵楊彝珍性農。善化孫鼎臣芝房。湘陰郭嵩燾伯琛。漵浦舒燾伯魯。亦以姚氏文家正軌。違此則又何求。最後得湘潭歐陽生。生吾友歐陽兆熊小岑之子。而受法於巴陵吳君。湘陰郭君。亦師事新城二陳。其漸染者多。其志趣嗜好。舉天下之美。無以易乎桐城姚氏者也。當乾隆中葉。海內魁儒畸士。崇尚鴻博。繁稱旁證。考覈一字。累數千言不能休。別立幟志。名曰漢學。深擯有宋諸子義理之說。以爲不足復存。其爲文尤蕪雜寡要。姚先生獨排衆議。以爲義理考據詞章。三者不可偏廢。必義理爲質。而後文有所附。考據有所歸。一編之內。惟此尤兢兢。當時孤立無助。傳之五六十年。近世學子。稍稍誦其文。承用其說。道之廢興。亦各有時。其命也歟哉。自洪楊倡亂。東南荼毒。鍾山石城。昔時姚先生撰杖都講之所。今爲犬羊窟宅。深固而不可拔。桐城淪爲異域。既克而復失。戴鈞衡全家殉難。身亦歐血死矣。余來建昌。問新城南豐兵燹之餘。百物蕩盡。田荒不治。蓬蒿沒人。一二文士。轉徙無所。而廣西用兵九載。羣盜猶洶洶。驟不可爬梳。龍君翰臣又物故。獨吾鄉少安。二三君子。尙得優游文學。曲折以求合桐城之轍。而舒燾前卒。歐陽生亦以瘵死。老者牽於人事。或遭亂不得竟其學。少者或中道夭殂。四方多故。求如姚先生之聰明早達。太平壽考。從容以躋於古之作者。卒不可得。然則業之成否。又得謂之非命也耶。歐陽生名勳。字子和。歿於咸豐五年三月。年二十有幾。其文若詩。淸縝喜往復。亦時有亂離之慨。莊周云。逃空虛者。聞人足音。蛩然而喜。而況昆弟親戚之謦欬其側者乎。余之不聞桐城諸老之謦欬也久矣。觀生之爲。則豈直足音而已。故爲之序。以塞小岑之悲。亦以見文章與世變相因。俾後之人得以考覽焉。

按姬傳受業薑塢。（姚範）後與殿麟（吳定）悔生（王灼）師海峯。臺山（羅有高）絜非（魯九皋）師梅崖。（朱仕琇）碩士（陳用光）學於絜非。更事姬傳。姬傳之徒。伯言（管同）孟涂（劉開）植之（方東樹）最著。碩士行輩差先。伯言其年家子。異之典試所得士也。仲倫（吳德旋）春木（姚椿）生甫（毛嶽生）出姬傳門少後。薑塢曾孫碩甫（姚瑩）亦姬傳高第弟子。而名業特顯。不徒以文稱。秋士（彭績）品詣孤峻。尺木（彭紹升）其族子。究心理學。尤與臺山善子居(惲敬)皋文。(張惠言)私淑海峯同時拔起者。小峴(秦瀛)祁孫(陸繼輅)其尤也。湘皋(鄧顯鶴)善。碩甫。月滄(呂璜)歸嚮桐城。嘗問道於仲倫春木以所學倡於粵西。其鄉人伯韓(朱琦)翰臣(龍啟瑞)亦請業伯言。子序(吳嘉賓)通甫(魯一同)位西(邵懿辰)子餘(孫鼎臣)皆從伯言講論者也。石州(張穆)以樸學。鳴與伯言論不合。魯川(馮志沂)兼師兩人。異之子小異(管嗣復)傳父業而早卒。植之之門。惟存莊(戴鈞衡)著稱。曾滌生自以粗解文章由姚先生啟之。其歐陽生文集序。吳南屏不以爲然。然南屏爲文。固實不出桐城派之緒論也。最近惟吳汝綸摯甫。張裕釗廉卿。爲文守桐城家法云。

咸同以來。宿學老師。遺風未沫。承其流者。經學考据則俞樾。戴望。駢體小詞則李慈銘。譚獻。皆不愧一時之選。光緒以後。誹議雜興。或以桐城派局於議論。遂有復尚龔自珍魏源之文。恣爲馳騁開闔之致。於是新聞評議之書。競盛於世矣。

綜而論之。則清之文學。不逮於明。明文不逮宋元。殆皆經義八股之弊。深著人心。有以汨其聰明材智。使莫能自進於高明廣大之域。此蓋明以來有識之士。所爲深譏而屢歎也。蓋科場程試。其束縛之方法最嚴。既定之以八比之式。又限其修短之制。明郎瑛七修類稿云。本朝科場。自洪武三年第一場經義限五百字。四書義一篇限三百字。第二場禮樂論限三百字。第三場時務策一道一千字以上。按此卽清制限字之所由始也。清俞正爕癸巳存稿云。

康熙七年定鄉會試復用八股時文。限五百五十字。二十年限六百五十字。四十五年三月。陳廷敬奏會元尙居易首篇一千二百餘字。向來作文不得過六百五十字。所作違例應斥革。從之。乾隆四十三年。復限以七百字。夫以發揮義理之事而限其字數。使言者不得盡其辭。已爲無理。及其末流。考官欲避勦襲之弊。乃好割截經文上下句命題。謂之截搭。尤屬可怪。倪鴻桐陰淸話曰。咸豐丁巳。河南學使兪樾出題多割裂。如試武陟縣題曰苟爲無本。七。試修武縣題曰王知夫苗乎。七。試林縣題曰戶求水。諸如此類。不勝枚舉。合場譁然。幾至罷考。爲御史河南曹藕溪登庸彈劾。奉旨革職。因憶嘉慶間歙縣鮑覺生侍郎桂星督學河南時。出題亦多割裂。士子遂題作詩嘲之云。禮賢全不在胸中。紐轉頭來只看鴻。一目如何能四顧。本來孟子說難通。（顧鴻）世間何物最爲凶。第一傷人是大蟲。能使當先驅得去。其餘慢慢設牢籠。（驅虎）鮑兪皆一時名士。尙猶如此。其餘更無論矣。以文爲戲。未有甚於此者也。光緒庚子以後。始廢八股試士之法。此爲近數百年文學上之一大變。甫及十年。遂革命。故文學復興之功。正所望於繼今以往耳。

中國大文學史卷十終

民國七年十月印刷
民國七年十月發行
民國九年一月三版

(中國大文學史)全一冊

定價銀三元

有著作權 不准翻印

編輯者 梓潼謝无量

發行者 中華書局

印刷者 中華書局

印刷所 上海靜安寺路一九二號 中華書局

總發行所 上海棋盤街中華書局

分發行所 北京天津奉天廣州長沙開封溫州長春 漢口南昌南京杭州濟南保定武昌太原 常德福州成都重慶雲南徐州西安汕頭 沙市蘭州吉林衡州貴陽潮州安慶桂林 東昌廈門邢台綏化煙台鄭州梧州 石家莊黑龍江張家口新加坡 中華書局

清末民初文獻叢刊

中國大文學史（上册）

謝无量 編

朝華出版社
BLOSSOM PRESS

圖書在版編目（CIP）數據

中國大文學史 ： 全2册 / 謝无量編. -- 北京 ： 朝
華出版社，2018.9
（清末民初文獻叢刊）
ISBN 978-7-5054-4319-8

Ⅰ. ①中… Ⅱ. ①謝… Ⅲ. ①中國文學－古代文學史
Ⅳ. ①I209.2

中國版本圖書館CIP數據核字(2018)第173963號

中國大文學史（全二册）

作　　者 謝无量

選題策劃 楊麗麗　尚論聰
責任編輯 劉小磊
特約編輯 孫　開　王春蕾
責任印制 張文東　陸競贏
封面設計 劉敬偉

出版發行 朝華出版社
社　　址 北京市西城區百萬莊大街24號　**郵政編碼** 100037
訂購電話 （010）68996618　68996050
傳　　真 （010）88415258（發行部）
聯系版權 j-yn@163.com
網　　址 http://zhcb.cipg.org.cn
印　　刷 藝堂印刷（天津）有限公司
經　　銷 全國新華書店
開　　本 880mm × 1230mm　1/32　**字　　數** 357千字
印　　張 21.25
版　　次 2018年9月第1版　2018年9月第1次印刷
裝　　別 精
書　　號 ISBN 978-7-5054-4319-8
定　　價 159.00元（全二册）

出版前言

中國自一八四〇年鴉片戰爭以來，傳統的農業文明在西方的堅船利炮轟擊之下徹底被顛覆，有擔當的知識分子苦苦追尋，思索社會改革的途徑。從最初的『師夷長技以制夷』到『民主制度，天下之公理』（梁啓超語），他們發現要『强國富民』，首先要『開啓民智』，衹有民衆擁有了獨立思想和批判精神，國家纔能實現真正的强大。在此後一百年的時間裏（一八四〇—一九四九），思想者們從社會變革深入到國民性的改造，用每一部作品見證着中國近代化的遞變歷程。這是一個極其重要的時代，《清末民初文獻叢刊》正是收録了這一時期的作品，大部分書籍都是早期版本，有着極高的文獻研究價值。

清末的中國經歷了『三千年來未有之大變局』（李鴻章語），大清王朝面對西方列强的艦炮，表現得驚慌失措。尤其是鴉片戰爭，使『天朝帝國萬世長存的迷信受到了致命的打擊，野蠻的、閉關自守的、與文明世界隔絶的狀態被打破了』（《馬克思恩格斯選集》）。一批士大夫知識分子，尤其是在歐美諸國擔任使臣或者游歷的知識分子最先覺醒，着眼于對西方國家的考察，進而反省本國政治制度的劣勢，可以視作『啓蒙』的端倪。如曾擔任駐英公使（兼任駐法公使）的郭嵩燾在《使西紀程》中以日記的形式記録了自己對歐西諸國的觀感，他在考察了英國的政治制度之後，發現英國政府官員收入超過三百磅者與普通老百姓一樣同等納税，他説：『此法誠善，然非民主之國，則勢有所不行。西洋所以享國長久，君民兼主國政故也。』他明確提出了『民主』，在國家的管理問題上，人民也有參與的權利。他在該書中所披露的西方政治、經濟、文化等領域優于大清帝國這一事實觸動了保守派的神經，立刻遭到保守派群起而攻之，進士何金壽彈劾他『有二心于英國，欲中國臣事之』，他家鄉湖南的民衆對他更是痛加詆毁，以至于滿城揭帖，誣蔑他『溝通洋人』，在這種群情洶洶的情况下，朝廷最後下旨將《使西紀程》毁版，從而使該書成了禁書。然而，書雖被毁版，却不能堵死民衆的傳播與閲讀的途徑，上海的《萬國公報》依舊連載該書，張佩綸曾説：『朝廷禁其書，而新聞紙接續刊刻，中外傳播如故也。』從某種意義上來説，啓蒙是時代的需要，盡管清政府發諭旨禁了該書，民衆乃至一些朝廷大員却依舊在私下閱讀，以便瞭解外部的世界。進步的社會是開放性的，任何企圖『閉關鎖國』的努力都意味着歷史的倒退，祇有開放，與整個世界文明保持同等的步伐，纔能實現真正的强國之夢。當大批知識分子走出閉鎖的國門，親歷了文明的洗禮之後，也就把啓蒙的智識帶回了中華大地。容閎的《西學東漸記》，梁啓超的《新大陸游記》，崔國因的《出使美日秘日記》等一大批作品介紹了海外諸國的政治、經濟、軍事、外交、文化。雖然這些作品在認識上仍然帶有時代的局限性，然而却是那時最爲珍貴的聲音。

另一方面，在學術上，中國文化母體內『經世致用』思想與資産階級思想相結合，也喚起了變革，以康有爲、梁啓超爲首的改良派試圖通過自上而下的革新以實現變革。康有爲的《新學僞經考》《孔子改制考》就是借經學之表論資産階級學説之裏的著作，康有爲的弟子梁啓超更是通過《新民説》一書提出國民性改造。與早期啓蒙者『師夷長技』的器物文明引進不同，梁啓超上升到形而上的精神領域，從文化心理上更加徹底地進行變革。梁氏是清朝末年到民國初年一個橋梁式的人物，被譽爲『輿論之驕子，天縱之文豪』，其影響力不但在學術領域，同時還在文學領域，他所倡導的『詩界革命』得到了譚嗣同、黄遵憲、丘逢甲等人的響應，黄遵憲的《日本雜事詩》，丘逢甲的《嶺雲海日樓詩鈔》都體現了這種主張。這一主張要求反映新的時代和新的思想，用『我手寫我口』（黄遵憲語）的方式直抒胸臆，對長期占詩壇主流的擬古主義、形式主義產生了巨大的衝擊，解放了寫作者的心靈和頭腦。

與社會變革同步的是早期對西方思想著作的翻譯，這裏面影響最大的是嚴復，他翻譯的《天演論》《社會通詮》等書直接孕育了民國一代的知識階層。魯迅、胡適等人在文章中都曾提到《天演論》對他們思想所產生的震撼。與嚴復略有不同的另一位翻譯家是林紓，他的譯作雖然參差不齊，但却在更細膩的心靈層次對讀者產生影響，許壽裳曾回憶，他和魯迅都熱衷于林譯的小説，如《巴黎茶花女遺事》《黑奴籲天録》《迦茵小傳》等作品。

辛亥革命之後，進步社會思潮成爲主流，比之清末思想啓蒙者『求存』的追求，民國以來的知識階層深入到了更加細微的肌理，一方面呼喚社會變革，另一方面進行點滴的建設，革命并不能使所有的一切一蹴而就，在更加深廣的領域，事物的改變是由微觀而宏觀。通俗地説，比之于革命，建設的意義更大。如《中國商業史》《中國教育史》《中國倫理學史》《中國哲學史大綱》《中國小説史略》等一大批作品都是進行系統的梳理與建設的理論作品。其中，以胡適和魯迅二人的影響最大，他們的作品一紙風靡，從而成爲新文化運動的主力人物。

《清末民初文獻叢刊》收録的文獻大致上可以分爲三個階段，其中龔自珍、張之洞、魏源、郭嵩燾、薛福成等人的作品可視爲『早期啓蒙』，康有爲、梁啓超、黄遵憲、嚴復、林紓等人的作品可視爲『中期啓蒙』，胡適、魯迅、蔡元培等人的作品可視爲『晚期啓蒙』。當然，這種劃分并非嚴格意義上的，大部分啓蒙思想者隨着時代的變化，其思想在不斷進步。縱觀整個近現代史，可以發現，要求變革不是在某一個領域，由某一類人發起和完成的，而是全社會的要求。變革，已經成爲全社會的共識。

從清末民初的文獻中，我們能够發現一種豐富性。這些作品涉及政治、經濟、軍事、教育、外交、宗教、心理、情感等方方面面，從内而外地净化着中國兩千年以來的封建積習。它不衹是對社會的改造，更是對人心靈的重塑；它首重國家社會之建設，同時亦重靈魂心智之喚醒；它是宏大的，也是微觀的；它是嚴肅莊重的，也是活潑靈動的；這些作品結構精巧，思想内容深刻，擁有濃厚的人文主義色彩，對推動社會主義建設，實現中國夢有重大意義，是近現代中國一百年來最宏富的智識與情感的寶藏。因此，整理這些文獻作品，無論是出于資料保存的目的，還是爲圖書館提供資料副本，都有不可估量的意義。

特定時代下的文獻，當它一旦形成（既指草擬，創作的完成，也指其成爲一個載體），就不可再複製了，也就意味着它將面對消亡。對于文獻資料而言，越接近歷史事件發生的時代記録，越具有研究價值。文獻本身具有不可再生性，它衹會消亡，而不會增多。盡管文獻本身的文字可以保留下來，并進行傳播，却失去了當時的時代氣息。當時的作品可能在技巧上，文字的成熟度上不及當代，但它所負載的信息，創作者的情感都反映了當時的歷史，也就是説，它具有不可替代的歷史意義。

影印的版本有三個特點，第一是擁有文獻的『原始性』；第二個特點是『未經改動的』；第三個特點是『歷史的原貌』。所謂『原始性』，也就是説，它是第一手資料，而非轉述的，回憶形成的；『未經改動的』，是指未被篡改、删節、挖補的；『歷史的原貌』是指在影印製作過程中，完全依照文獻的原來模樣……這樣製作出版的作品，無异延續了文獻的壽命。

近現代思想史上的一個最重大的思潮就是『開放』，從林則徐的『開眼看世界』到蔡元培的『兼容并包』，都是在倡導一種開放式的胸襟。而《清末民初文獻叢刊》最有魅力的部分就是『開放』這一主題，祇有融入到世界文明發展的進程中，中華文明纔能歷久彌新。

《清末民初文獻叢刊》編委會

二〇一七年四月十四日

凡例

一、《清末民初文獻叢刊》（以下簡稱『叢刊』）爲影印本，舉凡所用之底本，均爲該書之早期版本。有清末刊本，亦有民國印本。

二、《叢刊》均依底本影印，未予删改，僅代表作者個人觀點，不代表官方立場；原刊本有誤，不予校改，以保留文獻之原貌。

三、《叢刊》所用之底本，因時日久遠存在漫漶的情況，均進行了修復；底本闕文、印刷不清，均保留原貌。

四、爲讀者閱讀之便，《叢刊》中之舊底本目録未標記頁碼者，編了目次；原底本有頁碼和目録，未予重複編目。

五、爲保持文獻的原始風貌，影印本保留了原書書影（原書爲多册，則保留第一册書影）、扉頁等信息。所用底本無相應信息者，則不予妄添，以免錯訛。

中國大文學史

序

我國爲文明最古之國而所以代表其文明者僉曰文學蓋其發源至遠也分類至夥也應用又至繁也瀏覽全史文苑儒林代有其人燕書郢說人有其箸而文字之孳乳體格之區別宗派之流衍雖散見於各家著述中而獨無一系統之書爲之析其源流明其體用揭其分合沿革之前因後果後生小子望洋興歎蹙額而無自問津此文學之所以陸沈憂世者駸駸乎有用夷變夏之懼焉安壽謝先生無量精於四部之學旁通晝革之文（所著有中國六大文豪　中國哲學史　中國婦女文學史　婦女修養談　實用文章義法　佛學大綱　國民立身訓　孔子　韓非　朱子學派　陽明學派　王充哲學　駢文指南　詩學指南　詞學指南等書）以世界之眼光大同之理想奮筆爲之提綱挈領舉要治繁品酌事例之條明白頭訖之序覈名實而樹標準薄補苴而重完全百家於是退聽六藝因而大明如日月之經天如江湖之行地

而後有志於此者不至有扣盤捫燭之詭得一漏萬之慮焉其功顧不偉歟我友昭明黃君摩西之言曰彥和雕龍子玄抽象尙足衍向歆之家學爲游夏之功臣變遷至今可無後盾則此文學史者不僅爲華士然犀之照且可爲樸學當璧之徵（按黃君高才博學曾任大吳大學堂教員撰中國文學史作課本議論奇偉頗有獨見惜援引太繁且至明而止未爲完簡此則其總論之結語）質諸謝君當不河漢斯言也

民國七年十月吳興王文濡謹識

中國大文學史目錄

卷一

卷二

卷三

卷四

卷五

卷六

卷七

卷八

卷九

卷十

完

中國大文學史 卷一

第一編 緒論

第一章 文學之定義

第一節 中國古來文學之定義

今以文學爲施於文章著述之通稱。自論語始有文學之科。其餘或謂之文。或曰文章。其義一也。

易曰。物相雜。故曰文。說文曰。文錯畫也。又彣䰍也。䰍彣彰也。論者或謂文理文字文辭皆謂之文。狀其華美。當謂之彣。彣然錯畫相雜。本含華美之義。稱文已足。彣則孳乳之辭。是以後罕承用也。

釋名曰。文者會集衆彩。以成錦繡。會集衆字。以成辭義。如文繡然也。彩繡之美。是文本義。屬辭美同彩繡。亦命曰文。蓋人之表志。始用言語。繼有文辭。孔子曰。言以足志。文以足言。言之不文。行之不遠。清阮元文言說曰。

許氏說文。直言曰言。論難曰語。左傳曰。言之無文。行之不遠。此何也。古人以簡策傳事者少。以口舌傳事者多。以目治事者少。以口耳治事者多。故同爲一言。轉相告語。必有愆誤。是必寡其詞。協其音。以文其言。使人易於記誦。無能增改。且無方言俗語。雜於其間。始能達意。始能行遠。此孔子於易所以著文言之篇也。古人歌詩箴銘諺語。凡有韻之文。皆此道也。爾雅釋訓。主於訓蒙。子子孫孫以下。用韻者三十二條。亦此道也。孔子於乾坤之言。自名曰文。此千古文章之祖也。爲文章者。不務協音以成韻。修詞以達遠。使人易誦易記。而惟以單行之語。縱橫恣肆。動輒千言萬字。不知此乃古人所謂直言之言。論難之語。非言之有文者也。非孔子之所謂文也。文言數百字。幾於句句用韻。孔子於此發明乾坤之蘊。詮釋四德之名。幾費修詞之意。冀達意外之言。要使遠近易誦。古今易傳。

阮元之說。頗能明言文之原。惟泥於晉宋下文筆之分。故僅以有韻爲文。至於標仲尼文言爲文章之祖。則自劉勰發之。文心雕龍原道曰。

文之爲德也大矣。與天地並生者何哉。夫玄黃色雜。方圓體分。日月疊璧。以垂麗天之象。山川煥綺。以鋪理地之形。此蓋道之文也。仰觀吐曜。俯察含章。高卑定位。故兩儀既生矣。惟人參之。性靈所鍾。是謂三才。爲五行之秀。實天地之心。心生而言立。言立而文明。自然之道也。傍及萬品。動植皆文。龍鳳以藻繪呈瑞。虎豹以炳蔚凝姿。雲霞雕色。有踰畫工之妙。草木賁華。無待錦匠之奇。夫豈外飾。蓋自然耳。至於林籟結響。調如竽瑟。泉石激韻。和若球鍠。故形立則章成矣。聲發則文生矣。夫以無識之物。鬱然有彩。有心之器。其無文歟。人文之元。肇自太極。幽贊神明。易象惟先。庖犧畫其始。仲尼翼其終。而乾坤兩位。獨制文言。言之文也。天地之心哉。

綜彥和之論。則文之廣義。實苞天地萬物之象。及庖犧始肇字形。仲尼獨彰美製。而後人文大成。文言多用偶語。爲齊梁聲律所宗。齊梁文士。並主美形。切響浮聲。著爲定則。文之爲義愈狹而入乎藝矣。唐世聲病之弊益甚。學者漸陋狹境。更趣乎廣義。論文必本於道。而以詞爲末。至宋以下。其風彌盛。周元公曰。文所以載道也。又曰。文辭藝也。道德實也。不知務道德而第以文辭爲能者。藝焉而已。且又以治化爲文。王荆公曰。禮樂刑政。先王之所謂文也。書之策。引而被之天下之民一也。於是文學復反於廣義。超乎藝之上矣。

雖然。文學之所以重者。在於善道人之志。通人之情。可以觀。可以興。可以羣。可以怨。言天下之至賾而不可亂也。雖天地萬物。禮樂刑政。無不寓於其中。而終以屬辭比事爲體。聲律美之在外者也。道德美之在內者也。含內外之美。斯其至乎。

第二節　外國學者論文學之定義

歐美皆以文學屬於藝。art 柏拉圖曰。雕刻繪畫。藝之靜也。詩歌音樂。藝之動也。亞里士多德所說亦同。至黑格爾則分目藝耳藝心藝。以詩歌屬諸心藝。至於文學之名。實出拉丁語之 Litera 或 Literatura。當時羅馬學者用此字。含文法文字學問三義。以羅馬書證之。用作文字之義者。塔西兌 Tacitus 是也。用作文法者。昆體盧 Quintianus 是也。用作文學者西塞羅 Cicero 是也。要至近世。而後文學成爲美藝之一種耳。

今略舉歐洲諸家論文學之定義如下。

白魯克 Stopfors Brooke 曰。文學云者。所以錄情發男女之英思。使讀者易娛。故其行文尤貴典秩。而散文非文學之至也。

亞羅德 Thomas Arnold 曰。文學者著述之總稱。非以喩特殊之人。及僅爲事物之記識而已。在會通衆心。互納羣想。於是表諸言語。而得人人智情中之所同然。斯爲合矣。戴昆西 De Quincy 於詩人蒲白 Pope 論中。嘗釋文學曰。文學之別有二。一屬於知。一屬於情。屬於知者。其職在敎。屬於情者。其職在感。譬則舟焉。知如其柁。情爲帆棹。知標其理悟。情通於和樂。斯其義矣。

前三說中。戴氏之說較爲明瞭。然所謂知之文學。未定其範圍。及龐科士 Pancoast 著英國文學史。論文學定義。最詳審。其言曰。

文學有二義焉。(甲)兼包字義。統文書之屬。出於拉丁語之 Litera。肖自字母。發爲記載。凡可寫錄。號稱書籍。皆此類也。是謂廣義。但有成書。靡不爲文學矣。(乙)專爲述作之殊名。惟宗主情感。以娛志爲歸者。乃足以當之。文學雖不規規於必傳。而不可不希傳。故其表示。技巧同工。他藝。知繪畫音樂雕刻之爲藝。則知文學矣。文學描寫情感。不專主事實之智識。世之文書。名曰科學者。非其倫也。雖恆用歷史科學之事實。然必足以導情陶性者。而後采之。斥厥專知。擷其同味。有以挺不朽之盛美焉。此於文學。謂之狹義。如詩歌、歷史、傳記、小說、評論、等是也。

第三節　文學研究法

凡研究諸學。各有定類。惟文章之事。主博涉而不拘一方。又非精思。無以致其巧。古來名家。

因所尙或殊。則其討究之法。亦遂不同。誠不能悉數也。約而言之。則思不積不至。詞不習不成。廣習而約取。審思而愼出。則亦庶矣。爲學之始。尤重於習。荀子曰。誦數以貫之。思數以通之。揚子雲曰。巧者不過習者之門。又曰。閱賦千首。自善爲賦。皆其義也。至劉勰文心雕龍所論致力文學之術。益詳。唐宋以下。談者稍異。今僅掇一二要論。可以考焉。

文心雕龍神思曰。

神居胸臆。而志氣統其關鍵。物沿耳目。而辭令管其樞機。樞機方通。則物無隱貌。關鍵將塞。則神有遯心。是以陶鈞文思。貴在虛靜。疏瀹五藏。澡雪精神。積學以儲寶。酌理以富才。研閱以窮照。馴致以懌詞。然後使玄解之宰。尋聲律而定墨。獨照之匠。闚意象而運斤。此蓋馭文之首術。謀篇之大端。

是以臨篇綴慮。必有二患。理鬱者苦貧。辭溺者傷亂。然則博聞爲饋貧之糧。貫一爲拯亂之藥。博而能一。有助乎心力矣。若情數詭雜。體變遷貿。拙辭或孕於巧義。庸事或萌於新意。視布於麻。雖云未貴。杼柚獻功。煥然乃珍。至於思表纖旨。文外曲致。言所不追。筆固知止。至精而後闡其妙。至變而後通其數。伊摯不能言鼎。輪扁不能語斤。其微矣乎。

韓愈答李翊書曰。

愈之所爲。不自知其至猶未也。雖然。學之二十餘年矣。始者非三代兩漢之書不敢觀。非聖人之志不敢存。處若忘。行若遺。儼乎其若思。茫乎其若迷。當其取於心而注於手也。惟陳言之務去。戛戛乎其難哉。其觀於人。不知其非笑之爲非笑也。如是者亦有年。猶不改。然後識古書之正僞。與雖正而不至焉者。昭昭然白黑分矣。而務去之。乃徐有得也。當其取於心而注於手也。汩汩然來矣。其觀於人也。笑之則以爲喜。譽之則以爲憂。以其猶有人之說者存也。如是者亦有年。然後浩乎其沛然矣。吾又懼其雜也。迎而距之。平心而察之。其皆醇也。然後肆焉。雖然不可以不養也。行之乎仁義之途。游之乎詩書之源。無迷其途。無絕其源。終吾身而已矣。氣水也。言浮物也。水大則物之浮者大小畢浮。氣之與言猶是也。氣盛則言之短長與聲之高下皆宜。雖如是。其敢自謂幾於成乎。

第四節　文學之分類

文學分類說者多異。吾國晉宋以降。則立文筆之別。或以有韻爲文。無韻爲筆。然無韻者。有時亦謂之文。至於體製之殊。梁任彥昇文章緣起。僅有八十三題。歷世踵增。其流日廣。自歐學東來。言文學者。或分知之文情之文二種。或用創作文學與評論文學對立。或以實用文學與美文學並舉。顧文學之工。亦有主知而情深。利用而致美者。其區別至微。難以強定。近人有以有句讀文無句讀文分類者。輒采其意。就吾國古今文章體製列表如左。

文學各科表

無句讀文
- 圖書
- 表譜
- 簿錄——簿錄與表譜殊者以不皆旁行綴繫故
- 算草

- 有句讀文
  - 有韻文
    - 賦頌——無韻之頌卽入符命類述序類中
    - 哀誄——祭文附此
    - 箴銘——無韻之銘卽入款識類中
    - 占繇——如周易易林太玄靈棋之屬
    - 古今體詩
    - 詞曲——戲曲彈詞均屬此
  - 無韻文
    - 學說
      - 諸子——九流及近世科學諸說並附於此
      - 疏證——凡隨文解義及著書考古者皆屬此
      - 平議——如史通文心雕龍及一切文評史評之屬
    - 歷史
      - 紀傳——尙書帝典之類皆屬此
      - 編年
      - 紀事本末
      - 國別史——如國語之屬
      - 地志
      - 姓氏書
      - 行狀
      - 別傳
      - 雜事——報章中紀事亦屬此
      - 款識——如鼎彝碑誌之屬
      - 目錄——書目之無說者別入簿錄科
      - 學案
    - 公牘
      - 詔誥——尙書康誥酒誥之類亦屬此
      - 奏議——尙書謨訓之類亦屬此
      - 文移
      - 批判
      - 告示
      - 訴狀——一切敎令皆屬此

典章	錄供、履歷、契約	如條約地契引帖之屬其私立者卽入書札類中
	書志	如正史各志及通典通考之屬
	官禮	如周禮六典會典之屬
	律例、公法、儀注	如儀禮江都集禮書儀之屬其經學家專門說禮者卽入疏證類中
雜文	符命	如封禪告天劇秦典引之屬不皆有韻
	論說	連珠之類亦屬此
	對策、雜記、述序、書札	私訂契約不關公牘者亦屬此
小說		文言俗語諸體均屬之

如右所說。分無句讀文。有句讀文。爲二。下分十六科。卽圖書、表譜、簿錄、算草、賦頌、哀誄、箴銘、占繇、古今體詩、詞曲、學說、歷史、公牘、典章、雜文、小說是也。其中學說歷史公牘典章雜文。又當區爲各類。經典亦散入各科中。周易占繇科也。詩者賦頌科也。尚書者歷史科之紀傳類紀事本末類公牘之詔誥類奏議類告示類也。周禮者典章科之官禮類也。儀禮者。典章科之儀注類也。（樂經已亡末由判別）禮記者典章科之儀注類。（曲禮內則投壺公冠諸篇皆是）書志類。（祭法明堂月令諸篇皆是）學說科之諸子類。（中庸禮運禮器三朝記諸篇皆是）疏證類。（昏義冠義鄉飲酒義諸篇皆是）歷史科之紀傳類（如五帝德篇是）也。春秋者。歷史科之編年類。世本則表譜科。國語則歷史科之國別史類。二傳則學說科之疏證類也。

論語孝經者。學說科之諸子類也。爾雅說文者。學說科之疏證類也。經史以下。及後人文集。可各就其體製所近。以類相從矣。大抵無句讀文及有句讀文中之無韻文。多主於知與實用。而有句讀文中之有韻文。及無韻文中之小說等。多主於情與美。此其辨也。

第二章　文字之起原及變遷

第一節　總論

民之始生。其自達其意。若以交於羣者。始由身體之振動。繼乃效物之音。而有言語。言語不能致遠合契。乃立文字。文字之立。必先制定法。在主音之族。皆有字母以相孳衍。於是文字日繁。吾國六書。其所以定聲之道。不主一例。雖倉頡造書。伶倫制律。同出一時。其間或不無相資之道。然太史公律書以甲乙至壬癸爲十母。指律之所生而言。至於字之有母。古所未傳。梵學東來。漢時始有以十四字貫一切音者。稍廣至三十六母。諸家增減不同。或云伏羲畫卦。是字之所起。吾丘衍謂說文五百四十部首。是倉頡初文。後世本此增益爲字。此則字形之祖。非必主音之字母也。

字之所始。中西同有二說。以爲由於神之所啟。非人能爲者。宗教家之說也。以爲人取象物形而制字者。歷史家之說也。吾國謂河出圖。洛出書。聖人則之。以立八卦。作文字。與前一說相近。謂倉頡見鳥獸蹄迒。依類象形。以爲文字。與後一說相近。

許愼說文序曰。古者庖犧氏之王天下也。仰則觀象於天。俯則觀法於地。視鳥獸之文。與地之宜。近取諸身。遠取諸物。於是始作八卦。以垂憲象。及神農氏結繩爲治而統其事。庶業其繁。飾僞萌生。黃帝之史倉頡。見鳥獸蹏迒之迹。知分理之可相別異也。初造書契。百工以乂。萬品以察。蓋取諸夬。夬揚於王庭。言文者宣敎明化於王者朝廷。君子所以施祿及下。居德則忌也。倉頡之初作書。蓋依類象形。故謂之文。其後形聲相益。卽謂之字。文者物象之本。字者言孳乳而寖多也。箸於竹帛謂之書。書者如也。以迄五帝三王之世。改易殊體。封於泰山者七十有二代。靡有同焉。

王安石進字說表曰。蓋聞物生而有情。情發而爲聲。聲以類合。皆足相知。人聲爲言。述以爲字。字雖人之所制。本實出於自然。鳳鳥有文。河圖有畫。非人爲也。人則效此。故上下內外。初終前後。中偏左右。自然之位也。衡衺曲直。耦重交析。反缺倒仄。自然之形也。發斂呼吸。抑揚合散。虛實淸濁。自然之聲也。可視而知。可聽而思。自然之義也。以義自然。故仙聖所宅。雖殊方域。言音乖離。點畫不同。譯而通之。其義一也。道有升降。文物隨之。時變事異。書名或改。原出要歸。亦無二焉。

周禮八歲入小學。保氏敎國子。先以六書。一曰指事。指事者。視而可識。察而見意。二丄是也。二曰象形。象形者。畫成其物。隨體詰詘。日月是也。三曰形聲。形聲者。以事爲名。取譬相成。江河是也。四曰會意。會意者。比類合誼。以見指撝。武信是也。五曰轉注。轉注者。建類一首。同意相受。考老是也。六曰假借。假借者。本無其字。依聲託事。令長是也。

文字之綱有三。曰形體。曰音聲。曰訓詁。六書象形指事會意者。形體之事也。諧聲者。音聲之事也。轉注者。訓詁之事也。假借者。訓詁而兼音聲之事也。惟轉注一法。言人人殊。許君以爲建類一首。同意相受。考老是也。孫愐切韻云。考字左回。老字右轉。戴仲達六書故。周伯琦六書正譌。別舉側山爲阜。反人爲㔾之類當之。徐楚金則就考字傅會。謂祖考之考。古銘識通用丂于丂之本訓。轉其義而加老。注明之。鄭夾漈通志略。又分建類主義。建類主聲。互體別聲。互體別義四事。楊桓六書統。則謂三體已上。展轉附注。此皆以形體言轉注者也。清戴東原始發互訓之恉。其言曰。轉相爲注。猶互相爲訓。老注考。考注老。爾雅釋詁。有多至四十字共一義者。卽轉注之法。故一字具數用者。曰假借。數字共一用者。曰轉注。而江叔澐以轉注統於意。轉注者。轉其意也。如挹彼注玆之注。故立老字爲部首。卽所謂建類一首。考與老同意。故受老字而從老省。考之外。耆耋壽耇之類皆是。說文解字一書。分部五百四十。卽建類也。始一終亥。卽一首也。云凡某之屬皆從某。卽同意相受也。凡合兩字以成一誼者。爲會意。取一意以槪數字者。爲轉注。朱駿聲說文通訓定聲。以江氏之說爲然。六書次序。諸家多首象形。惟許氏以指事爲首。說文解字共九千五百五十三字。其後字數日增。魏李登聲類。萬一千五百二十字。梁顧野王玉篇二萬二千七百二十六字。唐韻海鏡原二萬六千九百十一字。宋陳彭年等重修廣韻二萬六千一百九十四字。丁度等集韻五萬三千五百二十五字。大抵以集韻字數爲最多。如明之字彙正字通。淸之康熙字典。其字視集韻互有增損。近世學術事物日進。繁總。將來文字必猶有所益。此可預期者也。

第二節　字音之變遷

上古之時。未造字形。先有字音。然人當始有言語。未若今日之複雜也。其始也僅有無字之音。厥後聲音複雜。始成言語。世界言語學者。以人類最古言語。概爲單音。今吾國之字。猶字各一音。則其命音之法。尚未大異於古也。大抵音之起原有三。

一曰自然之音。　嬰兒墜地。卽有呱呱之聲。以至歡笑哭泣。唏噓怒號。自然成聲。皆原於天籟。有感而動。如爾我等皆發語聲。父母之號。夷夏同符。是其證也。

二曰效物之音。　聲音之繁。非盡自創。山居則習禽獸之鳴。澤處則效江河之響。此實命物作名之原。其數尤衆。

三曰合會之音。　人之聲音。由所居山川天氣不同。各各殊異。及漸交通。始就其殊音。互相增益。而立定名。言語成矣。

音之起原。既有三種。及其合會。乃能互達其志。緯書謂遂人伏羲始名鳥獸百物。當時言語宜已大成。蓋言語之始。必先有物名。復假物名。通之於事。以致其意。由是言語日完。上世音簡。後世音繁。交通之域益廣。言語之合會益多。荀子所謂散名則從其成俗曲期者也。自其聲而言之。則謂之名。自其形而言之。則謂之書。及書體已具。猶謂之名者。從其朔也。要自有言語。卽有名矣。

然則音本先有。旣成字體。仍稱其舊名。古時相沿。但有假借譬況。以證字音。及切韻興。而後字音之學大備。故王應麟曰。世稱倉頡制字。孫炎作音。沈約撰韻。爲椎輪之始。然自切韻行而音益多於古。古不立入聲之別。及無歌麻韻。而後世並有之。是以又有今韻古韻之辨也。顏之推家訓音辭篇曰。鄭玄注六經。高誘解呂覽淮南。許愼造說文。劉熙製釋名。始有譬況假借。以證音字。而古語與今殊別。其間輕重淸濁。猶未可曉。加以內言外言急言徐言讀若之類。益使人疑。孫叔言創爾雅音義。是漢末人獨知反語。至於魏世。此事大行。高貴鄕公不解反語。以爲怪異。自茲厥後。音韻鋒出。各有土風。遞相非笑。共以帝王都邑。參校方俗。考覈古今。爲之折衷。

閻若璩尙書古文疏證曰。文心雕龍。昔魏武論賦。嫌於積韻。而善於貿代。晉律歷志。魏武時河南杜夔。精識音韻。爲雅樂郞中令。二書雖一撰於梁。一撰於唐。要及魏武杜夔之時。俱有韻字。知此學之興。蓋於漢建安中。

按古人用韻。未有平上去入之限。四聲通爲一音。故帝舜歌以熙韻喜起。而三百篇通用平上去。及通用去入者甚多。各如其本音讀之。自成歌樂。魏李登聲類始以五聲命字。晉呂靜作韻集。宮商角徵羽各爲一篇。以爲字區五聲之始。然五聲合於一紐。非如後世之聲各爲紐也。至齊梁間始有四聲之說。

顧炎武音論曰。平上去入之名。漢時未有。然公羊莊二十八年傳曰。春秋伐者爲客。伐者爲主。何休注。於伐者爲客下曰。伐人者爲客。讀伐長言之。齊人語也。於伐者爲主下曰。見伐者爲主。讀伐短言之。齊人語也。長言之則今之平上去聲。短言之則今之入聲也。據顧氏說則古似已有入聲之辨。然段玉裁等皆謂古僅有三聲。此事要當起於齊梁以來耳。

梁書沈約傳曰。約撰四聲譜。以爲在昔詞人。累千載而不寤。而獨得胸襟。窮其妙旨。自謂入神之作。永明體矜言聲律。本於約也。故曰聲始於沈約矣。

元和韻譜曰。平聲者哀而安。上聲者厲而舉。去聲者清而遠。入聲者直而促。平聲實分陰陽。近世毛先舒韻學通指。又謂平去入皆有陰陽。惟上聲無陰陽。焦循則力闢其說。

唐人作詞。仍遵詩韻。至宋始漸濫。且惟平聲獨押。上去則通押。間有三聲通押者。元周德清中原音韻。用於北曲。以入聲分配平上去三聲之中。此又韻學之異派。以明南北之殊音也。

蓋音韻之學。縱而貫之。則有四聲。橫而列之。則有七音。此字母之所由立也。鄭樵七音略序曰。漢人課籀隸。始爲字書。以通文字之學。江左競風騷。始爲韻書。以通聲音之學。然漢儒識文字而不識子母。則失制字之旨。江左之儒識四聲而不識七音。則失立韻之源。獨體爲文。合體爲字。漢儒知以說文解字。而不知文有子母。生字爲母。從母爲子。子母不分。所以失制字之旨。四聲爲經。七音爲緯。江左之儒。知縱有平上去入爲四聲。而不知衡有宮商角徵羽半徵半商爲七音。縱成經。衡成緯。經緯不交。所以失立韻之源。七音之韻。起自西域。流入諸夏。梵僧欲以其教傳之天下。故爲此書。雖重百譯之遠。一字不通之處。而音義可傳。華僧從而定之。以三十六爲之母。重輕清濁。不失其倫。天地萬物之音。備於此矣。

宋元以來。競譚反切之學。起於釋神珙傳西域三十六字母。於中土。珙之反紐圖。附玉篇後。其自序尚稱元和韻譜。則唐憲宗以後人也。或云唐初僧舍利作三十字母。後有守溫者益以六字。今傳三十六母。見溪郡疑是牙音。端透定泥舌頭音。知徹澄娘舌上音。幫滂並明重唇音。非敷奉微輕唇音。精清從心邪齒頭。照穿牀審禪正齒。影曉喻匣是喉音。來日半舌半齒音是也。隋書經籍志稱婆羅書十四音貫一切字。漢明帝時與婆羅門書同入中國。然則字母漢時已有。後始定爲三十六母。自此以降。說者仍或以意增減。近世江慎修。獨以三十六母爲至精。不可有所損益。其作四聲切韻表等書。並嚴守其法云。

近世言小學者。無不講音韻之學。故研究文學者。不可不知。大抵分爲三派。

一古韻之學　此研究古代韻文及漢儒音讀之例者也。蓋聲音語言。每隨時代遷移。如周易尚書詩禮楚騷漢賦。其用韻多與今異。鄭玄詩箋云古音塡窴塵同。則漢音已殊於周音矣。然講古音實萌芽於宋。自吳才老作毛詩補音。朱子傳詩用之。今已不傳。又作韻補。就二百六部。注古通某古轉聲通某或轉入某等。其分合未精。近世崑山顧炎武作音學五書。分古音爲十部。婺源江永據三百篇爲本。作古韻標準。分古音爲十三部。金壇段玉裁六書音韻表。分古音爲十七部。曲阜孔廣森作詩聲類。分爲十八類。歸安嚴可均說文聲類。分十六類。此講求古音者之大略也。

二廣韻之學　此區別四聲。各爲一紐。而各紐之中。又合音近之字爲一韻者也。周彥倫四聲切韻。及沈約四聲譜。今皆不傳。故言切韻者。稱隋陸法言。而法言書亦亡。宋廣韻卷首。猶題陸法言撰本。長孫訥言箋注。則廣韻之二百六韻。當卽法言之舊目也。及劉淵壬子新刻禮部韻略。始併廣韻二百六部爲一百七部。世謂之平水韻。元明以來皆用之。如明之洪武正韻。淸之佩文韻府。其分類皆依平水韻也。

三等韻之學　此研究反切及字母之法。區爲牙舌唇齒喉諸音。以呼吸之不同。區爲各等者也。蓋同母之字。既分四等。而同韻之字。亦分四等。一韻有止一等者。有全四等者。有兩三等者。宋鄭樵七音略。及元劉鑑切韻指南。皆以聲之洪細。別爲一二三四各等。

稱爲等韻。各等又分開口呼合口呼。一韻之中。率有開合。又有有合口無開口。及有開口無合口者。其辨析甚微也。

凡古今字音之異。其最著者。(一)古人叶韻。無平仄之分。故無四聲。(二)齊梁雖發明四聲。尙無五音七音之說。(三)古音無舌頭舌上之分。(四)古音無輕脣重脣之分。(五)古音近之字。多可通用。大抵聲音之變。周秦以前爲一期。六朝以前爲一期。隋唐以降又爲一期。音之不同。又有因於地方者。王制謂五方之民。言語不通。故爾雅有釋言之篇。揚雄有方言之作。陸法言曰。吳楚南方之音。流於輕淺。燕趙北方之音。失於重濁。及切韻之成。頗會南北之彥。其定聲分部。漸歸統一。雖古音由是遂亡。而使南北之人。並得藉此以爲審音之準。其功亦不可沒也。然後世猶有中原韻中州韻之別。豈以音之相習既久。誠不易同耶。清雍正間。嘗命廣東福建兩省官吏。設法敎導所屬地方語音。務使明白易曉。施鴻保閩雜記。謂閩中各縣。從前皆有正音書院。此殆統一字音之萌芽。近日益有注意於此。惟其效尙未覩耳。

第三節　字形之變遷

既有字音。卽有字形。宣於口者爲字音。筆於書者爲字形。自伏羲作易。名官乃因名而立字。字源云。太昊時始有文字。黃帝變爲古文。又云。庖犧氏作龍書。炎帝作穗書。倉頡變古寫鳥跡作鳥跡篆。少昊作反書。高陽作蝌斗書。荀子曰。古之作書者衆。而倉頡獨傳。是倉頡前當已有書矣。說考謂六書爲倉頡造字六法。字形雖衆。不能外乎六者之義也。及周宣王太史籒著大篆十五篇。與古文或異。至孔子書六經。左邱明述春秋傳。皆以古文。七國之際。言語異聲。文字異形。秦幷天下。李斯乃奏同之。罷其不與秦文合者。斯作倉頡篇。中車府令趙高作爰歷篇。太史令胡毋敬作博學篇。皆取史籒大篆。或頗省改。所謂小篆者也。時官役務繁。初有隸書。以趣約易。自爾秦書有八體

一、大篆　二、小篆　三、刻符　四、蟲書　五、摹印　六、署書　七、殳書　八、隸書

漢興有草書。尉律學僮十七已上始試。諷籒書九千字。乃得爲史。又以八體試之。王莽居攝。頗改定古文。時有六書。

一、古文（孔子壁中書）　二、奇字（即古文而異者）　三、篆書（小篆）　四、左書（即秦隸書）　五、繆篆（所以摹印）　六、鳥蟲書（以書幡信）

至是而字體大略備矣。上古書見法帖中者。錄以備考。

倉頡書

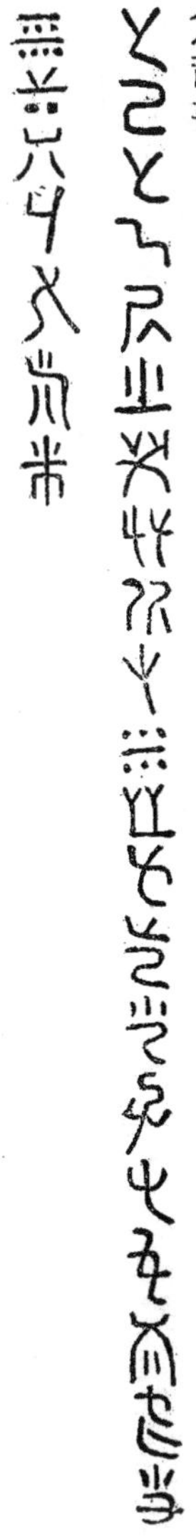

夏禹書

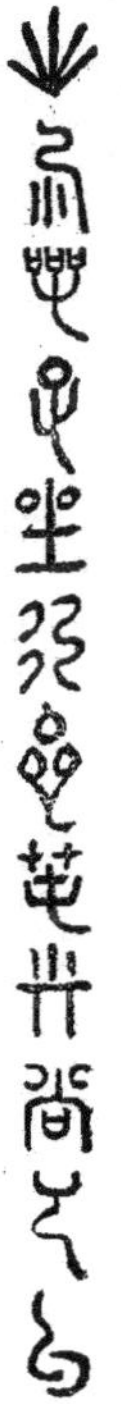

史籀書

孔子書

李斯書

程邈書

天得一以淸地得一以寧神得一以靈谷得一以盈萬物得一以生侯王得一以爲爲天下正其致之天以淸將恐歇

上所列程邈書。乃近行之正書。庾肩吾謂隸書卽今正書。張懷瓘亦曰隸書亦曰眞書。以其較隸篆爲眞正。故或曰楷書。其有楷隸並稱者。則是專指漢隸爲隸書。史記正義曰。程邈變篆爲隸。江式曰。隸書者。始皇時下杜人程邈附於小篆而作者也。然衞恆四體書勢。又以八分書爲楷書。歐陽修以八分書爲隸書。八分爲秦人王次仲作。書苑引蔡文姬說云。割程隸字八分取二分。割李篆字二分取八分。是爲八分。張懷瓘書斷亦謂次仲八分。從大篆出鋒而加疾。此說最精。蓋漢碑之字。凡與正書相近者。皆隸書也。其與篆書相近而略具正字形者。皆八分也。吳時皇象書天發神讖碑。其體雜篆隸。當是八分。故書斷稱象工八分書。說文謂草書漢興始有。趙壹則以爲起於秦末。漢元帝時史游作急就章。解散隸體粗書之。爲章草之始。其後又有行書。與眞書相近。字體之行於今者。惟眞草篆隸及行書耳。篆隸工者。代不數人。眞書自晉代以降。又有南派北派之分。南派宗鍾王。北派宗索靖。此則美術史之所論矣。

鄭樵金石略。錄太昊金爲首。自三代以下。泉貨鍾鼎古器山川所出。無代無之。雖僅碎文斷句。不能如衞宏西州漆書。晉汲冢竹書之可貴。然文士多用以爲考古之資。惟其眞僞錯出。未可悉信耳。

中國字主單音。其字形之變遷。則字數由少而增多。（見第一節）字畫由簡而趨繁。說文所載之字。

點畫皆少。玉篇以三十三畫爲最多之畫。清康熙字典所載。則三十四畫者一字。三十五畫者一字。三十六畫者三字。三十九畫者二字。四十三畫四十四畫五十二畫者各一字。皆梁以後所增者也。

第四節　字義之變遷

字義所起。或依於形。或依於聲。故字音字形既立。而義卽具於其中矣。古之造字。形聲相配。賈公彥分左形右聲右形左聲上形下聲下形上聲外形內聲內形外聲六種聆聲察形。義則自明。然小學書之專以義爲主者。莫先於爾雅。相傳釋詁一篇。周公所作。自孔子子夏以降。遞有增益。王充曰。爾雅者五經之訓郭璞亦以爾雅爲六藝之鈐鍵。欲觀周秦以上文字之義。必求之爾雅。爾雅大例。尤在釋詁釋言釋訓三篇。三篇以下。則大抵釋事物之名也。今略就三篇之例言之。

一曰以今語證古語。　孔子曰。爾雅以觀於古。足以辨言。大戴禮班固亦曰。古文應讀爾雅。蓋古今文字各有不同。釋詁一篇。卽以釋今言異於古言者也。例如初哉首基肇祖元胎俶落權輿始也。自初至權輿。並係古稱。而始則今言也。

二曰以方言證雅言。　周代各國方言。或與王都正音不合。論語子所雅言。阮元以雅言猶官話也。爾近也。方言而近於官話。故曰爾雅。釋言一篇。釋方言殊於雅言者也。例如斯侈離也。注云。齊陳曰斯。侈是斯侈爲方言。離爲雅言。

三曰以俗語釋文言　文詞所用。有與俗言殊者。釋訓一篇。卽釋直言殊於文言者也。例如明明斤斤。察也。條條秩秩。智也。明明條條等。並是文言。而察與智則通行之義。此外復有數字一義之例。卽轉注之法。如初哉以下十二字。皆訓爲始是也。有一字數義之例。卽假借之法。如君訓爲公。又訓爲事。尸訓爲陳。又訓爲主是也。

自爾雅以後。言字義之書。約分二派。一曰卽形以求其義。如許愼說文等。皆建形類。定其從某或從某省。以取其義是也。一曰卽音以求其義。如劉熙釋名。多取同音之字。以釋其義是也。

古之造字。視其形聲。而義自見。固無待乎訓詁之書。然言語之變遷。有隨時代而殊者。如爾雅夏曰歲。商曰祀。周曰年。唐虞曰載。孟子夏曰校。商曰序。周曰庠。同一事物。而歷代之稱謂各殊。則後世必有不能識其義矣。有隨方俗而殊者。如公羊之用得來。左傳用熸字。同一名義。而四方言者異致。則異地必有不能識其義矣。此訓詁之書所爲作也。其後習用文言。故論方音之書。自揚雄方言外。罕有傳者。其古今字義之異。則可得而論也。

古今字義之變遷。約略分之。則周秦以上爲一期。至漢而一變。至宋而又一變。周秦以上。言字義之法。大抵具於爾雅。今就爾雅外。引羣書證之。(甲)以本字訓本字者。如易蒙者蒙也。比者比也。剝者剝也。孟子徹者徹也。禮記夫者夫也。(乙)以音近之字訓本字者。如易咸者感也。夬者決也。論語政者正也。荀子君者羣也。(丙)以字形解字。如左傳止戈爲武。反正爲乏。穀梁人言爲信。韓非子自環爲私。背私爲公。其餘不可備舉矣。

漢儒於六經諸子。咸有註釋。故言字義之書。以漢儒爲最博最精。鄭康成曰。就原文字之聲類。考訓詁。捃秘逸。蓋當時字義。既多受自師說。又自爲之考其類。捃其逸。字義滋多於是矣。往往一字之下。兩義並存。或先後解義不同。且恣爲繁博。有以三萬字說堯典者。由字義而推衍。極爲唐代義疏之體。皆沿漢法。漢人釋經。有以今語釋古語者。如鄭玄禮記注。人讀如相人偶之人。人偶是俗語也。有以今制況古制者。如馬融周禮注。重翟爲蓋。注今之羽蓋是也。此類甚多。

宋儒言字義。與漢人頗有出入。蓋唐以前。雖多用玄釋解經。而其訓詁。猶守漢法。至宋而小變。一由王安石字說。好爲臆論。繆於篆籀。及新學盛行。其勢頗被於學者。一由於道學之興。士慕純理。至流爲語錄講章。漸異古義。此後世漢學宋學門戶所以分也。略舉宋人言字義與古不同者。(一)以字形解字。如朱子言中心爲忠。如心爲恕。(二)以字音解字。如程子言雹字從雨從包。是大氣所包。(三)用佛書語立訓。如虛靈不昧常惺惺等語。(四)用俗語立訓。如工夫東西這個模樣等語。

元明以來。解釋字義。頗沿宋學。清乾嘉以來。漢學乃大盛。字義之變遷。其關係於文學亦至鉅也。

第五節　字類分析與文章法

近世言語學者。論吾國文句之構成主位 Nominative 嘗先於他動詞。Transitive 他動詞嘗先於賓位。Objective 尙存最初言語自然之序。此外如希伯來語。英語宅句之法。亦間同吾國。其餘率恣爲巧變。遠於古矣。是故吾國文章之起。因言語之成法。得於天而原乎習者爲多。自今以觀三代之文。其句義部居。往往文從字順。未大異也。惟方俗異名。古今殊語。始煩訓釋。此不關於文法耳。周時國子僅敎六書。不聞別課文章之法。及夫六藝之成。後師始有章句之學。而六藝之中。屬辭比事。專爲春秋之敎。春秋一字見義。或以詳略成文。或以先後顯義。其修辭之道。誠異乎徑情直言者。然指遠辭微。彌倫萬端。雖古爲修辭之專書。而究不可以用於今世通行之文法。故茲靡得而論矣。若夫今所謂文法者。始於分析字類。繼以製作篇章。字類古判以六書。製作之事。後賢多講其體勢利病。或推及聲調氣韻。至於字句篇章之相絡。希有屑屑逃之者。近世高郵王氏之經傳釋詞。德淸兪氏之古書疑義舉例。頗究古書難解語句。然非著其條貫統紀。以垂定法者也。

古代字僅分虛實。而虛字多由實字假借。以世所謂文法書例推之。則名詞代名詞。固爲實字。動詞形容詞之本義。亦多爲實字。若介詞。副詞。連詞。歎詞等。皆虛字也。古虛字由名詞假借之例。略證於左。

之　草出地也。

於　孝鳥也。

而　頰毛也。

所　鋸木聲也。

則　等畫物也。

維　車蓋系也。

云　山川氣也。

不　鳥飛翔不下也。

必　弓檠也。

莫　日且冥也。

蓋虛字多本無其字。或由義假借。或由聲假借。古或謂之詞。或謂語助。自來論虛字之書。以近世劉淇助字辨略爲最詳。析助字爲三十類。曰重言。曰省文。曰助語。曰斷詞。曰疑詞。曰詠嘆詞。曰急詞。曰緩詞。曰發語詞。曰語已詞。曰設詞。曰別異之詞。曰繼事之詞。曰或然之詞。曰原起之詞。曰終竟之詞。曰頓挫之詞。曰承上。曰轉下。曰語詞。曰通用。曰專詞。曰僅詞。曰歎詞。

曰幾詞。曰極詞。曰總括之詞。曰方言。曰例文。曰實字虛用。然其例未免過繁矣。中國造字。字由事起。事由物起。故名詞爲文字之祖。小學書多釋名詞。不勞舉例。至於用近世文法分類之例以爲書者。則出自近人馬建忠之流。當時踵作者頗有。此後自益衆矣。馬建忠文通之例。凡字有事理可解者曰實字。無解而惟以助實字之情態者曰虛字。實字之類五。曰名字。曰代字。曰動字。曰靜字。曰狀字。虛字之類四。曰介字。曰連字。曰助字。曰歎字。此其大略也。

第三章　古今文學之大勢

第一節　總論

文學之興。先有歌曲。沈約曰。歌詠所興。自生民始。王灼碧雞漫志。或問歌曲所起。曰天地始著人生焉。人莫不有心。此歌曲所以起也。及唐虞賡歌。其流漸廣。至於散文。則三皇之世始已作。敎其後人事漸繁。諸體繼作。而五經實爲衆製之源。顏之推曰。文章者原出五經。詔命策檄。生於書者也。序述論議。生於易者也。歌詠賦頌。生於詩者也。祭祀哀誄。生於禮者也。書奏箴銘。生於春秋者也。故自五經以後。文章乃可得而論矣。五經以後。文章之變至繁。說者謂唐以前之文主骨。唐以後之文主氣。風尙所趨。代有偏重。今約舉昔賢之論於下。

（甲） 關於變遷之大勢

陳傳良曰。六經之後有四人焉。摭實而有文采者左氏也。憑虛而有理致者莊子也。屈原變國風雅頌而爲離騷。子長易編年而爲紀傳。皆前未有比後可爲法。

虞集曰。六經之文尚矣。孟子在戰國時以浩然之氣。發仁義之言。無心於文而開闔抑揚曲盡其妙。漢初賈誼文質實而或傷激厲。司馬遷馳騁有餘而識不逮理。董仲舒發明王道而詞多緩弱。至谷永輩漸趨於對偶而古文始衰矣。

吳澄曰。西漢之文最近古。歷八代寖敝。得唐韓柳而古。至五代復敝。得宋歐陽氏而古。嗣歐而興惟王曾二蘇爲卓。之七子者。皆不爲風氣所變化者也。

何景明曰。文靡於隋。韓力振之。然古文之法亡於韓。詩溺於陶。謝力振之。然古詩之法亦亡於謝。

唐寅曰。自曼倩答客難之作。揚雄諸人。率慕效之。余謂世之變也。詩降而爲騷。騷降而爲賦。賦又降而爲解嘲答賓戲諸作。欲以自重。適以自輕。如此諸篇。率皆自識自誚之語。縱後來辨駁得正。亦有甚占地步處。

王世貞曰。三百篇亡而後有騷賦。騷賦入樂府。而後有古樂府。古樂府不俗。而後以唐絕句爲樂府。絕句少宛轉而後有詞。詞不快北耳而後有北曲。北曲不諧南耳而後有南曲。

又曰吾於文雖不好六朝人語。雖然六朝人亦那可言。皇甫子循謂藻豔之中有抑揚頓挫。語雖合璧。意若貫珠。非書窮五車。筆含萬化。未足云也。此固爲六朝人張價。然如潘左諸賦及王文考之靈光。王簡棲之頭陀。令韓柳授觚。必至奪色。然柳州晉問。昌黎南海神碑毛穎傳。歐蘇亦不能作。非直時代爲累。抑亦天授有限。

何孟春曰古今文章擅奇者六家。左氏之文以葩而奇。莊生之文以玄而奇。屈原之文以幽而奇。戰國策之文以雄而奇。太史公之文以憤而奇。孟堅之文以整而奇

姜南曰文章自六經語孟之外。惟莊周屈原左氏司馬遷最著。後之學者。言理者宗周。言性情者宗原。言事者宗左氏司馬遷。周出於易。原出於詩。左氏司馬遷出於尙書春秋

日知錄。唐宋以下何文人之多也。固有不識經術不通古今。而自命爲文人者矣。韓文公符讀書城南詩曰文章豈不貴。經訓乃菑畬。潢潦無根源。朝滿夕已除。人不通古今。馬牛而襟裾。行身陷不義。況望多名譽。而宋劉摯之訓子孫。每曰士當以器識爲先。一號爲文人。無足觀矣。然則以文人名於世。焉足重哉。此揚子雲所謂擁我華而不食我實者也。

（乙）　關於行文之氣格

魏文帝曰。文以氣爲主。氣之淸濁有體。不可力强而致。

張茂先曰。讀之者盡而有餘。久而更新。

陸士衡曰。其始也收視反聽。耽思旁迅。精鶩八極。心游萬仞。其致也精曈曨而彌宣。物昭晰而互進。傾羣言之瀝液。嗽六藝之芳潤。浮天淵以安流。濯下泉而潛進。又曰。離之則雙美。合之則兩傷。又曰。石韞玉而山暉。水懷珠而川媚。

范曄曰。情志所托。故當以意爲主。以文傳意。以意爲主。則其旨必見。以文傳意。則其辭不流。然後抽其芬芳。振其金石。

沈約曰。天機啟則六情自調。六情滯則音韻頓舛。又曰。五色相宣。八音協暢。由乎玄黃律呂。各適物宜。欲使宮羽相變。低昂舛節。若前有浮聲。則後須切響。一篇之內。音韻盡殊。異句之中。輕重悉異。妙達此旨。始可言文。又云。情者文之經。辭者理之緯。

韓愈曰。養其根而俟其實。加其膏而希其光。根之茂者其實遂。膏之沃者其光曄。又曰。和平之聲淡泊。愁思之聲要妙。懽愉之辭難工。窮苦之言易好。

柳宗元曰。本之書以求其質。本之詩以求其情。本之禮以求其宜。本之春秋以求其斷。本之易以求其動。參之穀梁氏以厲其氣。參之孟荀以暢其支。參之老莊以肆其端。參之國語以博其趣。參之離騷以致其幽。參之太史以著其潔。

李德裕曰。魏文典論稱文以氣爲主。氣之清濁有體。斯言盡之矣。然氣不可以不貫。不貫則雖有英詞麗藻。如編珠綴玉。不得爲全璞之寶矣。鼓氣以勢壯爲美。勢不可以不息。不息則流宕而忘返。亦猶絲竹繁奏。必有希聲窈眇。聽之者悅。聞如川流迅激。必有洄洑逶迤。觀之者不厭。從兄翰嘗言文章如千兵萬馬。風恬雨霽。寂無人聲。蓋謂是也。近世誥命。惟蘇廷碩敍事之外。自爲文章。才實有餘。用之不竭。沈休文獨以音韻爲切。重輕爲難。語雖甚工。旨則未遠矣。夫荆璧不能無瑕。隋珠不能無纇。文旨高妙。豈以音韻爲病哉。此可以言規矩之內。未可以言文外意也。

殷璠曰。文有神來氣來情來。有雅體野體鄙體俗體。能審鑒諸體。委詳所來。方可定其優劣。

柳冕曰。善爲文者。發而爲聲。鼓而爲氣。直則氣雄。精則氣生。使五采並用。而氣行於其中。

程頤曰。夫語麗辭贍。此應世之文也。識高志遠。議論卓絕。此名世之文也。編之乎詩書而不愧。措之乎天地而不疑。此傳世之文也。

姜夔云。雕刻傷氣。敷演傷骨。若鄙而不精。不雕刻之過也。拙而無委曲。不敷演之過也。又云。人所易言。我寡言之。人所難言。我易言之。

姚鼐曰。天地之道。陰陽剛柔而已。文者天地之精英。而陰陽剛柔之發也。惟聖人之言。統二氣之會而弗偏。然而易詩書論語所載。亦間有可以剛柔分矣。値其時其人。告語之體。各有宜也。自諸子而降。其爲文無弗有偏者。又曰。一陰一陽之謂道。文之多變。亦猶是也。糅而偏勝可也。偏勝之極。一有一絕。無與夫剛不足爲剛。柔不足爲柔者。皆不可以言文。

第二節 時勢與作者

今就古今文運升降。析其時代論之。

文心雕龍時序曰。昔在陶唐。德盛化鈞。野老吐何力之談。郊童含不識之歌。有虞繼作。政阜民暇。薰風詩於元后。爛雲歌於列臣。盡其美者何。乃心樂而聲泰也。至大禹敷土。九序詠功。成湯聖敬。猗歟作頌。逮姬文之德盛。周南勤而不怨。大王之化淳。邠風樂而不淫。幽厲昏而板蕩怒。平王微而黍離哀。故知歌謠文理。與世推移。風動於上。而波震於下者。春秋以後。角戰英雄。六經泥蟠。百家飈駭。方是時也。韓魏力政。燕趙任權。五蠹六蝨。嚴於秦令。唯齊楚兩國。頗有文學。齊開莊衢之第。楚廣蘭臺之宮。孟軻賓館。荀卿宰邑。故稷下扇其清風。蘭陵鬱其茂俗。鄒子以談天飛譽。騶奭以雕龍馳響。屈平聯藻於日月。宋玉交彩於風雲。觀其豔說。則籠罩雅頌。故知暐燁之奇意。出乎縱橫之詭俗也。

沈約謝靈運傳論曰。周室既衰。風流彌著。屈平宋玉。導清源於前。賈誼相如。振芳塵於後。英辭潤金石。高義薄雲天。自茲以降。情志愈廣。王褒劉向揚班崔蔡之徒。異軌同奔。遞相師祖。雖清辭麗曲。時發乎篇。而蕪音累氣。固亦多矣。若夫平子豔發。文以情變。絕唱高蹤。久無嗣響。至於建安。曹氏基命。二祖陳王。咸蓄盛藻。甫乃以情緯文。以文被質。自漢至魏。四百餘年。

辭人才子。文體三變。相如巧爲形似之言。班固長於情理之說。子建仲宣以氣質爲體。並標能擅美。獨映當時。是以一世之士。各相慕習。原其飈流所始。莫不同祖風騷。徒以賞好異情。故意製相詭。降及元康。潘陸特秀。律異班賈。體變曹王。縟旨星稠。繁文綺合。綴平臺之逸響。採南皮之高韻。遺風餘烈。事極江左。有晉中興。玄風獨振。爲學窮於柱下。博物止乎七篇。馳騁文辭。義單乎此。自建武暨乎義熙。歷載將百。雖綴響聯辭。波屬雲委。莫不寄言上德。託意玄珠。遒麗之辭。無聞焉爾。仲文始革孫許之風。叔源大變太元之氣。爰逮宋氏。顏謝騰聲。靈運之興會標舉。延年之體裁明密。並方軌前秀。垂範後昆。

隋書文苑傳序曰。自漢魏以來。迄乎晉宋。其體屢變。前哲論之詳矣。暨永明天監之際。太和天保之間。洛陽江左。文雅尤盛。於時作者。濟陽江淹。吳郡沈約。樂安任昉。濟陰溫子昇。河間邢子才。鉅鹿魏伯起等。並學窮書圃。思極人文。縟綵鬱於雲霞。逸響振於金石。英華秀發。波瀾浩蕩。筆有餘力。詞無竭源。方諸張蔡曹王。亦各一時之選也。聞其風者。聲馳景慕。然彼此好尙。互有異同。江左宮商發越。貴於清綺。河朔詞義貞剛。重乎氣質。又曰。梁自大同之後。雅道淪缺。漸乖典則。爭馳新巧。簡文湘東。啓其淫放。徐陵庾信。分路揚鑣。其意淺而繁。其文匿而彩。詞尙輕險。情多哀思。格以延陵之聽。蓋亦亡國之音乎。周氏吞併梁荆。此風扇於關右。狂簡斐然成俗。流宕忘反。無所取裁。高祖初統萬機。每念斲彫爲樸。發號施令。咸去浮華。然時俗詞藻。猶多淫麗。又曰。時之文人。見稱當世。則范陽盧思道。安平李德林。河東薛道衡。趙郡李元操。鉅鹿魏澹。會稽虞世基。河東柳䛒。高陽許善心等。或鷹揚河朔。或獨步漢南。俱騁龍光。並驅雲路。

唐書文藝傳序曰。唐有天下三百年。文章無慮三變。高祖太宗。大難始夷。沿江左餘風。絺句繪章。揣合低卬。故王楊爲之伯。玄宗好經術。羣臣稍厭雕琢。索理致。崇雅黜浮。氣益雄渾。則燕許擅其宗。是時唐興已百年。諸儒爭自名家。大歷正元間。美才輩出。擩嚌道眞。涵泳聖涯。於是韓愈倡之。柳宗元李翺皇甫湜等和之。排逐百家。法度森嚴。抵轢晉魏。上軋漢周。唐之文完然爲一王法。此其極也。若侍從酬奉。則李嶠宋之問沈佺期王維。制册則常袞楊炎陸贄權德輿王仲舒李德裕。言詩則杜甫李白元稹白居易劉禹錫。譎怪則李賀杜牧李商隱。皆卓然以所長爲一世冠。

宋史文苑傳序曰。藝祖革命。首用文吏而奪武臣之權。宋之尙文。端本乎此。太宗眞宗。其在藩邸。已有好學之名。及其卽位。彌文日增。自時厥後。子孫相承。上之爲人君者。無不典學。下之爲人臣者。自宰相以至令錄。無不擢科。海內文士。彬彬輩出焉。國初楊億劉筠。猶襲唐人聲律之體。柳開穆修。志欲變古而力弗逮。廬陵歐陽修出。以古文倡。臨川王安石。眉山蘇軾。南豐曾鞏。起而和之。宋文日趨於古矣。南宋以後。文氣不及東都。豈不足以觀世變歟。

陳善捫蝨新話曰。唐文章三變。宋朝文章亦三變矣。荆公以經術。東坡以議論。程氏以性理。三者要自各立門戶。不相蹈襲。然其末流皆不免有弊。

楊愼丹鉛總錄曰。元詩人元右丞好問。趙承旨孟頫。姚學士燧。劉學士因。馬中丞祖常。范應奉德機。楊員外仲弘。虞學士集。揭應奉傒斯。張句曲雨。楊提舉廉夫而已。趙稍清麗而傷於淺。虞頗健利。劉多傖語而涉議論。爲時所歸。廉夫本師長吉而才不稱。以斷案雜之。遂成千里。元文人自數子外。則有姚承旨樞。許祭酒衡。吳學士澄。黃侍講溍。柳國史貫。吳山長萊。危學士素。然要而言之。曰無文可也。

元時雜劇小說大行。平民文學。於斯爲盛。明興。文則推宋濂。詩則推高啓。而王禕劉基方孝孺。實潛溪之輔。楊基張羽徐賁。並吳中之傑。臺閣之體。東里闢其源。長沙導其流。及北地李獻吉。信陽何大復。摹先秦之遺。則振建安之體勢。餘姚王伯安。獨標理學之幟。嘉靖初。王愼中。唐順之。復宗韓柳。爲古文。歸震川。茅鹿門。溉其餘風。而李攀龍。王世貞。則守北地信陽之說。互相詆訾。自萬歷以來。袁中郎欲變王李膚廓。首倡清新。號公安體。鍾譚承之。益流爲纖仄。號竟陵體。以至明亡。文章之變。如是而已。

清初承明之遺彥。詩人則錢謙益。吳偉業。古文則侯方域。魏禧。汪琬。康熙間。王貽上爲詩。始主神韻。而方望溪古文。極有義法。並稱大家。貽上同時詩人。又有南施北宋之目。趙秋谷獨爲異說。乾隆以來。則沈德潛言詩主格調。袁枚主性靈。頗風動一世。惟黃仲則號爲豪健。望溪門人劉海峯。海峯門人姚姬傳。皆桐城人。故古文稱桐城派。當時又支爲陽湖派。桐城派之傳最廣。近日曾國藩亦宗桐城派云。

第三節　精神上之觀察

古今文學大勢。就精神上觀察之。其別有四期。雖未能立確然之區劃。然亦固各關於時勢也。

一創造文學　創造者。前無所因。體必己出。自有文字以來。至於周秦之末世。皆爲創造時代。章學誠以至戰國而文章之體備。蓋五經既作。實爲衆製之淵源。至於戰國。諸子馳騁辨論。文藻益富。而縱橫之學。出於古行人之官。蘇張侈陳形勢。爲京都諸賦所本。安陵之從田。龍陽之同釣。則上林羽獵所取資也。乃若韓非肇連珠之體。屈宋極騷人之致。並爲後世宗效。文史通義詩教篇列文選諸體。推其並出於戰國。甚詳。要之周秦以前。並是文章創造時代也。

二模擬文學　周秦以後。文章率出於模擬。然上者模擬其精神。次乃模擬其形貌。相如枚乘之擬騷雅。擬其精神者也。揚雄之擬易論語。擬其形貌者也。故史通模擬篇有貌同心異。貌異心同之說。周之詩騷。漢之賦。六朝之駢體。唐之詩歌。宋之詞。元之小說雜劇。皆貌異心同之類也。後世文集。拘牽形貌。陳陳相因。皆貌同心異之類也。章學誠曰。子史衰而文集之體盛。著作衰而辭章之學興。文集者。辭章不專家而萃聚文墨以為蛇龍之沮也。後賢承而不廢者。江河導而其勢不容復遏也。經學不專家而文集有經義。史學不專家而文集有傳記。立言不專家（即諸子書也）而文集有論辨。後世之文集舍經義與傳記論辨之三體。其餘莫非辭章之屬也。而辭章實備於戰國。承其流而代變其體製焉。學者不知。而溯摯虞所裒之流別。（摯虞有文章流別集）甚且以蕭梁文選舉為辭章之祖也。其亦不知古今流別之義矣。又曰。論文拘形貌之弊。至後世文集而極矣。蓋編次者之無識。亦緣不知古人之流別。作者之意指。不得不拘貌而論文也。集文雖始於建安。（魏文撰徐陳應劉文為一集此文集之始摯虞流別集猶其後也）而實盛於齊梁之際。古學之不可復。蓋至齊梁而後蕩然矣。（摯虞流別集乃是後人集前人人自為集自齊之王文憲集始而昭明文選又為總集之盛矣）

三國家文學。　夫模擬文章。能得其精神。而不專取其形式。則猶可以致一時之盛。故模擬之弊。極而不可挽者。實在國家以文章取士之後。班固已詆博士為利祿之路。漢以下雖重文章。然門望選舉取士。猶有他途。唐宋以還。一以詩賦策論經義為尚。模擬之道。於是乎終窮。然宋尤甚於唐。蓋唐時登第。猶賴名人達學為之延譽。宋以後始純任有司之耳目矣。蘇子瞻云。文字之衰。未有如今日者也。其源出於王氏。王氏之文未必不善也。而患在於好使人同己。自孔子不能使人同。顏淵之仁。子路之勇。不能以相移。而王氏欲以其學同天下。地之美者同於生物。而不同於所生。惟荒瘠斥鹵之地。彌望皆黃茅白葦。此則王氏之同也。楊用脩云。宋世儒者失之專。今世學者失之陋。失之專者。一騁意見。掃滅前賢。失之陋者。惟從宋人。不知有漢唐前說也。宋人曰是。今人亦曰是。宋人曰非。今人亦曰非。高者談性命。祖宋人之語錄。卑者習舉業。抄宋人之策論。其間學爲古文歌詩。雖知效韓文杜詩。而未始眞知韓文杜詩也。不過見宋人嘗稱此二人而已。蓋經義之弊。始於宋王安石。至明淸以來。其汨沒士人聰明才智。使終身不得自拔。昔人論之詳矣。模擬之弊至此。文章安得不日衰乎。

四平民文學　昔者太史陳詩。其所采者。匹夫匹婦之歌謠而已。皆怨歎感諷。出於自然。不待國家制其體勢。施其勸禁也。於是孔子有取焉。以爲十五國風。失德之君。惡譏刺並興。始有監謗之事。詩人之戒。不得以明。春秋乃隱約其辭。以寓褒貶。定哀之間多微詞。主人習其讀而問其傳。則不知已之有罪。蓋繼詩以發憤。不得已之志。與孟子曰詩亡而後春秋作。此之謂也。自春秋以後。平民文學。幾乎息矣。況更秦之暴政哉。由漢暨唐。國家雖重文學。然未嘗多方以爲之桎梏。故模擬之餘。猶得自縱其詞。采其後程試有格。士人所傳者定說。所守者定法。父師相敎。一切務同於國家之好尙。至其弊之極。

而後宋元之間。復有平民文學之萌動。詞曲小說是也。其言頗猥雜不類。或悉用俗語。不尙文雅。豈非懲於國家文學之敝而自變其體以發憤者耶。甚至苴棄德義。不屑與國家之好尙同。以洸洋而恣己。君子陋其文而哀其志。以爲風詩之遺也。然平民文學。固不當僅存於俗語。宋元以來。格於國家之勢。是以其體未大也。自淸季始廢科舉。民治嗣興。國家宜無復束縛文學之事。則自今以往。平民文學殆將日盛乎。

綜而言之。國家文學近於模擬。平民文學近於創造。創造與模擬合。廣臻文學之極軌矣。

第四章　中國文學之特質

第一節　文字最古之特質

近世言語學者論世界言語起原。以單音爲最古。故言語學之系別有三。一曰單音系。Monosyllabic 二曰合體系。Agglutinative 三曰變音系 Inflexive 單音系者。就人類原始之音。創立字體。以爲之符。吾國及暹羅緬甸安南以至國內苗猓諸族。咸屬此系。言語形式之最古者也。其次乃有合體系。合體系者。以單音字膠合形則相綴。音亦隨增。離之仍各自爲字。條蘭尼恩 Turanian 族。如今土耳其等。咸屬此系。又次有變音系。隨其聲之屈折。以適於變形。聲並繁離之不復悉各成字矣。閃彌族及今所謂印度歐羅巴語系。咸屬此種。其於祖單音一也。今歐洲文字莫不有語根 Root 冠語 Prefix 綴語 Suffix 之辨。是卽當時孳乳轉變之成法久漸殺亂。不盡可別。然彼土所謂語根之單音。就其字形之最簡者而言。有時合尾音讀之。不僅一音。惟中國一字一音。乃眞可謂單音耳。偶有點畫繁重。合數字而成者。其音仍純乎一。確守世界最古單音之舊系。斯足異矣。

世傳太昊時已有文字。然倉頡之字獨盛行。後世字書。無不宗倉頡者。倉頡或云黃帝史官。或云先於黃帝。要在今四五千年以前。倉頡以來。書之體勢。雖有篆楷之殊。而其形義。仍垂舊式。卒無所變。惟倉頡能造此通用數千年之文字。非如埃及巴比倫古文。久歸銷亡也。自腓尼基人始創標音文字。中國文字。所以不立字母者。蓋主義不主音。創造於字母發見之前故也。歐洲造字。亦始於象形。其後音繁。乃立字母以範之。字母行而象形之書廢矣。

十九世紀中。考古學者。多探索埃及巴比倫古文。論者遂謂中國文物。來自西方。自那古伯禮Terrien de La Canperie以後。此論漸寂。亦一時風尙使然也。那氏千八百九十二年始卒那氏嘗主東方雜誌。所著中國文明史。以神農爲即巴比倫之沙恭 Sargon 以黃帝即巴比倫之納洪特 Kndur Nakhunte又以易經卦名。比附楔形文字。考證至數十條。眞可謂謬悠無實之談。不足深辨也。

哀德經氏Edkins著中國言語學上之地位。China's place in Philology 謂世界言語同出一源。皆發自小亞細亞之米所波大未Mesopotamia及亞米尼亞 Armenia 之間。按哀氏前已有此說其始必別有一種單音文字。在埃及與中國文字之前。而爲諸族文字之祖者。書中多引中國文字比較。其一條引中國「別」字讀若 bit 或 pit 梵文曰 bheda。希伯來曰 bad。拉丁文曰 pars, bartis。英文曰 Separation, departure 其義皆與別同。而音亦相近。晚出之字。雖加冠語綴語。仍中含原音。可爲文字始出一源之證。餘多用此例。按中國別之義。本出於八。（象相背義）之讀若 bah 或 par 其音益與歐梵語根合。哀氏所謂更有一種單音文字在中國之先者。既無何等確據。則用哀氏之例。謂中國單音文字。實爲諸族之源。亦何不可。要之中國文字。其音讀形式。在世界中宜爲最古矣。

至於中國文句位置。亦得言語自然之序。（見第二章第五節）此又其最古之一證也。

第二節　美之特質

中國文章形式之最美者。莫如駢文律詩。此諸夏所獨有者也。

一駢文　阮元文韻說曰。八代不押韻之文。其中奇偶相生。頓挫抑揚。詠歎聲情。皆有合乎音韻宮羽者。詩騷而後。莫不皆然。而沈約矜爲剏獲。故於謝靈運傳論曰。自靈均以來。此秘未覩。至於高言妙句。音韻天成。皆暗與理合。匪由思至。又約答陸厥書云。韻與不韻。有精粗。輪扁不能言之。老夫亦不盡辨。休文此說。乃指各文章句之內有音韻宮羽而言。非謂句末之押脚韻也。（即如雌霓連蜷霓字必讀仄聲是也）是以聲韻流變。而成四六。亦祇論章句中之平仄。不復有押脚韻也。四六乃有韻文之極致。不得謂之爲無韻之文也。昭明所選不押韻脚之文。本奇偶相生有聲音者。所謂韻也。休文所矜爲剏獲者。謂漢魏之音韻。乃暗合於無心。休文之音韻。乃多出於意匠也。蓋駢文至齊梁爲盛。徐庾嗣作。聲律彌精矣。

二律詩 沈約之論音韻。本兼詩文爲言。故律詩之法。亦至休文始嚴。有四聲八病之說。劉勰文心雕龍曰。聲畫妍媸。寄在吟詠。吟詠滋味。流於字句。氣力窮於和韻。異音相從謂之和。同聲相應謂之韻。韻氣一定。故餘聲易遣。和體抑揚。故遺響難契。又曰。雙聲隔字而每舛。疊韵雜句而必暌。此極論句中平仄調適之法。唐初上官體及沈宋繼作。於是律體大成矣。

夫駢文律詩。既準音署字。修短相侔。兩句之中。又復聲分陰陽。義取比對。可謂美之極致。然亦字必單音。乃能所施盡協。異邦之人。書違頡誦。即有閎文麗藻。而音調參差。隸事亦匪均切。非其至矣。故吾國文章所長。雖非一端。駢文律詩。則尤獨有之美文也。

第五章 古來關於文學史之著述及本編之區分

文史之名。始於唐吳兢西齋書目。歐陽修唐書藝文志因之。於是後之作史者。並於總集後附列文史一門。錄文心雕龍詩評以下諸評論文學之書。宋中興書目曰。文史者。譏評文人之得失也。故其體與今之文學史相近。四庫提要詩文評類敘曰。文章莫盛於兩漢。渾渾灝灝。文成法立。無格律之可拘。建安黃初。體裁漸備。故論文之說出焉。典論其首也。其勒爲一書傳於今者。則斷自劉勰鍾嶸。勰究文體之源流而評其工拙。嶸第作者之甲乙而溯厥師承。爲例各殊。至皎然詩式。備陳法律。孟棨本事詩。旁採故實。劉攽中山詩話。歐陽修六一詩話。又體兼說部。後所論著。不出此五例中矣。宋明兩代。均好爲議論。所撰尤繁。雖宋人務求深解。多穿鑿之詞。明人喜作高談。多虛憍之論。然汰除糟粕。採擷菁英。每足以考證舊聞。觸發新意。

按古來關於文學史之著述。共有七例。

一流別。摯虞文章流別。任昉文章緣起。爲一類。此專別文體者也。後世如吳訥之文體明辨。徐師曾之詩體明辨之類宗之。劉勰文心雕龍。爲一類。總論文體源流而兼及其優劣者也。後世劉知幾之史通。章學誠文史通義之類宗之。

二宗派。鍾嶸詩品。其論詩必推其源出何人。而後評其優劣。流爲張爲之主客圖。呂居仁之江西詩派圖等。（後有詞品曲品之類以數語評作家優劣亦出鍾嶸）

三法律。皎然詩式。齊己風騷旨格。並論文章法律。降如聲調譜之類。皆其流也。

四紀事。孟棨本事詩。始以事系詩。後有計有功之唐詩紀事。及厲鶚宋詩紀事等。

五雜評　魏文帝典論。始雜評當時文人。宋以來詩話之體大行。或偶論一人。或間章斷句。雖頗掎摭利病。而敍述不甚有紀。

六敍傳　荀勗文章敍錄。兼載文人行事。張隲始爲文士傳。及辛文房唐才子傳。歷史文苑傳等。皆此類也。

七總集　摯虞撰文章流別。又爲文章志。以集錄文人篇章。及文選玉臺新詠出。立後世總集之規模。皆掇其菁華。以爲楷式者也。

今世文學史。其評論精切。或不能逮於古。然實奄有以上諸體。以爲書。且遠溯文章所起。暨於近世。述其源流。明其盛衰。其事誠尤繁博而難齊也。以屬於歷史之一部。故分爲上古中古近古近世四期。由五帝至秦爲上古。由漢至隋爲中古。由唐至明爲近古。清一代爲近世。每期各分章節。先述其時勢。次及文人出處製作優劣。附載名篇。以資取法焉。

中國大文學史卷一終

第二編　上古文學史

第一章　邃古文學之淵源

第一節　名與字之起原

民之生也。既有言語則有名。有名則有字形。故字源謂文字起於太昊時。而神農以下頗有作書者。要之名必先於字。賈公彥周禮正義論名之起原甚詳。其言曰。

天皇地皇之日。無事安民。降自燧皇。方有臣矣。是以易通卦驗云。天地成位。君臣道生。君有五期。輔有三名。注云。三名公卿大夫。又云燧皇始出握機矩。表計寘圖。其刻曰蒼牙通靈昌之成。孔演命明道經。注云。燧皇謂人皇。在伏羲前。風姓始王天下者。是故政教君臣起自人皇之世。至伏羲因之。故文耀鉤云。伏羲作易名官者也。又按論語撰著云。黃帝受地形。象天文以制官。伏羲以前。雖有三名。未必具立官位。至黃帝名位乃具。是以春秋緯命歷序云。有九頭紀時。有臣。無官位尊卑之別。燧皇伏羲既有官。則其間九皇六十四民。有官明矣。但無文字以知其官號也。案左傳昭十七年云。秋。郯子來朝。公與之宴。昭子問焉曰。少皡氏以鳥名官。何故也。郯子曰。吾祖也。我知之。昔者黃帝氏以雲紀。故為雲師而雲名。注云。黃帝軒轅氏。姬姓之祖也。黃帝受命有雲瑞。故以雲紀事。百官師長皆以雲為名號。縉雲氏蓋其一官也。炎帝氏以火紀。故為火師而火名。共工氏以水紀。故為水師而水名。太皡氏以龍紀。故為龍師而龍名。我高祖少皞摯之立也。鳳鳥適至。故紀於鳥。爲鳥師而鳥名。又云鳳鳥氏曆正之類。又以五鳥五鳩九扈五雉並爲官長。亦皆有屬官。但無文以言。若然則自上以來。所云官者。皆是官長。故皆云師以目之。又云自顓頊以來。不能紀遠。乃紀於近。是以少皞以前天下之號。象其德。百官之號。象其徵。顓頊以來天下之號。因其地。百官之號因其事。事卽司徒司馬之類是也。

已上所論。但稱官名。春秋命歷序。伏羲燧人始名物蟲鳥獸。蓋作名之初。當先有物名。復藉物名以名事。則官名乃生。故官名取諸龍鳥之屬。卽是物名也。至謂燧人伏羲但有名無文字。此亦未審當時文字雖未備。當已漸有字形也。易乾鑿度。方上古之時。人民無別。羣物無殊。未有衣食器用之利。於是伏羲乃仰觀象於天。俯觀法於地。中觀萬物之宜。始作八卦以通神明之德。以類萬物之情。禮含文嘉。伏羲德洽上下。天應以鳥獸文章。地應以河圖洛書。乃則象而作易。古史考。伏羲氏作卦。始有筮。伏羲畫八卦。因自重爲六十四卦。故可以筮。又博觀天地萬物之象。立其名號。偶畫其象。以爲字形。此理或有之。字源以文字起於伏羲。其說未必誣也。乾鑿度又以☰爲古天字。☷爲古地字。☶爲古山字。☳爲古雷字。☴爲古風字。☲爲古火字。☵爲古坎字。☱爲古澤字。然則卦畫亦卽伏羲時字形矣。

錢維城與戴東原書曰。六書之道。有形有聲。形者字體也。聲者音韻也。儒者著述。必衷六經。易稱庖犧氏仰觀天文。俯察地理。觀鳥獸之文與地之宜。始作八卦。而書契之興。未詳作者。

然卦畫已具字形。竊謂三畫卽乾字。六畫卽坤字。大略椎輪。必自於此。綜而論之。則伏羲時既作鳥獸物蟲之名。因畫卦象。漸立文字。神農以下。並有踵益。雖其體之同於倉頡與否。不可考。知宜爲倉頡所本。所謂神農結繩而治者。鄭玄注以大事大結其繩。小事小結其繩。蓋當時物名雖頗有。而事名未具。或藉物名以繫事。而未能周給。故與結繩並行。近人有謂結繩亦字體之一種者。要未可緣是遂謂伏羲神農無文字也。

漢碑謂伏羲蒼精。始制文字。梁昭明太子文選序。亦謂伏羲氏之王天下也。始畫八卦。造書契。以代結繩之政。由是文籍生焉。(此用僞孔書序)鄭樵通志金石略。首錄太昊金尊。盧氏幣。神農氏金。當時並傳拓本。雖金石多僞托。不可盡信。亦可證古多謂文字起於皇時。不過至倉頡而後大備耳。

第一節　詩之起原

據緯書及他書記載。伏羲神農並作樂器。兼立樂名。故歌曲之興。必於邃古。蓋民生而有悲愉之情。其發於聲音。自然有舒疾長短咏歎往復之和。是以文學起原。韻文宜先於散文也。詩序云。情動於中而形於言。言之不足。乃永歌嗟歎。聲成文謂之音。蓋以由詩乃爲樂也。今引古書論伏羲神農時樂歌者如下。

(一)伏羲　孝經鈎命訣。伏羲樂曰立基。一曰扶來。亦曰立本。

世本伏羲作瑟五十絃。瑟潔也。使人淸潔於心。淳一於行。

楚辭注伏羲作瑟造駕辯之曲。元結補樂歌有伏羲氏作網罟之歌。

(二)神農　孝經鉤命訣神農樂曰下謀。一名扶持。

說文琴樂也。神農所作洞越練朱五絃。

新論神農氏爲琴七絃。足以通萬物而考理亂也。

(三)伏羲大庭以後　帝王世紀女媧氏亦風姓。承庖犧制度。女媧氏沒。大庭氏王有天下。次有柏皇氏、中央氏、栗陸氏、驪連氏、赫胥氏、尊盧氏、祝融氏、混沌氏、昊英氏、有巢氏、葛天氏、陰康氏、朱襄氏、無懷氏、皆襲庖犧之號。孝經鉤命訣祝融樂曰屬續。

呂氏春秋昔古朱襄氏之治天下也。多風而陽氣富積。果實不成。故士達作爲五絃瑟以來陰氣。以定羣生。昔葛天氏之樂。三人摻牛尾投足以歌八闋。一曰載民。二曰玄鳥。三曰遂草木。四曰奮五穀。五曰敬天常。六曰達帝功。七曰依帝德。八曰總萬物之極。昔陰康氏之始。陰多滯伏而湛積。水道壅塞。不行其原。民氣鬱閼而滯著。筋骨瑟縮不達。故作爲舞以宣導之。文心雕龍曰。葛天氏樂辭云。玄鳥在曲。

孔穎達毛詩正義申鄭玄詩譜序之說。以伏羲時無詩。神農時乃疑有之。今備錄其說。

詩譜序云。詩之興也。諒不於上皇之世。正義曰。上皇謂伏羲。三皇之最先者。故謂之上皇。鄭知於時信無詩者。上皇之時。舉代淳朴。田漁而食。與物無殊。居上者設言而莫違。在下者羣居而不亂。未有禮義之教。刑罰之威。爲善則莫知其善。爲惡則莫知其惡。其心既無所感。其志有何可言。故知爾時未有詩詠。又曰。鄭注中候勅省圖以伏羲女媧神農三代爲三皇。以軒轅少昊高陽高辛陶唐有虞六代爲五帝。德合北辰者皆稱皇。感五帝座星者皆稱帝。故三皇三而五帝六也。大庭神農之別號。大庭軒轅。疑其有詩者。大庭以還。漸有樂器。樂器之音。逐人爲辭。則是爲詩之漸。故疑有之也。禮記明堂位曰。土鼓蕢桴葦籥。伊耆氏之樂也。注云。伊耆氏古天子之號。夫禮之初。始諸飲食。蕢桴而土鼓。注云。中古未有釜甑。而中古謂神農時也。郊特牲云。伊耆氏始爲蜡。蜡者爲田報祭。案易繫辭。神農始作耒耜以教天下。則田起神農矣。二者相推。則伊耆神農。並與大庭爲一。大庭有鼓籥之器。黃帝有雲門之樂。至周尚有雲門。明其音聲和集。既能和集。必不空絃。絃之所歌。卽是詩也。但事不經見。總爲疑辭。

伊耆氏蜡辭

土反其宅。水歸其壑。昆蟲毋作。草木歸其宅。

吳越春秋。越王欲謀復吳。范蠡進善射者陳音。音楚人也。越王請音而問曰。孤聞子善射。道何所生。音曰。臣聞弩生於弓。弓生於彈。彈起於古之孝子。不忍見父母爲禽獸所食。故作彈以守之。歌曰。

斷竹續竹。飛土逐宍。

文心雕龍曰。黃歌斷竹。則以此歌在黃帝時。然黃帝時。已有弓矢。弓緣弩而作。彈復在前。若然此歌宜傳自皇時也。吳越春秋雖晚出難據。以自昔錄古逸者並用此歌冠首。故附著於此焉。

第二節　散文之起原

名字既作。人事浸繁。則有求於宣教達事合契致遠。是散文之體。所由肇也。周禮小史掌三皇五帝之書。明三皇已有書。易下繫云。上古結繩而治。後世聖人易之以書契。蓋取諸夬。既象夬卦而造書契。伏羲有書契則有夬卦矣。故僞孔尚書序云。古者伏羲氏之王天下也。始畫八卦。造書契。以代結繩之政。又曰。伏羲神農黃帝之書。謂之三墳。是也。

管子記古之封泰山禪梁父者七十二家。無懷氏爲首。次以伏羲神農。韓詩內傳。自古封太山禪梁父者。萬有餘家。孔子觀之。不能盡識。說文序論書體之異。亦謂封於泰山者七十有二代。靡有同焉。據此則邃古之世。已有封禪。並有文字紀刻可觀。秦政欲擬跡皇代。故多爲刻石之文。則斯體所自來遠矣。

漢志陰陽五行神僊之書。往往有名伏羲神農者。大抵六國時依託。而神農本草經。尤行於今時。鄭玄易論引伏羲十言之敎。其餘子書多載神農之敎者。是否當時原文。雖不可知。然教令之事。故當興自遠古也。錄以備考。

伏羲十言之教

乾坤震巽坎離艮兌消息　（鄭玄易論）

神農之教

一穀不登減一穀。穀之法什倍。二穀不登減二穀。穀之法再什倍。筭疏滿之。無食者予之陳。無種者貸之新。故無什倍之賈無倍稱之民。（管子）

丈夫丁壯不耕。天下有受其饑者。婦人當年不織。天下有受其寒者。故其耕不強者無以養其生。其織不力者無以衣形。（文子）　（呂覽所引畧有同異）

有石城十仞。湯池百步。帶甲百萬而無粟不能守也。（漢書）

第二章　五帝文學

第一節　黃帝正名及倉頡造字

黃帝之時。古之成名已繁。或相殽亂。於是黃帝乃正名百物。緯書稱禮名起於黃帝。蓋先世已有物名官名。而禮名未具。黃帝因物起事。一正其名。倉頡又卽舊有字形廣其類例。或因或創。字體大備。說文曰。黃帝之史倉頡。見鳥獸蹏迒之跡。知分理之可相別異也。初造書契。百工以乂。萬民以察。蓋取諸夬。又曰倉頡之初作書。依類象形。故謂之文。其後形聲相益。卽謂之字。衛恆書勢。黃帝之史沮誦倉頡。眺彼鳥跡。始作書契。紀綱萬事。垂法立則。蓋倉頡作書。宜有諸史同治。沮誦亦其一也。

淮南子。倉頡作書而天雨粟。鬼夜哭。論衡。倉頡四目爲黃帝史。然春秋元命苞及河圖玉版。並以倉頡爲帝。非黃帝臣也。故又號史皇氏。或云在黃帝前。世本史皇作畫。淮南子亦謂史皇生而能書。倉頡史皇。要是一人耳。

通志金石略曰。倉頡石室記有二十八字。在倉頡北海墓中。土人呼爲藏書室。周時自無人識。逮秦李斯始識八字。曰上天作命皇辟迭王。漢叔孫通識十二字。淳化閣帖有倉頡書。見緒論第二章第二節

呂氏春秋曰。倉頡造大篆。是倉頡書亦可稱大篆。說文所敍古文。卽倉頡古文。史籀十五篇。與古文或異者。非悉異也。文字自以倉頡史籀爲正。李斯小篆但略變書勢耳。

吾丘衍學古編曰。倉頡十五篇。卽是說文目錄五百四十字。許愼分爲每部之首。人多不知。謂已久滅。此爲字之本原。豈得不在後人。又幷字目爲十四卷。以十五卷箸敍表。人益不意其存矣。僕聞之師云。小學考曰。李斯作倉頡篇。首始有倉頡句。遂以名篇。猶史游之急就也。至吾丘衍以倉頡爲十五篇。且謂卽說文目錄五百四十字。此乃其師說之謬。不足信也。按倉頡造字。誠宜先立偏旁。孳乳益繁。然遽謂倉頡所造。僅於此五百四十字。則殊不然。蓋當

時造字。固已大備。所以能推施於後。如韓非子引倉頡自環爲私。背私爲公。及舊說倉頡見禿人伏禾中。乃造禿字。此皆不在部首。其餘可知也。

第二節　黃帝時文學及於後來之影響

黃帝時文字既備。所以達事載言。必有多方。此無足異也。代歷綿曖。依託者衆。漢志並錄存之。亦疑以傳疑之例矣。故今世所傳黃帝時文字。不必果出黃帝。然當時宜已有著述之體。是以後世溯其源而繫其名也。今考諸書所稱黃帝時文體。略述於下。

頌。　莊子黃帝張咸池之樂。有焱氏爲頌曰。聽之不聞其聲。視之不見其形。充滿天地。包裹六極。拾遺記稱黃帝有袞龍之頌。又有甯封七言頌。

銘。　漢志有黃帝銘六篇。蔡邕銘論。黃帝有巾几之法。孔甲有盤盂之誡。皇王大紀。帝軒作輿几之箴。箴亦統於銘。大戴記載黃帝丹書之言曰。敬勝怠者吉。怠勝敬者滅。義勝欲者從。欲勝義者凶。鼎錄有黃帝鼎銘。

議。　管子曰。軒轅有明堂之議。徐炬事物原始曰。此爲議之始也。

曲。　黃帝既有咸池之樂。又承前世。仍作歌曲。歸藏曰。蚩尤出自羊水。八肱八趾疏首。登九原以伐空桑。黃帝殺之於青丘。作棡鼓之曲十章。一曰雷震驚。二曰猛虎駭。三曰鷙鳥擊。四曰龍媒蹀。五曰靈夔吼。六曰鵰鶚爭。七曰壯士奪志。八曰熊羆哮咆。九曰石盪崖。十曰波邊壑。

詔。命。文心雕龍詔策曰。軒轅唐虞。同稱曰命。

道。書。漢志道家有黃帝四經四篇黃帝君臣十篇。雜黃帝五十八篇。列子引黃帝曰。精神入其門。骨骸反其根。我尙何存。此道家之說也。他如道書所載天眞皇人之度人經。寗封之龍蹻經。廣成子之自然經。皆黃帝所受。自魏晉來有此說矣。

醫。書。帝王世紀黃帝命雷公岐伯論經脈旁通問難八十爲難經。教制九針著內外經術十八卷。漢志有黃帝內經十八卷。外經三十七卷。

小。說。漢志小說有黃帝說四十篇。迂誕依託。然史記稱黃帝且戰且學仙。及鼎湖龍髯之事。殆出自小說家言也。

陰。陽。家。漢志陰陽有黃帝泰素二十篇。六國時韓諸公子所作。

縱。橫。家。蘇秦張儀事鬼谷先生受黃帝陰符雖是今所傳陰符與否不可知。然則縱橫家亦宜託始黃帝也。

雜。家。孔甲盤盂二十六篇。七略。盤盂書者。傳言孔甲爲之。孔甲黃帝之史也。書盤中爲誡法。漢志列入雜家。

兵。家。漢志兵陰陽有黃帝十六篇。黃帝臣封胡五篇。風后十三篇。力牧十五篇。鬼容區三篇。雖並以爲依託。然兵家固當始自黃帝耳。

天文　漢志有黃帝雜子氣三十三篇。

曆譜　黃帝五家曆三十三卷。見漢志。

五行書　黃帝陰陽二十五卷。見漢志五行。

占書　漢志雜占有黃帝長柳占夢十一卷。

神僊書　漢志神僊。有黃帝雜子三家。

至於隋志已下所錄黃帝書。猶不止此。並不復引。蓋黃帝時文字既具。諸學並可傳述。故後世著述。多託於黃帝。黃帝誠於文學諸體。有開創之功也。

黃帝時文明大啟。顓頊帝嚳但承黃帝之道而已。當時亦宜頗有書。略證於下。

新書帝顓頊曰。至道不可過也。至義不可易也。是故以後復迹也。故上緣黃帝之道而行之。學黃帝之道而賞之。加而弗損。天下亦平也。（呂氏春秋亦引此語）

又帝嚳曰。緣道者之辭而學爲己。緣巧者之事而學爲巧。行仁者之操而學爲仁也。故節仁之智而修其躬。而身專其美矣。故上緣黃帝之道而明之。學帝顓頊之道而行之。而天下亦平也。

淮南子。帝顓頊之法。婦人不辟男子於道者。拂之於四達之衢。

據淮南子所引顓頊之法。則顓頊以下。又頗有政治法令之書矣。

第三節　唐虞文學

孔子删書。斷自唐虞。蓋始於帝堯。而爲之贊曰。惟天爲大。惟堯則之。巍巍乎其成功也。煥乎其有文章。當是之時。制作明備。禮樂具舉。功成讓賢。舜乃登庸。蓋自伏羲以來。皆以世及爲禮。堯乃不傳於子。詢於四岳。揚於側陋。故古之言治者。莫不稱堯舜。可謂至德也已。於是曆象日月星辰。敬授人時。平洪水之難。作五刑。距苗戎。詩樂典制。垂世化俗之事。滋多於前古矣。輒采其有關於文學。而流傳較古者。疏記於下。

文心雕龍曰。至堯有大唐之歌。舜造南風之詩。觀其二文。辭達而已。路史後紀。帝堯制七絃。徽大唐之歌。而民事得。制咸池之舞。而爲經首之詩。以享上帝。命之曰大咸。帝舜作大唐之歌。以聲帝美。聲成而綵鳳至。故其樂曰。舟張辟雝。鶬鶬相從。八風回回。鳳凰喈喈。言其和也。尸子。帝舜彈五絃之琴。以歌南風。其詩曰。

南風之薰兮。可以解吾民之慍兮。南風之時兮。可以阜吾民之財兮。（亦見家語）

南風詩見於樂記。而不著其詞。獨見尸子。當時詩歌之屬。宜已多有。孔子於帝典錄有虞之歌。且載舜命夔之言曰。詩言志。歌永言。是詩教之始也。虞書帝庸作歌曰。

勑天之命。惟時惟幾。又曰。股肱喜哉。元首起哉。百工熙哉。

皋陶賡歌曰。

元首明哉。股肱良哉。百工康哉。又曰。元首叢脞哉。股肱惰哉。萬事墮哉。

尙書大傳。舜作卿雲歌曰。

卿雲爛兮。糺縵縵兮。日月光華。旦復旦兮。

八伯歌曰。

明明上天。爛然星陳。日月光華。弘於一人。

帝乃載歌曰。

日月有常。星辰有行。四時順經。萬姓允誠。於予論樂。配天之靈。遷於賢善。莫不咸聽。鼚乎鼓之。軒乎舞之。菁華已竭。褰裳去之。

他書記堯舜歌詩之屬。掇錄於下。

列子堯微服游於康衢。聞童兒謠曰。立我蒸民。莫匪爾極。不識不知。順帝之則。問曰。誰教爾爲此言。童兒曰。我聞之大夫。問大夫。大夫曰。古詩。

淮南子堯戒曰。戰戰慄慄。日愼一日。人莫蹪於山。而蹪於垤。

高士傳。帝堯之時。天下太和。百姓無事。壤父年八十餘而擊壤於道中。觀者曰。大哉帝之德也。壤父曰。吾日出而作。日入而息。鑿井而飲。耕田而食。帝何德於我哉。

呂覽。愼人。舜自爲詩曰。普天之下。莫非王土。率土之濱。莫非王臣。所以見盡有之也。

文心雕龍舜祠田曰。荷此長耜。耕彼南畝。四海俱有。利民之志。頗形於言矣。莊子堯之師曰許由。許由之師曰齧缺。齧缺之師曰王倪。王倪之師曰被衣。又曰齧缺問道乎被衣。被衣曰若正汝形。一汝視。天和將至。攝汝知。一汝度。神將來舍。德將爲汝美。道將爲汝居。汝瞳焉知新生之犢。而無求其故。言未卒。齧缺睡寐。被衣大悅。行歌而去之。歌曰。形若槁骸。心若死灰。眞其實知。不以故自持。媒媒晦晦。無心而不可與謀。彼何人哉。

述異記崆峒山有堯碑禹碣。皆籀文焉。伏滔述帝功德銘曰。堯碑禹碣。歷古不休。則堯時已有刻石文字。蓋無懷封禪見於管子。而劉勰亦稱黃帝勒功喬岳。雖遺文不傳。而淵源可證。水經注河圖帝王之階。圖載江河山川州界之分野。後堯壇於河。受龍圖。作握河記。逮虞舜夏商咸亦受焉。此爲記之始。亦地理書之始也。漢志小說家又有務成子十一篇。稱堯問。非古語。歷世久遠。自不免於依託也。

至如琴操拾遺記古今樂錄等。多有堯舜時歌詞。如堯之神人暢。舜之思親操等。琴操又別有南風歌。其詞甚淺。以後此類皆不錄焉。

書序帝釐下土方。設居方。別生分類。作汨作。九共九篇。槀飫。以上十一篇俱亡。蓋唐虞之際文字之散佚者衆矣。諸子記堯舜之語。或不足信據。然亦疑有所本。錄賈誼新書一條於下。可以考焉。

新書。帝堯曰。吾存心於先古。加意於窮民。痛萬姓之罹罪。憂衆生之不遂也。故一民或飢。曰此我飢之也。一民或寒。

曰此我寒之也。一民有罪。曰此我陷之也。仁行而義立。德博而化富。故不賞而民勸。不罰而民治。先恕而後行。是以德音遠也。

第三章　夏商文學

第一節　禹之功烈與文學

禹平水土。其施功於民最切。既受舜禪。天下戴之。塗山之會。萬國咸至。聲教覃被。學術漸備。洪範稱天錫禹洪範九疇。卽洛書是也。劉歆以洪範初一曰五行以下六十五字爲洛書本文。其體博而用大。實儒墨之所宗矣。

大戴禮記顓頊產縣。縣產文命。是爲禹。吳越春秋。家於西羌地曰石紐。石紐在蜀西川也。

夏后氏之文學。當以南音爲始。呂氏春秋曰。禹行水見塗山之女。禹未之遇而巡省南土。塗山氏之女乃命其妾候禹於塗山之陽。女乃作歌。歌曰。候人兮猗。實始作爲南音。周公及召公取風焉。以爲周南召南。（取塗山氏女南音以爲樂歌也。高誘注）

按塗山在今之重慶。古曰江州。杜預曰。江州巴國也。有塗山。禹娶塗山。華陽國志曰。帝禹之廟銘存焉。周公所以取南音爲風者。蓋武王伐紂。庸蜀巴渝之人實從。所謂前歌後舞者。卽巴渝之歌舞。而南音之遺也。晉書樂志曰。高祖爲漢王時。自蜀定三秦。率賓人以從。勇而善鬭。其俗喜舞。高祖樂其猛銳。數視其舞。曰。此武王伐紂歌也。使工習之。名巴渝舞。舞曲四篇。

一予渝本歌曲。二安弩渝本歌曲。三安臺本歌曲。四行辭本歌曲。魏初使軍謀祭酒王粲改制其辭。粲問巴渝師李管种得歌本意。乃改造四篇以述魏德因名俞兒舞。蓋取俞美之義。與漢初異矣。然則南音歷漢魏猶有存者。禹之流化。豈不遠哉。

禹治水經歷山川以八年之間。垂萬世之功。書序禹別九州隨山濬川。任土作貢。然禹貢一篇是夏史追書後世以爲記之始。孔子敍爲夏書之首。昭王業所由起也。至如山海經頗志怪異。太史公所不敢言。然諸子書類多稱述。亦有關於文學矣。

吳越春秋禹遂巡行四瀆與益夔共謀行到名山大澤召其神而問之。山川脈理金玉所有鳥獸昆蟲之類。及八方之民俗。殊國異域。土地里數。益疏而記之。故名之曰山海經。

論衡。禹益並治洪水。禹主治水。益主記異物。海外山表無遠不至。以所聞見作山海經。非禹益行遠。山海不造。然則山海之造。見物博也。

按山海經頗有後世郡國地名。或後人本益所記。有所增益也。至於他書記禹治水。或因先世所藏秘文及自勒石名山事。多詭異宜出依託。然述異記云。空同山有堯碑禹碣淳化閣帖首有禹篆十二字。輿地志江西廬山紫霄峯下有石室。室中有禹刻篆文。有好事者縋入摸之。凡七十餘字。止有鴻荒漾余乃撵六字可辨。餘叵識。後復追尋之。已迷其處矣。則當時紀功刻石之事。當頗有之。輒掇古傳禹治之蹟有關文學者。錄數條於下。以供參考。

呂氏春秋。禹得陶化益夏竊橫革之交五人佐禹。故功績銘乎金石。著於盤盂。
吳越春秋。乃案黃帝中經曆。蓋聖人所記。曰在於九山東南天柱。號曰宛委。赤帝在闕。其巖之巔。承以文玉。覆以盤石。其書金簡。靑玉爲字。編以白銀。皆瑑其文。又曰禹退又齋三月。庚子登宛委山。發金簡之書。案金簡玉字。得通水之理。
衡山記。云夏禹導水通瀆。刻石書名山之顚。
荆州記。曰禹登南嶽而祭之。獲金簡玉字之書。曰祝融司方發其英。沐日浴月百寶生。
後漢郡國志。湘南侯國衡山在東南。注。郭璞曰。山別名岣嶁。湘中記。曰衡山有玉牒。禹案其文以治水。遙望衡山如陣雲。沿湘千里。九向九背。迺不復見。
丹鉛總錄。曰。徐靈期衡山記。云夏禹導水通瀆。刻石書名山之高。劉禹錫寄呂衡州詩。云傳聞祝融峯。上有神禹銘。古石琅玕。姿秘文龍。虎形。崔融云。於鑠大禹。顯允天德。龍畫旁分。螺書匾刻。韓退之詩。岣嶁山尖神禹碑。字靑石赤形模奇。又云千搜萬索何處有。森森綠樹猿猱悲。古今文字稱述禹碑者不一。然劉禹錫蓋徒聞其名矣。未至其地也。韓退之至其地矣。未見其碑也。崔融所云。則似見之。蓋所謂螺書匾刻。非目覩之不能道耳。宋朱晦翁張南軒游南嶽。尋訪不獲。其後晦翁作韓文考異。遂謂退之詩爲傳聞之誤。蓋以耳目所限爲斷也。輿地紀勝。云。禹碑在岣嶁峯。又傳在衡山縣雲密峯。昔樵人曾見之。自後無有見者。宋嘉定中。蜀士因樵夫引至其所。以紙打其碑七十二字。刻於夔門觀中。後俱亡。近張季文僉憲自長沙得之。云是宋嘉定中何政子一模刻於嶽麓書院者。斯文顯晦。信有神物護持哉。韓公及朱張求一見而不可得。余生又後三公。乃得見三公所未見。亦奇矣。禹碑凡七十七字。輿地紀勝云七十二字。誤也。其文曰。

承帝曰嗟。翼輔佐卿洲渚與登鳥獸之門。參身洪流而明發爾興。久旅忘家宿嶽麓庭。智營形折。心罔弗辰。往求平定。華嶽泰衡宗疏事裒勞餘伸禋鬱塞昏徙。南瀆衍亨永制食備萬國其寧竄舞永奔

按岣嶁碑唐宋來已傳有之。今所傳拓本。則顯於明時。楊慎始為釋文。錄於其金石古文中。後人頗有異釋。要之此碑真偽。良不可知。其釋文亦各出臆解。錄之以俟考古者詳焉。其餘抱朴子記吳王問孔子禹書古今樂錄錄禹襄陵操等。並不具載。

第二節　夏之雜文學

禹以後則啟傳卜筮之詞。五子之歌。僅有偽古文。孔甲雖作東音。而遺文不可復見。惟大戴記之夏小正。周書之夏箴。其文辭頗可觀而已。

啟所作樂有九辯九歌。其詞今不傳。墨子夏后開使蜚廉析金於山而陶鑄之於昆吾。是使翁難雉乙卜於白若之龜。曰。

鼎成三足而方。不炊而自烹。不舉而自藏。不遷而自行。以祭於昆吾之墟。上。

乙又言兆之繇曰。

饗矣逢逢白雲。一南一北。一西一東。九鼎旣成。遷於三國。

山海經注引啟筮曰。

空桑之蒼蒼。八極之旣張。乃有夫羲和。是主日月。職出入以爲晦朔。

瞻彼上天。一明一晦。有夫羲和之子。出於暘谷。

夏書惟有禹貢甘誓二篇。書序。啟與有扈戰於甘之野。作甘誓。蓋三王始作誓。此後世軍令檄書之類也。其文簡而法。特錄於下。

大戰於甘。乃召六卿。王曰。嗟。六事之人。予誓告汝。有扈氏威侮五行。怠棄三正。天用勦絕其命。今予惟恭行天之罰。左不攻於左。汝不恭命。右不攻於右。汝不恭命。御非其馬之正。汝不恭命。用命賞於祖。不用命戮於社。予則孥戮汝。

呂覽音初曰。夏后氏孔甲田於東陽萯山。天大風晦盲。孔甲迷惑。入於民室。主人方乳。或曰后來是良日也。之子是必大吉。或曰不勝也。之子是必有殃。乃取其子以歸。曰以爲余子。誰敢殃之。子長成人。幕動坼斧。破其足。遂爲守門者。孔甲曰。嗚呼有疾命矣夫。乃作爲破斧之歌。實始爲東音。

史記夏本紀。孔子正夏時。學者多傳夏小正云。集解。駰案禮運稱孔子曰。我欲觀夏道。是故之杞而不足徵也。吾得夏時焉。鄭玄曰。得夏四時之書。其存者有小正。索隱。小正大戴記篇名。

夏小正

正月啟蟄。鴈北鄉。雉震呴。魚陟負冰。農緯厥耒。初歲祭耒始用暘。囿有見韭。時有俊風。寒日滌凍塗。田鼠出。農率均田。獺祭魚。鷹則為鳩。農及雪澤。初服於公田。采芸。鞠則見。初昏參中。斗柄縣在下。柳稊。梅杏杝桃則華。緹縞。雞桴粥。

小正為言歲時書之最古者。周書引夏箴曰。

中不容利。民乃外次。

小人無兼年之食。遇天饑。妻子非其有也。大夫無兼年之食。遇天饑。臣妾輿馬非其有也。戒之哉。弗思弗行。至無日矣。

新序刺奢篇。桀作瑤臺。罷民力。殫民財。為酒池糟隄。縱靡靡之樂。一鼓而牛飲者三千人。羣臣相持歌曰。

江水沛沛兮。舟楫敗兮。我王廢兮。趣歸薄兮。薄亦大兮。樂兮樂兮。四牡蹻兮。六轡沃兮。去不善而從善。何不樂兮。

歸藏桀筮伐有唐。格於熒惑曰不吉。其詞曰。

不利出征。惟利安處。彼為貍。我為鼠。勿用作事。恐傷其父。

第三節　商文學

夏桀暴虐。湯爲諸侯。伊尹作輔。伐夏放桀。平定海內。黔首安寧。乃命伊尹作大濩。歌晨露。修九招六列。以見其善。商書存於今者。僅湯誓盤庚高宗肜日西伯戡黎微子五篇。史記有湯誥一篇。其文與僞古文絕異。輒錄於下。

湯既黜夏命。還亳。作湯誥。維三月。王自至於東郊。告諸侯羣后。毋不有功於民。勤力迺事。予乃大罰殛汝。毋予怨。曰古禹皋陶久勞於外。其有功乎民。民乃有安。東爲江。北爲濟。西爲河。南爲淮。四瀆已修。萬民乃有居。后稷降播。農殖百穀。三公咸有功於民。故后有立。昔蚩尤與其大夫作亂百姓。帝乃弗予。有狀。先王言不可不勉。曰不道。毋之在國。女毋我怨。以令諸侯。

夏后篇章。靡有孑遺。及於商王。不風不雅。孔子錄詩。僅列商頌五篇而已。蘇子由曰。商人之書簡潔而明肅。其詩奮發而嚴厲。楊愼以爲非深於文者不能爲此言也。詩書之遺。不可復見。詩書以外。有可采掇者。

湯盤銘　　禮記

苟日新。日日新。又日新。

大旱祝辭　　說苑（與荀子小異）

政不節邪。使人疾邪。苞苴行邪。讒夫昌邪。宮室崇邪。女謁盛邪。何不雨之極也。

禹之興也以南音。湯之興也以北音。亦五行相勝之道也。殷契母曰簡狄。有娀氏之女也。呂氏春秋。有娀氏有二佚女。爲之九成之臺。飲食必以鼓。帝令燕往視之。鳴若謚隘。二女愛而爭搏之。覆以玉筐。少選發而視之。燕遺二卵北飛。遂不反。二女作歌一終曰燕燕往飛。實始作爲北音。

京房易傳湯嫁妹之辭曰。

無以天子之尊而乘諸侯。無以天子之富而驕諸侯。陰之從陽。女之順夫。天地之義也。往事爾夫。必以禮義。

漢志道家有伊尹五十一篇。小說家有伊尹說二十七篇。又有天乙三篇。天乙謂湯。其言依託。羣書往往引伊尹與湯問答。書序稱伊尹作伊訓太甲咸有一德等篇。今並亡。見於僞古文者。不足據也。

周禮太史掌三易。近師以歸藏殷易之名也。然其中因有桀筮。今既以桀筮入前節。復擇諸書所引尤古質者二首附於此焉。

瞿有瞿有。觚脊粱爲酒。尊於兩壺。兩𦈢飲之。三日然後蘇。士有澤。我取其魚。

上有高臺。下有雝池。若以賈市。其富如河海。

濟嚴元照娛親雅言云。述而不作。信而好古。自來皆以爲孔子自言。漢博陵太守孔彪碑云。述而不作。彭祖賦詩。是以此二語爲老彭之言。然以之爲詩。甚奇。錢氏大昕曰。作與古諧韻。按此說亦可信。古人多矣。孔子何獨以老彭自比。蓋述其言。故竊比其人耳。

史記秦本紀。蜚廉生惡來。惡來有力。蜚廉善走。父子俱以材力事殷紂。周武王之伐紂。幷殺惡來。是時蜚廉爲紂在北方。還無所報。爲壇霍太山而報。得石棺。銘曰帝令處父不與殷亂。賜爾石棺以華氏。死遂葬霍太山。是最古之墓銘。其詞則讖類也。

第四章　周之建國及春秋前之文學

第一節　周初文學

論語稱文王三分天下有其二。以服事殷。蓋自商受失政。諸侯歸周久矣。雖至武王始行弔民伐罪之事。然猶纘文王之志。故論周之興者。必以文武並稱也。史記文王囚羑里。蓋益易之八卦爲六十四卦。易正義伏羲制卦。文王卦辭。周公爻辭。孔子十翼。非文王始益爲六十四也。繫辭謂易當文王與紂之事。殆謂此矣。

乾元亨利貞。（乾爻辭）

坤元亨利牝馬之貞。君子有攸往。先迷後得主。利西南得朋。東北喪朋。安貞吉。（坤爻辭）

琴操有文王演易時申憤歌。昔人並以後之好事者所記。故不錄。尚書無文王之辭。獨逸周書度訓文傳等篇。以爲文王作。而詩有文王數篇。詩序曰。采薇遣戍役也。文王之時。西有昆夷之患。北有玁狁之難。以天子之命。命將率遣戍役。以守衞中國。故歌采薇以遣之。出車以勞還。杕杜以勤歸也。周南自關睢以下。說者多以爲文王時詩矣。

文王之師曰鬻熊。漢志道家有鬻子二十二篇。小說家有鬻子說十九篇。文心雕龍曰。鬻熊知道。文王咨詢。餘文遺事。錄爲鬻子。子之肇始。莫先于茲。列子引鬻子曰。

欲剛必以柔守之。欲强必以弱保之。積於柔必剛。積於弱必强。觀其所積以知禍福之鄉。强勝不若己。至於若己者剛。柔勝出於己者。其力不可量。

武王伐紂。作泰誓牧誓。既克殷。作武成。以箕子歸。作洪範。蓋太公之功爲最多。武王既踐阼。太公進王以丹書之道。王聞書之言。惕若恐懼。退而席之四端爲銘焉。於機爲銘焉。於鑑爲銘焉。於盥盤爲銘焉。於楹爲銘焉。於杖爲銘焉。於帶爲銘焉。於履屨爲銘焉。於觴豆爲銘焉。於戶爲銘焉。於牖爲銘焉。於劍爲銘焉。於弓爲銘焉。於矛爲銘焉。所以戒也。今節錄於下。

與其溺於人也。寧溺於淵。溺於淵猶可游也。溺於人不可救也。（盥盤銘）

毋曰胡殘。其禍將然。毋曰胡害。其禍將大。毋曰胡傷。其禍將長。（楹銘）

夫名難得而易失。無懃弗志。而曰我知之乎。無懃弗及。而曰我杖之乎。擾阻以泥之。若風將至。必先搖搖。雖有聖人。不能爲謀也。（戶銘）

以鏡自照者見形容。以人自照者見吉凶。（鏡銘）

周初殷之遺民。頗有以文采見者。箕子陳洪範。錄於尙書。史記箕子朝周。過故殷墟。感宮室壞毀。生禾黍。箕子傷之。欲哭則不可。欲泣爲其近婦人。乃作麥秀之詩以歌咏之。其詩曰。

麥秀漸漸兮。禾黍油油。彼狡童兮。不與我好兮。

史記又載伯夷叔齊餓且死。作歌。其辭曰。

登彼西山兮。采其薇矣。以暴易暴兮。不知其非矣。神農虞夏忽焉沒兮。我安適歸矣。于嗟徂兮。命之衰矣。

華陽國志。周武王伐紂。實得巴蜀之師。巴師勇銳。歌舞以淩之。殷人倒戈。故世稱武王伐紂前歌後舞也。武王既克殷。封其宗姬於巴。爵之以子。其地東至魚復。西至僰道。北接漢中。南極黔涪。其民質直好義。土風敦厚。有先民之流。故其詩曰。

川崖惟平。其稼多黍。旨酒嘉穀。可以養父。野惟阜丘。彼稷多有。嘉穀旨酒。可以養母。

又其祭祀之詩曰。

惟月孟春。獺祭彼崖。永言孝思。享祀孔嘉。彼黍既潔。彼犧惟澤。蒸命良辰。祖考來格。

又其好古樂道之詩曰。

日月明明。亦惟其名。誰能長生。不朽難獲。

惟德實寶。富貴何常。我思古人。令聞令望。

第二節　周之制作與周公

史記曰。周公旦者周武王弟也。自文王在時。旦為子孝。異於羣子。及武王即位。旦常輔翼武王用事居多。武王九年。東伐至盟津。周公輔行。十一年。伐紂至牧野。周公佐武王作牧誓。已殺紂。封周公於少昊之虛曲阜。是爲魯公。周公不就封。留佐武王。於是卒相成王。周初文章。自箕子爲殷遺民外。有太公、鬻子、尹佚。然其見於書者。周公召公芮伯榮伯而已。周公於武王之世作牧誓金縢。成王之時。作大誥微子之命、歸禾、嘉禾、多士、無逸、立政、周官。召公於武王之世作旅獒。成王時作君奭。芮伯於武王時作旅巢命。榮伯成王時作賄肅愼之命。然今所存者。惟召公之君奭。周公之牧誓、金縢、大誥、多士、無逸、立政等篇。而周公之作爲多。且周之制作。多出於周公。故周初文章。必推周公也。

羣經之中。並多周公制作。不獨書也。今自書以外分別論之。

詩　詩序。七月。陳王業也。周公遭變。故陳后稷先公風化之所由致王業之艱難也。鴟鴞。周公救亂也。成王未知周公之志。公乃爲詩以遺王。名之曰鴟鴞焉。

禮　周公居攝六年。頒禮於天下。卽今儀禮也。劉歆、鄭玄並以周禮爲周公致太平之書。儀禮士冠禮祝辭醮辭等。大抵亦周公當時所定也。附錄於左。

令月吉日。始加元服。棄爾幼志。順爾成德。壽考惟祺。介爾景福。（始加祝辭）

吉月令辰。乃申爾服。敬爾威儀。淑愼爾德。眉壽萬年。永受胡福。（再加）

以歲之正。以月之令。咸加爾服。兄弟具在。以成厥德。黃耇無疆。受天之慶。（三加）

甘醴惟厚。嘉薦令芳。拜受祭之。以定爾祥。承天之休。壽考不忘。（醴辭）

旨酒既清。嘉薦亶時。始加元服。兄弟具來。孝友時格。永乃保之。（醮辭）

旨酒既湑。嘉薦伊脯。乃申爾服。禮儀有序。祭此嘉爵。承天之祜。（再醮）

旨酒令芳。籩豆有楚。咸加爾服。肴升折俎。承天之慶。受福無疆。（三醮）

禮儀既備。令月吉日。昭告爾字。爰字孔嘉。髦士攸宜。宜之於假。永受保之。（字辭）

易　說者謂易爻辭周公所作。綱目前編云。周公居東。取易之三百八十四爻。各繫以辭。

馬宛斯曰。文王囚羑里。有卦辭。周公居東。有爻辭。作易者其有憂患。亶其然乎。

乾初九。潛龍勿用。九二。見龍在田。利見大人。九三。君子終日乾乾。夕惕若厲。无咎。九四。或躍在淵。无咎。九五。飛龍在天。利見大人。上九。亢龍有悔。用九。見羣龍无首。吉。（乾爻辭）

春秋　杜預春秋釋例。以五十凡例為周公作。

爾雅　劉歆曰。記言孔子教魯哀公學爾雅。爾雅之出遠矣。舊傳學者皆云周公所記也。張仲孝友之類。後人所作耳。爾雅序曰。釋詁一篇。周公所作。釋言以下。或言仲尼所增。子夏所足。叔孫通所益。梁文所補。

由斯以談。周一代之制作。多周公所定。而周之文章。莫盛於六藝。則周公之鴻筆。亦往往在焉。宜仲尼之亟稱周公也。

第三節　成康以後之文學

文武既沒。成康繼治。成王之時。周召作。輔頌聲並作。其文見於詩書者。何其衆也。及康王卽位。申文武之業。天下安寧。刑措四十餘年不用。當時文學大興。國子敎六藝。曰禮。曰樂。曰射。曰御。曰書。曰數。大師敎六詩。曰風。曰賦。曰比。曰興。曰雅。曰頌。周書今存者二十篇。其爲周召榮芮之作者。前已論之矣。其餘成康時誥命詩頌之屬。分別考之。

關於書者　書自周召所作以外。書序成王東伐淮夷。遂踐奄。作成王政。成王既踐奄。將遷其君於蒲姑。作將蒲姑。成王歸自奄。在宗周。誥庶邦。作多方。成王在豐。欲作洛邑。使召公先相卜。作召誥。召公既相宅。周公往營成周。使來告卜。作洛誥。至梓材之書本出伏生。而大傳以爲周公命伯禽之書。僞孔傳以爲成王命康叔。後人多疑之。吳氏謂自王其效以下。似洛誥之文。蔡氏謂自今王以下。乃人臣告君之語。金仁山氏斷其爲召誥所稱命侯甸男邦伯之詞。周公既沒。命君陳分正東郊成周。作君陳。成王將崩。作顧命。康王卽位。作康誥。命畢公分居里成周郊。作畢命。惟其亡佚者多矣。

關於詩者　史記成王作頌。推己懲艾。悲彼家難。可不謂戰戰恐懼。善守善終哉。詩序。閔予小子。嗣王朝於廟也。訪落。嗣王謀於廟也。敬之。羣臣進戒嗣王也。小毖。嗣王求助也。而泂酌卷阿並召康公戒成王之詩。其餘周頌祭祀文武之詩。大抵出於成康時。關雎或以爲康王時詩。後漢書康王晚朝。關雎作諷。昔周王承文王之盛。一朝晏起。夫人不鳴。壙宮門不擊柝。關雎之人見幾而作。案此魯詩說。史記云。周道缺。詩人本之衽席。關雎作。又曰。周室衰而關雎作。列女傳云。康王晏出朝。關雎預見。韓詩序亦云。關雎刺時也。獨毛詩定爲文王時之詩。

成王之時。鬻熊尙存。爲道家之宗。周公制作禮樂。爲儒家之宗。漢志墨家有尹佚二篇。說苑記成王嘗問政於尹佚。則墨家之宗也。故道家儒家墨家。最爲後世顯學。自周初皆有之矣。成康以降。文學少衰。尙書中候以鼓鐘之詩。作於昭王時。至於穆王。頗勤遠略。書序穆王命君牙爲周大司徒。作君牙。命伯冏爲周太僕正。作冏命。訓夏贖刑。作呂刑。今惟呂刑見存。然穆王之世。不著風雅。左傳述楚子革之言曰。昔穆王欲肆其心。周行天下。將皆必有車轍馬跡焉。祭公謀父作祈招之詩以諫曰。

祈招之愔愔。式昭德音。思我王度。式如玉。式如金。形民之力。而無醉飽之心。

後世所出穆天子傳。當是其時史官所記。體近小說。中雜有歌詞。亦逸詩之流也。今節錄於下。

穆天子傳。天子觴西王母於瑤池之上。西王母爲天子謠曰。白雲在天。山陵自出。道里悠遠。山川間之。將子無死。尙能復來。天子答之曰。予歸東土。和治諸夏。萬民平均。吾顧見汝。比及三年。將復而野。天子遂驅升於弇山。乃紀丌跡於弇山之石。而樹之槐。眉曰西王母之山。西王母之山。還歸丌□世民作憂以吟曰。北徂西土。爰居其野。虎豹爲羣。

於(讀曰烏)鵲與處。嘉命不遷。我惟帝天子大命而不可稱。顯世民之恩。流涕芔隕。吹笙鼓簧。中心翔翔。世民之子。唯天之望。又曰天子東遊於黃澤。宿於曲洛。廢口使宮樂謠曰。黃之池。其馬歕沙。皇人威儀。黃之澤。其馬歕玉。皇人受穀。天子筮獵苹澤。其卦遇訟䷅(坎下乾上)逢公占之曰。訟之繇。藪澤蒼蒼。其中口宜其正公。戎事則從。祭祀則憙。畋獵則獲。口飲逢公酒。賜之駿馬十六。絺紵三十箧。逢公再拜稽首。賜筮史狐口。有陰雨。夢神有事。是謂重陰。天子乃休。日中大寒。北風雨雪。有凍人。天子作詩三章以哀民。曰我徂黃竹。口員閟寒。帝收九行。嗟我公侯。百辟冢卿。皇我萬民。旦夕勿忘。我徂黃竹。口員閟寒。帝收九行。嗟我公侯。百辟冢卿。皇我萬民。旦夕勿窮。有皎者鴼。翩翩其飛。嗟我公侯。口勿則遷。居樂甚寡。不如遷上。禮樂其民。天子曰。余一人則淫。不皇萬民。口登。乃宿於黃竹。

丹鉛總錄。余嘗疑穆天子傳西王母歌詞。出於後人粉飾。且山海經載西王母虎首鳥爪。形既殊異。音亦不同。何其歌詞悉似國風乎。又觀後漢書朱輔上白狼王唐㝩歌三篇。音韻與漢無異。愈可疑也。按此爲翻譯外國詩歌之始。又在越鄂君歌之先矣。

穆王既崩。共王立。共王傳懿王。王室遂衰。詩人作刺。漢書曰。懿王時戎狄交侵。暴虐中國。中國被其苦。詩人始作疾而歌之曰。靡室靡家。獫狁之故。豈不日戒。獫允孔棘。按此係采薇之詩。本文王作。詩人感於外患而誦文王之詩以刺之也。懿王之後。孝夷嗣立。厲王無道。國人放之。及於共和行政。宣王中興。而後文釆復盛矣。

第四節　宣王中興及西周之文學

懿王以來。雖有諷刺之詩。至厲王暴恣。而後誹議大作。詩序。民勞。召穆公刺厲王也。板。凡伯刺厲王也。蕩。召穆公傷周室大壞也。厲王無道。天下蕩蕩。無綱紀文章。故作是詩也。桑柔。芮伯刺厲王也。鄭譜。以小雅十月之交。雨無正。小旻。小宛。此四篇爲刺厲王之詩。宣王承厲王之烈。內有撥亂之志。遇烖而懼。側身修行。天下喜於王化復行。頌聲又作。則仍叔吉甫之徒。形容於詠歌。於是北伐玁狁。南征荆蠻。有方叔召虎之將。江漢淮浦之功。詩人美大其功。采芑六月諸篇所由作也。及其晚年。海內晏然。外變不作。復狃於逸樂。乃料民太原。寃殺杜伯。亂政更起。而後祈父白駒黃鳥之詩。刺焉。幽王繼之。不數年身弒國亡。周遂東遷。一蹶不振。故觀一時之文學。亦足以知世變也。

宣王時詩人。則尹吉甫父子所作尤多。蓋吉甫作頌。而其子伯奇伯封。並有詩爲孔子所采也。

詩序。江漢。尹吉甫美宣王也。能興衰撥亂。命召公平淮夷。崧高。尹吉甫美宣王也。天下復平能建國親諸侯。褒賞申伯焉。烝民。尹吉甫美宣王也。任賢使能。周室中興焉。韓奕。尹吉甫美宣王也。能錫命諸侯。常武。召穆公美宣王也。有常德以立武事。因以爲戒然。

趙岐孟子注云。伯奇作小弁之詩。曹植云。尹吉甫殺伯奇。其弟伯封作黍離之詩。

琴清英。尹吉甫子伯奇至孝。後母譖之。自投江中。衣荷帶藻。忽夢見水仙。賜其美藥。惟念養親。揚聲悲歌。船人聞而學之。吉甫聞船人之聲。疑似伯奇。援琴作子安之操。琴操。履霜操。尹伯奇所作也。伯奇無罪。爲後母讒而見逐。乃製芰荷葉以爲衣。採楟花以爲食。晨朝履霜。自傷見放。於是援琴作操。別本曰。伯奇放於野。宣王出游。吉甫從。乃作歌以言感之。宣王聞之曰。此孝子之辭也。吉甫乃求伯奇於野。而射殺後妻。

石鼓詩十章。周宣王獵碣也。或云文王之鼓。至宣王時刻詩。或云成王大蒐於岐山之詩也。詩於體屬小雅。韓愈作石鼓歌。定以爲宣王時詩。太史籀書。

周初國子教六藝。五曰書。其所教猶倉頡之遺也。宣王時太史籀。乃有所考定。漢書藝文志曰。周宣王太史作大篆十五篇。建武時亡六篇矣。又曰。史籀篇者。周時史官教學童書也。與孔氏壁中古文異體。許慎說文解字敘曰。宣王太史籀箸大篆十五篇。與古文或同或異。至孔子書六經。左邱明述春秋傳。皆以古文。阮元與友人論古文書曰。古人於籀史奇字。始稱古文。至於屬辭成篇。則曰文章。然則說文所稱古文。卽含籀書矣。

揚雄法言曰。或欲學倉頡史篇。曰史乎史乎。愈於妄闕也。應劭漢官儀曰。能通倉頡史籀篇。補蘭臺令史。歲滿爲尚書郎。衛恆書勢曰。大篆或與古同。或與古異。世謂之籀書者也。唐元度曰。秦焚詩書。惟易與史篇得全。王莽之亂。此篇亡失。建武中獲九篇。章帝時王育爲之解說。晉世此篇廢。今略傳事體而已。蓋史籀大篆。戰國以來俱用之。李斯始變小篆。今許書古文猶存其體者也。琴錄周宣王有琴曰響風。背銘云。牆有耳。伏寇在是。武王之遺器也。宣王每朝。姜后輒以此銘援琴奏。

周春秋者亦小說家言。國語杜伯射王於鄗。注引之。其文不悉。顏之推冤魂志所引頗詳。大抵與墨子所記相類。其書雖後人所託。未能定為何時。以言宣王事。故附於此。殆後之史家所記。而穆天子傳之流耶。其文曰。

周杜國之伯名為恆。為周大夫。宣王之妾曰女鳩。欲通之。杜伯不可。女鳩訴之宣王曰。恆竊與妾交。宣王信之。其友左儒爭之。九諫而王不聽。王使薛甫與司工錡殺杜伯。左儒死之。杜伯既死。即為人見王曰。恆之罪何哉。召祝而以杜伯語告之。祝曰。始殺杜伯。誰與王謀之。王曰。司工錡也。祝曰。何不殺錡以謝之。宣王乃殺錡。使祝以謝杜伯。司工錡為人而至曰。臣何罪之有。宣王告皇甫曰。祝也與我謀而殺人。吾所殺者又皆為人而見。奈何。皇甫曰。殺祝以兼謝焉。又無益也。皆為人而至。祝亦曰。我焉知之。奈何以為罪而殺臣也。後三年。游於圃田。從人滿野。日中。杜伯乘白馬素車。司工錡為左。祝為右。朱衣朱冠。起於道左。執朱弓射宣王。中心折脊。伏於弓矢而死。

詩序。白華。小弁。正月。瞻卬。十月之交。節南山。雨無正。召旻。小旻。小宛。巧言。巷伯。青蠅。角弓。菀抒。谷風。蓼莪。四月。北山。鼓鐘。楚茨。信南山。甫田。大田。瞻彼洛矣。裳裳者華。桑扈。鴛鴦。頍弁。魚藻。采菽。瓠葉。車舝。隰桑。黍苗。采綠。漸漸之石。苕之華。何草不黃。皆刺幽王之詩。孔子錄之至數十篇。其他閔宗周之亂。未嘗顯指以刺者。尚不止於此。平王東遷。王風遂降於列國而不能復振。則春秋於是乎作矣。

第五章　孔子與五經

第一節　孔子正名與刪述之淵源

周至春秋之世。百家爭鳴。各守其一方。莫能相通。及孔子出。博觀深考。集其大成。故曰汝以予爲多學而識之者與。予一以貫之。孟子曰。自生民以來。未有如夫子者也。由百世之後。等百世之王。莫之能違也。太史公曰。孔子布衣。傳十餘世。學者宗之。自天子王侯。中國言六藝者。折中於夫子。可謂至聖矣。然孔子之學。所以有傳於後者。尤在於文章。子貢曰。夫子之文章。可得而聞也。子以四教。文行忠信。及游夏並稱文學之彥。而子夏發明章句。是以後世有述也。

孔子博學於文。好古敏以求之。其於當世。則問官於郯子。學琴於師襄。史記稱孔子之所嚴事。於周則老子。於衞蘧伯玉。於齊晏平仲。於楚老萊子。於鄭子產。於魯孟公綽。數稱臧文仲、柳下惠、銅鞮伯華、介山子。然孔子皆後之。不並世。既多識前言往行。與一時之賢哲。乃有志於述作。然猶歷聘七十二國之君。自衞反魯。然後樂正。雅頌各得其所。於是贊易。作春秋。曰。吾欲垂之空言。不如見之行事之深切著明也。既不得行其道。乃託之空文而不敢辭。此孔子述作之微意矣。

孔子在衞曰必也正名乎。鄭玄以正名謂正書字也。蓋孔子將從事於刪述。則先考正文字。春秋之時。文字雖秉倉史之遺。而古之作字者多家。其文往往猶在。或相詭異。至於別國殊音尤衆。孔子周歷諸邦。必聞其政。又觀於舊史氏之藏。百二十國之書。佚文秘記。遠俗方言。盡知之矣。於是修定六經。將擇其文之最馴雅者用之。以傳於學者。故以周公爾雅教人。其餘亦頗有所定。六經文字。極博指義萬端。間有倉史文字所未贍者。則博稽於古。不主一代。刑名從商。爵名從周之例也。春秋異國衆名。則隨其成俗曲期物。從中國名從主人之例也。太史公往往稱孔氏古文。以雖同是倉史文字。經孔子考定。以書六經。則謂孔氏古文焉。論語詩書執禮謂之雅言。文字自孔子考定始臻雅馴也。意當時孔子。必別有專論文字之書。說文嘗引數條。掇錄於下。

孔子曰。一貫三爲王。　孔子曰。推十合一爲士。　孔子曰。黍可爲酒禾入水也。　儿仁人也。孔子曰。在人下。故詰屈。　孔子曰。烏盱呼也。取其助氣。故以爲烏呼。　孔子曰。牛羊之字以形舉也。　孔子曰。狗叩也。叩氣吠以守。　孔子曰。視犬之字如畫狗也。　孔子曰。貉之爲言惡也。　孔子曰。粟之爲言續也。

延陵季子碑。相傳爲孔子書。（已見緒論）其體亦不盡用大篆。此孔子定文字之證。書畫史。吳季子碑。或曰孔子未嘗至吳。或曰吳人言子游從孔子。孔子慕札高風。寄題之。今觀吳子二字類小篆。有陵之墓四字類大篆。或云開元殷仲恭模搨。大歷中蕭和又刻於石。楊升庵曰。大小篆三代以前通行。非始於秦。此猶未知孔氏古文之說也。

史記傳孔子有陬操而不載其文。禮記檀弓有孔子臨終歌曰。

泰山其頹乎。梁木其壞乎。哲人其萎乎。

此歌史記亦錄之。其餘孔叢子、家語、琴操、及他書。往往列孔子歌操。後人或疑其詞不類。故不復著。

第二節　詩與文學

史記曰。古者詩三千餘篇。及至孔子。去其重。取可施於禮義。上采契后稷。中述殷周之盛。至幽厲之缺。始於衽席。故曰關雎之亂以爲風始。鹿鳴爲小雅始。文王爲大雅始。清廟爲頌始。三百五篇。孔子皆絃歌之。以求合韶武雅頌之音。

鄭玄商頌譜序曰。當宣王大夫正考父者。校商之名頌十二篇於周太師。以那爲首。歸以祀其先王。孔子錄詩之時。則得五篇而已。

按孔子刪詩。所據者三千餘篇。又承其祖正考父之學。故敍商頌五篇。周詩三百六篇。其小雅笙詩六篇。本有聲無辭。共得三百五篇。後人以其六篇之辭亡而補之者。非也。

孔子曰。吾自衞反魯。然後樂正。雅頌各得其所。蓋古詩皆被絃歌。詩卽樂也。近世言古音者。

如顧亭林江愼修以來。並以詩爲古之韻譜。其說視吳棫陳第彌精。陳第毛詩古音考序曰。士人篇章。必有音節。田野俚曲。亦各諧聲。豈以古人之詩而獨無韻乎。蓋時有古今。地有南北。字有更革。音有轉移。亦勢所必至。故以今之音讀古之作。不免乖剌而不入。於是悉委之叶。夫其果出於叶也。作之非一人。采之非一國。何母必讀米。非韻杞韻止則韻祉韻喜矣。馬必讀姥。非韻組韻黼則韻旅韻土矣。京必讀疆。非韻堂韻將則韻常韻王矣。福必讀偪。非韻食韻翼則韻德韻億矣。厥類實繁。難以殫舉。其矩律之嚴。卽唐韻不啻。此其故何耶。又左國易象離騷楚辭秦碑漢賦。以至上古歌謠箴銘頌贊。往往韻與詩合。實古音之證也。或謂三百篇詩辭之祖。後有作者。規而詠之。耳不知魏晉之世。古音頗存。至隋唐澌盡矣。按陳第知古詩必有同守之韻。至亭林愼修。直以三百篇卽其韻譜。夫三百篇定自孔子。是卽孔子之韻譜也。以殊時異俗之詩。其韻安能盡合。意孔子就原采之詩。不惟刪去重復。次序其義。而於韻之未安者。亦時有所定。故曰樂正。雅頌各得所也。太史公申之曰。孔子皆絃歌之。則孔子未定以前。或不協於絃歌。既定以後。學者卽據之爲韻譜。故易象楚辭秦碑漢賦。韻多與古合。皆本孔氏矣。

記曰。溫柔敦厚。詩教也。孔子曰。不學詩。無以言。又曰。詩三百。一言以蔽之。曰思無邪。又曰。詩可以興。可以觀。可以羣。可以怨。邇之事父。遠之事君。多識於鳥獸草木之名。孟子曰。說詩者不以文害辭。不以辭害志。以意逆志。是爲得之。至於說苑孔叢及他書。多記孔子論詩之義。是詳論文章之源。詩序亦本事詩所昉。鄭玄以大序子夏作。小序子夏與毛合作。亦孔氏之遺說也。

摯虞文章流別論曰。古之詩有三言四言五言六言七言九言。古詩率以四言爲體。而時有一句二句。雜在四言之間。後世演之。遂以爲篇。古詩之三言者。振振鷺。鷺于飛之屬是也。漢郊廟歌多用之。五言者。誰謂雀無角、何以穿我屋之屬是也。於俳諧倡樂多用之。六言者。我姑酌彼金罍之屬是也。樂府亦用之。七言者。交交黃鳥止于桑之屬是也。於俳諧倡樂多用之。古詩之九言者。泂酌彼行潦挹彼注茲之屬是也。不入歌謠之章。故世希爲之。夫詩雖以情志爲本。而以成聲爲節。然則雅音之韻。四言爲正。其餘雖備曲折之體。而非音之正者也。

王士禎香祖筆記曰。方勺引劉中壘謂泥中中露衞二邑名。式微之詩。蓋二人所作。是爲聯句所起。此說甚新。然不知有據依否。按方勺說見泊宅編。以式微爲二人詩則魯詩說。見劉向列女傳。

漁洋詩話曰。孫季昭云。章句。孔安國曰自古而有篇章之名。故那序曰。得商頌十二篇。東山序曰。一章言其完足也。句則古者謂之言。論語曰。一言以蔽之曰思無邪。則以一句爲一言。趙簡子稱子太叔遺我以九言。皆以一句爲一言。秦漢以來。諸儒各爲訓詁。乃有句。詩家有四言五言六言七言。則又以一字爲一言也。

又曰。余因思詩三百篇。眞如化工之肖物。如燕燕之傷別。籊籊竹竿之思歸。蒹葭蒼蒼之懷人。小戎之典制。碩人次章。寫美人之姚冶。七月次章。寫春陽之明麗。而終以女心傷悲殆及公子同歸。東山之三章。我來自東。零雨其濛。鸛鳴於垤。婦歎於室。四章之其新孔嘉其舊如之何。寫閨閣之致。遠歸之情。遂爲六朝唐人之祖。無羊之或降於阿。或飮於池。或寢或訛。爾牧來思。何蓑何笠。或負其餱。麾之以肱。畢來旣升。字字寫生。恐史道碩戴嵩畫手。未能如此極妍盡態也。

陳繹曾詩譜。於詩之各篇。並加以評曰。周南不離日用間。有福天下萬世意。召南至誠諄恪。秋毫不犯。邶風君子處變。淵靜自守。齊風翩翩有俠氣。唐風憂思深遠。秦風秋聲朝氣。豳風深知民情。而眞體之。小雅忠厚。宣王小雅。振刷精神。大雅深遠。宣王大雅。鋪張事業。周頌天心布聲。魯頌謹守禮法。商頌天威大聲。又曰。凡讀三百篇。要會其情不足。性有餘處。情不足故寓之景。性有餘故見乎情。

第三節　書與文學

尙書緯曰。孔子求得黃帝玄孫帝魁之書。迄於秦穆公。凡三千二百四十篇。斷遠而定近。可以爲世法者百二十篇。以百二篇爲尙書。十八篇爲中候。

論衡須頌篇曰。古之帝王。建鴻德者。須鴻筆之臣。褒頌紀載。鴻德乃彰。萬世乃聞。問說者欽明文思以下。誰所言也。曰。篇家也。篇家誰也。孔子也。然則孔子鴻筆之人也。自衞反魯。然後樂。正雅頌各得其所也。鴻筆之奮。蓋斯時也。或說尚書曰。尚者上也。上所爲下所書也。下者誰也。曰臣子也。然則臣子書上所爲矣。據此則以尚書均出孔子之筆。非必編纂舊文矣。或因舊文間有所刊定。未可知也。

劉子玄敍古之爲史者六家。而尚書爲首。並敍後之史家法尚書者。論其得失。曰。尚書家者。其先出於太古。易曰。河出圖。洛出書。聖人則之。故知書所起遠矣。至孔子觀書於周室。得虞夏商周四代之典。乃删其善者。定爲尚書百篇。孔安國曰。以其上古之書。謂之尚書。尚書璇璣鈐曰。尚者上也。上天垂文。寫布節度。如天行也。王肅曰。上所言。下爲史所書。故曰尚書也。推此三說。其義不同。蓋書之所主。本於號令。所以宣王道之正義。發話言於臣下。故其所載皆典謨訓誥誓命之文。至如堯舜二典。直序人事。禹貢一篇。唯言地理。洪範總述災祥。顧命都陳喪禮。茲亦爲例不純者也。又有周書者。與尚書相類。卽孔氏刊約百篇之外。凡爲七十一章。上自文武。下終靈景。甚有明允篤陳。典雅高義。時亦有淺末恆說。滓穢相參。殆似後之好事者所增益也。至若職方之言。與周官無異。時訓之說。比月令多同。斯百王之正書。五經之別錄者也。自宗周既殞。書體遂廢。迄乎漢魏。無能繼者。至晉廣陵相魯國孔衍。以爲國史所以表言行昭法式。至於人理常事。不足備列。乃删漢魏諸史。取其美詞典言。足爲龜鏡者。定以篇第。纂成一家。由是有漢尙書。漢魏尙書。凡爲二十六卷。至隋秘書監太原王劭又錄開皇仁壽時事。編而次之。以類相從。各爲其目。勒成隋書八十卷。尋其義例。皆準尙書。原夫尙書之所記也。若君臣相對。詞旨可稱。則一時之言。累篇咸載。如言無足記。語無可述。若此故事。雖有脫略。而觀者不以爲非。爰逮中葉。文籍大備。必翦截今文。模擬古法。事非改轍。理涉守株。故舒元所撰漢魏等書。不行於代也。若乃帝王無紀。公卿缺傳。則年月失序。爵里難詳。斯並昔之所忽。而今之所要。如君懋隋書。雖欲祖述商周。憲章虞夏。觀其所述。乃似孔子家語。臨川世說。可謂畫虎不成。反類犬也。故其書受嗤當代。良有以焉。

子玄譏尙書之短。亦殊未然。蓋尙書紀大政者也。猶春秋常事不書。至於帝王之年號。公卿之爵里。非大義所在。偶有所闕。庸何傷乎。意古之爲書。出於史官所記。必至瑣悉。孔子乃加裁削耳。堯典以下。每篇必紀一事之本末。則下開袁樞紀事本末之體者也。

顏之推以詔令策檄生於書。然禹貢顧命。則記體之所昉。洪範則陰陽災異之說所自昉。揚子雲評虞夏商周之書曰。虞夏之書渾渾爾。商書灝灝爾。周書噩噩爾。韓退之亦云。上窺姚姒。渾渾無涯。周誥殷盤。佶屈聱牙。此論尙書文體者也。

尙書辭義最古。漢拾秦燼之餘。今文出於伏生之口。古文出於孔氏之壁。篆隸各殊。傳寫譌誤。異文歧讀而不相通。然孔壁遺經。猶非今日蔡傳所謂古文也。至西晉梅賾古文晚出。江左以來。漸多傳習。唐陸德明據以作釋文。孔穎達據以作正義。於是此二十五篇之僞古文。與伏生二十九篇混合爲一。舉世莫知其僞。宋吳棫始有異議。朱子亦稍疑之。吳澄諸人本朱子之說相繼抉擿。其僞愈彰。明梅鷟參考諸書。證其剽竊。而見聞較狹。清閻百詩惠定宇之徒。復詳證之。譚經者益信其僞矣。惟毛西河作古文尚書寃詞以攻閻。程綿莊復作寃寃詞以攻毛。要之今文艱深奧博。古文平易淺近。卽非皆出仲尼之鴻筆。亦不應不倫如此也。

第四節　易與文學

史記孔子晚而喜易。序彖繫象說卦文言。讀易韋編三絕。曰假我數年。若是我於易則彬彬矣。論語讖孔子讀易韋編三絕鐵擿三折。鄭玄以孔子作十翼。卽上彖下彖上象下象上下繫辭文言說卦序卦雜卦是也。

文章之體。凡說與序。皆肇於十翼。自文心雕龍尤稱孔子文言。已引於緒論中。其麗辭篇又曰。易之文繫。聖人之妙思也。序乾曰德。則句句相銜。龍虎類感。則字字相儷。乾坤易簡。則宛轉相承。日月往來。則隔行懸合。雖句字或殊。而偶意一也。故美文實肇於孔子矣。

乾文言

文言曰。元者善之長也。亨者嘉之會也。利者義之和也。貞者事之幹也。君子體仁足以長人。嘉會足以合禮。利物足以和義。貞固足以幹事。君子行此四德者。故曰乾元亨利貞。初九曰潛龍勿用。何謂也。子曰。龍德而隱者也。不易乎世。不成乎名。遯世无悶。不見是而无悶。樂則行之。憂則違之。確乎其不可拔。潛龍也。九二曰見龍在田。利見大人。何謂也。子曰。龍德而中正者也。庸言之信。庸行之謹。閑邪存其誠。善世而不伐。德博而化。易曰見龍在田利見大人君德也。九三曰。君子終日乾乾。夕惕若厲。无咎。何謂也。子曰。君子進德修業。忠信所以進德也。修辭立其誠。所以居業也。知至至之。可與幾也。知終終之。可與存義也。是故居上位而不驕。在下位而不憂。故乾乾因其時而惕。雖危无咎矣。九四曰。或躍在淵。无咎。何謂也。子曰。上下无常。非爲邪也。進退无恆。非離羣也。君子進德修業。欲及時也。故无咎。九五曰。飛龍在天。利見大人。何謂也。子曰。同聲相應。同氣相求。水流溼。火就燥。雲從龍。風從虎。聖人作而萬物覩。本乎天者親上。本乎地者親下。則各從其類也。上九曰。亢龍有悔。何謂也。子曰。貴而无位。高而无民。賢人在下位而无輔。是以動而有悔也。潛龍勿用。下也。見龍在田。時舍也。終日乾乾。行事也。或躍在淵。自試也。飛龍在天。上治也。亢龍有悔。窮之災也。乾元用九。天下治也。潛龍勿用。陽氣潛藏。見龍在田。天下文明。終日乾乾。與時偕行。或躍在淵。乾道乃革。飛龍在天。乃位乎天德。亢龍有悔。與時偕極。乾元用九。乃見天則。乾元者。始而亨者也。利貞者。性情也。乾始能以美利利天下。不言所利。大矣哉。大哉乾乎。剛健中正。純粹精也。六爻發揮。旁通情也。時乘六龍。以御天也。雲行雨施。天下平也。君子以成德爲行。日可見之行也。潛之爲言也。隱而未見。行而未成。是以君子弗用也。君子學以聚之。問以辨之。寬以居之。仁以行之。易曰見龍在田利見大人。君德也。九三重剛而不中。上不在天。下不在田。故乾乾因其時而惕。雖危无咎矣。九四重剛而不中。上不在天。下不在田。中不在人。故或之。或之者。疑之也。故无咎。夫大人者。

與天地合其德。與日月合其明。與四時合其序。與鬼神合其吉凶。先天而天弗違。後天而奉天時。天且弗違。而況於人乎。況於鬼神乎。亢之爲言也。知進而不知退。知存而不知亡。知得而不知喪。其惟聖人乎。知進退存亡而不失其正者。其唯聖人乎。

阮元文韻說曰。漢魏以來之音韻。溯其本源。久出於經。孔子自名其言易者曰文。此千古文章之祖。文言固有韻矣。而亦有平仄聲音焉。即如溼燥龍虎。覩上下八句。何等聲音。無論龍虎二句。不可顚倒。若改爲龍虎燥溼。即無聲音矣。無論其德其明其序其吉凶四句不可錯亂。若倒不知退於不知亡不知喪之後。即無聲音矣。此豈聖人天成暗合。全不由於思至哉。由此推之。知自古聖賢屬文時。亦皆有意匠矣。然則此法肇開於孔子。而文人沿之。休文謂靈均以來。此秘未覩。正所謂文人相輕者矣。

又文言說曰。文言不但多用韻。抑且多用偶。即如樂行憂違。偶也。長人合禮。偶也。和義幹事。偶也。庸言庸行。偶也。閑邪善世。偶也。進德修業。偶也。知至知終。偶也。上位下位。偶也。同聲同氣。偶也。水溼火燥。偶也。雲龍風火。偶也。本天本地。偶也。无位无民。偶也。勿用在田。偶也。潛藏文明。偶也。道革位德。偶也。偕極天則。偶也。隱見行成。偶也。學聚問辨。偶也。寬居仁行。偶也。合德合明合序合吉凶。偶也。先天後天。偶也。存仁得喪。偶也。餘慶餘殃。偶也。直內方外。偶也。通理居體。偶也。凡偶皆文也。於物兩色相偶而交錯之。乃得名曰文。文即象其形也。然則千古之文。莫大乎孔子之言易。孔子以用韻比偶之法。錯綜其言。而自名曰文。何後人之必反孔子之道而自命曰文。卽尊之曰古也。又曰。如孔子文言雲龍風虎一節。乃千古宮商翰藻奇偶之祖。非一朝一夕之故一節。乃千古嗟歎成文之祖。文言以外。如彖象傳。亦多用韻但不拘拘一律耳。故後人有易音之作。顧氏日知錄曰。且如孔子作易彖象傳。其用韻有多有少。未嘗一律。亦有無韻者。可知古人作文之法。一韻無字則及他韻。他韻不協。則竟單行。聖人無必無固。於文見之矣。

第五節　禮與文學

史記曰。孔子之時。周室微而禮樂廢。詩書缺。追跡三代之禮。序書傳。上紀唐虞之際。下至秦繆。編次其事。曰夏禮吾能言之。杞不足徵也。殷禮吾能言之。宋不作徵也。足則吾能徵之矣。觀夏殷可損益。曰後雖百世可知也。以一文一質。周監二代。郁郁乎文哉。吾從周。故書傳禮記自孔氏。

禮記雜記。恤由之喪。哀公使孺悲之孔子學士喪禮。士喪禮於是乎書。

禮經十七篇。卽儀禮也。雖周公之遺。然當時或不止此數。而孔子刪定。或並不及此數。而孔子增補。故士喪禮爲孔子所書。既見於記。而太史公亦謂言禮自孔氏也。

賈公彥儀禮疏序曰。周禮儀禮。發源是一。理有終始。分爲二部。並是周公攝政太平之書。周禮爲末。儀禮爲本。儀禮疏曰。周禮言周不言儀。儀禮言儀不言周。既同是周公攝政六年所制。題號不同者。周禮取別夏殷。故言周。儀禮不言周者。欲見兼有異代之法。故此篇有醮用酒。燕禮云諸公。士喪禮云商祝夏祝。是兼夏殷。故不言周。

後世以儀禮周官禮記並號三禮。儀禮十七篇。漢初已傳。戴德刪古禮記二百四十篇爲八十五篇。名大戴禮。戴聖復刪爲四十六篇。爲小戴禮。馬融復增益三篇。合爲四十九篇。卽今禮記是也。周官相傳河間獻王時李氏上周官五篇。缺冬官一篇。以考工記補之。王莽時始立學官。鄭玄兼治今古文。通三禮。並爲作注。傳於今云。

三禮之中。儀禮文至簡奧。至韓退之猶以爲難讀。六朝治禮者已有圖。朱子儀禮經傳通解。始分節讀之。如士冠禮第一節後題曰右筮日。第二節後題曰右戒賓。此與宋元人評文法畧同。自是習者易得其條理。張爾岐儀禮鄭注句讀因之。

周官爲政治典章之書。後世會典之屬所由昉也。考工記文尤奇。雖後所補。而文章之士多好之。明郭正域有批點考工記。蓋論文而不詁經者也。

禮記係采合衆篇而成。如樂記取之公孫尼子。中庸取之子思子。月令取之呂覽等是也。漢時每篇仍多別行。故漢志有中庸說。蔡邕有月令章句。不必合於禮記也。檀弓文簡而晰。後人稱蘇子瞻熟於檀弓。故其文俊而辨。宋末謝枋得亦嘗爲之評點。至禮運儒行哀公問仲尼燕居等篇。皆敷演潤色。駢偶用韻。文心雕龍曰。儒行縟說。以繁辭。亦明其文體特殊於餘篇矣。

王世貞曰。檀弓。簡考工記。繁檀弓。明考工記。奧各極其妙。蓋三禮之中。此二篇尤文家所習稱者也。

徐師曾文體明辨曰。按儀禮士冠三加三醮而申之以字辭。後人因之。遂有字說字序字解等作。皆字辭之濫觴也。雖其文去古甚遠。而丁寧訓誡之義無大異焉。若夫字辭祝辭則做古辭而爲之者也。然近世多尙字說。故今以說爲主。而其它亦並列焉。至於名說名序。則援此意而推廣之。而女子笄亦得稱字。故宋人爲女子名辭。其實亦字說也。

吳訥文章辨體曰。按儀禮士婚禮。入門當碑揖。又禮記祭義云。牲入廟門麗於碑。賈氏注云。宮廟皆有碑以識日影。以知早晚。說文注又云。古宗廟立碑繫牲。後人因於上紀功德。是則宮室之碑。所以識日影。而宗廟則以繫牲也。秦漢以來。始謂刻石曰碑。

顏之推謂哀誄祭祀生於禮。禮記有孔悝鼎銘。及孔子誄。具錄於後。

孔悝鼎銘

六月丁亥。公假於太廟。公曰。叔舅。乃祖莊叔。左右成公。成公乃命莊叔。隨難於漢陽。卽宮於宗周。奔走無射。啟右獻公。獻公乃命成叔。纂乃祖服。乃考文叔。興舊耆欲。作率慶士。躬恤衛國。其勤公家。夙夜不解。民咸曰休哉。公曰。叔舅予女銘。若纂乃考服。悝拜稽首曰。對揚以辟之勤大命。施於烝彝鼎。

魯哀公孔子誄　（與左傳異）

天不遺耆老。莫相予位焉。嗚呼哀哉尼父。

第六節　春秋與文學

史記曰。子曰。弗乎弗乎。君子病歿世而名不稱焉。吾道不行矣。吾何以自見於後世哉。乃因史記作春秋。上自隱公。下訖哀公十四年。據魯親周。故殷運之三代。約其文而指博。故吳楚之君自稱王。而春秋貶之曰子。踐土之會。實召周天子。而春秋諱之曰天王狩於河陽。推此類以繩當世貶損之義。後有王者舉而開之。春秋之義行。則天下亂臣賊子懼焉。孔子在位聽訟文辭。有可與人共者。弗獨有也。至於爲春秋。筆則筆。削則削。子夏之徒不能贊一辭。弟子受春秋。孔子曰。後世知丘者以春秋。而罪丘者亦以春秋。

杜預春秋序曰。春秋者。魯史記之名也。記事者以事繫日。以日繫月。以月繫時。以時繫年。所以紀遠近。別同異也。故史之所記。必表年以首事。年有四時。故錯舉以爲所記之名也。周禮有史官。掌邦國四方之事。達四方之志。諸侯亦各有國史。大事書之於策。小事簡牘而已。孟子曰。楚謂之檮杌。晉謂之乘。而魯謂之春秋。其實一也。周德既衰。官失其守。上之人不能使春秋昭明。赴告策書。諸所記注。多違舊章。仲尼因魯史策書成文。考其眞僞。而志其典禮。上以遵周公之遺制。下以明將來之法。其教之所存。文之所害。則刊而正之。以示勸戒。其餘則皆卽用舊史。史有文質。辭有詳略。不必改也。其發凡以言例。皆經國之常制。周公之垂法。史書之舊章。仲尼從而脩之。以成一經之通體。

春秋感精符。孔子受端門之命。制春秋之義。使子夏等十四人。求周史記。得百二十國寶書。九月經立。

記曰。屬辭比事。春秋教也。故春秋文尤謹嚴。文心雕龍嘗論之曰。春秋辨理。一字見義。五石六鷁。以詳略成文。雉門兩觀。以先後顯旨。今錄公穀申五石六鷁之義一條於下。

春王正月戊申朔。隕石於宋五。是月六鷁退飛過宋都。（春秋僖十六年）

先隕而後石何也。隕而後石也。六鷁退飛過宋都。聚辭也。目治也。子曰。石無知之物。鷁微有知之物。石無知。故日之。鷁微有知之物。故月之。君子之於物。無所苟而已。石鷁且猶盡其辭。而況於人乎。（穀梁傳）

曷爲先言霣而後言石。霣石記聞。聞其磌然。視之則石。察之則五。曷爲先言六而後言鷁。六鷁退飛。記見也。視之則六。察之則鷁。徐而察之則退飛。（公羊傳）

嚴氏春秋曰。孔子將修春秋。與左丘明乘。如周。觀書于周史。歸而修春秋之經。丘明爲之傳。共爲表裏。是春秋諸傳。左氏最先也。史記亦曰。魯君子左丘明。懼弟子人人異端。各安其意。失其眞。故因孔子史記。具論其語。成左氏春秋。又曰。鐸椒爲楚威王傅。爲王不能盡觀春秋。

采取成敗卒四十章。爲鐸氏微。趙孝成王時。其相虞卿上采春秋。下觀近世。亦著八篇。爲虞氏春秋。呂不韋者。秦莊襄王相。亦上觀尙古刪拾春秋集六國時事以爲八覽六論十二紀爲呂氏春秋。又如荀卿孟子公孫固韓非之徒各往往捃摭春秋之文以著書不可勝紀。按此外又有鄒氏夾氏傳。然今惟存左氏公羊穀梁三傳而已」

范寧春秋穀梁傳集解序曰左氏艷而富其失也巫。穀梁婉而淸其失也短。公羊辯而裁其失也俗。若能富而不巫淸而不短裁而不俗。則深於道者也。故君子之於春秋沒身而已矣。

劉子玄史通分古之史體爲六家一尙書家二春秋家三左傳家四國語家五史記家六漢書家。然左傳國語皆春秋之傳。是春秋獨有三家也。今具錄其語。

春秋家者其先出於三代。案汲冢瑣語記太丁時事目爲夏殷春秋。孔子曰。疏通知遠書敎也。屬辭比事春秋之敎也。知春秋始作與尙書同時。瑣語又有晉春秋記獻公十七年事。國語云。晉羊舌肸習於春秋。悼公使傳其太子。左傳昭公二年。晉韓獻子來聘。見魯春秋曰周禮盡在魯矣。斯則春秋之目事匪一家。至於隱沒無聞者。不可勝載。又案竹書紀年其所紀事。皆與魯春秋同。孟子曰。晉謂之乘。楚謂之檮杌。而魯謂之春秋。其實一也。然則乘與紀年檮杌。其皆春秋之別名者乎。故墨子曰。吾見百國春秋。蓋皆指此也。逮仲尼之修春秋也。乃觀周禮之舊法。遵魯史之遺文。據行事。仍人道。就敗以明罰。因興以立功。假日月而定曆數。

籍朝聘而正禮樂。微婉其說。志晦其文。爲不刊之言。著將來之法。故能彌歷千載。而其書獨
行。又案儒者之說春秋也。以事繫日。以日繫月。言春以包夏。舉秋以兼冬。年有四時。故錯舉
以爲所記之名也。苟如是。則晏子虞卿呂氏陸賈其書篇第本無年月。而亦謂之春秋。蓋有
異於此者也。至太史公著史記。始以天子爲本紀。考其宗旨。如法春秋。自是爲國史者。皆用
斯法。然時移世異。體式不同。其所書之事也。皆言罕褒諱。事無黜陟。故馬遷所謂整齊故事
耳。安得比於春秋哉。

左傳家者。其先出於左邱明。孔子既著春秋。而邱明受經作傳。蓋傳者轉也。轉受經旨。以受
後人。或曰傳者傳也。所以傳示來世。案孔安國注尙書。亦謂之傳。斯則傳者亦訓釋之意乎。
觀左傳之釋經也。言見經文而事詳傳內。或傳無而經有。或經闕而傳存。其言簡而要。其事
詳而博。信聖人之羽翮。而述者之冠冕也。逮孔子云沒。經傳不作。於時文籍。惟有戰國策及
太史公書而已。至晉著作郞魯國樂資。乃追採二史。撰爲春秋後傳。其書始以周貞王續前
傳魯哀公後。至王赧入秦。又以秦文王之繼周。終於世之滅。合成三十卷。當漢代史書。以遷
固爲主。而紀傳互出。表志相重。於文爲煩。頗難周覽。至孝獻帝始命荀悅撮其書爲編年體。
依左傳著漢紀三十篇。自是每代國史。皆有斯作。起自後漢。至於高齊。如張璠孫盛干寶徐
賈裴子野吳均何之元王劭等。其所著書。或謂之春秋。或謂之紀。或謂之略。或謂之典。或謂

之志。雖名各異。大抵皆依左傳以爲的準焉。

國語家者。其先亦出於左邱明。旣爲春秋內傳。又稽其逸文。纂其別說。分周魯齊晉鄭楚吳越八國事。起自周穆王。終於魯悼公。別爲春秋外傳國語。合爲二十一篇。其文以方內傳。或重出而小異。然自古名儒賈逵王肅虞翻韋曜之徒。竝申以注釋。治其章句。此亦六經之流。三傳之亞也。暨縱橫互起。力戰爭雄。秦兼天下。而著戰國策。其篇有東西二周秦齊燕楚三晉宋衞中山。合十二國。分爲三十三卷。夫謂之策者。蓋錄而不序。故卽簡以爲名。或云漢代劉向以戰國游士爲之策謀。因爲之戰國策。至孔衍又以戰國策所書。未爲盡善。乃引太史公所記。參其異同。删彼二家。聚爲一錄。號爲春秋後語。除二周及宋衞中山。其所留者七國而已。始自秦孝公。終於楚漢之際。比於春秋。亦盡二百三十餘年行事。始衍撰春秋時國語。復撰春秋後語。勒成二書。各爲十卷。今行於世者。唯後語存焉。案其書序云。雖左氏莫能加。世人者。皆尤其不量力不度德。尋衍之此義。自比於邱明者。當爲國語。非春秋傳也。必方以類聚。豈多嗤乎。當漢氏失馭。英雄角力。司馬彪又錄其行事。因爲九州春秋。州爲一篇。合爲九卷。尋其體統。亦近代之國語也。自魏都許洛。三方鼎峙。晉宅江淮。四海幅裂。其君雖號同王者。而地實諸侯。所在史官。記其國事。爲紀傳者。則規模班馬。創編年者。則議擬荀袁。於是史漢之體大行。而國語之風替矣。已上子玄所論。徵爲繁博。以其並是論文章之體。俾學者得因其源而窮其變。故不加裁削焉。

林希元曰。殷鑒不遠在夏后之世。故賈山借秦爲喩。劉向告漢成。亦引用周與春秋之事。其言周之興衰而證以詩。及引春秋所書災異。文法皆自左氏來。

黃省曾曰。昔左氏集國史以傳春秋。而以其餘溢爲外傳。是多先王之明訓。自張蒼賈生司馬遷以來。千數百年。播論於藝林不衰。世儒雖以浮誇闊誕者爲病。然而文詞高妙精理。非後之操觚者可及。善乎劉生之評。謂其工侔造化。思涉鬼神。六經之羽翼。而述者之冠冕也。不其信歟。

胡應麟曰。檀弓之於左傳。意勝也。左傳之於史記。法勝也。史記之於漢書。氣勝也。漢書之於後漢。實勝也。後漢之於三國。華勝也。三國之於六朝。樸勝也。然則檀弓史記無法。左傳漢書弗文乎。非是之謂也。國策之文麗。國語之文細。國語之氣萎。國策之氣雄。國語左氏末弩乎。國策馬氏先鞭乎。

第七節　孔子弟子傳業

孔子弟子三千人。通六藝者七十二人。故曾子作孝經。以記孔子論孝之言。（此據史記鄭玄則以孝經爲孔子作）游夏諸人。復薈集孔子諸言。纂爲論語。而羣經亦各有其傳。韓非子顯學篇云。孔子之後。儒分爲八。有子張氏、子思氏、顏氏、孟氏、漆雕氏、仲良氏、公孫氏、樂正氏之儒。陶潛聖賢羣輔錄云。顏氏傳詩爲諷諫之儒。孟氏傳書爲疏通致遠之儒。漆雕氏傳禮爲恭儉莊敬之儒。仲良氏傳樂爲移風易俗之儒。樂正氏傳春秋爲屬辭比事之儒。公孫氏傳易爲潔靜精微之儒。

諸儒學多不傳。無從考其家法。可考者惟卜子夏。洪邁容齋隨筆曰。孔子弟子。惟子夏於諸經獨有書。雖傳記雜言。未可盡信。然要與他人不同矣。於易則有傳。於詩則有序。一云子夏授高行子。四傳而至小毛公。一云子夏傳曾申。五傳而至大毛公。於禮則有儀禮喪服一篇。於春秋雖云不能贊一辭。然公羊高實受之於子夏。風俗通云。穀梁赤亦子夏門人。而論語則鄭康成以爲仲弓子夏所撰者。更無論矣。後漢徐防上書曰。詩書禮樂。定自孔子。發明章句。始於子夏。斯言良信云。

朱彝尊經義考曰。孔門自子夏兼通六藝而外。若子木之受易。子開之習書。子輿之述孝經。子貢之問樂。有若仲弓閔子騫言游之撰論語。而傳士喪禮者。實孺悲之功也。

子夏之文章今不多見。詩大序相傳以爲子夏作。其詞曰。

關雎后妃之德也。風之始也。所以風天下而正夫婦也。故用之鄉人焉。用之邦國焉。風。風也。敎也。風以動之。敎以化之。詩者志之所之也。在心爲志。發言爲詩。情動於中而行於言。言之不足。故嗟歎之。嗟歎之不足。故永歌之。永歌之不足。不知手之舞之足之蹈之也。情發於聲。聲成文。謂之音。治世之音安以樂。其政和。亂世之音怨以怒。其政乖。亡國之音哀以思其民困。故正得失。動天地。感鬼神。莫近於詩。先王以是經夫婦。成孝敬。厚人倫。美敎化。移風俗。故詩有六義焉。一曰風。二曰賦。三曰比。四曰興。五曰雅。六曰頌。上以風化下。下以風刺上。主文而譎諫。言之者無罪。聞之者足以戒。故曰風。至於王道衰。禮義廢。政敎失。國異政。家殊俗。而變風變雅作矣。國史明乎得失之迹。傷人倫之廢。哀刑政之苛。吟咏情性。以風其上。達於事變而懷其舊俗者也。故變風發乎情。止乎禮義。發乎情。民之性也。止乎禮義。先王之澤也。是以一國之事。繫一人之本。謂之風。言天下之事。形四方之風。謂之雅。雅者正也。言王政之所由興廢也。政有小大。故有小雅焉。有大雅焉。頌者美盛德之形容。以其成功告於神明者也。是謂四始。詩之至也。然則關雎麟趾之化。王者之風。故繫之周公。南言化自北而南也。鵲巢騶虞之德。諸侯之風也。先王之所以敎。故繫之召公。周南召南。正始之道。王化之基。是以關雎樂得淑女以配君子。愛在進賢。不淫其色。哀窈窕。思賢才。而無傷善之心焉。是關雎之義也。

阮元既以聲律排偶。始于文言。次引子夏詩序爲證。其文韻說謂古之韻不專在句末。卽句中亦有韻。四六之有平仄是也。其言曰。卜子夏詩大序曰。情發於聲。聲成文謂之音。又曰主文而譎諫。又曰長言之不足。則嗟歎之。鄭康成曰。聲謂宮商角徵羽也。聲成文者宮商上下相應。主文主與樂之宮商相應也。此子夏直指詩之聲音而謂之文也。不指翰藻也。然則孔子文言之義。益明矣。蓋孔子文言繫辭。亦皆奇偶相生。有聲音嗟歎以成文者也。聲音卽韻也。詩關雎鳩洲逑押腳有韻。而女字不韻。得服側押腳有韻。而哉字不韻。此正子夏所謂聲成文之宮羽也。此豈詩人暗於韻合。匪由思至哉。子夏此序。文選選之。亦因其中有抑揚詠歎之聲。音且多偶句也。

又文言說曰。子夏詩序情文聲音一節。乃千古聲韻性情排偶之祖。吾固曰韻者卽聲音也。聲音卽文也。然則今人所便單行之文。極其奧折奔放者。乃古之筆。非古之文也。後人指排偶之文爲八代之衰。體孔子子夏之文體。豈亦衰乎。

韓非子言八儒有顏氏。孔門弟子顏氏有八。未必卽是子淵。八儒有子思氏。列漢志儒家今亡。沈約謂禮記中庸表記坊記緇衣。皆取子思子。以樂記取公孫尼子。劉瓛以緇衣爲公孫尼子作。豈卽八儒之公孫氏與。曾子十八篇。漢志在儒家。今大戴禮中存其十篇。而漢志又有宓子十六篇。卽宓子賤。漆雕子十三篇。孔子弟子漆雕開後。景子三篇。說宓子語。似其弟子。世子二十一篇。名碩。陳人。七十子之弟子。此孔子以後諸弟子傳業之大略也。

孔子弟子。旣治六藝。亦先精小學。爾雅釋詁。周公所作。揚子雲謂爾雅孔子門徒所記。以解釋六藝者也。鄭康成駁五經異義曰。某聞之也。爾雅者。孔子門人所作。以釋六蓺之旨。蓋不誤也。又鄭志答張逸曰。爾雅之文雜。非一家之箸。則孔子門人所作。亦非一人。蓋孔子正名。嘗教人習爾雅。門人又補周公釋詁以下而爲書也。

又與經並行者有緯書。隋經籍志曰。河圖九篇。洛書六篇。云自黃帝至周文王所受本文。又三十篇。云九聖之所增演。又七經緯三十六篇。並云孔氏所作。合爲八十一篇。歷世諸儒。多辨其僞。然太史公自序引孔子曰。我欲載之空言。不如見之行事之深切著明者也。又秦本紀引亡秦者胡之讖。其所由來久矣。哀平之間。頌莽功德。僞附者始衆。光武好讖。踵作益繁。故桓譚張衡。屢欲黜緯。然荀悅申鑒。辨緯書爲僞。或曰。燔之。曰仲尼之作則否。有取焉則可。曷其燔。是緯書固亦自有眞者。不盡僞也。鄭玄大儒。每引緯書。且爲易緯作注。則緯書之起。意當自上世。或多出七十子之徒所記。漢以來有所增益妄作耳。淸世自永樂大典中。輯出易緯八種。其餘緯書。自明孫瑴古微書。嘗加蒐集。近者學者掇拾益備。其異辭腴義。亦有助於文章也。

第六章　春秋時雜文體

文學之源。羣經以外。則在諸子。春秋時先於孔子著書。其遺文猶可見者。有管子。並世有老子。晏子。兵家有司馬穰苴。孫子。名家有鄧析。管晏書或爲後人附益。多自載其行事問答。惟老子爲自著。道家雖自伊尹。鬻熊。大抵皆後人記其言耳。故道德五千言。是論譔之先規乎。文心雕龍曰。伯陽識禮。而仲尼訪問。爰序道德。以冠百氏。至是道德經獨爲道家之宗。若夫管子則法令政治之書。晏子開奏疏諫議之體。其他傳記所載。春秋時文章衆矣。今析論於下。

賦

漢志稱賦。爰首屈宋。然賦本古詩之流。列於六義之一。師箴瞍賦。由來既久。故曰登高能賦。可爲大夫。文心雕龍曰。鄭莊之賦大隧。士蔿之賦狐裘。結言扭韻。詞自己作。雖合賦體。明而未融。蓋春秋時。蚤有賦體矣。左傳鄭莊公感潁考叔之言。與武姜隧而相見。公入而賦。大隧之中。其樂也融融。姜出而賦。大隧之外。其樂也洩洩。此二語。卽是賦詞。又晉獻公使士蔿爲夷吾城屈。不愼置薪焉。讓之。退而賦曰。狐裘尨茸。一國三公。吾誰適從。雕龍所引。卽謂是也。

誦

誦者。直言不詠。短詞以諷。其美盛德之形容。則謂之頌。然誦亦有時謂之頌。雖美刺殊情。皆以形容人事。其義一也。國語晉語。惠公卽位。出共世子而改葬之。臭達於國外。國人誦之曰。

貞之無報也。孰是人斯而有是臭也。貞爲不聽。信爲不誠。國斯無刑。媮居幸生。不更厥貞。大命其傾。威兮懷兮。各聚爾有。以待所歸兮。猗兮違兮。心之哀兮。歲之二七。其靡有徵兮。若翟公子。吾是之依兮。鎭撫國家。爲王妃兮。

左傳晉侯聽輿人之頌曰。

原田每每。舍其舊而新是謀。

孔叢子。子順曰。先君初相魯。魯人謗頌之曰。

麛裘而芾、投之無戾。芾而麛裘。投之無郵。（呂氏春秋引同芾作韠）

禱辭　祈禱之詞。太祝所掌。至於春秋。厥體微異。檀弓記張老成室之語。已是禱詞。左傳衞太子禱詞。尤爲具體。其文曰

曾孫蒯聵。敢昭告皇祖文王。烈祖康叔。文祖襄公。鄭勝亂從。晉午在難。不能治亂。使鞅討之。蒯聵不敢自佚。備持矛焉。敢告無絕筋。無折骨。無傷面。以集大事。無作三祖羞。大命不敢請。佩玉不敢愛。

盟書　在昔三王。詛盟不及時。有要誓結言而退。周衰屢盟。以及要契。五霸啟之矣。穀梁傳稱齊桓公葵丘之盟。陳牲而不殺。讀書加於牲上。曰。

毋雍泉。毋訖糴。毋易樹子。毋以妾爲妻。毋使婦人與國事。

誄　黃鳥之詩。爲哀弔之始。其體變而爲誄。記有魯哀公誄孔子。左傳亦載其文。然柳下惠誄。其妻所作。在孔子誄前。說苑曰。柳下惠死。門人將誄之。妻曰。將誄夫子之德耶。則二三子不知妾知之也。乃誄曰。

夫子之不伐兮。夫子之不竭兮。夫子之信成而與成無害兮。柔屈從俗。不強察兮。蒙恥救民。德彌大兮。雖遇三黜。終不弊兮。豈弟君子。永能厲兮。嗟乎惜哉。乃下世兮。庶幾遐年。今遂逝兮。嗚呼哀哉。神魂泄兮。夫子之謚。宜爲惠兮。

子弟戒　古之爲戒。蓋以自警。管子弟子職。晏子楹語。則以戒子弟。管書近於禮。楹語則戒子書之流也。

晏子春秋晏子病將死鑿楹納書焉謂其妻曰楹語也子壯而示之及壯發書之言曰布帛不可窮窮不可飾牛馬不可窮窮不可服士不可窮窮不可任國不可窮窮不可不竊也

書記　劉勰曰三代政暇文翰頗疎春秋聘繁書介彌盛繞朝贈士會以策子家與趙宣以書巫臣之遺子反子產之諫范宣詳觀四書辭若對面又子服敬叔進弔書於滕君固知行人挈辭多被翰墨矣而叔向與子產書其言尤純錄以見體

始吾有虞於子今則已矣昔先王議事以制不為刑辟懼民之有爭心也猶不可禁禦是故閑之以義糾之以政行之以禮守之以信奉之以仁制為祿位以勸其從嚴斷刑罰以威其淫懼其未也故誨之以忠聳之以行教之以務使之以和臨之以敬涖之以彊斷之以剛猶求聖哲之上明察之官忠信之長慈惠之師民於是乎可任使也而不生禍亂民知有辟則不忌於上並有爭心以徵於書而徼幸以成之弗可為矣夏有亂政而作禹刑商有亂政而作湯刑周有亂政而作九刑三辟之興皆叔世也今吾子相鄭國作封洫立謗政制參辟鑄刑書將以靖民不亦難乎詩曰儀式刑文王之德日靖四方又曰儀刑文王萬邦作孚如是何辟之有民知爭端矣將棄禮而徵於書錐刀之末將盡爭之亂獄滋豐賄賂並行終子之世鄭其敗乎肸聞之國將亡必多制其此之謂乎

檄移　昔帝世戒兵三王誓師宣訓我衆不及敵人春秋征伐自諸侯出懼敵弗服故兵出須名劉獻公所謂告之以文辭董之以武師者也於是齊桓征楚詰苞茅之闕晉厲伐秦責箕郜之焚管仲呂相奉辭先路管仲之辭簡呂相之文繁並後世檄文之源矣

左傳齊侯以諸侯之師伐楚。管仲曰。

爾貢苞茅不入。王祭不供。無以縮酒。寡人是徵。

諸讔　諸讔者。以滑稽之詞。爲刺譏之言也。辭淺會俗。皆悅笑也。本文心雕龍詩曰。善戲謔兮。不爲虐兮。此之謂矣。故華元棄甲。城者發睅目之謳。臧紇喪師。國人造侏儒之歌。並嗤戲形貌。內怨爲俳。後世滑稽者流之所昉也。此類甚多。不能具引。列其一例。左傳宋華元獲於鄭。宋以兵車文馬贖之。城者謳曰。

睅其目。皤其腹。棄甲而復。于思于思。棄甲復來。

童謠　謠諺興於上古。然有事類先識。可期後驗。雖幽王有箕服之謠。宗周遂隕。而春秋之世。此類尤多。蓋與諸讔並爲輿誦之流。一則取義於俳笑。一則有明於來物也。左傳晉侯圍上陽。童謠曰。

丙之晨。龍尾伏辰。均服振振。取虢之旂。鶉之賁賁。天策焞焞。火中成軍。虢公其奔。

新曲　周室既東。王澤殄竭。風人輟釆。春秋酬酢。多諷誦舊章。以觀志而已。然聲詩之流。被於歌曲者。非盡絕息也。諸書所記。如接輿之倫。矢口成歌。其類多有。至於優孟抵掌。發叔孫之詠。又劇曲之濫觴矣。且當時季札師曠。多爲明樂之人。拾遺記曰。師涓出於衞靈公之世。寫列代之樂。造新曲。以代古樂。故有四時之樂。春有離鴻去雁應蘋之歌。

夏有明晨焦泉朱華流金之調。秋有商風白露落葉吹蓬之曲。冬有凝河流陰沈雲之操。以此四時之聲奏於靈公。靈公情湎心惑忘於政事。蘧伯玉趨堦而諫曰。此雖以發揚氣律。終爲沈湎淫漫之音。無合於風雅。非下臣宜薦於君也。靈公乃去其聲而親政務。故衞人美其化焉。師涓悔其乖於雅頌。失爲臣之道。乃退而隱跡。蘧伯玉焚其樂器於九達之衢。恐後世傳造焉。拾遺記雖不可信。然此或有據。師涓亦號精習樂律。固宜有新聲之作矣。

譯詩　楊愼以穆天子傳西王母詩。是當時文人所作。然不著其原詞。說苑越鄂君歌。獨並列楚越之音。且明著楚譯。是當爲譯詩之始也。

越人歌詞原文(不可句讀)

濫兮抃草濫予昌㮀澤予昌州州𩜱州焉乎秦胥胥縵予乎昭澶秦踰滲提隨河湖

楚譯

今夕何夕兮。搴中洲流。今日何日兮。得與王子同舟。蒙羞被好兮。不訾詬恥。心幾頑而不絕兮。知得王子。山有木兮木有枝。心說君兮君不知。

第七章　戰國文學

第一節　總論

戰國爲文章最盛之世。蓋自春秋以來。諸子各逞其智辨。道家之傳爲儒家。儒家之流爲墨家。於是儒分爲八。墨分爲三。墨之經辨枝爲堅白離析之說。天下之言不主於此則主於彼。紛紛競起。而縱橫長短之術。始馳騁騰躍其間。故戰國之文章最爲可觀也。先是六國之初。魏文侯最好士。親以卜子夏爲師。於是段干木田子方李克之徒皆集。其餘多子夏門人。而曾聞儒家之緒論者也。自是以來。魏獨有博士。及惠王之世。孟子嘗客於魏。蓋惠施爲相。白圭匡章並從容其間。皆一時才士者也。齊威王宣王亦好士。史記曰。宣王喜文學游說之士。自如騶衍。淳于髡。田駢。接子。愼到。環淵之徒。七十六人。皆賜列第。爲上大夫。是以齊稷下學士復盛。且數百千人。蓋有三騶子。衍之外有鄒忌。鄒奭。又有尹文田巴諸知名者。不可勝數。孟子實自魏如齊。其後孟子既沒。而荀卿爲稷下祭酒。荀卿去適楚。則楚之文學又盛。而屈原宋玉競美於風騷矣。是時楚與秦最爲强國。縱橫之家。嘗使秦楚相敵。往來獻說。楚之將絀。呂不韋爲秦致游客。珠履者三千人。雖荀卿之門人。亦多至秦。蓋戰國文學。始發於魏。中盛於齊楚。終集於秦。此其大略也。文心雕龍以戰國時唯齊楚兩國頗有文學。殆指極盛而言之云。

已上既論戰國文學之盛。不越於諸邦矣。然其餘諸國。又並有文學。其操術持義。皆承春秋以來哲人巨子之說。大抵分爲四派。一鄒魯派。二陳宋派。三鄭衞派。四燕齊派。鄒魯道仁義。

出於孔子。而孟子爲巨子。陳宋之學出於老子。荊楚之士化之。而墨翟莊周爲巨子。宋又有宋牼、陳相陳辛。楚有許行。鄭衞尙法術。三晉之士化之。鄭之鄧析申不害衞之公孫鞅趙之愼到、韓之韓非爲巨子。趙之公孫龍魏之惠施魏牟皆其流也。燕齊務迂怪議論。齊之騶衍、騶奭、田駢、接子爲之巨子。尸子曰墨子貴兼孔子貴公皇子貴衷田子貴均列子貴虛料子貴別囿。其學之相非也數世矣。呂氏春秋曰老聃貴柔孔子貴仁墨翟貴兼關尹貴淸子列子貴虛陳駢貴齊陽生貴己、孫臏貴勢。王廖貴先兒良貴後。荀卿曰墨子蔽於用而不知文。宋子蔽於欲而不知得。愼子蔽於法而不知賢。申子蔽於勢而不知智。惠子蔽於辭而不知實。莊子蔽於天而不知人。蓋惟其相非也。此辨說之所以盛也。蓋自人君多好游士。而齊有孟嘗君。趙有平原君。魏有信陵君。楚有春申君。並養賓客。呂不韋最後。亦招致文學。撰呂氏春秋。於是當世之士。莫不慕游談廣交以致祿位者矣。

章學誠文史通義。謂至戰國而文章之變盡。而戰國之文源於六藝。又多出於詩敎。其言曰。

戰國之文。其源皆出於六藝。何謂也。曰道體無所不該。六藝足以盡之。諸子之爲書。其持之有故。而言之成理者。必有得於道體之一端。而後乃能恣肆其說。以成一家之言也。所謂一端者。無非六藝之所該。故推之而皆得其所本。非謂諸子果能服六藝之敎。而出辭必衷於是也。老子說本陰陽。莊列寓言假象。易敎也。鄒衍侈言天地。關尹推衍五行。書敎也。管商法制。義存政典。禮敎也。申韓刑名。旨歸賞罰。春秋也。其他楊墨尹文之言。蘇張孫吳之術。辨其源委揺其旨趣。九流之所分部。七錄之所敍論。皆於物曲人官。得其一致。而不自知爲六典之遺也。

戰國之文。既源於六藝。又謂多出於詩敎。何謂也。曰。戰國者。縱橫之世也。縱橫之學。本於古者行人之官。觀春秋之辭命。列國大夫聘問諸侯。出使專對。蓋欲文其言以達旨而已。至戰國而抵掌揣摩。騰說以取富貴。其辭敷張而揚厲。變其本而加恢奇焉。不可謂非行人辭命之極也。孔子曰。誦詩三百。授之以政。不達。使於四方。不能專對。雖多奚爲。是則比興之旨。諷諭之義。固行人之所肄也。縱橫者流。推而衍之。是以能委折而入情。微婉而善諷也。九流之學。承官曲於六典。雖或原於書易春秋。其質多本於禮敎。爲其體之有所該也。及其出而用世。必兼縱橫。所以文其質也。古之文質合於一。至戰國而各具之質。當其用也。必兼縱橫之辭以文之。周衰文弊之效也。故曰戰國者縱橫之世也。

後世之文。其體皆備於戰國。何謂也。曰。今卽文選諸體。以徵戰國之賅備。（摯虞流別孔逭文苑今俱不傳故據文選）京都諸賦。蘇張縱橫六國。侈陳形勢之遺也。上林羽獵。安陵之從田。龍陽之同釣也。客難解嘲。屈原之漁父卜居。莊周之惠施問難也。韓非儲說。比事徵偶。連珠之所肇也。（前人已有言及之者）而或以爲始於傅毅之徒。（傅玄之言）非其質矣。孟子問齊王之大欲。歷舉輕煖肥甘聲音采色。七林之所啟也。而或以爲創之枚乘。忘其祖矣。鄒陽辨謗於梁王。江淹陳辭於建平。蘇秦之自解忠信而獲罪也。過秦王命。六代辨亡。諸論抑揚往復。詩人諷諭之旨。孟荀所以稱述先王儆時君也。（屈原上稱帝嚳中述湯武下道齊桓亦是）淮南賓客。梁苑辭人。原嘗申陵之盛舉也。東方司馬。侍從於西京。徐陳應劉。徵逐於鄴下。談天雕龍之奇觀也。遇有升沉。時有得失。畸才彙於末世。

利祿萃其性靈。廊廟山林江湖魏闕。曠世而相感。不知悲喜之何從。文人情深於詩騷。古今一也。

第二節　楊墨

春秋之世。儒與道互相絀。鄒魯多儒。而宋楚之間。頗傳老子之術。然孔子實嘗問禮於老子。後其徒乃相非耳。列子數稱楊朱。莊子所記陽子居。卽楊朱也。皆云嘗見老子。其持說乃若與老子異。古楊墨並稱。其學尤較然不同。莊子駢拇篇曰。駢於辯者。纍瓦結繩。竄句游心於堅白異同之間。而敝跬譽無用之言非乎。而楊墨是已。然則楊墨均好辨。所殊者其辨之跡。至於爲學之大原。一主利己。一主利人。以言夫利。則未始不同也。墨子居於宋。習聞老氏之風。又學儒者之業。受孔子之術。（淮南子）乃綜合儒道。自爲巨子。儒者絀道家。墨者之徒亦絀儒家。惟其同出茲。相絀彌甚。無足異矣。禽滑釐先受業子夏。又與楊朱問答。卒事墨子。楊朱之說傳於今者少。然大抵道家之餘緒也。季梁疾。其子請醫。楊朱歌以曉之曰。

天其弗識。人弗能覺。匪祐自天。弗孽由人。汝乎我乎。其弗知乎。醫乎巫乎。其知之乎。

墨子之學。視楊朱尤顯。墨子蓋生於春秋之季。卒於戰國。故戰國之初。墨學方盛。自禽滑釐外。有相里氏之墨。相夫氏之墨。鄧陵氏之墨。此韓非之說也。陶潛聖賢羣輔錄記三墨與此異。曰不累於俗。不飾於物。不尊於名。不忮於衆。此宋鈃尹文之墨。裘褐爲衣。跂蹻爲服。日夜不休。以自苦爲極者。相里勤五侯子之墨。俱誦墨經。而背譎不同。相爲別墨。以堅白。此苦獲己齒鄧陵子之墨。此則略本於莊子天下篇者也。

莊子曰。南方之墨者苦獲己齒鄧陵子之屬。俱誦墨經而倍譎不同。相謂別墨。以堅白同異之辨相訾。以觭偶不仵之辭相應。以巨子爲聖人。皆願爲之尸。冀得爲其後世。至今不決。蓋墨子之學。尤在於正名。尹文惠施公孫龍之徒。皆承墨子之風。墨經四篇。及大取小取。並名家之專書。堅白無厚之論。實發於墨子。戰國文辨所以極盛者。由名學大明也。近世校墨經者頗有。惜多錯脫不可治。論者或謂吾國文學。夙闇推理之術。則殆未知墨經矣。

晉魯勝墨辯注序曰。墨子著書作辯經以立名本。惠施公孫龍祖述其學。以正刑名顯於世。孟子非墨子。其辯言正辭。則與墨同。荀卿莊周等皆非毀名家。而不能易其論也。名必有形。察形莫如別色。故有堅白之辯。名必有分明。分明莫如有無。故有無序之辯。是有不是。可有不可。是名兩可。同而有異。異而有同。是之謂辯同異。至同無不同。至異無不異。是謂辯同辯異。同異生是非。是非生吉凶。取辯於一物。而原極天下之汙隆。名之至也。自鄧析至秦時名家者。世有篇籍。率頗難知。後學莫復傳習。於今五百餘歲。遂亡絕。墨辯有上下經。經各有說。凡四篇。與其書衆篇連第。故獨存。由斯以談。墨子辯經。其關於文學甚大。戰國文采華辯實墨家啟之與。

墨經之例。殘脫不可推。公孫龍子白馬非白馬論。與莊子載惠施多方之說。皆極有巧辯。其諸墨學末流而倍譎之至者。與墨子非命篇曰。言必立儀。言而無儀。譬猶運鈞之上而立朝夕者也。是非利害之辨。不可得而明知也。故言必有三表。

一　有本之者……上本之於古者聖王之事。

二　有原之者……下原察百姓耳目之實。

三　有用之者……發以爲刑政。觀其中國家人民之利。

三表殆僅指論政事之術。其餘辨說通例。則在於經。惜古注不傳。莫能證其條理也。

第三節　孟荀

史記稱孟子受業子思之門人。趙岐孟子章指題詞。則謂孟子通五經之學。尤長於詩書。道既通。游事齊宣王。宣王不能用。適梁。梁惠王不果所言。則見以爲迂闊而遠於事情。天下方務於合從連衡。以攻伐爲賢。而孟軻乃述唐虞三代之德。是以所如者不合。退而與萬章之徒。序詩書。述仲尼之意。作孟子七篇。當戰國之時。明儒者之術者。孟子荀卿而已。故太史公以孟荀合在一傳。

虞集曰。六經之文尚矣。孟子在戰國時。以浩然之氣。發仁義之言。無心於文。而開闔抑揚。曲盡其妙。

吳訥文章辨體曰。昔孟子答公孫丑問好辯曰。予豈好辯哉。予不得已也。中間歷敘古今治亂相尋之故。凡八節。所以深明聖人與已不能自已之意。終而又曰。予豈好辯哉。予不得已也。蓋非獨理明義精。而字法句法章法。亦足爲作文楷式。迨唐韓昌黎作諱辯。柳子厚辯桐葉封弟。識者謂其文斆孟子。信矣。大抵辯須有不得已而辯之意。苟非有關世敎。有益後學。雖工亦奚以爲。

宋吳氏林下偶談曰。孟子七篇。不特推言義理廣大而精微。其文法極可觀。如齊人乞墦一段。尤妙。唐人雜說之類。蓋倣於此也。今錄之如下。

齊人有一妻一妾而處室者。其良人出。則必饜酒肉而後反。其妻問所與飲食者。盡富貴也。其妻告其妾曰。良人出。則必饜酒肉而後反。問其與飲食者。盡富貴也。而未嘗有顯者來。吾將瞷良人之所之也。蚤起。施從良人之所之。徧國中。無與立談者。卒之東郭墦間之祭者。乞其餘。不足。又顧而之他。此其爲饜足之道也。其妻歸。告其妾曰。良人者。所仰望而終身也。今若此。與其妾訕其良人。而相泣於中庭。而良人未之知也。施施從外來。驕其妻妾。由君子觀之。則人之所以求富貴利達者。其妻妾不羞也。而不相泣者。幾希矣。

戰國之初。楊墨之學大行。及孟子出。辟而闢之。於是儒術復盛。荀卿在孟子後。亦治儒術。顧非孟子子思。後之顯學。率好攻先我者而絀之。無足怪也。

史記荀卿趙人。年五十始來游學於齊。騶衍之術。迂大而閎辨。奭也文具難施。淳于髡久與處。時有得善言。故齊人頌曰。談天衍。雕龍奭。炙轂過髡。田駢之屬。皆已死。齊襄王時。而荀卿最爲老師。齊尚修列大夫之缺。而荀卿三爲祭酒焉。齊人或讒荀卿。荀卿乃適楚。而春申君以爲蘭陵令。春申君死而荀卿廢。因家蘭陵。李斯嘗爲弟子。已而相秦。荀卿嫉濁世之政。亡國亂君相屬。不遂大道而營於巫祝。信機祥。鄙儒小拘。如莊周等。又猾稽亂俗。於是推儒墨道德之行事興壞。序列著數萬言。漢志儒家孫卿子三十三篇。據汪中荀子通論。以毛詩魯詩韓詩。並出荀卿。又傳禮與左氏春秋。其書兼有公羊穀梁義。劉向稱荀卿善易。而荀子首勸學。終堯問。蓋仿論語。其學之源。當受自子夏仲弓云。蓋孟子荀子皆通五經。荀子之學自秦漢以來。授受之跡。猶有可考見者也。

荀子

非十二子

假今之世。飾邪說。文姦言。以梟亂天下。欺惑愚衆。矞宇嵬瑣。使天下混然不知是非治亂之所存者有人矣。縱情性。安恣睢。禽獸之行。不足以合文通治。然而其持之有故。其言之成理。足以欺惑愚衆。是它囂魏牟也。忍情性。綦谿利跂。苟以分異人爲高。不足以合大衆明大分。然而其持之有故。其言之成理。足以欺惑愚衆。是陳仲史鰌也。不知壹天下建國家之權稱。上功用。大儉約而僈差等。曾不足以容辨異縣君臣。然而其持之有故。其言之成理。足以欺惑愚衆。是墨翟宋鈃也。尚法而無法。下修而好作。上則取聽於上。下則取從於俗。終日言成文典。及紃察之則倜然無所歸宿。不可以經國定分。然而其持之有故。其言之成理。足以欺惑愚衆。是慎到田駢也。不法先王。不是禮義。而好治怪說。玩琦辭。甚察而不惠。辯而無用。多事而寡功。不可以爲治綱紀。然而其持之有故。其言之成理。足以欺惑愚衆。是惠施鄧析也。略法先王而不知其統。猶然而材劇志大。聞見雜博。案往舊造說。謂之五行。甚僻違而無類。幽隱而無說。閉約而無解。案飾其說而祗敬之曰。此眞先君子之言也。子思唱之。孟軻和之。世俗之溝猶瞀儒。嚾嚾然不知其所非也。遂受而傳之。以爲仲尼子游爲茲厚於後世。是則子思孟軻之罪也。(下畧)

第四節　莊周

爲老氏之學者。春秋以來。則有列禦寇。莊周數稱之。劉向別錄曰。列子鄭人也。與鄭繆公同時。漢志列子八篇。

史記莊子蒙人也。名周。周嘗爲蒙漆園吏。與梁惠王齊宣王同時。其學無所不闚。然其要本歸於老子之言。故其著書十餘萬言。大抵率皆寓言也。作漁父盜跖胠篋。以詆訾孔子之徒。以明老子之術。畏累虛亢桑子之屬。皆空言無事實。然善屬書離辭。指事類情。用剽剝儒墨。雖當世宿學。不能自解免也。其言洸洋自恣以適己。故自王公大人不能器之。漢志莊子五十二篇。名周。宋人。

養生主

吾生也有涯。而知也無涯。以有涯隨無涯。殆矣。已而爲知者。殆而已矣。爲善無近名。爲惡無近刑。緣督以爲經。可以保身。可以全生。可以養親。可以盡年。庖丁爲文惠君解牛。手之所觸。肩之所倚。足之所履。膝之所踦。砉然嚮然。奏刀騞然。莫不中音。合於桑林之舞。乃中經首之會。文惠君曰。譆善哉。技蓋至此乎。庖丁釋刀對曰。臣之所好者道也。進乎技矣。始臣之解牛之時。所見無非牛者。三年之後。未嘗見全牛也。方今之時。臣以神遇而不以目視。官知止而神欲行。依乎天理。批大郤。導大窾。因其固然。技經肯綮之未嘗。而況大軱乎。良庖歲更刀。割也。族庖月更刀。折也。今臣之刀。十九年矣。所解數千牛矣。而刀刃若新發於硎。彼節者有間。而刀刃者無厚。以無厚入有間。恢恢乎其於游刃必有餘地矣。是以十九年而刀刃若新發於硎。雖然。每至於族。吾見其難爲。怵然爲戒。視爲止。行爲遲。動刀甚微。謋然已解。如土委地。提刀而立。爲之四顧。爲之躊躇滿志。善刀而藏之。文惠君曰。善哉。吾聞庖丁之言。得養生焉。公文軒見右師而驚曰。是何人也。惡乎介也。天與。其人與。曰。天也。非人也。天之生是使獨也。人之貌有與也。以是知其天也。非人也。澤雉十步一啄。百步一飲。不蘄畜乎樊中。神雖王。不善也。老聃死。秦失弔之。三號而出。弟子曰。非夫子之友耶。曰。然。然則弔焉若此可乎。曰。然。始也吾以爲其人也。而今非也。向吾入而弔焉。有老者哭之。如哭其子。少者哭之如哭其母。彼所以會之。必有不蘄言而言。不蘄哭而哭者。是遁天倍情。忘其所受。古者謂之遁天之刑。適來夫子時也。適去夫子順也。安時而處順。安樂不能入也。古者謂是帝之懸解。指窮於爲薪。火傳也。不知其盡也。

陳後山云。莊荀皆文士而有學者。其說劍成相篇與屈騷何異。揚子雲文好奇。而卒不能奇也。故思苦而詞艱。善爲文者。因事以出奇。江河之行。順下而已。至其觸山赴谷。風搏物激。然後盡天下之變。子雲惟好奇。故不能奇也。

羅大經曰。莊子之文。以無爲有。戰國之文。以曲作直。

趙秉忠曰。周季文靡。貞元漓而道統裂。諸子百家言日著。而莊周列禦寇尤著。夫莊列誠虛無放誕。洒其胸宇宏豁。識趣靈峻。超六合而塵萬象。無所方擬。未可磷緇其於大道。洪濛無始實有洞解弗易及者。是故摛而爲文。窮造化之姿態。極生靈之遼廣。剖神聖之渺幽。探有無之隱賾。嗚呼。天籟之鳴。風水之運。吾靡得覃其奇已。

楊士奇曰。南華經還是一等戰國文字。爲氣習所使。縱橫跌宕。奇氣逼人。却非是他自立一等主意。如公孫龍惠子之說。讀者但見其恣口橫說。以爲洸瀁無當。却不知一字一義。祖述道德。正如公孫大娘舞劍。左右揮霍。皆合草書。熟於道德者。始可以讀南華。

第五節　縱橫家及滑稽派

淮南子曰。晚世之時。六國諸侯。谿異谷別。水絕山隔。各自治其境內。守其分地。握其權柄。擅其政令。下無方伯。上無天子。力征爭權。勝者爲右。恃連與國。約重致剖信符。結遠援。以守其國家。持其社稷。故縱橫修短生焉。

風俗通。鬼谷子六國時縱橫家。史記蘇秦張儀。俱事鬼谷先生。故縱橫之學。始於鬼谷。盛於蘇秦張儀也、漢志有蘇秦三十一篇。張儀十篇。無鬼谷子書。今秦儀書並不傳。而鬼谷子有捭闔飛箝揣摩權謀之篇。或亦當時之遺說與。於是持說干諸侯。取顯貴者。又有犀首陳軫之徒。其餘不可勝數。並著於戰國策。至是伐國讓敵。由書而爲檄。由盟而爲詛。張儀檄楚。及秦有詛楚文是也。蘇秦爲合從。張儀爲連衡。衡則秦帝。從則楚王。游談之士。騰說其間。多馳騁可觀矣。

蘇秦說韓宣惠王

蘇秦爲趙合從。說韓王曰。韓北有鞏洛成皋之固。西有宜陽商阪之塞。東有宛穰洧水。南有陘山。地方千里。帶甲數十萬。天下之彊弓勁弩。皆自韓出。谿子少府時力距來。皆射六百步之外。韓卒超足而射。百發不暇止。遠者達胸。近者掩心。韓卒之劍戟。皆出於冥山棠谿墨陽合伯鄧師宛馮龍淵太阿。皆陸斷馬牛。水擊鵠雁。當敵卽斬堅甲盾鞮鍪鐵幕革抉㕹芮。無不畢具。以韓卒之勇。被堅甲。蹠勁弩。帶利劍。一人當百。不足言也。夫以韓之勁。與大王之賢。乃欲西面事秦。稱東藩。築帝宮。受冠帶。祠春秋。交臂而服焉。夫羞社稷而爲天下笑。無過此者矣。是故願大王之熟計之也。大王事秦。秦必求宜陽成皋。今茲效之。明年又益求割地。與之。卽無地以給之。不與。則棄前功而後更受其禍。且夫大王之地有盡。而秦之求無已。夫以有盡之地。而逆無已之求。此所爲市怨而買禍者也。不戰而地已削矣。臣聞鄙語曰。寧爲雞口。無爲牛後。今大王西面交臂而臣事秦。何以異於牛後乎。夫以大王之賢。挾彊韓之兵。而有牛後之名。臣竊爲大王羞之。韓王忿然作色。攘臂按劍。仰天太息曰。寡人雖死。必不能事秦。今主君以趙王之敎詔之。敬奉社稷以從。

秦儀之書。至漢猶存。則戰國策史記所錄辨說之辭。當卽其書中語耳。漢志曰。縱橫家者流。蓋出於行人之官。孔子曰。誦詩三百。使於四方。不能顓對。雖多亦奚以爲。又曰。使乎使乎。言其當權制事。宜受命而不受辭。此其所長也。及邪人爲之。則上詐諼而棄其信。

滑稽者流。亦出於詩之譎諫。太史公既稱莊生爲滑稽。又別爲滑稽列傳。以載淳于髡之徒。文心雕龍諧讔曰、昔齊威酣樂。而淳于說甘酒。楚襄讌集。而宋玉賦好色。意在微諷。有足觀者。及優旃之諷漆城。優孟之諫葬馬。並譎辭飾說。抑止昏暴。是以子長編史。列傳滑稽。以其辭雖傾回。意歸義正也。

淳于髡諷齊威王

威王八年。楚大發兵加齊。齊王使淳于髡之趙請救兵。齎金百斤。車馬十駟。淳于髡仰天大笑。冠纓索絕。王曰。先生少之乎。髡曰。何敢。王曰。笑豈有說乎。髡曰。今者臣從東方來。見道旁有禳田者。操一豚蹄。酒一盂。祝曰。甌窶滿篝。汙邪滿車。五穀蕃熟。穰穰滿家。臣見其所持者狹。而所欲者奢。故笑之。於是齊威王乃益齎黃金千鎰。白璧十雙。車馬百駟。髡辭而行。至趙。趙王與之精兵十萬。革車千乘。楚聞之。夜引兵而去。

第六節　韓非

法家者。宜出於道家。故司馬遷以老子與韓非同傳。而曰申子卑卑。施之於名實。韓子引繩墨。切事情。明是非。其極慘礉少恩。皆原於道德之意。管子亦列道家。實始爲言法令之書。其後有李悝相魏文侯。富國强兵。公孫鞅佐秦孝公。變法。傳商君書二十九篇。稷下學士有愼到。先申韓。申韓稱之。先是申不害相韓。而韓非者。韓之諸公子也。亦喜刑名法術之學。與李斯俱事荀卿。斯自以爲弗如。爲人口吃。不能道說。而善著書。其書有解老喻老。蓋服膺道家之說。雖事荀卿。而不名儒術。以爲商君言法。申不害言術。非始兼明之。蓋博觀於儒道法術之要。卓然自爲一家。作孤憤、五蠹、內外儲說、說林、說難、十餘萬言。司馬遷曰。韓非知說之難。爲說難甚具。終死於秦。不能自脫。漢志法家韓子五十五篇。韓子最惡文學之士。其言曰。今修文學。習言談。則無耕之勞而有富之實。無戰之危而有貴之尊。然其著書。則文理整贍。而深切事情。如內外儲說。古以爲卽連珠之體所肇。淮南說山實首模倣之。揚雄班固。乃約其體而號爲連珠矣。故韓非書不惟益人智慧。抑且有助於文章也。說難孤憤等文繁不載。獨節取儲說於下。

內儲上七術

主之所用也七術。所察也六微。七術一曰衆端參觀。二曰必罰明威。三曰信賞盡能。四曰一聽責下。五曰疑詔詭使。六曰挾知而問。七曰倒言反事。此七者主之所用也。

觀聽不參則誠不聞。聽有門戶則臣壅塞。其說在侏儒之夢見竈。哀公之稱莫衆而迷。故齊人見河伯。與惠子之言亡其半也。其患在豎牛之餓叔孫。而江乞之說荆俗也。嗣公欲治不知。故使有敵。是以明主推積鐵之類。而察一市之患。（參觀一）

愛多者則法不立。威寡者則下侵上。是以刑罰不必則禁令不行。其說在董子之行石邑。與子產之敎游吉也。故仲尼說隕霜。而殷法刑棄灰。將行去樂池。而公孫鞅重輕罪。是以麗水之金不守。而積澤之火不救。成歡以太仁弱齊

國。卜皮以慈惠亡魏王。管仲知之故斷死人。嗣公知之故買胥靡。（必罰二）

賞譽薄而謾者下不用賞譽厚而信者下輕死其說在文子稱若獸鹿故越王焚宮室而吳起倚車轅李悝斷訟以射宋崇門以毀死勾踐知之故式怒鼃昭侯知之故藏弊袴厚賞之使人爲賁諸也婦人之拾蠶漁者之握鱣是以效之（賞譽三）

一聽則愚智不分責下則人臣不參。其說在索鄭與吹竽其患在申子之以趙紹韓沓爲嘗試故公子汜議割河東。而應侯謀弛上黨。（一聽四）

數見久待而不任姦則鹿散使人問他則不鬻私。是以龐敬還公大夫而戴讙詔視轀車周主亡玉簪商太宰論牛矢。（詭使五）

挾智而問則不智者至深智一物衆隱皆變其說在昭侯之握一爪也故必審南門而三鄉得周主索曲杖而羣臣懼。卜皮事庶子。西門豹詳遺轄。（挾智六）

倒言反事以嘗所疑則姦情得故陽山謾樛豎淖齒爲秦使齊人欲爲亂子之以白馬子產離訟者嗣公過關市。（

倒言七右經）

第七節　騷賦之興起

文心雕龍曰。自風雅寢聲莫或抽緒奇文鬱起其離騷哉固已軒翥詩人之後奮飛辭家之前。豈去聖之未遠而楚人之多才乎昔漢武愛騷而淮南作傳以爲國風好色而不淫小雅怨誹而不亂。若離騷者。可謂兼之。蟬蛻穢濁之中。皭然涅而不緇。雖與日月爭光可也。班固以爲露才揚己。忿對沈江。羿澆二姚。與左氏不合。崑崙懸圃。非經義所載。然其文辭麗雅。爲詞賦之宗。雖非明哲。可謂妙才。蓋春秋以來。詩人不作。楚承南音。繼興騷賦。屈原始創。而宋玉景差唐勒之徒。扇其餘風。荀卿居楚。亦有賦篇。其成相雜辭則騷之流也。故騷賦起於戰國之季。皆萃於楚邦矣。

屈原。名平。楚之同姓也。爲楚懷王左徒。博聞彊志。明於治亂。嫻於辭令。入則與王圖議國事。以出號令。出則接遇賓客。應對諸侯。王甚任之。上官大夫與之同列。爭寵而心害其能。懷王使屈原造爲憲令。屈平屬草稿未定。上官大夫見而欲奪之。屈平不與。上官大夫因讒於王。王怒而疏屈平。屈平疾夫邪曲之害公。而方正之不容也。憂愁幽思。作爲離騷。離騷者。猶離憂也。或曰。屈平被放。行吟澤畔。終作懷沙之賦。懷石自投汨羅以死。後人多感其事而弔之。屈平所作。又有九章九歌天問之屬。漢志屈原賦二十五篇。

史通序傳曰。蓋作者自敘。其流出於中古乎。案屈原離騷經。其首章上陳氏族。下列祖考。先述厥生。次顯名字。自敘發跡。實基於此。

宋吳氏林下偶談曰。太史公言離騷者。遭憂也。離訓遭。騷訓憂。屈原以此命名。其文則賦也。故班固藝文志有屈原賦二十五篇。梁昭明集文選不併歸賦門。而別名之曰騷。後人沿襲皆以騷稱。可謂無義。篇題名義且不知。而況文乎。

徐師曾文體明辨曰。按楚辭卜居漁父二篇。已肇文體。而子虛上林兩都等作。則首尾是文。後人倣之。純用此體。蓋議論有韻之文也。又論俳賦曰。自楚辭有製芰荷以爲衣集芙蓉以爲裳等句。已類俳語。然猶一句中自作對耳。及相如左烏號之雕弓。右夏復之勁箭等句。始分兩句作對。而俳遂甚焉。後人倣之。遂成此體。

思美人　九章之一

思美人兮。擥涕而竚眙。媒絕路阻兮。言不可結而詒。蹇蹇之煩冤兮。陷滯而不發。申旦以舒中情兮。志沈菀而莫達。願寄言於浮雲兮。遇豐隆而不將。因歸鳥而致辭兮。羌迅高而難當。高辛之靈盛兮。遭玄鳥而致詒。欲變節以從俗兮。媿易初而屈志。獨歷年而離愍兮。羌馮心猶未化。寧隱閔而壽考兮。何變易之可爲。知前轍之不遂兮。未改此度。車既覆而馬顛兮。蹇獨懷此異路。勒騏驥而更駕兮。造父爲我操之。遷逡次而勿驅兮。聊假日以須時。指嶓冢之西隈兮。與纁黃以爲期。開春發歲兮。白日出之悠悠。吾將蕩志而愉樂兮。遵江夏以娛憂。擥大薄之芳茝兮。搴長洲之宿莽。惜吾不及古人兮。吾誰與玩此芳草。解篇薄與雜菜兮。備以爲交佩。佩繽紛以繚轉兮。遂萎絕而離異。吾且儃回以娛憂兮。觀南人之變態。竊快在中心兮。揚厥馮而不竢。芳與澤其雜糅兮。羌芳華自中出。紛郁郁其遠烝兮。滿內而外揚。情與質信可保兮。羌居蔽而聞章。令薜荔以爲理兮。憚舉趾而緣木。因芙蓉而爲媒兮。憚褰裳而濡足。登高吾不說兮。入下吾不能。固朕形之不服兮。然容與而狐疑。廣遂前畫兮。未改此度也。命則處幽吾將罷兮。願及白日之未莫也。獨煢煢而南行兮。思彭咸之故也。

史記曰。屈原既死之後。楚有宋玉景差唐勒之徒者。皆好辭而以賦見稱。然皆祖屈原之從容辭令。莫敢直諫。其後楚日以削。數十年竟爲秦所滅。漢志宋玉賦十六篇。唐勒賦四篇。

按漢志雖有屈原賦。今觀原所作。但是騷詞。文心雕龍詮賦曰。班固稱古詩之流也。至如鄭莊之賦大隧。士蔿之賦狐裘。結言短韻。詞自己作。雖合賦體。明而未融。及靈均唱騷。始廣聲貌。然賦也者。受命於詩人。拓宇於楚辭也。於是荀況禮智。宋玉風釣。爰錫名號。與詩畫境。六義附庸。蔚成大國。遂客主以首引。極聲貌以窮文。斯蓋別詩之原始。命賦之厥初也。然則賦之體製。實成於荀宋矣。

聞見後錄曰。宋玉招魂。以東南西北四方之外。其惡俱不可以記。欲屈大夫近入修門耳。時大夫尚無恙也。又曰。楚詞文章。屈原一人耳。宋玉親見之。尚不得其髣髴。況其下者乎。

宋玉之作。今惟傳九辯、招魂、高唐、神女、登徒子好色。及風釣笛舞諸賦。又大言小言賦等。則與景差諸人同作。又有對楚王問一首。文心雕龍曰。智術之子。博雅之人。藻溢於辭。辭盈乎氣。苑囿文情。故日新殊致。宋玉含才。頗亦負俗。始造對問。以申其志。放懷寥廓。氣實使之。蓋問對亦詞賦之餘。故雕龍以與七發同列。並謂之雜文也。文選亦載此篇。

對楚王問（據新序錄）

楚威王問於宋玉曰。先生其有遺行邪。何士民衆庶不譽之甚也。宋玉對曰。唯。然。有之。願大王寬其罪。使得畢其辭。客有歌於郢中者。其始曰下里巴人。國中屬而和者數千人。其爲陽陵采薇。國中屬而和者數百人。其爲陽春白雪。國中屬而和者數十人而已矣。引商刻角。雜以流徵。國中屬而和者不過數人。是其曲彌高者其和彌寡。故鳥有鳳而魚有鯨。鳳凰上擊於九千里。絕浮雲。負蒼天。翱翔乎窈冥之上。夫糞田之鴳。豈能與之斷天地之高哉。鯨魚朝發崑崙之墟。暴鬐於碣石。暮宿於孟諸。夫尺澤之鯢。豈能與之量江海之大哉。故非獨鳥有鳳而魚有鯨也。士亦有之。夫聖人瑰意奇行。超然獨處。世俗之民。又安知臣之所爲哉。（文選威王作襄王陽陵采薇作陽阿薤露刻角作刻羽鯨作鯤糞田之鴳作藩籬之鷃）

戰國時惟孟子荀卿明儒者之術。而孟子不傳詞賦。荀卿書獨有賦篇。豈楚人之化與。漢志荀卿賦十篇。屈宋之賦長於情。荀卿之賦長於理。一以辭勝。一以質勝。

知賦　　荀卿

皇天隆物。以示下民。或厚或薄。帝不齊均。桀紂之亂。湯武以賢。湣湣淑淑。皇皇穆穆。周流四海。曾不崇日。君子以修。跖以穿室。大參乎天。精微而無形。行義以正。事業以成。可以禁暴足窮。百姓待之而後寧泰。臣愚而不識。願問其名。曰此夫安寬平而危險隘者邪。修潔之爲親而雜汙之爲狄者邪。甚深藏而外勝敵者邪。法禹舜而不能揜迹者邪。行爲動靜待之而後適者邪。血氣之精也。志意之榮也。百姓待之而後寧也。天下待之而後平也。明達純粹而無疵也。夫是之謂君子之知。

第八章　秦文學

秦幷天下。雖召文學。置博士。然焚燒詩書。蔑棄古典。丞相李斯。與韓非同事荀卿。不師儒者之道。而以法術爲治。六國之時。文字異形。至是乃罷其不與秦文合者。同文書。學法令。以吏爲師。民間所存。醫藥卜筮種樹之書而已。李斯頗有文采。所爲碑奏。至今傳諷。又變大篆爲小篆。作倉頡七章。車府令趙高作爰歷六章。太史令胡毋敬作博學七章。漢書藝文志曰。倉頡爰曆博學。文字多取史籀篇。而篆體復頗異。所謂秦篆者也。是時始造隸書矣。起於官獄多事。苟趨省易。施之於徒隸也。漢書閭里師合倉頡爰曆博學三篇。斷六十字以爲一章。凡五十五章。幷爲倉頡篇。此秦時考正文字之大畧也。

秦得祚至淺。文章罕得而言。惟始以詔命爲制。古者君臣同書。至是臣下對上稱奏。文心雕龍曰。秦始立奏。而法家少文。觀王綰之奏勳德。辭質而義近。李斯之奏驪山。事畧而意逕。政無膏潤。形於篇章。至於金石刻文。流傳者頗有雕龍。又曰。秦皇銘岱。文自李斯。法家辭氣。體乏弘潤。然疎而能壯。亦彼時之絕采也。

泰山刻石文

皇帝臨位。作制明法。臣下修飭。二十有六年。初幷天下。罔不賓服。親巡遠方黎民。登茲泰山。周覽東極。從臣思迹。本原事業。祇誦功德。治道運行。諸產得宜。皆有法式。大義休明。垂于後世。順承勿革。皇帝躬聖。既平天下。不懈於治。夙興夜寐。建設長利。專隆敎誨。訓經宣達。遠近畢理。咸承聖志。貴賤分明。男女禮順。愼遵職事。昭隔內外。靡不清淨。施於後嗣。化及無窮。遵奉遺詔。永承重戒。

右文以三句取韻。之罘、碣石、會稽諸刻石皆然。惟琅琊臺刻石。是二句取韻耳。大抵李斯撰文。而自書之。斯他文不可見。今所傳書奏皆壯瑋。秦之文章。則斯一人而已。

史記秦三十六年。始皇不樂。使博士爲仙眞人詩。及行所游天下。傳令樂人歌絃之。今其文雖不存。然是游仙詩之祖也。

中國大文學史卷二終

第三編　中古文學史

第一章　漢高創業與楚聲之文學

周末文敝。秦以武力勝。摧詩書。滅儒士。耗矣。高祖興自草澤。尤屑屑不喜儒。方其連衡以爭天下。諸客冠儒冠來者。輒解其冠溺其中。與人言常大罵。豎儒至於卽位之後。乃過魯以太牢祠孔子。蓋晚節末路。稍嚮文治。抑叔孫陸賈之化也。夫秦取六國。暴虐其衆。四方怨恨。而楚尤發憤。欲得當以報。語曰。楚雖三戶。亡秦必楚。其氣亦何盛也。秦皇患之。遂爲東游。冀有所厭塞。於是江湖激昂之士。多好楚聲。高祖起於豐沛之間。其地亦故楚也。天下已定。因征黥布。還過沛。留置酒沛宮。召故人父老子弟佐酒。自擊筑楚歌曰。大風起兮雲飛揚。威加海內兮歸故鄉。安得壯士兮守四方。發沛中兒百二十人。教之歌。羣兒皆和習之。孝惠之時。以沛宮爲原廟。仍令歌兒吹習此歌。遂用百二十人爲常員。文景相嗣。禮官肄之。（按項羽敗於垓下自爲歌詩曰力拔山兮氣蓋世時不利兮騅不逝騅不逝兮可奈何虞兮虞兮奈若何其音調與高祖大風歌若合符節亦楚聲也）漢志有高祖歌詩二篇。當時又有房中祠樂。高祖唐山夫人所作也。漢書禮樂志曰。凡樂樂其所生。禮不忘本。高祖樂楚聲。故房中樂楚聲也。孝惠二年。使樂府令夏侯寬備其簫管。更名曰安世樂。共十七章。今錄數首如下。

大孝備矣。休德昭淸。高張曰縣。樂克宮廷。芬樹羽林。雲景杳冥。金文秀華。庶旄翠旌。

七始華始。肅倡和聲。神來宴娭。庶幾是聽。粥粥音送。細齊人情。忽乘靑玄。熙事備成。淸思眑眑。經緯冥冥。

大海蕩蕩水所歸。高賢愉愉民所懷。大山崔。百卉殖。民何貴。貴有德。

薛荔遂芳。窅窊桂華。孝奏天儀。若日月光。乘玄四龍。回馳北行。羽旄殷盛。芬哉芒芒。孝道隨世。我署文章。

夫漢之滅秦。憑故楚之壯氣。文學所肇。則亦楚音。是先大風之歌。安世之樂。不可謂非漢代興國文學之根本也。當時雖有制氏雅樂。莫之能用。至於武帝。更以新聲變曲立樂府矣。古文苑有高祖與太子手勑。殆藝文志所稱高祖傳中語也。其文質直。

第二章　博士派之文學

第一節　秦博士之餘勢

自六國時已立博士。秦因而不改。漢書百官公卿表曰。博士秦官。掌通古今。蓋能誦古今之言。博聞強記。以屬辭議論。皆可稱博士之選。其後博士始必名儒術。始皇之時。博士七十人。及將坑諸生咸陽。而長子扶蘇諫曰。諸生皆誦法孔子。然則博士所論。尤在孔氏之遺文大義矣。既不勝秦之虐。於是伏匿民間。以守其學者。往往而有。陳涉之王也。魯諸儒持孔氏之禮器歸之。孔甲爲陳涉博士。與俱敗死。太史公曰。陳涉起匹夫。敺瓦合適戍。旬月以王楚。不滿半歲竟滅亡。其事至微淺。然而縉紳先生之徒。負孔子禮器往委質爲臣者何也。以秦焚其業。積怨而發憤於陳王也。漢興。叔孫通故亦秦博士。爲漢制禮儀。其弟子往往爲博士待詔。皆諷誦六藝。而張蒼亦秦博士。民間修學者。有濟南伏生傳尚書。鼂錯嘗從而受焉。魯則申培公言詩。高堂生言禮。菑川則田何言易。齊則胡毋生言春秋。大抵咸宗博士之遺業。高祖雖崇叔孫通爲稷嗣君。干戈初定。固未皇庠序之事。儒林傳曰。孝惠高后時。公卿皆武力功臣。孝文本好刑名之言。及至孝景不任儒。竇太后又好黃老術。故諸博士具官待問。未有進者。由斯以談。漢初博士之學。所以不廢。非盡由上之所獎抑。民間自然相傳習之力矣。博士起於六國。染稷下之風。好以議論指切當世。本不僅名經術。而後世言經術者。亦主致用。殆博士之餘習與。漢興。惟陸賈佐高祖。每稱說詩書。漢書以酈食其、陸賈、朱建、劉敬、叔孫通、列傳合在一篇。蓋高祖之興。其佐多刀筆之吏。惟此數子有文雅之美。殆皆博士派之餘緒乎。酈生固自命儒。叔孫通不著書。朱建平原老七篇。建又有賦二篇劉敬書三篇。並列於藝文志儒家。儒家又有陸賈二十三篇。史稱高帝命賈著書。言秦所以失天下及古今成敗。每奏一篇。帝未嘗不稱善。稱其書曰新語。論衡嘗引陸賈論性。亦近儒家。賈又著楚漢春秋九篇。記楚漢之事。爲太史公所本。有賦三篇。不傳。

第二節　賈誼

賈誼從張蒼授左氏。蒼本秦博士。故誼之學亦出於博士派。漢書曰。賈誼雒陽人也。年十八以能誦詩書屬文稱於郡中。河南守吳公聞其秀材。召置門下。文帝初立。聞河南守吳公治平爲天下第一。故與李斯同邑而嘗學事焉。徵以爲廷尉。廷尉迺言誼年少頗通諸家之書。文帝召以爲博士。是時賈生年二十餘。最爲少。每詔令議下。諸老先生未能言。賈生盡爲之對。人人各如其意所出。諸生於是乃以賈生爲能。孝文帝說之。一歲之中超遷至大中大夫。於是天子議以誼任公卿之位。絳灌東陽侯馮敬之屬盡害之。迺毀誼曰。雒陽之人年少初學。專欲擅權紛亂諸事。於是天子後亦疏之。不用其議。以誼爲長沙王太傅。誼既以適去。意不自得。及渡湘水。爲賦以弔屈原。屈原楚賢臣也。被讒放逐。作離騷賦。其終篇曰。已矣國亡人莫我知也。遂自投江而死。誼追傷之。因以自諭。其辭曰

恭承嘉惠兮。竢罪長沙。仄聞屈原兮。自湛汨羅。造託湘流兮。敬弔先生。遭此罔極兮。迺隕厥身。烏虖哀哉兮。逢時不祥。鸞鳳伏竄兮。鴟鴞翱翔。闒茸尊顯兮。讒諛得志。賢聖逆曳兮。方正倒植。謂隨夷溷兮。謂跖蹻廉。莫邪爲鈍兮。鉛刀爲銛。于嗟默默。生之亡故兮。斡棄周鼎。寶康瓠兮。騰駕罷牛。驂蹇驢兮。驥垂兩耳。服鹽車兮。章父薦屨。漸不可久兮。嗟若先生。獨離此咎兮。誶曰。已矣。國其莫吾知兮。子獨壹鬱其誰語。鳳縹縹其高逝兮。夫固自引而遠去。襲九淵之神龍兮。沕淵潛以自珍。偭蟂獺以隱處兮。夫豈從蝦與蛭螾。所貴聖之神德兮。遠濁世而自臧。使麒麟可係而羈兮。豈云異夫犬羊。般紛紛其離此郵兮。亦夫子之故也。歷九州而相其君兮。何必懷此都也。鳳皇翔于千仞兮。覽德煇

而下之見細德之險徵兮。遙增擊而去之。彼尋常之汚瀆兮。豈容吞舟之魚。橫江湖之鱣鯨兮。固將制於螻蟻。

誼爲長沙傅三年。有服飛入誼舍。止於坐隅。服似鴞。不祥鳥也。誼既已適居長沙。長沙卑溼。誼自傷悼。以爲壽不得長。迺爲賦以自廣。後歲餘。徵入見。因感問鬼神之事。至夜半。文帝前席。既罷曰。吾久不見賈生。自以爲過之。今不及也。然終莫能用。拜爲梁懷王太傅。後懷王墮馬死。賈生自傷爲傅無狀。哭泣歲餘亦死。年三十三。先是賈生以漢興至文帝二十餘年。當改正朔。易服色。制法度。定官名。興禮樂。乃悉草具其事。諸律令所更定。及列侯就國。其說皆自賈生發之。漢書載其陳政事疏。及今所傳新書。頗具其條理。漢志儒家有賈誼五十八篇。太史公引賈生過秦論。卽在今新書首篇也。賈生之學。本出於博士。故其文采議論。最可觀矣。詞賦之流。是其餘藝。太史公以之與屈原同傳。蓋傷其不遇。兼以自喻耶。

第三節　鼂錯　賈山

鼂錯潁川人也。學申商刑名於軹張恢生所。與雒陽宋孟及劉帶同師。以文學爲太常掌故。錯爲人陗直刻深。孝文時。天下亡治尚書者。獨聞齊有伏生。故秦博士。治尚書。年九十餘者。不可徵。迺詔太常使人受之。太常遣錯受尚書伏生所。還因尚書稱說。詔以爲太子舍人門大夫。遷博士。旋拜太子家令。以其辯得幸太子。太子家號曰智囊。是時匈奴强。數寇邊。上發兵以禦之。錯上書言兵事。後議侵削諸侯。七國反。指錯爲名。文帝遂斬錯。漢藝文志法家有鼂錯三十一篇。太史公亦言賈生鼂錯明申商。然賈生自近儒術。錯嘗受尚書。其文體疏直激切。有類賈生。要皆博士議論之遺法也。

任昉文章緣起曰。對賢良策。始於漢太史家令鼂錯。文中子曰。洋洋乎鼂賈公孫之對。古言曰。策莫盛於漢。漢策莫過於鼂大夫。鼂策就事爲文。文簡徑明暢。事皆鑿鑿可行。賈太傅不及也。

論募民徙塞下書

陛下幸募民相徙以實塞下。使屯戍之事益省。輸將之費益寡。甚大惠也。下吏誠能稱厚惠。奉明法。存卹所徙之老弱。善遇其壯士。和輯其心而勿侵刻。使先至者安樂而不思故鄉。則貧民相募而勸往矣。臣聞古之徙遠方以實廣虛也。相其陰陽之和。嘗其水泉之味。審其土地之宜。觀其草木之饒。然後營邑立城。制里割宅。通田作之道。正阡陌之界。先爲築室。家有一堂二內。門戶之閉。置器物焉。民至有所居。作有所用。此民所以輕去故鄉而勸之新邑也。爲置醫巫。以救疾病。以修祭祀。男女有昏。生死相卹。墳墓相從。種樹畜長。室屋完安。此所以使民樂其處而有長居之心也。臣又聞古之制邊縣以備敵也。使五家爲伍。伍有長。十長一里。里有假士。四里一連。連有假五百。十連一邑。邑有假候。皆擇其邑之賢材有諳習地形知民心者。居則習民於射法。出則敎民於應敵。故卒伍成於內。則軍政定於外。服習以成。勿令遷徙。幼則同遊。長則共事。夜戰聲相知。則足以相救。晝戰目相見。則足以相識。讙愛之心。足以相死。如此而勸以厚賞。威以重罰。則前死不還踵矣。所徙之民。非壯有材力。但費衣糧。不可用也。雖有材力。不得良吏。

猶亡功也。陛下絕匈奴不與和親。臣竊意其冬來南也。壹大治則終身創矣。欲立威者。始於折膠。來而不能困。使得氣去。後未易服也。愚臣亡識。唯陛下財察。

賈山。潁川人也。祖父祛。故魏王時博士弟子也。(師古以爲六國時魏)山受學祛。所言涉獵書記。不能爲醇儒。嘗給事潁陰侯爲騎。孝文時言治亂之道。借秦爲諭。名曰至言。其後每上書言多激切。善指事意。漢志有賈山八篇在儒家。

第三章　貴族之倡導

第一節　楚元王

高祖雖不好儒。而有少弟交。實受業於孫卿之門人。能治詩。卽楚元王也。故漢初之博士派。叔孫之徒顯於朝。而諸侯之好經術禮儒士者。莫若楚。當時戰國游說之風未革。於是蒯通、鄒陽、羊勝、公孫詭、伍被等。各挾長短縱橫之術。以干國君。列爲上客。而詞賦文章之盛。亦在於是。時自枚乘、莊忌、司馬相如。皆曳裾袪服。從容其間。高祖時則齊悼惠王、吳王濞。招縱橫之士。自後梁孝王、淮南王安亦好客。故四方彬彬有文雅之化。惟楚儒術尤盛。高祖以來。文景或好刑名黃老之言。賴諸王之倡導。文學之士。猶有所歸。至於武帝。文學遂稱極盛。亦其所淵源者遠矣。

楚元王交。字游。高祖同父少弟也。好書多材藝。少時嘗與魯穆生、白生、申公。俱受詩於浮丘伯。伯者孫卿門人也。及秦焚書。各別去。漢興。交立爲楚王。元王旣至楚。以穆生白生申公爲中大夫。高后時。浮丘伯在長安。元王遣子郢客與申公俱卒業。文帝時。聞申公爲詩最精。以爲博士。元王好詩。諸生皆讀詩。申公始爲詩傳。號魯詩。元王亦次之詩傳。號曰元王詩。世或有之。漢初習詩者。魯詩最先盛。其老師故皆居楚。自申公白公等外。又有韋孟。爲元王傅。傅子夷王。及孫王戊。戊荒淫不遵道。而孟嘗爲詩諷諫。其體製有風雅之遺。韻後之爲四言詩者所取法也。後遂去位。徙家於鄒。又作一篇。其諫詩曰。

肅肅我祖。國自豕韋。黼衣朱紱。四牡龍旂。彤弓斯征。撫寧遐荒。總齊羣邦。以翼大商。迭彼大彭。勳績惟光。至於有周。歷世會同。王赧聽譖。實絕我邦。我邦旣絕。厥政斯逸。賞罰之行。非繇王室。庶尹羣后。靡扶靡衞。五服崩離。宗周以隊。我祖斯微。遷於彭城。在予小子。勤誒厥生。阸此嫚秦。耒耜以耕。悠悠嫚秦。上天不寧。迺眷南顧。授漢於京。於赫有漢。四方是征。靡適不懷。萬國逌平。迺命厥弟。建侯於楚。俾我小臣。惟傅是輔。兢兢元王。恭儉淨壹。惠此黎民。納彼輔弼。饗國漸世。垂烈於後。迺及夷王。克奉厥緒。咨命不永。唯王統祀。左右陪臣。此惟皇士。如何我王。不思永保。不惟履冰。以繼祖考。邦事是廢。逸游是娛。犬馬繇繇。是放是驅。務彼鳥獸。忽此稼苗。烝民以匱。我王以媮。所弘非德。所親非俊。唯囿是恢。唯諛是信。睮睮諂夫。咢咢黃髮。如何我王。曾不是察。旣藐下臣。追欲從逸。嫚彼顯祖。輕茲削黜。嗟嗟我王。漢之睦親。曾不夙夜。以休令聞。穆穆天子。臨爾下土。明明羣司。執憲靡顧。正遐繇近。殆其怙茲。嗟嗟我王。曷不此思。非思非鑒。嗣其罔則。致冰匪霜。致隊靡嫚。瞻惟我王。昔靡不練。興國救顛。孰違悔過。追思黃髮。秦繆以霸。歲月其徂。

年其逮耇。於昔君子。庶顯於後。我王如何。曾不斯覽。黃髮不近。胡不時鑒。

孟後五世至賢。賢子玄成。並爲漢顯儒。漢初貴族中倡道文學尤至者。莫如楚元王。魯詩雖不傳。世猶有次集之者。錄韋孟詩一首。亦可略窺見當時之文采所尙矣

任昉文章緣起以四言詩起於前漢楚王傅韋孟諫楚夷王戊詩。嚴滄浪詩話因之。謝榛詩家直說。曰四言體起於康衢歌。滄浪謂起於韋孟誤矣。馮惟訥詩紀則以四言詩三百五篇在前。而嚴云起於韋孟誤矣。按嚴說本自昉所作緣起但取秦漢以來本不及六經詩紀未考也 蓋其敍事布詞。自爲一體。漢魏以來。遞相師法。故云始於韋孟也。劉勰曰。四言近體。淵雅爲本。孟之作可爲淵雅矣。李白曰。寄興深微。五言不如四言。王世貞曰。四言須本風雅。間及韋曹。然勿相雜也。

第二節　吳王濞

吳王濞。高帝兄仲之子也。孝文時。吳太子入見。與皇太子爭博道。皇太子引博局提殺之。吳王由是怨望。先是吳地富銅鹽。吳王歲時存問茂材。賞賜閭里。它郡國吏欲來捕亡人者。恆共禁不與。如此三十餘年。以故能使其衆。然所用大抵縱橫游說之士。鄒陽嚴忌枚乘之徒。雖嫺於詞賦。縱橫家亦列鄒陽七篇。章學誠文史通義。謂騷賦七發設問之體。皆出於戰國。蓋其馳騁開闔。體勢相近也。見詩數篇 故吳之游士。既承縱橫派之緒。而亦爲詞賦之宗。吳既敗。吳客皆游梁。詳見後節。漢初縱橫之習未除袁盎善口辯故爲吳相而吳反時遣中大夫應高游說諸侯其詞令亦近縱橫派

第三節　梁孝王武

梁孝王者。文帝竇皇后少子也。名武。七國之叛。梁距吳楚有功。又最爲大國。出入旌旗。儗於天子。招延四方豪傑。自山東游士莫不至。吳王濞之敗也。則吳客如鄒陽枚乘嚴忌之徒皆歸於梁。而司馬相如亦游梁。又有羊勝、公孫詭、韓安國。各有辨智。丁將軍傳易經。天下文學之盛。當時未有如梁者矣。於是梁之文學有三派。

(甲)經術派

儒林傳曰。丁寬字子襄。梁人也。初梁項生從田何受易。時寬爲項生從者。讀易精敏。材過項生。遂事何。學成。何謝寬。寬東歸。何謂門人曰。易以東矣。寬至雒陽。復從周王孫受古義。號周氏傳。景帝時。寬爲梁孝王將軍距吳楚。號丁將軍。作易說三萬言。訓故舉大誼而已。今小章句是也。（按藝文志有丁氏易八篇）寬授田王孫。王孫授施讎、孟喜、梁丘賀。繇是易有施孟梁丘之學。然則當時易之傳。蓋首在於梁云。

(乙)縱橫派

漢志縱橫家有鄒陽七篇。而不錄其詞賦。（今西京雜記有鄒陽几賦一篇）漢書曰。鄒陽。齊人也。漢興。諸侯王皆自治民聘賢。吳王濞招致四方游士。陽與吳嚴忌枚乘等俱仕吳。皆以文辯著名。久之。吳王以太子事怨望稱疾不朝。陰有邪謀。陽奏書諫。爲其事尙隱。惡指斥言。故先引秦爲諭。因道胡越齊趙淮南之難。然後迺致其意書奏。吳王不內其言。是時景帝少弟梁孝王貴盛亦待士。於是鄒陽枚乘嚴忌知吳不可說。皆去之梁。從孝王游。陽爲人有智略。慷慨不苟合。介於羊勝公孫詭之間。勝等疾陽。惡之孝王。孝王怒。下陽吏。將殺之。陽客游以讒見禽。恐死而負絫。獄中上書曰。

臣聞忠無不報。信不見疑。臣常以爲然。徒虛語耳。昔荊軻慕燕丹之義。白虹貫日。太子畏之。衞先生爲秦畫長平之事。太白食昴。昭王疑之。夫精變天地。而信不諭兩主。豈不哀哉。今臣盡忠竭誠。畢議願知。左右不明。卒從吏訊。爲世所疑。是使荊軻衞先生復起。而燕秦不寤也。願大王熟察之。昔玉人獻寶。楚王誅之。李斯盡忠。胡亥極刑。是以箕子佯狂。接輿避世。恐遭此患也。願大王察玉人李斯之意。而後楚王胡亥之聽。毋使臣爲箕子接輿所笑。臣聞比干剖心。子胥鴟夷。臣始不信。迺今知之。願大王熟察。少加憐焉。語曰。有白頭如新。傾蓋如故。何則。知與不知也。故樊於期逃秦之燕。藉荊軻首以奉丹事。王奢去齊之魏。臨城自剄。以卻齊而存魏。夫王奢樊於期非新於齊秦。而故於燕魏也。所以去二國死兩君者。行合於志。慕義無窮也。是以蘇秦不信於天下。爲燕尾生。白圭戰亡六城。爲魏取中山。何則。誠有以相知也。蘇秦相燕。人惡之燕王。燕王按劍而怒。食以駃騠。白圭顯於中山。人惡之於魏文侯。文侯賜以夜光之璧。何則。兩主二臣。剖心析肝相信。豈移於浮辭哉。故女無美惡。入宮見妒。士無賢不肖。入朝見嫉。昔司馬喜臏脚於宋。卒相中山。范雎拉脅折齒於魏。卒爲應侯。此二人者。皆信必然之畫。捐朋黨之私。挾孤獨之交。故不能自免於嫉妒之人也。是以申徒狄蹈雍之河。徐衍負石入海。不容於世。義不苟取比周於朝。以移主上之心。故百里奚乞食於道路。繆公委之以政。寗戚飯牛車下。桓公任之以國。此二人者。豈素宦於朝。借譽於左右。然後二主用之哉。感於心。合於行。堅如膠漆。昆弟不能離。豈惑於衆口哉。故偏聽生姦。獨任成亂。昔魯聽季孫之說。逐孔子。宋任子冉之計。囚墨翟。夫以孔墨之辯。不能自免於讒諛。而二國以危。何則。衆口鑠金。積毀銷骨也。秦用戎人由余而伯中國。齊用越人子臧而彊威宣。此二國豈係於俗。牽於世。繫奇偏之浮辭哉。公聽並觀。垂明當世。故意合則胡越爲兄弟。由余子臧是矣。不合則骨肉爲讎敵。朱象管蔡是矣。今人主誠能用齊秦之明。後宋魯之聽。則五伯不足侔。而三王易比也。是以聖王覺寤。捐子之之心。而不說田常之賢。封比干之後。修孕婦之墓。故功業覆於天下。何則。欲善亡厭也。夫晉文親其讎。彊伯諸侯。齊桓用其仇。而一匡天下。何則。慈仁殷勤。誠加於心。不可以虛辭借也。至夫秦用商鞅之法。東弱韓魏。立彊天下。卒車裂之。越用大夫種之謀。禽勁吳而伯中國。遂誅其身。是以孫叔敖三去相而不悔。於陵子仲辭三公爲人灌園。今人主誠能去驕傲之心。懷可報之意。披心腹。見情素。墮肝膽。施德厚。終與之窮達。無愛於士。則桀之犬可使吠堯。跖之客可使刺由。何況因萬乘之權。假聖王之資乎。然則軻湛七族。要離燔妻子。豈足爲大王道哉。臣聞明月之珠。夜光之璧。以闇投人於道。衆莫不按劍相眄者。何則。無因而至前也。蟠木根柢。輪囷離奇。而爲萬乘器者。以左右先爲之容也。故無因而至前。雖至隋珠和璧。祗怨結而不見德。有人先游。則枯木朽株。樹功而不忘。今夫天下布衣窮居之士。身在貧羸。雖蒙堯舜之術。挾伊管之辯。懷龍逢比干之意。而素無根柢之容。雖竭精神。欲開忠於當世之君。則人主必襲按劍相眄之迹矣。是使布衣之士。不得爲枯木朽株之資也。是以聖王制世御俗。獨化於陶鈞之上。而不牽乎卑辭之語。不奪乎衆多之口。故秦皇帝任中庶子嘉之言。以信荊軻。而七首竊發。周文王獵涇渭。載呂尙歸。以王天下。秦信左右而亡。周用烏集而王。何則。以其能越拘攣之語。馳域外之議。獨觀乎昭曠之道也。今人主沉諂諛之辭。牽帷廧之制。使不羈之士。與牛驥同皁。此鮑焦所以憤於世也。臣聞盛飾入朝者。不以私汙義。底厲名號者。不以利傷行。故里名勝母。曾子不入。邑號朝歌。墨子回車。今欲使天下寥廓之士。籠於威重之權。脅於位勢之貴。回面汙行。以事諂諛之人。而求親近於左右。則士有伏死堀穴巖藪之中耳。安有盡忠信而趨闕下者哉。

書奏。孝王出鄒陽爲上客。西京雜記曰。梁孝王游於忘憂之館。集諸游士。各使爲賦。枚乘柳賦。路喬如鶴賦。公孫詭文鹿賦。鄒陽酒賦。公孫乘月賦。羊勝屏風賦。韓安國作几賦不成。鄒陽代作。鄒陽安國罰酒三升。賜枚乘路喬如絹人五疋。或云其賦蓋後人之所僞託。莫能詳也。

(丙)詞賦派

嚴忌姓莊。避明帝諱稱嚴。會稽吳人也。好詞賦。哀屈原忠貞不遇。作詞曰哀時命。遭景帝不好詞賦。無所得志。初游事吳王濞。吳敗。聞梁孝王右文通賓客。乃徒步入梁。受知孝王。與鄒陽枚乘俱見尊重。而忌名尤盛。世稱莊夫子。漢志有莊夫子賦廿四篇。

枚乘字叔。淮陰人也。爲吳王濞郎中。吳王之初怨望謀爲逆也。乘奏書諫。而吳王不用乘策。卒見禽滅。漢既平七國。乘由是知名。景帝召拜乘爲弘農都尉。乘久爲大國上賓。與英俊並游。得其所好。不樂郡吏。以病去官。復游梁。梁客皆善屬辭賦。乘尤高。孝王薨。乘歸淮陰。武帝自爲太子。聞乘名。及卽位。乘年老。迺以安車蒲輪徵乘。道死。漢志有枚乘賦九篇。蓋自乘作七發。始創七體。古詩十九首爲五言之祖。而玉臺新詠以其八首爲乘所作。乘於詞賦之績豈不偉哉。

雜詩

西北有高樓。上與浮雲齊。交疏結綺牕。阿閣三重階。上有絃歌聲。音響一何悲。誰能爲此曲。無乃杞梁妻。清商隨風發。中曲正徘徊。一彈再三歎。慷慨有餘哀。不惜歌者苦。但傷知音稀。願爲雙黃鵠。奮翅起高飛。

東城高且長。逶迤自相屬。迴風動地起。秋草萋以綠。四時更變化。歲暮一何速。晨風懷苦心。蟋蟀傷局促。蕩滌放情志。何爲自結束。燕趙多佳人。美者顏如玉。被服羅裳衣。當戶理清曲。音響一何悲。絃急知柱促。馳情整巾帶。沉吟聊躑躅。思爲雙飛燕。銜泥巢君屋。

迢迢牽牛星。皎皎河漢女。纖纖擢素手。札札弄機杼。終日不成章。泣涕零如雨。河漢清且淺。相去復幾許。盈盈一水間。脈脈不得語。

漁洋詩話或問古詩十九首。乃五古之原。按其音節風神。似與楚騷同時。而論者指爲枚乘等作。枚之文甚著。其詩不多見。且秦漢風調自殊。何所據而指爲枚作耶。又蘇李河梁亦有十九首風味。豈漢人之詩。其妙皆如此耶。求明示其旨。答曰。風雅後有楚詞。楚詞後有十九首。風會變遷。非緣人力。然其源流則一而已矣。古詩中迢迢牽牛星。庭中有奇樹。西北有高樓。青青河畔草等五六篇。玉臺新詠以爲枚乘作。冉冉孤生竹一篇。文心雕龍以爲傅毅之辭。二書出於六朝。其說必有據依。要之爲西京無疑。河梁之作。與十九首同一風味。皆所謂驚心動魄。一字千金者也。嬴秦之世。但有碑銘。無關風雅。

摯虞文章流別論曰。七發造於枚乘。借吳楚以爲客主。先言出輿入輦。蹶痿之損。深宮洞房寒暑之疾。靡曼美色。宴安之毒。厚味煖服。淫曜之害。宜聽世之君子。要言妙道。以疏神導體蠲淹滯之累。既設此辭。以顯明去就之路。而後說以聲色逸遊之樂。其說不入。乃陳聖人辨士講論之娛。而霍然疾瘳。此因膏粱之常疾。以爲匡勸。雖有甚泰之辭。而不沒其諷諭之義也。其流遂廣。其義遂變。率有辭人淫麗之尤矣。崔駰既作七依。而假非有先生之言曰。嗚呼揚雄有言。童子雕蟲篆刻。俄而曰。壯夫不爲也。孔子疾小言破道。斯文之族。豈不謂義不足而辯有餘者乎。賦者將以諷。吾恐其不免於勸也。

自乘創七體。後之文士。繼作者甚衆。晉傅玄七模序曰。昔枚乘作七發。而屬文之士。若傅毅劉廣崔駰李尤桓麟崔琦劉梁桓彬之徒。承其流而作之者。紛焉。七激七興七依七說七蠲七舉之篇。於通儒大才。馬季長張平子。亦引其源而廣之。馬作七廣。張造七辯。或以恢大道而導幽滯。或以黜瑰奓而託諷詠。揚暉播烈。垂於後世者。凡十有餘篇。自大魏英賢迭作。有陳王七啟。王氏七釋。楊氏七訓。劉氏七華。從父侍中七誨。並陵前而邈後。揚清風於儒林。亦數篇焉。世之賢明。多稱七激爲工。餘以爲未盡善也。七辯似也。非張氏至思。比之七激。未爲劣也。七釋僉曰。妙哉。吾無間矣。若七依之卓轢一致。七辯之纏綿精巧。七啟之奔逸壯麗。七釋之精密閑理。亦近代之所希也。

徐師曾文體明辯曰。按七者文章之一體也。詞雖八首。而問對凡七。故謂之七。則七者問對之別名。而楚辭七諫之流也。蓋自枚乘初撰七發。而傅毅七激。張衡七辯。崔駰七依。崔瑗七蘇。馬融七廣。曹植七啟。王粲七釋。張協七命。陸機七徵。桓麟七說。左思七諷。相繼有作。然考文選所載。唯七發七啟七命三篇。餘皆略而勿錄。

第四節　淮南王安

漢高帝子淮南厲王長坐反徙嚴道死。文帝析其地封厲王子。而安爲淮南王。漢書本傳曰。淮南王安爲人好書。鼓琴。不喜獵弋狗馬馳騁。亦欲以行陰德。拊循百姓。流名譽。招致賓客方術之士數千人。作爲內書二十一篇。外書甚衆。又有中篇八卷。言神仙黃白之術。亦二十餘萬言。時武帝方好藝文。以安屬爲諸父。辯博善爲文辭。甚尊重之。每爲報書及賜。常召司馬相如等視草。迺遣。初安入朝。獻所作內篇。新出。上愛祕之。使爲離騷傳。旦受詔。日食時上。又獻頌德及長安都國頌。每宴見。談說得失。及方技賦頌。昏暮然後罷。案漢志雜家淮南內二十一篇。外三十三篇。師古曰。內篇論道。外篇雜說。其書蓋與諸游士講論掇拾舊文而成。今所傳僅二十一篇。亦曰鴻烈。諸游士著者爲蘇飛、李尚、左吳、田由、雷被、毛技、伍被、晉昌等八人。是曰八公。又有諸儒大山小山之徒。伍被傳曰。伍被楚人也。以材能稱。爲淮南中郎。是時淮南王安好術學。折節下士。招致英雋以百數。被爲冠首。淮南王陰有邪謀。被數諫。後復爲淮南王畫反計。事發自告。張湯力主誅之。被所言多雅辭。殆亦縱橫家之流。故漢書列傳與蒯通合在一篇。又漢志易有淮南道訓二篇。以爲淮南王安聘明易者九人所作。號九師說。或曰今淮南子原道訓。卽九師易之遺說也。又有淮南王賦八十二篇。淮南王羣臣賦四十四篇。可謂多矣。今傳小山所作招隱士一篇。亦騷之遺也。

陸時雍曰。漢武帝好文學之士。淮南王安以諸父之尊。辨博善文詞。甚爲禮重。至報書及賜名重天下。而內外諸書。愛慕者不得見。見則如獲拱璧。遂以千金敵字焉。卽往者箕子陳範。仲尼聆韶。初不聞傾動人世之若此也。

第四章　武帝時代文學之全盛

第一節　武帝之文翰

柳子厚曰。殷周之前。其文簡而野。魏晉以降。則盪而靡。得其中者漢氏。漢氏之東。則既衰矣。當文帝時。始得賈生明儒術。武帝尤好焉。而公孫弘董仲舒司馬遷相如之徒。作風雅益盛。

敷施天下。自天子至公卿大夫士庶人咸通焉。於是宣於詔策。達於奏議。諷於辭賦。傳於歌謠。由高帝訖於哀平王莽之誅。四方之文章蓋爛然矣。然則西京文學固當以武帝時爲極盛。武帝蚤慕詞賦。卽位之後。衞綰爲丞相。卽請罷奏郡國所舉賢良治申商韓非蘇秦張儀之言者。浸浸嚮儒術矣。遂以安車蒲輪徵申公枚乘等。議立明堂。置五經博士。元光間親策賢良。則董仲舒公孫弘等出焉。然武帝本負雄材大略。故所選士亦不執於一方。雖稱黜黃老刑名之言。而主父嚴安徐樂之倫。以縱橫進。左右近臣。往往用滑稽詼謿取容者衆矣。又作新聲變曲。雅樂或擯焉。於是一切小說志怪樂府及五七言詩歌之體。紛紛並作。不可勝記。有漢文學之極盛。未有加於此時者矣。

漢高祖好楚聲。當世多化之。武尤喜楚辭。使淮南王爲離騷作傳。至立樂府。遂啟新聲。亦不過楚聲之變而已。武帝詞翰美麗。猶楚辭之遺音。今錄其一篇以見其體。漢志有上所自造賦二篇。隋志有武帝集一卷。武帝時代文學之盛。蓋由人主之好尚有以啟之與。

悼李夫人賦

美連娟以脩嫮兮。命樔絕而不長。飾新宮以延貯兮。泯不歸乎故鄉。慘鬱鬱其蕪穢兮。隱處幽而懷傷。釋輿馬於山椒兮。奄脩夜之不陽。秋氣憯以淒淚兮。桂枝落而銷亡。神煢煢以遙思兮。精浮游而出畺。託沈陰以壙久兮。惜蕃華之未央。念窮極之不還兮。惟幼眇之相羊。函菱荴以俟風兮。芳雜襲以彌章。的容與以猗靡兮。縹飄姚虖愈莊。燕淫衍而撫盈兮。連流視而娥揚。既激感而心逐兮。色紅顏而弗明。驩接狎以離別兮。宵寤夢之芒芒。忽遷化而不反兮。魄放逸以飛揚。何靈魄之紛紛兮。哀悲回以躊躇。埶路日以遠兮。遂荒忽而辭去。超兮西征。屑兮不見。寖淫敞荒。寂兮無音。思若流波。怛兮在心。亂曰。佳俠函光。隕朱榮兮。嫉妒闒茸。將安程兮。方時隆盛。年夭傷兮。弟子增欷。洿沫悵兮。悲愁於邑。喧不可止兮。嚮不虛應。亦云已兮。嫶妍太息。歎稚子兮。懰慄不言。倚所恃兮。仁者不誓。豈約親兮。既往不來。申以信兮。去彼昭昭。就冥冥兮。既下新宮。不復故庭兮。嗚呼哀哉。想魂靈兮。

景帝諸王。多致意於文學。皆與武帝兄弟也。而河間獻王尤崇儒術。云。河間獻王名德。以孝景前二年立。修學好古。實事求是。從民得善書。必爲好寫與之。留其眞。加金帛賜以招之。由是四方道術之人。不遠千里。或有先祖舊書。多奉以獻王者。故得書多與漢朝等。是時淮南王安稱好書。所招致率多浮辯。獻王所得書。皆古文先秦舊書。周官尙書禮記孟子老子之屬。皆經傳說記七十子之徒所論。其學舉六藝。立毛氏詩左氏春秋博士。修禮樂。被服儒術。造次必於儒者。山東諸儒。多從而游。武帝時。獻王來朝。獻雅樂。對三雍宮及詔策所問三十餘事。其對推道術而言。得事之中。文約指明。藝文志以獻王所對上下三雍宮三篇。列在儒家是也。毛詩出自趙人毛公。以授貫長卿。長卿父貫公與毛公同爲獻王博士。實受春秋左氏傳訓故。其傳自梁太傅賈誼云。

魯恭王餘。以孝景前三年立。好治宮室。壞孔子舊宅。以廣其宮。聞鐘磬琴瑟之聲。遂不敢復壞。於其壁中得古文經傳。所謂壁中書也。孔氏古文由此行。

中山靖王勝以孝景前三年立。武帝初卽位。懲吳楚七國行事。欲侵削諸侯。建元三年。勝等入朝。聞樂而泣。問其故。勝爲對詞甚美。漢書載之。又西京雜記。魯恭王得文木一枚。伐以爲器。意甚玩之。中山王爲賦。恭王大悅。顧盼而笑。賜駿馬二匹。

長沙定王發。孝景前二年立。藝文志有長沙王羣臣賦三篇。

廣川惠王越。孝景中二年立。藝文志有惠王越賦五篇。

第二節　經術派

武帝卽位。文景時博士。多有存者。又特徵申公於朝。其時竇太后尙存。莫能用也。至於建元五年。立五經博士。而轅固韓嬰。皆在京師。已具齊韓魯之詩。時河間獻王又好毛氏。則四家詩之說。於是備矣。後世治詩者。惟傳毛氏。其餘三家詩。淸世頗有次集之者。獨韓太傅嬰外傳。至於今未闕。考其文議。一何醇乎。於是易有數家之傳。孔氏有古文尙書。孔安國以今文讀之。得逸書十餘篇。因以起其家。蓋司馬遷兒寬嘗從而問焉。董仲舒公孫弘皆治公羊春秋。最有顯名。穀梁雖有江公傳之。然義不如董生。禮則孝文時有徐生善爲頌。至是其弟子皆爲禮官。他因經術傳業造論者。不可勝紀。

儒林傳曰。公孫弘爲丞相封侯。天下學士。靡然鄉風矣。弘爲學官。悼道之鬱滯。迺請白丞相御史言。制曰。爲博士官置弟子五十人、復其身、太常擇民年十八以上。儀狀端正者。補博士弟子。郡國縣官有好文學敬長上肅政敎順鄉里出入不悖所聞。令相長丞上屬所二千石。二千石謹察可者。常與計偕詣太常得受業如弟子。一歲皆輒課。能通一藝以上補文學掌故缺。其高第可以爲郎中太常籍奏。卽有秀才異等。輒以名聞。其不事學若下材及不能通一藝。輒罷之。而請諸能稱者。臣謹案詔書律令下者明天人分際通古今之誼文章爾雅訓辭深厚恩施甚美。小吏淺聞弗能究宣亡以明布諭下。以治禮掌故以文學禮義爲官遷留滯。請選擇其秩比二百石以上及吏百石通一藝以上補左右內史大行卒史比百石以下補郡太守卒史皆各二人。邊郡一人先用誦多者。不足擇掌故以補中二千石屬文學掌故補郡屬備員請著功令。它如律令。制曰可。自此以來公卿大夫士吏彬彬多文學之士矣。嗚呼。此豈利祿之路然哉。要之察用經術之士。自武帝始矣。

董仲舒在景帝時已爲博士。元光元年。以賢良對策。天子異焉。至於三册之。以爲江都相。復相膠西王。及去位歸居。終不問家產業。以修學著書爲事。仲舒在家。朝廷如有大議。使使者及廷尉張湯就其家問之。其對皆有明法。自武帝初立。魏其武安侯爲相而隆儒矣。及仲舒對册。推頌孔氏。抑黜百家。立學校之官。州郡舉茂材孝廉。皆自仲舒發之。仲舒所著。皆明經術之意。及上疏條敎。凡百二十三篇。而說春秋事得失聞舉玉杯蕃露清明竹林之屬。復數十篇。（今所傳春秋繁露即是。）十餘萬言。蓋博士派至仲舒。而其言始純於儒術。漢志春秋有公羊董仲舒治獄十六篇。隋志有漢膠西相董仲舒集一卷。當時公孫弘與仲舒同學而兒寬亦從博士受尚書並有文釆云。

士不遇賦　　董仲舒

嗚呼嗟乎。遐哉邈矣。時來曷遲。去之速矣。屈意從人。非吾徒矣。正身俟時。將就木矣。悠悠偕時。豈能覺矣。心之憂歟。不期祿矣。皇皇匪寧。祇增辱矣。努力觸藩。徒摧角矣。不出戶庭。庶無過矣。重曰生不丁三代之盛隆兮。而丁三季之末俗。以辨詐而期通兮。貞士耿介而自束。雖曰省於吾身兮。繇懷進退之維谷。彼實繁之有徒兮。指其白而爲黑。目信嫮而視眇兮。口信辨而言訥。鬼神不能正人事之變戾兮。聖賢亦不能開愚夫之違惑。出門則不可以偕往兮。藏器又嵒其不容。退洗心而內訟兮。亦未知其所從。觀上古之清濁兮。廉士亦煢煢而靡歸。殷湯有卞隨與務光兮。周武有伯夷與叔齊。卞隨務光遁跡於深淵兮。伯夷叔齊登山而采薇。使彼聖人其繇周遑兮。矧舉世而同迷。若伍員與屈原兮。固亦無所復顧。亦不能同彼數子兮。將遠游而終慕。於吾儕之云遠兮。疑荒塗而難踐。憚君子之於行兮。誠三日而不飯。嗟天下之偕違兮。悵無與之偕返。孰若返身於素業兮。莫隨世而輪轉。雖矯情而獲百利兮。復不如正心而歸一善。紛既迫而後動兮。豈云稟性之惟褊。昭同人而大有兮。明謙光而務展。遵幽昧於默足兮。豈舒采而蘄顯。苟肝膽之可同兮。奚鬚髮之足辨也。

王十朋曰。漢賈誼傷於激切。司馬遷過於馳騁。相如淫於靡麗。班氏父子極於廣侈。揚子雲恣於偕安王子淵涉於浮夸東方朔入於詼諧蔡邕流爲萎薾所取者惟董仲舒之發明王道耳。

第三節　歷史派

漢志錄史書附於春秋。春秋史之祖也。然推史之職掌。固淵源於道家。老子周室之守藏史也。故曰道家者流蓋出於史官。歷記成敗存亡禍福古今之道。然後知秉要執本清虛以自守。卑弱以自持。亦其職掌然矣。自孔子修春秋而後以大義爲褒貶。謂黃帝顓頊之事傳說不經。則錄書自唐虞以下。老氏之徒固不善斯旨。（莊子稱老子聽孔子說春秋蓋當時老子未以孔氏之法爲是也）漢興陸賈作楚漢春秋。其是非大抵本於儒者。（如漢志高祖傳孝文傳皆列儒家）及司馬談爲太史公。推念先世爲周室太史。則復宗道家。觀談所論六家旨要。信矣。遷承其業。自稱繼春秋發憤。然卒始於黃帝。以寓其微志。遷雖繆於孔氏之法。原夫史之出自道家。亦無譏焉爾。是以其議論往往與春秋儒者之術牴牾。要之能遠紹史官之所掌。班固之徒。紛然起而議之。豈非不知類哉。古之爲史者。或以斷代爲書。記一時之事。遷貫穿經術。馳騁古今上下數千年間。文約而義豐。可謂博雅矣。劉向揚雄皆稱遷有良史之材。服其善序事理。辨而不華。質而不俚。其文直。其事核。不虛美。不隱善。謂之實錄。故後世言史者。必祖司馬遷云。

先是司馬談爲太史公。遷之爲太史。纘其父業也。其自序至有文采。今節錄之。遷自序曰。

太史公既掌天官。不治民。有子曰遷。遷生龍門。耕牧河山之陽。年十歲則誦古文。二十而南游江淮。上會稽。探禹穴。窺九疑。浮沅湘。北涉汶泗。講業齊魯之都。觀夫子遺風。鄉射鄒嶧。阨困鄱薛彭城。過梁楚以歸。於是遷仕爲郎中。奉使西征巴蜀以南。略邛笮昆明。還報命。是歲天子始建漢家之封。而太史公留滯周南。不得與從事。發憤且卒。而子遷適反。見父於河雒之間。太史公執遷手而泣曰。予先周室之太史也。自上世嘗顯功名虞夏。典天官事。後世中衰。絕於予乎。女復爲太史。則續吾祖矣。今天子接千歲之統。封泰山。而予不得從行。是命也夫。命也夫。予死。爾必爲太史。爲太史。毋忘吾所欲論著矣。且夫孝始於事親。中於事君。終於立身。揚名於後世。以顯父母。此孝之大也。夫天下稱周公。言其能論歌文武之德。宣周召之風。達大王王季思慮。爰及公劉。以尊后稷也。幽厲之後。王道缺。禮樂衰。孔子修舊起廢。論詩書。作春秋。則學者至今則之。自獲麟以來四百有餘歲。而諸侯相兼。史記放絕。今漢興。海內壹統。明主賢君忠臣義士。予爲太史而不論載。廢天下之文。予甚懼焉。爾其念哉。遷俯首流涕曰。小子不敏。請悉論先人所次舊聞。不敢闕。卒三歲而遷爲太史令。紬史記石室金鐀之書。五年而當太初元年。十一月甲子朔旦冬至。天歷始改。建於明堂。諸神受記。太史公曰。先人有言。自周公卒五百歲而有孔子。孔子至於今五百歲。有能紹而明之。正易傳。繼春秋。本詩書禮樂之際。意在斯乎。意在斯乎。小子何敢攘焉。上大夫壺遂曰。昔孔子爲何作春秋哉。太史公曰。余聞之董生。周道廢。孔子爲魯司寇。諸侯害之。大夫壅之。孔子知時之不用。道之不行也。是非二百四十二年之中。以爲天下儀表。貶諸侯。討大夫。以達王事而已矣。子曰。我欲載之空言。不如見之於行事之深切著明也。春秋上明三王之道。下辨人事之經紀。別嫌疑。明是非。定猶與。善善惡惡。賢賢賤不肖。存亡國。繼絕世。補敝起廢。王道之大者也。易著天地陰陽四時五行。故長於變。禮綱紀人倫。故長於行。書記先王之事。故長於政。詩記山川谿谷禽獸草木牝牡雌雄。故長於風。樂樂所以立。故長於和。春秋辯是非。故長於治人。是故禮以節人。樂以發和。書以道事。詩以達意。易以道化。春秋以道義。撥亂世反之正。莫近於春秋。春秋文成數萬。其指數千。萬物之散聚皆在春秋。

遷之述此。蓋謂其著書以繼春秋也。卒述陶唐以來。至於麟止。自黃帝始。共百三十篇。遷後以李陵事被刑。後復爲中書令。其報任少卿書有曰。

所以隱忍苟活。函糞土之中而不辭者。恨私心有所不盡。鄙沒世而文采不表於後也。古者富貴而名摩滅。不可勝記。唯倜儻非常之人稱焉。蓋西伯拘而演周易。仲尼戹而作春秋。屈原放逐。乃賦離騷。左丘失明。厥有國語。孫子臏脚。兵法脩列。不韋遷蜀。世傳呂覽。韓非囚秦。說難孤憤。詩三百篇。大氐賢聖發憤之所爲作也。此人皆意有所鬱結。不得通其道。故述往事。思來者。及如左丘明無目。孫子斷足。終不可用。退論書策。以舒其憤。思垂空文以自見。僕竊不遜。近自託於無能之辭。網羅天下放失舊聞。考之行事。稽其成敗興壞之理。凡百三十篇。亦欲以究天人之際。通古今之變。成一家之言。草創未就。適會此禍。惜其不成。是以就極刑而無慍色。僕誠已著此書。藏之名山。傳之其人。通邑大都。則僕償前辱之責。雖萬被戮。豈有悔哉。然此可爲智者道。難爲俗人言也。

觀此則遷終身之志。惟在史記一書矣。遷既死後。其書稍出。宣帝時遷外孫平通侯楊惲祖述其書。遂宣布焉。至王莽時。求封遷後爲史通子。漢志史記百三十篇。又司馬遷賦八篇。

史通曰。史記家者。其先出於司馬遷。自五經間行。百家競列。事跡錯糅。前後乖舛。至遷乃鳩集國史。採訪家人。上起黃帝。下窮漢武。紀傳以統君臣。書表以譜年爵。合百三十卷。因魯史舊名。目之曰史記。自是漢世史官所續。皆以史記爲名。迄乎東京著書。猶稱漢記。至梁武帝。又敕其羣臣。上自太初。下終齊室。撰成通史六百二十卷。其書自秦以上。皆以史記爲本而別採他說。以廣異聞。至兩漢已還。則全錄當時紀傳。而上下通達。臭味相依。又吳蜀二主皆入世家。五胡及拓拔氏。列於夷狄傳。大抵其體皆如史記。其所爲異者。唯無表而已。其後元魏濟陰王暉業。又著科錄二百七十卷。其斷限亦起自上古。而終於宋年。其編次多依倣通史。而取其行事尤相似者。共爲一科。故以科錄爲號。皇家顯慶中。符璽郎隴西李延壽抄撮近代諸史。南起自宋。終於陳。北始自魏。卒於隋。合一百八十篇。號曰南北史。其君臣流例紀傳羣分。皆以類相從。各附於本國。凡此諸作。皆史記之流也。尋史記疆宇遼闊。年月遐長。而分以紀傳。散以書表。每論家國一政。而胡越相懸。敍君臣一時。而參商是隔。此其爲體之失者也。兼其所載。多聚舊記。時採雜言。故使覽之者事罕異聞。而語饒重出。此撰錄之煩者也。況通史以降。蕪累尤深。遂使學者寧習本書。而怠窺新錄。且撰次無幾。而殘缺遽多。可謂勞而無功。述者所宜深誡也。

呂祖謙曰。太史公之書法。豈拘儒曲士所能通其說乎。其指意之深遠。寄興之悠長。微而顯。絕而續。正而變。文見乎此。而起意在彼。若有魚龍之變化。不可得而蹤跡者矣。

茅坤曰。今人讀游俠傳卽欲輕生。讀屈原賈誼傳卽欲流涕。讀莊周魯仲連傳卽欲遺世。讀李廣傳卽欲立鬭。讀石建傳卽欲俯躬。讀信陵平原君傳卽欲養士。若此者何哉。蓋具物之情而肆於心故也。非區區句字之激射也。又曰。屈宋以來。渾渾噩噩。如長川大谷。探之不窮。攬之不竭。而蘊藉百家。包括萬代者。司馬子長之文也。

李塗曰。子長文字一二百言作一句。下更點不斷。惟長句中轉得意出。所以爲好文字。若只說得一句事則見矣。

王維楨曰。史遷之文。或由本以之末。或操末以續顛。或繁條而約言。或一傳而數事。或從中變。或自旁入。意到筆隨。思餘語止。若此類不可毛舉。竟不得其要領。又曰。史記文體議論敍事。各不相淆。然有不可歧而別者。如老子伯夷屈原管仲公孫弘鄭莊等傳。及儒林傳等序。此皆既述其事。又發其義。觀詞之辨者。以爲議論可也。觀實之具者。以爲敍事可也。變化離合。不可名物。龍騰鳳躍。不可韁鎖。文至是。雖史遷不知其然。昔人劉勰論之詳矣。條中有鎔裁者。正謂此耳。夫金錫不和不成器。事詞不會不成文。其致一也。

第四節　詞賦派

文人類病不通經術。然古之善詞賦者。猶必以經術緣飾。司馬相如嘗從胡安受經。其晚年出封禪書。秦宓曰。漢諸儒不識封禪之禮。惟相如發之矣。嚴助朱買臣吾丘壽王終軍之徒。

本詞賦之材。或受業博士。或通經善論義理。並爲武帝親信。常在左右。要其文采閎麗。未若相如之絕倫也。故漢書以西蜀自相如游宦京師。而文章冠天下。此豈虛言哉。蓋漢興好楚聲。如朱買臣等。多以能爲楚辭進。相如獨變其體。益爲恢詭廣博無涯涘。武帝讀大人賦而飄飄然有凌雲之致。考其體製。信與當時作者異也。然至武帝時。則上下競爲詞賦。滋多於前代矣。

司馬相如。字長卿。蜀郡成都人也。少時好讀書學擊劍。名犬子。相如旣學。慕藺相如之爲人。更名相如。以訾爲郎。事孝景帝爲武騎常侍。非其好也。會景帝不好辭賦。是時梁孝王來朝。從游說之士齊人鄒陽。淮陰枚乘。吳嚴忌夫子之徒。相如見而說之。因病免。客游梁。得與諸侯游士居數歲。乃著子虛之賦。蜀人楊得意爲狗監。侍上。上讀子虛賦而善之。曰。朕獨不得與此人同時哉。得意曰。臣邑人司馬相如自言爲此賦。上驚。乃召問相如。相如曰。有是。然此乃諸侯之事。未足觀。請爲天子游獵之賦。上令尚書給筆札。相如以子虛。虛言也。爲楚稱。烏有先生者。烏有此事也。爲齊難。亡是公者。亡是人也。欲明天子之義。故虛藉此三人爲辭。以推天子諸侯之苑囿。其卒章歸之於節儉。因以諷諫。奏之天子。天子大說。賦奏。天子以爲郎。亡是公言上林廣大。山谷水泉萬物。及子虛言雲夢所有甚衆。侈靡多過其實。旣相如拜爲孝文園令。上旣美子虛之事。相如見上好僊。因曰。上林之事。未足美也。尚有靡者。臣嘗爲大人賦。

未就。請具而奏之。相如以爲列僊之儒居山澤間。形容甚臞。此非帝王之僊意也。乃遂奏大人賦。相如既奏大人賦。天子大說。飄飄有凌雲氣游天地之間意。相如既病免。家居茂陵。天子曰。司馬相如病甚。可往從悉取其書。若後之矣。使所忠往。而相如已死。家無遺書。問其妻。對曰。長卿未嘗有書也。時時著書。人又取去。長卿未死時。爲一卷書。曰有使來求書。奏之。其遺札書言封禪事。所忠奏焉。天子異之。相如諸賦文繁不可悉載。獨載哀二世賦。其辭曰。

登陂陁之長坂兮。坌入曾宮之嵯峨。臨曲江之隑州兮。望南山之參差。巖巖深山之谾谾兮。通谷豁兮谽䦈。汩淢噏習以永逝兮。注平臯之廣衍。觀衆樹之蓊薆兮。覽竹林之榛榛。東馳土山兮。北揭石瀨。彌節容與兮。歷弔二世。持身不謹兮。亡國失勢。信讒不寤兮。宗廟滅絕。嗚呼哀哉。操行之不得兮。墳墓蕪穢而不修兮。魂亡歸而不食。夐邈絕而不齊兮。彌久遠而愈沫。精罔閬而飛揚兮。拾九天而永逝。嗚呼哀哉。

漢書贊曰。司馬遷稱春秋推見至隱。易本隱以之顯。大雅言王公大人而德逮黎庶。小雅譏小己之得失。其流及上。所言雖殊。其合德一也。相如雖多虛辭濫說。然要其歸引之於節儉。此亦詩之諷諫何異。揚雄以爲靡麗之賦。勸百而諷一。猶騁鄭衛之聲。曲終而奏雅。不已戲乎。漢志雜家有荆軻論五篇。爲司馬相如等所作。又有相如賦二十九篇。

西京雜記。司馬相如爲上林子虛賦。意思蕭散。不復與外事相關。控引天地。錯綜古今。忽然如睡。煥然而興。幾百日而後成。其友人盛覽字長通。牂牁名士。嘗問以作賦。相如曰。合綦組以成文。列錦繡而爲質。一經一緯。一宮一商。此賦之迹也。賦家之心。苞括宇宙。總覽人物。斯乃得之於內。不可得而傳。覽乃作合組歌列錦賦而退。終身不復敢言作賦之心矣。又曰。長安有慶虬之。亦善爲賦。嘗爲清思賦。時人不之貴也。乃託以相如所作。遂大見重於世。相如將獻賦。未知所爲。夢一黃衣翁謂之曰。可爲大人賦。遂作大人賦。言神仙之事以獻之。賜錦四匹。

王楙野客叢書曰。作文受謝。非起於晉宋。觀陳皇后失寵於漢武帝。別在長門宮。聞司馬相如天下工爲文。奉黃金百斤爲文君取酒。相如因爲文以悟主上。皇后復得幸。此風西漢已然。

荆軻論。文章緣起作荆軻贊。以爲相如作。是贊體之始。後班固漢書有贊。仿相如也。

嚴助。會稽吳人。嚴夫子子也。或言族家子也。郡舉賢良對策百餘人。武帝善助對。繇是獨擢助爲中大夫。後得朱買臣、吾丘壽王、司馬相如、主父偃、徐樂、嚴安、東方朔、枚皐、膠倉、終軍、嚴葱奇等。並在左右。是時征伐四夷。開置邊郡。軍旅數發。內改制度。朝廷多事。屢舉賢良文學之士。公孫弘起徒步。數年至丞相。開東閣。延賢人與謀議。朝覲奏事。因言國家便宜。上令助等與大臣辯論。相應以義理之文。大臣數詘。其尤親幸者。東方朔、枚皐、嚴助、吾丘壽王、司馬相如。相如常稱疾避事。朔皐不根持論。上頗俳優畜之。惟助與壽王見任用。而助最先進。因留侍中。有奇異。輒使爲文。及作賦頌數十篇。漢志儒家有莊助四篇。又嚴助賦三十五篇。朱買臣。字翁子。吳人也。家貧好讀書。不治產業。會邑子嚴助貴幸。薦買臣召見。說春秋言楚詞。帝甚悅之。拜買臣爲中大夫。與嚴助俱侍中。漢志有朱買臣賦三篇。吾丘壽王。字子贛。趙人也。年少以善格五召待詔。詔使從中大夫董仲舒受春秋。高材通明。遷侍中中郎。漢志儒家有吾丘壽王六篇。又有吾丘壽王賦十五篇。終軍。字子雲。濟南人也。少好學。以辯博能屬文。聞於郡中。年十八選爲博士弟子。至長安上書言事。武帝異其文。拜軍爲謁者給事中。從上幸雍祠五畤。獲白麟一角而五蹄。時又得奇木。其枝旁出。輒復合於木上。上異此二物。博謀羣臣。軍上對甚有文采。漢志儒家有終軍八篇。嚴葱奇者。或言嚴夫子子。或言族家子。嚴助昆弟也。從武帝行至茂陵。詔造賦。漢志有嚴葱奇賦十一篇。

第五節　縱橫派

武帝雖好儒術。其後亦慕縱橫之說。主父偃者。齊國臨菑人也。學長短縱橫術。晚迺學易春秋百家之言。游齊諸子間。諸儒生相與排儐。不容於齊。家貧假貣無所得。北游燕趙中山。皆莫能厚客。甚困。迺上書闕下。朝奏暮召入見。所言九事。其八事爲律令。一事諫伐匈奴。是時

徐樂。嚴安亦俱上書言時務。書奏。上召見三人。謂曰。公皆安在。何相見之晚也。迺拜偃樂安
皆爲郎中。徐樂燕郡無終人。嚴安臨菑人。又有膠倉亦以上書待詔。或作聊蒼。漢志縱橫家
有主父偃二十八篇。徐樂一篇。莊安(卽嚴安)一篇。待詔金馬聊蒼三篇。

諫伐匈奴

主父偃

臣聞明主不惡切諫以博觀。忠臣不避重誅以直諫。是故事無遺策而功流萬世。今臣不敢隱忠避死以效愚計。願
陛下幸赦而少察之。司馬法曰。國雖大。好戰必亡。天下雖平。忘戰必危。天下既平。天子大愷。春蒐秋獮。諸侯春振旅。
秋治兵。所以不忘戰也。且怒者逆德也。兵者凶器也。爭者末節也。古之人君一怒必伏尸流血。故聖王重行之。夫務
戰勝窮武事。未有不悔者也。昔秦皇帝任戰勝之威。蠶食天下。并吞戰國。海內爲一。功齊三代。務勝不休。欲攻匈奴。
李斯諫曰。不可。夫匈奴無城郭之居。委積之守。遷徙鳥舉。難得而制。輕兵深入。糧食必絕。運糧以行。重不及事。得其
地不足以爲利。得其民不可調而守也。勝必棄之。非民父母。靡敝中國。甘心匈奴。非完計也。秦皇帝不聽。遂使蒙恬
將兵而攻胡。卻地千里。以河爲境。地固澤鹵。不生五穀。然後發天下丁男以守北河。暴兵露師十有餘年。死者不可
勝數。終不能踰河而北。是豈人衆之不足。兵革之不備哉。其勢不可也。又使天下飛芻輓粟。起於黃腄琅邪負海之
郡。轉輸北河。率三十鍾而致一石。男子疾耕不足於糧餉。女子紡績不足於帷幕。百姓靡敝。孤寡老弱不能相養。道
死者相望。蓋天下始叛也。及至高皇帝定天下。略地於邊。聞匈奴聚代谷之外而欲擊之。御史成諫曰。不可。夫匈奴
獸聚而鳥散。從之如搏景。今以陛下盛德攻匈奴。臣竊危之。高帝不聽。遂至代谷。果有平城之圍。高帝悔之。迺使劉

敬往結和親。然後天下亡干戈之事。故兵法曰。興師十萬。日費千金。秦帝積衆數十萬人。雖有覆軍殺將係虜單于。適足以結怨深讐。不足以償天下之費。夫匈奴行盜侵敺。所以爲業。天性固然。上自虞夏殷周。固不程督。禽獸畜之。不比爲人。夫不上觀虞夏殷周之統。而下循近世之失。此臣之所以大恐。百姓所疾苦也。且夫兵久則變生。事苦則慮易。使邊境之民。靡敝愁苦。將吏相疑而外市。故尉佗章邯得成其私。而秦政不行。權分二子。此得失之效也。故周書曰。安危在出令。存亡在所用。願陛下孰計之而加察焉。

第六節　滑稽派及小說

班固稱武帝之世。滑稽則東方朔枚皐。蓋滑稽之徒。長於諷喩。談言微中。亦可以解紛。時有勝於正論大道者矣。故其人往往皆負卓越之材。含辭章之美。設小以觀大。而足以動人之情焉。凡小說志怪之流。皆滑稽派之旁支也。武帝之時。文學之盛極矣。於是變而益奇。萬趣雜露。不可方物。虞初之書。雖不可見。然其奇麗可推知矣。

東方朔。字曼倩。平原厭次人也。武帝初卽位。徵天下舉方正賢良文學材力之士。待以不次之位。四方士多上書言得失。自衒鬻者以千數。其不足采者。輒報聞罷。朔初來上書曰。臣朔少失父母。長養兄嫂。年十二學書。三冬文史足用。十五學擊劍。十六學詩書。誦二十二萬言。十九學孫吳兵法。戰陣之具。鉦鼓之教。亦誦二十二萬言。凡臣朔固已誦四十四萬言。又常服子路之言。臣朔年二十二。長九尺三寸。目若懸珠。齒若編貝。勇若孟賁。捷若慶忌。廉若鮑叔信若尾生若此可以爲天子大臣矣。臣朔昧死再拜以聞。朔文辭不遜。高自稱譽。上偉之。令待詔公車。久之得爲常侍郎。稍見親近。是時朝廷多賢材。上復問朔方今公孫丞相、兒大夫、董仲舒、夏侯始昌、司馬相如、吾丘壽王、主父偃、朱買臣、嚴助、汲黯、膠倉、終軍、嚴安、徐樂、司馬遷之倫。皆辯知閎達。溢於文辭。先生自視何與比哉。朔對曰。臣觀其齨齒牙。樹頰胲。吐脣吻。擢項頤。結股腳。連脽尻。遺蛇其跡。行步偊旅。臣朔雖不肖。尚兼此數子者。朔之進對澹辭皆此類也。武帝既招英俊。程其器能。用之如不及。時方外事胡越。內興制度。國家多事。自公孫弘以下至司馬遷。皆奉使方外。或爲郡國守相至公卿。而朔嘗至太中大夫。與枚皐、郭舍人俱在左右。詼啁而已。因自訟獨不得大官。欲求試用。其言專商鞅、韓非之語也。指意放蕩。頗復詼諧。辭數萬言。終不見用。朔因著論。設客難己用位卑以自慰諭。其辭曰。

客難東方朔曰。蘇秦張儀。一當萬乘之主。而都卿相之位。澤及後世。今子大夫修先王之術。慕聖人之義。諷誦詩書百家之言。不可勝數。著於竹帛。脣腐齒落。服膺而不釋。好學樂道之效。明白甚矣。自以智能海內無雙。則可謂博聞辯智矣。然悉力盡忠以事聖帝。曠日持久。官不過侍郎。位不過執戟。意者尚有遺行邪。同胞之徒無所容居。其故何也。東方先生喟然長息。仰而應之曰。是固非子之所能備也。彼一時也。此一時也。豈可同哉。夫蘇秦張儀之時。周室大壞。諸侯不朝。力政爭權。相禽以兵。并爲十二國。未有雌雄。得士者彊。失士者亡。故談說行焉。身處尊位。珍寶充內。外有廩倉。澤及後世。子孫長享。今則不然。聖帝流德。天下震慴。諸侯賓服。連四海之外。所爲帶。安於覆盂。動猶運之掌。賢不肖何以異哉。遵天之道。順地之理。物無不得其所。故綏之則安。動之則苦。尊之則爲將。卑之則爲虜。抗之則在青雲之上。抑之則在深泉之下。用之則爲虎。不用則爲鼠。雖欲盡節效情。安知前後。夫天地之大。士民之衆。竭精談說。並進輻湊者。不可勝數。悉力慕之。困於衣食。或失門戶。使蘇秦張儀與僕並生於今之世。曾不得掌故。安敢望常侍郎乎。故曰時異事異。雖然。安可以不務修身乎哉。詩云。鼓鐘於宮。聲聞於外。鶴鳴於九皋。聲聞於天。苟能修身。何患不榮。太公體行仁義。七十有二。迺設用於文武。得信厥說。封於齊。七百歲而不絕。此士所以日夜孳孳。敏行而不敢怠也。譬若鶺鴒。飛且鳴矣。傳曰。天不爲人之惡寒而輟其冬。地不爲人之惡險而輟其廣。君子不爲小人之匈匈而易其行。天有常度。地有常形。君子有常行。君子道其常。小人計其功。詩云。禮義之不愆。何恤人之言。故曰水至清則無魚。人至察則無徒。冕而前旒。所以蔽明。黈纊充耳。所以塞聰。明有所不見。聰有所不聞。舉大德。赦小過。無求備於一人之義也。枉而直之。使自得之。優而柔之。使自求之。揆而度之。使自索之。蓋聖人之教化如此。欲自得之。自得之則敏且廣矣。今世之處士。魁然無徒。廓然獨居。上觀許由。下察接輿。計同范蠡。忠合子胥。天下和平。與義相扶。寡耦少徒。固其宜也。子何疑於我哉。若夫燕之用樂毅。秦之任李斯。酈食其之下齊。說行如流。曲從如環。所欲必得。功若丘山。海內定。國家安。是遇其時也。子又何怪之邪。語曰。以筦闚天。以蠡測海。以筳撞鐘。豈能通其條貫。考其文理。發其音聲哉。繇是觀之。譬猶鼱鼩之襲狗。孤豚之咋虎。至則靡耳。何功之有。今以下愚而非處士。雖欲勿困。固不得已。此適足以明其不知權變而終或於大道也。

又設非有先生之論。朔之文辭。此二篇最善。其餘有封泰山。責和氏璧。及皇太子生禖。屛風殿上柏柱平樂觀賦獵八言七言上下。從公孫弘借車。凡劉向所錄朔書具是矣。漢書贊曰。劉向言少時數問長老賢人通於事及朔時者。皆曰朔口諧倡辯。不能持論。喜爲庸人誦說。故令後世多傳聞者。而揚雄亦以爲朔言不純師。行不純德。其流風遺書蔑如也。然朔名過實者。以其詼達多端。不名一行。應諧似優。不窮似智。正諫似直。穢德似隱。非夷齊而是柳下惠。戒其子以上容。首陽爲拙。柱下爲工。飽食安步。以仕易農。依隱玩世。詭時不逢。其滑稽之雄乎。朔之詼諧。逢占射覆。其事浮淺。行於衆庶。兒童牧豎莫不眩耀。而後世好事者因取奇言怪語附著之朔。漢志雜家有東方朔二十篇。

武帝既徵枚乘。道死。詔問乘子。無能爲文者。後迺得其孼子皐。皐字少孺。乘在梁時取皐母爲小妻。乘之東歸也。皐母不肯隨乘。乘怒。分皐數千錢。留與母居。年十七。上書梁共王。得召爲郎。三年爲王使。與冗從爭。見讒惡遇罪。家室沒入。官皐亡至長安。會赦。上書北闕。自陳枚乘之子。上得之大喜。召入見待詔。皐因賦殿中。詔使賦平樂館。善之。拜爲郎。使匈奴。皐不通經術。詼笑類俳倡。爲賦頌。好嫚戲。以故得媟黷貴幸。比東方朔郭舍人等。而不得比嚴助等得尊官。武帝春秋二十九。迺得皇子。羣臣喜。故皐與東方朔作皇太子生賦。及立皇子禖祝。受詔所爲。皆不從故事。重皇子也。初衞皇后立。皐奏賦以戒終。皐爲賦善於朔也。從行至甘泉。雍。河東。東巡狩。封泰山。塞決河。宣房。游觀三輔離宮館。臨山澤。弋獵射馭狗馬蹴鞠刻鏤。

上有所感。輒使賦之。爲文疾。受詔輒成。故所賦者多。司馬相如善爲文而遲。故所作少而善於皐。皐賦辭中自言爲賦不如相如。又言爲賦迺俳。見視如倡。自悔類倡也。故其賦有詆娸東方朔。又自詆娸。其文骫骳。曲隨其事。皆得其意。頗詼笑。不甚閑靡。凡可讀者百二十篇。漢志所錄即此其尤嫚戲不可讀者尚數十篇。

武帝既好滑稽無實之說。故當時小說大盛。漢志小說家有虞初周說九百四十三篇。虞初河南人。武帝時以方士侍郎。號黃車使者。應劭曰。其說以周書爲本。師古曰。史記云虞初洛陽人。即張衡西京賦。小說九百。本自虞初者也。又有待詔臣饒心術二十五篇。封禪方說十八篇。皆在武帝時。而今所傳東方朔十洲記及神異經。爲志怪所祖。而漢志不載。豈劉向以爲庸人所附。遂刪削之與。

第七節　小學派

漢書藝文志曰。漢興。蕭何草律。著其法曰。太史試學童。能諷書九千字以上。乃得爲史。又以六體試之。課最者以爲尚書御史史書令史。吏民上書。字或不正。輒舉劾。六體者。古文。奇字。篆書。隸書。繆篆。蟲書。皆所以通知古今文字。摹印章。書幡信也。

許愼說文解字敍曰。秦書有八體。一曰大篆。二曰小篆。三曰刻符。四曰蟲書。五曰摹印。六曰署書。七曰殳書。八曰隸書。漢興。蕭何草律。學僮十七以上。始試諷籀書九千字。乃得爲史。

又以八體試之。郡移大史。并課取者。以爲尙書。史官或不正。輒舉劾之。

然漢興。小學至武帝時益盛。今可證者三事。

（一）壁中古文　魯恭王壞孔子宮所得。頗有異體。

（二）凡將篇　司馬相如所作。其字頗有出於倉頡篇以外者。然無有復字。

（三）犍爲文學爾雅注　爾雅爲訓詁所祖。七錄武帝時有犍爲文學注爾雅三卷。或以爲郭舍人也。

陸德明釋文敍錄曰。犍爲郡文學卒史臣舍人。漢武帝時待詔。闕中卷。

朱彝尊經義考曰。犍爲舍人注爾雅。賈氏齊民要術引有二條。其一釿斸謂之定。注云釿斸鉏也。一名定。其一蒫莫大薺。注云薺有小。故言大薺。而今本爾雅注疏俱無之。

又曰按舍人待詔在漢武時。此釋經之最古者。其書雖不傳。間采於邢氏之疏。及陸氏釋文。

第八節　新聲樂府

漢興。樂好楚聲。至武帝時。河間獻王。聘求幽隱。修興雅樂。而帝莫能用。始立樂府。集趙代秦楚之謳。以李延年爲協律都尉。多舉司馬相如等數十人。造爲詩賦。於是作十九章之歌。漢書禮樂志曰。以正月上辛用事甘泉圜丘。使童男女七十人俱歌。昏祠至明。夜常有神光如流星。止集於祠壇。天子自竹宮而望拜。百官侍祠者數百人。皆肅然動心焉。蓋自負作樂之事。而稱其祥徵也。顧上林樂府所施皆鄭聲。儒者或病之。雖然亦文學上之巨變矣。

李延年傳曰。李延年中山人身及父母兄弟皆故倡也。延年坐法腐刑。給事狗監中。女弟得幸於上。號李夫人。延年善歌爲新變聲。是時方興天地諸祠。欲造樂令司馬相如等作詩頌。延年輒承意絃歌所造詩。爲之新聲曲。

外戚傳曰。孝武李夫人本以倡進。初夫人兄延年。性知音。善歌舞。武帝愛之。每爲新聲變曲。聞者莫不感動。延年侍上起舞歌曰。北方有佳人。絕世而獨立。一顧傾人城。再顧傾人國。寧不知傾城與傾國。佳人難再得。上歎息曰。善。世豈有此人乎。平陽主因言延年有女弟。上乃召見之。實妙麗善舞。由是得幸。生昌邑哀王。蚤卒。上思念李夫人不已。方士齊人少翁言能致其神。迺夜張燈燭。設帳帷。陳酒肉。而令上居他帳。遙望見好女如李夫人之貌。還幄坐而步。又不得就視。上愈益相思悲感。作爲詩曰。是耶非耶。立而望之。偏何姍姍其來遲。令樂府諸音家絃歌之。按李延年歌及武帝此詩。蓋卽所謂新聲變曲者也。漢志有李夫人及幸貴人歌詩三篇。殆亦新聲之流與。

郊祀歌十九章。卽李延年司馬相如等所造。而有署名鄒子樂者四篇。錄一篇以見其體。

天馬。 漢書元狩三年馬生渥洼水中作天馬之歌太初四年春貳師將軍李廣利斬大宛王首獲汗血馬作西極天馬之歌

太一況。(同貺)天馬下。霑赤汗。沫流赭。志俶儻。精權奇。籋浮雲。晻上馳。體容與。迣萬里。今安匹。龍爲友。

天馬徠。從西極。涉流沙。九夷服。天馬徠。出泉水。虎脊兩。化若鬼。天馬徠。歷無皂。經千里。循東道。天馬徠。執徐時。將搖舉。誰與期。天馬徠。開遠門。竦予身。遊崑崙。天馬徠。龍之媒。游閶闔。觀玉臺。

漁洋詩話曰。樂府之名。其來尚矣。世謂始於漢武。非也。按史記高祖過沛詩三侯之章。又令唐山夫人爲房中之歌。西京雜記又謂戚夫人善歌出塞入塞望歸之曲。則樂府始於漢初。武帝時增天馬赤蛟白麟等十九章。以李延年爲協律都尉。集五經之士相與次第其聲。通知其意。而樂府始盛。其云始武帝者。託始焉爾。

第九節　詩歌

武帝既爲新聲。而當時始盛有五言七言之體。先是枚乘已作五言詩。然自來皆言五言始於蘇李。以古詩十九首中。有枚乘作者。特據玉臺新詠耳。十九首果出蘇李前與否。未可知也。而七言及聯句之體。並出於是時。今略論之。

（一）五言　漢志不錄蘇李詩。隋始有漢騎都尉李陵集二卷。然河梁贈答。自古所傳。任昉曰。五言始自漢騎都尉李陵與蘇武詩。其來固已久矣。

與蘇武詩　　李陵

攜手上河梁。遊子暮何之。徘徊蹊路側。悢（音亮）悢不能辭。行人難久留。各言長相思。安知非日月。弦望自有時。努力崇明德。皓首以爲期。

別詩　　蘇武

骨肉緣枝葉。結交亦有因。四海皆兄弟。誰爲行路人。況我連枝樹。與子同一身。昔爲鴛與鴦。今爲參與辰。昔者長相近。邈若胡與秦。惟念當乖離。恩情日以新。鹿鳴思野草。可以喩嘉賓。我有一尊酒。欲以贈遠人。願子留斟酌。敍此平生親。

元稹杜甫墓志曰。蘇子卿李少卿之徒。工爲五言。雖文律各異。雅鄭之音亦雜。而詞意簡遠。指事言情。自非有爲而爲。則文不妄作。

秦少游云。蘇李之詩。長於高妙。

(二)七言　東方朔傳已有所作七言。今不可見矣。惟武帝柏梁詩。相傳爲七言及聯句之始。

柏梁詩　元封三年作柏梁臺詔羣臣二千石有能爲七言詩乃得上坐

日月星辰和四時。（帝）驂駕駟馬從梁來。（梁孝武王）郡國士馬羽林材。（大司馬）總領天下誠難治。（丞相石慶）和撫四夷不易哉。（大將軍衞青）刀筆之吏臣執之。（御史大夫倪寬）撞鐘伐鼓聲中詩。（太常周建德）宗室廣大日益滋。（宗正劉安國）周衞交戟禁不時。（衞尉路博德）總領從官柏梁臺。（光祿勳徐自爲）平理請讞決嫌疑。（廷尉杜周）修飾輿馬待駕來。（太僕公孫賀）郡國吏功差次之。（大鴻臚壺充國）乘輿御物主治之。（少府王溫舒）陳粟萬石揚以箕。（大司農張成）徼道宮下隨討治。（執金吾中尉豹）三輔盜賊天下危。（左馮翊盛宣）盜阻南山爲民災。（右扶風李成信）外家公主不可治。（京兆尹）椒房率更領其材。（詹事陳掌）蠻夷朝賀常舍其。（典屬國）柱枅欂櫨相枝持。（大匠）枇杷橘栗桃李梅。（太官令）走狗逐兔張罘罳。（上林令）齧妃女脣甘如飴。（郭舍人）迫窘詰屈幾窮哉。（東方朔）

按周頌學有緝熙於光明。七言之屬也。七言自詩騷外。柏梁以前有甯封皇娥、白帝子、擊壤、箕山、大道、狄水、獲麟、南山、采葛婦、成人、易水諸歌。俱七言。或曰始於擊壤。或曰已肇南山。或曰起自垓下。然兮哉類於助語。句體非全。惟甯封皇娥白帝諸歌。及句踐時河梁歌略爲具體。然悉見於後人之書。疑是模擬之作。故自漢魏六朝下及唐宋以來。迭相師法者。實祖柏梁也。

又六言始董仲舒琴歌。亦在武帝時。任昉文章緣起。以爲大司農谷永作者非也。

第五章　昭宣以後之文學

第一節　鹽鐵論

昭帝以幼沖嗣位。而先朝託孤重臣。乃惟一不學無術之霍光。故當時文學中衰。然國家少事。百姓稍益充實。始元六年。詔郡國舉賢良文學士。問以民所疾苦。於是鹽鐵之議起焉。而桓寬撰次之爲鹽鐵論六十篇。漢志列於儒家。寬字次公。汝南人。其書雖後出。顧所次盡孝昭時文學大夫議論。往復立難。歸於儒道。以折貴近之臣。當是案其時原文。損創成篇。昭帝時文學惟此而已。

至於宣帝。頗承武帝遺風。而魏相以治易至丞相。（隋志梁有漢丞相魏相集二卷）當時如王吉路溫舒趙充國張敞等上書。皆深厚馴雅。本於經術。而王褒楊惲以文史顯譽。然帝夙好申韓之學。信賞必罰。總覈名實。未遑獎厲儒術也。元帝卽位。乃專任德敎。增置博士員千人。於是韋玄成匡衡等相繼爲相。蕭望之周堪劉向之徒。竝倡儒學。觀匡衡貢禹之疏奏。其言一何醇也。降及成帝。外戚擅權。張禹孔光以一時大儒。趨附王氏。天下靡然從風。然其間頗挺文學之彥。谷永杜欽。長於筆札。劉歆承其父學。振校讐集錄之風。皆一世之顯學可得而述者也。

雜論第六十　鹽鐵論

客曰。余覩鹽鐵之義。觀乎公卿文學賢良之論。意指殊路。各有所出。或上（通作尚）仁義。或務權利。異哉吾所聞。周秦粲然。皆有天下而南面焉。然安危長久殊世。始汝南朱子伯爲予言。當此之時。豪俊並進。四方輻輳。賢良茂陵唐生。文學魯萬生之倫。六十餘人。咸聚闕庭。舒六藝之諷。論太平之原。知者贊其慮。仁者明其施。勇者見其斷。辯者陳其詞。誾誾焉。侃侃焉。雖未能詳備。斯可略觀矣。然蔽於雲霧。終廢而不行。悲夫。公卿知任武可以辟（音闢）地。而不知德廣可以附遠。知權利可以廣用。而不知稼穡可以富國也。近者親附。遠者說德。則何爲而不成。何求而不得。不出於斯路。而務畜利長威。豈不謬哉。中山劉子雍言王道。矯當世。復諸正。務在乎反本。直而不徼（音澆）。切而不熛。斌斌然斯可謂宏博君子矣。九江祝生奮由路之意。推史魚之節。發憤懣（音悶）。刺譏公卿。介然直而不撓。可謂不畏強禦矣。桑大夫據當世。合時變。推道術。尙權利。辟略小辯。雖非正法。然巨儒宿學惡然。大能自解。可謂博物通士矣。然攝卿相之位。不引準繩以道化下。放於利末。不師始古。易曰焚如棄如。處非其位。行非其道。果隕其姓。以及厥宗。車丞相卽周魯之列。當軸處中。括囊不言。容身而去。彼哉彼哉。若夫羣丞相御史。不能正議以輔宰。相成同類。長同行。阿意苟念。以說其上。斗筲之人。道諛之徒。何足選哉。

第二節　王褒

王褒。字子淵。蜀人也。宣帝時修武帝故事。講論六藝羣書。博盡奇異之好。徵能爲楚辭九江被公。召見誦讀。益召高材劉向、張子僑、華龍、柳褒等待詔金馬門。神爵五鳳之間。天下殷富。數有嘉應。上頗作歌詩。欲興協律之事。丞相魏相奏言知音善鼓雅琴者。勃海趙定。梁國龔德。皆召見待詔。於是益州刺史王襄。欲宣風化於衆庶。聞王褒有俊材。請與相見。使褒作中和樂職宣布詩。選好事者令依鹿鳴之聲。習而歌之。時氾鄉侯何武爲僮子。選在歌中。久之。武等學長安。歌太學下。轉而上聞。宣帝召見武等觀之。皆賜帛。謂曰。此盛德之事。吾何足以當之。褒既爲刺史作頌。又作其傳。益州刺史因奏褒有軼材。上乃徵褒。既至。詔褒爲聖主得賢臣頌其意。褒對曰。

夫荷旃被毳者。難與道純綿之麗密。羹藜唅糗者。不足與論太牢之滋味。今臣辟在西蜀。生於窮巷之中。長於蓬茨之下。無有游觀廣覽之知。顧有至愚極陋之累。不足以塞厚望。應明指。雖然。敢不略陳愚而抒情素。記曰。共惟春秋五始之要。在乎審己正統而已。夫賢者國家之器用也。所任賢。則趨舍省而功施普。器用利。則用力少而就效衆。故工人之用鈍器也。勞筋苦骨。終日矻矻。及至巧冶鑄干將之樸。清水焠其鋒。越砥斂其咢。水斷蛟龍。陸剸犀革。忽若彗氾畫塗。如此則使離婁督繩。公輸削墨。雖崇臺五增。延袤百丈。而不溷者。工用相得也。庸人之御駑馬。亦傷吻敝策而不進於行。匈喘膚汗。人極馬倦。及至駕齧膝。驂乘旦。王良執靶。韓哀附輿。縱馳騁騖。忽如景靡。過都越國。蹶如歷塊。追奔電。逐遺風。周流八極。萬里一息。何其遼哉。人馬相得也。故服絺綌之涼者。不苦盛暑之鬱燠。襲貂狐之煖者。不憂至寒之悽愴。何則。有其具者易其備。賢人君子。亦聖王之所以易海內也。是以嘔喻受之。開寬裕之路。以延天下之英俊也。夫竭知附賢者。必建仁策。索人求士者。必樹伯跡。昔周公躬吐握之勞。故有圄空之隆。齊桓設庭燎之禮。故有匡合之功。由此觀之。君人者勤於求賢而逸於得人。人臣亦然。昔賢者之未遭遇也。圖事揆策則君不用其謀。陳見悃誠則上不然其信。進仕不得施效。斥逐又非其愆。是故伊尹勤於鼎俎。太公困於鼓刀。百里自鬻。甯子飯牛。離此患也。及其遇明君遭聖主也。運籌合上意。諫諍卽見聽。進退得關其忠。任職得行其術。去卑辱奧渫而升本朝。離疏釋蹻而享膏粱。剖符錫壤而光祖考。傳之子孫。以資說士。故世必有聖知之君。而後有賢明之臣。故虎嘯而風冽。龍興而致雲。蟋蟀俟秋唫。蜉蝣出以陰。易曰。飛龍在天。利見大人。詩曰。思皇多士。生此王國。故世平主聖。俊艾將自至。若堯舜禹湯文武之君。獲稷契皋陶伊尹呂望。明明在朝。穆穆列布。聚精會神。相得益章。雖伯牙操遞鐘。逢門子彎烏號。猶未足以喻其意也。故聖主必待賢臣而弘功業。俊士亦俟明主以顯其德。上下俱欲。驩然交欣。千載壹合。論說無疑。翼乎如鴻毛遇順風。沛乎如巨魚縱大壑。其得意若此。則胡禁不止。曷令不行。化溢四表。橫被無窮。遐夷貢獻。萬祥畢溱。是以聖主不徧窺望而視已明。不單頃耳而聽已聰。恩從祥風翔。德與和氣游。太平之責塞。優游之望得。遵遊自然之埶。恬淡無爲之場。休徵自至。壽考無疆。雍容垂拱。永永萬年。何必偃卬詘信若彭祖。呴嘘呼吸如僑松。眇然絕俗離世哉。詩云。濟濟多士。文王以寧。蓋信乎其以寧也。

是時上頗好神僊。故褒對及之。上令褒與張子僑等並待詔。數從褒等放獵。所幸宮館。輒爲歌頌。第其高下。以差賜帛。議者多以爲淫靡不急。上曰。不有博奕者乎。爲之猶賢乎已。辭賦大者與古詩同義。小者辯麗可喜。辟如女工有綺縠。音樂有鄭衛。今世俗皆以此娛說耳目。辭賦比之。尚有仁義風諭。鳥獸草木多聞之觀。賢於倡優博奕遠矣。頃之擢褒爲諫大夫。其後太子體不安。苦忽忽善忘不樂。詔使褒等皆之太子宮虞侍太子。朝夕誦讀奇文及所自造作。疾平復迺歸。太子喜褒所爲甘泉及洞簫頌。令後宮貴人左右皆誦讀之。後方士言益州有金馬碧雞之寶。可祭祀致也。宣帝使褒往祀焉。褒於道病死。上閔惜之。漢志有王褒賦十六篇。及褒同時張子僑賦三篇。

第三節 匡衡

匡衡。字稚圭。東海承人也。治齊詩。與翼奉蕭望之同師。三人經術皆明。而衡年最少。尤精力過絕人。諸儒爲之語曰。無說詩。匡鼎來。匡說詩。解人頤。元帝卽位。以爲郎中。遷博士給事中。是時有日蝕地震之變。上問以政治得失。衡因上疏。帝悅其言。遷衡光祿大夫太子少傅。後至丞相。

上政治得失疏　　匡衡

臣聞五帝不同禮。三王各異教。民俗殊務。所遇之時異也。陛下躬聖德。開太平之路。閔愚吏民觸法抵禁。比年大赦。使百姓得改行自新。天下幸甚。臣竊見大赦之後。姦邪不爲衰止。今日大赦。明日犯法。相隨入獄。此殆導之未得其務也。蓋保民者。陳之以德義。示之以好惡。觀其失而制其宜。冀動之而和。綏之而安。今天下俗貪財賤義。好聲色。上侈靡。廉恥之節薄。淫辟之意縱。綱紀失序。疏者踰內。親戚之恩薄。婚姻之黨隆。苟合徼幸。以身設利。不改其原。雖歲赦之。刑猶難使錯而不用也。臣愚以爲宜壹廣然大變其俗。孔子曰。能以禮讓爲國乎。何有。朝廷者。天下之楨幹也。公卿大夫相與循禮恭讓。則民不爭。好仁樂施。則下不暴。上義高節。則民興行。寬柔和惠。則衆相愛。四者明王之所以不嚴而成化也。何者。朝有變色之言。則下有爭鬭之患。上有自專之士。則下有不讓之人。上有克勝之佐。則下有傷害之心。上有好利之臣。則下有盜竊之民。此其本也。今俗吏之治。皆不本禮讓。而上克暴。或忮害好陷人於罪。貪財而慕勢。故犯法者衆。姦邪不止。雖嚴刑峻法。猶不爲變。此非其天性。有由然也。臣竊考國風之詩。周南召南被賢聖之化深。故篤於行而廉於色。鄭伯好勇而國人暴虎。秦穆貴信而士多從死。陳夫人好巫而民淫祀。晉侯好儉而民畜聚。太王躬仁。邠國貴恕。由此觀之。治天下者。審所上而已。今之僞薄忮害不讓極矣。臣聞教化之流。非家至而人說之也。賢者在位。能者布職。朝廷崇禮。百僚敬讓。道德之行。由內及外。自近者始。然後民知所法。遷善日進而不自知。是以百姓安。陰陽和。神靈應。而嘉祥見。詩曰。商邑翼翼。四方之極。壽考且寧。以保我後生。此成湯所以建至治。

保子孫。化異俗而懷鬼方也。今長安天子之都。親承聖化。然其習俗無以異於遠方。郡國來者無所法則。或見侈靡而放效之。此教化之原本。風俗之樞機。宜先正者也。臣聞天人之際。精祲有以相盪。善惡有以相推。事作乎下者象動乎上。陰陽之理。各應其感。陰變則靜者動。陽蔽則明者晻。水旱之災。隨類而至。今關東連年饑饉。百姓乏困。或至相食。此皆生於賦斂多。民所共者大。而吏安集之不稱之效也。陛下祇畏天戒。哀閔元元。大自減損。省甘泉建章宮衞。罷珠厓。偃武行文。將欲度唐虞之隆。絕殷周之衰也。諸見罷珠厓詔書者。莫不欣欣。人自以將見太平也。宜遂減宮室之度。省靡麗之飾。考制度。修外內。近忠正。遠巧佞。放鄭衞。進雅頌。舉異材。開直言。任溫良之人。退刻薄之吏。顯潔白之士。昭無欲之路。覽六藝之意。察上世之務。明自然之道。博和睦之化。以崇至仁。匡失俗。易民視。令海內昭然咸見本朝之所貴。道德宏於京師。淑問揚乎疆外。然後大化可成。禮讓可興也。

第四節　谷永

谷永字子雲。長安人也。少爲長安小史。後博學經書。爲太常丞。數上疏言得失。筆札甚美。當時稱谷子雲筆札。成帝時有日食地震之變。永與杜欽對策。俱爲上第焉。會黑龍見東萊。上使尙書問永受所欲言。永對甚美。其後多所陳諫。永於經書汎爲疏達。與杜欽杜鄴略等。不能浹洽如劉向父子及揚雄也。論衡亦稱唐林谷永之章。當時又有張敞孫竦。亦善筆札。時人語曰。張伯松巧爲奏。漢書王莽傳有張竦頌功德書。

任昉文章緣起曰。六言詩漢大司農谷永作。按國風我姑酌彼金罍。六言之屬也。文選註引董仲舒琴歌二句。樂府滿歌行尾亦六言。

訟陳湯疏　谷永

臣聞楚有子玉得臣。文公爲之仄席而坐。趙有廉頗馬服。彊秦不敢窺兵井陘。近漢有郅都魏尙。匈奴不敢南鄉沙幕。由是言之。戰克之將。國之爪牙。不可不重也。蓋君子聞鼓鼙之聲。則思將率之臣。竊見關內侯陳湯。前使副西域都護。忿郅支之無道。閔王誅之不加。策慮愊億。義勇奮發。卒興師奔逝。橫厲烏孫。踰集都賴。屠三重城。斬郅支首。報十年之逋誅。雪邊吏之宿恥。威震百蠻。武暢西海。漢元以來。征伐方外之將。未嘗有也。今湯坐言事非是。幽囚久繫。歷時不決。執憲之吏。欲致之大辟。昔白起爲秦將。南拔郢都。北坑趙括。以纖介之過。賜死杜郵。秦民憐之。莫不隕涕。今湯親秉鉞。席卷喋血萬里之外。薦功祖廟。告類上帝。介冑之士。靡不慕義。以言事爲罪。無赫赫之惡。周書曰。記人之功。忘人之過。宜爲君者也。夫犬馬有勞於人。尙加帷蓋之報。況國之功臣者哉。竊恐陛下忽於鼓鼙之聲。不察周書之意。而忘帷蓋之施。庸臣遇湯。卒從吏議。使百姓介然有秦民之恨。非所以厲死難之臣也。

第五節　劉向父子

劉向。字子政。本名更生。宣帝時。循武帝故事。招選名儒俊材置左右。更生以通達能屬文辭。與王褒張子僑等並進對。獻賦頌凡數十篇。上復興神僊方術之事。而淮南有枕中鴻寶苑秘書。書言神僊使鬼物爲金之術。及鄒衍重道延命方。世人莫見。而更生父德治淮南獄。得其書。更生幼誦讀。以爲奇。因獻之。言黃金可成。上令典尙方鑄作。不驗。下獄。後得減死。會初立穀梁春秋。更生受穀梁。講論五經於石渠。元帝時石顯等用事。數上書言事。周堪張猛之死。更生傷之。乃著疾讒摘要救危及世頌。凡八篇。依興故事。悼己及同類也。成帝卽位。顯等伏辜。更生乃復進用。更名向。感外戚貴盛。頗有所諷諫。又以爲王教由內及外。自近者始。故采取詩書所載賢妃貞婦。可爲法則者。序次爲列女傳八篇。以戒天子。及采傳記行事。著新序說苑凡五十篇。漢志儒家有劉向所序六十七篇。又有劉向賦三十三篇。

上戰國策敍

劉向

周室自文武始興。崇道德。隆禮義。設辟雍泮宮庠序之教。陳禮樂絃歌移風之化。敍人倫。正夫婦。天下莫不曉然論孝悌之義。惇篤之行。故仁義之道。滿乎天下。卒致之刑措四十餘年。遠方慕義。莫不賓服。雅頌歌詠。以思其德。下及康昭之後。雖有衰德。其綱紀尚明。及春秋時。已四五百載矣。然其餘業遺烈。流而未滅。五伯之起。尊事周室。五伯之後。時君雖無德。人臣輔其君者。若鄭之子產。晉之叔向。齊之晏嬰。挾君輔政。以並立於中國。猶以義相支持。歌詠以相感。聘覲以相交。期會以相一。盟誓以相救。天子之命。猶有所行。會享之國。猶有所恥。小國得有所依。百姓得有所息。故孔子曰。能以禮讓爲國乎。何有。周之流化。豈不大哉。及春秋之後。衆賢輔國者旣沒。而禮義衰矣。孔子雖論詩書。定禮樂。王道粲然分明。以匹夫無勢。化之者七十二人而已。皆天下之俊也。時君莫尙之。是以王道遂用不興。故曰。非威不立。非勢不行。仲尼旣沒之後。田氏取齊。六卿分晉。道德大廢。上下失序。至秦孝公。捐禮讓而貴戰爭。棄仁義而用詐譎。苟以取強而已矣。夫篡盜之人。列爲侯王。詐譎之國。興立爲強。是以轉相放效。後生師之。遂相吞滅。幷大兼小。暴師經歲。血流滿野。父子不相親。兄弟不相安。夫婦離散。莫保其命。湣然道德絕矣。晚世益甚。萬乘之國七。千乘之國五。敵侔爭權。蓋爲戰國。貪饕無恥。競進無厭。國異政教。各自制斷。上無天子。下無方伯。力功爭強。勝者爲右。兵革不休。詐僞並起。當此之時。雖有道德。不得設施。有謀之強。負阻而恃固。連與交質。重約結誓。以守其國。故孟子孫卿儒術之士。棄捐於世。而游說權謀之徒。見貴於俗。是以蘇秦張儀公孫衍陳軫代厲之屬。生從橫長短之說。左右傾側。蘇秦爲從。張儀爲橫。橫則秦帝。從則楚王。所在國重。所去國輕。然當此之時。秦國最雄。諸侯方弱。蘇秦結之。合六國爲一。以儐背秦。秦人恐懼。不敢闚兵於關中。天下不交兵者二十有九年。然秦國勢便形利。權謀之士。咸先馳之。蘇秦始欲橫秦。弗用。故東合從。及蘇秦死後。張儀連橫。諸侯聽之。西向事秦。是故始皇因四塞之國。據崤函之阻。跨隴蜀之饒。聽衆人之策。乘六世之烈。以蠶食六國。兼諸侯。并有天下。仗於詐謀之積。終無信篤之誠。無道德之教。仁義之化。以綴天下之心。任刑罰以爲治。信小術以爲道。遂燔燒詩書。坑殺儒士。上小堯舜。下邈三王。二世愈甚。惠不下施。情不上達。君臣相疑。骨肉相疏。化道淺薄。綱紀敗壞。民不見義。而懸於不寧。撫天下十四歲。天下大潰。詐僞之弊也。其比王德。豈不遠哉。孔子曰。導之以政。齊之以刑。民免而無恥。導之以德。齊之以禮。有恥且格。夫使天下有所恥。故化可致也。苟以詐僞偸活取容。自上爲之。何以率下。秦之敗也。不亦宜乎。戰國之時。君德淺薄。爲之謀策者。不得不因勢而爲資。據時而爲畫。故其謀扶急持傾。爲一切之權。雖不可以臨教化。兵革救急之勢也。皆高才秀士。度時君之所能行。出奇策異智。轉危爲安。易亡爲存。亦可喜。皆可觀。

向子歆字子駿。少以通詩書能屬文。召見成帝時待詔宦者署。爲黃門郎。河平中。受詔與父向領校秘書。講六藝傳記諸子詩賦數術方技。無所不究。向死後。歆復爲中壘校尉。哀帝初卽位。大司馬王莽舉歆宗室有材行。爲侍中太中大夫。遷騎都尉奉車光祿大夫。貴幸。復領五經。卒父前業。歆乃集六藝羣書。種別爲七略。歆及向始皆治易。宣帝時詔向受穀梁春秋十餘年。大明習。及歆校秘書。見古文春秋左氏傳。歆大好之。時丞相史尹咸以能治左氏。與歆共校經傳。歆略從咸及丞相翟方進受質問大義。初左氏傳多古字古言。學者傳訓故而已。及歆治左氏。引傳文以解經。轉相發明。由是章句義理備焉。歆亦湛靖有謀。父子俱好古。博見彊志。過絕於人。歆以爲左邱明好惡與聖人同。親見夫子。而公羊穀梁在七十子後。傳聞之與親見之。其詳略不同。歆數以難向。向不能非間也。然猶自持其穀梁義。及歆親近。欲建立左氏春秋及毛詩逸禮古文尚書。皆列於學官。哀帝令歆與五經博士講論其義。諸博士或不肯置對。歆因移書太常博士責讓之。後改名秀。字穎叔。王莽篡位。爲國師。先是成帝時以書頗散亡。使謁者陳農求遺書於天下。因詔歆父向校經傳諸子詩賦。步兵校尉任宏校兵書。太史令尹咸校術數。侍醫李柱國校方技。每一書已。向輒條其篇目。撮其旨意。錄而奏之。會向卒。哀帝使歆卒父業。歆於是總羣書而奏其七略。故有輯略。有六藝略。有諸子略。有詩賦略。有兵書略。有術數略。有方技略。今漢書藝文志。卽據劉氏七略原文。刪要而成之者也。

移讓太常博士書

劉歆

昔唐虞既衰。而三代迭興。聖帝明王。累起相襲。其道甚著。周室既微。而禮樂不正。道之難全也如是。故孔子憂道之不行。歷國應聘。自衛反魯。然後樂正。雅頌乃得其所。修易序書。制作春秋。以紀帝王之道。及夫子歿而微言絕。七十子終而大義乖。重遭戰國。棄籩豆之禮。理軍旅之陳。孔氏之道抑。而孫吳之術興。陵夷至於暴秦。燔經書。殺儒士。設挾書之法。行是古之罪。道術由是遂滅。漢興。去聖帝明王遐遠。仲尼之道又絕。法度無所因襲。時獨有一叔孫通。略定禮儀。天下惟有易卜。未有它書。至孝惠之世。乃除挾書之律。然公卿大臣絳灌之屬。咸介冑武夫。莫以為意。至孝文皇帝。始使掌故鼂錯。從伏生受尚書。尚書初出於屋壁。朽折散絕。今其書見在。時師傳讀而已。詩始萌芽。天下衆書。往往頗出。皆諸子傳說。猶廣立於學官。為置博士。在漢朝之儒。惟賈生而已。至孝武皇帝。然後鄒魯梁趙頗有詩禮春秋。先師皆起於建元之間。當此之時。一人不能獨盡其經。或為雅。或為頌。相合而成。泰誓後得。博士集而讀之。故詔書稱曰。禮壞樂崩。書缺簡脫。朕甚閔焉。時漢興已七八十年。離於全經。固已遠矣。及魯恭王壞孔子宅。欲以為宮。而得古文於壞壁之中。逸禮有三十九。書十六篇。天漢之後。孔安國獻之。遭巫蠱倉卒之難。未及施行。及春秋左氏。邱明所修。皆古文舊書。多者二十餘通。藏於祕府。伏而未發。孝成皇帝。閔學殘文缺。稍離其眞。乃陳發祕藏。校理舊文。得此三事。以考學官所傳。經或脫簡。傳或間編。傳問民間。則有魯國桓公。趙國貫公。膠東庸生之遺學。與此同。抑而未施。此乃有識者之所惜閔。士君子之所嗟痛也。往者綴學之士。不思廢絕之闕。苟因陋就寡。分文析字。煩言碎辭。學者罷老。且不能究其一藝。信口說而背傳記。是末師而非往古。至於國家將有大事。若立辟雍封禪巡狩之儀。則幽冥而莫知其源。猶欲保殘守缺。挾恐見破之私意。而無從善服義之公心。或懷妒嫉。不考情實。雷同相從。隨聲是非。抑此三學。以尙書爲備。謂左氏爲不傳春秋。豈不哀哉。今聖上德通神明。繼統揚業。亦閔文學錯亂。學士若玆。雖昭其情。猶依違謙讓。樂與士君子同之。故下明詔。試左氏可立不。遣近臣奉指銜命。將以輔弱扶微。與二三君子比意同力。冀得廢遺。今則不然。深閉固距。而不肯試。猥以不誦絕之。欲以杜塞餘道。絕滅微學。夫可與樂成。難與慮始。此乃衆庶之所爲耳。非所望士君子也。且此數家之事。皆先帝所親論。今上所考視。其古文舊書。皆有徵驗。外內相應。豈苟而已哉。夫禮失求之於野。古文不猶愈於野乎。往者博士書有歐陽。春秋公羊。易則施孟。然孝宣皇帝猶復廣立穀梁春秋。梁邱易。大小夏侯尙書。義雖相反。猶並置之。何則。與其過而廢之也。寧過而立之。傳曰。文武之道。未墜於地。在人。賢者志其大者。不賢者志其小者。今此數家之言。所以兼包大小之義。豈可偏絕哉。必專己守殘。若黨同門。妒道眞。違明詔。失聖意。以陷於文吏之議。甚爲二三君子不取也。

第六節　揚雄

揚雄。字子雲。蜀郡成都人也。少而好學。不爲章句。訓詁通而已。博覽無所不見。爲人簡易佚蕩。口吃不能劇談。默而好深湛之思。淸靜無爲。少耆欲。不汲汲於富貴。不戚戚於貧賤。不修廉隅以徼名當世。家產不過十金。乏無儋石之儲。晏如也。自有大度。非聖哲之書不好也。非其意。雖富貴不事也。顧嘗好辭賦。先是時蜀有司馬相如。作賦甚宏麗溫雅。雄心壯之。每作賦。常擬之以爲式。又怪屈原文過相如。至不容。作離騷。自投江而死。悲其文。讀之未嘗不流涕也。以爲君子得時則大行。不得時則龍蛇。遇不遇命也。何必湛身哉。迺作書。往往摭離騷文而反之。自嶓山投諸江流以弔屈原。名曰反離騷。又旁離騷作重一篇。名曰廣騷。又旁惜誦以下至懷沙一卷。名曰畔牢愁。孝成帝時客有薦雄文似相如者。上方郊祠甘泉泰畤汾陰后土以求繼嗣。召雄待詔承明之庭。正月從上甘泉還奏甘泉賦以風。

又是時趙昭儀方大幸。每上幸甘泉常從在屬車間豹尾中。故雄聊盛言車騎之衆。參麗之駕。非所以感動天地逆釐三神。又言屏玉女卻虙妃以微戒齋肅之事。賦成奏之。天子異焉。其三月將祭后土。上迺帥羣臣。既祭行。迹殷周之虛。眇然以思唐虞之風。還上河東賦以勸。其十二月羽獵。雄從。因校獵賦以風。明年上將大誇胡人以多禽獸。秋命右扶風發民入南山。西自褒斜。東自弘農。南毆漢中。張羅罔罝罘。捕熊羆豪豬虎豹狖玃狐兔麋鹿。載以檻車。輸長楊射熊館。以罔爲周阹。縱禽獸其中。令胡人手搏之。自取其獲。上親臨觀焉。是時農民不得收斂。雄從至射熊館。還上長楊賦。聊因筆墨成文章。故藉翰林以爲主人。子墨爲客卿以風。哀帝時丁傅董賢用事。諸附離之者或起家至二千石。時雄方草太玄。有以自守。泊如也。或謿雄以玄尚白。而雄解之。號曰解謿。雄以爲賦者。將以風之。必推類而言。極麗靡之辭閎侈鉅衍。競於使人不能加也。既迺歸之於正。然覽者已過矣。往時武帝好神仙。相如上大人賦。欲以風。帝反縹縹有陵雲之志。繇是言之。賦勸而不止明矣。又頗似俳優淳于髡優孟之徒。非法度所存賢人君子詩賦之正也。於是輟不復爲。雄見諸子各以其知舛馳。大氐詆訾聖人。卽爲怪迂析辯詭辭以撓世事。雖小辯終破大道而惑衆使溺於所聞而不自知其非也。及太史公記六國歷楚漢訖麟止不與聖人同是非頗謬於經故人時有問雄者常用法應之。譔以爲十三卷象論語號曰法言。

漢書贊曰雄年四十餘自蜀來至游京師。大司馬車騎將軍王音奇其文雅。召以爲門下吏。薦雄待詔。歲餘奏羽獵賦。除爲郞。給事黃門。與王莽劉歆並哀帝之初又與董賢同官。當成哀平間莽賢皆爲三公。權傾人主。所薦莫不拔擢。而雄三世不徙官。及莽篡位。談說之士用符命稱功德獲封爵者甚衆。雄復不侯。以耆老久次轉爲大夫。恬於埶利迺如是。實好古而樂道。其意欲求文章成名於後世。以爲經莫大於易。故作太玄。傳莫大於論語。作法言。史篇莫善於倉頡。作訓纂。箴莫善於虞箴。作州箴。賦莫深於離騷。反而廣之。辭莫麗於相如。作四賦。皆斟酌其本。相與放依而馳騁云。用心於內。不求於外。於時人皆曶之。唯劉歆及范逡敬焉。而桓譚以爲絕倫。王莽時劉歆甄豐皆爲上公。莽既以符命自立。卽位之後。欲絕其原以神前事。而豐子尋歆子棻復獻之。莽誅豐父子。投棻四裔。辭所連及。便收不請。時雄校書天祿閣上。治獄事使者來。欲收雄。雄恐不能自免。迺從閣上自投下。幾死。莽聞之曰。雄素不與事。何故在此。間請問其故。迺劉棻嘗從雄學作奇字。雄不知情。有詔勿問。然京師爲之語曰。

惟寂寞。自投閣。爰清靜。作符命。雄以病免。復召爲大夫。家素貧。耆酒。人希至其門。時有好事
者載酒肴從游學。而鉅鹿侯芭常從雄居。受其太玄法言焉。劉歆亦嘗觀之。謂雄曰。空自苦。
今學者有祿利。然尚不能明易。又如玄何。吾恐後人用覆醬瓿也。雄笑而不應。年七十一。天
鳳五年卒。侯芭爲起墳。喪之三年。時大司空王邑納言嚴尤聞雄死。謂桓譚曰。子常稱揚雄
書。豈能傳於後世乎。譚曰。必傳。顧君與譚不及見也。凡人賤近而貴遠。親見揚子雲祿位容
貌不能動人。故輕其書。昔老聃著虛無之言兩篇。薄仁義。非禮學。然後世好之者。尚以爲過
於五經。自漢文景之君。及司馬遷。皆有是言。今揚子之書。文義至深。而論不詭於聖人。若使
遭遇時君。更閱賢知。爲所稱善。則必度越諸子矣。諸儒或譏以爲雄非聖人而作經。猶春秋
吳楚之君。僭號稱王。蓋誅絕之罪也。自雄之沒至今四十餘年。其法言大行。而玄終不顯。然
篇籍具存。漢志儒家有揚雄所序三十八篇。又有揚雄賦十二篇。揚雄訓纂一篇。揚雄倉頡
訓纂一篇。

漢藝文志曰。元始中徵天下通小學者以百數。各令記字於庭中。揚雄取其有用者以作訓
纂篇。順續倉頡。又易倉頡中重復之字。凡八十九章。

又曰。倉頡多古字。俗師失其讀。宣帝時徵齊人能正讀者。張敞從受之。傳至外孫之子杜林。
爲作訓故。漢志有杜林倉頡訓纂一篇。杜林倉頡故一篇。杜鄴傳曰。初鄴從張吉學。吉子竦

又幼孤。從鄴學問。亦著於世。尤長小學。鄴子林淸靜好古。亦有雅材。其正文字。過於鄴竦。故世稱小學者由杜公。

任昉文章緣起曰。連珠揚雄作。北史李先傳。魏帝召先讀韓子連珠二十二篇。韓非子書中有連語。先列其目而後著其解。謂之連珠。其體麗而言約。必假喻以達其誼。辭歷歷如貫珠。易覩而可說。故謂之連珠。然後世言連珠者。多擬子雲矣。

文心雕龍。揚雄覃思文閣。碎文瑣語。肇爲連珠。

沈約上連珠表曰。竊尋連珠之作。始自子雲。放易象論。動模經誥。班固謂之命世。桓譚以爲絕倫。連珠者。蓋謂辭句連續。互相發明。若珠之結排也。雖復金鑣互騁。玉軑並驅。妍媸優劣。參差相間。翔禽伏獸。易以心感。守株膠瑟。難與適變。水鏡芝蘭。隨其所遇。明珠燕石。貴賤相懸。

西京雜記。或問揚雄爲賦。雄曰。讀千首賦。乃能爲之。司馬長卿賦。時人皆稱典而麗。雖詩人之作。不能加也。揚子雲曰。長卿賦不似從人間來。其神化所至耶。子雲學相如爲賦而勿逮。故雅服焉。

又曰。漢揚雄答桓譚書。長卿賦不似從人間來。其神化所至耶。大抵能讀千賦。則能爲之。諺云。伏習衆神。巧者不過習者之門。

河東賦　　揚雄

伊年暮春。將瘞后土。禮靈祇。謁汾陰於東郊。因茲以勸崇垂鴻。發祥隤祉。欽若神明者。盛哉鑠乎。越不可載已。於是命羣臣齊法服。整靈輿。迺撫翠鳳之駕。六先景之乘。掉奔星之流旃。彏天狼之威弧。張燿日之玄旄。揚左纛。被雲梢。奮電鞭。驂雷輜。鳴洪鐘。建五旗。羲和司日。顏倫奉輿。風發飆拂。神騰鬼趡。千乘霆亂。萬騎屈橋。嘻嘻旭旭。天地稠嶅。簸邱跳巒。涌渭躍涇。秦神下讋。跖魂負沴。河靈矍踢。爪華蹈襄。遂臻陰宮。穆穆肅肅。蹲蹲如也。靈祇既鄉。五位時敘。絪縕玄黃。將紹厥後。於是靈輿安步。周流容與。以覽乎介山。嗟文公而愍推兮。勤大禹於龍門。灑沈菑於豁瀆兮。播九河於東瀕。登歷觀而遙望兮。聊浮游以經營。樂往昔之遺風兮。喜虞氏之所耕。瞰帝唐之崇高兮。脈隆周之大寧。汨低徊而不能去兮。行睨陔下與彭城。濊南巢之坎坷兮。易豳岐之夷平。乘翠龍而超河兮。陟西岳之嶢崝。雲霏霏而來迎兮。澤滲灕而下降。鬱蕭條其幽藹兮。滃汎沛以豐隆。叱風伯於南北兮。呵雨師於西東。參天地而獨立兮。廓盪盪其無雙。遵逝乎歸來以函夏之大漢兮。彼曾何足與比功。建乾坤之貞兆兮。將來總之以羣龍。麗鉤芒與驂蓐收兮。服玄冥及祝融。敦衆神使式道兮。奮六經以攄頌。隃於穆之緝熙兮。過清廟之雝雝。軼五帝之遐迹兮。躡三皇之高蹤。既發軔於平盈兮。誰謂路遠而不能從。

中國大文學史卷三終

第三編 中古文學史

第六章 經術變遷與文學之影響

第一節 古學派之興

東漢經術古學爲盛。蓋自西京賈太傅孔安國河間獻王。並好古學。於是有左氏春秋古文尙書毛詩之傳周官最晚出至是亦頗有習之者。劉歆以古學銜於新室。桓譚杜林。淵源相近。後進轉相研考古學遂行。尤以詁訓爲主。杜林夙擅小學。及許叔重受學賈侍中。博稽通人。作說文解字。則訓詁之書。集其大成。實古文派經學之緒也。馬鄭本亦出自古學。鄭君乃雜用今古文經術變遷。其勢之被於文學爲鉅。

桓譚字君山。沛國相人也。父成帝時爲太樂令。譚以父任爲郎。因好音律。善鼓琴。博學多通。徧習五經。皆訓詁大義。不爲章句。能文章。尤好古學。數從劉歆揚雄辯析疑異。性嗜倡樂。簡易不脩威儀。而熹非毀俗儒。由是多見排抵。光武時嘗上書請屏圖讖。帝省奏不悅。其後有詔會議靈臺所處。帝謂譚曰。吾欲讖決之何如。譚默然良久曰。臣不讀讖。帝問其故。譚復極言讖之非經。帝大怒曰。桓譚非聖無法。將下斬之。譚叩頭流血。良久乃得解。出爲六安郡丞。

意忽忽不樂。道病卒。時年七十餘。初譚著書言當世行事二十九篇。號曰新論。上書獻之。世祖善焉。琴道一篇未成。肅宗使班固續成之。所著賦誄書奏凡二十六篇。文心雕龍論詩曰。賈誼枚乘。四韻輒易。劉歆桓譚。百韻不遷。是譚於經術以外。又有百韻不遷之詩。日知錄謂三百篇無不轉韻。惟韓昌黎七古始一韻到底。然則譚與劉歆實又爲之先矣。

杜林字伯山。扶風茂陵人也。父鄴成哀間爲涼州刺史。林少好學。沈深。家既多書。又外氏張竦父子喜文采。林從竦受學。博洽多聞。時稱通儒。河南鄭興東海衞宏等。皆長於古學。興嘗師事劉歆。林既遇之。欣然言曰。林得興等固諧矣。使宏得林。且有以益之。及宏見林。闇然而服。濟南徐巡始師事宏。後皆更受林學。林前於西州得漆書古文尚書一卷。常寶愛之。雖遭艱困。握持不離身。出以示宏等曰。林流離兵亂。常恐斯經將絕。何意東海衞子。濟南徐生。復能傳之。是道竟不墮於地也。古文雖不合時務。然願諸生無悔所學。宏巡益重之。於是古文遂行。濟南徐生。指徐巡也。

鄭興字少贛。河南開封人也。少學公羊春秋。晚善左氏傳。遂積精深思。通達其旨。同學者皆師之。天鳳中。將門人從劉歆講正大義。歆美興才。使撰條例章句訓詁及校三統歷。以不善讖。不爲帝所任。後坐事左遷蓮勺令。興好古學。尤明左氏周官。長於歷數。自杜林桓譚衞宏之屬。無不斟酌焉。世言左氏者多祖興。而賈逵自傳其父業。故有鄭賈之學。興子衆亦善左氏春秋。與同時又有蒼梧陳元。承父欽之學。爲左氏訓詁。與興及桓譚杜林。俱爲學者所宗。古文雖興於劉歆杜林諸人而實成於賈逵。許愼。逵字景伯扶風平陵人也九世祖誼文帝時爲梁王太傅。曾祖父光爲常山太守宣帝時以吏二千石。自洛陽徙焉。父徽從劉歆受左氏春秋。兼習國語周官。又受古文尙書於塗惲。學毛詩於謝曼卿。作左氏條例二十一篇。逵悉傳父業。弱冠能誦左氏傳及五經本文。以大夏侯尙書敎授。雖爲古學。兼通五家穀梁之說。自爲兒童常在太學。不通人間事尤明左氏傳國語。爲之解詁五十一篇。永平中。上疏獻之。顯宗重其書。寫藏秘館。時有神雀集宮殿。因作神雀頌。拜爲郎。與班固並校秘書。肅宗時。逵數言古文尙書與經傳爾雅訓詁相應。詔令撰歐陽大小夏侯尙書古文同異。逵集爲三卷。帝善之。復令撰齊魯韓詩與毛氏異同。幷作周官解故。遷逵爲衞士令。建初八年。乃詔諸儒各選高才生受左氏穀梁春秋古文尙書毛詩。由是四經遂行於世。逵所著經傳義詁。及論難百餘萬言。又作詩頌誄書連珠酒令凡九篇。學者宗之。後世稱爲通儒。

許愼字叔重。汝南召陵人也。性淳篤。少博學經籍。馬融常推敬之。時人爲之語曰。五經無雙許叔重。爲郡功曹舉孝廉再遷除洨長卒於家初愼以五經傳說臧否不同於是撰爲五經異義。又作說文解字十四篇。皆傳於世。

顧炎武日知錄曰。自隸書以來其能發明六書之指。使三代之文尙存於今日。而得以識古人制作之本者許叔重說文之功爲大後之學者。一點一畫。莫不奉之爲規矩。而愚以爲亦有不盡然者且以六經之文左氏公羊穀梁之傳毛萇孔安國鄭衆馬融諸儒之訓。而未必盡合。況叔重生於東京之中世。所本者不過劉歆賈逵杜林徐巡等十餘人之說。楊愼六書索隱序曰說文有孔子說楚莊王說左氏說韓非說淮南子說司馬相如說董仲舒說京房說衞宏說揚雄說劉歆說桑欽說杜林說賈逵說傅毅說官溥說譚長說王育說尹彤說張林說黃顥說周盛說逯安說歐陽僑說甯嚴說爰禮說徐巡說莊都說張徹說而以爲盡得古人之意。然與否與。一也。五經未遇蔡邕等正定之先。傳寫人人各異。今其書所收率多異字。而以今經校之。則說文爲矩。又一書之中。有兩引而其文各異者。如汜下引詩江有汜洍下引詩江有洍述下引書旁述僝功僝下引書旁救僝功巹下引詩赤舄巳巳擊下引詩赤舄擊擊後之讀者。將何所從二也。鄭玄常駮許愼五經異義顏氏家訓亦云說文中有援引經傳與今乖者未之敢從流傳既久豈無脫漏。卽徐鉉亦謂篆書堙替日久錯亂遺脫不可悉究今謂此書所闕者必古人所無別指一字以當之。如說文無劉字後人以鎦字當之無由字以甹字當之無免字以絻字當之改經典而就說文。支離回互三也。顧氏雖有此說。然古學派訓詁之書。至說文集其大成矣。

說文繫傳氏部[illegible]下云。家本無注。臣鍇按一本云。許氏無此字。此云家本無注。疑許愼子許沖所言也。按此字大徐本止云闕。而小徐本乃有此說。可知許沖於說文亦頗有考訂。非止表上其書也。

第二節　今古學派之爭及其混合

中興以後。言經術者。用今學古學。各立門戶。先有陳元與范升相難。嗣有李育與賈逵互辯。最後何休治公羊。尤爲顯學。則與鄭君相非折矣。何休字邵公。任城樊人也。精研六經。不仕州郡。進退必以禮。坐黨錮。作春秋公羊解詁。覃思不闚門十有七年。又注訓孝經論語風角七分。皆經緯典謨。不與守文同說。又以春秋駁漢事六百餘條。妙得公羊本意。休善曆算。與其師博士羊弼。追述李育意以難二傳。作公羊墨守左氏膏肓穀梁廢疾。光和五年卒。

今古文混合。成於鄭玄。而鄭氏之學。出於馬融。融雖初治古學。然亦博采諸家。至玄卽兼用今古文矣。融字季長。扶風茂陵人也。將作大匠嚴之子。嘗從京兆摯恂游學。才高博洽。爲世通儒。教養諸生。常有千數。涿郡盧植。北海鄭玄。皆其徒也。善鼓琴。好吹笛。達生任性。不拘儒者之節。居宇器服。多存侈飾。常坐高堂。施絳紗帳。前授生徒。後列女樂。弟子以次相傳。鮮有入其室者。嘗欲訓左氏春秋。及見賈逵鄭衆注。乃曰。賈君精而不博。鄭君博而不精。旣精旣博。吾何加焉。但著三傳異同說。注孝經論語詩易三禮尙書列女傳老子淮南子離騷。所著賦頌碑誄書記表奏七言琴歌對策遺令。凡二十一篇。

鄭玄。字康成。北海高密人也。先在太學受京氏易公羊春秋。三統歷九章算術。又從東郡張恭祖受周官禮記左氏春秋韓詩古文尙書。以山東無足問者。乃西入關。因涿郡盧植。事扶風馬融。學成辭歸。融喟然謂門人曰。鄭生今去。吾道東矣。時任城何休。好公羊學。遂著公羊墨守。左氏膏肓。穀梁廢疾。玄乃發墨守。鍼膏肓。起廢疾。休見而嘆曰。康成入吾室操吾矛以伐我乎。初中興之後。范升陳元李育賈逵之徒。爭論古今學。後馬融答北地太守劉瓌及玄答何休。義據通深。由是古學遂明。玄所注周易尚書毛詩儀禮禮記論語孝經尚書大傳中候乾象曆。又著天文七政論魯禮禘祫論義。六藝論毛詩譜駁許愼五經異義答臨孝存周禮難。凡百餘萬言。

范曄後漢書論曰。自秦焚六經。聖文埃滅。漢興。諸儒頗脩藝文。及東京學者。亦各名家。而守文之徒。滯固所稟。異端紛紜。互相詭激。遂令經有數家。家有數說。章句多者。或乃百餘萬言。學徒勞而少功。後生疑而莫正。鄭玄囊括大典。網羅衆家。刪裁繁蕪。刊改漏失。自是學者略知所歸。王父豫章君每考先儒經訓。而長於玄。常以爲仲尼之門不能過也。及傳授生徒。並專以鄭氏家法云。

第七章　二班與史學派

第一節　班氏父子

班彪。字叔皮。扶風安陵人也。祖況。成帝時爲越騎校尉。父稚。哀帝時爲廣平太守。彪性沈重好古。年二十餘。更始敗。三輔大亂。彪避難依隗囂於天水。傷時方艱。乃著王命論。以爲漢德承堯。有靈命之符。王者興祚。非詐力所致。欲以感之。而囂終不寤。遂避地河西。河西大將軍竇融以爲從事。深敬待之。接以師友之道。彪乃爲融畫策事漢。總河西以拒隗囂。及融徵還京師。光武問曰。所上章奏。誰與參之。融對曰。皆從事班彪所爲。帝雅聞彪材。因召入見。彪既才高而好述作。遂專心史籍之間。武帝時。司馬遷著史記。自太初以後。闕而不錄。後好事者頗或綴集時事。然多鄙俗。不足以踵繼其書。彪乃繼採前史遺事。傍貫異聞。作後傳數十篇。因斟酌前史。而譏正得失。其略論曰。

唐虞三代。詩書所及。世有史官。以司典籍。暨於諸侯。國自有史。故孟子曰。楚之檮杌。晉之乘。魯之春秋。其事一也。魯君子左丘明。論集其文。作左氏傳三十篇。又撰異同。號曰國語。二十篇。由是乘檮杌之事遂闇。而左氏國語獨章。又有記錄黃帝以來至春秋時帝王公侯卿大夫。號曰世本。一十五篇。春秋之後。七國並爭。秦并諸侯。則有戰國策三十三篇。漢興定天下。太中大夫陸賈。記錄時功。作楚漢春秋九篇。孝武之世。太史令司馬遷。採左氏國語。刪世本戰國策。據楚漢列國時事。上自黃帝。下訖獲麟。作本紀世家列傳書表。凡百三十篇。而十篇缺焉。遷之所記。從漢元至武以絕。則其功也。至於採經摭傳。分散百家之事。甚多疏畧。不如其本。務欲以多聞廣載爲功。論議淺而不篤。其論術學。則崇黃老而薄五經。序貨殖。則輕仁義而羞貧窮。道游俠。則賤守節而貴俗功。此其大敝傷道。所以遇極刑之咎也。然善述序事理。辯而不華。質而不俚。文質相稱。蓋良史之才也。誠令遷依五經之法言。同聖人之是非。意亦庶幾矣。夫百家之書。猶可法也。若左氏國語世本戰國策楚漢春秋太史公書。今之所以知古。後之所由觀前。聖人之耳目也。司馬遷序帝王。則曰本紀。公侯傳國。則曰世家。卿士特起。則曰列傳。又進項羽陳涉。而黜淮南衡山。細意委曲。條例不經。若遷之著作。採獲古今。貫穿經傳。至廣博也。一人之精。文重思煩。故其書刊落不盡。尙有盈辭。多不齊一。若序司馬相如舉郡縣著其字。至蕭曹陳平之屬。及董仲舒並時之人。不記其字。或縣而不郡者。蓋不暇也。今此後篇愼覈其事。整齊其文。不爲世家。唯紀傳而已。傳曰。殺史見極。平易正直。春秋之義也。

其後彪子固。修漢書。多本諸彪。建武三十年。年五十二卒。所著賦論書記奏事合九篇。

固字孟堅。彪之子也。年九歲能屬文。遂博貫載籍。九流百家之言。無不窮究。所學無常師。不爲章句。舉大義而已。父彪卒。固居鄉里。以彪所續前史未詳。乃潛精研思。欲就其業。既而有人告固私改作國史者。有詔下郡收固。繫京兆獄。固弟超恐固爲郡所覈考。不能自明。乃詣闕上書。得召見。具言固所著述意。顯宗甚奇之。召詣校書部。除蘭臺令史。與前睢陽令陳宗。長陵令尹敏。司隸從事孟異。共成世祖本紀。遷爲郞。典校祕書。固又撰功臣平林新市公孫述事。作列傳載記二十八篇。奏之。帝乃復使終成前所著書。固以爲漢紹堯運。以建帝業。至於六世。史臣乃追述功德。私作本紀。編於百王之末。厠於秦項之列。太初以後。闕而不錄。故探撰前記。綴集所聞。以爲漢書。起元高祖。終於孝平王莽之誅。十有二世。二百三十年。總其行事。傍貫五經。上下洽通。爲春秋考紀表志傳凡百篇。固自永平中始受詔。潛精積思。二十餘年。至建初中乃成。當世甚重其書。學者莫不諷誦焉。自爲郞後。遂見親近。時京師修起宮室。濬繕城隍。而關中耆老。猶望朝廷西顧。固感前世相如壽王東方之徒。造搆文辭。終以諷勸。乃上兩都賦。盛稱洛邑制度之美。以折西賓淫侈之論。固又作典引篇。述敘漢德。以爲相如封禪。靡而不典。揚雄美新。典而不實。蓋自謂得其致焉。固自漢書以外。其他詞賦。多可觀。

第二節　蔡邕

蔡邕。字伯喈。陳留圉人也。少博學。師事太傅胡廣。好辭章數術天文。妙操音律。桓帝時中常侍徐璜左悺等五侯擅恣。聞邕善鼓琴。遂白天子。勑陳留太守督促發遣。邕不得已。行到偃師。稱疾而歸。閑居翫古。不交當世。感東方朔客難。及揚雄班固崔駰之徒。設疑以自通。乃斟酌羣言。韙其是而矯其非。作釋誨以戒厲云。邕以經籍去聖久遠。文字多謬。俗儒穿鑿。疑誤後學。熹平四年。乃與五官中郎將堂谿典。光祿大夫楊賜。諫議大夫馬日磾。議郎張馴韓說。太史令單颺等。奏求正定六經文字。靈帝許之。邕乃自書册於碑。使工鐫刻。立於太學門外。於是後儒晚學。咸取正焉。及碑始立。其觀視及摹寫者。車乘日千餘兩。填塞街陌。邕前在東觀。與盧植韓說等撰補後漢記。會遭事流離。不及得成。因上書自陳。奏其所著十意。分別首目。連置章左。帝嘉其才高。會明年大赦。乃宥邕還本郡。邕自徙及歸。凡九月焉。先是董卓當國。頗禮敬邕。及卓被誅。邕在司徒王允坐。殊不意言之而歎。有動於色。允勃然叱之曰。董卓國之大賊。幾傾漢室。君爲王臣。所宜同忿。而懷其私遇。以忘大節。今天誅有罪。而反相傷痛。豈不共爲逆哉。卽收付廷尉治罪。邕辭謝。乞黥首刖足。繼成漢史。士大夫多矜救之。不能得。

太尉馬日磾馳往謂允曰。伯喈曠世逸才。多識漢事。當續成後史。爲一代大典。且忠孝素著。而所坐無名。誅之無乃失人望乎。允曰。昔武帝不殺司馬遷。使作謗書。流於後世。方今國祚中衰。神器不固。不可令佞臣執筆在幼主左右。既無益聖德。復使吾黨蒙其訕議。日磾退而告人曰。王公其不長世乎。善人國之紀也。制作國之典也。滅紀廢典。其能久乎。邕遂死獄中。允悔欲止而不及。時年六十一。搢紳諸儒莫不流涕。北海鄭玄聞而歎曰。漢世之事。誰與正之。兗州陳留聞皆畫像而頌焉。其撰集漢事。未見錄以繼後史。適作靈紀及十意。又補諸列傳四十二篇。因李傕之亂。湮沒多不存。所著詩賦碑誄銘讚連珠箴弔議論獨斷勸學釋誨敍樂女訓篆埶祝文章表書記凡百四篇。傳於世。

郭有道碑　　蔡邕

先生諱泰。字林宗。太原界休人也。其先出自有周王季之穆。有虢叔者。實有懿德。文王咨焉。建國命氏。或謂之郭。卽其後也。先生誕應天衷。聰睿明哲。孝友溫恭。仁篤慈惠。夫其器量宏深。姿度廣大。浩浩焉。汪汪焉。奥乎不可測已。若乃砥節厲行。直道正辭。貞固足以幹事。隱括足以矯時。遂考覽六經。探綜圖緯。周流華夏。游集帝學。收文武之將墜。拯微言之未絕。於是纓緌之徒。紳佩之士。望形表而景附。聆嘉聲而響和者。猶百川之歸巨海。鱗介之宗龜龍也。爾乃潛隱衡門。收朋勤誨。童蒙賴焉。用祛其蔽。州郡聞德。虛己備禮。莫之能致。羣公休之。遂辟司徒掾。又舉有道。皆以疾辭。將蹈洪崖之遐跡。紹巢由之絕軌。翔區外以舒翼。超天衢以高峙。稟命不融。享年四十有三。以建寧二年正月乙亥卒。凡我四方同好之人。永懷哀悼。靡所置念。乃相與推先生之德。以圖不朽之事。僉以爲先民既沒。而德音猶存者。亦賴之於紀述也。今其如何而闕斯禮。於是樹碑表墓。昭銘景行。俾芳烈奮乎百世。令聞顯於無窮。其詞曰。於休先生。明德通玄。純懿淑靈。受之自天。崇壯幽濬。如山如淵。禮樂是悅。詩書是敦。匪惟摭華。乃尋厥根。宮牆重仞。允得其門。懿乎其純。確乎其操。洋洋搢紳。言觀其高。棲遲泌邱。善誘能教。赫赫三事。幾行其招。委辭召貢。保此清妙。降年不永。斯民悲悼。爰勒茲銘。摛其光耀。嗟爾來世。是則是效。

蔡邕集中始多碑文。任昉文章緣起謂碑文始於漢惠帝四皓碑。今不傳。摯虞文章流別論曰。夫古之銘至約。今之銘至煩。亦有由也。質文時異。則既論之矣。且上古之銘。銘於宗廟之碑。蔡邕爲楊公作碑。其文典正。末世之美者也。日知錄曰。蔡伯喈集中爲時貴碑誄之作甚多。如胡廣陳寔各三碑。橋玄楊賜胡碩各二碑。至於袁滿來年十五。胡根年七歲。皆爲之作碑。自非利其潤筆。不至爲此。史傳以其名重。隱而不言耳。文人受賕。豈獨韓退之諛墓金哉。

荀悅字仲豫。儉之子也。儉早卒。悅年十二。能說春秋。家貧無書。每之人間所見篇牘。一覽多能誦記。性沈靜。美姿容。尤好著述。靈帝時。閹官用權。士多退身窮處。悅乃託疾隱居。時人莫之識。從弟彧特稱敬焉。初辟鎮東將軍曹操府。遷黃門侍郎。獻帝頗好文學。悅與彧及少府孔融侍講禁中。旦夕談論。累遷秘書監侍中。時政移曹氏。天子恭己而已。悅志在獻替。而謀無所用。乃作申鑒五篇。其所論辨。通見政體。既成而奏之。其大略曰。夫道之本。仁義而已矣。

五典以經之。羣籍以緯之。詠之歌之。弦之舞之。前監既明。後復申之。故古之聖王。其於仁義也。中重而已。又著崇德正論及諸論數十篇。年六十二。建安十四年卒。然悅所著文章最爲世所重者。尤在漢紀。

漢紀序　　荀悅

昔在上聖。惟建皇極。經緯天地。觀象立法。迺作書契。以通宇宙。夫立典有五志焉。一曰達道義。二曰章法式。三曰通古今。四曰著功勳。五曰表賢能。於是天人之際。事物之宜。粲然顯著。罔不備矣。漢四百有六載。撥亂反正。統武與文。永惟祖宗之洪業。思光啟乎萬嗣。聖上穆然。惟文之恤。瞻前顧後。是紹是繼。闡崇大猷。命立國典。於是綴敘舊書。以述漢紀。

第八章　東京之詞賦與詩體

第一節　馮衍

馮衍。字敬通。京兆杜陵人也。年九歲。能誦詩。至二十而博通羣書。王莽時。多薦舉之者。衍辭不肯仕。時天下兵起。莽遣更始將軍廉丹討伐山東。丹辟衍爲掾。與俱至定陶。丹戰死。衍乃亡命河東。嘗爲曲陽令。歷官以罪免。光武時。衍不得志。退乃作顯志賦。又自論曰。

馮子以爲夫人之德。不碌碌如玉。落落如石。風興雲蒸。一龍一蛇。與道翱翔。與時變化。夫豈守一節哉。用之則行。舍之則藏。進退無主。屈伸無常。故曰有法無法。因時爲業。有度無度。與物趣舍。常務道德之實。而不求當世之名。闊略

杪小之禮。蕩佚人間之事。正身直行。恬然肆志。顧嘗好倜儻之策。時莫能聽用其謀。喟然長歎。自傷不遭。久棲遲於
小官。不得舒其所懷。抑心折節。意悽情悲。夫伐冰之家。不利雞豚之息。委積之臣。不操市井之利。況歷位食祿二十
餘年。而財產益狹。居處益貧。惟夫君子之仕。行其道也。慮時務者不能興其德。爲身求者不能成其功。去而歸家。復
羇旅於州郡。身愈據職。家彌窮困。卒離飢寒之災。有喪元子之禍。先將軍葬渭陵。哀帝之崩也。營之以爲園。於是以
新豐之東。鴻門之上。壽安之中。地埶高敞。四通廣大。南望酈山。北屬涇渭。東瞰河華。龍門之陽。三晉之路。西顧豐鄗
周秦之邱。宮觀之墟。通視千里。覽見舊都。遂定塋焉。退而幽居。蓋忠臣過故墟而歔欷。孝子入舊室而哀歎。每念祖
考。著盛德於前。垂鴻烈於後。遭時之禍。墳墓蕪穢。春秋蒸嘗。昭穆無列。年衰歲暮。悼無成功。將西田牧肥饒之野。殖
生產。修孝道。營宗廟。廣祭祀。然後闔門講習道德。觀覽乎孔老之論。庶幾乎松喬之福。上隴阪。陟高岡。游精宇宙。流
目八紘。歷觀九州山川之體。追覽上古得失之風。愍道陵遲。傷德分崩。夫覩其終。必原其始。故存其人而詠其道。疆
理九野。經營五山。眇然有思陵雲之意。乃作賦自厲。命其篇曰顯志。顯志者。言光明風化之情。昭章玄妙之思也。

顯宗卽位。又多短衍以文過其實。遂廢於家。衍娶北地女任氏爲妻。悍忌不得畜媵妾。兒女
常自操井臼。老竟逐之。遂埳壈於時。衍素有大志。不戚戚於貧賤。居常慷慨歎曰。衍少事名
賢。經歷顯位。懷金垂紫。揭節奉使。不求苟得。常有凌雲之志。三公之貴。千金之富。不得其願。
不槩於懷。貧而不衰。賤而不恨。年雖疲曳。猶庶幾名賢之風。修道德於幽冥之路。以終身名。
爲後世法。居貧年老。卒於家。所著賦誄銘說問交德誥愼情書記說自序官錄說策五十篇。

肅宗甚重其文。隋志有後漢司隸從事馮衍集五卷。光武時。又有崔篆杜篤。亦善詞賦。崔篆涿郡安平人也。王莽時爲郡文學。篆自以宗門受莽僞寵。慚愧漢朝。遂辭歸不仕。客居滎陽。閉門潛思。著周易林六十四篇。用決吉凶。多所占驗。臨終作賦以自悼。名曰慰志。後漢書全錄其文。及篆孫駰。尤以文學顯。

杜篤字季雅。京兆杜陵人也。少博學不修小節。不爲鄉人所禮。居美陽。與美陽令遊。數從請託不諧。頗相恨。令怨收篤送京師。會大司馬吳漢薨。光武詔諸儒誄之。篤於獄中爲誄。辭最高。帝美之。賜帛免刑。篤以關中表裏山河。先帝舊京。不宜改營洛邑。乃上奏論都賦曰。臣聞知而復知。是謂重知。臣所言。陛下已知。故略其梗概。不敢具陳。昔盤庚去奢。行儉於亳。成周之隆。乃卽中洛。遭時制都。不常厥邑。賢聖之慮。蓋有優劣。霸王之姿。明知相絕。守國之埶。同歸異術。或棄去阻阸。務處平易。或據山帶河。幷吞六國。或富貴思歸。不顧見襲。或掩空擊虛。自蜀漢出。卽日車駕。策由一卒。或知而不從。久都墝埆。臣不敢有所據。竊見司馬相如揚子雲作辭賦以諷主上。臣誠慕之。伏作書一篇。名曰論都。詞多不錄。所著賦誄弔書讚七言女誡及雜文。凡十八篇。又著明世論十五篇。

第二節　張衡

張衡。字平子。南陽西鄂人也。世爲著姓。祖父堪。蜀郡太守。衡少善屬文。游於三輔。因入京師。

觀太學。遂通五經。貫六藝。雖才高於世。而無驕尙之情。常從容淡靜。不好交接俗人。永元中舉孝廉不行。連辟公府不就。時天下承平日久。自王侯以下。莫不踰侈。衡乃擬班固兩都作二京賦。因以諷諫。精思傳會。十年乃成。順帝初再轉。復爲太史令。衡不慕當世。所居之官。輒積年不徙。自去史職。五載復還。乃設客問。作應間以見其志云。

有問余者曰。蓋聞前哲首務。務於下學上達。佐國理民。有云爲也。朝有所聞。則夕行之。立功立事。式昭德音。是故伊尹思使君爲堯舜。而民處唐虞。彼豈虛言而已哉。必旌厥素爾。咎單巫咸。實守王家。申伯樊仲。實幹周邦。服衮而朝。介圭作瑞。厥跡不朽。垂烈後昆。不亦丕歟。且學非以要利。而富貴萃之。貴以行令。富以施惠。惠施令行。故易稱以大業。質以文美。實由華興。器賴雕飾爲好。人以輿服爲榮。吾子性德體道。篤信安仁。約己博藝。無堅不鑽。以思世路。斯何遠矣。曩滯日官。今又原之。雖老氏曲全。進道若退。然行亦以需。必也。學非所用。術有所仰。故臨川將濟。而舟檝不存焉。徒經思天衢。內昭獨智。固合理民之式也。故嘗見謗於鄙儒。深厲淺揭。隨時爲義。曾何貪於支離。而習其孤技耶。參輪可使自轉。木雕猶能獨飛。已垂翅而還故棲。盍亦調其機而銛諸。昔有文王。自求多福。人生在勤。不索何獲。曷若卑體屈己。美言以相剋。鳴於喬木。乃金聲而玉振之。用後勳雪前吝。婞佷不柔。以意誰靳也。應之曰。是何觀同而見異也。君子不患位之不尊。而患德之不崇。不恥祿之不夥。而恥智之不博。是故藝可學。而行可力也。天爵高懸。得之在命。或不速而自懷。或羨旃而不臻。求之無益。故智者偭而不思。阽身以徼幸。固貪夫之所爲。未得而豫喪也。枉尺直尋。議者譏之。盈欲虧志。孰云非羞。於心有猜。則簋殄饌餔。猶不屑餐。旌瞀以之。意之無疑。則兼金盈百而不

嫌辭。孟軻以之。士或解裋褐而襲黼黻。或委畚築而據文軒者。度德拜爵。量績受祿。也。輸力致庸。受必有階。渾元初
基。靈軌未紀。吉凶分錯。人用朣朦。黃帝爲斯深慘。有風后者。是焉亮之。察三辰於上。跡禍福乎下。經緯曆數。然後天
步有常。則風后之爲也。當少昊清陽之末。實或亂德。人神雜擾。不可方物。重黎又相顓頊而申理之。日月即次。則重
黎之爲也。人各有能。因藝受任。鳥師別名。四叔三正。官無二業。事不並濟。晝長則宵短。日南則景北。天且不堪兼。況
以人該之。夫玄龍迎夏。則陵雲而奮鱗。樂時也。涉冬則淈泥而潛蟠。避害也。公旦道行。故制典禮以尹天下。懼教誨
之不從。有人之不理。仲尼不遇。故論六經以俟來辟。恥一物之不知。有事之無範。所考不齊。如何可一。夫戰國交爭。
戎車競驅。君若綴旒。人無所麗。獨武縣縋而秦伯退師。魯仲係箭而聊城強柝。從往則合。橫來則離。安危無常。要在
說夫。咸以得人爲梟。失士爲尤。故樊噲披帷。入見高祖。高祖踞洗。以見酈生。當此之會。乃黿鳴而鼈應也。故能同心
戮力。勤恤人隱。奄受區夏。遂定帝位。皆謀臣之由也。故一介之策。各有攸建。子長諜之。爛然有第。夫女魃北而應龍
翔。洪鼎聲而軍容息。溽暑至而鶉火棲。寒冰沍而黿鼉蟄。今也皇澤宣洽。海外混同。萬方億醜。并質共劑。若修成之
不暇。尚何功之可立。立事有三。言爲下列。下列且不可庶矣。奚冀其二哉。于茲縉紳如雲。儒士成林。及津者風攄。失
塗者幽僻。遭遇難要。趨偶爲幸。世易俗異。事勢舛殊。不能通其變。而一度以揆之。斯契船而求劍。守株而伺兔也。冒
愧逞顧。必無仁以繼之。有道者所不履也。越王句踐事此。故厥緒不永。捷徑邪至。我不忍以投步。干進苟容。我不忍
以歛肩。雖有犀舟勁檝。猶人涉卬否。有須者也。姑亦奉順敦篤。守以忠信。得之不休。不獲不吝。不見是而不惛。居下
位而不憂。允上德之常服焉。方將師天老而友地典。與之乎高睨而大說。孔甲且不足慕。焉稱殷彭及周聃。與世殊

技。固孤是求。子憂朱泙曼之無所用。吾恨輪扁之無所斲也。子覩木雕獨飛。愍我垂翅故棲。吾感去竈附鴟。悲爾先笑而後號也。斐豹以斃督燔書。禮至以掖國作銘。弦高以牛餼退敵。墨翟以縈帶全城。貫高以端辭顯義。蘇武以秃節效貞。蒲且以飛矰逞巧。詹何以沈鉤致精。奕秋以棊局取譽。王豹以清謳流聲。僕進不能參名於二立。退又不能羣彼數子。愍三墳之既頽。惜八索之不理。庶前訓之可鑽。聊朝隱乎柱史。且韞櫝以待價。踵顏氏以行止。曾不慊夫晉楚。敢告誠於知己。

著周官訓詁。崔瑗以爲不能有異於諸儒也。又欲繼孔子易說彖象殘缺者。竟不能就。所著詩賦銘七言靈憲應閒七辯巡誥懸圖。凡三十二篇。永初中。謁者僕射劉珍校書郞劉騊駼等著作東觀。撰集漢記。因定漢家禮儀。上言請衡參論其事。會病卒。而衡常歎息。欲終成之。及爲侍中。上疏請得專事東觀。收檢遺文。畢力補綴。又條上司馬遷班固所敍與典籍不合者十餘事。又以爲王莽本傳。但應載篡事而已。至於編年月紀災祥。宜爲元后本紀。又更始居位。人無異望。光武初爲其將。然後卽眞。宜以更始之號建於光武之初。書數上。竟不聽。及後之著述。多不詳典。時人追恨之。

第三節　傅毅李尤

傅毅。字武仲。扶風茂陵人也。少博學。永平中。於平陵習章句。因作廸志詩曰。

咨爾庶士。迨時斯勗。日月逾邁。豈云旋復。哀我經營。旅力靡及。在茲弱冠。靡所庶立。於赫我祖。顯於殷國。二迹阿衡。

克光其則。武丁興商。伊宗皇士。爰作股肱。萬邦是紀。奕世載德。迄我顯考。保膺淑懿。纘修其道。漢之中葉。俊乂式序。秩彼殷宗。光此勳緒。伊余小子。穢陋靡逮。懼我世烈。自茲以墜。誰能革濁。清我濯溉。誰能昭闇。啟我童昧。先人有訓。我訊我誥。訓我嘉務。誨我博學。爰率朋友。尋此舊則。契闊夙夜。庶不懈忒。秩秩大猷。紀綱庶式。匪勤匪昭。匪壹匪測。農夫不怠。越有黍稷。誰能云作。考之居息。二事敗業。多疾我力。如彼遵衢。則罔所極。二志靡成。聿勞我心。如彼兼聽。則溷於音。於戲君子。無恆自逸。徂年如流。鮮茲暇日。行邁屢稅。胡能有迄。密勿朝夕。聿同始卒。

毅以顯宗求賢不篤。士多隱處。故作七激以爲諷。建初中。肅宗博召文學之士。以毅爲蘭臺令史。拜郎中。與班固賈逵共典校書。毅追美孝明皇帝功德最盛。而廟頌未立。乃依清廟作顯宗頌十篇奏之。由是文雅顯於朝廷。車騎將軍馬防外戚尊重。請毅爲軍司馬。待以師友之禮。及馬氏敗。免官歸。永元元年。車騎將軍竇憲復請毅爲主記室。崔駰爲主簿。及憲遷大將軍。復以毅爲司馬。班固爲中護軍。憲府文章之盛。冠於當世。毅早卒。著詩賦誄頌祝文七激連珠凡二十八篇。典論曰。傅毅之與班固。伯仲之間耳。而固書譏武仲下筆不能自休。則文人相輕之習也。

李尤字伯仁。廣漢雒人也。少以文章顯。和帝時侍中賈逵薦尤有相如揚雄之風。召詣東觀。受詔作賦。拜蘭臺令史。安帝時爲諫議大夫。受詔與謁者僕射劉珍等俱撰漢記。後帝廢太子爲濟陰王。尤上書諫爭。順帝立。遷樂安相。年八十三卒。所著詩賦銘誄頌七歎哀典凡二十八篇。尤同郡李勝亦有文才。爲東觀郎。著詩誄頌論數十篇。摯虞文章派別論曰。李尤爲銘。自山河都邑至於刀筆筓契無不有銘。而文多穢病。討論而潤色。亦可采錄。

第四節　崔駰父子及其以後之詞賦

崔駰者。篆之孫也。年十三能通詩易春秋。博學有偉才。盡通古今訓詁。百家之言。善屬文。少游太學。與班固傅毅同時齊名。常以典籍爲業。未遑仕進之事。時人或譏其太玄靜。將以後名失實。駰擬揚雄解嘲作達旨以答焉。元和中。肅宗始修古禮。巡狩方岳。駰上四巡頌以稱漢德。辭甚典美。文多故不載。帝雅好文章。自見駰頌後。帝嗟歎之。謂竇憲曰。卿寧知崔駰乎。對曰。班固數爲臣說之。然未見也。帝曰。公愛班固而忽崔駰。此葉公之好龍也。請試見之。駰由此候憲。憲屣履迎門。笑謂駰曰。亭伯吾受詔交公。公何得薄哉。遂揖入爲上客。居無幾何。帝幸憲第。時駰適在憲所。帝聞而欲召見之。憲諫以爲不宜與白衣會。帝悟曰。吾能令駰朝夕在傍。何必於此。適欲官之。會帝崩。駰以永元四年卒於家。所著詩賦銘頌書記表七依婚禮結言達旨酒警合二十一篇。

駰中子瑗。字子玉。早孤。好學。盡能傳其父業。年十八至京師。從侍中賈逵質正大義。逵善待之。瑗因留游學。遂明天官曆數京房易傳六日七分。諸儒宗之。與扶風馬融南陽張衡特相友好。瑗高於文辭。尤善爲書記箴銘。所著賦碑銘箴頌七蘇。南陽文學官志歎辭移社文悔祈。草書埶七言凡五十七篇。其南陽文學官志。稱於後世。諸能爲文者。皆自以弗及。瑗之宗有曰琦者。當梁冀恣權時。嘗作外戚箴。後竟爲冀所殺。著賦頌銘誄箴弔論九咨凡十五篇。文章派別論曰。哀辭者誄之流也。崔瑗蘇順馬融等爲之。率以施於童殤夭折不以壽終者。建安中文帝與臨淄侯各失稚子。命徐幹劉楨等爲之哀辭。哀辭之體。以哀痛爲主。緣以歎息之辭。是哀辭始於崔瑗之徒矣。

崔氏父子以下。詞賦之最著者諸家。署述於左。

王逸字叔師。南郡宜城人也。元初中舉上計吏。爲校書郎。順帝時爲侍中。著楚辭章句行於世。其賦誄書論及雜文凡二十一篇。又作漢詩百二十三篇。子延壽字文考。有儁才。少遊魯國。作靈光殿賦。後蔡邕亦造此賦未成。及見延壽所爲。甚奇之。遂輟翰而已。曾有異夢。意惡之。乃作夢賦以自厲。後溺水死。時年二十餘。

趙壹字元叔。漢陽西縣人也。體貌魁梧。身長九尺。美須豪眉。望之甚偉。而恃才倨傲。爲鄉黨所擯。乃作解擯。後屢抵罪。幾至死。友人救得免。壹乃貽書謝恩曰。昔原大夫贖桑下絕氣。傳稱其仁。秦越人還虢太子結脈。世著其神。設曩之二人不遭仁遇神。則結絕之氣竭矣。然而糒脯出乎車軨。鍼石運乎手爪。今所賴者。非直車軨之糒脯。手爪之鍼石也。乃收之於斗極。還之於司命。使乾皮復含血。枯骨復被肉。允所謂遭仁遇神。眞所宜傳而著之。余畏禁不敢班班顯言。竊爲窮鳥賦一篇。其辭曰。

有一窮鳥。戢翼原野。畢網加上。機穽在下。前見蒼隼。後見驅者。繳彈張右。羿子彀左。飛丸激矢。交集於我。思飛不得。欲鳴不可。舉頭畏觸。搖足恐墮。內獨怖急。乍冰乍火。幸賴大賢。我矜我憐。昔濟我南。今振我西。鳥也雖頑。猶識密恩。內以書心。外用告天。天乎祚賢。歸賢永年。且公且侯。子子孫孫。

又作刺世疾邪賦。以舒其怨憤曰。

伊五帝之不同禮。三王亦又不同樂。數極自然。變化非是。故相反駁。德政不能救世溷亂。賞罰豈足懲時清濁。春秋禍敗之始。戰國愈復增其荼毒。秦漢無以相踰越。乃更加其怨酷。寧計生民之命。唯利己而自足。於茲迄今。情僞萬方。佞諂日熾。剛克消亡。舐痔結駟。正色徒行。嫗媽名埶。撫拍豪強。偃蹇反俗。立致咎殃。捷懾逐物。日富月昌。渾然同惑。孰溫孰涼。邪夫顯進。直士幽藏。原斯瘼之攸興。實執政之匪賢。女謁掩其視聽兮。近習秉其威權。所好則鑽皮出其毛羽。所惡則洗垢求其瘢痕。雖欲竭誠而盡忠。路絕嶮而靡緣。九重既不可啟。又羣吠之狺狺。安危亡於旦夕。肆嗜慾於目前。奚異涉海之失柂。積薪而待燃。榮納由於閃榆。孰知辨其蚩妍。故法禁屈撓於埶族。恩澤不逮於單門。寧飢寒於堯舜之荒歲兮。不飽暖於當今之豐年。乘理雖死而非亡。違義雖生而匪存。有秦客者。乃爲詩曰。河清不可俟。人命不可延。順風激靡草。富貴者稱賢。文籍雖滿腹。不如一囊錢。伊優北堂上。骯髒倚門邊。魯生聞此。繫辭而作歌曰。埶家多所宜。咳唾自成珠。被褐懷金玉。蘭蕙化爲芻。賢者雖獨悟。所困在羣愚。且各守爾分。勿復空馳驅。哀哉復哀哉。此是命矣夫。

趙壹賦體是詞賦之靡。與西京以來體製大異。故著一篇。

邊讓字文禮陳留浚儀人也。少辯博能屬文作章華賦。雖多淫麗之辭。而終之以正。亦如相如之諷也。

酈炎字文勝。范陽人。酈食其之後也。炎有文才。解音律。言論給捷。多服其能理。靈帝時州郡辟命皆不就。有志氣。作詩二篇。後漢書載之。炎後風病慌忽。性至孝。遭母憂病甚。發動。妻始產而驚死。妻家訟之。收繫獄。炎病不能理對。熹平六年遂死獄中。時年二十八。尚書盧植爲之誄讚。以昭其懿德。

第五節　詩歌樂府之新體

東京以來。爲五言者有班固傅毅。又如徐淑秦嘉之贈答。蔡琰之幽憤詩。皆其尤也。詩歌樂府。頗有新體。今傳焦仲卿詩。云是建安中作。共千七百四十五字。爲古今最長之詩。齊東野語。歐陽公言古七言詩自漢末蓋出於史篇之體。至是五七言每多長篇。且有雜體。如梁鴻五噫。張衡四愁之類。皆體自己創者也。焦仲卿詩。或以爲曹子建作。然無可徵信。大抵建安時人所爲。爾漢末樂府如雁門太守行之類。直敍事情。而辭不華藻。亦被於絲竹。大抵後世彈詞所託始也。今具列諸篇於下。

五噫　　　　梁鴻

陟彼北芒兮。噫。顧覽帝京兮。噫。宮室崔嵬兮。噫。人之劬勞兮。噫。遼遼未央兮。噫。

四愁詩

張衡

張衡不樂久處機密陽嘉中出爲河間相時國王驕奢不遵法度又多豪右幷兼之家衡下車治威嚴能內察屬縣姦猾行巧刦皆密知名下吏收捕盡服擒諸豪俠遊客悉惶懼逃出境郡中大治爭訟息獄無繫囚時天下漸弊鬱鬱不得志爲四愁詩效屈原以美人爲君子以珍寶爲仁義以水深雪雰爲小人思以道術相報貽於時君而懼讒邪不得以通其辭曰

我所思兮在太山。欲往從之梁父艱。側身東望涕霑翰。美人贈我金錯刀。何以報之英瓊瑤。路遠莫致倚逍遙。何爲懷憂心煩勞。

我所思兮在桂林。欲往從之湘水深。側身南望涕霑襟。美人贈我金琅玕。何以報之雙玉盤。路遠莫致倚惆悵。何爲懷憂心煩傷。

我所思兮在漢陽。欲往從之隴阪長。側身西望涕沾裳。美人贈我貂襜褕。何以報之明月珠。路遠莫致倚踟躕。何爲懷憂心煩紆。

我所思兮在雁門。欲往從之雪雰雰。側身北望涕沾巾。美人贈我錦繡段。何以報之青玉案。路遠莫致倚增歎。何爲懷憂心煩惋。

雁門太守行

孝和帝在時。洛陽令王君。本自益州廣漢蜀民。少行宦學。通五經論。(一解)明知法令。歷世衣冠。從温補洛陽令。治行致賢。擁護百姓。子養萬民。(二解)外行猛政。內懷慈仁。文武備具。料民富貧。移惡子姓。篇著里端。(三解)傷殺人比伍。同罪對門。禁鍪矛八尺。捕輕薄少年。加笞決罪。詣馬市論。(四解)無妄發賦。念在理寃。敕吏正獄。不得苛煩。財用錢三十。買繩理竿。(五解)賢哉賢哉。我縣王君。臣吏衣冠。奉事皇帝。功曹主簿。皆得其人。(六解)臨部居職。不敢行恩。清身苦體。夙夜勞勤。治有能名。遠近所聞。(七解)天年不遂。早就奄昏。爲君作祠。安陽亭西。欲令後世。莫不稱傳。(八解)

古詩爲焦仲卿妻作

漢末建安中廬江府小吏焦仲卿妻劉氏爲仲卿母所遣自誓不嫁其家逼之乃投水而死仲卿聞之亦自縊於庭樹時人傷之爲詩云爾

孔雀東南飛。五里一裴徊。十三能織素。十四學裁衣。十五彈箜篌。十六誦詩書。十七爲君婦。心中常苦悲。君既爲府吏。守節情不移。賤妾留空房。相見常日稀。雞鳴入機織。夜夜不得息。三日斷五疋。大人故嫌遲。非爲織作遲。君家婦難爲。妾不堪驅使。徒留無所施。便可白公姥。及時相遣歸。府吏得聞之。堂上啟阿母。兒已薄祿相。幸復得此婦。結髮同枕席。黃泉共爲友。共事二三年。始爾未爲久。女行無偏斜。何意致不厚。阿母謂府吏。何乃太區區。此婦無禮節。舉動自專由。吾意久懷忿。汝豈得自由。東家有賢女。自名秦羅敷。可憐體無比。阿母爲汝求。便可速遣之。遣去慎莫留。府吏長跪告。伏惟啟阿母。今若遣此婦。終老不復取。阿母得聞之。槌牀便大怒。小子無所畏。何敢助婦語。吾已失恩義。會不相從許。府吏默無聲。再拜還入戶。舉言謂新婦。哽咽不能語。我自不驅卿。逼迫有阿母。卿但暫還家。吾今且報府。不久當歸還。還必相迎取。以此下心意。慎勿違我語。新婦謂府吏。勿復重紛紜。往昔初陽歲。謝家來貴門。奉事循公姥。進止敢自專。晝夜勤作息。伶俜縈苦辛。謂言無罪過。供養卒大恩。仍更被驅遣。何言復來還。妾有繡腰襦。葳蕤自生光。紅羅複斗帳。四角垂香囊。箱簾六七十。綠碧青絲繩。物物各自異。種種在其中。人賤物亦鄙。不足迎後人。留待作遺施。於今無會因。時時爲安慰。久久莫相忘。雞鳴外欲曙。新婦起嚴妝。著我繡裌裙。事事四五通。足下躡絲履。頭上玳瑁光。腰若流紈素。耳著明月璫。指如削葱根。口如含珠丹。纖纖作細步。精妙世無雙。上堂拜阿母。阿母怒不止。昔作女兒時。生小出野里。本自無敎訓。兼愧貴家子。受母錢帛多。不堪母驅使。今日還家去。念母勞家裏。却與小姑別。淚落連珠子。新婦初來時。小姑始扶牀。今日被驅遣。小姑如我長。勤心養公姥。好自相扶將。初七及下九。嬉戲莫相忘。出門登車去。涕落百餘行。府吏馬在前。新婦車在後。隱隱何甸甸。俱會大道口。下馬入車中。低頭共耳語。誓不相隔卿。且暫還家去。吾今且赴府。不久當還歸。誓天不相負。新婦謂府吏。感君區區懷。君既若見錄。不久望君來。君當作盤石。妾當作蒲葦。蒲葦紉如絲。盤石無轉移。我有親父兄。性行暴如雷。恐不任我意。逆以煎我懷。舉手長勞勞。二情同依依。入門上家堂。進退無顏儀。阿母大拊掌。不圖子自歸。十三敎汝織。十四能裁衣。十五彈箜篌。十六知禮儀。十七遣汝嫁。謂言無誓違。汝今何罪過。不迎而自歸。蘭芝慚阿母。兒實無罪過。阿母大悲摧。還家十餘日。縣令遣媒來。云有第三郎。窈窕世無雙。年始十八九。便言多令才。阿母謂阿女。汝可去應之。阿女含淚答。蘭芝初還時。府吏見丁寧。結誓不別離。今日違情義。恐此事非奇。自可斷來信。徐徐更謂之。阿母白媒人。貧賤有此女。始適還家門。不堪吏人婦。豈合令郎君。幸可廣問訊。不得便相許。媒人去數日。尋遣丞請還。說有蘭家女。承籍有宦官。云有第五郎。嬌逸未有婚。遣丞爲媒人。主簿通語言。直說太守家。有此令郎君。既欲結大義。故遣來貴門。阿母謝媒人。女子先有誓。老姥豈敢言。阿兄得聞之。悵然心中煩。舉言謂阿妹。作計何不量。先嫁得府吏。後嫁得郎君。否泰如天地。足以榮汝身。不嫁義郎體。其往欲何云。蘭芝仰頭答。理實如兄言。謝家事夫壻。中道還兄門。處分適兄意。那得自任專。雖與府吏要。渠會永無緣。登卽相許和。便可作婚姻。媒人下牀去。諾諾復爾爾。還部白府君。下宮奉使命。言談大有緣。府君得聞之。心中大歡喜。視曆復開書。便利此月內。六合正相應。良吉三十日。今已二十七。卿可去成婚。交語速裝束。絡繹如浮雲。青雀白鵠舫。四角龍子幡。婀娜隨風轉。金車玉作輪。躑躅青驄馬。流蘇金鏤鞍。齎錢三百萬。皆用青絲穿。雜綵三百疋。交廣市鮭珍。從人四五百。鬱鬱登郡門。阿母謂阿女。適得府君書。明日來迎汝。何不作衣裳。莫令事不舉。阿女默無聲。手巾掩口啼。淚落便如瀉。移我琉璃榻。出置前牕下。左手持刀尺。右手執綾羅。朝成繡裌裙。晚成單羅衫。晻晻日欲暝。愁思出門啼。府吏聞此變。因求假暫歸。未至二三里。摧藏馬悲哀。新婦識馬聲。躡履相逢迎。悵然遙相望。知是故人來。舉手拍馬鞍。嗟歎使心傷。自君別我後。人事不可量。果不如先願。又非君所詳。我有親父母。逼迫兼弟兄。以我應他人。君還何所望。府吏謂新婦。賀卿得高遷。盤石方且厚。可以卒千年。蒲葦一時紉。便作旦夕間。卿當日勝貴。吾獨向黃泉。新婦謂府吏。何意出此言。同是被逼迫。君爾妾亦然。黃泉下相見。勿違今日言。執手分道去。各各還家門。生人作死別。恨恨那可論。念與世間辭。千萬不復全。府吏還家去。上堂拜阿母。今日大風寒。寒風摧樹木。嚴霜結庭蘭。兒今日冥冥。令母在後單。故作不良計。勿復怨鬼神。命如南山石。四體康且直。阿母得聞之。零淚應聲落。汝是大家子。仕宦於臺閣。愼勿爲婦死。貴賤情何薄。東家有賢女。窈窕豔城郭。阿母爲汝求。便復在旦夕。府吏再拜還。長歎空房中。作計乃爾立。轉頭向戶裏。漸見愁煎迫。其日牛馬嘶。新婦入青廬。奄奄黃昏後。寂寂人定初。我命絕今日。魂去尸長留。攬裙脫絲履。舉身赴淸池。府吏聞此事。心知長別離。徘徊顧樹下。自掛東南枝。兩家求合葬。合葬華山傍。東西植松柏。左右種梧桐。枝枝相覆蓋。葉葉相交通。中有雙飛鳥。自名爲鴛鴦。仰頭相向鳴。夜夜達五更。行行駐足聽。寡婦起彷徨。多謝後世人。戒之愼勿忘。

第九章　王充與評論派之文學

王充字仲任。會稽上虞人也。其先自魏郡元城徙焉。充少孤。鄉里稱孝。後到京師。受業太學。師事扶風班彪。好博覽而不守章句。家貧無書。常游洛陽市肆。閱所賣書。一見輒能誦憶。遂博通衆流百家之言。後歸鄉里。屏居敎授。仕郡爲功曹。以數諫爭不合去。充好論說。始若詭異。終有理實。以爲俗儒守文。多失其眞。乃閉門潛思。絕慶弔之禮。戶牖牆壁。各置刀筆。著論衡八十五篇。二十餘萬言。釋物類同異。正時俗嫌疑。刺史董勤辟爲從事。轉治中。自免還家。友人同郡謝夷吾上書薦充才學。肅宗特詔公車徵。病不行。年漸七十。志力衰耗。乃造養性書十六篇。今不傳。

對作篇

漢家極筆墨之林。書論之造。漢家尤多。陽成子張作樂。揚子雲造玄。二經發於臺下。讀於闕掖。卓絕驚耳。不述而作。材疑聖人。而漢朝不譏。況論衡細說微論。解釋世俗之疑。辨照是非之理。使後進曉見然否之分。恐其廢失。著之簡牘。祖經章句之說。先師奇說之類也。其言伸繩彈割俗傳。俗傳蔽惑。僞書放流。賢通之人。疾之無已。孔子曰。詩人疾之不能默。丘疾之不能伏。是以論也。玉亂於石。人不能別。或若楚之王尹。以玉爲石。卒使卞和受刖足之誅。是反爲非。虛轉爲實。安能不言。俗傳既過。俗書又僞。若夫鄒衍謂今天下爲一州。四海之外。有若天下者九州。淮南書言共工與顓頊爭天子不勝。怒而觸不周之山。使天柱折地維絕。堯時十日並出。堯上射九日。魯陽戰而日暮。援戈麾日。日爲卻還。世間書傳。多若等類。浮妄虛僞。沒奪正是。心濆涌筆手擾。安能不論。論則考之以心。效之以事。浮虛之事。輒立證驗。若太史公之書。據許由不隱。燕太子丹不使日再中。讀見之者。莫不稱善。政務爲郡國守相縣邑令長陳通政事所當尙務。欲令全民立化。奉稱國恩。論衡九虛三增。所以使俗務實誠也。論死訂鬼。所以使俗薄喪葬也。孔子徑庭麗級。被棺斂者不省。劉子政上薄葬。奉送藏者不約。光武皇帝草車茅馬。爲明器者不姦。何世書俗言不載信死之語汶濁之也。今著論死及死僞之篇。明死無知。不能爲鬼。冀觀覽者將一曉解約葬。更爲節儉。斯蓋論衡有益之驗也。言苟有益。雖作何害。倉頡之書。世以紀事。奚仲之車。世以自載。伯余之衣。以避寒暑。桀之瓦屋。以辟風雨。夫不論其利害。而徒譏其造作。是則倉頡之徒有非。世本十五家皆受責也。故夫有益也。雖作無害也。雖無害。何補古有命使采爵。欲觀風俗。知下情也。詩作民間。聖王可云汝民也何發作。囚罪其身。殁滅其詩乎。今已不然。故詩傳亞今論衡政務。其猶詩也。冀望見采。而云有過。斯蓋論衡之書。所以興也。且凡造作之過。意其言妄而謗誹也。論衡

實事疾妄。齊世宣漢。恢國驗符。盛褒須頌之言。無誹謗之辭。造作如此。可以免於罪矣。

閻光表曰。論衡上而天文。下而地理。中而人類。旁至動植。幽至鬼神。莫不窮纖極微。抉奧剔隱。筆瀧漉而言溶滫。如千葉寶蓮。層層開敷。而各有妙趣。如萬疊鯨浪。滾滾翻湧。而遞擅奇

形。有子長之縱橫而去其譎。有晉人之娟倩而絀其虛。有唐人之華整而芟其排。有宋人之名理而削其腐。

後漢書以王充王符仲長統三人合在一傳。以三人並長於辨論。是評議之宗也。韓退之至爲作後漢三賢贊焉。後漢書曰。王符字節信。安定臨涇人也。少好學。有志操。與馬融竇章張衡崔瑗等友善。安定俗鄙庶孽。而符無外家。爲鄉人所賤。自和安之後。世務游宦。當塗者更相引薦。而符獨耿介不同於俗。以此遂不得升進。志意蘊憤。乃隱居著書三十餘篇。以譏當時得失。不欲章顯其名。故號曰潛夫論。其指訐時短。討讁物情。足以觀見當世風政。今潛夫論見存。

仲長統。字公理。山陽高平人也。少好學。博涉書記。贍於文辭。年二十餘。游學青徐幷冀之間。與交友者多異之。統性俶儻。敢直言。不矜小節。默語無常。時人或謂之狂生。每州郡命召。輒稱疾不就。常以爲凡游帝王者。欲以立身揚名耳。而名不常存。人生易滅。優游偃仰。可以自娛。欲卜居清曠。以樂其志。論之曰。使居有良田廣宅。背山臨流。溝池環帀。竹木周布。場圃築前。果園樹後。舟車足以代步涉之難。使令足以息四體之役。養親有兼珍之膳。妻孥無苦身之勞。良朋萃止。則陳酒肴以娛之。嘉時吉日。則烹羔豚以奉之。躕躇畦苑。遊戲平林。濯清水。追涼風。釣游鯉。弋高鴻。諷於舞雩之下。詠歸高堂之上。安神閨房。思老氏之玄虛。呼吸精和。

求至人之仿佛。與達者數子。論道講書。俯仰二儀。錯綜人物。彈南風之雅操。發清商之妙曲。消搖一世之上。睥睨天地之間。不受當時之責。永保性命之期。如是則可以凌霄漢。出宇宙之外矣。豈羨夫入帝王之門哉。又作詩二篇以見其志。辭曰。飛鳥遺跡。蟬蛻亡殼。騰蛇棄鱗。神龍喪角。至人能變。達士拔俗。乘雲無轡。騁風無足。垂露成幃。張霄成幄。沆瀣當餐。九陽代燭。恆星豔珠。朝霞潤玉。六合之內。恣心所欲。人事可遺。何爲局促。大道雖夷。見幾者寡。任意無非。適物無可。古來繞繞。委曲如瑣。百慮何爲。至要在我。寄愁天上。埋憂地下。叛散五經。滅棄風雅。百家雜碎。請用從火。抗志山西。游心海左。元氣爲舟。微風爲柂。敖翔太清。縱意容冶。尚書令荀彧聞統名。奇之。舉爲尚書郎。後參丞相曹操軍事。每論說古今及時俗行事。恆發憤歎息。因著論名曰昌言。凡三十四篇。十餘萬言。獻帝遜位之歲。統卒。時年四十一。友人東海繆襲常稱統才章足繼西京董賈劉揚。云後漢書載統昌言三篇

第十章　佛教之輸入

第一節　牟融理惑論

明帝永平中。夢神人金身丈六。項有日光。寤問傅毅。云有佛出於天竺。乃遣使往求。備獲經像。及僧二人。於是乃立佛寺。始譯四十二章經等。此佛教輸入中國之始也。然薦紳先生未嘗好之。今獨傳理惑論。是牟融作。然後漢書本傳不言融好佛。莫能詳也。後漢譯經如嚴佛

調諸人詞旨並淺僿。少可觀者。今載理惑論序一篇於下。

理惑論　三十七篇　一云蒼梧太守牟子博傳　　漢牟融

牟子既修經傳諸子。書無大小。靡不好之。雖不樂兵法。然猶讀焉。雖讀神仙不死之書。抑而不信。以爲虛誕。是時靈帝崩後。天下擾亂。獨交州差安。北方異人咸來在焉。多爲神仙辟穀長生之術。時人多有學者。牟子常以五經難之。道家術士。莫敢對焉。比之於孟軻距楊朱墨翟。先是時牟子將母避世交趾。年二十六。歸蒼梧娶妻。太守聞其守學。謁請署吏。時年方盛。志精於學。又見世亂。無仕宦意。竟遂不就。是時諸州郡相疑。隔塞不通。太守以其博學多識。使致敬荊州。牟子以爲榮爵易讓。使命難辭。遂嚴當行。會被州牧優文處士辟之。復稱疾不起。牧弟爲豫章太守。爲中郎將笮融所殺。時牧遣騎都尉劉彥將兵赴之。恐外界相疑。兵不得進。牧乃請牟子曰。弟爲逆賊所害。骨肉之痛。憤發肝心。當遣劉都尉行。恐外界疑難。行人不通。君文武兼備。有專對才。今欲相屈之零陵桂陽。假塗於通路。何如。牟子曰。被秩伏櫪。見遇日久。烈士忘身。期必騁效。遂嚴當發。會其母卒亡。遂不果行。久之退念。以辯達之故。輒見使命。方世擾攘。非顯己之秋也。乃歎曰。老子絕聖棄智。修身保眞。萬物不干其志。天下不易其樂。天子不得臣。諸侯不得友。故可貴也。於是銳志於佛道。兼研老子五千文。含玄妙爲酒漿。翫五經爲琴簧。世俗之徒。多非之者。以爲背五經而向異道。欲爭則非道。欲默則不能。遂以筆墨之間。略引聖賢之言證解之。名曰牟子理惑云。

第二節　反切之始

隋書經籍志載。後漢時有婆羅門書。能以十四字貫一切音。是卽梵書入中國之始。其時士流濡染。遂有反語。始於孫叔然。叔然名炎。樂安人。鄭康成弟子。爲漢末大儒。其學至魏世大行。高貴鄉公不識反語。則羣以爲怪事。如陳思王植亦好梵音。見法苑珠林。叔然反語。雖未必悉出梵書之化。然梵書當時頗有。故不能不疑其曾有所取爾。後世別有一孫炎。作爾雅正義。與叔然說頗相混。近世吳騫嘗釋孫炎爾雅正義。辨其非叔然說。今錄其序於後。可以考焉。

魏志王肅傳曰。初肅善賈馬之學。而不好鄭氏。采會同異。爲尙書詩論語三禮左氏解。時樂安孫叔然授學鄭玄之門人。稱東州大儒。徵爲秘書監不就。肅集聖證論以譏短玄。叔然駮而釋之。

吳騫釋孫炎爾雅正義序曰。歸安丁小雅學博嘗爲予述東原戴氏之說。以爲注爾雅之孫炎有二。一爲魏徵士樂安人。字叔然。其一蓋唐五代時人。惜字與爵里不可考。邢昺爾雅注疏序云。其爲義疏者俗間有孫炎高璉。淺近俗儒不經師匠。此其非孫叔然可知。又云某按陸氏埤雅所引孫炎註俗間孫炎也。騫以埤雅觀之始信其言爲不誣。陸氏每引其說必曰孫炎正義。或曰孫炎爾雅正義。若孫叔然釋文及隋唐各志所載。但有爾雅注及音義而未嘗有爾雅正義。且正義之名起於隋唐間。前此未有也。邢氏既斥之爲淺近俗儒。宜俗間孫炎高璉之說。皆在所屏而世或反疑邢氏既斥其淺近。疏復屢引孫說。又謂引炎說頗多而高璉不存片語爲不可解。皆未聞前說者也。暇日因從陸氏書中摘錄所謂正義之文於左。以資參考。

第十一章　建安體與三國文學

第一節　曹氏父子之文學及建安七子

建安文學者。總兩漢之菁英。導六朝之先路。蓋獻帝末年。曹操柄國。子桓兄弟。並有文采。羣彥蔚集。一時稱盛。而七子之目。實自子桓典論。其詞曰。

> 今之文人。魯國孔融文舉。廣陵陳琳孔璋。山陽王粲仲宣。北海徐幹偉長。陳留阮瑀元瑜。汝南應瑒德璉。東平劉楨公幹。斯七子者。於學無所遺。於辭無所假。咸以自騁驥騄於千里。仰齊足而並馳。以此相服。亦良難矣。蓋君子審己以度人。故能免於斯累。而作論文。王粲長於辭賦。徐幹時有齊氣。然粲之匹也。如粲之初征登樓槐賦征思。幹之玄猿漏卮圓扇橘賦。雖張蔡不過也。然於他文。未能稱是。琳瑀之章表書記。今之儁也。應瑒和而不壯。劉楨壯而不密。孔融體氣高妙。有過人者。然不能持論。理不勝辭。至於雜以嘲戲。及其所善。揚班儔也。

七人之中。孔融早被禍難。三國志以徐幹、陳琳、應瑒、劉楨、阮瑀、附見王粲傳。又云自潁川邯鄲淳、繁欽、陳留路粹、沛國丁儀、丁廙、宏農楊修、河內荀緯等。亦有文采。而不在七人之列。今述諸人傳略於下。

孔融字文舉。魯國人。孔子二十世孫。少爲李膺所重。及長與陳留邊讓齊聲。曹操柄國。融與書多侮慢。數發辭偏宕。以致乖忤。操憚融名重天下。時建正議。慮鯁大業。山陽郗慮。承望風旨。以微法奏免融官。操遂搆成其罪。令路粹枉狀奏融。前與白衣禰衡。跌蕩放言。更相贊揚。衡謂融曰。仲尼不死。融答曰。顏回復生。竟坐棄市。魏文卽位。募天下有上融文章者。輒賞以金帛。所著詩頌碑文論議六言策文表檄敎令書記凡二十五篇。禰衡字正平。任才慢物。惟善融與楊修。常稱曰。大兒孔文舉。小兒楊德祖。餘子碌碌。莫足數也。善爲奏章。後依黃祖。卽席作鸚鵡賦。文無加點。辭采甚麗。卒以忤祖爲所殺。年二十六云。劉勰曰。孔融氣盛於爲筆。禰衡思銳於爲文。有偏美焉。

王粲字仲宣。山陽高平人也。祖父皆爲漢三公。少在長安。左中郎將蔡邕見而奇之。時邕才學顯著。貴重朝廷。常車騎塡巷。賓客盈坐。聞粲在門。倒屣迎之。粲至。年既幼弱。容狀短小。一坐盡驚。邕曰。此王公孫也。有異才。吾不如也。吾家書籍文章。盡當與之。魏國既建。拜侍中。博物多識。問無不對。時舊儀廢弛。興造制度。粲恆典之。與人共行。讀道邊碑。一過便背誦之。不失。觀人圍棊。局壞。粲爲覆之。棊者不信。以帊蓋局。使更以他局爲之。用相比校。不誤一道。其彊記默識如此。屬文舉筆便成。無所改定。時人常以爲宿搆。然正復精意覃思。亦不能加也。著詩賦論議垂六十篇。建安二十一年。從征吳。二十二年春。道病卒。時年四十一。三國志王粲傳曰。始文帝爲五官將。及平原侯植皆好文學。粲與北海徐幹字偉長。廣陵陳琳。字孔璋。陳留阮瑀。字元瑜。汝南應瑒。字德璉。東平劉楨。字公幹。並見友善。幹爲司空軍謀祭酒掾屬五官將文學。琳前爲何進主簿。避難冀州。袁紹使典文章。袁氏敗。琳歸太祖。太祖謂曰。卿昔爲本初移書。但可罪狀孤而已。惡惡止其身。何乃上及父祖邪。琳謝罪。太祖愛其才而不咎。瑀少受學於蔡邕。建安中都護曹洪欲使掌書記。瑀終不爲屈。太祖並以琳瑀爲司空軍謀祭酒。管記室。軍國書檄。多琳瑀所作也。琳徙門下督。瑀爲倉曹掾屬。瑒楨各被太祖辟爲丞相掾屬。瑒轉爲平原侯庶子。後爲五官將文學。咸著文賦數十篇。瑀以十七年卒。幹琳瑒楨二十二年卒。文帝書與元城令吳質曰。昔年疾疫。親故多離其災。徐陳應劉。一時俱逝。觀古今文人。類不護細行。鮮能以名節自立。而偉長獨懷文抱質。恬淡寡欲。有箕山之志。可謂彬彬君子矣。著中論二十餘篇。辭義典雅。足傳於後。德璉常斐然有述作意。其才學足以著書。美志不遂。良可痛惜。孔璋章表殊健。微爲繁富。公幹有逸氣。但未遒耳。元瑜書記翩翩。致足樂也。仲宣獨自善於辭賦。惜其體弱。不足起其文。至於所善。古人無以遠過也。昔伯牙絕弦於鍾期。仲尼覆醢於子路。痛知音之難遇。傷門人之莫逮也。諸子但爲未及古人。自一時之儁也。

鍾嶸詩評曰。降及建安。曹公父子。篤好斯文。平原兄弟。鬱爲文棟。劉楨王粲。爲其羽翼。次有攀龍託鳳。自致於屬車者。蓋將百計。彬彬之盛。大備於時矣。曹氏父子之中。陳思王植尤爲後人所推。詩評列陳思於上品。列子桓中品。而孟德獨在下品。其評陳思曰。其源出於國風。骨氣奇高。詞彩華茂。情兼雅怨。體被文質。粲溢今古。卓爾不羣。嗟乎。陳思之於文章也。譬人倫之有周孔。鱗羽之有龍鳳。音樂之有琴笙。女工之有黼黻。俾爾懷鉛吮墨者。抱篇章而景慕。映餘輝以自燭。故孔氏之門如用詩。則公幹升堂。思王入室。景陽潘陸。自可坐於廊廡之間矣。劉楨王粲。雖同在上品。而於楨則曰。自陳思以下。楨稱獨步。於粲則曰。方陳思不足。比魏文有餘。至於孟德。則稱其甚有悲涼之句。兼獨許子桓西北有浮雲十餘首而已。

文心雕龍曰。自獻帝播遷。文學蓬轉。建安之末。區宇方輯。魏武以相王之尊。雅愛詩章。文帝以副君之重。妙善詞賦。陳思以公子之豪。下筆琳瑯。並體貌英逸。故俊才雲蒸。仲宣委質於漢南。孔璋歸命於河北。偉長從宦於青土。公幹徇質於海隅。德璉綜其斐然之思。元瑜展其翩翩之樂。文蔚休伯之儔。于叔德祖之侶。傲雅觴豆之前。雍容衽席之上。灑筆以成酣歌。和墨以藉談笑。觀其時文。雅好慷慨。良由世積亂離。風衰俗怨。並志深而筆長。故梗槩而多氣也。又曰。魏文之才。洋洋清綺。舊談抑之。謂去植千里。然子建思捷而才儁。詩麗而表逸。子桓慮詳而力緩。故不競於先鳴。而樂府清越。典論辯要。迭用短長。亦無懵焉。但俗情抑揚。雷同一響。遂令文帝以位尊減才。思王以勢窘益價。未為篤論也。仲宣溢才。捷而能密。文多兼善。辭少瑕累。摘其詩賦。則七子之冠冕乎。琳瑀以符檄擅聲。徐幹以賦論標美。劉楨情高以會采。應瑒學優以得文。路粹楊修頗懷筆記之工。下儀邯鄲。亦含論述之美。有足算焉。

雜詩　孔融

遠送新行客。歲暮乃來歸。入門望愛子。妻妾向人悲。聞子不可見。日巳潛光輝。孤墳在西北。常念君來遲。褰裳上墟邱。但見蒿與薇。白骨歸黃泉。肌體乘塵飛。生時不識父。死後知我誰。孤魂遊窮暮。飄颻安所依。人生圖孠(古嗣字)息。爾死我念追。俛仰內傷心。不覺淚沾衣。人生自有命。但恨生日希。

雜詩　魏文帝

西北有浮雲。亭亭如車蓋。惜哉時不遇。適與飄風會。吹我東南行。行行至吳會。吳會非我鄉。安得久留滯。弃置勿復陳。客子常畏人。

燕歌行

秋風蕭瑟天氣涼。草木搖落露爲霜。羣燕辭歸鴈南翔。念君客遊思斷腸。慊慊思歸戀故鄉。君何淹留寄他方。賤妾煢煢守空房。憂來思君不敢忘。不覺淚下沾衣裳。援琴鳴絃發清商。短歌微吟不能長。明月皎皎照我牀。星漢西流夜未央。牽牛織女遙相望。爾獨何辜限河梁。

七哀詩　韻語陽秋痛而哀義而哀感而哀怨而哀耳目聞見而哀口歎而哀鼻酸而哀謂之七哀　曹植

明月照高樓。流光正徘徊。上有愁思婦。悲歎有餘哀。借問歎者誰。言是宕子妻。君行踰十年。孤妾常獨棲。君若清露塵。妾若濁水泥。浮沉各異勢。會合何時諧。願爲西南風。長逝入君懷。君懷良不開。賤妾當何依。

贈蔡子篤詩 蔡睦字子篤爲尙書仲宣與之同避難荆州子篤還仲宣作此贈之　　王粲

翼翼飛鸞。載飛載東。我友云徂。言戾舊邦。舫舟翩翩。以泝大江。蔚矣荒塗。時行靡通。慨我懷慕。君子所同。悠悠世路。亂離多阻。濟岱江行。邈焉異處。風流雲散。一別如雨。人生實難。願其弗與。瞻望遐路。允企伊佇。烈烈冬日。肅肅淒風。潛鱗在淵。歸雁在軒。苟非鴻鵰。孰能飛翻。雖則追慕。予思罔宣。瞻望東路。慘愴增歎。率彼江流。爰逝靡期。君子信誓。不遷於時。及子同寮。生死固之。何以贈行。言授斯詩。中心孔悼。涕淚漣洏。嗟爾君子。如何勿思。

贈從弟三首　　劉楨

汎汎東流水。磷磷水中石。蘋藻生其涯。華紛何優溺。采之薦宗廟。可以羞嘉客。豈無園中葵。懿此出深澤。

亭亭山上松。瑟瑟谷中風。風聲一何盛。松枝一何勁。冰霜正慘悽。終歲常端正。豈不罹凝寒。松柏有本性。

鳳凰集南嶽。裴徊孤竹根。於心有不厭。奮翅凌紫氛。豈不常勤苦。羞與黃雀羣。何時當來儀。將須聖明君。

第二節　吳蜀文學

三國文學。皆萃魏都。吳蜀僻在方隅。流風餘韻蔑如也。吳之經術。有虞翻陸績。文辭有韋昭華覈薛綜。蜀惟諸葛亮奏事教令。質而近雅。餘如譙周秦宓郤正之論。亦華實兼茂。郤正釋譏。則崔駰達旨之類也。然吳蜀間罕以詩賦擅稱者。故不逮鄴下之盛矣。諸葛亮上後主表。尤爲後人所稱。劉勰曰。孔明之辭後主。志盡文暢。表之英也。蘇子瞻曰。孔明出師二表。簡而且盡。直而不肆。大哉言乎。非秦漢而下。以事君爲悅者所能至。亮集至晉初陳壽爲之集錄。

共二十四篇。今大牢亡佚。壽敍其目錄上之曰。論者或怪亮文彩不艷。而過於丁寧周至。臣愚以爲咎繇大賢也。周公聖人也。考之尙書。咎繇之謨略而雅。周公之誥煩而悉。何則。咎繇與舜禹共談。周公與羣下矢誓故也。亮所與言。盡衆人凡士。故其文指不得及遠也。然其聲教遺言。皆經事綜物。公誠之心。形於文墨。足以知其人之意理。而有補當世。然三國詞采之麗。無踰魏都。至於文奏忠摯深切。有典誥之遺。則惟蜀之諸葛亮而已。

上後主出師表

諸葛亮

臣亮言。先帝創業未半。而中道崩殂。今天下三分。益州罷弊。此誠危急存亡之秋也。然侍衞之臣。不懈於內。忠志之士。亡身於外者。蓋追先帝之殊遇。欲報之於陛下也。誠宜開張聖聽。以光先帝遺德。恢宏志士之氣。不宜妄自菲薄。引喻失義。以塞忠諫之路也。宮中府中。俱爲一體。陟罰臧否。不宜異同。若有作姦犯科。及爲忠善者。宜付有司。論其刑賞。以昭陛下平明之治。不宜偏私。使內外異法也。侍中侍郎郭攸之費禕董允等。此皆良實。志慮忠純。是以先帝簡拔以遺陛下。愚以爲宮中之事。事無大小。悉以咨之。然後施行。必能裨補闕漏。有所廣益。將軍向寵。性行淑均。曉暢軍事。試用於昔日。先帝稱之曰能。是以衆議舉寵爲督。愚以爲營中之事。事無大小。悉以咨之。必能使行陣和睦。優劣得所也。親賢臣。遠小人。此先漢所以興隆也。親小人。遠賢臣。此後漢所以傾頹也。先帝在時。每與臣論此事。未嘗不歎息痛恨於桓靈也。侍中尙書長史參軍。此悉忠貞死節之臣也。願陛下親之信之。則漢室之隆。可計日而待也。臣本布衣。躬耕於南陽。苟全性命於亂世。不求聞達於諸侯。先帝不以臣卑鄙。猥自枉屈。三顧臣於草廬之中。諮臣以當世之事。由是感激。遂許先帝以馳驅。後值傾覆。受任於敗軍之際。奉命於危難之間。爾來二十有一年矣。先帝知臣謹愼。故臨崩寄臣以大事也。受命以來。夙夜憂歎。恐託付不效。以傷先帝之明。故五月渡瀘。深入不毛。今南方已定。兵甲已足。當奬率三軍。北定中原。庶竭駑鈍。攘除姦凶。興復漢室。還於舊都。此臣所以報先帝而忠陛下之職分也。願陛下託臣以討賊興復之效。不效則治臣之罪。以告先帝之靈。至於斟酌損益。進盡忠言。則攸之禕允之任也。若無興德之言。則責攸之禕允之咎。以彰其慢。陛下亦宜自謀。以諮諏善道。察納雅言。深追先帝遺詔。臣不勝受恩感激。今當遠離。臨表涕泣。不知所云。

第十二章　魏晉老莊學派及名理之影響

第一節　正始文學

昔在漢西京。黃老縱橫刑名之學。與儒術並行。光武中興以後。世主專尙儒術。百家之學幾黜焉。及其衰季。天下名流與於黨錮之禍者。則有三君八俊八顧八及等號。其人率大學諸生所推戴。而被服於儒術者也。當時郭泰李膺陳蕃之倫。爲之領袖。進退必守經義。本於禮教。故道德學術之一而不雜。必以東漢爲最焉。雖其時佛教已入中國。信者實罕。卽處士逸民如周黨、嚴光、井丹、梁鳴、高鳳。特立獨行之士如李業、劉茂、范式、張武、陳重、雷義等。往往嘗受業大學。顚沛困頓。不易其操。蓋秉儒者之教。著於行事。終東漢之世。異端之學。不能與儒術抗。

建安之際。曹氏父子。始集文辨之士。魏室既建。經籍道息。正始間。王弼何晏。遂唱老莊之學。當世競慕其風。有四聰八達之目。晏等雖及於禍。遺說延及晉世。浸淫未已。斯固風氣之變。而其餘韻。著於文學。可得而畧論也。

魏志曹爽傳曰。南陽何晏、鄧颺、李勝、沛國丁謐、東平畢軌。咸有聲名。進趣於時。明帝以其浮華皆抑黜之。及爽秉政。乃復進敍任爲腹心。又曰。晏。何進孫也。母尹氏爲太祖夫人。晏長於宮省。又尚公主。少以才秀知名。好老莊言。作道德論及諸文賦著述凡數十篇。注引魏氏春秋曰。初夏侯玄何晏等名盛於時。司馬景王亦預焉。晏嘗曰。唯深也。故能通天下之志。夏侯泰初是也。唯幾也。故能成天下之務。司馬子元是也。惟神也。不疾而速。不行而至。吾聞其語。未見其人。蓋欲以神況諸己也。

何劭王弼傳曰。弼與鍾會善。會論議以校練爲家。每服弼之高致。何晏以爲聖人無喜怒哀樂。其論甚精。鍾會等述之。弼與不同。以爲聖人茂於人者神明也。同於人者五情也。神明茂故能體沖和以通無。五情同故不能無哀樂以應物。然則聖人之情。應物而無累於物者也。今以其無累。便爲不復應物。失之多矣。弼字輔嗣。注老子周易。往往有高麗之言。年二十四早卒。

先是王弼先爲傅嘏所知。嘏有清理識要。好論才性。原本精微。尠能及之。司隸校尉鍾會年甚少。嘏以明智交會。初會弱冠與弼並知名。嘗論易無互體。才性同異。及會死。後於會家得書二十篇。名曰道論。而實刑名家也。其文似會。會又有四本論。大抵亦名家。四本者言才性同。才性異。才性合。才性離也。尚書傅嘏論同。中書令李豐論異。會論合。屯騎校尉王廣論離。會初撰四本論畢。欲示嵇叔夜。置懷中。既定。畏其難。不敢出。於戶外遙擲。便回走。殷仲堪精覈玄論。人謂莫不研究。殷乃歎曰。使我解四本。談不翅爾。蓋晉以來多重之也。

傅子曰。是時何晏以才辯顯於貴戚之間。鄧颺好變通。合徒黨。鬻聲名於閭閻。而夏侯玄以貴臣子。少有重名。爲之宗主。求交於嘏而不納也。嘏友人荀粲有清識遠心。然猶怪之。謂嘏曰。夏侯泰初一時之傑。虛心交子。合則好成。不合則怨至。二賢不睦。非國之利。此藺相如所以下廉頗也。嘏答之曰。泰初志大其量。能合虛聲而無實才。何平叔言遠而情近。好辯而無誠。所謂利口覆邦國之人也。鄧玄茂有爲而無終。外要名利。內無關鑰。貴同惡異。多言而妒前。多言多釁。妒前無親。以吾觀此三人者。皆敗德也。遠之猶恐禍及。況昵之乎。裴松之嘗謂嘏拒夏侯泰初何平叔而交鍾會。然就其學考之。嘏雖與泰初平叔並好老莊。而嘏實近於名家。鍾會兼善刑名。故嘏交之與。

是時陳留阮武亦論才性。嘗謂杜恕曰。相觀才性。可以由公道而持之不厲。器能可以處大官。而求之不順。才學可以述古今。而志之不一。此所謂有其才而無其用。今向閑暇。可試潛思成一家言。武遂著體論八篇。又著興性論一篇。蓋興於爲己也。劉劭人物志。亦是名家。劭雅有文藻。所著趙都賦。見稱於時。今四本論等皆不傳。惟劭書見存耳。

陳壽魏志評魏武帝曰。擥申商之法術。該韓白之奇策。蓋魏武夙好申韓。及其末流。則刑名黃老之說生焉。及嵇康阮籍等。號竹林七賢。競慕老莊。尤有文采。此風遂盛於晉世。當於後節論之。然說者每以淸談之禍。歸獄於王何。范寧嘗以二人之罪。浮於桀紂。其論曰。

或曰。黃唐緬邈。至道淪翳。濠濮輟詠。風流靡託。爭奪兆於仁義。是非成於儒墨。平叔神懷超絕。輔嗣妙思通微。振千載之頹綱。落周孔之塵網。斯蓋軒冕之龍門。濠梁之宗匠。嘗聞夫子之論。以爲罪過桀紂。何哉。答曰。子信有聖人之言乎。夫聖人者。德侔二儀。道冠三才。雖帝皇殊號。質文異制。而統天成務。曠代齊趣。王何蔑棄典文。不遵禮度。游辭浮說。波蕩後生。飾華言以翳實。騁繁文以惑世。搢紳之徒。翻然改轍。洙泗之風。緬焉將墜。遂令仁義幽淪。儒雅蒙塵。禮壞樂崩。中原傾覆。古之所謂言僞而辯。行僻而堅者。其斯人之徒歟。昔夫子斬少正於魯。太公戮華士於齊。豈非曠世而同誅乎。桀紂暴虐。正足以滅身覆國。爲後世鑒戒耳。豈能廻百姓之視聽哉。王何叨海內之浮譽。資膏梁之傲誕。畫螭魅以爲巧。扇無檢以爲俗。鄭聲之亂樂。利口之覆邦。信矣哉。吾固以爲一世之禍輕。歷代之罪重。自喪之釁小。迷衆之愆大也。

第二節　竹林七賢

正始玄風。雖導於王何。至七賢。互相標題。其流始廣。大抵陋儒崇老。蔑棄禮法。七賢者。山濤阮籍、嵇康、向秀、劉伶、阮咸、王戎、七人也。而嵇阮文章。尤顯於世云。
三國志注引魏氏春秋曰。嵇康寓居河南之山陽縣。與之游者未嘗見其喜慍之色。與陳留阮籍。河內山濤河南向秀籍兄子咸。瑯琊王戎沛人劉伶相與友善。遊於竹林。號爲七賢。康字叔夜。譙國銍人。晉揚州刺史宗正喜爲康傳曰。家世儒學。少有儁才。曠邁不羣高亮任性。不修名譽。寬簡有大量。學不師授。博洽多聞。長而好老莊之業。恬靜無欲。性好服食。常採御上藥。善屬文論。彈琴詠詩。自足於懷抱之中。以爲神仙者稟之自然。非積學所致。至於導養得理。以盡性命。若安期彭祖之倫。可以善求而得也。著養生篇。知自厚者所以喪其所生。其求益者必失其性。超然獨達。遂放世事。縱意於塵埃之表。撰錄上古以來聖賢隱逸遁心遺名者。集爲傳贊。自混沌至於管寧。凡百一十有九人。蓋求之於宇宙之內。而發之乎千載之外者矣。故世人莫得而名焉。虞預晉書曰。康家本姓奚。會稽人。先自會稽遷於譙之銍縣。改爲嵇氏。取稽字之上山以爲姓。蓋以志其本也。一曰銍有嵇山。家於其側。遂氏焉。
晉書曰。阮籍字嗣宗。陳留尉氏人。博覽羣籍。尤好莊老。嗜酒能嘯。善彈琴。當其得意。忽忘形骸。籍能屬文。初不留思。作詠懷詩八十餘篇。爲世所重。著達莊論。敍無爲之貴。籍嘗於蘇門山遇孫登。與商畧終古及栖神道氣之術。登皆不應。籍因長嘯而退。至半嶺。聞有聲若鸞鳳之音。響乎巖谷。乃登之嘯也。遂歸著大人先生傳。其畧曰。

世之所謂君子。惟法是修。惟禮是克。手執圭璧。足履繩墨。行欲爲目前檢。言欲爲無窮則。少稱鄉黨。長聞鄰國。上欲圖三公。下不失九州牧。獨不見羣蝨之處褌中。逃乎深縫。匿乎壞絮。自以爲吉宅也。行不敢離縫際。動不敢出褌襠。自以爲得繩墨也。然炎丘火流。焦邑滅都。羣蝨處於褌中而不能出也。君子之處域內。何異夫蝨之處褌中乎。

向秀字子期。河內懷人也。淸悟有遠識。少爲山濤所知。雅好老莊之學。莊周著內外數十篇。歷世方士。雖有觀者。莫適論其旨統也。秀乃爲之隱解。發明奇趣。振起玄風。讀之者超然心悟。莫不自足一時也。惠帝之世。郭象又述而廣之。儒墨之迹見鄙。道家之言遂盛焉。始秀欲注。嵇康曰。此書詎復須注。正是妨人作樂耳。及成示康曰。殊復勝不。又與康論養生。辭難往復。蓋欲發康高致也。康善鍛。秀爲之佐。相對欣然。傍若無人。又共呂安灌園於山陽。康旣被誅。秀應本郡計入洛。文帝問曰。聞有箕山之志。何以在此。秀曰。以爲巢許狷介之士。未達堯心。豈足多慕。帝甚悅。

思舊賦　　向　秀

余與嵇康呂安居止接近。其人並有不羈之才。嵇意遠而疏。呂心曠而放。其後並以事見法。嵇博綜伎藝。於絲竹特妙。臨當就命。顧視日影。索琴而彈之。逝將西邁。經其舊廬。於時日薄虞泉。寒冰淒然。鄰人有吹笛者。發聲寥亮。追想曩昔游宴之好。感音而歎。故作賦曰。將命適於遠京兮。遂旋反以北徂。濟黃河以汎舟兮。經山陽之舊居。瞻曠野之蕭條兮。息余駕乎城隅。踐二子之遺跡兮。歷窮巷之空廬。歎黍離之愍周兮。悲麥秀於殷墟。追昔以懷今兮。心徘徊以躊躇。棟宇在而弗毀兮。形神逝其焉如。昔李斯之受罪兮。歎黃犬而長吟。悼嵇生之永辭兮。顧日影而彈琴。託運遇於領會兮。寄餘命於寸陰。聽鳴笛之慷慨兮。妙聲絕而復尋。佇駕言其將邁兮。故援翰以寫心。

山濤字巨源。劉伶字伯倫。王戎字濬沖。阮咸字仲容。巨源惟以啟事著稱。伯倫酒德頌。載於晉書。王戎阮咸罕傳篇什。雖其玄談肆志。結契同符。而文章之美。自推叔夜嗣宗矣。劉勰曰。正始明道。詩雜仙心。何晏之徒。率多浮淺。唯嵇志清峻。阮旨遙深。又曰。嵇康師心以遣論。阮籍使氣以命詩。鍾嶸詩評。有嵇阮二賢。而嗣宗獨在上品。叔夜在中品。此以見當時之月旦也。鍾評嗣宗曰。其源出於小雅。無雕蟲之功。而詠懷之作。可以陶性靈。發幽思。言在耳目之外。情寄八荒之表。洋洋乎會於風雅。使人忘其鄙近。自致遠大。頗多感慨之詞。厥旨淵放。歸趣難求。顏延年注解。約言其志。評叔夜曰。頗似魏文。過為峻切。訐直露才。傷淵雅之致。然託喻清遠。良有鑒裁。亦未俗高流矣。

雜詩　嵇康

微風清扇。雲氣四除。皎皎亮月。麗於高隅。興命公子。攜手同車。龍驥翼翼。揚鑣踟躕。肅肅宵征。造我友廬。光燈吐輝。華幔長舒。鸞觴酌醴。神鼎烹魚。絃超子野。歎過綿駒。流詠太素。俯讚乎虛。孰克英賢。與爾剖符。

詠懷　阮籍

夜中不能寐。起坐彈鳴琴。薄帷鑒明月。清風吹我襟。孤鴻號外野。翔鳥鳴北林。徘徊將何見。憂思獨傷心。二妃遊江濱。逍遙順風翔。交甫懷環珮。婉孌有芬芳。猗靡情歡愛。千載不相忘。傾城迷下蔡。容好結中腸。感激生憂思。萱草樹蘭房。膏沐為誰施。其雨怨朝陽。如何金石交。一旦更離傷。

嘉樹下成蹊。東園桃與李。秋風吹飛藿。零落從此始。繁華有憔悴。堂上生荊杞。驅馬舍之去。去上西山趾。一身不自保。何況戀妻子。凝霜被野草。歲暮亦云已。

平生少年時。輕薄好絃歌。西遊咸陽中。趙李相經過。娛樂未終極。白日忽蹉跎。驅車復來歸。反顧望三河。黃金百鎰盡。資用常苦多。北臨太行道。失路將如何。

昔聞東陵瓜。近在青門外。連畛距阡陌。子母相鉤帶。五色耀朝日。嘉賓四面會。膏火自煎熬。多財為患害。布衣可終身。寵祿豈足賴。

灼灼西隤日。餘光照我衣。迴風吹四壁。寒鳥相因依。周周尚銜羽。蛩蛩亦念饑。如何當路子。磬折忘所歸。豈為夸譽名。憔悴使心悲。寧為燕雀翔。不隨黃鵠飛。黃鵠遊四海。中路將安歸。

籍為元瑜之子。承建安之風格。含易老之玄味。故其詩超然深遠。至是清談遂成風俗。戎從弟衍。尤有重名。與南陽樂廣並稱王樂衍總角嘗造山濤。濤嗟歎良久。既去目送之曰。何物老嫗生此寧馨兒。然誤天下蒼生者。亦未必非此人也。衛瓘逮與魏正始中諸名士談論。見樂廣奇之曰。昔諸賢既沒。常恐微言將絕。而今乃復聞斯言於君矣。然此後競以析理為務。

文采頓減。晉書曰。樂廣善淸言而不長於筆。將讓尹。請潘岳爲表。岳曰。當得君意。廣乃作二百句語。述己之志。岳因取次比。便成名筆。時人咸云。若廣不假岳之筆。岳不取廣之旨。無以成斯美也。

第十三章　太康文學

第一節　總論

晉初文章。極盛於太康之際。鍾嶸詩評曰。晉太康中。三張二陸。兩潘一左。勃爾復興。踵武前王。風流未沫。亦文章之中興也。文心雕龍明詩曰。晉世羣才。稍入輕倚。張潘左陸。比肩詩衢。宋采縟於正始。力柔於建安。或析文以爲妙。或流靡以自妍。此其大略也。

又雕龍時序篇曰。晉宣始基。景文克搆。並跡沈儒雅。務深方術。至武帝惟新。承平受命。而膠序篇章。弗簡皇慮。降及懷愍。綴旒而已。然晉雖不文。人才實盛。茂先搖筆而散珠。太冲動墨而橫錦。岳湛曜聯璧之華。機雲標二俊之采。應傅三張之徒。孫摯成公之屬。並結藻淸英。流韵綺靡。前史以爲運涉季世。人未盡才。誠哉斯談。可爲歎息。

又才略篇曰。張華短章。奕奕淸暢。其鷦鷯寓意。卽韓非之說難也。左思奇才。業深覃思。盡銳於三都。拔萃於詠史。無遺力矣。潘岳敏給。辭自和暢。鍾美於西征。賈餘於哀誄。非自外也。陸機才欲窺深。辭務索廣。故思能入巧而不制。繁士龍朗練。以識檢亂。故能布采鮮淨。敏於短篇。孫楚綴思。每直置以疎通。摯虞述懷。必循規以温雅。其品藻流別。有條理焉。傅玄篇章。義多規鏡。長虞筆奏。世執剛中。並楨幹之實才。非羣華之韡萼也。成公子安。選賦而時美。夏侯孝若。具體而皆微。曹攄清靡於長篇。季鷹辨切於短韻。各其善也。孟陽景陽。才綺而相埒。可謂魯衛之政。兄弟之文也。

晉至武帝。吳蜀底定。區宇始一。太康之中。文彥雲會。雕龍所敍。雖時次未晰。然略已備矣。先是應貞爲魏侍中璩之子。華林宴射賦詩最美。成公綏爲天地賦。有漢京之遺藻。二子實晉室詞人之先導。然並卒於泰始中。未及太康之極盛也。張華爲鷦鷯賦。阮籍見之。許爲王佐之才。其猶有莊氏寥郭之意矣。至束皙皇甫謐。乃博綜經術。振其孤標。若皙之補亡。謐之釋勸。可謂文質彬彬者也。皇甫著述。多在史傳。博聞高蹈。士流所歸。故左思借譽。摯虞受學。張華雍容朝列。雅與二陸諸人周旋。提獎尤衆。並是一時風雅之宗矣。當時傅玄父子。亦極思藻翰。長虞七經詩。爲後世集句之祖。乃至陳壽之史筆。孫楚之書記。裴頠嘗有之論。夏侯抵疑之篇。及摯虞辨集文章流別。繼乎典論而詳於文賦。皆與潘陸張左相先後而挺譽文囿者焉。

第二節　二陸三張兩潘一左

太康諸賢。鍾記室獨稱二陸三張兩潘一左。非僅以其篇什之美。卽其餘製。亦足冠冕當時矣。約而言之。則二陸之中。機勝於雲。兩潘之中。尼不如岳。三張景陽爲伯。一左獨當差肩於機岳之間。諸子雖自齊聲。要其優劣。亦可得而言矣。

陸機。字士衡。吳郡人。吳大司馬抗之子也。少有異才。伏膺儒術。非禮不動。爲文天才秀逸。辭藻宏麗。張華嘗謂之曰。人之爲文。常恨才少。而子更患其多。後葛洪著書稱機文猶玄圃之積玉。無非夜光焉。五河之吐流。泉源如一焉。其弘麗妍贍。亦一代之絕乎。所著文章二百餘篇。機祖父世爲將相。有大功於江表。故論吳之興亡。及述先世爲業。作辨亡論二篇。晉書載之。所爲連珠五十首。尤美。文選於前代連珠無所取。獨錄機作。弟雲字士龍。少與機齊名。雖文章不及機。而持論過之。號曰二陸。鍾嶸評機詩曰。其源出於陳思。才高辭贍。舉體華美。氣少於公幹。文劣於仲宣。尙規矩。不貴綺錯。有傷直致之奇。然其咀嚼英華。厭飫膏澤。文章之淵泉也。張公歎其大才信矣。又評雲曰。清河之方平原。殆如陳思之匹白馬。於其哲昆。故稱二陸。又機嘗作文賦。亦一時之絕作也。

文賦　　陸機

余每觀才士之所作。竊有以得其用心。夫放言遣辭。良多變矣。妍蚩好惡。可得而言。每自屬文。尤見其情。恆患意不稱物。文不逮意。蓋非知之難。能之難也。故作文賦。以述先士之盛藻。因論作文之利害所由。他日殆可謂曲盡其妙。至於操斧伐柯。雖取則不遠。若夫隨手之變。良難以辭逮。蓋所能言者具於此云。

佇中區以玄覽。頤情志於典墳。遵四時以歎逝。瞻萬物而思紛。悲落葉於勁秋。喜柔條於芳春。心懍懍以懷霜。志眇眇而臨雲。詠世德之駿烈。誦先人之清芬。游文章之林府。嘉麗藻之彬彬。慨投篇而援筆。聊宣之乎斯文。其始也皆收視反聽。耽思傍訊。精騖八極。心遊萬仞。其致也情曈曨而彌鮮。物昭晣而互進。傾羣言之瀝液。漱六藝之芳潤。浮天淵以安流。濯下泉而潛浸。於是沈辭怫悅。若游魚銜鉤而出重淵之深。浮藻聯翩。若翰鳥纓繳而墜曾雲之峻。收百世之闕文。採千載之遺韻。謝朝華於已披。啟夕秀於未振。觀古今之須臾。撫四海於一瞬。然後選義按部。考辭就班。抱景者咸叩。懷響者畢彈。或因枝以振葉。或沿波而討源。或本隱以之顯。或求易而得難。或虎變而獸擾。或龍見而鳥瀾。或妥帖而易施。或岨峿而不安。罄澄心以凝思。眇衆慮而為言。籠天地於形內。挫萬物於筆端。始躑躅於燥吻。終流離於濡翰。理扶質以立幹。文垂條而結繁。信情貌之不差。故每變而在顏。思涉樂其必笑。方言哀而已歎。或操觚以率爾。或含毫而邈然。伊茲事之可樂。固聖賢之所欽。課虛無以責有。叩寂寞而求音。函緜邈於尺素。吐滂沛乎寸心。言恢之而彌廣。思按之而逾深。播芳蕤之馥馥。發青條之森森。粲風飛而猋豎。鬱雲起乎翰林。體有萬殊。物無一量。紛紜揮霍。形難為狀。辭程才以效伎。意司契而為匠。在有無而僶俛。當淺深而不讓。雖離方而遯員。期窮形而盡相。故夫誇目者尚奢。愜心者貴當。言窮者無隘。論達者唯曠。詩緣情而綺靡。賦體物而瀏亮。碑披文以相質。誄纏綿而悽愴。銘博約而溫潤。箴頓挫而清壯。頌優游以彬蔚。論精微而朗暢。奏平徹以閑雅。說煒曄而譎誑。雖區分之在茲。亦禁邪而制放。要辭達而理舉。故無取乎冗長。其為物也多姿。其為體也屢遷。其會意也尚巧。其遺言也貴妍。暨音聲之迭代。若五色之相宣。雖逝止之無常。固崎錡而難便。苟達變而識次。猶開流以納泉。如失機而後會。恆操末以續顚。謬元黃之秩敘。故淟涊而不鮮。或仰逼於先條。或俯侵於後章。或辭害而理比。或言順而義妨。離之則雙美。合之則兩傷。考殿最於錙銖。定去留於毫芒。苟銓衡之所裁。固應繩其必當。或文繁理富。而意不指適。極無兩致。盡不可益。立片言而居要。乃一篇之警策。雖衆辭之有條。必待至而效績。亮功多而累寡。故取足而不易。或藻思綺合。清麗芊眠。炳若縟繡。悽若繁絃。必所擬之不殊。乃闇合乎曩篇。雖杼軸於予懷。怵他人之我先。苟傷廉而愆義。亦雖愛而必捐。或苕發穎豎。離衆絕致。形不可逐。響難爲係。塊孤立而特峙。非常音之所緯。心牢落而無偶。意徘徊而不能揥。石韞玉而山輝。水懷珠而川媚。彼榛楛之勿翦。亦蒙榮於集翠。綴下里於白雪。吾亦濟夫所偉。或託言於短韻。對窮迹而孤興。俯寂寞而無友。仰寥廓而莫承。譬偏絃之獨張。含清唱而靡應。或寄辭於瘁音。言徒靡而弗華。混妍蚩而成體。累良質而爲瑕。象下管之偏疾。故雖應而不和。或遺理以存異。徒尋虛而逐微。言寡情而鮮愛。辭浮漂而不歸。猶絃幺而徽急。故雖和而不悲。或奔放以諧合。務嘈囋而妖冶。徒悅目而偶俗。固聲高而曲下。寤防露與桑間。又雖悲而不雅。或清虛以婉約。每除煩而去濫。闕大羹之遺味。同朱絃之清氾。雖一唱而三歎。固既雅而不豔。若夫豐約之裁。俯仰之形。因宜適變。曲有微情。或言拙而喻巧。或理朴而辭輕。或襲故而彌新。或沿濁而更清。或覽之而必察。或研之而後精。譬猶舞者赴節以投袂。歌者應絃而遣聲。是蓋輪扁所不得言。故亦非華說之所能精。普辭條與文律。良余膺之所服。練世情之常尤。識前修之所淑。雖濬發於巧心。或受嗤於拙目。彼瓊敷與玉藻。若中原之有菽。同橐籥之罔窮。與天地乎並育。雖紛藹於此世。嗟不盈於予掬。患挈瓶之屢空。病昌言之難屬。故踸踔於短垣。放庸音以足曲。恆遺恨以終篇。豈懷盈而自足。懼蒙塵於叩缶。顧取笑乎鳴玉。若夫感應之會。通塞之紀。來不可遏。去不可止。藏若景滅。行猶響起。方天機之駿利。夫何紛而不理。思風發於胸臆。言泉流於脣齒。紛葳蕤以馺遝。唯豪素之所擬。文徽徽以溢目。音泠泠以盈耳。及其六情底滯。志往神留。兀若枯木。豁若涸流。攬營魂以探賾。頓精爽而自求。理翳翳而愈伏。思乙乙其若抽。是以或竭情而多悔。或率意而寡尤。雖茲物之在我。非余力之所勠。故時撫空懷而自惋。吾未識夫開塞之所由。伊茲文之爲用。固衆理之所因。恢萬里而無閡。通億載而爲津。俯貽則於來葉。仰觀象乎古人。濟文武於將墜。宣風聲於不泯。塗無遠而不彌。理無微而弗綸。配霑潤於雲雨。象變化乎鬼神。被金石而德廣。流管絃而日新。

張載。字孟陽。安平人。與弟協。字景陽。亢字季陽。並號三張。載有劍閣銘。爲時所稱。協文采尤茂。作七命雜詩等。或謂才過於兄。詩評亦以孟陽詩遠慚厥弟。而近超兩傅。蓋列景陽於上品。而爲評曰。其源出於王粲。文體華淨。少病累。又巧構形似之言。雄於潘岳。靡於太沖。風流調達。實曠代之高手。詞彩葱蒨。音韻鏗鏘。使人味之。亹亹不倦。三張之中。孟陽景陽俱有重名。亢微不逮云。

雜詩　張協

秋夜涼風起。清氣蕩暄濁。蜻蛚吟階下。飛蛾拂明燭。君子從遠役。佳人守煢獨。離居幾何時。鑽燧忽改木。房櫳無行跡。庭草萋以綠。青苔依空牆。蜘蛛網四屋。感物多所懷。沉憂結心曲。

朝霞迎白日。丹氣臨暘谷。翳翳結繁雲。森森散雨足。輕風摧勁草。凝霜竦高木。密葉日夜疎。叢林森如束。疇昔歎時遲。晚節悲年促。歲莫懷百憂。將從季主卜。

潘岳字安仁。滎陽中牟人也。少有才穎。時人以爲終賈之流也。與夏侯湛友善。並美容觀。每行止同輿接茵。京師謂之連璧。岳嘗挾彈出洛陽道。婦人遇之者。連手縈繞。投之以果。遂滿車而歸。時張載甚醜。每行小兒以瓦石擲之。委頓而反。岳所作藉田閑居等賦。極有麗詞。尤善爲哀誄之文。從子尼。字正叔。文辭溫雅。初應州辟。後以父老歸供養。居家十餘年。父終。晚乃出仕。尼嘗贈陸機詩。機答之。其四句曰。猗歟潘生。世篤其藻。仰儀前文。丕隆祖考。蓋尼祖勗在漢魏之際。甚有文譽也。詩評曰。晉黃門郎潘岳。其源出於仲宣。翰林歎其翩翩然如翔禽之有羽毛。衣服之有綃縠。猶淺於陸機。謝混云。潘詩爛若舒錦。無處不佳。陸文如披沙簡金。往往見寶。嶸謂益壽輕華。故以潘勝。翰林篤論。故歎陸爲深。余常言陸才如海。潘才如江。又評尼曰。正叔緣繁之良。雖不具美。而文彩高麗。並得虬龍片甲。鳳凰一毛。事同駁聖。宜居中品。按謝混是述孫與公之說見世說新語

悼亡詩　　潘岳

荏苒冬春謝。寒暑忽流易。之子歸窮泉。重壤永幽隔。私懷誰克從。淹留亦何益。僶俛恭朝命。迴心反初役。望廬思其人。入室想所歷。幃屏無髣髴。翰墨有餘跡。流芳未及歇。遺挂猶在壁。悵怳如或存。周遑忡驚惕。如彼翰林鳥。雙棲一朝隻。如彼游川魚。比目中路拆。春風緣隟來。晨霤承簷滴。寢息何時忘。沉憂日盈積。庶幾有時衰。莊缶猶可擊。

皎皎窗中月。照我室南端。淸商應秋至。溽暑隨節闌。凜凜涼風升。始覺夏衾單。豈曰無重纊。誰與同歲寒。歲寒無與同。朗月何朧朧。展轉眄枕席。長簟竟牀空。牀空委淸塵。室虛來悲風。獨無李氏靈。髣髴覩爾容。撫衿長歎息。不覺淚霑胸。霑胸安能已。悲懷從中起。寢興目存形。遺音猶在耳。上慙東門吳。下愧蒙莊子。賦詩欲言志。此志難具紀。命也可奈何。長戚自令鄙。

左思字太沖。齊國臨淄人也。貌寢口訥。而辭藻壯麗。不好交游。惟以閑居爲事。造齊都賦。一年乃成。復欲賦三都。會妹芬入宮。移家京師。乃詣著作郎張載訪岷邛之事。遂構思十年。門庭藩溷。皆著筆紙。遇得一句。即便疏之。自以所見不博。求爲秘書郎。及賦成。時人未之重。安定皇甫謐有高譽。思造而示之。謐稱善。爲其賦序。張載爲注魏都。劉逵注吳蜀。陳留衞瓘又作略解。自是之後。盛重於時。司空張華見而歎曰。班張之流也。使讀之者盡而有餘。久而更新。於是豪富之家。競相傳寫。洛陽爲之紙貴。初陸機入洛。欲爲此賦。聞思作之。撫掌而笑。與弟雲書曰。此間有傖父。欲作三都賦。須其成。當以覆酒甕耳。及思賦出。機絕歎伏。以爲不能加也。遂輟筆焉。詩評曰。晉記室左思。其源出於公幹。文典以怨。頗爲精切。得諷諭之致。雖野於陸機。而深於潘岳。謝康樂常言左太沖詩。潘安仁詩。古今難比。

詠史　　左思

濟濟京城內。赫赫王侯居。冠蓋蔭四術。朱輪竟長衢。朝集金張館。暮宿許史廬。南鄰擊鐘磬。北里吹笙竽。寂寂揚子宅。門無卿相輿。寥寥空宇中。所講在玄虛。言論準宣尼。辭賦擬相如。悠悠百世後。英名擅八區。
晧天舒白日。靈景耀神州。列宅紫宮裏。飛宇若雲浮。峨峨高門內。藹藹皆王侯。自非攀龍客。何爲欻來游。被褐出閶闔。高步追許由。振衣千仞岡。濯足萬里流。

第十四章　晉之歷史家與小說家

有晉一代。頗多史才。惟陳壽之三國志。最爲絕倫。文心雕龍曰。魏代三雄。記傳互出。陽秋魏略之屬。江表吳錄之類。或激抗難徵。或疎濶寡要。唯陳壽三志。文質辨洽。荀張比之於遷固。非妄譽也。壽字承祚。巴西安漢人。少好學。師事同郡譙周。入晉除著作郞。撰魏吳蜀三國志。凡六十五篇。時人稱其善敘事。有良史之才。夏侯湛時著魏書。見壽所作。便壞己書。張華深善之。謂壽曰。當以晉書相付耳。其爲時所重如此。或云丁儀丁廙有盛名於魏。壽謂其子曰。可覓千斛米。當爲尊公作佳傳。丁不與之。竟不爲立傳。壽父事蜀。坐髡。諸葛瞻又輕壽。壽爲亮立傳。謂亮將略非所長。言瞻惟工書。名過其實。議者以此少之。壽又撰古國志五十篇。益都耆舊傳十篇。今並不傳。

陳壽以外。如華嶠、司馬彪、孫盛、習鑿齒、干寶、謝沈、袁宏之流。並好史傳。或紀述前代。或奮筆當時。而後漢書尤多作者。文心雕龍曰。後漢紀傳。發源東觀。袁張所製。偏駁不倫。薛謝之作。疎謬少信。若司馬彪之詳實。華嶠之準當。則其冠也。又曰。晉代之書。繁乎著作。陸機肇始而未備。王韶續末而不終。干寶述紀。以審正得序。孫盛陽秋。以約舉爲能。按春秋經傳。舉例發凡。自史漢以下。莫有準的。又攡落漢魏。憲章殷周。雖湘川曲學。亦有心典謨。及安國立例。乃鄧氏之規焉。今諸家書自袁宏後漢紀外。並不傳。其餘言漢魏間事者。猶時見裴松之之三國志注及他書所引而已。

晉書以陳壽、王長文、虞溥、王隱、虞預、孫盛、干寶、謝沈、習鑿齒、徐廣、諸人列傳合在一卷。史臣論曰。丘明既沒。班馬迭興。奮鴻筆於西京。騁直詞於東觀。自斯已降。分明競爽。可以繼明先典者。陳壽得之乎。江漢英靈。信有之矣。允源將率之子。篤志典墳。紹統戚藩之胤。研機載籍。咸能綜緝遺文。垂諸不朽。豈必克傳門業。方擅箕裘者哉。處叔區區。厲精著述。混淆蕪舛。良不足觀。叔寧寡聞。穿窬王氏。雖勒成一家。未足多尚。令升安國。有良史之才。而所著之事。惜非正典。悠悠晉室。斯文將墜。鄧粲謝沈。祖述前史。葺宇重軒之下。施牀連榻之上。奇詞異義。罕見稱焉。習氏徐公。俱云筆削。彰善癉惡。以爲懲勸。夫蹈忠履正。貞士之心。背義圖榮。君子不取。而彥威跡淪寇壤。逡巡於僞國。野民運遭革命。流連於舊朝。行不違言。廣得之矣。

小說家雖好集異聞。難於徵信。然以紀載爲職。則亦史之流也。干寶著晉紀。直而能婉。當世咸稱良史。乃又撰搜神記。後之志怪者取焉。先是寶父先有所寵侍婢。母甚妬忌。及父亡。母乃生推婢於墓中。寶兄弟年小。不之審也。後十餘年。母喪。開墓。而婢伏棺如生。載還。經日乃蘇。言其父常取飲食與之。恩情如生。在家中吉凶輒語之。考校悉驗。地中亦不覺爲惡。既而嫁之生子。又寶兄嘗病氣絕。積日不冷。後遂寤。云見天地間鬼神事。如夢覺。不自知死。寶以此遂撰集古今神祇靈異人物變化。名爲搜神記。凡二十卷。以示劉惔。惔曰。卿可謂鬼之董狐。寶既博採異同。遂混虛實。因作序以陳其志曰。

雖考先志於載籍。收遺逸於當時。蓋非一耳一目之所親聞覩也。亦安敢謂無失實者哉。衞朔失國。二傳互其所聞。呂望事周。子長存其兩說。若此比類。往往有焉。從此觀之。聞見之難。由來尚矣。夫書赴告之定辭。據國史之方策。猶尚若茲。況仰述千載之前。記殊俗之表。綴片言於殘缺。訪行事於古老。將使事不二跡。言無異塗。然後爲信者。固亦前史之所病。然而國家不廢注記之官。學士不絕誦覽之業。豈不以其所失者小。所存者大乎。今之所集。設有承於前載者。則非余之罪也。若使采訪近世之事。苟有虛錯。願與先賢前儒。分其譏謗。及其著述。亦足以明神道之不誣也。羣言百家。不可勝覽。耳目所受。不可勝載。今粗取足以演八略之旨。成其微說而已。幸將來好事之士。錄其根體。有以遊心寓目而無尤焉。

其後陶潛又撰搜神後記。餘如王嘉之拾遺記。附會古事。亦近小說。曹毗之續杜蘭香歌詩。則後世神仙感遇傳之流。又祖台之志怪。今已不傳。其人無他行事可紀。而晉書獨爲立傳。抑將以存其一家之書焉。

第十五章　永嘉以後之文學

第一節　劉琨郭璞與江左之風尚

鍾嶸曰。永嘉貴黃老。稍尚虛談。於是篇什理過其辭。淡乎寡味。爰及江表。微波尙傳。孫綽許詢桓庾諸公。詩皆平典。似道德論。建安風力盡矣。先是郭景純用儁上之才。創變其體。劉越石仗清剛之氣。贊成厥美。然彼衆我寡。未能動俗。

永嘉以來。王樂清談之風方盛。士以嗜酒任誕爲賢。拘謹守禮爲恥。如裴楷、阮修、謝鯤、畢卓之流。並有名譽。王澄、胡母輔之、庾敳、王敦、四人。並爲王衍所昵。號曰四友。後敦復私挾非望。卒致夷狄交侵。神州陸沈。中興名士。陳留阮放爲宏伯。高平郗鑒爲方伯。泰山胡母輔之爲達伯。濟陰卞壺爲裁伯。陳留蔡謨爲朗伯。阮孚爲誕伯。一切浮慕老莊爲高。文采至是耗矣。劉越石嘗與陸機諸人。豫在賈謐二十四友之列。旣更喪亂。文體彌峻。其答盧諶書及詩。頗極悲愴之致。當時郭景純游仙。尤爲挺拔。故中興之傑。必推越石與景純也。

劉琨字越石。中山魏昌人。少得儁朗之目。以文賦游於石崇賈謐之間。永嘉元年。爲幷州刺史。愍帝卽位。加大將軍。都督幷州諸軍事。與祖逖善。俱有澄清中原之志。琨後爲段匹磾所害。

郭璞。字景純。河東人。好經術。博學有高才。而訥於言論。詞賦爲中興之冠。好古文奇字。妙於陰陽卜筮之術。所注爾雅、方言、穆天子傳、山海經等書。多傳於世。後爲王敦所害。

遊仙詩　　郭璞

京華遊俠窟。山林隱遯棲。朱門何足榮。未若託蓬萊。臨源挹清波。陵岡掇丹荑。靈谿可潛盤。安事登雲梯。漆園有傲吏。萊氏有逸妻。進則保龍見。退則觸藩羝。高蹈風塵外。長揖謝夷齊。

青溪千餘仞。中有一道士。雲生梁棟間。風出窗戶裏。借問此何誰。云是鬼谷子。翹迹企潁陽。臨河思洗耳。閶闔西南來。潛波渙鱗起。靈妃顧我笑。粲然啟玉齒。蹇修時不存。要之將誰使。

翡翠戲蘭苕。容色更相鮮。綠蘿結高林。蒙籠蓋一山。中有冥寂士。靜嘯撫清絃。放情凌霄外。嚼蕊挹飛泉。赤松臨上遊。駕鴻乘紫煙。左把浮邱袖。右拍洪崖肩。借問蜉蝣輩。寧知龜鶴年。

鍾嶸詩評曰。晉太尉劉琨其源出於王粲。善爲悽戾之詞。自有清拔之氣。琨既體良才。又罹厄運。故善敍喪亂。多感恨之詞。又曰晉弘農太守郭璞。憲章潘岳。文體相輝。彪炳可翫。始變永嘉平淡之體。故稱中興第一。翰林以爲詩首。但游仙之作。辭多慷慨。乖遠玄宗。而云奈何虎豹姿。又云戢翼棲榛梗。乃是坎壈詠懷。非列仙之趣也。

然文心雕龍。論永嘉以後文學尤詳。時序篇曰。元皇中興。披文建學。劉刁禮吏而寵榮。景純文敏而優擢。逮明帝秉哲。雅好文會。升儲御極。孳孳講藝。練情於誥策。振采於辭賦。庾以筆才逾親。溫以文思益厚。揄揚風流。亦彼時之漢武也。及成康促齡。穆哀短祚。簡文勃興。淵乎清峻。微言精理。函滿玄席。澹思濃采。時灑文囿。至孝武不嗣。安恭已矣。其文史則有袁殷之曹。孫干之輩。雖才或淺深。珪璋足用。自中朝貴玄。江左稱盛。因談餘習。流成文體。是以世極迍邅。而詞意夷泰。詩必柱下之旨歸。賦乃漆園之義疏。故知文變染乎世情。興廢繫乎時序。原始以要終。雖百世可知也。又才略篇曰。劉琨雅壯而多風。盧諶情發而理昭。亦遇之於時勢也。景純艷逸。足冠中興。郊賦既穆穆以大觀。仙詩亦飄飄而凌雲矣。庾元規之表奏。靡密以閑暢。溫太眞之筆記。循理而清通。亦筆端之良工也。孫盛干寶。文勝爲史。準的所擬。志乎典訓。戶牖雖異。而筆彩略同。袁宏發軫以高驤。故卓出而多偏。孫綽規旋以矩步。故倫序而寡狀。殷仲文之孤興。謝叔源之閑情。並解散辭體。縹緲浮音。雖滔滔風流。而大澆文意。

越石景純以外。晉書惟推曹毗庾闡。爲中興之時秀。由今世觀之。則孫綽葛洪。抑其次也。

綽字興公。楚之孫也。博學善屬文。少與高陽許詢。俱有高尚之志。居於會稽。游放山水。十有餘年。乃作遂初賦以致其意。詢。行己高邁。沙門支遁試問綽君何如許。答曰。高情遠致。弟子早已服膺。然一詠一吟。許將北面矣。絕重張衡左思之賦。每云三都二京。五經之鼓吹也。嘗作天台山賦。辭致甚工。初成。以示友人范榮期。云。卿試擲地。作金石聲。榮期曰。恐此金石非中宮商。然每至佳句。輒云應是我輩語。素善名理。時謝萬工言論。善屬文。敘漁父、屈原、季主、賈誼、楚老、龔勝、孫登、嵇康、四隱四顯爲八賢論。其旨以處者爲優。出者爲劣。以示綽。綽與往返。以體公識遠者。則出處同歸。又善爲碑誌之文。時以爲可繼蔡邕之後云。

葛洪。字稚川。丹陽人。著抱朴子內外篇。見存。其自序曰。世儒徒知服膺周孔。莫信神仙之書。不但大而笑之。又將謗毀真正。故予所著子言黃白之事。名曰內篇。其餘駁難通釋。名曰外篇。大凡內外一百一十六篇。雖不足藏諸名山。且欲緘之金匱。以示識者。自號抱朴子。因以名書。晉書稱洪所著碑誄詩賦百卷。移檄章表三十卷。博聞深洽。江左絕倫。著述篇章。富於班馬。又精辯玄賾。析理入微。蓋江左篇製。溺乎玄風。故劉勰又謂袁孫各有雕采（袁宏詠史詩之屬頗有玄味）辭趣一揆。莫與爭雄。而稚川著書。又以周孔為外篇也。及義熙中。謝叔源陶淵明出。風氣始變。晉祚旋移矣。

第二節　陶潛

詩評謂義熙中。謝益壽斐然繼作。沈約亦謂叔源始變太玄之氣。南齊書曰。仲文玄氣。猶不盡除。謝混情新。得名未盛。然叔源委蛇宋世。卒嬰刑禍。篇什流傳絕尠。故當推淵明是晉末之英矣。

陶潛。字淵明。或云字深明。名元亮。尋陽柴桑人。晉大司馬侃之曾孫也。少有高趣。嘗著五柳先生傳以自況曰。先生不知何許人。不詳姓氏。宅邊有五柳樹。因以為號焉。閑靜少言。不慕榮利。好讀書。不求甚解。每有會意。欣然忘食。性嗜酒。而家貧不能恆得。親舊知其如此。或置酒招之。造飲必盡。期在必醉。既醉而退。曾不吝情去留。環堵蕭然。不蔽風日。短褐穿結。簞瓢屢空晏如也。常著文章自娛。頗示己志。忘懷得失。以此自終。其自序如此。時人謂之實錄。嘗爲彭澤令。郡遣督郵至縣。吏白應束帶見之。潛歎曰。我不能爲五斗米折腰向鄉里小兒。卽日解印綬去。時義熙二年也。賦歸去來以見其志。潛自以先世晉代宰輔。恥屈身宋朝。所著文章。義熙以前。明書晉氏年號。自永初以來。唯云甲子而已。宋元嘉初卒。世稱之曰靖節先生。潛之沒。顏延年爲作誄。及梁昭明太子。尤好其文。爲其集作序曰。有疑陶淵明詩篇篇有酒。吾觀其意不在酒。亦寄酒爲迹者也。其文章不羣。辭彩精拔。跌宕昭彰。獨超衆類。抑揚爽朗。莫與之京。橫素波而傍流。干青雲而直上。語時事則指而可想。論懷抱則曠而且眞。加以貞志不休。安道苦節。不以躬耕爲恥。不以無財爲病。自非大賢篤志。與道隆汙。孰能如此乎。余素愛其文。不能釋手。尙想其德。恨不同時。故加搜校。粗爲區目。白璧微瑕。惟在閑情一賦。揚雄所謂勸百而諷一者乎。卒無諷諫。何以搖其筆端。惜哉。亡是可也。

詩評曰。宋徵士陶潛。其源出於應璩。又協左思風力。文體省靜。殆無長語。篤意眞古。辭興婉愜。每觀其文。想其人德。世歎其質直。至如歡言酌春酒。日暮天無雲。風華清靡。豈直爲田家語耶。古今隱逸詩人之宗也。

淵明詩自唐韋應物柳宗元白居易。宋王安石、蘇軾、蘇轍等。皆常慕而擬之。然應物失之平易。宗元失之深刻。軾轍所規益爲皮相而已。

飲酒　陶潛

結廬在人境。而無車馬喧。問君何能爾。心遠地自偏。采菊東籬下。悠然見南山。山氣日夕佳。飛鳥相與還。此中有眞味。欲辨已忘言。

擬古　同上

日暮天無雲。春風扇微和。佳人美清夜。達曙酣且歌。歌竟長歎息。持此感人多。皎皎雲間月。灼灼葉中華。豈無一時好。不久當如何。

遊西池　謝混

悟彼蟋蟀唱。信此勞者歌。有來豈不疾。良遊常蹉跎。逍遙越城肆。願言屢經過。迴阡被陵闕。高臺眺飛霞。惠風蕩繁囿。白雲屯曾阿。景昃鳴禽集。水木湛清華。褰裳順蘭沚。徙倚引芳柯。美人愆歲月。遲暮獨如何。無爲牽所思。南榮戒其多。

中國大文學史卷四終

中國大文學史 卷五

第三編 中古文學史

第十六章 南北朝佛教之勢力及文筆之分途

第一節 儒道與佛教之爭

晉初承七賢之風流。競尚玄理。惟束晳杜預。雅好經術。文士之中。陸機亦服膺儒業。然以王樂勢盛。波靡海內。終致禍亂。晉元中興。應詹上書曰。訓導之風。宜慎所好。魏正始之間。蔚爲文林。元康以來。賤經尚道。以玄虛宏放爲夷達。以儒術清儉爲鄙俗。永嘉之弊。未必不由此也。元帝深嘉其言。顧被服成習。積世莫返。成帝從袁瓌之奏。聿興國學。庠序之禮。雖修杜下之談。未輟。已於前章具論之矣。於是李充學箴。王坦之廢莊論。並本其刑名之學。以抑老氏。殆裴頠崇有之流乎。至范寧作論。以王何之罪。浮於桀紂。乃玄風靡息。而天竺佛圖之教。亦於是時相乘迭盛。始則空無旨近。玄釋合流。道安彌天。藝林接席。林公盛德。善談莊老。及夫羅什授譯。義正胡夏之違。遠公闡宗。辨集東南之彥。然後名言失步。義學代興。頓易漆園之慕。輻輳蓮社之下矣。顏何始標姬釋之爭。魏收爰造釋老之志。自茲以降。攻守紛紜。顧歡崇老。絀釋。則中夷夏之文。齊梁以來。又有三教齊同之說。經籍道息。南北一揆。自謝靈運、顏延年、張融、沈約、徐陵、庾信之倫。無不耽好內典。著於篇章。梁世諸主。尤爲皈依所在。其辭翰寄託。見於羣書者。不可勝記也。佛經後漢而下。代有踵譯。姚秦時鳩摩羅什與諸沙門八百餘人。續出諸經並諸論三百餘卷。隋時又立翻經博士。譯文益衆。具見費長房之歷代三寶紀。（長房隋翻經博士）梁元帝始輯內典碑林集。今不傳。僧祐纂弘明集。（唐釋道宣有廣弘明集）時人與釋氏辨理之文。多載之矣。今掇錄一二。以見其流。

詠懷詩　支遁

端坐鄰孤影。眇罔玄思劬。偃蹇收神轡。領略綜名書。涉老咍(一作怡)雙玄。披莊玩太初。詠發清風集。觸思皆恬愉。俯欣質文蔚。仰悲二匠徂。蕭蕭柱下迴。寂寂蒙邑虛。廓矣千載事。消液歸空無。無矣復何傷。萬殊歸一塗。道會貴冥想。罔象掇玄珠。悵快濁水際。幾忘映清渠。反鑒歸澄漠。容與含道符。心與理理密。形與物物疎。蕭索人事去。獨與神明居。

坤基葩簡秀。乾光流易穎。神理速不疾。道會無陵騁。超超分(一作介)石人。握玄攬機領。余生一何散。分不諧天挺。沈無冥到韻。變不揚蔚炳。冉冉年往逡。悠悠化期永。翹首希玄律。想登故未正。生途雖十三。日已造死境。願得無身道。(一作理)高栖冲默靖。

達性論　何承天

夫兩儀既位。帝王參之。宇中莫遵焉。天以陰陽分。地以剛柔用。人以仁義立。人非天地不生。天地非人不靈。三才同體。栮須而成者也。故能稟氣清和。神明特達。情綜古今。智周萬物。妙思窮幽頤。制作侔造化。歸仁與能。是爲君長。撫養黎元。助天宣德。日月淑清。四靈來格。祥風協律。玉燭揚輝。九穀芻豢。陸產水育。酸鹹百品。備其膳羞。棟宇舟車。銷金谷土。絲紵玄黃。供其器服。文以禮度。娛以八音。庇物殖生。罔不備設。夫民用儉則易足。易足則力有餘。力有餘則志情泰。樂治之心。於是生焉。事簡則不擾。不擾則神明靈。神明靈則謀慮審。濟治之務。於是成焉。故天地以儉素訓民。乾坤以易簡示人。所以訓示慇懃。若此之篤也。安得與夫飛沈蠉蠕。並爲衆生哉。若夫衆生者。取之有時。用之有道。行火俟風暴。畋漁候豺獺。所以順天時也。大夫麛卵。庶人不數罟。行葦作歌。霄魚垂化。所以愛人用也。庖厨不邇。五犯是翼。殷后改祝。孔釣不綱。所以明仁道也。至於生必有死。形斃神散。猶春榮秋落。四時代換。奚有於更受形哉。詩云。愷悌君子。求福不回。言弘道之在己也。三后在天。言精靈之升遐也。若乃內懷嗜欲。外憚權教。慮深方生。施而望報。在昔先師。未之或言。余固不敏。罔知請事焉矣。

釋達性論　　顏延之

前達所論。深見弘慮。崇致人道。獸遠生類。物有明徵。事不愆義。維情輔教。足使異門掃軌。況在靳同。豈忘所附。徒恐琴瑟專一。更失闡諧。故略廣數條。取盡後報。足下云。同體二儀。共成三才者。是必合德之稱。非遭人之目。然總庶類。同號衆生。亦含識之名。豈上哲之證。然則議三才者。無取於氓隸。言衆生者。亦何濫於聖智。雖情在序別。自不患亂倫。若能兩籍方教。俱舉達義。節彼離文。探此共實。則可使倍害自和。析符復合。何距怏怏。執呂以毀律。且大德日生。有萬之所同。同於所方。萬豈得生之可異。不異之生。宜其爲衆。但衆品之中。愚慧羣差。人則役物以爲養。物則見役以養人。雖始或因順。終至裁殘。庶端萌超。情嗜不禁。生害繁慘。天理鬱滅。皐聖哀其若此。而不能頓奪所滯。故設候物之數。謹順時之經。將以開仁育識。反漸息泰耳。與道爲心者。或不劑此而止。又知大制生死。同之榮落。類諸區有。誠亦宜然。然神理存沒。倘異於枯荄變謝。就同草木。便當煙盡。而復云三后升遐。精靈在天。若精靈必在。果異於草木。則受形之論。無乃更費。來說將由三后粹善。報在生天耶。欲毀後生。反立升遐。當毀更立。固知非力所除。若徒有精靈。尙無體狀。未知在天。當何憑以立。吾怯於庭斷。故務求依倣。而進退思索。未獲所安。凡氣數之內。無不感對。施報之道。必然之符。言其必符。何猜有望。故遺惠者無要。在功者有期。期存未善。去惠乃至。人有賢否。則意有公私。不可見物或期報。因謂樹德皆要。且經世恆談。貴施者勿憶。士子服義。猶惠而弗有。況在聞道。要更不得虛心而動。必懷嗜事盡憚權邪。會不能引之上濟。每驅之下淪。雖深誚校責。亦已原言不代。足下嬰城素堅。難爲飛書。而吾自居憂患。情理無託。近辱褒告。欲其布意。裁往釋慮。不或値顏延之白。

第二節　南北朝文筆之分

晉以下文筆之分始明。故有長於文長於筆之稱。如顏延之云。竣得臣筆。測得臣文。是也。古以記事之文爲筆札。如漢書樓護傳謂谷子雲筆札。要至齊梁之際。文筆尤粲然分途。唐時古文興。以後遂不立此別。阮元揅經室集有學海堂文筆對。歷引諸史爲證。今節錄之。

(甲)文筆對舉

晉書蔡謨文筆議論。有集行於世。

宋書傅亮傳。高祖登庸之始。文筆皆是記室參軍滕演。北征廣固。悉委長史王誕。自此後至於受命表策文誥。皆亮辭也。

南史顏延之傳。宋文帝問延之諸子才能。延之曰。竣得臣筆。測得臣文。

北史魏高祖紀。帝好爲文章詩賦銘頌。有大文筆。馬上口授。及其成也。不改一字。

魏書温子昇傳。臺中文筆。皆子昇爲之。

北史温子昇傳。張皐寫子昇文筆。傳於江外。

北齊書李廣傳。廣曾薦畢義雲於崔暹。廣卒後。義雲集其文筆十卷。託魏收爲之敍。

陳書陸琰傳。其所製文筆。多不存本。後主求其遺文。撰成二卷。

劉師知傳。師知好學。有當世才。博涉書傳。工文筆。

徐伯陽傳。伯陽年十五。以文筆稱。

至於文筆之分稱。此最顯然有別。梁元帝金樓子。與劉勰文心雕龍論之尤詳。

梁元帝金樓子立言篇云。古人之學者有二。今人之學者有四。夫子門徒。轉相師受。通聖人之經者。謂之儒。屈原宋玉枚乘長卿之徒。止於辭賦。則謂之文。今之儒。博窮子史。但能識其事。不能通其理者。謂之學。至如不便爲詩如閻纂。善爲章奏如伯松。若此之流。汎謂之筆。吟咏風謠。流連哀思者。謂之文。而學者率多不便屬辭。守其章句。遲於通變。質於心用。學者不能定禮樂之是非。辯經教之宗旨。徒能揚搉前言。抵掌多識。然而挹源知流。亦足可貴。筆退則非謂成篇。進則不云取義。神其巧惠。筆端而已。至如文者。惟須綺縠紛披。宮徵靡曼。脣吻遒會。情靈搖蕩。而古之文筆。今之文筆。其源又異。至如彖繫風雅。名墨農刑。虎炳豹鬱。彬彬君子。卜談四始。李言七略。源流已詳。今亦置而勿辨。潘安仁清綺若是。而評者止稱清切。故知爲文之難也。曹子建陸士衡皆文士也。觀其辭致側密。事語堅明。意匠有序。遺言無失。雖不以儒者命家。此亦悉通其義也。偏觀文士。略盡知之。至於謝元暉始見貧小。然而天才命世。過足以補尤。任彥升甲部闕如。才長筆翰。善緝流略。遂有龍門之名。斯亦一時之盛。夫今之俗。縉紳稚齒。閭巷小生。學以浮動爲貴。用百家則多尙輕側。經記則不通大旨。苟取成章。貴在悅目。龍首豕足。隨時之義。牛頭馬髀。彊相附會。等張君之弧。徒觀外澤。亦如南陽之里。難就窮檢矣。

劉勰文心雕龍總術篇。今之常言。有文有筆。以爲無韻者筆也。有韻者文也。

總而言之。當時之義。以爲文者取乎沈思翰藻。吟咏哀思。故以有情辭聲韻者爲文。筆从聿。述也。故直言無文采者爲筆。史記春秋。筆則筆。是筆爲據事而書之證。

(乙)辭筆對舉

南史孔珪傳。高帝取爲記室參軍。與江淹對掌辭筆。

陳書岑之敬傳。之敬始以經業進。而博涉文史。雅有辭筆。

按辭亦文類。周易繫辭。漢儒皆謂繫辭爲卦爻辭。至今從之。繫辭上下篇云。聖人設卦觀象。繫辭焉以明吉凶。又云。聖人有以見天下之動。而觀其會通。以行其典禮。繫辭焉以斷其吉凶。是以謂之爻。又云。繫辭焉而命之。動在其中矣。又云。繫辭焉以盡其言。據此諸文。則明指卦爻辭謂之繫辭。孔子之上下二篇。乃繫辭之傳。不得直謂之繫辭也。（今本無傳字釋文王肅原本有傳字）其謂之繫辭者。繫屬也。繫辭即屬辭。猶世所稱屬文焉爾。然則辭與文同乎。曰否。孟子曰。說詩者不以文害辭。趙岐注云。文詩之文章。所引以興事也。辭詩人所歌詠之辭。是文者音韻鏗鏘。藻采振發之稱。辭特其句之近於文。而異乎直言者耳。又按辭本是詞字。說文詞意內而言外也。从言从司。釋名曰。詞嗣也。令撰善言相續嗣也。然則詞之从司。即有繫續之意。詞爲本字。辭乃假借也。（唐以前每稱善屬文此古義也宋後此稱少矣）孔子十翼繫辭傳文言皆多用偶語。而文言幾於句句用韻。繫辭雖是傳體。而韻亦非少。（繫辭傳上下篇用偶者三百二十六用韻者一百一十）此文與辭區別之證。亦文辭與言語區別之證也。楚國之辭稱楚辭。皆有韻。楚辭乃詩之流。詩三百篇。乃言語有文辭之至者也。

（丙）筆之專稱

梁書任昉傳。昉尤長載筆。才思無窮。南史本傳作尤長爲筆。沈約傳云。彥昇工於筆。

陳書徐陵傳世祖高宗之世。國家有大手筆。必命陵草之。

陸瓊傳瓊素有令名。深爲世祖所賞。及討周迪陳寶應等。都官符及諸大手筆。並敕付瓊。

記稱史載筆。論衡以尙書爲孔子鴻筆。記事名筆由來舊矣。任昉徐陵之筆。並是謂詔制碑板文字。故唐張說善碑誌。稱燕許大手筆。

(丁)詩筆對舉

梁書劉潛傳潛字孝儀。秘書監孝綽弟也。幼孤。兄弟相勵勤學。並工屬文。孝綽常曰。三筆六詩。三郎孝儀。六孝威也。

按詩亦有韻者。故與筆對舉。明筆爲無韻者也。上曰工屬文。下曰筆曰詩。蓋詩卽有韻之文。與散體稱筆有別。

南齊書晉安王子懋傳。文章詩筆。乃是佳事。

按此文章是有辭有韻之文。詩又有韻之文之一體。故以文章詩筆並舉。

梁書庾肩吾傳簡文與湘東王論文曰。陽春高而不和。妙聲絕而不尋。竟不精討錙銖。覈量文質。有異巧心。終愧妍手。是以握瑜懷玉之士。瞻鄭邦而知退。章甫翠履之人。望閩鄉而歎息。詩既若此。筆又如之。

北史蕭圓肅傳圓肅撰時人詩筆。爲文海四十卷。

詩筆對舉。唐時猶偶有之。劉禹錫中山集祭韓侍郎文。子長在筆。予長在論。持矛舉楯。卒不能困。趙璘因話錄。韓文公與孟東野友善。韓文公文至高。孟長於五言。時號孟詩韓筆。杜甫寄賈司馬嚴使君詩。亦有賈筆論孤憤。嚴詩賦幾篇之句。

晉陸機文賦曰。詩緣情而綺靡。賦體物而瀏亮。碑披文以相質。誄纏綿而悽愴。銘博約而溫潤。箴頓挫而清壯。頌優遊以彬蔚。論精微而朗暢。奏平徹以閑雅。說煒曄而譎誑。此賦十體之文。不及傳志。昭明太子文選序。亦謂子史事異篇章。蓋文是總名。析而言之。則有文有筆。是以狀文之情。分文之派。晉承建安。已開其先。昭明金樓。實守其法也。

第十七章　元嘉文學

第一節　顏謝

鍾嶸詩評曰。元嘉中有謝靈運。才高詞盛。富豔難蹤。固已含跨劉郭。陵轢潘左。故知陳思為建安之傑。公幹仲宣為輔。陸機為太康之英。安仁景陽為輔。謝客為元嘉之雄。顏延年為輔。斯皆五言之冠冕。文詞之命世也。

蓋宋之文學。莫盛於元嘉之時。元嘉以後。漸陵替矣。謝靈運顏延年。故自一時之傑。而鮑照可以差肩於其間。其餘謝氏諸昆。又其羽翼也。湯惠休嘗評顏謝二家詩曰。謝詩如出水芙蓉。顏詩似鏤金錯彩。延之嘗問鮑照己與靈運優劣。照曰。謝五言如初發芙蓉。自然可愛。君詩若鋪錦列繡。亦雕繢滿眼。延年終身病之。

謝靈運。陳郡陽夏人。晉車騎將軍玄之孫也。文章之美。江左莫逮。從叔混特知愛之。襲封康樂公。宋祖登祚。自以才能宜參機要。憤不見知。少帝時出爲永嘉太守。文帝嗣位。徵爲秘書監。使范泰貽書敦奬之。乃出就職。撰晉書粗立條流。竟不就。見帝唯以文義相接。旋乞疾東還。與族弟惠連。東海何長瑜。潁川荀雍。太山羊璿之。以文章賞會。爲山澤之游。時人謂之四友。嘗自始寧南山伐木開逕。直至臨海。從者數百人。臨海太守王琇驚駭。謂爲山賊。徐知是靈運。乃安。先是靈運嘗作山居賦。幷自注以言其事。是爲自注之始。劉勰謂宋初文詠。莊老告退。而山水方滋。儷采百字之偶。爭價一句之奇。情必極貌以寫物。辭必窮力而追新。此自靈運倡之矣。靈運游山詩最工。然亦以游山之故。致罹罪網。元嘉十年被刑。詩評列靈運上品。論之曰。其源出於陳思。雜有景陽之體。故尙巧似而逸蕩過之。頗以繁蕪爲累。嶸謂若人興多才高。博寓目輒書。內無乏思。外無遺物。其繁富宜哉。然名章迥句。處處間起。麗典新聲。絡繹奔會。譬猶青松之拔灌木。白玉之映塵沙。未足貶其高潔也。靈運族弟瞻及惠連。並有文譽。靈運見惠連新文。每曰。張華重生。不能易。嘗云每有篇章。對惠連輒得佳句。嘗於永嘉西堂思詩。竟日不就。忽夢惠連。卽得池塘生春草句。大以爲工。以爲此有神功。非吾語也。

登池上樓在永嘉郡　　謝靈運

潛虯媚幽姿。飛鴻響遠音。薄霄愧雲浮。棲川怍淵沈。進德智所拙。退畊力不任。徇祿及窮海。臥痾對空林。衾枕昧節候。褰開暫窺臨。傾耳聆波瀾。舉目眺嶇嶔。初景革緒風。新陽改故陰。池塘生春草。園柳變鳴禽。祁祁傷豳歌。萋萋感楚吟。索居易永久。離羣難處心。持操豈獨古。無悶徵在今。

擣衣　　謝惠連

衡紀無淹度。晷運倏如催。白露滋園菊。秋風落庭槐。肅肅莎雞羽。烈烈寒螿啼。夕陰結空幕。宵月皓中閨。美人戒裳服。端飾相招攜。簪玉出北房。鳴金步南階。櫚高砧響發。楹長杵聲哀。微芳起兩袖。輕汗染雙題。紈素旣已成。君子行未歸。裁用笥中刀。縫爲萬里衣。盈篋自予手。幽緘俟君開。腰帶準疇昔。不知今是非。

顏延之字延年。瑯邪臨沂人。少孤貧。好讀書。無所不覽。晉義熙十二年。高祖北伐。有宋公之授。延之亦奉使至洛陽。道中作詩二首。文辭藻麗。爲謝晦傅亮所賞。宋旣受命。恆參朝列。好酒疏誕。不能斟酌當世。元嘉中。爲劉湛所構。出爲永嘉太守。延之不平。乃作五君詠以述竹林七賢。語多以自況。湛誅。復見任用。宋書曰。延之與陳郡謝靈運齊名。自潘岳陸機之後。文士莫及也。江左稱顏謝焉。然二人文辭遲速懸絕。文帝嘗各勅擬樂府北上篇。延之受詔便成。靈運久之乃就。每薄湯惠休詩。謂人曰。惠休制作。委巷中歌謠耳。延年尤自負。其哀誄之文。以爲可嗣潘岳云。

詩評曰。宋光祿大夫顏延之。其源出於陸機。尚巧似。體裁綺密。情喻淵深。動無虛散。一句一字。皆致意焉。又喜用古事。彌見拘束。雖乖秀逸。是經綸文。雅才。雅才減若人則蹈於困躓矣。

北使洛　顏延年

改服飭徒旅。首路跼險艱。振楫發吳洲。秣馬陵楚山。塗出梁宋郊。道由周鄭間。前登陽城路。日夕望三川。在昔輟期運。經始闊聖賢。伊瀔絕津濟。臺館無尺椽。宮陛多巢穴。城闕生雲煙。王猷升八表。嗟行方暮年。陰風振涼野。飛雲瞀窮天。臨塗未及引。置酒慘無言。隱閔徒御悲。威遲良馬煩。遊役去芳時。歸來屢徂諐。蓬心既已矣。飛薄殊亦然。

鮑照字明遠。文辭贍逸。嘗爲古樂府。甚遒麗。殆可擬跡顏謝之間。而名位不顯。宋書曰。臨川王義慶招聚文學之士。近遠畢至。太尉袁淑文冠當時。義慶在江州。請爲衛軍諮議參軍。其餘吳郡陸展。東海何長瑜。鮑照等。並爲辭章之美。元嘉中。河濟俱清。當時以爲美瑞。照撰河清頌。甚工。詩評曰。宋參軍鮑照。其源出於二張。善製形狀寫物之詞。得景陽之諔詭。含茂先之靡嫚。骨節强於謝混。駈邁疾於顏延。總四家而擅美。跨兩代而孤出。嗟其才秀人微。故致湮當代。然貴尚巧似。不避危仄。頗傷清雅之調。故言險俗者。多以附照。杜甫以照與庾信並稱曰清新庾開府。俊逸鮑參軍云。

代白頭吟　鮑照

直如朱絲繩。清如玉壺冰。何慙宿昔意。猜恨坐相仍。人情賤恩舊。世議逐衰興。毫髮一爲瑕。丘山不可勝。食苗實碩鼠。點白信蒼蠅。鳧鵠遠成美。薪芻前見陵。申黜褒女進。班去趙姬升。周王日淪惑。漢帝益嗟稱。心傷猶難恃。貌恭豈易憑。古來共如此。非君獨撫膺。

此外如袁淑謝莊亦有稱於時。莊爲靈運族子。袁淑見謝莊賦。歎曰江東無我。卿當獨步。我若無卿。亦一時之傑也。莊善賦誄所爲月賦等尤工蕭子顯謂謝莊之誄起安仁之塵至若王微王僧達等抑又其次也。

第二節　范曄與史學

元嘉初。范曄左遷宣城太守。不得志乃刪衆家後漢書爲一家之作。自范書行而諸家之書並廢矣。當時裴松之父子。亦好史學然其所作。乃是補注。惟曄後漢書。可當史筆耳其猶在孟堅承祚之間乎。曄字蔚宗。順陽人車騎將軍泰少子也生平致力文章。頗見於其獄中與諸甥姪書。蓋以自序也。其文曰。

吾狂釁覆滅。豈復可言。汝等皆當以罪人棄之。然平生行己任懷。猶應可尋。至於能不意中所解。汝等或不悉知。吾少懶學問。晚成人。年三十許。政始有向耳。自爾以來。轉爲心化。推老將至者。亦當未已也。往往有微解。言乃不能自盡。爲性不尋注書。心氣惡。小苦思便憒悶。口機又不調利。以此無談功。至於所通解處。皆自得之於胸懷耳。文章轉進。但才少思難。所以每於操筆。其所成篇。殆無全稱者。常恥作文士。文患其事盡於形。情急於藻。義牽其旨。韻移其意。雖時有能者。大較多不免此累。政可類工巧圖繢。竟無得也。常謂情志所托。故當以意爲主。以文傳意。以意爲主。則其旨必見。以文傳意。則其詞不流。然後抽其芬芳。振其金石耳。此中情性旨趣。千條百品。屈曲有成理。自謂頗識其數。嘗爲人言。多不能賞意。或異故也。性別宮商。識清濁。斯自然也。觀古今文人。多不全了此處。縱有會此者。不必從根本中來。言之皆有實證。非爲空談。年少中謝莊最有其分。手筆差易。文不拘韻故也。吾思乃無定方。特能濟難適輕重。所稟之分。猶當未盡。但多公家之言。少於事外遠致。以此爲恨。亦由無意於文名故也。本未關史書。政恆覺其不可解耳。既造後漢。轉得統緒。詳觀古今著述及評論。殆少可意者。班氏最有高名。既任情無例。不可甲乙辨。後贊於理近無所得。唯志可推耳。博贍不可及之。整理未必愧也。吾雜傳論皆有精意深旨。既有裁味。故約其詞句。至於循吏以下及六夷諸序論。筆勢縱放。實天下之奇作。其中合者。往往不減過秦篇。嘗共比方班氏所作。非但不愧之而已。欲徧作諸志。前漢所有者悉令備。雖事不必多。且使見文得盡。又欲因事就卷內發論。以正一代得失。意復未果。贊自是吾文之傑思。殆無一字空設。奇變不窮。同含異體。乃自不知所以稱之。此書行。故應有賞音者。紀傳例爲舉其大略耳。諸細意甚多。自古體大而思精。未有此也。恐世人不能盡之。多貴古賤今。所以稱情狂言耳。吾於音樂聽功不及自揮。但所精非雅聲。爲可恨。然至於一絕處。亦復何異邪。其中體趣。言之不盡。弦外之意。虛響之音。不知所從而來。雖少許處。而旨態無極。亦嘗以授人。士庶中未有一豪似者。此永不傳矣。吾書雖小小有意。筆勢不快。餘竟不成就。每愧此名。

裴松之。字世期。河東聞喜人。博覽墳籍。宋初受詔注陳壽三國志。松之鳩集傳記。增廣異聞。既成奏之。當時以爲不朽之作。子駰著史記集解。亦傳於世。是時臨川王義慶招延文學士。集後漢至東晉軼事。爲世說新書。名曰新書者。以劉更生昔有此書。踵之而作。後人易稱新語。其書文約趣永。文士多好玩之。梁劉孝標至爲作注。與之並行。故宋時史學。頗具諸體矣。

劉子玄史通。以松之三國志注。臨川世說。並入補注。次而論之。區其條流。頗得源委。故存而錄之。

史通補注曰。昔詩書既成。而毛孔立傳。傳之時義。以訓詁爲主。亦猶春秋之傳。配經而行也。降及中古。始名傳曰注。蓋傳者轉也。轉授於無窮。注者流也。流通而靡絕。進此二名。其歸一揆。如韓戴服鄭。鑽仰六經。裴李應晉。訓解三史。開導後學。發明先義。古今傳授。是曰儒宗。既而史傳小書。人物雜紀。若摯虞之三輔決錄。陳壽之季漢輔臣。周處之陽羨風土。常璩之華陽士女。文言美辭。列於章句。委曲敘事。存於細書。此之注釋。異夫儒士者矣。次有好事之子。思廣異聞。而才短力微。不能自達。庶憑驥尾。千里絕羣。遂乃掇衆史之異辭。補前書之所闕。若裴松之三國志。陸澄劉昭兩漢書。劉彤晉紀。劉孝標世說之類是也。亦有躬爲史臣。手自刊補。雖志存該博。而才闕倫敘。除煩則意有所恡。畢載則言有所妨。遂乃定彼榛楛。列爲子注。若蕭大圜淮海亂離志。羊衒之洛陽伽藍記。宋孝王關東風俗傳。王劭齊志之類是也。權其得失。求其利害。世期集注國志。以廣承祚所遺。而喜聚異同。不加刊定。恣其擊難。坐長煩蕪。觀其書成表獻。自比蜜蜂兼採。但甘苦不分。難以味同萍實者矣。陸澄所注班史。多引司馬遷之書。若此缺一言。彼增半句。皆採摘成注。標爲異說。有昏耳目。難爲披覽。竊惟范曄之刪後漢也。簡而且周。疏而不漏。蓋云備矣。而劉昭採其所捐。以爲補注。言盡非要。事皆不急。
譬夫人有吐果之核。棄藥之滓。而愚者乃重加掇拾。潔以登薦。持此爲工。多見其無識也。孝
標善於攻繆。博而且精。固以察及泉魚。辨窮河豕。嗟乎以峻之才識。足堪遠大。而不能探賾
彪嶠。網羅班馬。方復留情於委巷小說。銳思於流俗短書。可謂勞而無功。費而無當者矣。史
通所刊諸書。今多不傳。存之可以備考。又於補注之體。多所訾詆。亦各從其志也。惟推揚蔚
宗。則無異詞耳。

第十八章　永明文學

文心雕龍曰。自宋武愛文。文帝彬雅。秉文之德。孝武多才。英采雲構。自明帝以下。文理替矣。
蓋元嘉以後。明帝雅好文學。每讌集賦詩。武人或買以應詔。雖多藻績。而無勝韻。故鍾嶸以
爲大明泰始中。文章殆同書抄。及齊永明之際。而後文章復盛。可復嗣於元嘉之風流矣。
南齊書陸厥傳曰。永明末。盛爲文章。吳興沈約。陳郡謝朓。琅邪王融。以氣類相推轂。汝南周
顒。善識聲韻。約等文皆用宮商。以平上去入爲四聲。以此制韻。不可增減。世呼爲永明體。
劉繪傳曰。永明末。京邑人士。盛爲文章談義。皆湊竟陵王西邸。繪爲後進領袖。機悟多能。時
張融周顒。並有言工。融音旨緩韻。顒辭致綺捷。繪之言吐。又頓挫有風氣。時人爲之語曰。劉
繪貼宅。別開一門。言在二家之中也。

蓋永明文學。承元嘉之後。更研鑽聲律。於是四聲八病之說始起。立駢文之鴻軌。啟律詩之先路。當時竟陵王子良實有提奬之功。竟陵王者。齊武帝第二子也。禮士好藝。天下詞客多集其門。而梁武帝與王融、謝朓、任昉、沈約、陸倕、范雲、蕭琛八人。尤見敬異。號曰竟陵八友。八人之中。謝朓長於詩。任昉陸倕長於筆。沈約則文筆兼美云。

鍾嶸詩評曰。齊有王元長者。嘗謂余云。宮商與二儀俱生。自古詞人不知之。唯顏憲子乃云律呂音調。而其實大謬。唯見范曄謝莊頗識之耳。常欲進知音論未就。王元長創其首。謝朓沈約揚其波。三賢或貴公子孫。幼有文辨。於是士流景慕。務為精密。襞積細微。專相凌架。故使文多拘忌。傷其眞美。然則永明體宮商之論。實發於王融。成於謝朓沈約也。王謝既皆早世。而約獨歷齊入梁。位顯譽隆。後世遂以聲病之說歸之約矣。

王融字元長。瑯邪臨沂人。僧達之孫也。少有文才。爲太子舍人。以父官不通。弱年便欲紹興家業。啓武帝求自試。遷秘書丞。從叔儉初有儀同之授。融上詩及書。儉甚奇憚之。永明九年武帝幸芳林園。禊宴朝臣。使融爲曲水詩序。文藻富麗。當世稱之。後加寧朔將軍。與竟陵王特相友好。情好殊常。武帝疾篤。融謀立子良。深爲鬱林所嫉。即位十餘日。收融付廷尉。旋賜死獄中。年才二十七。

謝朓字玄暉。陳郡陽夏人。文章清麗。解褐豫章王太尉行參軍。歷隨王鎭西功曹。轉文學。子隆在荊州。好辭賦。數集僚友。朓以文才。尤被賞愛。流連晤對。不捨日夕。高宗輔政。以朓爲驃騎諮議。領記室。掌霸府文筆。旋出爲宣城太守。復入爲尚書吏部郎。長五言詩。沈約常云。二百年來無此詩也。敬皇后遷祔山陵。朓撰哀策文。齊世莫有及者。東昏侯廢立之際。朓畏禍反覆不決。遂被刑禍。死時年三十六。

詩評曰。齊吏部謝朓。其源出於謝混。微傷細密。頗在不倫。一章之中。自有玉石。然奇章秀句。往往警遒。足使叔源失步。明遠變色。善自發端。而末篇多躓。此意銳而才弱也。至爲後進士子之所嗟慕。李白嘗謂自從建安來。綺麗不足珍。而獨心折謝朓。集中多追慕之作。是以王士禎論詩絕句。謂李白一生低首謝宣城也。

蕭諮議西上夜集　　王融

徘徊將所愛。惜別在河梁。衿袖三春隔。江山千里長。寸心無遠近。邊地有風霜。勉哉勤歲暮。敬矣事容光。山中殊未懌。杜若空自芳。

晚登三山還望京邑　　謝朓

灞涘望長安。河陽視京縣。白日麗飛甍。參差皆可見。餘霞散成綺。澄江靜如練。喧鳥覆春洲。雜英滿芳甸。去矣方滯淫。懷哉罷歡宴。佳期悵何許。淚下如流霰。有情知望鄉。誰能鬒不變。

沈約。字休文。吳興武康人也。幼孤貧。篤志好學。晝夜不倦。母恐其以勞生疾。常遣減油滅火。

而晝之所讀。夜輒誦之。遂博通羣籍。宋末爲郢州刺史蔡興宗記室。興宗嘗謂諸子曰。沈記室人倫師表。宜善事之。齊初爲征虜記室。帶襄陽令。後兼著作郞。遷中書郞。甚爲文惠太子所遇。時竟陵王亦招士。約與王融謝脁等皆游焉。齊時官至吏部尙書。入梁爲尙書僕射。封建昌縣侯。約歷仕三代。聚書至二萬卷。所著晉書百一十卷。宋書百卷。齊紀二十卷。高祖紀十四卷。邇言十卷。謚例十卷。宋文章志三十卷。文集一百卷。又撰四聲譜。以爲在昔詞人。累千載而不寤。而獨得胸衿。窮其妙旨。自謂入神。高祖雅不好焉。帝問周捨曰。何謂四聲。捨曰。天子聖哲是也。然帝竟不遵用。

早發定山　　沈約

夙齡愛遠壑。晚莅見奇山。標峰綵虹外。置嶺白雲間。傾壁忽斜竪。絕頂復孤圓。歸流海漫漫。出浦水濺濺。野棠開未落。山櫻發欲然。忘歸屬蘭杜。懷祿寄芳荃。眷言采三秀。徘徊望九仙。

冬節後至丞相第詣世子車中作（齊書豫章王嶷薨贈丞相揚州牧長子廉爲世子）　　同

廉公失權勢。門館有虛盈。貴賤猶如此。況乃曲池平。高車塵未滅。珠履故餘聲。賓階綠錢滿。客位紫苔生。誰當九原上。鬱鬱望佳城。

詩評曰。觀休文衆製。五言最優。詳其文體。詳其餘論。固知憲章鮑明遠也。所以不閑於經綸。而長於淸怨。永明相王愛文。王元長等皆宗附之。約於時謝脁未遒。江淹才盡。范雲名級故徵。故約稱獨步。雖文不至其工麗。亦一時之選也。見重閭里。重詠成音。嶸謂約所著既多。今翦除淫雜。收其精要。允爲中品之第矣。故當詞密於范。意淺於江也。

南齊書曰。陸厥字韓卿。吳郡吳人。揚州別駕閑子也。五言詩體甚新奇。永明九年詔百官舉士。同郡司徒左西掾顧暠之表薦焉。時爲文方尙聲律。沈約宋書謝靈運傳後。又論宮商。厥與約書曰。范詹事自序。性別宮商。識清濁。特能適輕重。濟艱難。古今文人。多不全了斯處。縱有會此者。不必從根本中來。沈尙書亦云。自靈均以來。此秘未覩。或闇與理合。匪由思至。張蔡曹王。曾無先覺。潘陸顏謝。去之彌遠。大旨鈞使宮羽相變。低昂舛節。若前有浮聲。則後須切響。一簡之內。音韻盡殊。兩句之中。輕重悉異。辭既美矣。理又善焉。但觀歷代衆賢。似不都闇此處。而云此秘未覩。近於誣乎。案范云不從根本中來。尙書云匪由思至。斯可謂揣情謬於玄黃。摛句差其音律也。范又云時有會此者。尙書云或闇與理合。則美詠淸謳。有辭章調韻者。雖有差謬。亦有會合。推此以往。可得而言。夫思有合離。前哲同所不免。文有開塞。卽事不得無之。子建所以好人譏彈。士衡所以遺恨終篇。既曰遺恨。非盡美之作。理可詆訶。君子執其詆訶。便謂合理爲闇。豈如指其合理而寄詆訶爲遺恨耶。自魏文屬論。深以清濁爲言。劉楨奏書。大明體勢之致。岨峿妥怗之談。操末續顚之說。興玄黃於律呂。比五色之相宣。苟此秘未覩。茲論爲何所指邪。故愚謂前英已早識宮徵。但未屈曲指的。若今論所申。至於掩瑕藏疾。合少謬多。則臨淄所云。人之著述不能無病者也。非知之而不改。謂不改則不知。斯曹陸又稱竭情多悔。不可力彊者也。今許以有病有悔爲言。則必自知無悔無病之地。引其不了不合爲闇。何獨誣其一合一了之明乎。意者亦質文時異。古今好殊。將急在情物而緩於章句。情物文之所急。美惡猶且相半。章句意之所緩。故合少而謬多。義兼於斯。必非不知明矣。長門上林。殆非一家之賦。洛神池雁。便成二體之作。孟堅精正。詠史無虧於東主。平子恢富。羽獵不累於憑虛。王粲初征。他文未能稱是。楊脩敏捷。暑賦彌日不獻。率意寡尤。則事促乎一日。翳翳愈伏。而理賒於七步。一人之思。遲速天懸。一家之文。工拙壤隔。何獨宮商律呂。必責其如一邪。論者乃可言未窮其致。不得言曾無先覺也。約答曰。宮商之聲有五。文字之別累萬。以累萬之繁。配五聲之約。高下低昂。非思力所舉。又非止若斯而已也。十字之文。顚倒相配。字不過十。巧歷已不能盡。何況復過於此者乎。靈均以來。未經用之於懷抱。固無從得其髣髴矣。若斯之妙。而聖人不尙邪。此蓋曲折聲韻之巧。無當於訓義。非聖哲立言之所急也。是以子雲譬之雕蟲篆刻。云壯夫不爲。自古辭人。豈不知宮羽之殊。商徵之別。雖知五音之異。而其中參差變動。所昧實多。故鄙意所謂此秘未覩者也。以此而推。則知前世文士。便未悟此處。若以文章之音韻。同絃管之聲曲。則美惡妍蚩。不得頓相乖反。譬由子野操曲。安得忽有闡緩失調之聲。以洛神比陳思他賦。有似異手之作。故知天機啓。則律呂自調。

六情滯則音律頓殊也。士衡雖云炳若縟錦。寧有濯色江波。其中復有一片是衞文之服。此則陸生之言。卽復不盡者矣。韻與不韻。復有精麤。輪扁不能言。老夫亦不盡辨。

詩人玉屑載沈約云詩病有八如下。

一曰平頭　第一第二字不得與第六第七字同聲。如今日良晏會。讙樂莫具陳。今讙皆平聲。

二曰上尾　第五字不得與第十字同聲。如青青河畔草。鬱鬱園中柳。草柳皆上聲。

三曰蜂腰　第三字不得與第五字同聲。如聞君愛我甘。竊欲自修飾。君甘皆平聲。欲飾皆入聲。

四曰鶴膝　第五字不得與第十五字同聲。如客從遠方來。遺我一書札。上言長相思。下言久離別。來思皆平聲。

五曰大韻　如聲鳴爲韻。上九字不得用驚傾平榮字。

六曰小韻　除大一字外。九字中不得有兩字同韻。如遙條不同。

七曰旁紐　八曰正紐　十字內兩字疊韻爲正紐。若不共一紐而有雙聲爲旁紐。如流久爲正紐。流柳爲旁紐。

八種惟上尾鶴膝最忌。餘病亦皆通。

藝苑巵言曰。沈休文所載八病。如平頭、上尾、蜂腰、鶴膝、大韻、小韻、旁紐、正紐。以上尾鶴膝爲最忌。休文之拘滯。正與古體相反。唯於近律差有關耳。然亦不免商君之酷。平頭謂第一字不得與第六字同平聲。律詩如風勁角弓鳴。將軍獵渭城風之類。將何損其美。上尾謂第五字不得與第十字同聲。如古詩西北有高樓。上與浮雲齊。雖隔韻何害。律固無是矣。使同韻如前詩鳴之與城。又何妨也。蜂腰謂第二字與第四字同上去入韻。如老杜望盡似猶見江淹遠與君別者之類。近體宜少避之。亦無妨。鶴膝謂第五字不得與第十五字同。如老杜水色含羣動。朝光接太虛。年來頻悵望之類。八句俱如是。則不宜。一字犯亦無妨。五大韻爲重疊相犯。如胡姬年十五。春日獨當爐。又端坐苦愁思。攬衣起西游胡與爐愁與游犯。六小韻。上十字中自有韻。如薄帷鑒明月。清風吹我襟。明與清犯。七傍紐十字中已有田字。不得著寅延字。八正紐。十字中已有壬字。不得著袵任。後四病尤無謂。不足道也。

竟陵八友中。范雲亦約等之亞。詩評稱范詩清便宛轉。如流風迴雪。藝苑巵言。范沈篇章。雖有多寡。要其裁造。亦昆季耳。任昉亦有重名。昉字彥昇。樂安人。尤長載筆。才思無窮。當世公王表奏。莫不請焉。昉起草卽成。不加點竄。沈約一代詞宗。深所推挹。梁時湘東王與庾肩吾書曰。近世如謝朓沈約之詩。任昉陸倕之筆。斯實文章之冠冕。述作之楷模。倕字佐公。吳郡吳人。梁時撰新漏刻銘。及石闕銘記。甚美。與任昉友善。爲感知己賦贈之。永明諸子。自王融謝脁外。並及梁朝。惟光於齊世有顯名耳。

齊之文士。又有吳郡張融。字思光。汝南周顒。字彥倫。山陰孔稚珪。字德璋。彭城劉繪。字士章。皆詞旨華贍。並卒於齊世云。

第十九章　梁文學

第一節　梁初文學及諸帝之詞翰

梁初齊之遺賢猶在。江淹歷仕三世。亦入梁始卒。淹字文通。濟陽考城人。晚節才思減退。故不與永明聲氣之中。然其詩文華茂閑美。故是齊梁之英也。詩評以文通詩體總雜。善於摹擬。筋力於王微。成就於謝脁。今附之梁初云。

休上人怨別　　江淹

西北秋風至。楚客心悠哉。日暮碧雲合。佳人殊未來。露彩方泛豔。月華始徘徊。寶書爲君掩。瑤琴詎能開。相思巫山渚。悵望陽雲臺。高爐絕沈燎。綺席生浮埃。桂水日千里。因之平生懷。

武帝本與沈約任昉范雲諸人同與竟陵八友之列。既受齊禪。諸賢並在輔佐。文謙侍從。有彬彬之風。雖建安鄴下之盛。不是過也。宏文獎藝。彙隆儒釋。所爲詩賦詔銘贊誄箴記。皆臻妙域。著經子講疏。凡二百餘卷。文集百二十卷。雖稱不達四聲。而所作自合麗則矣。

簡文帝爲武帝第三子。武帝嘗曰。此吾家東阿王也。幼而頴敏。既長博綜儒書。善言玄理。賦詩千言立就。然好爲輕艷之詞。當時號曰宮體。元帝爲武帝第七子。承父兄之風流。常與裴子野蕭子雲爲布衣之交。著述篇章。並行於世。然文帝元帝皆崇尚浮華。不及昭明太子之篤學也。太子諱統。武帝長子。嘗建樂賢堂招集才士。商榷古今篇籍。成文選三十卷。是總集傳於今之最古者也。

河中之水歌　　武帝

河中之水向東流。洛陽女兒名莫愁。莫愁十三能織綺。十四采桑南陌頭。十五嫁爲盧家婦。十六生兒字阿侯。盧家蘭室桂爲梁。中有鬱金蘇合香。頭上金釵十二行。足下絲履五文章。珊瑚挂鏡爛生光。平頭奴子擎履箱。人生富貴何所望。恨不早嫁東家王。

折楊柳　　簡文帝

楊柳亂成絲。攀折上春時。葉密鳥飛礙。風輕花落遲。城高短簫發。林空畫角悲。曲中無別意。併是爲相思。

折楊柳　　元帝

巫山巫峽長。垂柳復垂楊。同心且同折。故人懷故鄉。山似蓮花豔。流如明月光。寒夜猿聲徹。遊子淚霑裳。

第二節　永明體之餘勢

永明體盛行。而齊遂爲梁。武帝躬與竟陵西邸。禪代之後。一時文士。攀援翔集。皆前世之名俊矣。沈約尤爲當代文宗。誘納後進。如王筠、張率、何遜、劉孝綽、吳均、劉勰之倫。並蒙推輓。故梁之文學。實緣永明體之餘風。多出於沈約提獎之力矣。

當時沈約江淹任昉陸倕范雲並存。而何遜爲詩最精巧。沈約謂之曰。讀卿詩一日三復。猶不能已。劉孝綽詩最雍容。王融謂天下文章若無我。當歸孝綽。約又稱晚來名家。王筠獨步。武帝以張率兼相如之工。枚皋之速。周興嗣舞馬賦。壓倒張率。光宅寺碑。淩駕陸倕。又有到溉到洽丘遲王僧孺劉峻吳均徐摛庾肩吾。而劉勰鍾嶸。爲譏評文史之宗。摛又孝穆之父。肩吾則子山之父也。然則六朝聲律麗偶之體。盛於永明。梁陳相承益精。蓋至孝穆子山而後其體大成。淵源尚可考矣。

何遜字仲言。東海剡人。承天之曾孫也。八歲能賦詩。弱冠舉秀才。與范雲結忘年交。一文一詠。雲輒嗟賞。謂所親曰。頃觀文人。質則過儒。麗則傷俗。其能含清濁。中今古。見之何生矣。遜文章與劉孝綽並重於世。世謂之何劉。元帝著論論之云。詩多而能者沈約。少而能者謝朓何遜。

吳均字叔庠。吳興故鄣人也。家至寒賤。至均好學有俊才。沈約嘗見均文。頗相稱賞。天監初。柳惲爲吳興。召補主簿。引與賦詩。均文體清拔有古氣。好事者或斆之。謂爲吳均體。

劉孝綽。彭城人。繪之子也。七歲能屬文。舅齊中書郎王融深賞異之。常與同載適親友。號曰神童。每曰天下文章無我。當歸阿士。孝綽小字父黨沈約任昉范雲等。聞其名。並命駕先造焉。昉尤相賞好。

張率字士簡。吳郡吳人。年十二能屬文。常日限詩一篇。稍進作賦頌。至年十六。約二千許首。齊時與同郡陸倕相友狎。嘗同載詣沈約。適值任昉在焉。約乃謂昉曰。此二子後進才秀皆南金也。卿可與定交。由此與昉友善。梁初爲秘書丞。時與到洽周興嗣同奉詔爲賦。武帝以率及興嗣爲工。

王筠字元禮。琅邪臨沂人。沈約每見筠文。咨嗟吟詠。以爲不逮。嘗謂筠自謝朓諸賢零落已後。平生意好。殆將都絕。不謂疲暮。復逢於君。約製郊居賦。構思積時。猶未都畢。乃要筠示其草。筠讀至雌霓(五激反)連蜷。約撫掌欣抃曰。僕嘗恐人呼爲霓(五雞反)。次至墜石磓星及冰懸埳而帶坻。筠皆擊節稱贊。約曰。知音者希。眞賞殆絕。所以相要。政在此數句耳。筠爲文能壓强韻。每公宴竝作。辭必妍美。約常從容啟高祖曰。晚來名家。唯見王筠獨步。累遷太子洗馬中舍人。竝掌東宮管記。昭明太子愛文學士。常與筠及劉孝綽、陸倕、到洽、殷芸等遊宴玄圃。太子獨執筠袖。撫孝綽肩而言曰。所謂左把浮丘袖。右拍洪崖肩。其見重如此。

葉夢得玉澗雜書曰。唐以前人和詩。初無用同韻者。直是先後相繼作耳。頃看類文。見梁武同王筠和太子懺悔詩云。仍取筠韻。蓋同用改字十韻也。詩人以來。始見有此體。筠後又取所餘未用者十韻。別爲一篇。所謂聖智比三明。帝德光四表者。比次頗新巧。古詩之工。初不在韻。上蓋欲自出奇。後遂爲格。乃知史於諸文士中。獨言筠善押强韻。以此。

劉峻。字孝標。平原人。安成王秀好峻學。給書籍。使抄錄事類。名曰類苑。未及成。以疾去。遊東陽紫巖山。築室居焉。爲山棲志。其文甚美。峻率性而動。不能隨衆浮沈。高祖頗嫌之。故不任用。乃著辨命論以寄其懷。論成。中山劉沼致書以難之。凡再反。會沼卒。不見峻後報者。峻爲書追答之。峻注宋臨川王義世說新語。與之並行。

日夕望江山贈魚司馬　何遜

溢城帶溢水。溢水縈如帶。日夕望高城。耿耿青雲外。城中多宴賞。絲竹常繁會。管聲已流悅。弦聲復淒切。歌黛慘如愁。舞腰凝欲絕。仲秋黃葉下。長風正騷屑。早鴈出雲歸。故燕辭檐別。晝悲在異縣。夜夢還洛汭。洛汭何悠悠。起望西南樓。的的帆向浦。團團月映洲。誰能一羽化。輕舉逐飛浮。

古意　劉孝綽

燕趙多佳麗。白日照紅妝。蕩子十年別。羅衣雙帶長。春樓怨難守。玉階空自傷。復此歸飛燕。銜泥繞曲房。差池入綺幕。上下傍雕梁。故居猶可念。故人安可忘。相思昏望絕。宿昔夢容光。魂交忽在御。轉側定他鄉。徒然顧枕席。誰與同衣裳。空使蘭膏夜。炯炯對繁霜。

春詠　吳均

春從何處來。拂水復驚梅。雲障青鎖闥。風吹承露臺。美人隔千里。羅幃閉不開。無由得共語。空對相思悲。

梁書庾肩吾傳曰。初太宗在藩。雅好文章士。時肩吾與東海徐摛。吳郡陸杲。彭城劉遵。劉孝儀。儀弟孝威。同被賞接。及居東宮。又開文德省。置學士。肩吾子信。摛子陵。吳郡張長公。北地傅弘。東海鮑至等充其選。齊永明中。文士王融。謝朓。沈約文章始用四聲。以爲新變。至是轉拘聲韻。彌尚麗靡。復踰於往時。時太子與湘東王書論之曰。吾輩亦無所遊賞。止事披閱。性既好文。時復短詠。雖是庸音。不能閣筆。有慙伎癢。更同故態。比見京師文體。懦鈍殊常。競學浮疏。爭爲闡緩。玄冬修夜。思所不得。既殊比興。正背風騷。若夫六典三禮。所施則有地。吉凶嘉賓。用之則有所。未聞吟詠情性。反擬內則之篇。操筆寫志。更摹酒誥之作。遲遲春日。翻學歸藏。湛湛江水。遂同大傳。吾既拙於爲文。不敢輕有掎摭。但以當世之作。歷方古之才人。遠則楊馬曹王。近則潘陸顏謝。而觀其遣辭用心。了不相似。若以今文爲是。則古文爲非。若昔賢可稱。則今體宜棄。俱爲盍各。則未之敢許。又時有效謝康樂裴鴻臚文者。亦頗有惑焉。何者。謝客吐言天拔。出於自然。時有不拘。是其糟粕。裴氏乃是良史之才。了無篇什之美。是爲學謝則不屆其精華。但得其冗長。師裴則蔑絕其所長。惟得其所短。謝故巧不可階。裴亦質不宜慕。故胸馳臆斷之侶。好名忘實之類。方分肉於仁獸。逞卻克於邯鄲。入鮑忘臭。效尤致禍。決羽謝生。豈三千之可及。伏膺裴氏。懼兩唐之不傳。故玉徽金銑。反爲拙目所嗤。巴人下里。更合郢中之聽。陽春高而不和。妙聲絕而不尋。竟不精討錙銖。覈量文質。有異巧心。終愧妍手。是以握瑜懷玉之士。瞻鄭邦而知退。章甫翠履之人。望閩鄉而歎息。詩既若此。筆又如之。徒以煙墨不言。受其驅染。紙札無情。任其搖襞。甚矣哉。文之橫流。一至於此。至如近世謝朓沈約之詩。任昉陸倕之筆。斯實文章之冠冕。述作之楷模。張士簡之賦。周升逸之辯。亦成佳手。難可復遇。文章未墜。必有英絕領袖之者。非弟而誰。每欲論之。無可與語。思言子建一共商搉。辯茲清濁。使如涇渭。論茲月旦。類彼汝南。朱丹既定。雌黃有別。使夫懷鼠知慚。濫竽自恥。譬斯袁紹。畏見子將。同彼盜牛。遙羞王烈。相思不見。我勞如何。

自永明體行。一世風靡。當時惟裴子野略持異論。子野字幾原。河東聞喜人。松之之曾孫也。承其先世史學。不尙麗靡之詞。嘗刪沈約宋書爲宋略二十卷。約見而歎曰。吾弗逮也。與沛國劉顯南陽劉之遴陳郡殷芸陳留阮孝緒等。深相賞好。爲文速而典。其制作多法古。與今體異。當時或有詆訶者。及其末皆翕然重之。子野雕蟲論。論宋以後文章之弊。雖未嘗直詆當世。意實深譏永明以來文體也。子野官至鴻臚卿。武帝大通二年卒。

雕蟲論　裴子野

宋明帝博好文章。才思朗捷。嘗讀書奏。號稱七行俱下。每有禎祥及幸讌集。輒陳詩展義。且以命朝臣。其戎士武夫。則請託不暇。困於課限。或買以應詔焉。於是天下向風。人自藻飾。雕蟲之藝。盛於時矣。梁鴻臚卿裴子野論曰。古者四始六藝。總而爲詩。既形四方之氣。且彰君子之志。勸美懲惡。王化本焉。後之作者。思存枝葉。繁華蘊藻。用以自通。

若悱惻芳芬。楚騷爲之祖。靡漫容與。相如和其音。由是隨聲逐影之儔。棄指歸而無執。賦詩歌頌。百帙五車。蔡應等之俳優。揚雄悔爲童子。聖人不作。雅鄭誰分。其五言爲家。則蘇李自出。曹劉偉其風力。潘陸固其枝葉。爰及江左。稱彼顏謝。箴繡鞶帨。無取廟堂。宋初迄於元嘉。多爲經史。大明之代。實好斯文。高才逸韻。頗謝前哲。波流相尚。滋有篤焉。自是閭閻年少。貴游總角。罔不擯落六藝。吟詠情性。學者以博依爲急務。謂章句爲顓魯。淫文破典。斐爾爲功。無被於管絃。非止乎禮義。深心主卉木。遠致極風雲。其興浮。其志弱。巧而不要。隱而不深。討其宗途。亦猶宋之風也。若季子聆音。則非興國。鯉也趨室。必有不敢。荀卿有言。亂代之徵。文章匿而采。斯豈近之乎。

第三節　文選與詩文評

自魏文帝始集陳徐應劉之文。自是以後。漸有總集。傳於今者。則文選最古矣。昭明太子纂文選。樓引劉孝威庾肩吾等。討論墳籍。謂之高齋十學士。成文選三十卷。又簡文雅好宮體。晚年悔之。勅徐陵撰玉臺集以大厥體。今傳玉臺新詠是也。斯並總集之型模矣。

昭明太子既集文選。而自序其義類曰。

詩序云。詩有六義焉。一曰風。二曰賦。三曰比。四曰興。五曰雅。六曰頌。至於今之作者。異乎古昔。古詩之體。今則全取賦名。荀宋表之於前。賈馬繼之於末。自茲以降。源流實繁。述邑居則有憑虛亡是之作。戒畋游則有長楊羽獵之制。若其紀一事。詠一物。風雲草木之興。魚蟲禽獸之流。推而廣之。不可勝載矣。又楚人屈原。含忠履潔。君匪從流。臣進逆耳。深思遠慮。遂放湘南。耿介之意既傷。壹鬱之懷靡愬。臨淵有懷沙之志。吟澤有憔悴之容。騷人之文。自茲而作。

詩者。蓋志之所之也。情動於中而形於言。關雎麟趾。正始之道著。桑間濮上。亡國之音表。故風雅之道。粲然可觀。自炎漢中葉。厥塗漸異。退傳有在鄒之作。降將著河梁之篇。四言五言。區以別矣。又少則三字。多則九言。各體互興。分鑣並驅。頌者所以游揚德業。褒讚成功。吉甫有穆若之談。季子有至矣之歎。舒布為詩。既言如彼。總成為頌。又亦若此。次則箴興於補闕。戒出於弼匡。論則析理精微。銘則序事清潤。美終則誄發。圖像則讚興。又詔誥教令之流。表奏牋記之列。書誓符檄之品。弔祭悲哀之作。答客指事之制。三言八字之文。篇詞引序。碑碣誌狀。衆制鋒起。源流間出。譬陶匏異器。並為入耳之娛。黼黻不同。俱為悅目之翫。作者之致。蓋云備矣。余監撫餘閑。居多暇日。歷觀文囿。泛覽辭林。未嘗不心游目想。移晷忘倦。自姬漢以來。眇焉悠邈。時更七代。數逾千祀。詞人才子。則名溢於縹囊。飛文染翰。則卷盈於緗帙。自非略其蕪穢。集其菁英。蓋欲兼功太半。難矣。若夫姬公之籍。孔父之書。與日月俱懸。鬼神爭奧。孝敬之準式。人倫之師友。豈可重以芟夷。加之剪截。老莊之作。管孟之流。蓋以立意為宗。不以能文為本。今之所撰。又以略諸。若賢人之美詞。忠臣之抗直。謀夫之話。辨士之端。冰釋泉湧。金相玉振。所謂坐狙邱。議稷下。仲連之卻秦軍。食其之下齊國。留侯之發八難。曲逆之吐六奇。蓋乃事美一時。語流千載。概見墳籍。旁出子史。若斯之流。又亦繁博。雖傳之簡牘。而事異篇章。今之所集。亦所不取。至於紀事之史。繫年之書。所以褒貶是非。紀別異同。方之篇翰。亦已不同。若其讚論之綜緝辭采。序述之錯比文華。事出於沈思。義歸乎翰藻。故與夫篇什。雜而集之。

詩文評之書。莫先於魏文典論。蓋出於人倫月旦之風。與詞賦詠謿之習。後漢競尚標榜。建安之際。季緒好為詆訶。而才不逮。典論既出。始黜陟得情。晉世清談。此風尤隆。流別翰林之屬。略有數家。齊梁之際。士習輕薄。臧否黑白。頗見篇章。譏評之風。於時盛矣。如卞彬賦蚤。鍾岏議䱉。皆巧給舞文。取儁當代。岏弟嶸以沈尚書不見知。退造詩評於沈。著其微詞。然其考示源流。尚論利病。要是精審之作。同時劉勰亦著文心雕龍二書。蓋後世詩文評之宗也。

鍾嶸字仲偉。穎川長社人。齊永明中為國子生。明周易。衞軍王儉領祭酒。頗賞接之。梁時為晉安王記室。嘗品古今五言詩。論其優劣。分上中下三品。名曰詩評。其序曰。

氣之動物。物之感人。故搖蕩性情。形諸舞詠。欲以照燭三才。輝麗萬有。靈祇待之以致饗。幽微藉之以昭告。動天地。感鬼神。莫近於詩。昔南風之辭。卿雲之頌。厥義夐矣。夏歌曰。鬱陶乎予心。楚謠云。名余曰正則。雖詩體未全。然略是五言之濫觴也。逮漢李陵。始著五言之目。古詩眇邈。人代難詳。推其文體。固是炎漢之制。非衰周之唱也。自王楊枚馬之徒。辭賦競爽。而吟詠靡聞。從李都尉訖班婕妤。將百年間。有婦人焉。一人而已。詩人之風。頓已缺喪。東京二百載中。唯有班固詠史。質木無文。致降及建安。曹公父子。篤好斯文。平原兄弟。鬱為文棟。劉楨王粲。為其羽翼。次有攀龍託鳳。自致於屬車者。蓋將百計。彬彬之盛。大備於時矣。爾後陵遲衰微。訖於有晉。太康中。三張二陸兩潘一左。勃爾復興。踵武前王。風流未沫。亦文章之中興也。永嘉時。貴黃老。尚虛談。於是篇什。理過其辭。淡乎寡味。爰及江表。微波尚傳。孫綽許詢桓庾諸公。皆平典似道德論。建安之風盡矣。先是郭景純用儁上之才。創變其體。劉越石仗清剛之氣。贊成厥美。然彼衆我寡。未能動俗。逮義熙中。謝益壽斐然繼作。元嘉初。有謝靈運。才高辭盛。富豔難蹤。固已含跨劉郭。淩轢潘左。故知陳思為建安之傑。公幹仲宣為輔。陸機為太康之英。安仁景陽為輔。謝客為元嘉之雄。顏延年爲輔。此皆五言之冠冕。文辭之命世。夫四言文約意廣。取效風騷。便可多得。每苦文煩而意少。故世罕習焉。五言居文辭之要。是衆作之有滋味者也。故云會於流俗。豈不以指事造形。窮情寫物。最爲詳切者耶。故詩有六義焉。一曰興。二曰賦。三曰比。文已盡而意有餘。興也。因物喩志。比也。直書其事。寓言寫物。賦也。弘斯三義。酌而用之。幹之以風力。潤之以丹采。使味之者無極。聞之者動心。是詩之至也。若專用比興。則患在意深。意深則辭躓。若但用賦體。則患在意浮。意浮則文散。嬉成流移。文無止泊。有蕪漫之累矣。若夫春風春鳥。秋月秋蟬。夏雲暑雨。冬月祁寒。斯四候之感諸詩者也。嘉會寄詩以親。離羣託詩以怨。至於楚臣去境。漢妾辭宮。或骨橫朔野。或魂逐飛蓬。或負戈外戍。或殺氣雄邊。塞客衣單。孀閨淚盡。又士有解珮出朝。一去忘反。女有揚蛾入寵。再盼傾國。凡斯種種。感蕩心靈。非陳詩何以展其義。非長歌何以釋其情。故曰詩可以羣。可以怨。使窮賤易安。幽居靡悶。莫尙於詩矣。故辭人作者。罔不愛好。今之士俗。斯風熾矣。裁能勝衣。甫就小學。必甘心而馳騖焉。於是庸音雜體。各爲家法。至於膏腴子弟。恥文不逮。終朝點綴。分夜呻吟。獨觀謂爲警策。衆視終淪平鈍。次有輕薄之徒。笑曹劉爲古拙。謂鮑昭羲皇上人。謝朓今古獨步。而師鮑昭終不及日中市朝滿。學謝朓劣得黃鳥度靑枝。徒自棄於高聽。無涉於文流矣。嶸觀王公搢紳之士。每博論之餘。何嘗不以詩爲口實。隨其嗜欲。商搉不同。淄澠並汎。朱紫相奪。諠譁競起。準的無依。近彭城劉士章。俊賞之士。疾其淆亂。欲爲當世詩品。口陳標榜。其文未遂。嶸感而作焉。昔九品論人。七略裁士。校以賓實。誠多未値。至若詩之爲技。較爾可知。以類推之。殆同博奕。方今皇帝資生知之上才。體沈鬱之幽思。文麗日月。學究天人。昔在貴遊。已爲稱首。況八紘既掩。風靡雲蒸。抱玉者連肩。握珠者踵武。固以睨漢魏而弗顧。吞晉宋於胸中。諒非農歌轅議。敢致流別。嶸之今錄。庶周遊於閭里。均之於談笑耳。

又其詩品中序曰。

一品之中。略以世代爲先後。不以優劣爲詮次。又其人既往。其文克定。今所寓言。不錄存者。夫屬詞比事。乃爲通談。若乃經國文符。應資博古。撰德駮奏。宜窮往烈。至乎吟詠情性。亦何貴於用事。思君如流水。既是卽目。高臺多悲風。亦惟所見。清晨登隴首。羌無故實。明月照積雪。詎出經史。觀古今勝語。多非補假。皆由直尋。顏延謝莊。尤爲繁密。於時化之。故大明泰始中。文章殆同書抄。近任昉王元長等。辭不貴奇。競須新事。爾來作者。寖以成俗。遂乃句無虛語。語無虛字。拘攣補衲。蠹文已甚。但自然英旨。罕值其人。詞既失高。則宜加事義。雖謝天才。且表學問。亦一理乎。陸機文賦。通而無貶。李充翰林。疎而不切。王微鴻寶。密而無裁。顏延論文。精而難曉。摯虞文志。詳而博贍。頗曰知言。觀斯數家。皆就談文體。而不顯優劣。至於謝客集詩。逢詩輒取。張騭文士。逢文卽書。諸英志錄。並義在文。曾無品第。嶸今所錄。止乎五言。雖然。網羅今古。詞文殆集。輕欲辨彰清濁。掎摭病利。凡百二十人。預此宗流者。便稱才子。至斯三品升降。差非定制。方申變裁。請寄知者爾。

葉夢得石林詩話曰。魏晉間人詩。大抵專工一體。如侍宴從軍之類。故後來相與祖習者。亦但因其所長取之耳。梁鍾嶸作詩品。皆云某人詩出於某人。亦以此。

劉勰字彥和。東莞莒人。早孤。篤志好學。家貧不婚娶。依沙門僧祐。與之居處十餘年。博通經論。昭明太子深愛接之。勰撰文心雕龍五十篇。論古今文體。引而次之。其序曰。

夫文心者。言爲文之用心也。昔涓子琴心。王孫巧心。心哉美矣。夫故用之焉。古來文章。以雕縟成體。豈取騶奭羣言雕龍也。夫宇宙綿邈。黎獻紛雜。拔萃出類。智術而已。歲月飄忽。性靈不居。騰聲飛實。制作而已。夫肖貌天地。稟性五才。擬耳目於日月。方聲氣乎風雷。其超出萬物。亦已靈矣。形甚草木之脆。名踰金石之堅。是以君子處世。樹德建言。豈好辯哉。不得已也。予齒在踰立。嘗夜夢執丹漆之禮器。隨仲尼而南行。旦而寤。迺怡然而喜。大哉聖人之難見也。迺小子之垂夢歟。自生人以來。未有如夫子者也。敷讚聖旨。莫若注經。而馬鄭諸儒。弘之已精。就有深解。未足立家。唯文章之用。實經典枝條。五禮資之以成。六典因之致用。君臣所以炳煥。軍國所以昭明。詳其本源。莫非經典。而去聖久遠。文體解散。辭人愛奇。言貴浮詭。飾羽尚畫。文繡鞶帨。離本彌甚。將遂訛濫。蓋周書論辭。貴乎體要。尼父陳訓。惡乎異端。辭訓之異。宜體於要。於是搦筆和墨。乃始論文。詳觀近代之論文者多矣。至如魏文述典。陳思序書。應瑒文論。陸機文賦。仲治流別。弘範翰林。各照隅隙。鮮觀衢路。或臧否當時之才。或銓品前修之文。或汎舉雅俗之旨。或撮題篇章之意。魏典密而不周。陳書辯而無當。應論華而疎略。陸賦巧而碎亂。流別精而少功。翰林淺而寡要。又君山公幹之徒。吉甫士龍之輩。汎議文意。往往間出。並未能振葉以尋根。觀瀾而索源。不述先哲之誥。無益後生之慮。蓋文心之作也。本乎道。師乎聖。體乎經。酌乎緯。變乎騷。文之樞紐。亦云極矣。若乃論文敘筆。則囿別區分。原始以表末。釋名以章義。選文以定篇。敷理以舉統。上篇以上。綱領明矣。至於割情析表。籠圈條貫。摛神性。圖風勢。苞會通。閱聲字。崇替於時序。褒貶於才略。怊悵於知音。耿介於程器。長懷序志。以馭羣篇。下篇以下。毛目顯矣。位理定名。彰乎大易之數。其爲文用。四十九篇而已。夫銓敘一文爲易。彌綸羣言爲難。雖復輕采毛髮。深極骨髓。或有曲意密源。似近而遠。辭所不載。亦不勝數矣。及其品評成文。有同乎舊談者。非雷同也。勢自不可異也。有異乎前論者。非苟異也。理自不可同也。同之與異。不屑古今。擘肌分理。唯務折衷。案轡文雅之場。而環絡藻繪之府。亦幾乎備矣。但言不盡意。聖人所難。識在缾管。何能矩矱。茫茫往代。既洗予聞。眇眇來世。儻塵彼觀。

雕龍初成。未爲時流所稱。勰自重其文。欲取定於沈約。約時貴盛。無由自達。乃負其書候約出。干之於車前。狀若貨鬻者。約便命取讀。大重之。謂爲深得文理。常陳諸几案。然勰爲文長於佛理。京師寺塔及名僧碑誌。必請勰製文。有敕與慧震沙門於定林寺撰經證。功畢。遂啟求出家。先燔鬢髮以自誓。敕許之。乃於寺變服。改名慧地。未朞而卒。

第二十章　陳文學

陳享國日淺。徐陵最爲一代詞宗。後主尤好文學。靡麗之風。有過前代。又以宮人有文學者袁大捨等爲女學士。後主每引賓客對貴妃等遊宴。則使諸貴人及女學士與狎客共賦新詩。互相贈答。採其尤豔麗者以爲曲詞。被以新聲。選宮女有容色者以千百數。令習而歌之。分部迭進。持以相樂。其曲有玉樹後庭花臨春樂等。大指所歸。皆美張貴妃孔貴嬪之容色也。其略曰。璧月夜夜滿。瓊樹朝朝新。此雖詞曲之源。亦實亡國之音也。後主其他文筆。往往可觀。方爲太子時。悼陸瑜之逝。與江總書曰。

管記陸瑜。奄然殂化。悲傷悼惜。此情何已。吾生平愛好。卿等所悉。自以學涉儒雅。不逮古人。欽賢慕士。是情尤篤。梁室亂離。天下糜沸。書史殘缺。禮樂崩淪。晚生後學。匪無牆面。卓爾出羣。斯人而已。吾識覽雖局。未曾以言議假人。至於片善小才。特用嗟賞。況復洪識奇士。此故忘言之地。論其博綜子史。諳究儒墨。經耳無遺。觸目成誦。一褒一貶。一激一揚。語玄析理。披文摘句。未嘗不聞者心伏。聽者解頤。會意相得。自以爲布衣之賞。吾監撫之暇。事隙之辰。頗用譚笑娛情。琴樽間作。雅篇豔什。迭互鋒起。每清風朗月。美景良辰。對羣山之參差。望巨波之滉瀁。或翫新花。時觀落葉。既聽春鳥。又聆秋鴈。未嘗不促膝舉觴。連情發藻。且代琢磨。間以嘲謔。俱怡耳目。並留情致。自謂百年爲速。朝露可傷。豈謂玉折蘭摧。遽從短運。爲悲爲恨。當復何言。遺迹餘文。觸目增泫。絕絃投筆。恆有酸梗。以卿同志。聊復敘懷。涕之無從。言不寫意。

陳時文人。自徐陵外。當推江總。餘如陰鏗、姚察、虞荔、虞寄、顧野王、周弘讓、張正見之流。並一時之選也。

徐陵。字孝穆。東海郯人。梁簡文爲太子時。與父摛並在東宮。頗蒙禮遇。歷使魏。朝會齊受魏禪。被留甚久。有致僕射楊遵彥等書。詞采哀麗。及還未幾。梁亡。遂仕於陳。陳書曰。陵少而崇信釋教。經論多所精解。後主在東宮。令陵講大品經。義學名僧。自遠雲集。每講筵商較。四座莫能與抗。目有青睛。時人以爲聰慧之相也。自有陳創業。文檄軍書。及禪授詔策。皆陵所製。而九錫尤美。爲一代文宗。亦不以此矜物。未嘗詆訶作者。其於後進之徒。接引無倦。世祖高宗之世。國家有大手筆。皆陵草之。其文頗變舊體。緝裁巧密。多有新意。每一文出手。好事者已傳寫成誦。遂被之華夷。家藏其本。後逢喪亂。多散失。存者三十卷。今僅存八十餘首。詩四十餘首而已。

江總。字總持。濟陽考城人也。晉散騎常侍統之十世孫。梁武帝撰正言始畢。製述懷詩。總預同此作。帝覽總詩。深降嗟賞。仍轉侍郎。尚書僕射范陽張纘。度支尚書琅邪王筠。都官尚書南陽劉之遴。並高才碩學。總時年少有名。纘等雅相推重。爲忘年友。及魏國通好。勑以總及徐陵攝官報聘。總以疾不行。入陳官至尚書。歷隋始卒。陳書曰。總篤行義。寬和溫裕。好學能屬文。於五言七言尤善。然傷於浮豔。故爲後主所愛幸。多有側篇。好事者相傳諷翫。於今不絕。後主之世。總當權宰。不持政務。但日與後主遊宴後庭。共陳暄、孔範、王瑳等十餘人。當時謂之狎客。由是國政日頹。綱紀不立。有言之者。輒以罪斥之。君臣昏亂。以至於亡。

姚察。字伯審。吳興武康人。知名梁代。陳太建初。使周還。補東宮學士。時濟陽江總。吳國顧野王。陸瓊。從弟瑜。河南褚玠。北地傅縡等。皆以才學之美。晨夕娛侍。察論製每爲羣賢所服。徐陵名高一代。見察製述。尤所推重。嘗謂子儉曰。姚學士德學無前。汝可師之也。尚書令江總與察尤篤厚善。每有製作。必先以簡察。然後施用。撰梁陳二史未就。子思廉於隋唐之際受詔續之。

陰鏗。字子堅。幼聰慧。五歲能誦詩賦。日千言。尤善五言詩。有名梁世。陳天嘉中。爲始興王府中錄事參軍。世祖嘗讌羣臣賦詩。徐陵因稱鏗。卽日召預讌。使賦新成安樂宮。援筆便就。世祖甚嗟賞之。杜甫詩曰李侯有佳句。往往似陰鏗。李侯謂李白也。又曰頗學陰何苦用心。

張正見。字見賾。清河東武城人。幼有清才。梁簡文在東宮。正見年十三。獻頌。簡文深贊賞之。陳時累遷尚書度支郎。通直散騎侍郎。其五言詩尤善。大行於世

陳繹曾詩譜。列沈約、吳均、何遜、王筠、任昉、陰鏗、徐陵、江總、及隋時薛道衡諸家。以爲律詩之源。而尤近古者。視唐律雖寬。而風度遠矣。

藝苑巵言曰。張正見詩律法已嚴於四傑。特作一二拗語爲六朝耳。士衡康樂已於古調中出俳偶。總持孝穆。不能於俳偶中出古思。所謂今之諸侯又五霸之罪人也。

出自薊北門行　徐陵

薊北聊長望。黃昏心獨愁。燕山獨古剎。代郡隱城樓。屢戰橋恆斷。長冰塹不流。天雲如地陣。漢月帶胡秋。漬土泥函谷。挼繩縛涼州。平生燕頷相。會自得封侯。

閨怨篇　江總

寂寂青樓大道邊。紛紛白雪綺窗前。池上鴛鴦不獨自。帳中蘇合還空然。屏風有意障明月。燈火無情照獨眠。遼西水凍春應少。薊北鴻來路幾千。願君關山及早度。照妾桃李片時妍。

開善寺　陰鏗

鷲嶺春光遍。王城野望通。登臨情不極。蕭散趣無窮。鶯隨入戶樹。花逐下山風。棟裏歸雲白。牕外落暉紅。古石何年臥。枯樹幾春空。淹留昔未及。幽桂在芳叢。

秋日別庾正員　張正見

征途愁轉旆。連騎慘停鑣。朔氣凌疎木。江風送上潮。青雀離帆遠。朱鳶別路遙。唯有當秋月。夜夜上河橋。

第二十一章　北朝文學

第一節　北魏文學

北史文苑傳序曰。自漢魏以來。迄乎晉宋。其體屢變。前哲論之詳矣。暨永明天監之際。太和天保之間。洛陽江左。文雅尤盛。彼此好尚。雅有異同。江左宮商發越。貴於淸綺。河朔詞義貞剛。重乎氣質。氣質則理勝其詞。淸綺則文過其意。理深者便於時用。文華者宜於詠歌。此其南北詞人得失之大較也。若能掇彼淸音。簡茲累句。各去所短。合其兩長。則文質彬彬。盡美盡善矣。又曰。有魏定鼎沙朔。南包河淮。西吞關隴。當時之士。有許謙崔宏宏子浩高允高閭游雅等。先後之間。聲實俱茂。詞義典正。有永嘉之遺烈焉。及太和在運。銳情文學。固以頡頏漢徹。跨躡曹丕。氣韻高遠。豔藻獨構。衣冠仰止。咸慕新風。律調頗殊。曲度遂改。辭罕泉源。言多胸臆。潤古彫今。有所未遇。是故雅言麗則之奇。綺合繡聯之美。眇歷歲年。未聞獨得。既而陳郡袁翻。河南常景。晚拔疇類。稍革其風。及明皇御歷。文雅大盛。學者如牛毛。成者如麟角。

孔子曰。才難不其然也。於時陳郡袁翻翻弟躍河東裴敬憲弟莊伯莊伯族弟伯茂范陽盧觀弟仲宣頓丘李諧渤海高肅河間邢臧趙國李騫彫琢瓊瑤。刻削杞梓。並爲龍光。俱稱鴻翼。樂安孫彥舉濟陰温子昇並自孤寒。鬱然特起。咸能綜採繁縟。興屬清華。比於建安之徐陳應劉。元元之潘張左束。各一時也。

魏書序袁躍、裴敬憲、盧觀、封肅、邢臧、裴伯茂、邢昕、温子昇、爲文苑傳。然覩子昇稍後起者。有邢邵魏收三人。齊聲於當世。非自餘諸人所及。邵與收雖並仕齊。皆在魏已有重名。故魏世文章。温子昇邢邵魏收爲最也。

温子昇字鵬舉。自云太原人。晉大將軍嶠之後也。世居江左。祖恭之避難歸魏。家於濟陰冤句。子昇嘗作侯山祠堂碑文。常景見而善之。遂稍知名。梁使張皐寫子昇文筆。傳於江外。梁武稱之曰。曹植陸機。復生於北土。恨我辭人。數窮百六。陽夏守傅標使吐谷渾。見其國主牀頭有書數卷。乃是子昇文也。濟陰王暉業嘗云。江左文人。宋有顏延之謝靈運。梁有沈約任昉。我子昇足以陵顏轢謝。含任吐沈。楊遵彥作文德論。以爲古今辭人。皆負才遺行。澆薄險忌。唯邢子才、王元景、温子昇。彬彬有德。素史稱所著文筆三十五卷。

邢邵。字子才。河間鄚人。十歲便能屬文。雅有才思。聰明强記。日誦萬餘言。族兄巒有人倫鑒。謂子弟曰。宗室中有此兒。非常人也。讀漢書五日。略徧年末二十。名動衣冠。既參朝列。屢掌文誥。每公卿會議。事關典故。邵援筆立成。證引該洽。帝命朝章。取定俄頃。詞致宏遠。獨步當時。與濟陰溫子昇。爲文士之冠。世論謂之溫邢。鉅鹿魏收。雖天才艷發。而年事在二人之後。故子昇死後。方稱邢魏焉。歷仕齊朝。有書甚多。而不甚讎校。見人校書。笑曰。何愚之甚。天下書至死讀不可徧。焉能始復校此。且誤書思之。更是一適。妻弟李季節才學之士。謂子才曰。世間人多不聰明。思誤書何由能得。子才曰。若思不能得。便不勞讀書。

魏收字伯起。小字佛助。鉅鹿下曲陽人。初河間邢子才與收。並以文章顯。世稱大邢小魏。言尤俊也。收少子才十歲。子才每曰佛助寮人之偉。後收稍與子才爭名。文宣貶子才曰。爾才不及魏收。收益得志。自序云。先稱溫邢。後曰邢魏。然收內陋邢。心不許也。魏時受詔修魏書。是非失實。衆口諠然。號爲穢史。楊愔嘗謂收曰。魏書論及諸家枝葉親姻。過爲繁碎。與舊史體例不同。收曰。往因中原喪亂。人士譜牒。遺逸略盡。是以具書其枝派。望公觀過知仁。以免尤責。歷魏入齊。文譽日盛。始收比溫子昇邢邵。稍爲後進。邵既被疏出。子昇以罪死。收遂大被任用。獨步一時。議論更相訾毀。各有朋黨。收每議陋邢文。邵又云。江南任昉。文體本疏。魏收非直模擬。亦大偸竊。收聞乃曰。伊常於沈約集中作賊。何意道我偸任。任沈俱有重名。邢魏各有所好。武平中黃門郎顏之推。以二公意問僕射祖珽。珽答曰。見邢魏之臧否。卽是任沈之優劣。收以溫子昇全不作賦。邢雖有一兩首。又非所長。常云會須能作賦。始成大才士。

唯以章表碑志自許。此外更同兒戲。齊武平三年卒。

魏世江式著古今文字四十卷。今不傳。魏書載其文字源流表。可見北朝甚尙小學也。太和中崔光依宮商角徵羽本音。而爲五韻詩。以贈李彪。彪爲十二次詩以報光。光又爲百三郡國詩以答之。國別爲卷。爲百三卷焉。此亦詩之別體也。光弟子鴻。弱便有著述志。見晉魏前史皆成一家。無所措意。以劉元海、石勒、慕容儁、苻健、慕容垂、姚萇、慕容德、赫連屈子、張軌、李雄、呂光、乞伏國仁、禿髮烏孤、李暠、沮渠蒙遜、馮跋等。並因世故跨僭一方。各有國書。未有統一。鴻乃撰十六國春秋。勒成百卷。因其舊記。時有增損襃貶焉。又酈道元作水經注四十卷。雖敍山水。多徵故實。文詞典麗。爲地志書之美文。全謝山稱其先世所聞。水經一書。注中有注。本以雙行夾寫。今皆作大字。是以混淆莫辨。於是趙一淸誠夫用其說。辨別其注中之注。以大字小字分寫之。成水經注釋四十卷。刋誤十二卷。號爲善本。

第二節　北齊文學

齊受魏禪。邢魏之徒。與在朝列。並前世文章之伯也。齊書述祖鴻勳、李廣、樊遜、劉逖、荀士遜、顏之推爲文苑傳。其敍稱齊朝文士甚衆。其人或顯於周隋。或遺文不甚可見。不足悉論之。推雖至隋始卒。而其文章多著自齊代。祖鴻書辭婉麗。之推文史奧博。皆齊國詞翰之寶焉。

祖鴻勳。涿郡范陽人也。弱冠爲州主簿。僕射臨淮王彧表薦鴻勳有文學。宜試以一官。敕除奉朝請。人謂之曰。臨淮舉卿。便以得調。竟不相謝。恐非其宜。鴻勳曰。爲國舉才。臨淮之務。祖鴻勳無事從而謝之。或聞而喜曰。吾得其人矣。後去官歸鄉里。與陽休之書曰。

陽生大弟。吾比以家貧親老。時還故郡。在本縣之西界。有雕山焉。其處閑遠。水石淸麗。高巖四匝。良田數頃。家先有野舍於斯。而遭亂荒廢。今復經始。卽石成基。憑林起棟。蘿生映宇。泉流繞階。月松風草。緣庭綺合。日華雲實。傍沼星羅。簷下流煙。共霄氣而舒卷。園中桃李。雜椿柏而蔥蒨。時一褰裳涉澗。負杖登峯。心悠悠以孤上。身飄飄而將逝。杳然不復自知在天地間矣。若此者久之。乃還所住。孤坐危石。撫琴對水。獨詠山阿。舉酒望月。聽風聲以興思。聞鶴唳以動懷。企莊生之逍遙。慕尙子之淸曠。首戴萌蒲。身衣縕襏。出藝粱稻。歸奉慈親。緩步當車。無事爲貴。斯已適矣。豈必撫塵哉。而吾生旣繫名聲之韁鏁。就良工之剞劂。振佩紫臺之上。鼓袖丹墀之下。采金匱之漏簡。訪玉山之遺文。斂精神於丘墳。盡心力於河漢。摛藻期之鞶繡。發議必在芬香。茲自美耳。吾無取焉。嘗試論之。夫崑峯積玉。光澤者前毀。瑤山叢桂。芳茂者先折。是以東都有挂冕之臣。南國見捐情之士。斯豈惡梁錦好蔬布哉。蓋欲保其七尺。終其百年耳。今弟官位旣達。聲華已遠。象由齒斃。膏用明煎。旣覽老氏谷神之談。應體留侯止足之逸。若能翻然淸尙。解佩捐簪。則吾於茲山莊可辦。一得把臂入林。挂巾垂枝。攜酒登巘。舒席平山。道素志。論舊款。訪丹法。語玄書。斯亦樂矣。何必富貴乎。去矣陽子。途乖趣別。緬尋此旨。杳若天漢。已矣哉。書不盡意。

顏之推。字介。琅邪臨沂人也。九世祖含。從晉元東渡。官至侍中右光祿西平侯。世善周官左氏學。之推早傳家業。博覽羣書。無不該洽。詞情典麗。自梁入齊。河淸末被舉爲趙州功曹參軍。尋待詔文林館。除司徒錄事參軍。之推聰穎機悟。博識有才辯。工尺牘。應對閑明。大爲祖珽所重。令掌知館事。判署文書。尋遷通直散騎常侍。俄領中書舍人。齊亡入周。大象末爲御史上士。隋開皇中。太子召爲學士。甚見禮重。尋以疾終。今傳家訓二十篇。嘗撰觀我生賦。文致淸遠。載在齊書本傳。

顏氏家訓文章篇（節錄）

夫文章者。原出五經。詔命策檄。生於書者也。序述論議。生於易者也。歌詠賦頌。生於詩者也。祭祀哀誄。生於禮者也。書奏箴銘。生於春秋者也。朝廷憲章。軍旅誓誥。敷顯仁義。發明功德。牧民建國。施用多途。至於陶冶性靈。從容諷諫。入其滋味。亦樂事也。行有餘力。則可習之。然而自古文人。多陷輕薄。屈原露才揚己。顯暴君過。宋玉體貌容冶。見遇俳優。東方曼倩。滑稽不雅。司馬長卿。竊貲無操。王褒過章童約。揚雄德敗美新。李陵降辱夷虜。劉歆反覆莽世。傅毅黨附權門。班固盜竊父史。趙元叔抗竦過度。馮敬通浮華擯壓。馬季長佞媚獲誚。蔡伯喈同惡受誅。吳質詆訶鄉里。曹植悖慢犯法。杜篤乞假無厭。路粹隘狹已甚。陳琳實號粗疏。繁欽性無檢格。劉楨屈強輸作。王粲率躁見嫌。孔融禰衡。誕傲致殞。楊修丁廙。扇動取斃。阮籍無禮敗俗。嵇康凌物凶終。傅玄忿鬬免官。孫楚矜誇凌上。陸機犯順履險。潘岳乾沒取危。顏延年負氣摧黜。謝靈運空疏亂紀。王元長凶賊自貽。謝元暉侮慢見及。凡此諸人。皆其翹秀者。不能悉紀。大較如此。至於帝王。亦或未免。自昔天子而有才華者。唯漢武、魏太祖、文帝、明帝、宋孝武帝。皆負世議。非懿德之君也。自子游、子夏、荀況、孟軻、枚乘、賈誼、蘇武、張衡、左思之儔。有盛名而免過患者。時復聞之。但其損敗居多耳。

每嘗思之。原其所積。文章之體。標舉興會。發引性靈。使人矜伐。故忽於持操。果於進取。今世文士。此患彌切。一事愜當。一句清巧。神厲九霄。志凌千載。自吟自賞。不覺更有傍人。加以砂礫所傷。慘於矛戟。諷刺之禍。速乎風塵。深宜防慮。以保元吉。

凡爲文章。猶人乘騏驥。雖有逸氣。當以銜勒制之。勿使流亂軌躅。放意填坑岸也。文章當以理致爲心腎。氣調爲筋骨。事義爲皮膚。華麗爲冠冕。今世相承。趨末棄本。率多浮艷。辭與理競。辭勝而理伏。事與才爭。事繁而才損。放逸者流宕而忘歸。穿鑿者補綴而不足。時俗如此。安能獨違。但務去泰去甚耳。必有盛才重譽。改革體裁者。實吾所希。古人之文。宏材逸氣。體度風格。去今實遠。但緝綴疎樸。未爲密緻耳。今世音律諧靡。章句偶對。諱避精詳。賢於往昔多矣。宜以古之製裁爲本。今之辭調爲末。並須兩存。不可偏棄也。

沈隱侯曰。文章當從三易。易見事一也。易識字二也。易讀誦三也。邢子才常曰。沈侯文章。用事不使人覺。若胸臆語也。深以此服之。祖孝徵亦嘗謂吾曰。沈詩云。崖傾護石髓。此豈似用事耶。邢子才魏收俱有重名。時俗準的。以爲師匠。邢賞服沈約而輕任昉。魏愛慕任昉而毀沈約。每於談讌。辭色以之。鄴下紛紜。各有朋黨。祖孝徵嘗謂吾曰。任沈之是非。乃邢魏之優劣也。

蘭陵蕭慤。梁室上黃侯之子。工於篇什。嘗有秋詩云。芙蓉露下落。楊柳月中疏。時人未之賞也。吾愛其蕭散。宛然在目。潁川荀仲舉。瑯琊諸葛漢。亦以爲爾。而盧思道之徒。雅所不愜。

何遜詩實爲清巧。多形似之言。揚都論者。恨其每病苦辛。饒貧寒氣。不及劉孝綽之雍容也。雖然。劉甚忌之。平生誦何詩云。蘧居響北闕。儘儘不道車。又撰詩苑。止取何兩篇。時人譏其不廣。劉孝綽當時既有重名。無所與讓。唯服謝朓。嘗以謝詩置几案間。動靜輒諷詠。簡文愛陶淵明文。亦復如此。江南語曰。梁有三何。子朗最多。三何者。遜及思澄子朗也。子朗信饒清巧。思澄遊廬山。每有佳篇。並爲冠絕。

齊世亦隆譏刺之風。如宋孝王關東風俗傳。頗諷朝士是也。惜其書不傳。陽休之有文學。其弟俊之。當文襄時。多作六言。歌辭淫蕩而拙。世俗流傳。名爲陽五伴侶。寫而賣之。在市不絕。俊之嘗過市。取而改之。言其字誤。賣書者曰。陽五古之賢人。作此伴侶。君何所知。輕敢議論。俊之大喜。後待詔文林館。自言有文集十卷。家兄亦不知吾是才士也。所作六言。當是後世彈詞盲曲之類歟。

第三節　北周文學

周文創業。頗欲有革於浮華。於是蘇綽倡言古文。及後南士北來。如王褒庾信。以輕艷爲宗。當世復靡然效之。言古文者謂王庾爲今文。互相非詆。周書柳虯傳曰。時人論文體者。有今古之異。虯以爲時有古今。非文有古今。乃爲文質論。蓋欲和二派之爭也。

蘇綽字令綽。武功人。少好學。博覽羣書。周文與僕射周惠達論事。惠達不能對。乃出外議之。出與綽量定入告。周文稱善曰。誰與卿爲此議。惠達以綽對。因稱其有王佐才。周文曰。吾聞之久矣。尋除著作佐郎。自有晉之季。文章競爲浮華。遂以成俗。周文欲革其弊。因魏帝祭廟。

羣臣畢至。乃命綽爲大誥奏行之。其詞曰。

惟中興十有一年仲夏。庶邦百辟。咸會於王庭。柱國泰洎羣公列將。罔不來朝。時迺大稽百憲。敷於庶邦。用綏我王度。皇帝若曰。昔堯命羲和。允釐百工。舜命九官。庶績咸熙。武丁命說。克號高宗。時休哉。朕其欽若。格爾有位。胥暨我太祖之庭。朕將丕命女以厥官。六月丁巳。皇帝朝格於太廟。凡厥具僚。罔不在位。皇帝若曰。咨我元輔羣公列將百辟卿士庶尹御事。朕惟夤敷祖宗之靈命。稽於先王之典訓。以大誥乎爾在位。昔我太祖神皇。肇膺明命。以創我皇基。烈祖景宗。廓開四表。底定武功。暨乎文祖。誕敷文德。龔惟孝武。不霣其舊。自時厥後。陵夷之弊。用興大難於彼東土。則我黎庶。咸墜塗炭。惟台一人。纘戎下武。夙夜祗畏。若涉大川。罔識攸濟。是用稽於帝典。揆於王度。拯我人瘼。惟彼哲王。示我通訓。曰天生蒸黎。罔克自乂。上帝降鑒叡聖。植元后以乂之。時惟元后。弗克獨乂。博求明德。命百辟羣吏。以佐之。肆天子命辟。辟之命官。惟以卹人。弗惟逸豫。辟惟元首。庶黎惟趾。股肱惟弼。上下一體。各勤攸司。茲用克臻於皇極。故皇其彝訓曰。后克艱厥后。臣克艱厥臣。政乃乂。今台一人。膺天之嘏。既陟元后。股肱百辟。乂服我國家之命。罔不咸守厥職。嗟后弗艱厥后。臣弗艱厥臣。政於何弗斁。嗚呼艱哉。凡爾在位。其敬聽命。皇帝若曰。柱國惟四海之不造。載繇二紀。我大祖列祖之命。用錫我以元輔。國家將墜。公惟棟梁。皇之弗極。公惟作相。百揆諐度。公惟大錄。公其允文允武。克明克乂。迪七德。敷九功。龕暴除亂。下綏我蒼生。傍施於九正。若伊之在商。周之有呂。說之相丁。用保我無疆之祚。皇帝若曰。羣公太宰太尉司徒司空。惟公作朕鼎足。以弼乎朕躬。宰惟天官。克諧六職。尉惟司武。武在止戈。徒惟司衆。敬敷五敎。空惟司土。利用厚生。惟時三事。若三階之在天。惟茲四輔。若四時之成歲。天工人其代諸。皇帝若曰。列將汝惟鷹揚。作朕爪牙。寇賊姦宄。蠻夷猾夏。汝徂征。綏之以惠。董之以威。刑期無刑。萬邦咸寧。俾八表之內。莫違朕命。時汝功。皇帝若曰。庶邦列辟。汝惟守土。作人父母。人惟不勝其饑。故先王重農。不勝其寒。故先王貴女工。人之不率於孝慈。則骨肉之恩薄。弗惇於禮讓。則爭奪之萌生。惟茲六物。實爲教本。嗚呼。爲上在寬。寬則人怠。齊之以禮。不剛不柔。稽極於道。皇帝若曰。卿士庶尹凡百御事。王省惟歲。卿士惟月。庶尹惟日。御事惟時。歲月日時。罔易其度。百憲咸貞。庶績其凝。嗚呼。惟若王官。陶均萬國。若天之有斗。斟元氣。酌陰陽。弗失其和。蒼生永賴。悖其序。萬物以傷。時惟艱哉。皇帝若曰。惟天地之道。一陰一陽。禮俗之變。一文一質。爰自三五。以迄於茲。匪惟相革。惟其救弊。匪惟相襲。惟其可久。惟我有魏。承乎周之末流。接秦漢遺弊。襲魏晉之華誕。五代澆風。因而未革。將以穆俗興化。庸可暨乎。嗟我公輔庶僚列辟。朕惟否德。其一朕心。力祇慎厥艱。克遵前王之丕顯休烈。弗敢怠荒。咨爾在位。亦叶於朕心。惇德允元。惟厥艱是務。克捐厥華。卽厥實。背厥僞。崇厥誠。勿僭勿忘。一乎三代之彝典。歸於道德仁義。用保我祖宗之丕命。荷天之休。克綏我萬方。永康我黎庶。戒之哉。朕言不再。柱國泰洎庶僚百辟。拜手稽首曰。亶聰明作元后。元后作人父母。惟三五之王。率繇此道。用臻於刑措。自時厥後。歷千載未聞。惟帝念功。將及叔世。逖致於雍熙。庸錫降丕命於我羣臣。博哉王言。非言之難。行之實難。臣聞靡不有初。鮮克有終。商書曰。終始惟一。德迺日新。惟帝敬厥始。愼厥終。以躋日新之德。則我羣臣。敢不夙夜對揚休哉。惟茲大誼。未光於四表。以邁種德。俾九域幽遐。咸昭奉元后之明訓。率遷於道。永膺無疆之休。帝曰。欽哉。

綽此文雖作於魏世。及宇文建國。綽參贊機密。文筆皆依此體。周書嘗論之曰。周氏創業運屬凌夷。纂遺變於既喪。聘奇士如勿及。是以蘇亮蘇綽盧柔唐瑾元偉李昶之徒。咸奮鱗翼。自致青紫。然綽建言務存質樸。遂糠粃魏晉。憲章虞夏。雖屬詞有師古之美。矯枉非適時之用。故莫能常行焉。●

王褒字子淵。瑯邪臨沂人也。曾祖儉齊侍中。祖騫父規並仕梁。有重名於江左。褒識量淵通。志懷沈靜。美風儀。善談笑。博覽史傳。尤工屬文。梁國子祭酒蕭子雲。褒之姑夫也。特善草隸。褒少以姻戚去來其家。遂相模範。俄而名亞子雲。周師征江陵。元帝授褒都督城西諸軍事。軍敗。從元帝出降。先是褒曾作燕歌行。妙盡關塞寒苦之狀。元帝及諸文士並和之。而競為淒切之詞。至此方驗焉。於是褒與王克、劉瑴、宗懍、殷不害等數十人。俱至長安。太祖喜曰。昔平吳之利。二陸而已。今定楚之功。羣賢畢至。可謂過之。世宗即位。篤好文學。時褒與庾信才名最高。特加親待。帝每遊宴。命褒等賦詩談論。常在左右。尋加開府儀同三司。保定中。除內史中大夫。高祖作象經。令褒注之。引據該洽。甚見稱賞。建德以後。頗參朝議。仍掌綸誥。後出為宣州刺史。初褒與梁處士汝南周弘讓相善。及弘讓兄弘正自陳來聘。高祖許褒等通親知音問。褒贈弘讓詩。并致書曰。

嗣宗窮途。楊朱岐路。征蓬長逝。流水不歸。舒慘殊方。炎涼異節。木皮春厚。桂樹冬榮。想攝衞惟宜。動靜多豫。賢兄入關。敬承款曲。猶依杜陵之水。尚保池陽之田。鏟迹幽蹊。銷聲窮谷。何期愉樂。幸甚幸甚。弟昔因多疾。亟覽九仙之方。

晚涉世途。常懷五嶽之舉。同夫關令。物色異人。譬彼客卿。服膺高士。上經說道。屢聽玄牝之談。中藥養神。每稟丹砂之說。頃年事遒。盡容髮衰。謝芸其黃矣。零落無時。還念生涯。繁憂總集。視陰愒日。猶趙孟之徂年。負杖行吟。同劉琨之積慘。河陽北臨。空思鞏縣。霸陵南望。還見長安。所冀書生之魂。來依舊壤。射聲之鬼。無恨他鄉。白雲在天。長離別矣。會見之期。邈無日矣。援筆攬紙。龍鍾橫集。

庾信。字子山。南陽新野人。父肩吾。梁散騎常侍中書令。信幼而俊邁。聰敏絕倫。博覽羣書。尤善春秋左氏傳。時肩吾為梁太子中庶子。掌管記。東海徐摛為左衛率。摛子陵及信。並為抄撰學士。父子在東宮。出入禁闥。恩禮莫與比隆。既有盛才。文並綺豔。故世號為徐庾體焉。當時後進。競相模範。每有一文。京都莫不傳誦。嘗聘東魏。文章辭令。盛為鄴下所稱。還為東宮學士。臺城陷後。信奔江陵。元帝時。奉使於周。遂留長安。屢膺顯秩。俄拜洛州刺史。陳周通好。南北流寓之士。各許還其舊國。陳氏乃請王褒及信等十數人。高祖唯放王克殷不害等。信及褒並留而不遣。尋徵為司宗中大夫。周世宗高祖並好文學。信特蒙恩禮。至於趙滕諸王。周旋款至。有若布衣之交。羣公碑誌。多相請託。唯王褒頗與信相埒。自餘文人。莫有逮者。信雖位望通顯。常有鄉關之思。乃作哀江南賦以致其意。其序曰。

粵以戊辰之年。建亥之月。大盜移國。金陵瓦解。余乃竄身荒谷。公私塗炭。華陽奔命。有去無歸。中興道消。窮於甲戌。三日哭於都亭。三年囚於別館。天道周星。物極不反。傅燮之但悲身世。無所求生。袁安之每念王室。自然流涕。昔桓君山之志事。杜元凱之生平。並有著書。咸能自序。潘岳之文彩。始述家風。陸機之詞賦。多陳世德。信年始二毛。卽逢喪亂。藐是流離。至於暮齒。燕歌遠別。悲不自勝。楚老相逢。泣將何及。畏南山之雨。忽踐秦庭。讓東海之濱。遂飡周粟。下亭漂泊。臯橋羈旅。楚歌非取樂之方。魯酒無忘憂之用。追惟此賦。聊以記言。不無危苦之辭。唯以悲哀爲主。日暮途遠。人間何世。將軍一去。大樹飄零。壯士不還。寒風蕭瑟。荆璧睨柱。受連城而見欺。載書橫階。捧珠盤而不定。鍾儀君子。入就南冠之囚。季孫行人。留守西河之館。申包胥之頓地。碎之以首。蔡威公之淚盡。加之以血。釣臺移柳。非玉關之可望。華亭唳鶴。豈河橋之可聞。孫策以天下爲三分。衆裁一旅。項羽用江東之子弟。人唯八千。遂乃分裂山河。宰割天下。豈有百萬義師。一朝卷甲。芟夷斬伐。如草木焉。江淮無涯岸之阻。亭壁無藩籬之固。頭會箕斂者。合從締交。鉏耰棘矜者。因利乘便。將非江表王氣。應終三百年乎。是知并吞六合。不免軹道之災。混一車書。無救平陽之禍。嗚呼。山嶽崩頹。既履危亡之運。春秋迭代。必有去故之悲。天意人事。可以悽愴傷心者矣。況復舟檝路窮。星漢非乘槎可上。風飇道阻。蓬萊無可到之期。窮者欲達其言。勞者須歌其事。陸士衡聞而撫掌。是所甘心。張平子見而陋之。固其宜矣。

周書論曰。既而革車電邁。渚宮雲撤。荆衡杞梓。東南竹箭。備器用於廟堂者衆矣。唯王褒庾信。奇才秀出。牢籠於一代。是時世宗雅詞雲委。滕趙二王。雕章間發。咸築宮虛館。有如布衣之交。由是朝廷之人。閭閻之士。莫不忘味於遺韻。眩精於末光。猶丘陵之仰嵩岱。川流之宗溟渤也。然則子山之文。發源於宋末。盛行於梁季。其體以淫放爲本。其詞以輕險爲宗。故能誇目侈於紅紫，蕩心逾於鄭衞。昔楊子雲有言。詩人之賦麗以則。詞人之賦麗以淫。若以庾氏方之。斯又詞賦之罪人也。

丹鉛總錄曰。庾信之詩。爲梁之冠絕。啟唐之先鞭。史評其詩曰綺豔。杜子美稱之曰清新。又曰老成。綺豔清新。人皆知之。而其老成。獨子美能發其妙。余嘗合而衍之曰。綺多傷質。豔多無骨。清而不薄。新而不尖。所以爲老成也。若元人之詩。非不綺豔。非不清新。而乏老成。宋人詩則强作老成態度。而綺豔清新。概未之有。若子山者。可謂兼之矣。不然。則子美何以服之如此。

擬詠懷　　庾信

橫流遘屯慝。上慘結重氛。哭市聞妖獸。頹山起怪雲。綠林多散卒。清波有敗軍。智士今安用。忠臣且未聞。惜無萬金產。東求滄海君。

蕭條亭障遠。悽愴風塵多。關門臨白狄。城影入黃河。秋風別蘇武。寒水送荊軻。誰言氣蓋世。晨起帳中歌。

渡河北　　王褒

秋風吹木葉。還似洞庭波。常山臨代郡。亭障繞黃河。心悲異方樂。腸斷隴頭歌。薄暮臨征馬。失道北山河。

第二十二章　隋之統一及文學

第一節　南北思潮之混合及文體變革之動機

隋書文苑傳序曰。梁自大同之後。雅道淪缺。漸乖典則。爭馳新巧。簡文湘東。啟其淫放。徐陵庾信。分路揚鑣。其意淺而繁。其文匿而彩。詞尚輕險。情多哀思。格以延陵之聽。蓋亦亡國之音也。隋文初統萬機。每念斲彫爲樸。發號施令。咸去浮華。然時俗詞藻。猶多淫麗。故憲臺執法。屢飛霜簡。煬帝初習藝文。有非輕側之論。暨乎即位。一變其風。與越公書。建東都詔。冬至受朝詩。及擬飲馬長城窟。並存雅體。歸於典制。雖意在驕淫。而詞無浮蕩。故當時綴文之士。遂得依而取正焉。所謂能言者未必能行。蓋亦君子不以人廢言也。

蓋隋既代周平陳。南北始一。河洛之英。江左之彥。翩然俱會。蓋北人多邃經術。南士長於詠歌。及陸法言、劉臻、顏之推、魏淵、盧思道、李若、蕭該、辛德源、薛道衡九人同定切韻。而後南北之音正焉。文帝既不好淫靡之文。一時文體幾變。觀李諤上書。可以見之。始煬帝詩筆亦雅有古風。當世慕化。如楊素贈薛播州七百字。清遠有風骨。未幾而卒。道衡以爲人之將死。其言也善。若是乎。是時王通講學河汾之間。述作多依經典。其言純於儒術。今所傳中說。即以擬論語者也。文中子事。見於唐書王績王勃傳。唐初王績、楊烱、陳叔達諸人並有文稱之。或謂房杜諸賢。咸及其門。莫能詳也。方舉世溺於浮采。而通之作。獨希周孔。覗蘇綽惟獵取字句者不同。眞豪傑獨立之士矣。

上文帝論文體輕薄書

李諤

臣聞古先哲王之化人也。必變其視聽。防其嗜慾。塞其邪放之心。示以淳和之路。五教六行。爲訓人之本。詩書禮易。爲道義之門。故能家復孝慈。人知禮讓。正俗調風。莫大於此。其有上書獻賦。制誄鐫銘。皆以褒德序賢。明勳證理。苟非懲勸。義不徒然。降及後代。風教漸落。魏之三祖。更尙文詞。忽君人之大道。好彫蟲之小藝。下之從上。有同影響。競騁文華。遂成風俗。江左齊梁。其弊彌甚。貴賤賢愚。唯務吟詠。遂復遺理存異。尋虛逐微。競一韻之奇。爭一字之巧。連篇累牘。不出月露之形。積案盈箱。唯是風雲之狀。世俗以此相高。朝廷據茲擢士。祿利之路既開。愛尙之情愈篤。於是閭里童昏。貴游總丱。未窺六甲。先製五言。至如羲皇舜禹之典。伊傅周孔之說。不復關心。何嘗入耳。以傲誕爲清虛。以緣情爲勳績。指儒素爲古拙。用詞賦爲君子。故文筆日繁。其政日亂。良由棄大聖之軌模。構無用以爲用也。損本逐末。流徧華壤。遞相師祖。久而愈扇。及大隋受命。聖道聿興。屏黜浮詞。遏止華僞。自非懷經抱質。志道依仁。不得引預搢紳。參厠纓冕。開皇四年。普詔天下。公私文翰。並宜實錄。其年九月。泗州刺史司馬幼之文表華艷。付所司推罪。自是公卿大臣。咸知正道。莫不鑽仰墳素。弃絕華綺。擇先王之令典。行大道於茲世。然閭外州遠縣。仍踵弊風。選吏舉人。未遵典則。宗黨稱孝。鄉曲歸仁。學必典謨。交不苟合。則擯落私門。不加收齒。其學不稽古。逐俗隨時。作輕薄之篇章。結朋黨而求譽。則選充吏職。舉送天朝。蓋由縣令刺史。未行風教。猶挾私情。不存公道。臣既忝憲司。職當糾察。若聞風即劾。恐挂網者多。請勒有司。普加搜訪。有如此者。具狀送臺。

飲馬長城窟行示從征羣臣　　煬帝

肅肅秋風起。悠悠行萬里。萬里何所行。橫漠築長城。豈台小子智。先聖之所營。樹茲萬世策。安此億兆生。詎敢憚焦思。高枕於上京。北河秉武節。千里捲戎旌。山川互出沒。原野窮超忽。摐金止行陣。鳴鼓興士卒。千乘萬騎動。飲馬長城窟。秋昏塞外雲。霧暗關山月。緣巖驛馬上。乘空烽火發。借問長城候。單于入朝謁。濁氣靜天山。晨光照高闕。釋兵仍振旅。要荒事方舉。飲至告言旋。功歸清廟前。

中說論文　　王通

子謂荀悅史乎史乎。謂陸機文乎文乎。皆思過半矣。子謂文士之行可見。謝靈運小人哉。其文傲。君子則謹。沈休文。小人哉。其文冶。君子則典。鮑照江淹。古之狷者也。其文急以怨。吳均孔珪。古之狂者也。其文怪以怒。謝莊王融。古之纖人也。其文碎。徐陵庾信。古之夸人也。其文誕。或問孝綽兄弟。子曰鄙人也。其文淫。或問湘東王兄弟。子曰貪人也。其文繁。謝朓淺人也。其文捷。江總詭人也。其文虛。皆古之不利人也。子謂顏延之王儉任昉有君子之心焉。其文約以則。房玄齡問文。子曰古之文也約以達。今之文也繁以塞。

第二節　新聲及律體之復盛

煬帝踐阼。驕暴日甚。東西游幸。窮極侈靡。所至流連聲伎。其清夜游曲，猶陳後主之後庭花也。於是當時文士。復好麗詞。雅制終廢。然新聲競作。爲後世戲曲之萌芽。律體大進。又有以導唐人之先路。今分別論之。

（甲）新聲之盛

說者多謂戲曲源於漢世角抵雜伎之屬。卽張衡西京賦所稱是也。作伎之時。雖取象形。雜進俳歌。且所擬不僅魚龍曼衍。亦兼狀人事。江左以後。此風漸盛。南齊書樂志。以永明中太樂令。鄭義泰案縣興公賦。造天臺山伎。作莓苔石橋道士捫翠屏之狀。則象今世劇場布景者矣。納蘭成德淥水亭雜志。以梁時大雲之樂。作一老翁演述西域神仙之事。優伶實始於此。要其遷變。不甚可考。隋時刪定操弄古曲。爲一百四曲。大抵以詩爲本。參以古調。括齊魏周陳子弟。悉配太常。其數益於前代。先是有七部樂。煬帝乃定清樂西涼龜茲天竺康國疎勒安國高麗禮畢。以爲九部樂器。工依創造。既成。大備於茲矣。煬帝不解音律。大製豔篇。辭極淫綺。令樂正白明達造新聲。創萬歲樂。藏鉤樂。七夕相逢樂。投壺樂。舞席同心髻。玉女行觴。神仙留客。擲磚續命。鬬雞子。鬬百草。汎龍舟。還舊宮。長樂花。及十二時等曲。掩抑摧藏。哀音斷絕。帝悅之無已。謂幸臣曰。多彈曲者。如人多讀書。讀書多則能撰書。彈曲多卽能造曲。此理之然也。每歲正月。萬國來朝。留至十五日。於端門外建國門內。綿亙八里。列爲戲場。百官起棚夾路。從昏達旦。以縱觀之。至晦而罷。伎人皆衣錦繡繒綵。其歌舞者。多爲婦人服。鳴環佩飾以花毦者。殆三萬人。初課京兆河南製此衣服。而兩京繒錦爲虛。金石匏革之聲。聞數十里外。彈弦擫管以上。一萬八千人。大列炬火。光燭天地。百戲之盛。振古無比。自是每年以爲常焉。此見於隋書樂志。雜戲與歌舞並陳。亦卽戲曲之源矣。

(乙)律體之進步

隋書敍劉臻、崔儦、王頍、諸葛穎、王貞、孫萬壽、虞綽、王胄、庾自直、潘徽等爲文學傳。然文采之麗。當推薛道衡、虞世基、孫萬壽、王胄等。蓋近宗徐庾。爲下開沈宋者也。律體始於沈約聲病之論。而成於陳隋之間。觀於諸人之作。可以見矣。

薛道衡字元卿。河東汾陰人。齊世有名。與范陽盧思道、安平李德林齊名。齊歷仕周隋。江東雅好篇什。道衡所作。南人無不吟誦。與楊素最善。所撰老子碑。文尤華贍。詩詠清美。

虞世基字茂世。會稽餘姚人。荔之子也。徐陵見之。以爲今之潘陸。仕陳至尚書左丞。陳主嘗於莫府山校獵。令世基作講武賦。入隋爲通直郎。直內史。每傭書養親。嘗爲五言詩以見意。性理悽切。世以爲工。作者無不吟詠。煬帝卽位。顧遇彌隆。秘書監河東柳顧言。博學有才。罕所推謝。至是與世基相見。歎曰。海內當共推此一人。非吾儕所及也。

孫萬壽字仙期。信都武强人也。年十四。就阜城熊安生受五經。略通大義。兼博涉子史。善屬文。李德林見而奇之。高祖受禪。滕穆王引爲文學。坐衣服不整。配防江南。行軍總管宇文述召典軍書。萬壽本自書生。從容文雅。一旦從軍。鬱鬱不得志。爲五言詩贈京邑知友。盛爲當世吟誦。天下好事者。多書壁而翫之。

王胄字承基。瑯邪臨沂人。梁太子詹事筠之孫也。胄少有逸才。仕陳起家鄱陽王法曹參軍。歷太子舍人東陽王文學。及陳滅。晉王廣引爲學士。大業初爲著作佐郎。以文詞爲煬帝所重。帝嘗自東都還京師賜天下大酺。因爲五言詩詔胄和之。帝覽稱善。因爲侍臣曰。氣高致遠。歸之於胄。詞清體潤。其在世基。意密理新。推庾自直。過此者未可以言詩也。帝所有篇什。多令繼和。與虞綽齊名。同志友善。於時後進之士。咸以二人爲準的。

人日思歸　薛道衡

入春纔七日。離家已二年。人歸落雁後。思發在花前。

入關　虞世基

隴雲低不散。黃河咽復流。關山多道里。相接幾重愁。

寄京邑知友　孫萬壽

賈誼長沙國。屈平湘水濱。江南瘴癘地。從來多逐臣。粵余非巧宦。少小拙謀身。欲飛無假翼。思鳴不値晨。如何載筆士。翻作負戈人。飄飄如木偶。弃置同芻狗。失路乃西浮。非狂亦東走。晚歲出函關。方春度京口。石城臨獸據。天津望牛斗。牛斗盛妖氛。梟獍已成羣。郗超初入幕。王粲始從軍。裹糧楚山際。被甲吳江濆。吳江一浩蕩。楚山何糾紛。驚波上濺日。喬木下臨雲。繫越恆資辯。喻蜀幾飛文。魯連唯救患。吾彥不爭勳。羈遊歲月久。歸思常騷首。非關不樹萱。豈爲無杯酒。數載辭鄉縣。三秋別親友。壯志後風雲。衰鬢先蒲柳。心緒亂如絲。空懷疇昔時。昔時遊帝里。弱歲逢知己。旅舍南館中。飛蓋西園裏。河間本好書。東平唯愛士。英辯接天人。清言洞名理。鳳池時廪直。麟閣常遊止。勝地盛賓僚。麗景相攜招。舟汎昆明水。騎指渭津橋。祓除臨灞岸。供帳出東郊。宜城醞始熟。陽翟曲新調。繞樹烏啼夜。雊麥雉飛朝。細塵梁下落。長袖掌中嬌。憔娛三樂至。懷抱百憂銷。夢想猶如昨。尋思久寂寥。一朝牽世網。萬里逐波潮。迴輪常自轉。懸旆不堪搖。登高視衿帶。鄉關白雲外。迴首望孤城。愁人益不平。華亭肯鶴唳。幽谷早鶯鳴。斷絕心難續。惝恍魂屢驚。聿紀通家好。鄒魯故鄉情。若値南飛雁。時能訪死生。

大酺應詔　　王胄

河洛稱朝市。崤函實與區。周營曲阜作。漢建奉春謨。大君苞二代。皇居盛兩都。招搖正東指。天駟適西驅。展軨齊玉馱。式道耀金吾。千門駐漢蹕。四達儼車徒。是節春之暮。神皐華實敷。皇情感時物。睿思屬枌榆。詔問百年老。恩榮五日酺。小人荷鎔鑄。何由答大鑪。

中國大文學史卷五終